Timothy
FINDLEY
Chasseur
de têtes

roman

Boréal

CHASSEUR DE TÊTES

DU MÊME AUTEUR

Romans

The Piano Man's Daughter, 1995.
The Telling of Lies, 1986.
Not Wanted on the Voyage, 1984.
Famous Last Words (Le Grand Elysium Hotel), 1981.
The Wars (Guerres), 1977.
The Butterfly Plague, 1969.
The Last of the Crazy People (Le Dernier des fous), 1967.

Nouvelles

Stones, 1988.
Dinner along the Amazon, 1984.

Théâtre

The Trials of Ezra Pound, 1995.
The Stillborn Lover, 1993.
Can you see me yet?, 1977.

Autres

Inside Memory : Pages from a Writer's Workbook, 1991.

Timothy Findley

CHASSEUR DE TÊTES

roman

traduit de l'anglais par Nésida Loyer

Boréal

Toutes les citations d'*Au cœur des ténébres* de Joseph Conrad sont tirées de la traduction de J.-J. Mayoux publiée en 1989 aux Éditions Flammarion.

Les Éditions du Boréal sont inscrites au Programme de subvention globale du Conseil des Arts du Canada et reçoivent l'appui de la SODEC.

Conception graphique: Gianni Caccia

Dépôt légal: 1ᵉʳ trimestre 1996
Bibliothèque nationale du Québec

Diffusion au Canada: Dimedia

Données de catalogage avant publication (Canada)
Findley, Timothy, 1930-
    [Headhunter. Français]
    Chasseur de têtes
    Traduction de: Headhunter.
    ISBN 2-89052-748-4
    I. titre. II. Titre: Headhunter. Français.

    PS8511.I38H4314   1996   C813'.54   C95-941869-5
    PS9511.I38H4314   1996
    PR9199.3.F56H4314 1996

Il y a à Toronto de grands établissements psychiatriques qui offrent tous d'excellents soins aux malades mentaux et un soutien de premier ordre à leur famille. Ce roman raconte en partie ce qui pourrait arriver si la direction de tels établissements tombait entre les mains des mauvaises personnes. L'histoire, de même que les personnages, est fictive. Mis à part certains détails concernant la géographie, l'histoire et l'architecture, la description de ces centres psychiatriques est également fictive.

Je remercie tout particulièrement le Dr Turner, le Dr Houle et le personnel du Clarke Institute of Psychiatry de Toronto ; le Dr Malcolmson et le personnel du Queen Street Mental Health Centre de Toronto ; Mme Farris et le personnel de la galerie d'art Diane Farris à Vancouver ; M. Staines de l'Université d'Ottawa ; Michael Peterman de l'Université Trent ; Ann Saddlemyer de l'Université de Toronto ; Marion Williams et ses proches et, comme toujours, William Whitehead.

T. F.

Que le docteur se perçoive comme faisant partie de l'action ou qu'il se retranche derrière son autorité, c'est en cela que réside la différence.

C. G. JUNG

Ce livre est dédié à R. E. Turner.

CHAPITRE I

« Et ceci aussi, dit soudain Marlow, a été l'un des lieux ténébreux de la terre. »

JOSEPH CONRAD
Au cœur des ténèbres

1

Un jour d'hiver, comme la tempête faisait rage dans les rues de Toronto, Lilah Kemp, sans le vouloir, laissa Kurtz s'échapper de la page 181 d'*Au cœur des ténèbres*. Horrifiée, elle tenta de le faire rentrer de force sous la couverture du livre. L'évasion s'était produite à la Grande Bibliothèque de Toronto où Lilah Kemp lisait, assise près du bassin de rocaille. Elle ne lui avait pas demandé de sortir, mais voilà que Kurtz se tenait devant elle, que sa silhouette se découpait sur un fond de jungle peuplée d'arbres à coton et de lianes tenant lieu de décor tropical.

«Reviens», murmura Lilah d'un ton suppliant, le livre ouvert tendu vers lui. Kurtz l'ignora et s'éloigna tranquillement.

Lilah Kemp était une spirite aux pouvoirs considérables mais indisciplinés. Elle avait déjà rappelé à la vie sainte Thérèse d'Ávila et l'avait perdue dans Yonge Street. La sainte, en quête d'eau bénite, était entrée en coup de vent dans le Centre Eaton, qu'elle avait pris pour une cathédrale à cause de la structure élancée de l'édifice. Mais des choses encore bien pires étaient arrivées. Jack l'Éventreur avait filé entre les mains de Lilah et tué deux petites filles dans les jardins Allan. Plus tard, une certaine Rosalind Bailey était sortie de la bouche de Lilah – ce qui n'était pas la voie habituelle – et avait donné naissance à trois bébés difformes. On en avait trouvé deux dans un sac de plastique sur la propriété du centre psychiatrique de Queen Street. Ils étaient morts. On avait aperçu le troisième dans les bras de Rosalind Bailey qui montait à bord d'un autocar à destination de Buffalo. Cet événement avait fait la manchette de tous les journaux et on en avait beaucoup parlé au journal télévisé. On avait cité Lilah Kemp comme proche parente, mais on n'avait jamais revu Rosalind Bailey. Maintenant, c'était Kurtz qui avait disparu dans la nature, un Kurtz en pleine possession de tous ses démons, et Lilah n'arrivait pas à le faire rentrer dans sa page.

Elle n'avait pas eu l'intention de le faire sortir. Ses pouvoirs, croyait-elle, étaient en veilleuse. Elle était assise sur un de ces bancs qui surplombent l'eau, là où la cascade tombe dans le bassin. Il faisait une chaleur humide, presque équatoriale, et Lilah avait ôté son manteau d'hiver. Elle lisait *Au cœur des ténèbres* depuis neuf heures ce matin-là – elle en avait entamé la lecture dans la salle des périodiques à gauche de l'endroit où elle était assise à présent. Elle se sentait toujours en sécurité dans ce coin, à cause des fenêtres qui donnaient sur Collier Street. Les Lunistes n'oseraient jamais attaquer quelqu'un près d'une fenêtre. Même durant une tempête. Les fenêtres étaient une bénédiction ; elles tenaient le monde visible à distance.

Personne ne faisait cas de Lilah. Elle venait à la Grande Bibliothèque presque tous les jours depuis que la bibliothèque municipale de Rosedale avait été rasée par le feu et qu'elle y avait perdu son poste de bibliothécaire en chef. Il y avait bien sûr des gens qui la trouvaient bizarre, et le landau n'arrangeait pas les choses. Bien qu'il ne transportât jamais d'enfant, il était le fidèle compagnon de Lilah. Elle était prise d'angoisse quand elle devait le laisser, comme l'exigeait le règlement, derrière le tourniquet de l'entrée ; toutefois, elle acceptait de s'en séparer sans se plaindre.

Aux yeux de bien des gens, Lilah passait pour excentrique, ce qu'elle n'était pas. Presque personne ne se rendait compte qu'elle était une véritable schizophrène. Les employés avaient l'habitude de voir tous les jours à la Grande Bibliothèque un nombre variable d'indigents, venus là se réchauffer en lieu sûr, loin de la rue. On y tolérait jusqu'à un certain point les clochardes, de même que les alcooliques et les drogués, mais jamais les Lunistes ni les Têtes-de-cuir. Quand on les comparait à ces deux groupes, Lilah Kemp et sa voiture d'enfant ne suscitaient guère qu'un sourire indulgent. Mais l'incident avec Kurtz devait tout changer.

Vers dix heures, après avoir déjà fait un bout de chemin avec Marlow dans la remontée du Congo, Lilah avait ressenti le besoin de se plonger dans une atmosphère tropicale. C'est pourquoi elle avait quitté la salle des périodiques pour aller s'asseoir sur le banc. De là, elle pouvait apercevoir les gradins de béton et les taches de lumière à travers les entrelacs de la jungle. Les galets luisaient à ses pieds. Elle se laissait bercer par les mots et l'élément liquide. Dans *Au cœur des ténèbres*, Marlow était parti à la recherche de Kurtz. *Je jetai un coup d'œil soudain à la petite cabine*, lisait-elle. *Une lumière brûlait à l'intérieur. M. Kurtz n'était pas là... Disparu.*

Lilah leva la tête.

La cascade faisait un bruit inhabituel – un grondement, comme celui du Niagara. Un homme pâle, de haute stature, la regardait fixement. Il avait les mains enfoncées dans ses poches, et de l'une, il sortit un mouchoir avec lequel il s'épongea le visage. Elle le reconnut tout de suite, malgré ses cheveux teints en noir – qui pouvaient aussi être une perruque. C'était Kurtz en personne ; il l'observait comme s'il cherchait à savoir ce qu'elle comptait faire à son sujet.

Lilah se leva. Le grondement s'intensifia. Elle rejeta brusquement la tête en arrière et aperçut au-dessus d'elle la voûte qui commençait à s'écrouler. *Il ne faut pas que ça arrive ici*, pensa-t-elle. *Je ne pourrais pas supporter que ça arrive ici...*

Elle fit un effort pour le regarder. Un effort surhumain. La puissance de son évocation la laissa pantelante. Ses genoux se dérobèrent et elle se rassit sur le banc. «Ne fais pas ça», dit-elle. Mais personne ne l'entendit.

Kurtz s'approchait – avait-il traversé le bassin ? – et s'arrêta près d'elle. Elle sentait son odeur de vieux papier fripé et aussi d'encre d'imprimerie et de colle à relier. Il portait un costume gris pâle, aussi pâle et gris que sa peau, et, sous l'étoffe, on devinait la forme de ses rotules et de ses coudes. *Au cœur des ténèbres*, ouvert à la page d'où il s'était évadé, reposait sur les genoux de Lilah. Elle éleva le livre et le referma d'un coup sec sous le nez de Kurtz, comme si elle avait voulu tuer une mouche. Quand elle rouvrit les yeux, il était encore et toujours là, à s'essuyer les paumes avec son mouchoir.

«Retourne là-dedans! lui dit-elle. Il est interdit à quiconque de sortir des livres ici.»

Kurtz sourit simplement. «Je ne crois pas que nous ayons fait connaissance, dit-il.

– N'essaie pas de gagner mes bonnes grâces, répliqua Lilah. Je te connais.»

Kurtz recula, en proie à ce qui semblait un véritable désarroi. Peut-être ne comprenait-il pas vraiment où il était. Cela s'était déjà produit dans d'autres cas, au premier stade des apparitions. Certains des exilés de Lilah venaient de loin, au sens spatial et temporel, pour s'incarner devant elle.

Elle pensa à Otto, l'incendiaire, dont la mort remontait à 1944. Otto, qui mettait le feu aux livres. À cette pensée, le sentiment de panique qui avait envahi Lilah s'intensifia.

«Retourne à ta place!» lança-t-elle à Kurtz.

Celui-ci ne bougea pas.

Lilah se leva, avec la ferme intention de faire entendre raison à Kurtz. Peut-être qu'en se servant du livre comme d'un crucifix, à la manière d'un exorciste... Elle l'éleva au-dessus de sa tête et le brandit en direction de Kurtz. Ce dernier sursauta et fit un pas en arrière.

«AU NOM DE DIEU, hurla Lilah, RETOURNE LÀ-DEDANS!»

Plusieurs personnes se levèrent, affolées, après avoir posé leur livre. Une sonnerie retentit. *Que se passait-il? Est-ce que l'édifice avait pris feu?* Seul un sourd continuait sa lecture. Quelqu'un s'écria: *Oh mon Dieu!*

Kurtz s'éloigna.

Le regard de Lilah se brouilla. Son cœur se mit à battre de plus en plus fort, ses mains à trembler. Elle chercha à s'appuyer contre un chariot de bois où étaient empilés des livres. L'un d'eux s'ouvrit en tombant. *Les Oiseaux tropicaux.* Un perroquet lança un cri. Lilah s'affaissa. Puis un second livre heurta le sol. *Abraham Lincoln.* Des coups de feu retentirent.

«Reviens, dit-elle à voix basse. Je t'en prie.»

Mais Kurtz était déjà en route. Il tournait le dos à Lilah et pressait le pas, puis il disparut.

Lilah lui courut après à travers le bassin. «Ne le laissez pas sortir!» hurla-t-elle. L'eau éclaboussait de toutes parts. «Arrêtez-le avant qu'il ne sorte dans la rue!»

Personne ne pouvait avoir la moindre idée de ce qui se passait. Tout ce qu'on voyait, c'était Lilah Kemp qui courait à toute allure après un homme en poussant de grands cris.

Kurtz continua son chemin vers la sortie qui donnait sur Yonge Street. Il portait maintenant un pardessus de laine cintré, d'un gris clair soyeux, et sur la tête un feutre – gris argenté. Il tenait aussi une mallette. Une mallette noire. Il ne fit absolument pas cas de Lilah – c'était comme si elle n'existait pas.

Une rafale de bruit et de vent signala sa sortie. Le sourd, dérangé par le courant d'air de la rue, leva la tête et se mit à proférer les paroles de circonstance : «Faites attention. C'est une vraie jungle dehors.»

Lilah regarda Kurtz happé par la rue.

Oui..., pensa-t-elle. *Une jungle, maintenant que Kurtz s'y trouve.* Kurtz, le prophète des ténèbres. Kurtz, le maître de l'horreur. Kurtz, le chasseur de têtes.

2

Le gros avantage de l'hiver, c'est qu'il y avait moins de gens qui mouraient de sturnucémie, bien que jusque-là, à Toronto, cinquante-cinq personnes en fussent mortes – plus que dans toute autre ville du Canada. Les décès avaient atteint leur paroxysme au mois de juillet, quand huit personnes avaient succombé en une semaine. Cela s'était produit au plus fort de la canicule annuelle. Maintenant, la venue prochaine du printemps – à quelques semaines encore – laissait craindre l'arrivée inévitable des oiseaux porteurs de la maladie – surtout des étourneaux, *sturnus* en latin, d'où le nom du fléau. On avait aussi identifié les moineaux et les pigeons comme porteurs, mais rien n'était plus dangereux que les immenses volées d'étourneaux qui prenaient d'assaut les parcs et les gouttières des édifices publics.

On n'avait pas tardé à placarder des affiches pour prévenir la population – des panneaux géants installés aux frais du gouvernement, où l'on voyait un grand arbre encore nu au printemps, aux branches couvertes d'oiseaux. *SI VOUS VOYEZ CECI,* pouvait-on lire sur les panneaux, *APPELEZ L'ESCADRON M.* Les Escadrons M (le M étant mis pour mort) fermaient le quartier et y pénétraient à grands renforts de camions-citernes et de matériel de pulvérisation. Les procédures d'extermination dépendaient des conditions atmosphériques et de la direction du vent, mais cela se déroulait de façon rapide et efficace. Les Escadrons M étaient si bien rodés que, une heure ou deux après leur arrivée, les feux étaient allumés et les oiseaux réduits en cendres. C'est ce qui allait se produire. Avec le mois d'avril, tout allait recommencer. Pour l'instant, la couleur jaune caractéristique des camions-citernes était encore absente des rues; et la tâche des Escadrons M consistait surtout à se rendre d'une école à l'autre, afin d'informer enseignants et élèves des dangers que représentaient les volées d'oiseaux.

Lilah Kemp n'avait encore rencontré personne qui fût atteint de sturnucémie. Elle n'avait jamais côtoyé la maladie qu'à sa mangeoire d'oiseaux – mangeoire désormais illégale. Mais, en pleine tempête, le matin où Kurtz était sorti d'*Au cœur des ténèbres,* elle se trouva face à une victime, immédiatement reconnaissable aux petites taches qui lui couvraient la peau. Surgissant des tourbillons de neige dans Bloor Street West, un homme à l'allure de géant passa près d'elle, les vêtements tout défaits.

«Attendez! cria Lilah. Je peux vous aider!» – mais le vent emporta ses paroles. L'homme passa son chemin en trébuchant puis disparut. Il sembla à Lilah, bien qu'elle n'eût pas réussi à voir ses yeux, qu'il était aveugle. Il marchait dans la tempête, les bras tendus devant lui, comme s'il avait cherché un objet pour s'orienter – un lampadaire peut-être, ou un kiosque à journaux. La peau de sa poitrine et de son front était marbrée et son corps, par ailleurs imposant, était bleu et décharné. De toute évidence, cet homme aurait dû être soigné à l'hôpital ou tenu sous bonne garde, mais il était très probable qu'il s'était évadé en proie à la folie ou sous l'influence de drogues.

Lilah se retourna pour affronter la tempête et enfonça son béret écossais sur ses yeux. Avec le vent qui lui lacérait le visage, la neige semblait s'être transformée en lames de rasoir. Elle frissonna, s'adressa au landau : « À la maison maintenant », et se remit à le pousser.

On savait si peu de choses de la maladie et on faisait circuler tant de rumeurs qu'on l'accusait de presque tous les maux. La sturnucémie causait la démence, poussait au viol et au meurtre ; elle avait aussi des effets secondaires et provoquait cécité et surdité, impuissance sexuelle et fausses couches. Deux choses étaient cependant bien claires : au dernier stade de l'affection, la peau des malades se tachetait, un peu comme celle des oiseaux, et le cerveau était consumé par la fièvre. Comme les rats et leurs puces avaient propagé la peste bubonique, de même les oiseaux et leurs poux, surtout ceux des étourneaux, étaient censés être les porteurs universels de la sturnucémie – d'où la terreur qu'ils suscitaient, et les tentatives d'extermination menées par les Escadrons M.

Si on pouvait guérir la maladie au stade initial, en mettant les malades en quarantaine et en leur administrant des doses massives de médicaments, la mort suivait à coup sûr l'apparition des taches. La science se révélait impuissante. On avait mis sur pied des cliniques et créé des services spéciaux dans les hôpitaux, mais on n'avait encore trouvé aucun traitement infaillible. Il n'y avait pas de panacée.

La sturnucémie ne faisait toutefois pas peur à Lilah. En cela, elle était comme la plupart des gens, car il semblait qu'un deuxième fléau eût fait son apparition, celui de l'incrédulité. *Ça n'est pas vrai*, disait-on, *ça n'est pas possible. On va attendre d'avoir une explication plausible.* Bien qu'aucune explication n'eût été avancée et en dépit du nombre accru de décès dus à la maladie, le grand public semblait de toute évidence ignorer le danger lié à la sturnucémie. Ce genre de réaction n'était pas inhabituel. Dix ans plus tôt, la plupart des gens avaient refusé d'admettre l'existence du sida. Beaucoup en avaient assez de ce qu'ils avaient appelé des *tactiques alarmistes*. La plupart étaient sceptiques, d'autres incrédules. Très peu croyaient à la maladie, mais que l'on y crût ou non n'empêchait pas celle-ci de réclamer ses victimes. Seulement, elle le faisait dans un anonymat grandissant. La vérité, c'est que la plupart des gens allaient ouvrir les yeux trop tard sur un monde sans oiseaux et sur une ville en état de siège. Mais ce n'était pas pour tout de suite – ce serait pour plus tard, beaucoup plus tard, après Kurtz et Lilah Kemp.

Lilah habitait dans la ruelle qui longe l'avenue Lowther. Elle y avait loué un petit appartement avant de perdre la tête, et ce qu'elle appelait son *allocation* lui permettait de rester là, même après que l'incendie l'eut forcée à quitter son emploi de bibliothécaire. Frisant maintenant la quarantaine, elle était âgée de trente-cinq ans lorsqu'elle avait été *appelée* comme elle se plaisait à le dire pour décrire les premières attaques de sa maladie.

On pourrait dire que la schizophrénie de Lilah avait commencé à se manifester dans certains comportements antérieurs, quand elle était plus jeune : son enthousiasme passait par toute une gamme d'émotions, et elle avait la passion des livres et l'horreur des ténèbres. Il n'y avait cependant pas eu d'incident manifeste révélant une psychose. Elle avait toujours donné l'impression d'une femme habitée par de très forts penchants, mais qu'elle disciplinait. Si elle lisait toute la nuit, par exemple, elle ne passait pas pour autant le lendemain à dormir. Pas une fois elle n'était arrivée en retard à son travail.

Les ateliers que dirigeait Lilah à la bibliothèque municipale de Rosedale – ils avaient lieu le jeudi soir – attiraient beaucoup de monde car elle y communiquait sa ferveur évangélique pour la littérature. Mais lorsqu'elle avait commencé à ne plus avoir toute sa tête, elle avait traduit cette ardeur en termes si emphatiques que, plus d'une fois, on s'était moqué d'elle. Les participants avaient perdu confiance en son jugement et leur indifférence apparente l'avait amenée à abandonner ses notes. Ce qui commençait par une causerie sur *Cent ans de solitude* se transformait en discours sur les fourmis soldats, les ponchos et les madones. Lilah parlait à voix si basse que personne ne l'entendait. Un jour cependant, cessant brusquement de murmurer, elle avait crié : *Heathcliff a tué le sommeil !,* et ses participants du jeudi soir étaient restés pétrifiés sur leurs chaises. On avait annulé les ateliers et conseillé à Lilah de chercher de l'aide. Peu après, elle avait été internée au centre psychiatrique de Queen Street, déclarée gravement atteinte de schizophrénie. Mais ce fut après sa rencontre avec Otto, l'incendiaire, et après que la bibliothèque municipale de Rosedale eut été détruite par le feu.

Lilah traversait à présent la rue d'est en ouest, au coin de Bloor et Avenue, se frayant un chemin dans la neige avec le landau. Elle s'arrêta un instant devant la vitrine de la librairie Edwards. Les Lunistes avaient récemment organisé une manifestation sur le trottoir et un ou deux policiers avaient été projetés contre la vitre. Lilah regarda l'étalage derrière le ruban adhésif et la vitre étoilée : des livres d'art et des éditions illustrées de classiques pour enfants. Elle n'osa regarder celles-ci trop longtemps, de peur d'y reconnaître le nom de Walt Disney, qu'elle considérait comme le saint patron des plagiaires. *Alice au pays des merveilles de Walt Disney,* que ne fallait-il pas voir ! Ça lui donnait envie de hurler. Du coin de l'œil, elle vit que John Dai Bowen avait publié un autre livre de photos – avec, celui-là, la photo des filles Wylie en couverture.

Peu de gens connaissaient bien les filles Wylie, mais le fameux portrait qu'en avait fait John Dai Bowen était célèbre. Il montrait les sœurs telles qu'elles étaient aujourd'hui, juxtaposées à ce qu'elles avaient été enfants – des adultes posant devant le décor conçu par un autre photographe, anonyme celui-là, auteur du portrait qui flottait en arrière-plan. Trois petites filles et trois femmes adultes. Dans l'habile éclairage qui était la marque de commerce de Bowen, les sœurs Wylie et les fantômes de leur enfance prenaient l'aspect de créatures d'une exceptionnelle beauté, apparemment distantes les unes des autres – suprê-mement distantes des étrangers. Lilah les avait fréquentées autre-fois – bien qu'elle eût été un paria à cette époque, se mouvant déjà dans l'ombre du scandale qui entourait sa mère.

Lilah détourna la tête.

Elle se dirigea vers le nord, coupa en diagonale les avenues Prince-Arthur et Lowther, poussant le landau dans la neige qui tombait toujours lorsqu'elle atteignit Lapin Lanes. Le chasse-neige était passé avant elle, plus tôt ce matin-là, renversant toutes les poubelles sur son passage. Le landau avançait par soubresauts dans un bruit de ferraille. Son contenu s'agita.

Linton, je suis désolée.

Lilah ferma les yeux et continua son chemin dans la ruelle jusqu'au numéro 38-A. Là, elle reconnut l'odeur familière de l'huile qu'employait Mme Akhami pour faire la cuisine et elle rouvrit les yeux. Mme Akhami vivait dans la maison située juste en face du portail, et la fenêtre de sa cuisine s'ouvrait sur la ruelle par-delà une haute clôture en planches. Lilah remarqua que plusieurs chats s'étaient attroupés, en dépit de la tempête, dans l'espoir que Mme Akhami se montrerait généreuse. Non que cette générosité fût réelle. Mme Akhami n'avait pas la moindre inten-tion de nourrir les chats, mais elle les torturait en les alléchant avec l'odeur des plats qu'elle préparait.

Lilah franchit le portail en tirant le landau à reculons, passa sous le treillage et remonta l'allée. D'une seule main, elle tourna la clé dans la serrure et, d'un coup de coude, poussa la porte qui s'ouvrit sur son monde personnel.

Chez elle.

Une lumière chaude envahit le hall. La tempête et le bruit furent relégués au dehors. Le silence descendit sur Lilah et elle entendit, dans les murs, le bruit des souris qui l'accueillaient.

Elle s'assit dans la chaise de Hamlet et ôta son béret écossais. Couleur aubergine et poudré de neige. Elle porta machinalement la main à ses cheveux pour les discipliner – geste familier à tous ceux qui avaient rencontré Lilah plus d'une fois. Lilah Kemp avait les cheveux fous. Des mèches s'obstinaient à rebiquer pour s'échapper en douce du béret, malgré les efforts qu'elle faisait pour les aplatir. Même lorsqu'elle les laquait, ses cheveux se rebellaient et, dans le miroir, elle pouvait les voir se redresser, se balancer au sommet de sa tête et retomber sur son front comme s'ils voulaient examiner son visage ou inspecter ses oreilles. Sa chevelure ressemblait plus à un jardin qui aurait germé sur son crâne qu'à ce que les gens ont d'ordinaire à cet endroit – ce qu'est souvent *l'orgueil d'une femme*. L'orgueil de Lilah était son béret écossais, qu'elle se mettait tous les matins sur la tête pour tenir sa chevelure en échec.

Maison, dit-elle presque à haute voix, *j'ai laissé Kurtz s'échapper d'*Au cœur des ténèbres *– et je ne peux plus le trouver...*

Elle se leva de sa chaise, ôta ses gants et son manteau qu'elle jeta par terre. Puis elle se tourna vers le landau.

« Tu dois être mort de fatigue », dit-elle.

Aucune réponse.

Lilah se pencha et écarta les sacs de toile qui contenaient des livres. Elle fouilla sous les couvertures.

Il était là – sain et sauf, chaud de surcroît, malgré la traversée dans la tempête. *Les Hauts de Hurlevent* – dans sa jaquette bleue.

Elle l'embrassa et le mit contre sa joue.

« Tu dois être épuisé », dit-elle.

Aucune réponse.

Lilah se dirigea ensuite vers la minuscule cuisine pour y prendre une pilule.

Ce n'est pas tous les jours qu'un être humain se voit donner la chance de modifier le cours des événements. L'idée ne plaisait pas beaucoup à Lilah. Elle s'assit et resta là immobile, priant pour que Kurtz s'en aille. Mais les prières de Lilah avaient mauvaise réputation. Elles restaient toujours sans réponse.

3

Plus tard ce même après-midi, dans la salle de lecture au deuxième étage de la Grande Bibliothèque, un jeune homme du nom de Calvin Davidson rangeait les livres et les papiers qui se trouvaient sur les tables. C'était son travail – jeter le superflu et remettre les livres sur les étagères.

Au beau milieu d'une des tables, plusieurs livres et journaux avaient été laissés par l'homme aux cheveux teints en noir. Calvin Davidson se souvenait très bien de lui, car il avait été le premier à entrer dans la bibliothèque ce matin-là, et le premier à qui Calvin eût remis les livres en les prenant des rayonnages. *La Volonté et le Pouvoir,* le *Traité sur le sommeil* de Knott, la *Pharmacopée* de Folger, et d'autres ouvrages. Maintenant, Calvin les plaçait tous sur son chariot et jetait des bouts de papier froissé dans sa poubelle sur roues. Beaucoup de gribouillages – quantité de déchets. Calvin poursuivit son chemin.

Sans qu'il s'en rendît compte, une enveloppe s'était échappée d'un des livres et avait atterri sous les roues du chariot. C'était une enveloppe blanche, de grand format, épaisse et de bonne qualité, qui avait du mal à contenir plusieurs feuilles pliées de papier ligné. Si Calvin Davidson avait eu envie de les regarder, il aurait vu qu'elles étaient couvertes de la même écriture fine que celle qui ornait les petits bouts de papier qui avaient pris le chemin de la poubelle après avoir côtoyé la *Pharmacopée* de Folger. Au dos de l'enveloppe, on pouvait lire, bien visible, l'en-tête *Kurtz.* Mais il n'y avait ni adresse ni autre information touchant l'identité du propriétaire.

À l'intérieur de l'enveloppe, Calvin aurait pu lire ces mots : *Préparation au sommeil – et conséquences.* Mais il n'aurait pu comprendre ce titre, car le sommeil n'était pas le véritable sujet des notes qu'on avait prises. En fait, peu de gens auraient pu les comprendre avant que leur auteur eût terminé ses recherches. Ce que Rupert Kurtz était justement en train de faire à la Grande

Bibliothèque de Toronto, ce matin du 5 mars, un lundi, tandis qu'à l'extérieur, la neige tombait.

4

Au milieu du mois de mars, Olivia Wylie, l'épouse de Griffin Price, n'avait encore dit à personne qu'elle était enceinte. Ça ne se voyait pas, mais si son mari s'était intéressé à elle, il aurait remarqué qu'Olivia n'avait pas eu ses règles depuis trois mois. C'est que les hommes qui ne sont pas très portés sur le sexe ne suivent pas ce genre d'événements dans la vie de leur femme, à moins qu'on ne le leur mentionne. Les mots «syndrome prémenstruel», par exemple, ne voulaient absolument rien dire pour Griffin Price. Il n'en avait jamais entendu parler – ou bien il s'était fermé à ce genre de choses. *Encore une de ces histoires de femmes dont les hommes ne veulent pas entendre parler...*

Faisant chambre à part – faisant aussi salle de bains à part –, Griffin recherchait de moins en moins le contact physique avec Olivia en raison de son impuissance grandissante – *encore une de ces histoires d'hommes dont les femmes ne veulent pas entendre parler.* Olivia ne cherchait pas de contact physique avec Griffin. En fait, maintenant, les Price ne faisaient que vivre sous le même toit et partager le même carnet d'adresses. Et le même fœtus – bien que Griffin n'en eût pas la moindre idée.

Ils étaient polis l'un envers l'autre – ils s'aimaient «en courant d'air». Ils se disaient bonjour dans les couloirs et les escaliers. Griffin partait souvent en voyage et Olivia continuait à enseigner. Elle se demandait de plus en plus pourquoi il l'encourageait à rester à son poste. Elle ratait de plus en plus de voyages qu'elle avait voulu faire toute sa vie – et il était fort probable que c'était là la raison pour laquelle il la poussait à rester *une année encore* à Branksome Hall. Cela faisait maintenant trois fois qu'il lui avait tenu le même discours, et, dans l'intervalle, il avait largué les amarres - ostensiblement seul - pour se rendre en Autriche, en Bohême, en Pologne et en Roumanie. Bien sûr, Olivia avait pris part aux voyages d'été, mais ils n'avaient pas le même attrait que les autres. Pour elle, Houston en juillet n'avait rien du paradis.

Parfois, Olivia trouvait leur situation amusante, mais la plupart du temps, elle se sentait perplexe. Elle faisait de mauvais rêves et ne dormait jamais profondément. Les moments drôles, c'est quand elle s'imaginait en train d'annoncer à Griffin *nous allons avoir un bébé*. Ces conversations imaginaires n'auraient pas été plus gauches ni maladroites si elle avait voulu en faire le scénario d'un film. D'autres gens lui vinrent à l'esprit, à qui elle pourrait l'annoncer - son docteur, naturellement - sa sœur Peggy - un des professeurs à l'école. Mais non. Il n'avait jamais été question de le dire. Olivia le savait. Le fœtus le savait. Et il ne fallait pas s'attendre à autre chose.

C'est ainsi qu'un jour de mars, au lieu de rentrer directement chez elle en sortant de l'école, comme elle le faisait habituellement, Olivia se gara devant le numéro 39 de South Drive - la maison de famille des Wylie. Branksome Hall, où elle enseignait, était tout près de là. La maison des Wylie avait jadis été l'endroit où Olivia s'était sentie le plus en sécurité. Elle pensa qu'en faisant un retour vers le passé elle pourrait plus facilement mettre un frein au présent. *Et Maman serait la complice parfaite.*

Le numéro 39 de South Drive avait un toit de bardeaux verts inclinés à partir d'une lucarne centrale qui dominait l'escalier, ce qui donnait à la maison un charme particulier. En outre, ses gouttières de fer-blanc avaient des chéneaux et des gargouilles : chinoiseries. Avant de mourir, Grand-Mère Wylie était si vieille que sa peau était devenue jaune et ses yeux plus étroits. Olivia trouvait qu'elle ressemblait à l'impératrice de Chine. On portait la vieille Mme Wylie partout, ce qui, avec le halo bleu de la fumée de cigarette qui la dissimulait, renforçait l'image. La maison, avec ses toits pentus et ses gargouilles, faisait le reste. Elle était sise assez loin de la route, par-delà les pelouses, à l'ombre de plusieurs bouleaux et saules pleureurs. L'allée était en briques et lorsqu'elles étaient enfants, Amy, la sœur d'Olivia, y avait dessiné à la craie jaune le Chemin d'Oz. Cette transformation avait été très mal vue. Grand-Mère Wylie s'était mise dans la peau de la Sorcière de l'Ouest et avait déchargé ses foudres sur Amy qui avait dû effacer la craie en frottant longuement brique après brique après brique.

À l'arrière de la maison, les jardins en terrasses et un grand escalier de pierre descendaient vers un ravin humide où il y avait encore des faisans – mais plus d'oiseaux chanteurs. Les soirs et les nuits de printemps, juste après le coucher du soleil, le rire amoureux des ratons laveurs se faisait entendre jusque sous les porches fermés par des moustiquaires, et donnait l'impression qu'il existait une jungle invisible en bas, dans le noir.

Olivia avait passé tous ses dimanches après-midi d'enfant dans cette maison et ce jardin, vêtue d'une robe d'organdi ornée de rubans soit roses soit bleus, avec Amy et Peggy, semaine après semaine, tandis que ses cousins – tous des garçons – venaient habillés de petits costumes en tissu rêche, toujours bleu marine. Le thé du dimanche dans le clan Wylie était une tradition qui se maintint jusqu'à la mort de Grand-Mère, en l'honneur de laquelle fut donné le dernier grand thé.

L'enfance d'Olivia s'était déroulée au cœur même de Rosedale. South Drive était l'aorte du quartier. (Sa veine cave étant Crescent Road.) Mais les battements de la vie avaient ralenti – on s'y sentait à l'étroit, mal à l'aise. De nouveaux venus, riches d'argent mais pauvres de goût, avaient acheté les vieilles demeures, les avaient redivisées pour les louer pièce par pièce aux descendants de ceux qui en avaient été les propriétaires d'origine. Les loyers étaient exorbitants, un véritable camouflet, mais voilà ce qui vous arrive pour n'être pas né au bon moment. Votre nom est souvent tout ce que vous possédez – et le souvenir du lieu – et l'ombre absente des arbres coupés durant votre exil. Et le chant silencieux des oiseaux. Les Escadrons M étaient passés par là aussi.

En un sens, Olivia partageait le respect de sa sœur Peggy pour le passé. En un sens seulement. Elle regrettait l'absence de repères et de gens qu'elle aimait – les parcs tels qu'elle les avait connus; les façades des maisons qui avaient été «améliorées»; la bibliothèque municipale de Rosedale, entièrement détruite; son père, Eustace Wylie; ses maîtres d'école; les chiens qu'elle promenait; les voisins. D'autres gens. Mais en réalité, le passé avait été une époque terrible, où l'on mentait à tout le monde, de la même manière qu'on mentait maintenant, mais pour des raisons différentes. Autrefois, on vous mentait pour votre bien. Aujourd'hui, on vous mentait pour le bien des autres – quels qu'ils fussent.

Cet après-midi de mars, avant de s'aventurer à quitter la sécurité de sa voiture pour la sécurité de la maison Wylie, Olivia finit pensivement sa cigarette. Cela lui prit cinq minutes.

Chaque fois que tu en fumes une, c'est comme si tu me tuais, tu sais.

Le dialogue avec le fœtus avait commencé le 17 février – le jour où Olivia avait pour la première fois envisagé un avortement.

À présent, Olivia ne répondait pas. Comme toujours, elle oscillait au bord du silence.

Eloise Wylie buvait une bouteille de whisky par jour. En général, ça ne se voyait guère avant le soir. Mais maintenant, en fin d'après-midi, elle faisait penser à quelqu'un qui marche dans un rêve – cohérente, comprenant ce qu'on disait, attentive – mais capable à tout instant de se réveiller prise de panique. Elle avait une personne, Nella Sutton, qui lui tenait compagnie. Nella s'asseyait dans la cuisine et faisait des patiences. Elle buvait aussi – mais elle buvait du gin.

De temps à autre, Eloise ne pouvait plus supporter la solitude et l'absence de tout le monde. Dans ces moments, Nella montait à sa chambre, enlevait son sarrau bleu, enfilait une robe (ajoutant parfois un chapeau), puis redescendait et sonnait à la porte. Eloise allait ouvrir, la faisait entrer et la conduisait, tout en parlant déjà, au salon où Nella s'asseyait, jambes croisées, à fumer les cigarettes d'Eloise, à boire du whisky plutôt que du gin et à écouter Eloise se décharger sur elle de tous ses soucis. À la fin de ces récitals, Nella s'excusait de devoir partir, disait à Mme Wylie quel *moment agréable* elle venait de passer et partait comme elle était venue, par la porte qui donnait sur la rue. Puis elle se rendait à la porte de côté, entrait dans la maison – montait l'escalier – troquait sa robe pour son sarrau et descendait à la cuisine par l'escalier de derrière. Plus tard, en servant le dîner – avant de s'asseoir – elle demandait parfois qui était venu en visite l'après-midi, ce à quoi Eloise répondait immanquablement : *Quelqu'un que tu ne connais pas, Nell. Une parfaite inconnue.* Puis elles mangeaient, jouaient plusieurs parties de rami et allaient se coucher.

Olivia entra doucement sans s'annoncer.

La maison semblait vide.

Elle s'arrêta un instant dans l'entrée éclairée par la lucarne, son reflet blanc dans le miroir tremblait par-delà les fleurs. Elle portait ses gants de conduite et, lorsqu'elle fit le geste machinal de toucher ses cheveux, elle se demanda à qui appartenait la main. Le bras était perdu parmi les jonquilles et les iris. Caché dans les fougères.

Personne dans l'escalier et personne dans la salle à manger.

Au-delà de l'ouverture cintrée, elle pouvait voir dans le salon le fauteuil à oreilles de sa grand-mère toujours dans le même coin. Qui attendait. Si Lilah Kemp avait été là, le fauteuil n'aurait pas eu à attendre bien longtemps. Grand-Mère Wylie avait très envie d'apparaître, mais il n'y avait personne pour la libérer. C'était même tout le contraire. Une campagne était menée tambour battant pour la tenir éloignée.

« Maman ? »

De la fumée.

Olivia s'avança.

Eloise était assise sur le banc du piano, le dos tourné au clavier.

« Je ne peux plus jouer, dit-elle. Mes mains ne me le permettent plus. » Elle se tourna de côté et posa une main sur les touches. Un accord. *La* mineur. « Schumann. Tu te souviens ?

– Oui. Je me souviens très bien », dit Olivia.

C'était une allusion au fiasco d'Eloise quand elle avait essayé sans succès de maîtriser les *Scènes d'enfants*. Elle avait alors soixante-deux ans.

Eloise soupira et se leva. Elle portait une robe élégante, d'un bleu de sa teinte préférée. Pas de maquillage. Un bijou seulement, un papillon, et elle était allée récemment chez le coiffeur se faire faire une nouvelle coupe. Ses cheveux étaient coiffés vers l'arrière, dégageant son visage, ce qui lui donnait un véritable profil d'aigle.

« Si tu as l'intention de m'embrasser, ne le fais pas, dit-elle. Je ne veux pas qu'on me touche aujourd'hui. » Un mélange d'alcool et d'Estée Lauder flottait à travers le salon.

Eloise se dirigea vers le sofa en marchant plus ou moins droit et s'assit – s'affaissa. S'étant retrouvée à demi allongée, elle fit mine d'arranger les coussins. Sa bouteille de Black and White et son verre étaient posés sur la table à café. Une cigarette aussi était en train de se consumer – en équilibre instable sur le bord du cendrier.

« Qu'est-ce que tu veux ? dit-elle.

– Juste te voir.

– Ah ! dit Eloise. Dis-moi donc ce que tu veux, Olivia ? »

Olivia se dirigea vers la table où étaient rangés les alcools (encore des fleurs – des jacinthes en pot) –, prit un verre et se versa un gin-vermouth.

« Ne me dis pas que tu t'es mise à boire, dit Eloise.

– Oui. Et mon Dieu, pourquoi les gens sont-ils si surpris ?

– Ce n'était pas le genre d'Olivia de faire ça, jusqu'à maintenant.

– Oh, arrête.

– Eh bien, ça y est, elle s'y est mise. » Eloise lui lança un regard plein de sous-entendus. « C'est l'école, voilà ce que c'est. Je le savais. Les profs sont tous une bande d'ivrognes... » Si Olivia avait été médecin, Eloise aurait dit que les docteurs sont tous une bande d'ivrognes. Pareil pour les éboueurs ou les serveuses. « Et Griffin ? Comment va-t-il ?

– Bien.

– Est-ce qu'il est à la maison, pour changer ?

– Là, maman...

– Est-ce que je peux te poser une question ? Est-ce qu'il est à la maison ? Ou en train d'acheter l'Europe ?

– Il est à Prague.

– Oui – bon. Après tout, c'est à vendre maintenant, pas vrai ?

– Griffin va bien, maman. Laisse-le tranquille. »

Eloise éteignit la cigarette qui se consumait et en alluma une nouvelle. Ses mains tremblaient. « Dis-moi ce que tu veux, Olivia ?

– Eh bien... je passais devant la maison. C'est tout. »

Dis-lui.

Non. Pas encore.

Eloise regarda sa fille et posa le briquet. Il tomba presque de la table. Elle s'assit au bord du sofa, faisant un effort pour ne pas trembler. Elle voulait remplir son verre. Olivia le devinait – mais Eloise était décidée à ne pas soulever la bouteille tant qu'Olivia la regarderait. Olivia pensa combien elle était belle, avec son visage pâle et poudré, ses cheveux si blancs – et ses yeux où se lisait la souffrance d'un condamné à mort qui refuse d'admettre qu'il a peur.

Olivia détourna son regard et écouta le bruit de l'alcool qui remplissait le verre. La pièce, la maison entière débordait de fleurs forcées ; belles mais fragiles – tendues au bout de leurs tiges. À l'écoute – en attente. Parfaites.

« Je n'ai rien entendu, dit enfin Eloise. Je n'ai rien entendu, si c'est la raison pour laquelle tu es venue. Alors n'essaie pas de me faire parler. Je n'ai rien à dire.

– À quel sujet ?

– Ne joue pas à ce jeu avec moi, Olivia. Je n'en ai pas la patience. Tout le monde attend que j'explique. Eh bien, je ne *peux pas.* Comment est-ce que je le pourrais? Ils l'ont emmenée – ils l'ont mise dans cet horrible endroit. Qu'est-ce que je dois dire?»

Amy, la benjamine des sœurs Wylie, s'était de nouveau fait arrêter pour avoir volé de la nourriture. Des graines d'oiseaux. Amy avait déjà été arrêtée, sans jamais être inculpée, trois fois. Son comportement erratique était bien connu et elle avait toujours été traitée par un médecin de l'institut Parkin de recherche psychiatrique.

«Ne t'inquiète pas pour elle, maman. Ils ne l'ont gardée que la nuit.» Olivia avait en fait téléphoné à l'institut Parkin ce matin-là pour s'en assurer.

Eloise but une gorgée et regarda fixement son verre, muette – un peu comme un chat qui renifle sa soucoupe de lait. «Qu'est-ce que je dois dire? fit-elle. *Elle est folle, mais c'est ma fille?*» Eloise essaya de rire, mais en vain.

«Ça ne regarde personne, dit Olivia. Oublie les autres.

– Je ne peux pas les oublier.» Eloise était paniquée. «Il faut que quelqu'un parle. On ne peut pas laisser les choses continuer comme ça. Dans le fond, j'ai tellement peur. Je me dis sans arrêt – qu'est-ce qui ne va pas? Qu'est-ce qu'on a fait? Pour quoi est-ce qu'on paye, nous toutes? Pour être nées? Pour être nous? Tous les autres sont là, le sourire aux lèvres, placides, sans expression sur leur maudite figure. Ils n'ont rien fait. *Ils* vont bien. C'est moi et toi et Amy et Peggy qui payons pour ça...

– Pour quoi?

– Je ne sais pas. Notre sang. L'hérédité. Je ne sais pas.» Eloise but une grosse gorgée qu'elle avala lentement. «On n'a pas le droit de se retrancher d'un coup de la vie de tout le monde comme l'a fait Amy. Sans explication. Rien. La folie n'est pas une explication, Olivia. La folie c'est... Peut-être que la folie c'est juste un accident. Un coup de feu tiré par erreur. Toute sa vie, Amy a visé le ciel. L'ambition. Est-ce que ça n'est pas ça qui arrive? On vise le ciel – et la balle traverse le cerveau.»

Olivia se taisait.

34

« Après la mort de ton père, on savait tous pourquoi. On pouvait tous dire – *oui, c'est la faute de la Guerre. Il est allé au front. Ça l'a démoralisé. Et longtemps, bien longtemps après son retour parmi nous, ça l'a tué.* Les gens comprennent ce genre de choses. C'est tragique, mais on sait ce que ça veut dire. *Regarde*, on peut dire – et on peut même montrer du doigt sur la carte – *c'est là que c'est arrivé. Sur une plage. En Normandie.* Et la carte est couverte de détails, de sites de débarquement impossibles, de falaises et de batteries. On peut voir facilement ce qui n'a pas marché. Les photos sont là pour le prouver. On sait ce qui l'a rendu malade. C'est la peur. Et la pitié. Tous ces jeunes hommes, morts. Mais où est-ce qu'il y a une carte, où est-ce qu'il y a une photo, quelque chose qu'on peut montrer du doigt pour ma fille ? Pour Amy. Où est le site de débarquement impossible ? Où sont les canons ? Où est la carte d'Amy ? La photo ? La preuve ? »

Olivia se taisait toujours.

« Je n'avais jamais peur, dit Eloise. Jamais, jamais. Et maintenant – je sais que c'est en partie l'âge, j'ai plus de soixante-dix ans. Mais le reste. Pourquoi est-ce que je devrais avoir peur d'Amy – de ma propre fille ? De quelqu'un que j'aime de tout mon cœur ? »

L'après-midi tirait à sa fin. Il commençait à faire sombre. Ni Eloise ni Olivia n'allumèrent les lampes.

Finalement, Eloise regarda autour d'elle et dit : « C'est beau, n'est-ce pas. Une si belle maison. Je me promène et vais d'une pièce à l'autre. Je regarde tous les détails. Et je me dis – c'était une belle table, pas vrai ? Et cette chaise, une merveille ? Regarde ce vase – comme il était beau. » Elle était complètement immobile. « De quelle époque est-ce que je parle, Olivia ? Quand est-ce que c'était – et quand est-ce que ça s'est terminé ? Je le jure, je n'ai jamais senti que ça finissait. Mais c'est fini.

– Tu es trop seule, dit Olivia.

– C'est mon choix. Qui reste parmi ceux que j'aimerais voir ? Nella. Mes enfants. Mais tu es la seule qui vient ici. »

Les enfants.

Olivia posa son verre. «Maman, dit-elle, nous avions bien un frère? Qui est mort avant ma naissance?

– Oui. Enfin. Il est mort avant même d'être né.

– Mais il est né quand même?

– Oui.

– Pourquoi est-il mort? Un accident?

– Pourquoi veux-tu savoir tout ça? Tout d'un coup...»

Olivia mentit. En partie. «Eh bien, je pensais – tu avais amené le sujet des enfants. Peggy, moi, et Amy. Les enfants. En général. Ça m'a rappelé...»

Dis-lui.

Non.

«Ça m'a rappelé – il y a des enfants qui n'existent pas – qui n'ont pas l'occasion de naître. Comme mon frère.

– Il est né.

– Oui. Mais...»

Dis-lui.

«Il est né, Olivia. Ce qu'il y a, c'est qu'il n'a pas vécu.

– Qu'est-ce qui est arrivé?

– On n'a pas pu le faire respirer.

– Est-ce qu'il a eu un nom?

– Non, bien sûr.

– Est-ce que tu te demandes des fois...?

– Quoi?

– Ce à quoi il aurait pu ressembler. Est-ce que tu y penses des fois? Qu'est-ce qu'il aurait pu devenir? Quand tu penses à lui, qu'est-ce qui te passe par la tête...?

– Je n'y pense pas. Jamais. De toute ma vie, il ne m'est rien arrivé d'aussi triste. Sauf pour ton père qui a décliné si lentement. Je ne pense tout simplement jamais à lui – à ce bébé. J'aurais préféré que tu n'en parles pas.

– Je suis désolée.» Olivia se leva. «Mais ce n'est pas par simple curiosité. Je veux vraiment savoir.» Elle prit son verre pour aller se servir une autre rasade. «Peut-être que c'est à cause de tous ces gens qui meurent. Du sida. De la sturnucémie. Quand quelqu'un meurt, on pense à tous les autres morts, je crois, à des trucs auxquels on ne pense pas quand les choses sont normales. »

Eloise la regarda puis détourna les yeux. « Les choses ne vont plus jamais être normales. Pas dans ma vie.

– Il ne faut pas dire ça. Ne pense pas comme ça. Ce n'est pas vrai... »

Olivia fut prise d'une envie de lui parler du bébé – voulut la rassurer, lui dire qu'il y avait, ou qu'il pouvait y avoir, un avenir. Mais Eloise ne lui laissa pas le temps de s'exprimer.

« Fiche-moi la paix Olivia avec tes questions. Pourquoi est-ce que tu es revenue là-dessus ? » D'un geste de défi, elle remplit son verre à ras bord. « Ils ne l'ont même pas enterré, dit-elle. C'est devenu un genre de spécimen... ou je ne sais plus comment ça s'appelle... » Elle contemplait son verre. « Quelque chose qu'ils regardaient dans du verre. Dans un bocal. Des bébés en conserve. »

Ciel. Qu'est-ce qui m'a pris de lui rappeler tout ça ?

Parce que tu veux savoir.

Mais je...

Écoute, personne d'autre ne va te raconter ça. Alors ferme-la. Le fœtus se retourna sur lui-même. Olivia s'appuya le dos à la table.

Eloise dit : « Plus tard, j'ai pensé : *Bon... Autant l'avoir porté pour quelque chose* – en voyant que ça pouvait faire du bien à quelqu'un. Ça n'avait aucun défaut physique, apparemment. C'était très bien formé. »

Ça, c'était.

« Quand tu es née – j'ai bien failli ne pas t'avoir. Mais je t'ai eue.

– J'en suis ravie.

– C'est vrai ? »

Olivia ne répondit pas. Elle fit comme si rien n'avait été dit.

Eloise posa son verre et alluma une autre cigarette. Le profil d'aigle était éclairé de derrière, là où on voyait le jardin sous la neige.

« Est-ce que tu crois que la folie de ta sœur est permanente dit-elle, ou est-ce qu'il s'agit simplement d'une autre phase ?

– Je ne sais pas, maman.

– Tout ce qu'on veut pour nos enfants, c'est qu'ils soient heureux. Rien de plus. Rien. Et, apparemment, le bonheur est la seule chose au monde qu'on n'est pas en mesure de donner. »

Silence.

« Est-ce que tu restes à dîner ? » dit Eloise. Elle paraissait sincère ; ce n'était pas une invitation en l'air.

« Non, maman. Excuse-moi. Je profite de l'absence de Griffin pour inviter des gens ce soir.

– Ah ? Qui donc ?

– Fabiana Holbach. Warren Ellis. Et quelques autres. Je ne pense pas que tu les connaisses. Fabiana prépare un vernissage à sa galerie d'art. J'ai hâte d'en savoir plus.

– Est-ce que ça n'est pas la femme de Jimmy Holbach ?

– Oui. C'est bien elle.

– Qu'est-ce qu'il est devenu ?

– Il est parti à la recherche de quelque chose. Personne ne sait quoi. Et il a disparu.

– Où ?

– Quelque part en Amérique du Sud. En Amazonie.

– Il a disparu ?

– Oui.

– Est-ce qu'il y a des cartes ? »

Olivia regarda Eloise et fut heureuse de voir un sourire se dessiner sur ses lèvres.

« Au revoir, maman.

– Au revoir, ma chérie.

– Veux-tu que j'allume quelques lampes ? Il commence à faire bien sombre ici.

– Non. Laisse faire. J'aime ça. Et puis Nella va venir. Elle les allumera avant qu'il fasse tout à fait noir.

– Cette chère Nella. Fais-lui mes amitiés.

– Je n'y manquerai pas. Viens m'embrasser. Ça m'a passé qu'on ne me touche pas. »

Olivia franchit le parquet ciré et le tapis persan pour aller embrasser sur le front sa mère toujours assise. Sa peau était devenue si belle avec l'âge. Pâle, des couches translucides de parchemin poudré – douce comme la peau d'un nouveau-né.

« À la prochaine », dit Eloise. Elle leva la main pour toucher le bras d'Olivia. « Ne fais pas claquer la porte. »

Olivia se mit en route.

Elle ne se retourna pas.

On entendit le déclic de la serrure – mais rien de plus.

Olivia resta un moment sur le porche, immobile. Elle prit une grande bouffée d'air frais et enfila ses gants de conduite.

Des bébés en conserve.

Dis-lui. Retourne la voir et dis-lui.

Non. Elle en mourrait.

Il vaudrait mieux que ce soit elle que moi, Olivia.

Olivia ne répondit pas. Elle prit une autre grande bouffée d'air et ferma les yeux.

Est-ce que tu vas m'acheter un bocal, Olivia ?

S'il te plaît, arrête...

Olivia rouvrit les yeux. Elle se demanda si elle n'allait pas s'évanouir. Il y avait vraiment quelque chose qui n'allait pas. Une crampe commença à poindre à l'intérieur de son corps. De la forme d'un lance-pierre. Quelque chose de mouillé se mit à couler entre ses jambes, le long de sa cuisse gauche.

Non. Pas ça.

Elle fit un pas en avant. L'humidité se répandit.

Elle regarda les briques à ses pieds.

Marche.

Elle parvint à se rendre au coin de la rue – fit une pause puis traversa –, s'appuya contre la voiture et finit par mettre la clé dans la serrure. Elle ouvrit la porte et se glissa à l'intérieur.

Assise derrière le volant, elle attendit pendant que deux filles portant l'uniforme de Branksome Hall s'approchaient sur le trottoir. Elles la saluèrent. Olivia les vit prononcer son nom : *Mme Price*. Elle leur rendit leur salut, en espérant que l'expression sur son visage ressemblerait à un sourire.

Elle baissa les yeux.

Rien. Encore fallait-il qu'elle soit certaine. En se soulevant légèrement, elle remonta sa jupe afin de libérer ses hanches. Son collant était mouillé jusqu'aux genoux.

Pas de sang.

Pas de sang.

Une crampe de la vessie. Rien de plus.

Elle se rassit, sans se rendre compte qu'elle avait retenu sa respiration. Elle poussa un énorme soupir.

Toi, dit-elle. Est-ce que tu es toujours là?

Oui.

Olivia sourit.

Et toi? dit la voix.

Olivia se mit à rire. «Bien sûr que j'y suis!»

Elle tourna la clé. Le moteur s'ébroua.

En s'éloignant du trottoir, Olivia ne put s'empêcher de sourire. Elle s'imaginait durant les mois à venir – tout en grosseurs et en rondeurs – elle serait la première des femmes Wylie à porter une robe de maternité depuis qu'Eloise avait été enceinte d'Amy. Et la seule des filles Wylie qui se plaindrait jamais de ses vergetures. Quelle marque de distinction extraordinaire – complètement dingue!

Dingue?

Enfin – tu sais ce que je veux dire.

Non. Je ne sais pas.

Amen.

5

L'appartement de Lilah Kemp se composait, en fait, des quartiers réservés aux domestiques et de la cuisine d'été du numéro 38 de Lowther Avenue. On pouvait y accéder de deux façons : par l'entrée donnant sur le jardin, du côté de la ruelle, et par une porte qui communiquait avec la véritable cuisine du numéro 38. Assez bizarrement, la cuisine d'été qui faisait partie du domaine de Lilah était bien plus vaste que celle qui se trouvait de l'autre côté de la porte. Sans doute parce que c'était autrefois l'endroit où les domestiques prenaient leurs repas et passaient le temps. Lilah en avait fait son salon. Il y avait aussi une minuscule salle de bains et une chambre de dimensions modestes. Un petit corridor sombre – qui faisait peur à Lilah – menait de la cuisine au tournant qui débouchait dans le hall d'entrée. Sa chambre donnait sur le jardin, à présent couvert de neige. Sur l'appui des fenêtres de la chambre et de la cuisine, dans des pots de céramique, Lilah faisait pousser des violettes africaines – à sa connaissance la seule plante à fleurs qui se plût loin du soleil.

Le numéro 38 de l'avenue Lowther appartenait à l'université de Toronto qui le louait aux professeurs venant de l'étranger pour des séjours de durée variable. Les locataires actuels étaient M. et Mme Holland – respectivement Robert et Honey. Honey était physicienne et Robert écrivait des livres qui restaient perpétuellement en quête d'éditeurs.

Les Holland, originaires de Rhodésie du Sud (ils se refusaient à l'appeler Zimbabwe), étaient blancs, effacés et aimaient garder leurs distances. Lorsqu'ils étaient chez eux, ils restaient assis sans se dire un mot. C'est avec une certaine condescendance qu'ils acceptaient la présence de Lilah derrière les murs de leur cuisine et de leur salle à manger, mais ils ne la croisaient que rarement. En fait, les souris – dont ils faisaient un massacre – étaient plus bruyantes et plus visibles que Lilah Kemp. La porte de communication entre les deux logements était fermée à clé et Lilah n'avait pas encore eu le privilège d'être invitée à passer de l'autre côté. *Il est préférable de vivre chacun chez soi*, avait dit Honey Holland, *ne croyez-vous pas, ma chère ?*

Lilah vivait depuis si longtemps à l'écart qu'elle ne se rappelait pas qu'on pût vivre autrement. Même du temps où elle était bibliothécaire en chef, elle n'était pas de nature sociable. Elle ne vivait que pour les livres, et c'est dans les livres qu'elle trouvait la plupart de ses amis. Son passé n'avait pas non plus été très peuplé. Timide devant ceux qu'elle ne connaissait pas et dont la vie n'avait pas été couchée sur le papier, Lilah était perçue par les quelques personnes de son entourage – s'il en fut – comme étrangement hautaine, secrète à l'excès et difficile à comprendre.

Elle avait habité, avec sa mère, son père et sa sœur Joellen, une grande maison blanche de Beaumont Street dans les beaux quartiers de Rosedale. Elle y avait connu, tant que ça avait duré, une vie de luxe, de privilèges et d'aisance. Un véritable enfer aussi. Son père, sans l'avoir jamais touchée cependant, lui avait fait subir les pires traitements. Il est difficile d'imaginer la fureur qui s'emparait de lui – encore maintenant, Lilah se rappelait sa voix tonitruante, ses hurlements qui passaient d'un registre à l'autre et leur volume terrifiant. Une fois, la puissance de cette voix avait envoyé sa mère débouler dans l'escalier – une chute effroyable. Lilah courait toujours se cacher – et sa sœur, qui était l'aînée, avait souffert d'anorexie chronique durant des années à cause des rodomontades du père. *Si tu n'es plus qu'un squelette*, lui avait expliqué Joellen, *il ne pourra jamais te trouver.* Épouse et filles avaient été vilipendées pour *l'horreur attachée à leur sexe – pour n'être pas des hommes – pour l'incroyable sottise et stupidité des femmes – pour leur laideur, leur ignorance et leur odeur.* La première intention de Lilah avait été de le tuer. Mais les choses se produisant rarement comme on le voudrait, ce fut la mère de Lilah qui mourut, assassinée. Elle était médium – *pas spirite, mon petit cœur – jamais spirite, mon petit cœur – toujours médium, mon petit cœur...* Mon petit cœur. Mon petit cœur. Mon petit cœur.

Elle s'appelait Sarah Tudball, et c'est sous ce nom qu'elle se présentait sur ses cartes. En refusant de prendre le nom de son mari, elle avait remporté son unique victoire sur lui. Elle avait un don funeste – car, en même temps que son talent pour *faire lever les morts,* comme elle disait, elle avait aussi légué à Lilah son incapacité de contrôler quels morts se levaient. Lilah avait en outre hérité d'un don que seule sa mère possédait de son vivant, celui de faire sortir les personnages des livres. Voici comment Sarah Tudball avait trouvé la mort.

Sur un côté de Beaumont Street, face aux maisons, se trouve un profond ravin – un de ces très nombreux ravins pour lesquels Toronto est réputée. Depuis, les maisons ont proliféré sur la colline, mais, du temps de Sarah, quand Lilah était encore enfant, il n'y avait qu'une habitation de ce côté de la rue. Elle se trouvait sur une sorte de promontoire tout au bout. Ailleurs, des arbres et des broussailles assombrissaient les collines, qui accueillaient aussi des vagabonds et toute une faune de ratons laveurs, mouffettes et renards, lapins, porcs-épics et nombre de chats sauvages. Sarah descendait souvent dans ce ravin ou se rendait sous les arbres, à flanc de colline, pour s'y livrer à son commerce avec les défunts. Elle encourageait Lilah à la suivre. Mais Lilah avait horreur du noir – c'est aussi dans le noir qu'elle était née – et, lorsqu'elle entendait : *Viens avec moi aujourd'hui, mon petit cœur...*, elle était frappée de panique.

Il est certain que Lilah n'était pas descendue dans le ravin la nuit où Sarah fut assassinée. Cela s'était produit quand Lilah avait dix ans – et les détails atroces restèrent gravés dans sa mémoire durant toutes les années qui suivirent. Chaque bruit de pas, chaque brindille cassée, chaque rai de lune et le moindre reniflement ou farfouillement des bêtes la hantaient encore, même si, ce soir-là, elle n'avait fait que regarder de la fenêtre de sa chambre.

Sarah avait quitté la maison à onze heures trente. La lune brillait. C'était le 28 octobre. Elle portait son plus beau manteau de laine et s'était enveloppée dans ses plus beaux foulards. Elle était chaussée de grosses bottes et s'était munie d'un bâton de marche et d'une lampe de poche. Sur sa tête, elle avait mis un grand chapeau de feutre brun et, dans sa poche, un sandwich. À peine une demi-heure s'était écoulée depuis son départ que ses cris amplifiés par l'écho commencèrent à s'élever de la brume et se firent entendre au moins cinq minutes. Des hommes et des femmes se précipitèrent au sommet de la colline et sur le pont de Glen Road surplombant le ravin mais personne ne descendit l'aider. Quand elle poussa son dernier cri, une myriade d'oiseaux s'envolèrent des arbres dans le noir, après quoi ce fut le silence. C'est seulement alors que le père de Lilah appela la police.

On trouva Sarah couverte de bleus et étranglée avec ses foulards. Depuis, Lilah ne cessa jamais d'entendre ses cris – ni ne réussit à prononcer les mots *mon petit cœur*.

Voici en fait ce qui était arrivé :

Sarah Tudball avait voulu faire apparaître le docteur Jekyll – mais c'est Mister Hyde qui s'était trouvé au rendez-vous.

6

Au retour de Prague, l'avion de Griffin Price avait d'abord fait escale à Gander, à Terre-Neuve, et effectuait à présent le trajet Saint John's–Toronto. La nuit tombait et l'obscurité gagnait du terrain. Le grand aéronef blanc dans lequel se trouvait Griffin se lança un moment à la poursuite du soleil couchant, mais, à sept heures, la course était perdue et la lune reprenait possession du ciel tout entier. Sous l'avion, il n'y avait pas trace de nuage.

Griffin regarda le golfe du Saint-Laurent, aussi large qu'une mer fermée – rien d'autre pour signaler sa présence que la lueur vacillante des vagues éclairées par la lune. Aucun navire n'était en vue, bien que ce fût là, à une époque, un lieu de rassemblement mondial – navires marchands africains et paquebots britanniques, baleiniers russes et cargos sud-américains. Plus rien. La vue d'un navire était devenue chose extrêmement rare depuis que le monde avait commencé de se disloquer et de se fragmenter, une nation après l'autre. Le commerce était maintenant une affaire de télécopie, à laquelle se livraient des hommes armés de téléphones et qui voyageaient en avion.

Le seul autre passager de première classe était endormi, un ordinateur portable sur les genoux. Griffin attendait que l'engin tombe en déballant sa mécanique sur le plancher, mais cela ne s'était pas encore produit. Plus jeune que Griffin, vingt-cinq ans tout au plus, cet homme était dans son sommeil l'image même de l'innocence – du moins en apparence. De stature assez frêle, il portait l'habit classique de l'homme d'affaires en voyage – chemise à rayures bleues, costume de laine gris, cravate de St Andrew's – le même collège qu'avait fréquenté Griffin, bien que ce dernier n'eût pas la moindre idée de l'identité du jeune homme. Encore un autre pèlerin qui faisait route vers l'intérieur du continent, sans doute – encore un explorateur qui se dirigeait vers les rivages du Pacifique; *Cathay. Vers l'Ouest, jeune homme, vers l'Orient!* Plus loin, plus loin, toujours en marche, repoussant constamment la frontière, jamais arrivé, perpétuellement en quête d'un monde déjà découvert...

Sept-Îles. Rimouski. Québec.

Le grand fleuve se rétrécit sous eux, délimité par les îles, promontoires, langues de terre, scintillant sous les lumières de la Citadelle, pris dans la glace vive. Voilà combien de temps – quatre cents, cinq cents ans – qu'ils étaient venus d'Europe, s'enfonçant vers l'intérieur? Que penseraient-ils maintenant – Trois-Rivières, Verchères, Varennes, Montréal? Il ne restait que peu, sinon rien, de ce qu'ils avaient rêvé.

Les ancêtres de Griffin – à quand cela remontait-il? – étaient venus par ce même chemin, longeant le Saint-Laurent, s'enfonçant toujours plus loin à l'intérieur des terres. Décimés – tout un clan de Gallois – victimes du choléra, de leur ignorance de l'agriculture, de leur pauvreté perpétuelle. Ce ne fut pas avant l'époque de l'arrière-grand-père de Griffin qu'un rayon d'espoir se fit jour, de courte durée cependant, car l'entreprise échoua. Mais le grand-père puis le père de Griffin étaient parvenus jusqu'à Toronto, où usant de leur charme et d'une ténacité sans bornes, ils avaient réussi à bâtir un empire du sucre, dont Griffin Price tirait à présent les fonds qui lui permettaient de faire marcher sa propre entreprise.

Le lac apparut au-dessous de lui, le lac Ontario, sur lequel les nuages et l'obscurité croissante dessinaient des ombres – les lumières de Cornwall, de Kingston et de Belleville clignotant à intervalles réguliers à travers la neige. Tout d'un coup, l'avion plongea de vingt mètres – et l'ordinateur du jeune homme alla cogner le plafond où il se brisa comme un œuf, laissant éclore sa mécanique qui retomba sur le siège voisin.

Griffin tourna la tête en direction de la scène.

«Dommage, dit-il.

– Ça n'est pas grave, répliqua le jeune homme. J'en ai un autre dans ma serviette.

– Toujours prêt, hein?

– Il faut bien, sourit le jeune homme. Tout ce qu'on achète ces jours-ci, c'est de la camelote. Il n'y a rien qui marche. Tout se casse. Ça fait partie du complot.

– Quel complot? dit Griffin.

– Celui qui nous force tous à acheter les choses deux fois plus souvent qu'on en a besoin.

– Ah, dit Griffin, je vois. Le fameux complot.» Il essaya de repousser l'idée, mais se sentait vaguement mal à l'aise. Si c'était un complot, il en faisait bel et bien partie. «Que faites-vous dans la vie? lança-t-il.

– Je suis avocat. Avocat de société – en pleine ascension.

– Ah oui? Où travaillez-vous?

– J'ai habité Saint John's toute ma vie», répondit le jeune homme, déjà trahi par son accent. «Puis j'en ai eu marre. Alors je viens à Toronto faire du lèche-cul.

– Pardon?» Ce n'était pas le terme qui laissait Griffin perplexe, mais la franchise avec laquelle le jeune homme faisait part de ses objectifs.

46

« On n'a qu'une vie, dit l'avocat. Et j'entends bien la vivre. Je n'ai pas peur de me mouiller – je ne vais pas attendre mon heure, qu'on vienne me chercher. J'ai du talent et je vais m'arranger pour qu'on le reconnaisse à son juste mérite. Je ne suis pas fou. Je sais comment ça se passe. On fait du lèche-cul, on taille des pipes, on offre son cul. On *sourit* et c'est dans la poche. *Right ?* Et je peux faire tout ça dans les deux langues officielles.

– Oui, dit Griffin, vous m'en semblez tout à fait capable. »

Leur conversation s'arrêta là. L'agent de bord venait leur offrir un dernier verre avant l'atterrissage. Au-dessous d'eux, la ville était balayée par le vent et la neige. On ne pouvait encore la distinguer – mais elle était là, toute prête. Sur le chemin menant au cœur du continent, pendant la remontée du fleuve en direction de l'avenir, c'était là que les pèlerins faisaient escale pour se défaire de leur passé.

7

Les talents de spirite de Lilah Kemp s'étaient manifestés pour la première fois quand elle avait cinq ans. Un jour, elle était assise dans le jardin derrière la maison de Beaumont Street et elle lisait *Pierre Lapin* de Beatrix Potter. C'était le format standard, de la taille d'une main d'adulte, et toutes les illustrations étaient en couleurs – sauf pour la page de titre sur laquelle il y avait un dessin de Pierre Lapin exécuté en noir et blanc. Enfant précoce en quête d'un refuge qui la mettrait à l'abri des mauvais traitements de son père, Lilah avait commencé à lire dès l'âge de quatre ans. Pierre Lapin, ses sœurs et leurs cousins étaient ses compagnons favoris et elle se hasardait rarement hors de sa chambre sans avoir dans ses mains ou dans ses poches une de leurs biographies.

Ce jour-là, son père avait été particulièrement violent et Joellen s'était enfermée dans la salle de bains. Tandis que Sarah essayait de persuader sa fille d'ouvrir la porte, son mari était allé chercher la hache. Sachant bien que rien ne pouvait arrêter cet homme quand il voulait affirmer son autorité, Sarah était descendue par l'escalier, esquivant la fureur de son mari qui était en train de tout retourner dans le garage, et elle avait placé une échelle contre le mur ouest de la maison. Ensuite, elle avait persuadé la petite Joellen de *faire confiance à maman mon petit cœur*, et c'est ainsi qu'au moment où son père abattait la porte de la salle de bains à coups de hache, Joellen s'échappait par la fenêtre.

Comme d'habitude, Lilah s'était sauvée en un lieu où elle pouvait se boucher les oreilles et lire son livre – en l'occurrence, sous les lilas.

Elle s'était tellement laissée entraîner dans la querelle de Pierre Lapin avec M. MacGregor qu'elle avait complètement oublié la colère de son père. Pierre Lapin venait juste de tourner au coin d'une serre de concombres pour s'échapper du jardin où M. MacGregor était en train de planter des choux.

Au voleur! cria le fermier – et la chasse commença. M. Mac-Gregor poursuivait Pierre Lapin en brandissant son râteau à l'instant où le père de Lilah brandissait sa hache.

Au voleur! Arrête!

Hors d'haleine, Lilah tourna la page.

Pierre Lapin était terrifié, lisait-elle. *Il courut en tous sens dans le jardin...*

Dans la maison, Sarah criait : « Tu ne peux pas! Tu n'as pas le droit! Je ne te laisserai pas faire! »

Lilah eut un mouvement de recul.

Au bas de la page, Pierre Lapin avait perdu ses chaussures – l'une parmi les choux, l'autre parmi les pommes de terre...

Et elles étaient là.

Les chaussures de Pierre Lapin, sous le lilas, dans l'ombre de Lilah Kemp.

Elle mit le livre de côté. *Page vingt-neuf*, nota-t-elle.

Un lapin la fixait intensément depuis la pelouse.

Est-ce que vous êtes Mme MacGregor? demanda-t-il, comme un enfant aurait demandé à un autre enfant.

« Non, dit Lilah. Je suis Lily Kemp. »

J'ai perdu mes chaussures.

« Je sais. Je les ai ici avec moi. »

Lilah ne se rendait pas compte qu'elle ne parlait pas à voix haute.

Est-ce que je peux les ravoir?

« Oh oui, dit Lilah. Bien sûr. »

Le lapin se mit sur ses quatre pattes et, bien qu'il fût à l'étroit dans sa veste bleue, se dirigea vers elle – hop-hop-hop – en passant sur l'herbe.

Lilah lui tendit les chaussures. Elles étaient en cuir noir, souple et doux. Elle remarqua qu'elles étaient beaucoup plus petites que toutes les chaussures qu'elle avait vues auparavant. Des chaussures de lapin, sans aucun doute.

À présent, Pierre se trouvait à environ un mètre d'elle. Lilah pouvait sentir son odeur, où la poussière se mêlait à la chaleur du soleil. Au moment où elle lui tendait les chaussures, une silhouette fit irruption au coin de la maison – brandissant une hache.

On entendit un grondement de voix terrible et Pierre prit la fuite.

La hache vint se ficher dans le sol avec un bruit sourd, là même où Pierre se tenait quelques secondes auparavant, mais il n'y avait plus trace de Lilah. Elle aussi venait de détaler – avec, dans ses mains, le livre et les chaussures.

À présent, deux jours après que Kurtz eut rejoint les rangs des hors-la-loi et des évadés de Lilah, celle-ci était assise sur son lit, avec, sur les genoux, les chaussures de Pierre Lapin. Elle les enveloppait de papier de soie et les rangeait d'ordinaire dans le tiroir où elle gardait ses mouchoirs ou tout au fond de son sac à main. Ces chaussures étaient pour elle un talisman et elle les sortait pour leur parler, mais seulement lorsqu'elle était au désespoir.

Chaussures chéries, leur dit-elle par l'entremise des canaux existant entre elle et tout ce à quoi elle s'adressait lorsqu'elle priait, *il me faut à tout prix des nouvelles de Kurtz. Je l'ai fait sortir* d'Au cœur des ténèbres. *Il a disparu et j'ai peur. S'il en a envie, Kurtz peut détruire le monde – et moi seule peux l'en empêcher. J'ai été choisie pour être son Marlow – et je dois entreprendre mon voyage – mais je ne sais par où commencer...*

Elle embrassa les souliers et les serra contre son cœur.

Par Queen Street West, dit une voix.

Quoi?

Par Queen Street West. C'est le moment de prendre ton médicament.

« Je ne veux pas de médicament. Je veux M. Kurtz ! » Ces mots, Lilah les proféra à haute voix.

Queen Street West. Médicament. Maintenant.

La voix était intransigeante.

Lilah enveloppa les souliers dans leur papier de soie et les mit dans son sac. Elle se dirigea ensuite vers l'entrée, où elle enfila son manteau, noua ses foulards et sortit le landau du coin où il était rangé. Elle chaussa ses caoutchoucs avachis, se coiffa de son béret écossais, enfila ses gants et tira la voiture d'enfant dans l'allée.

En route pour Queen Street !

Et en route vers le médicament ! pour empêcher ce qui pourrait arriver si elle perdait pied – et qui, pour les autres, pourrait se révéler une catastrophe.

8

Le manteau d'hiver de Lilah avait été acheté à la Boutique irlandaise de Bloor Street. Lilah avait un penchant pour tout ce qui venait d'Irlande, ayant elle-même dans les veines quelques gouttes de sang irlandais de par son ascendance maternelle, ce dont elle était très fière. Lilah s'était rendue à Dublin – un pèlerinage – alors qu'elle était encore étudiante. Debout sous la pluie, dans O'Connell Street, elle avait entendu s'élevant des pierres des voix qui se lamentaient. Plus tard, elle avait dit à sa sœur Joellen : *J'étais debout, sous les larmes de Dublin*. Elle était allée là-bas pour étudier durant trois mois à Trinity College sous la direction de Nicholas Fagan.

Fagan aussi pouvait « faire lever des individus de la page », bien qu'il ne les laissât jamais égarés, comme le faisait Lilah, au beau milieu des vivants. Ils retournaient sous la couverture et y restaient jusqu'à ce que, en sa qualité de professeur et de critique, il les rappelât. Pour Lilah, la voix de Nicholas Fagan était la voix même de la littérature anglaise. Elle voyait en lui son Dieu – si on pouvait s'exprimer ainsi. Aucun autre être vivant ne lui inspirait plus de respect.

Lilah avait vingt-trois ans lorsqu'elle fit ce voyage, et elle n'avait plus bougé depuis. Son univers était là où elle vivait – et dans les livres. Au cours des années qui s'étaient écoulées depuis son retour de Dublin, son passage dans le temps avait été semé d'obstacles. Son père s'en était allé dans un monde où n'évoluaient que des êtres masculins – celui des clubs de golf et des chevaux de polo de Palm Beach – où les hommes dînaient entre eux, dans des salles à manger qui leur étaient réservées. La maison de Beaumont Street avait été mise en vente, et Lilah, en même temps que Joellen, avait quitté Rosedale pour la ville qui s'était développée tout autour. Joellen avait choisi le quartier de Cabbagetown, Lilah celui de l'Annex. Elles ne se voyaient que rarement à cette époque, ayant chacune leur vie à mener, et leur « maladie » à surmonter – anorexie et schizophrénie. Joellen, en outre, avait un peu honte de ce qu'on appelât sa sœur un médium. La résurrection des morts était une question pour le moins « gênante ». Et le fait que Lilah eut choisi une « profession de vieille fille » – celle de bibliothécaire – n'arrangeait pas les choses. « Les bibliothécaires portent d'affreuses chaussures, louchent et ont toutes *l'air* de célibataires ! »

Leur mère leur avait laissé à chacune une somme d'argent – leur père ne leur avait absolument rien donné. L'essentiel de ce qu'il avait dit lors de leur séparation tenait en trois mots : *rien* –

jamais – non. Joellen acheta une maison avec sa part. Lilah prit la sienne et mit de côté une somme pour son loyer. Le reste, quelques milliers de dollars, alla aux livres qui la faisaient vivre. Et aux vêtements de la Boutique irlandaise. Elle choisissait ses chaussures avec goût. Elle ne louchait pas, sauf si elle avait perdu ses lunettes. Et elle portait les bagues de sa mère. La bague au doigt indique à un étranger que la main est déjà prise. Elle tourna le dos à Joellen et disparut de sa vie.

Le visage de Lilah s'animait rarement, sauf quand elle était sous l'emprise de la langue et de la littérature. Son salaire, avec son héritage, lui offrait une sécurité financière – une certaine aisance mais pas de luxe. Ses amis – quand elle en avait – restaient dans les coulisses.

Bien que personne n'en eût conscience, elle était aussi mère. L'enfant, un garçon, s'appelait Linton. Né au début de l'été, il était sevré et indépendant quand l'automne fut venu. Lilah, qui avait pris un congé sans solde, fut de retour à son poste après avoir de toute évidence perdu beaucoup de poids – mais sans afficher aucun autre signe de maternité. La grossesse elle-même était passée inaperçue grâce à des robes très amples et parce que Linton était tout petit.

Le jeudi soir, quand elle prononçait ses causeries, Lilah avait embauché une Portugaise qui venait au 38-A, Lapin Lanes et s'asseyait avec Linton jusqu'au retour de sa mère. L'enfant était un bébé pâle et minuscule qui pleurait rarement. Une nuit – c'était en octobre – un orage avait déclenché une panne d'électricité dans la ville. Linton avait poussé un cri dans le noir puis avait disparu. Il était âgé d'un an et trois mois. Depuis, on n'avait jamais retrouvé sa trace.

C'est alors que, désespérée, Lilah avait commencé à décliner. Son état avait empiré à mesure que les auditeurs de ses causeries se rebellaient contre son comportement démentiel. Le soir où elle avait crié : *Heathcliff a tué le sommeil !*, cela faisait trois semaines que Linton avait disparu. Lilah était au bout du rouleau – et c'est à ce moment-là qu'elle devint totalement schizophrène.

Au centre psychiatrique de Queen Street où elle avait été internée, on lui avait demandé de décrire, au cours d'une première entrevue, les événements qui avaient provoqué son état actuel. Elle avait parlé de l'enfant, dont elle ne pouvait, à toutes fins utiles, prouver l'existence – sauf qu'elle possédait un landau. Le psychiatre qui la traitait – un nommé Bagg – ne croyait pas que l'enfant eût jamais existé. On ne connaissait aucun homme dans l'univers de Lilah.

Qui donc alors pouvait être le père de ce bébé absent?

Heathcliff.

Telle fut sa réponse. Heathcliff. Et personne d'autre.

Une des infirmières, qui avait reconnu le nom, feuilleta *Les Hauts de Hurlevent* et y découvrit le nom de *Linton*. Le fils de Heathcliff. Qui était mort.

9

Lilah se faisait soigner au centre psychiatrique de Queen Street depuis trois ans maintenant. La première année, elle avait été internée. Ses résurrections de morts et ses conversations avec des figures littéraires et des personnages célèbres du passé avaient conduit au diagnostic. L'aspect hallucinatoire de son comportement, par ailleurs unique, correspondait point par point à la tendance hallucinatoire de la schizophrénie paranoïaque. Le spiritisme n'était donc qu'une autre maladie. Comme la rougeole ou les oreillons. On pouvait le guérir de façon définitive avec des remèdes.

Lilah, gardée sous observation par le Dr Bagg, faisait l'objet de méthodes considérées comme progressives et innovatrices. Le Dr Bagg traitait Lilah par des périodes de réclusion forcée et des doses massives de différents neuroleptiques. Le dernier en date était le Modecate. La réclusion avait pour but de séparer Lilah de ses compagnons «imaginaires». Les médicaments étaient censés éliminer complètement ces compagnons. Le meurtre au milligramme.

Avec le temps, le Dr Bagg avait constaté que Lilah pouvait vivre sans danger hors de l'hôpital et on l'avait renvoyée chez elle. Sous certaines conditions, évidemment. Elle devait continuer à prendre son Modecate – et venir se faire examiner régulièrement.

Au début, lorsqu'elle avait été renvoyée, le Dr Bagg avait écrit dans le registre du centre, *Lilah Kemp : schizophrénie résiduelle.* C'était une expression que Lilah détestait. *Quand j'entends ça, c'est comme si j'avais des morceaux de quelque chose qui se promènent en moi. C'est comme si j'étais la grande mer des Sargasses et que des petits poissons me mangeaient vivante. C'est comme si le Dr Bagg avait pris un marteau pour me taper sur la tête – comme mon père avec sa hache – et l'avait réduite en miettes.*

Lilah pouvait établir des analogies à la douzaine. C'est une des facultés qui lui restaient, en dépit des médicaments. Ce qu'il y avait de certain, c'est qu'elle détestait le Dr Bagg, qu'elle appelait *Bagg le Maléfique.* Après tout, il l'avait privée de son monde merveilleux. Il avait essayé de lui enlever ses pouvoirs. *Personne ne comprend ce que j'ai là-dedans,* avait-elle dit un jour à sa cuisine. *Je suis une porte ouverte par laquelle les morts peuvent aller et venir à leur guise.*

Une chose était certaine. Après le temps passé au centre psychiatrique de Queen Street, Lilah Kemp pouvait encore provoquer des apparitions. Ses médicaments rendaient cependant l'opération plus dangereuse. C'était la théorie de Lilah, par exemple, que le Modecate avait été à l'origine de la mise en liberté d'Otto, l'incendiaire. C'est comme ça que la bibliothèque de Rosedale avait été rasée par le feu. C'est comme ça que Lilah avait dû retourner – mais pas pour longtemps – au centre. Et c'est comme ça qu'elle avait perdu son travail.

Le médicament était censé atténuer la pensée paralogique – mettre un frein aux fantasmes. Mais, dans le cas de Lilah, il ne faisait guère qu'inhiber sa capacité à influencer le comportement de ses exilés. Si elle n'avait pas été sous l'effet des médicaments, peut-être que Rupert Kurtz ne serait pas apparu. Le problème, c'était que, sans ses médicaments, on aurait pu la garder de force et pour toujours dans cette section du centre où on fermait les portes à clé. Cela aurait été intolérable. Synonyme de mort.

C'est ainsi que Lilah Kemp se présenta bien sagement au rendez-vous, poussant sa voiture d'enfant pleine de sacs de livres – y compris *Les Hauts de Hurlevent* – à la clinique spécialisée dans les piqûres de Modecate, en cet après-midi de mars. Dehors, le vent faisait rage – selon Lilah, la « schizophrénie résiduelle » de quelqu'un soufflait à travers les rues. Elle se sentait toute en morceaux.

Mavis Delaney, l'infirmière qui donnait les piqûres à ce moment-là, trouva que Lilah n'avait pas l'air dans son assiette et le lui dit.

« C'est juste le vent, dit Lilah. J'ai dû lutter contre lui depuis Bloor Street.

– Seigneur! dit Mavis. Vous n'avez pas pris le métro ou le tramway?

– Le métro est plein de Lunistes, dit Lilah, et on ne peut pas monter dans le tramway avec un landau.

– Ah, dit Mavis. Je comprends. Alors vous voilà. » Elle releva les jupes de Lilah, lui frotta la cuisse avec un coton et lui injecta sa dose bimensuelle de Modecate. Lilah se tenait tranquille durant toute l'opération et se mordait les lèvres. Mavis Delaney cocha son nom sur la liste. « Pourquoi n'allez-vous pas dans le mail prendre une tasse de thé avant de vous lancer à nouveau dans la rue? dit-elle. Vous semblez épuisée. Vous êtes sûre que vous ne voulez pas qu'on vous examine?

– Merci, dit Lilah. Je prendrai bien le thé, mais je me passerai de l'examen. »

Elle se retint de prononcer le nom de Kurtz qui menaçait de lui sortir de la bouche. Ce n'était pas une bonne idée de parler des exilés à quelqu'un comme Mavis Delaney. L'infirmière était assez gentille à certains égards, mais tous ceux qui venaient là savaient qu'elle était en réalité une espionne du centre de Queen Street. Un faux mouvement et les infirmiers faisaient leur apparition.

« Au revoir », dit Lilah - et elle s'éloigna, en faisant tout un vacarme avec la voiture.

Le mail dont Mavis avait parlé était une immense rotonde de deux étages au centre du labyrinthe constitué des divers édifices qui formaient l'hôpital. Des passages couverts y conduisaient la circulation humaine venant de toutes parts. Sur un côté, en retrait, se trouvait une piscine où - à ce qu'on disait - les thérapeutes chargés des loisirs noyaient leurs malades. Et un terrain de basket, où chaque jour on relâchait des meurtriers qu'on laissait s'entre-tuer. À l'extérieur, dans le mail même, on avait installé des tables pour que cannibales et autres mangeurs puissent poser leurs tasses de sang et leurs assiettes en carton regorgeant de viscères humains, et s'asseoir pour se régaler les uns des autres, jour après jour. Telle était, en tout cas, la description qu'en donnaient la plupart des gens habitant le mail.

Lilah porta sa tasse de thé en Styrofoam à une table inoccupée. Elle déboutonna son manteau et s'assit le dos au mur. Sa hanche lui faisait mal là où l'aiguille avait pénétré. Le médicament avait été injecté profondément dans le muscle où il avait formé une nodosité. Pas vraiment une crampe, mais presque.

Lilah se sentait mal. Kurtz était là quelque part et elle était censée être son Marlow. Si seulement les chaussures de Pierre Lapin voulaient bien lui dire où il se trouvait, elle pourrait alors commencer la remontée du Congo.

Elle fouilla dans le landau - écartant les sacs de livres et les couvertures et découvrant *Les Hauts de Hurlevent* et *Au cœur des ténèbres*. Elle s'installa et ouvrit ce dernier à la page 181 - le point de départ qu'elle redoutait.

Et bien sûr, les mots n'avaient pas changé : *M. Kurtz n'était pas là...*

Lilah continuait de lire. Marlow disait qu'il aurait donné l'alarme s'il en avait cru ses yeux. Mais il ne le fit pas. Elle lisait les mots dont Marlow s'était servi pour décrire ce qu'il vivait - et qui correspondait point par point à son état d'esprit à elle. *Totalement paralysé*, lisait-elle, *terreur pure - abstraite - danger physique – quelque chose de monstrueux... d'odieux s'était soudain abattu sur lui... la possibilité d'un assaut soudain et d'un massacre...*

Lilah referma le livre. L'évasion de Kurtz suffisait. Lilah n'avait pas besoin de confirmer ses craintes. Elle connaissait Kurtz et Marlow depuis bien des années maintenant et elle savait ce qui attendait Marlow à la fin du voyage. Le poste où Kurtz avait été agent, avec ses têtes d'hommes fichées sur des poteaux et ses habitants drogués, n'était pas tout. Le pire allait être révélé. L'horreur de ce qui avait été accompli au nom de la civilisation – les êtres tombés dans l'esclavage – le massacre des éléphants – la dépravation des mœurs – les sports sanglants où les victimes étaient des humains.

Lilah jeta un regard autour d'elle. Quelqu'un était en train de nager dans la piscine derrière la paroi de verre. Les assassins jouaient au volley-ball sur le terrain. Plusieurs cannibales se nourrissaient aux tables alentour. Personne ne faisait attention à elle. Pour autant qu'elle pût le dire, elle n'existait pas. Elle ouvrit son sac pour y pêcher son talisman.

Il y en a qui ont des pattes de lapins, pensa-t-elle, *et il y en a qui ont des chaussures de lapins.* Elle se les appliqua sur le front comme une compresse et ferma les yeux. Le mail, d'un coup, s'emplit de bruit – le claquement sec de pas qui s'approchaient.

Des semelles et talons de cuir, trois ou quatre paires, martelaient le sol. Un bruit effarant.

Lilah ouvrit les yeux et attendit. Elle savait déjà qui c'était. Un géant arrivait.

Kurtz.

Lilah se leva.

Il marchait au pas, à la manière d'un général – le maréchal Kurtz – entouré de ses aides et officiers subalternes. Ce n'était pas ses propres soldats, bien sûr. C'étaient ses ennemis.

Ils l'ont attrapé ! pensa Lilah.

Elle prit avec elle *Au cœur des ténèbres* et commença à marcher vers lui, sur le sol de pierre grise.

Kurtz vit venir Lilah et s'arrêta net. Les autres reculèrent comme un seul homme. Ils étaient jeunes. Des internes peut-être. Six, dont une femme. Elle portait un tailleur bleu marine orné d'une lavallière.

Lilah éleva le livre au-dessus de sa tête. « Ici ! cria-t-elle triomphalement. Sa place est ici. Remettez-le là-dedans.

– Madame ? fit un des internes sur un ton pompeux et prétentieux. Qui de nous voulez-vous ?

– Lui, bien sûr, dit Lilah en pointant le livre en direction de Kurtz. Il s'est échappé de la page 181. »

Les internes murmurèrent quelque chose et se regardèrent d'un air entendu. L'un d'eux prit des notes. La plus courageuse, la femme, s'approcha de Lilah pour lui parler. « Vous vous trompez certainement, dit-elle sur un ton neutre, condescendant. Le Dr Kurtz ne s'est échappé de nulle part.

– Le Dr Kurtz ! » Lilah était perplexe. Elle fit deux pas en arrière sans que ses pieds quittent le sol.

Kurtz lui-même ne dit rien. Il portait toujours le pardessus de laine grise qu'elle lui avait déjà vu et tenait à la main son feutre gris argenté. Les autres semblaient s'en remettre entièrement à lui ; il était leur chef – visiblement.

Lilah n'était pas la seule à avoir remarqué la présence de Kurtz. Derrière le mur de verre, trois adolescents – deux garçons et une fille – se donnaient la main au bord de la piscine. Ils étaient chauves tous les trois et un des garçons portait un maillot trop grand qui lui tombait sur les hanches. La thérapeute s'approcha pour le lui remonter à la taille. Elle se pencha pour lui dire de resserrer le cordonnet de la ceinture. Le garçon restait figé, sans expression. Il regardait fixement Kurtz à travers la vitre gris vert. Les reflets de l'eau donnaient à sa peau déjà pâle une étrange coloration, un peu comme celle du ventre d'un poisson.

Les trois malades – car c'était là leur statut – donnaient l'impression d'avoir subi un violent traumatisme. Leur corps était affaissé, leur tête penchait vers l'avant et leurs jambes semblaient devoir faire de terribles efforts pour les soutenir. Seul le garçon qui fixait Kurtz avait l'air d'un vivant. Les autres, pensa Lilah, avaient été ressuscités et elle se demanda un instant si elle était la cause de leur présnce.

Kurtz se tourna et aperçut le garçon. Ce dernier le regardait toujours intensément. Si ses yeux avaient été des lasers, son regard aurait transpercé la vitre.

Au bord de la piscine, la thérapeute donnait des directives. Les garçons et la fille devaient sauter dans l'eau en se tenant par la main. La thérapeute se joindrait alors à eux, et, à cet effet, elle commença d'enlever son grand tricot de sport sous lequel elle portait un maillot une pièce. Elle était mince et jeune, et ressemblait plus à une athlète olympique qu'à une thérapeute. Elle porta à sa bouche le sifflet retenu à son poignet par un bracelet et on l'entendit, même à travers la vitre.

Deux des adolescents sautèrent dans la piscine. La thérapeute les suivit. Mais pas le garçon qui transperçait Kurtz du regard. Il fit le tour de la piscine à une allure qui, même lente, révélait une énergie contenue. Sa tête chauve s'agitait de façon spasmodique, de sorte que son menton pointait vers l'avant en direction de Kurtz. Lilah pouvait voir ses poings serrés. Il marchait sur le carrelage d'un pas décidé – ne lâchant pas Kurtz des yeux une seconde.

Kurtz eut un geste de recul involontaire, repoussant du bras ceux qui l'accompagnaient.

Dans la piscine, les autres étaient remontés à la surface et éclaboussaient, en mouvements convulsifs, en direction du petit bain. La thérapeute, trop tard, chercha autour d'elle l'adolescent qui manquait et ne le vit pas.

Le garçon était maintenant parvenu à la vitre et son maillot de bain était retombé – cette fois jusqu'au sol. Il le quitta complètement et le balança d'un coup de pied, aussi loin qu'il put. Ses yeux, pensa Lilah, faisaient peur. De toute évidence, la vue de Kurtz l'obsédait, le troublait profondément. Ses yeux cernés laissaient à penser qu'il n'avait pas dormi depuis des semaines. Il ouvrit la bouche, mais aucun son ne s'en échappa. Il semblait incapable de prononcer un seul mot. Ses mains descendirent vers

ses organes génitaux et soudain, d'une voix rauque, Kurtz cria
« Arrêtez-le ! »

Deux des internes s'élancèrent vers la porte qui menait à la
piscine. Entre-temps, le garçon nu avait saisi son pénis et tirait
dessus comme un fou. Cela ressemblait, de prime abord, à une
sorte de masturbation frénétique – mais on se rendait vite
compte qu'il n'en était rien. L'adolescent tentait de s'arracher le
pénis et il commença à en jaillir du sang contre la vitre.

Les internes hurlaient « Fermé ! C'est fermé ! » et se mirent à
taper sur la porte et à la pousser de tout leur poids pour la forcer.

Kurtz s'éloigna. Ce qui s'offrait à ses yeux était bien trop
alarmant, inadmissible. La femme à la lavallière se détourna aussi
pour regarder dans la direction opposée. Dans l'enceinte de la
piscine, la thérapeute avait fait sortir de l'eau ses autres malades
et elle courait, glissant et trébuchant, vers le garçon.

Lilah se cacha le visage derrière *Au cœur des ténèbres*,
« Arrête ! murmura-t-elle. Arrête. »

L'adolescent plantait à présent ses ongles dans ses testicules
pour les déchirer. Sa bouche se tordait comme pour crier, mais
aucun son ne s'en échappait. Les deux autres adolescents étaient
debout au bord de la piscine et on les entendait hurler de terreur.
La thérapeute se jeta sur le dos du garçon ensanglanté, lui saisissant les bras au niveau des coudes pour essayer de les immobiliser. L'adolescent se libéra d'un coup. Il était frêle mais la folie
avait décuplé ses forces et la femme ne pouvait rien contre lui.
Elle voulut le faire tomber en lui attrapant les jambes, mais il se
libéra à coups de pied. Le sang coulait si abondamment qu'on ne
voyait plus d'où il venait. Soudain, un infirmier apparut
brandissant une table au-dessus de sa tête.

« Écartez-vous ! » cria-t-il.

Il balança la table contre la vitre et, marchant sur les éclats de
verre, se dirigea vers le blessé.

Kurtz se retourna et regarda. Mais ce fut tout. Il avait une
main enfoncée dans sa poche – l'autre tenait le feutre. Lilah
baissa un peu le livre, qui ne couvrit plus que sa bouche.

L'infirmier – un gros Noir tout habillé de blanc – s'agenouilla près du garçon et lui dit quelque chose que Lilah ne put entendre. L'adolescent était couché sur le dos et saignait abondamment. La thérapeute, qui avait appliqué une serviette sur son nez ensanglanté, était agenouillée face à l'infirmier. Un des internes entra sur la pointe des pieds par le trou dans la vitre, récupéra d'autres serviettes et les apporta près du garçon. Ensuite, avec la thérapeute, il l'examina. Le pire – l'émasculation – avait été évité, mais le garçon avait perdu beaucoup de sang. Un autre interne courut chercher de l'aide. Kurtz était toujours debout et observait. Indifférent.

La femme à la lavallière reprenait ses esprits et marchait vers Kurtz en s'excusant. « Ça va ? » lui demanda-t-elle.

Lilah pensa que cette question était bien la plus étrange qu'elle eût jamais entendue.

La jeune femme demanda ensuite : « Est-ce que c'est un des vôtres ? »

Kurtz répondit que non.

« Il semblait en tout cas savoir qui vous êtes.

– Oui, fut la réponse laconique de Kurtz.

– Au nom du ciel, qu'est-ce qui a pu le pousser à faire ça ? »

Au lieu de répondre à la question, Kurtz dit : « Vous êtes Mlle McGreevey, si je ne m'abuse ?

– Oui.

– Vous apprendrez avec le temps, Mlle McGreevey, que l'automutilation est l'arme du faible. C'est la colère qui se déguise en rage. »

Mlle McGreevey ne répondit pas. Kurtz regardait par terre l'adolescent muet et couvert de sang, qui était maintenant enveloppé de serviettes et qu'on préparait pour le transport.

« Ce genre de chose est relativement rare, dit-il.

– J'espère bien », dit Mlle McGreevey. Elle eut un rire forcé.

« Comme vous l'avez suggéré, il semblait diriger cet acte contre moi.

– Oui, Docteur. »

Kurtz mit ses deux mains et son feutre derrière son dos et

dit : « Je veux que vous compreniez cet incident, Mlle McGreevey. Je ne veux pas qu'il soit mal interprété.

– Non, bien sûr.

– Mettons donc que je n'y étais pas », dit Kurtz.

Il y eut une pause. Mlle McGreevey plissa les yeux, puis dit : « Oui, Docteur. Vous êtes parti avant l'incident.

– Au revoir », dit Kurtz, et il passa lentement la main à plat sur ses cheveux teints en noir, coiffa son feutre et s'en alla.

Lilah le regarda partir d'un air incrédule. Quand il eut disparu, elle se tourna vers Mlle McGreevey et lui dit : « Est-ce que cet homme vient de dire qu'il n'était pas là ? »

Mlle McGreevey tira sur les boucles de sa lavallière devenue informe. « Quel homme ? » fit-elle.

10

Une demi-heure plus tard, Rupert Kurtz arrivait à destination, dans College Street. L'ascenseur l'emmena tout en haut de l'édifice, au vingtième étage, où il se dirigea vers le bureau surplombant la ville, tout au bout du couloir de marbre sur lequel il aimait faire claquer ses talons. En entrant, il dit à sa secrétaire : « Je veux être seul, Mlle Kilbride. » Une fois dans son sanctuaire, il s'approcha de son bureau puis s'assit sans ôter ni pardessus ni chapeau. Il transpirait – mais en cet instant, il aurait transpiré même s'il avait été debout, nu, en plein blizzard.

« Mon Dieu, mon Dieu », dit-il à voix haute en s'adressant aux murs. « Dieux du ciel. »

Il ferma les yeux et resta assis pendant vingt minutes, en proie au désespoir, avant de se lever pour se rendre dans sa salle de bains privée.

Il retira son pardessus qu'il jeta sur une chaise qui se trouvait sur son chemin, puis ôta aussi son chapeau. Dans la salle de bains, il se passa les poignets sous l'eau froide et prit un flacon de pilules dans l'armoire à pharmacie. Après en avoir choisi deux, il les posa sur sa langue puis avala. Il compta ensuite lentement à rebours à partir de soixante, après quoi il se sentit envahi par un sentiment de bien-être. En se regardant dans la glace, il eut la conviction qu'il allait survivre.

« Voilà, dit-il. C'est fini. » Et il éteignit.

Une plaque en marbre près de la porte, à l'extérieur, portait l'inscription suivante : *T. Rupert Kurtz, M.D., Membre associé du Collège royal des médecins et chirurgiens du Canada*, au-dessus de : *Directeur et psychiatre en chef, Institut Parkin de recherche psychiatrique.*

Au même instant, Lilah Kemp entendait exactement les mêmes mots à la réception du centre psychiatrique de Queen Street.

Kurtz était Dieu en personne.

CHAPITRE II

toute ta vie tu as lu cela,
Catherine et Heathcliff
pleurant au-delà de leur propre mort

des chats dans la ruelle
des chiens hurlant au trou jaune dans le ciel

Catherine Hunter
Poème de la lune pour Z

1

Lilah se sentait coupée de tout – comme si elle flottait. Un courant l'entraînait – une lame de fond, peut-être une lame de Modecate. Ses pieds ne touchaient pas le sol. Craignant d'être emportée, elle s'agrippait au landau.

Au-delà des portes de l'hôpital, le vent fouettait la neige en crème. On n'y voyait rien, à part le sinistre profil des tramways, qui rappelaient à Lilah les sous-marins que l'on voyait dans les films évoluant au milieu d'un remous de bulles d'air. Ébranlée par ce qu'elle avait vu au bord de la piscine et par ce qu'elle avait ensuite appris sur l'identité de Kurtz, elle sortit affronter la tempête.

Quelle bénédiction que l'hiver. Il offrait un lieu où se cacher. Lilah quitta le trottoir pour marcher dans les jardins. Elle s'était enveloppée de plusieurs foulards, l'un d'eux lui couvrant le nez, et avait enfoncé son béret écossais jusqu'aux oreilles. Après avoir enfilé des moufles en laine sur ses gants, elle s'apprêtait à retourner dans la rue quand quelque chose fila à toute vitesse dans la neige à ses pieds.

Quoi que ce fût, c'était plus petit qu'un chien. Un peu comme un chat – mais ce n'en était pas un. Qu'est-ce qui avait bien pu survivre à pareille tempête ? Sûrement pas un écureuil.

Lilah s'enfonça dans le parc à la poursuite de cette chose qui bougeait. À vrai dire, le parc était plutôt un jardin où pouvaient se promener les patients. On y avait installé des bancs sous les arbres et, en été, des sentiers, à présent invisibles, conduisaient les résidents de l'hôpital d'un lieu ombragé à un autre, dans une semi-intimité. On y avait érigé des statues stylisées en deux dimensions, de même que des silhouettes grandeur nature au travers desquelles on pouvait passer, comme pour confirmer que l'on avait bien forme humaine. On pouvait également s'y livrer à des jeux. *Regardez-moi ! J'ai été taillée dans la pierre !* Dans la neige, à présent, les silhouettes et les statues avaient l'air de gens surpris par l'ère glaciaire qui auraient gelé sur place.

Il y avait aussi à cet endroit un vieux mur tout au fond du jardin, dont les briques, jadis blanches, étaient devenues grises avec le temps. C'était un vestige du bâtiment qui avait précédé l'hôpital de Queen Street au XIXᵉ siècle. Un endroit qu'on appelait *L'Asile pour les fous*. Quel que fût l'animal poursuivi par Lilah, il l'avait conduite au mur comme intentionnellement.

C'est une marmotte, dit une voix. *Ne regarde pas comme ça.*

Lilah leva la tête.

Une forme apparut près du mur, emmitouflée de châles et de jupes virevoltantes.

C'est toi, Kemp? fit-elle.

Lilah reconnut Susanna Moodie, qui avait été internée avec elle lors de son dernier séjour au centre. C'était après l'incendie de la bibliothèque de Rosedale. Lilah n'était pas restée longtemps dans le service, assez cependant pour faire de Susanna Moodie sa confidente.

Elle salua son amie et lui demanda pourquoi elle était dehors, dans la tempête.

Marmotte attend des petits et va bientôt mettre bas. On est venues ici trouver de quoi manger.

Mon Dieu! Il ne doit pas y avoir grand-chose ici un jour pareil.

Je crois me rappeler quelqu'un qui venait donner à manger aux écureuils. Des arachides et des miettes de pain. Il y a quelque chose de ce genre dans ton landau, Kemp?

J'ai un pain, mais il doit être congelé maintenant.

Donne-lui-en. Elle meurt de faim.

Alors cette marmotte ne venait pas du monde des esprits.

Lilah farfouilla sous les couvertures et trouva le pain. Du pain de campagne, du pain complet. Non tranché, sans adjuvants. Lilah en déchira de petits morceaux qu'elle lança par terre dans la neige.

La marmotte, qui la regardait en mangeant, ressemblait beaucoup à Susanna Moodie – laissant deviner un caractère quelque peu irascible avec ses sourcils froncés – le museau rougi par le froid, cerné de gris.

De toute façon, qu'est-ce qu'elle fait ici, en plein milieu de la ville?

C'est là qu'elle habite. Comme moi.

Mais c'est une marmotte.

Oui. Eh bien – on s'attache à ce qu'on a, Kemp.

Lilah laissa encore échapper du pain, de petits morceaux de mie avec la croûte. La marmotte mangeait d'un appétit vorace. Ses dents étaient jaunes, tout ébréchées.

Je pensais que tu serais partie d'ici depuis le temps, Susanna.

Non, je suis coincée là, comme toi. Est-ce que tu as évoqué mon esprit, Kemp?

Je crois bien que c'est ce que j'ai fait. Excuse-moi si ça t'ennuie.

Susanna ne répondit pas. Elle se détourna de Lilah et concentra son attention sur la marmotte dont les habitudes alimentaires étaient pour elle une source de fascination.

Lilah avait sauvé Susanna Moodie de l'incendie de la bibliothèque.

Jusqu'à ce moment-là, elle avait été confinée dans les livres dont elle était l'auteur : *Survivre en forêt* et *Vie dans la clairière et vie en forêt*. De son temps, Mme Moodie avait été perçue un peu comme un imposteur – elle n'était pas le genre de personne capable d'endurer la vie d'un pionnier. Mais elle avait fait mentir les critiques. Ses livres étaient devenus des classiques du genre lus de génération en génération. Elle y racontait sa vie d'immigrante durant les années 1830, après son arrivée d'Angleterre, dans ce qu'on appelait alors le Haut-Canada.

Toutes les misères imaginables lui étaient tombées dessus et elle les avait relatées dans ses écrits. Le ton en était caractérisé par l'amertume, voire le mépris, mais sa raison avait survécu, tout comme elle. Tempêtes et inondations, insectes et maladies avaient fait de leur mieux pour la tuer, mais elle les avait tous regardés avec une sorte d'émerveillement et en avait fait la raison de son endurance. *Mon amour du Canada*, avait-elle écrit, *est un sentiment très semblable à celui que le condamné éprouve pour sa cellule.*

69

Lilah Kemp et Susanna Moodie avaient deux choses en commun. Le feu était pour elles un démon – et elles pouvaient toutes deux converser avec les esprits. Vers la fin de sa vie, Mme Moodie avait appelé la reine Victoria, en la ressuscitant du corps d'une folle internée à l'asile de Toronto.

Lorsque Otto, l'incendiaire, avait mis le feu à la bibliothèque de Rosedale, Lilah était la seule employée présente. Cela s'était produit après l'une de ses causeries du jeudi soir. Il y avait été question de *Fahrenheit 451,* qui avait intrigué Lilah. L'auteur, Ray Bradbury, voulait traiter de la censure à l'époque de McCarthy, et, pour ce faire, avait choisi le thème de la destruction des livres par le feu, afin de montrer ce qu'était un monde dépourvu de mots et d'imagination. Le degré 451 de l'échelle Fahrenheit représente la température à laquelle le papier s'enflamme, et apparemment, Lilah – qui essayait toujours de se remettre de la perte de son fils – s'était tellement laissé prendre par l'histoire qu'elle avait évoqué l'esprit d'Otto.

Otto, l'incendiaire, n'était pas un personnage du roman de Bradbury. C'était l'étudiant choisi par le Dr Goebbels pour incendier les livres lorsque les nazis avaient décrété qu'ils devaient être brûlés, premier acte témoignant de leur mépris envers la culture allemande. Otto avait vu dans ce geste un privilège et avait mis le feu aux livres comme s'il s'était agi d'une mission divine. Comment Lilah avait pu le ressusciter des morts, elle n'en avait pas la moindre idée. Tout ce qu'elle savait, c'est qu'il était en train de brûler sa bibliothèque chérie.

Avant l'arrivée des pompiers, Lilah avait soustrait du feu quantité de livres, mais elle n'avait rien pu faire pour les sauver tous. Susanna Moodie s'était trouvée parmi les derniers rescapés et les couvertures de ses livres avaient fondu dans les mains de Lilah. C'est pourquoi celle-ci avait eu les mains bandées et n'avait pu s'en servir durant les premières semaines de son internement au centre psychiatrique de Queen Street.

Susanna Moodie avait suivi Lilah dans le service de schizophrénie, où elle avait semé la zizanie. Lilah ne parlait à personne d'autre qu'à Mme Moodie, et le Dr Bagg l'avait sévèrement punie pour cela, lui faisant administrer double dose de médicaments et la séparant de la vie quotidienne des autres malades. Lorsque Lilah s'était décrite comme *prisonnière*, et lorsqu'elle avait utilisé les mots *incarcération* et *emprisonnée* pour décrire sa situation, le Dr Bagg s'était fâché tout rouge. *Personne n'est emprisonné ici!* avait-il hurlé. Mais Lilah savait reconnaître le bruit d'une clé dans la serrure.

Mme Moodie était une femme au visage ordinaire, qui avait eu beaucoup d'enfants; certains étaient morts à la naissance mais cinq avaient survécu. Une fois, au cœur de l'hiver, elle les avait tous sauvés d'une maison en flammes. Tout comme Lilah s'était trouvée seule avec ses livres lorsque le feu avait rasé la bibliothèque, Mme Moodie s'était trouvée seule avec ses enfants lorsque les flammes avaient détruit sa maison. Pour les sauver, elles les avait bien enveloppés un à un dans des couvertures et les avait mis chacun dans un tiroir de commode. Puis elle avait tiré les tiroirs dans la neige et les avait laissés sous les arbres. C'est ainsi que ses enfants avaient survécu. Elle avait aussi sauvé la flûte de son mari. *Les enfants et la musique, Kemp; c'est ce que j'ai tiré des flammes.*

Mme Moodie avait l'habitude d'appeler les gens par leur nom de famille. Peut-être, pensait Lilah, était-ce là sa façon de dissimuler l'attachement qu'elle avait pour eux. Susanna s'était toujours montrée farouchement indépendante et jalouse de son individualité. Elle appelait son mari *Moodie,* comme elle appelait Lilah, *Kemp.*

Est-ce que tu es revenue ici pour y rester? demanda-t-elle ce jour-là, près du mur, dans la tempête.

Lilah lui raconta ce qui était arrivé. Le nom de Kurtz ne disait rien à Mme Moodie. Elle n'avait jamais entendu parler de lui.

Est-ce tu penses qu'il a entendu parler de moi? fit-elle.

J'en doute.

Eh bien! il va en entendre parler s'il te fait du mal.

Il est dangereux.

71

Pas pour moi.

Lilah sourit. Son amie de l'autre rive – ainsi Susanna Moodie avait-elle coutume de se désigner – était douée d'un courage extraordinaire, qui manquait à Lilah. Cette dernière en était bien consciente, mais l'exemple de son amie était toujours utile.

Lilah jeta encore par terre un gros morceau de pain. La marmotte se précipita dessus et s'éloigna en l'emportant dans la neige. L'animal la fit subitement penser à un être oublié, abandonné – incongru dans un paysage où se profilait la masse sinistre de l'hôpital.

Quand je pense que tout ce terrain était plein d'animaux. Des chevreuils, des ratons laveurs et des marmottes. Des lapins aussi. Et maintenant, regarde-moi ça ! Ce n'est plus que du béton.

Est-ce qu'elle va survivre – je veux dire, la marmotte ?

Est-ce que j'ai survécu, moi ?

Oui.

Alors tu ferais mieux de t'y mettre, si tu veux faire pareil.

Elles se dirent au revoir et la tempête s'éleva en tourbillonnant le long du mur. Un peu comme la marmotte, Susanna Moodie descendit sous terre et disparut. Au coup d'œil qu'elle lui jeta en partant, Lilah eut l'impression que la marmotte et Susanna Moodie étaient sœurs. Ou du moins cousines, dans cette nouvelle forme de nature sauvage où elles se trouvaient à présent. Vêtues des mêmes teintes, gris, noir et brun, elles avaient l'air de vieilles parentes.

Lilah fit demi-tour et prit le chemin de la maison.

2

La galerie d'art Fabiana se trouvait au numéro 45 de Cooper Street dans le quartier de l'Annex. D'abord appelée *L'Alton*, c'était une entreprise en perte de vitesse lorsque Fabiana Holbach en redora le blason. Cela se passait à un moment où Fabiana elle-même tentait de se remettre de la faillite d'une autre entreprise – son mariage avec James Holbach. Ce dernier, comme on avait dit à l'époque, *était parti pour l'Amazonie* – où il avait disparu dans la nature.

Fabiana Holbach était loin d'être une novice en matière d'art. Le peintre Francis Bacon avait fait l'objet de sa thèse de doctorat. Elle avait du goût et de l'audace en ce qui touchait l'art – et ne craignait pas de prendre des risques lorsqu'elle accordait son soutien à de jeunes artistes prometteurs. Ses protégés constituaient le groupe le plus intéressant du pays. Son argent lui donnait la liberté – et ce qu'elle appelait le *privilège* – d'exposer des œuvres qui, avec un autre mécène, n'auraient pas été à la mode. Ayant connu les pires tourments qu'une femme amoureuse puisse endurer, Fabiana ne craignait ni la censure, ni le scandale.

Cooper Street était un lieu associé au scandale. Il se trouvait que le numéro 45 avait abrité un bordel célèbre à la Belle Époque. Cette célébrité était due à la clientèle qui fréquentait les lieux, et qui avait compté, entre autres, un évêque, un gros industriel annobli et un poète de renommée mondiale, qui y avait fait halte en «traversant la ville». La vérité, c'est que le poète n'avait pas réapparu d'un mois. Il était *tombé amoureux d'une dame qui se trouvait là.* C'est du moins ce qu'il disait. En fait, les dames de la maison n'avaient de dames que le nom. Elles étaient en réalité de jeunes hommes habillés comme des gravures de mode.

De l'autre côté de la rue, face à la galerie Fabiana, six maisons de l'époque victorienne continuaient d'ignorer la réprobation publique depuis des jardins qui faisaient l'admiration et l'envie de tous. Quelque chose de rigide dans leur architecture niait tout ce qui avait pu se passer au numéro 45.

Cooper Street longeait un seul pâté de maison. Elle se terminait brusquement à l'ouest, sur une clôture de fer forgé bordant un parc où abondaient les marronniers et les bancs de bois. L'extrémité est de la rue vous ramenait à la ville par Avenue Road, qui, pour bien des gens, représentait la plus prestigieuse des adresses. C'était là, dans de grands édifices en brique rouge, que se déroulait la vie privée et complexe de Fabiana Holbach et de nombre de ses clients.

Le 18 mars, vers la fin de la journée, Kurtz regarda son carnet de rendez-vous et y lut l'inscription : *Exposition Slade/galerie Fabiana/19 h.* Il jeta ensuite un œil sur la fenêtre la plus proche. Son bureau surplombait à la fois College Street au sud et, au nord, le campus St George de l'université de Toronto. La neige avait maintenant fait place à la première pluie verglaçante de l'année, qui avait commencé de tomber d'un ciel jaunâtre vers quatre heures de l'après-midi. Kurtz décida que Slade et ses tableaux devraient attendre un jour plus propice. Il téléphonerait à Fabiana pour le lui dire.

Se détournant de la fenêtre, il fit pivoter son fauteuil de cuir à l'imposant dossier afin d'examiner le client qui était avec lui en ce moment. Kurtz n'appelait jamais les gens qui venaient le voir des *patients*. Il trouvait le mot avilissant. Le client en question était assis dans l'ombre, installé confortablement sur son siège. Il avait les jambes croisées et les mains posées, comme s'il voulait les montrer, sur les bras du fauteuil. Kurtz contrôlait toujours l'intensité de l'éclairage lorsqu'il avait un entretien. Cela faisait partie de sa technique, cette manipulation de la lumière. Aux stades préliminaires, lorsqu'il cherchait à éclaircir l'origine des problèmes de son client, il baissait l'éclairage au minimum pour favoriser les confidences. Dans l'obscurité, ou la semi-obscurité, on passait à des aveux qu'autrement, sous une lumière crue, on n'aurait pas été enclin à faire. Ce principe n'était pas très différent du rituel du confessionnal – où, sous le couvert de l'anonymat, le suppliant se voit encouragé à admettre ses péchés parce qu'il croit être seul avec Dieu, et non avec son prêtre.

Lorsque le Conseil des gouverneurs avait désigné Rupert Kurtz directeur et psychiatre en chef de l'institut, il l'avait choisi parmi toute une panoplie de concurrents dont certains étaient connus dans le monde entier. La nomination de Kurtz avait été approuvée à l'unanimité. On avait tenu compte du fait qu'il avait enseigné à Harvard et à Johns Hopkins ainsi qu'à Zurich. Ses travaux expérimentaux portant sur la chimiothérapie destinée aux maniacodépressifs faisaient l'objet d'une admiration générale et lui avaient assuré à la fois des postes de recherche et des disciples influents. Ses théories concernant la privation sensorielle et la thérapie par le sommeil étaient révolutionnaires et, si elles avaient causé quelque inquiétude dans certains groupes, elles avaient par contre été assimilées et approfondies dans d'autres. Le fait que Kurtz fût controversé était perçu comme un atout, pour autant que les controverses ne fissent pas intervenir les tribunaux. L'autre atout majeur de Kurtz était son statut social. Son aptitude à réunir des fonds, part importante de ses fonctions, avait fait de lui une figure légendaire. L'argent pour la recherche étant, comme chacun sait, très difficile à obtenir, d'autres institutions redoutaient ce succès. Kurtz était le psychiatre favori à tous les niveaux – mais il se limitait à fréquenter ceux qui avaient le même statut que lui. Bien entendu, il y avait une raison à cela – mais on n'en avait pas encore pénétré le mystère.

Le client qui attendait dans la lumière tamisée était un spécialiste de chirurgie plastique du nom de Maynard Berry. Il était expert en reconstruction faciale – qu'il réalisait la plupart du temps sur des brûlés. Il avait aussi une petite clientèle d'hommes et de femmes qui bénéficiaient de son talent pour des raisons purement esthétiques – mais ces derniers formaient moins de dix pour cent de sa clientèle.

Berry était marié à son «chef-d'œuvre» – une femme venue le voir pour de la chirurgie corrective à la suite d'un accident d'automobile lors duquel elle avait été brûlée. L'étendue des dommages était minime, mais Maynard Berry avait profité de l'occasion pour faire le plus de changements possible. Cette femme avait une structure osseuse dont la nature n'avait pas su tirer profit – et quand les efforts de Berry furent achevés, elle était devenue *la plus belle femme du monde*. C'est du moins ce qu'il en pensait. Elle était sa création la plus parfaite – l'œuvre d'un artiste qui avait pour matériau la chair. Elle s'appelait Emma

Roper et, moins d'un an après leur rencontre, ils étaient mariés. Une enfant, Barbara, était née de leur union, mais ça s'était arrêté là. Les organes reproducteurs d'Emma avaient cessé de fonctionner. Ils avaient pensé à l'adoption, puis avaient rejeté l'idée. Barbara était bien à eux, et elle suffisait amplement. Elle avait maintenant près de douze ans – et le couple Berry s'était installé dans un silence prudent, feutré.

La présence de Maynard Berry dans le bureau de Kurtz résultait de sa peur secrète du feu. Les brûlés, qu'il traitait quotidiennement, peuplaient ses rêves – victimes d'interminables sinistres, de brasiers inextinguibles. Cela faisait tout juste trois mois qu'il voyait Kurtz.

La séance hebdomadaire tirait à sa fin. Les deux hommes, qui s'étaient liés d'amitié il y avait bien longtemps, se mirent à discuter des clients qu'ils avaient en commun. Il y en avait un surtout qui intriguait Kurtz, un homme qui lui avait été recommandé par Berry. Ce dernier, au début, avait été d'accord pour opérer ce client – qui disait se nommer Adam Smith. Une chirurgie mineure : des cicatrices s'effacèrent sur les pommettes ; une oreille endommagée par de l'acide se vit donner un nouveau lobe. Tout s'était bien passé et il avait disparu dans l'anonymat. Mais six mois plus tard, il était revenu pour se faire reconstruire le nez. Cela n'avait rien d'extraordinaire en soi, mais la vie de cet homme ainsi que son attitude avaient changé et, à présent, il se faisait appeler Smith Jones – pas Adam Smith-Jones, mais simplement Smith Jones. Son comportement était assez bizarre pour laisser croire à Berry qu'il ne s'agissait pas là d'un simple paranoïaque – et qu'il tirerait profit d'un traitement psychiatrique. *Il semble vouloir se cacher derrière son nouveau visage pour des raisons qui n'ont pas été mentionnées lors de notre première rencontre*, avait déclaré Berry à Kurtz.

Kurtz avait adressé Smith Jones à l'un des psychiatres de l'institut Parkin spécialiste de la paranoïa. Cet homme s'appelait Purvis. Sans rentrer dans les détails de l'histoire, Smith Jones avait complètement laissé tomber son nom. C'est alors que Kurtz avait voulu se charger lui-même de son cas. En pratique, cela n'avait rien d'extraordinaire – mais le Dr Purvis avait mal pris la chose, qu'il avait perçue comme un « raid » sur sa clientèle.

Aujourd'hui, Kurtz informait Maynard Berry que Smith Jones – dont le nom actuel était X – venait d'être hospitalisé au Parkin. Il se trouvait en bas en cet instant, totalement drogué par les médicaments.

Cela dit, Kurtz promit de tenir le chirurgien au courant.

Berry regarda sa montre et se leva.

« À la semaine prochaine alors, dit Kurtz se mettant aussi debout. Est-ce que tu vas au vernissage de Fabiana ce soir ?

– L'exposition Julian Slade ?

– Oui.

– Je crois que oui. Ce n'est pas que je sois très amateur des œuvres de Slade, dit Berry, mais ça va faire tout un scandale – et autant y aller et voir de mes propres yeux que de le lire dans les journaux. C'est si simple de se montrer, de regarder et de partir.

– Et Emma ? Est-ce qu'elle y sera aussi ? »

Berry ne répondit pas. Il fit comme s'il n'avait pas entendu la question. Kurtz n'insista pas. Il avait sa réponse. Le silence de Berry signifiait que son mariage était toujours au bord de la crise. Ce n'était pas un sujet qu'ils abordaient au cours de leurs discussions.

Quand le chirurgien fut parti, Kurtz retourna à son bureau et fouilla dans les papiers qui s'y trouvaient. Il avait égaré une enveloppe qui contenait des réflexions personnelles et il avait hâte de la retrouver. Mais elle n'était nulle part.

Il traversa la pièce pour aller ajuster le rhéostat : pas de lumière crue, mais un peu plus qu'avant. Son costume de laine gris tombait impeccablement sur son corps et en laissait voir le mouvement. Même à présent, à quarante-sept ans, il avait l'allure élancée d'un homme dans la trentaine. Il était pâle, mais sa pâleur n'avait rien de maladif. Sa peau était tout simplement blanche. Ses cheveux, c'était une autre histoire. Il les teignait en noir, dissimulant ainsi le gris qui était apparu quand il avait vingt-huit ans. Il ne marchait jamais au soleil. L'effet global qu'il produisait était assez troublant. On disait de lui qu'il avait revêtu le cadavre de quelqu'un mort prématurément.

Il se mit à ouvrir et à fermer les tiroirs de son bureau. Il n'était pas encore parvenu à retrouver l'enveloppe. Peut-être l'avait-il égarée pendant sa visite à Queen Street. Il s'y rendait plus ou moins régulièrement à titre de conseiller en psychiatrie dans le service de schizophrénie. Eh bien, conclut-il, elle devait être soit à Queen Street, soit chez lui. Il était méthodique. Elle n'avait pas disparu comme ça.

Il s'assit ensuite et commença à mettre de l'ordre sur son bureau. Des dossiers, des dossiers, des lettres, des lettres, des dossiers. Il se faisait souvent apporter les dossiers des autres psychiatres pour les feuilleter. Il prétextait qu'il avait besoin de veiller à la bonne marche du Parkin – aux progrès qui s'y accomplissaient, aux taux de réussite, et cætera. Mais là n'était pas la véritable raison pour laquelle Kurtz mettait le nez dans les dossiers. Il voulait, en réalité, savoir qui étaient les patients – la raison pour laquelle on les traitait, quel genre de traitement ils recevaient. Ce qui l'intéressait avant tout, comme toujours, c'était les faiblesses des riches.

Le dossier qu'il avait entre les mains, par exemple. *P* pour *Patient* – *A.P.* pour *Austin Purvis*. Le Dr Purvis avait les nerfs à fleur de peau, il était tendu, toujours prêt à exploser – une vraie bombe. Mais c'était aussi un excellent psychiatre – qui avait des clients fascinants. Kurtz ne se lassait jamais de feuilleter ses dossiers. Le patient du nom de X venait de chez lui.

Kurtz tira à lui le dossier P et alluma une fine cigarette noire. Derrière les fenêtres, la pluie verglaçante continuait de tomber, en pleine heure de pointe de l'après-midi.

P.

Kurtz regarda pour voir ce qu'indiquait l'onglet – mais il n'y avait rien d'écrit.

Pas de nom. Pas de code. Rien que la lettre *P*. Peut-être que le dossier lui-même serait plus instructif.

Il feuilleta les pages. Rien, absolument rien. Et puis : *DÉCLENCHÉ PAR UN APPEL AFFOLÉ* – ceci écrit de la main de Purvis en lettres très nettes – entouré en rouge – et daté. Mais la date avait été effacée au correcteur. En dessous, Austin avait écrit ces mots – au stylo plume, à l'encre noire :

Appel de P. à 14 h. Il se trouvait au Q.G. (de la) P(olice) (du) G(rand) T(oronto) Coll(ege) St(reet), où il avait été amené par deux agents de police, de sexe masculin. Aucune plainte n'avait été déposée, P. ayant déclaré qu'il était un patient d'ici et que j'étais son docteur. On lui a permis de faire un appel, que j'ai reçu ici même.

Selon toute probabilité, *ici* représentait l'institut Parkin. Et la transcription qui suivait devait venir d'une séance qui s'y était déroulée, dans le bureau du Dr Purvis.

Kurtz lut la première page en diagonale. Il s'agissait de ce qui s'était passé juste après l'arrivée de Purvis au poste de police quand il avait volé au secours de son patient :

AP : Au nom du ciel, pourquoi est-ce que vous leur avez demandé de m'appeler ?

P(atient) : C'est la première chose qui m'est venue à l'esprit. J'ai pensé en fait que c'était rusé. L'alibi parfait...

AP : Quoi ? Être fou ?

P : Eh bien – on en prend et on en laisse... (Rire)

AP : Ce n'est pas drôle. Vous n'êtes pas fou. On est bien d'accord là-dessus – quoique, par moments, il me semble que vous aimeriez l'être.

P : Ce n'est pas vrai.

AP : On ne va pas discuter là-dessus. Vous vous rendez compte, je suppose, que vous êtes dans le pétrin.

P : Non, je n'y suis pas. Personne n'a porté plainte.

AP : Franchement, vous m'époustouflez. Pensez-vous que quand je dis que vous êtes dans le pétrin, je pense à la police ? Qui était cette personne ?

P : Je ne sais pas.

AP: Il faut que vous disiez la vérité. Qui était-ce?

P: Je vous le dis, je n'en sais rien.

AP: Est-ce que c'était une prostituée?

P: En uniforme de lycée? Vous rigolez!

AP: Un uniforme de quelle école?

P: Qu'est-ce que j'en sais? Quelque chose de bleu...

AP: Est-ce qu'elle était avec des amis? Ou est-ce qu'elle était seule?

P: Elle était seule.

AP: Répondez-moi franchement. Est-ce que c'était sur un coup de tête – ou est-ce que vous étiez assis là à l'attendre?

P: Je ne vais pas répondre à ça.

AP: Alors je ne peux pas vous aider.

P: Mais... qu'est-ce que vous faites?

AP: Je téléphone à la police.

P: Pourquoi?

AP: Parce que si vous ne répondez pas à mes questions, il faudra que vous répondiez aux leurs.

P (en criant): Mais je n'ai rien fait! J'ai seulement...

AP: Oui?

P: Je lui ai parlé.

AP: De quoi?

P: Je vous en prie. Ne me demandez pas...

AP: Vous étiez assis dans votre voiture – et vous lui avez offert de l'argent. Ils vous ont vu. Ils ont vu l'argent que vous teniez à la main.

P: Et alors? Je voulais qu'elle aille m'acheter quelque chose...

AP: Ce n'est pas le moment de plaisanter...

P: Oh! pour l'amour du ciel!

AP: C'était pour des histoires de fesse? (Pause) C'est bien ça?

P: Ce n'est pas... ce n'est pas ce que vous croyez. J'ai tellement honte...

AP: Ne pleurez pas. Ça n'a pas d'importance. Dites-le-moi, simplement. (Pause) Allez-y, parlez...

P : (Réponse inaudible)
AP : Allez-y – plus fort.
P : Je voulais lui acheter sa culotte.

Kurtz mit de côté la transcription. *Sa culotte.* Il avait envie de rire, mais il ne le fit pas. Quelque chose l'en empêchait – l'insistance avec laquelle Austin posait les questions. Son obstination. Kurtz écrasa sa cigarette et poursuivit sa lecture.

AP : Bon. Eh bien... Quand vous avez commencé à venir ici, c'était aussi pour des sous-vêtements, c'est bien ça. Des sous-vêtements féminins. De la lingerie. Vous vous étiez fait attraper chez Creeds. Dieu merci, c'était Creeds. La seule raison qui les a empêchés de vous poursuivre c'est qu'ils connaissaient bien votre femme.
P : Elle est bien bonne celle-là ! Elle est bien bonne !
AP : Voyons, soyez sérieux...
P : C'est la meilleure – Creeds portant plainte ! Bordel de grands dieux ! Ma putain de femme a dépensé une putain de fortune chez Creeds ! Et on me parle de putains de poursuites...!

Kurtz entendit une horloge lointaine – dans le bureau voisin – sonner la demi-heure. Derrière les fenêtres, le ciel avait basculé aux confins du crépuscule. Les lampadaires en bas s'étaient allumés et College Street était toute animée par la circulation des véhicules qui ramenaient les gens chez eux.

Il jeta un coup d'œil sur la suite. Le patient avait transféré sa kleptomanie de Creeds à K mart – et faisait maintenant des razzias dans les commodes de ses amies...

P : J'ai fini des soirées en emportant plein de trucs. Quand on est à la salle de bains, les chambres sont juste à côté – et ça me faisait un effet extraordinaire de savoir que j'avais dans ma poche le cache-sexe de Fabiana Holbach quand je m'asseyais à sa table pour le dîner...

81

Kurtz fit une pause. *Fabiana...*
Il reprit sa lecture.

AP : Est-ce que ça vous est arrivé de les enfiler ?
P :   Bien sûr que non ! Quelle foutue question ! Les enfiler !
Je suis pas un tra-machin – un tra...
AP : Vesti.
P :   Travesti. Les enfiler ! Bordel de bordel ! Tout ce que je
veux c'est les tenir dans ma main, c'est tout.
AP : Pourquoi ?
P :   Parce qu'elles...
AP : Oui ? Elles quoi ?
P :   J'en avais ras le bol des autres dessous achetés au ma-
gasin. C'était trop impersonnel, c'est ça. Ça ne satisfaisait plus ma
curiosité.
AP : Cette fille aujourd'hui – cette collégienne – quel âge lui
auriez-vous donné ?
P :   Je ne sais pas.
AP : Essayez de deviner.
P :   Treize. Peut-être quatorze ans.
AP : Est-ce qu'on voyait si elle avait de la poitrine ?
P :   Quoi ? Avec un uniforme ? Vous êtes cinglé. De toute
façon, elle portait un truc comme un manteau – un genre d'im-
perméable, je crois.
AP : Est-ce qu'il était ouvert ?
P :   Qu'est-ce que j'en sais ? Oui, il était ouvert. Et après ?
AP : Est-ce qu'elle avait de la poitrine ?
P :   J'ai déjà répondu non à cette question. Je suis pas
intéressé par sa foutue poitrine. Je me fous comme de l'an
quarante des nichons. C'est pour les cochons, les vieux et les
jeunes.
AP : C'est votre opinion ?
P :   Absolument. Pour les cochons, les vieux et les jeunes
qui...

AP : Qui...? Qui *quoi ?*

P : Qui peuvent pas caresser la chatte...

AP : Je vois. Vous voulez dire – comme vous vous pouvez le faire.

P : Sûr que je peux. Des nichons ? Quelle connerie !

Kurtz mit la transcription de côté et alla vers la fenêtre. Il se tint debout, de toute sa hauteur, et regarda la rue au-dessous, où la pluie coupait le flot lumineux de la circulation nocturne. L'hiver était emporté, lavé par la pluie, et la ville semblait purifiée. Bientôt, ce serait le début du printemps. Avec lui, les oiseaux reviendraient et l'épidémie prendrait de nouvelles dimensions. Mais le printemps était plus que cela – il était synonyme de vie aussi bien que de mort –, il était une promesse de verdure.

Cette pensée – des feuilles, des bourgeons – surexcitait Rupert Kurtz. C'était la saison des expériences – l'occasion de démarrer de nouveaux projets – de se mettre en chasse.

Au-dessous de lui, une voiture fit un dérapage latéral et renversa un piéton sur la chaussée. La foule commença à s'attrouper – invisible sous une multitude de parapluies qui ressemblaient à des chapeaux chinois. Des bagarres éclatèrent au moment où les Lunistes et les Têtes-de-cuir tentèrent de se frayer un passage à coups de coudes jusqu'au premier rang. *Est-ce que quelqu'un est blessé ? Est-ce qu'il y a des morts ?*

Kurtz rangea le dossier Purvis/Patient dans un tiroir et regroupa le reste de ses papiers dans sa mallette. Il alla au portemanteau récupérer son pardessus, son feutre et son parapluie et il éteignit les lumières. Il avait pris la décision, après tout, d'aller à l'exposition de Slade qui avait lieu à la galerie Fabiana. Les gens s'y presseraient, il le savait, comme ils se pressaient à présent dans la rue. *Est-ce que quelqu'un est blessé ? Est-ce qu'il y a des morts ?* C'était là les marques de l'art de Julian Slade. Et puis, il y avait aussi les dessous chapardés de Fabiana qui gisaient froissés dans sa tête. *Chipés* – c'était le bon mot. *Chapardés. Chipés. Barbotés. Tripotés...*

« Bonsoir, Mlle Kilbride.

– Bonsoir, Dr Kurtz. »

La porte s'ouvrit. Il posa ses pieds impeccablement chaussés sur le marbre rouge du corridor et se dirigea vers l'enfilade reluisante des portes d'ascenseur. Les gens qu'il croisa sur son passage émettaient un son rauque, semblable à une excuse – un salut non verbalisé. Kurtz, sans regarder, disait *bonsoir – bonsoir* – et poursuivait son chemin.

3

Le seul nom de Lapin Lanes avait eu un attrait irrésistible pour Lilah Kemp. Les chaussures de Pierre Lapin dans la main, elle était allée il y avait bien longtemps – cela faisait combien d'années au juste ? – inspecter le 38-A. Quelqu'un de l'université, une femme, l'avait rencontrée à la porte du jardin et, après lui avoir montré la cour, l'avait fait entrer subitement dans un havre de paix. En été, le soleil de l'après-midi et du soir pénétrait de biais par les fenêtres – filtré par les feuilles d'érable et les arabesques de la vigne vierge qui poussait sur la clôture. En hiver, seul le soleil de midi brillait dans la cour, mais cela n'avait pas d'importance. La lumière même – sa qualité – était digne de contemplation – reflétée par la neige le jour, infusée par le lampadaire la nuit.

C'était avant l'assaut de la schizophrénie et ses dérèglements – avant que l'ombre des arbres eût commencé de s'aplatir sur son chemin et que les plantes grimpantes se fussent mises à se faufiler par les fenêtres pour lui voler de la nourriture sur la table. Il y eut ensuite la nuit où Heathcliff l'avait trouvée, après avoir bravé vents et tempêtes, la rage dans la voix, ses cheveux noirs en bataille sur ses épaules. Elle avait tout de suite su qui il était. Sa silhouette s'était penchée sur elle au clair de lune, sa peau était couleur de perle. Heathcliff lui-même, en personne. Toutes les portes et fenêtres s'étaient refermées violemment pour étouffer le martèlement de ses poings. *Au secours!* Puis il était parti – et il avait semblé à Lilah que son corps entier était couvert de bleus.

Puis tout avait changé, à jamais. Cependant, Lilah parut avoir supporté tant bien que mal cette épreuve et s'en être sortie. Même à présent, avec Kurtz en liberté, elle puisait son courage dans Lapin Lanes et dans le réconfort qu'offrait son austère panorama, délimité par les hautes planches des clôtures, blanchi par la neige et semé d'ornières, peuplé de poubelles et de chats. *J'arrive,* chantait-elle à l'intérieur d'elle-même. *J'arrive,* dès qu'elle tournait le coin.

Ce jour-là, sous la pluie verglaçante, elle était doublement heureuse après avoir tourné le coin. Au bout de la ruelle qui débouche dans Bedford, il y avait eu une échauffourée avec des Lunistes et des Têtes-de-cuir. Leur vue traumatisait toujours Lilah. Ils ressemblaient tant aux créatures qui peuplaient ses rêves, et elle n'était jamais certaine, lorsqu'ils apparaissaient, de ne pas les avoir invoqués – la cagoule brillante d'une Tête-de-cuir – le reflet argent des doigts d'un Luniste, sortant du noir et cherchant à l'attraper. *Est-ce que c'est moi qui ai fait ça?* disait-elle en les voyant. *Est-ce que j'ai été leur véhicule?*

Même ici, elle entendait encore les voix amplifiées des Lunistes, hurlant leurs chants guerriers au bout de la ruelle – et les Têtes-de-cuir frappant les trottoirs de leurs battes de base-ball. *Je voudrais que ce soit moi qui les ai fait apparaître,* pensa Lilah. *Comme ça, peut-être que je pourrais un jour trouver le moyen de nous en débarrasser pour le bien de tous.* Mais les choses étant ce qu'elles étaient, il fallait qu'elle vive, comme tout le monde, avec les Lunistes et les Têtes-de-cuir. Ils faisaient autant partie du paysage que la sturnucémie, les escadrons M et les oiseaux morts.

La lumière du soir avait fait place à celle des lampadaires et à l'obscurité. Les chats s'attroupaient près du portail de Mme Akhami et s'installaient sur ses clôtures. Lilah eut quelques problèmes avec le landau, plus difficile à manœuvrer dans l'eau qui gelait que dans la neige. Elle pensa à Susanna Moodie qui avait tiré les tiroirs de la commode sur la colline glacée avec ses enfants dedans. *Au moins, je n'ai pas à faire ça...*

Mme Akhami faisait cuire quelque chose qui, comme elle le disait dans son parler unique et imagé, vous mettait les papilles en route. Lilah compta les chats. On en voyait huit, mais il y en avait sûrement d'autres derrière la clôture dans la cour de Mme Akhami. Les ruelles étaient pleines de chats, mais les chiens étaient rares. Sans qu'on sût pourquoi, les chiens disparaissaient de la ville. Pas tous, pas les chiens dont la vie se déroulait à l'intérieur, en sécurité dans leur dépendance des êtres humains. Les chiens étaient toujours un mode de protection valable – et les gens les gardaient pour cette seule raison. Mais on voyait rarement des chiens perdus.

Lilah s'arrêta. La tête et les épaules de Mme Akhami firent de brèves apparitions à la fenêtre comme elle se déplaçait dans sa cuisine à l'étage. Qu'est-ce qui pouvait bien sentir si bon ? Un plat de poulet – peut-être un curry, bien que Lilah discernât sans peine dans l'air un fumet d'huile d'olive. Huile d'olive, poulet, curcuma, coriandre, safran...

Lilah avait faim, presque aussi faim que les chats, et elle attendait là avec eux, envoûtée par les effluves de la magie culinaire que Mme Akhami concoctait avec ses ustensiles.

Si seulement Marlow pouvait venir vers Lilah en sortant d'*Au cœur des ténèbres* comme les chats étaient sortis de l'obscurité pour venir vers la clôture de Mme Akhami. Mais rien jusqu'à présent ne l'avait attirée, pas même son nom, lorsqu'elle le prononçait, ni l'évasion de Kurtz. Pas même une panique généralisée. Marlow, à ce qu'il semblait, était enfermé dans les pages du livre où l'avait mis Conrad, et rien ne pourrait l'en faire sortir.

Un chien se mit à aboyer dans les environs.

Lilah plaça sa main en visière pour s'abriter de la pluie et regarder le ciel. Est-ce qu'on voyait la lune ?

Comment serait-ce possible ? Il pleut à verse.

Et pourtant, il y avait une sorte de halo jaunâtre autour des nuages. Mais ce n'était pas la lune. C'était simplement le reflet des lumières de la ville sur le ciel.

Le chien continuait d'aboyer.

La fenêtre de Mme Akhami s'ouvrit subitement et un flux pénétrant d'odeurs de cuisine descendit vers la ruelle en traversant la cour.

«Vas-tu arrêter! cria Mme Akhami à l'intention du chien. Vas-tu arrêter!» S'ensuivit un flot d'injures proférées dans sa langue maternelle.

Lilah eut l'impression d'être trahie. Le silence dans lequel aurait pu s'avancer Marlow avait été brisé. Elle passa le portail en poussant le landau et remonta l'allée. Dans la ruelle, le chien qui avait aboyé se mit à hurler. Mais la lune, et Marlow, étaient toujours réticents et se refusaient à apparaître.

4

Tous les soirs après le travail, Kurtz rentrait chez lui, dans son appartement de La Citadelle d'Avenue Road, pour changer de chemise et de cravate. Cela faisait partie de son rituel de propreté. En certaines occasions, il changeait aussi de sous-vêtements. Il garait sa voiture, une Impala grise, dans le garage souterrain et montait, en silence et les yeux fermés, au vingt-cinquième étage. Il aimait la sensation que cela lui procurait, la force de la gravité dans ses entrailles, la désorientation qu'il s'imposait.

L'ascenseur s'immobilisa en douceur. Une voix informatisée annonça *vingt-cinquième étage* et les portes s'ouvrirent en glissant, offrant à Kurtz qui rouvrait les yeux une perspective sur les murs d'acajou sombre et les lampes de cristal. Un miroir lui signala que le couloir était vide et il sortit de l'ascenseur en foulant un épais tapis – bleu roi avec une lisière bordeaux. Il remarqua que le sel et la neige avaient sali ses chaussures. Pas de problème. Un préposé viendrait, armé d'un aspirateur, effacer toute trace de son passage.

Devant la porte de son appartement, il donna le mot de passe à la boîte vocale et entendit le verrou s'ouvrir de l'intérieur. Le mot de passe de cette semaine était *MOI*. Il faisait alterner ce mot chaque semaine avec *MOI-MÊME* et *JE*. C'était facile à retenir et impossible à contrefaire. Le système devait reconnaître les particularités de sa voix avant d'activer les serrures.

Vingt minutes plus tard, après s'être lavé le visage et les mains et brossé les dents, il se tenait dans son vestiaire, un verre de gin à la main, contemplant un tiroir ouvert qui contenait des chemises propres.

Il en choisit une de soie et coton mélangés et la secoua pour la déplier. Bien qu'il pût se voir en pied dans le miroir, il se regardait à peine. Le plaisir de revêtir une chemise était entièrement tactile. La douceur du tissu le ramenait au temps de sa jeunesse et lui rappelait la douzaine de chemises que son père lui avait apportée d'Angleterre pour célébrer l'entrée du jeune Kurtz dans l'âge viril.

Cousue main, à pans et doubles poignets, chacune des chemises d'anniversaire avait été enveloppée dans du papier de soie et placée avec deux faux-cols dans une boîte magenta. Chacune avait une étiquette sur la couture intérieure du côté droit où était imprimé en lettres discrètes *Rupert Kurtz*. Des boutons de col et ceux de manchettes, les premiers qu'il eût possédés, complétaient le cadeau paternel : les boutons de col en argent et ceux de manchettes en agate, chaque pierre sertie dans une monture ovale en argent. Kurtz avait les yeux verts. L'agate était une idée de sa mère. Même si son père s'était dit d'accord avec ce choix, il le trouvait ostentatoire. *Tu pourras toujours t'arranger pour les perdre...*, avait-il dit en aparté.

Kurtz boutonna lentement la chemise de haut en bas, prenant son temps et savourant son gin à petites gorgées.

On perd toujours sa première paire de boutons de manchettes, avait dit son père, *à peu près au moment où on perd son pucelage. En tout cas, c'était comme ça quand j'ai perdu le mien.* Kurtz était alors assis – son père debout – dans un club de York Street.

Kurtz porta un toast au spectre de son père – grand, raide et gris, comme lui dans le miroir.

Perdre son pucelage, à cette époque – avait poursuivi son père –, *était une question de protocole; la tenue de soirée était de rigueur, bien qu'un complet veston pût faire l'affaire. Qu'on le perdît avec une fille de passage, dans une ville étrangère ou avec une prostituée dans un bordel de quartier, il fallait entourer l'événement d'un certain décorum. Bien sûr, il n'était pas question de perdre son pucelage avec quelqu'un que ses parents ou amis connaissaient.*

Kurtz choisit une cravate de couleur sombre et en fit le nœud. Verte, avec des rayures bordeaux. Il avait réussi à ne pas perdre cette première paire de boutons et il les portait à présent. Lorsqu'il avait perdu son pucelage, c'était tout ce qu'il avait perdu. À London, en Ontario.

Une fois vêtu, il se promena dans la chambre, regardant négligemment pour voir s'il pouvait trouver son enveloppe – perdue depuis combien de temps maintenant? Ce n'était qu'aujourd'hui qu'il s'était aperçu de sa disparition.

Il alluma les lampes qui éclairaient sa collection d'ivoires disposée sur des étagères alignées contre un mur et vitrées de haut en bas – la vitrine reposant sur une tablette de marbre noir, à hauteur de la taille. Sous la tablette, fermées à clé derrière des portes treillissées, il gardait ses autres collections, celles qu'il ne montrait pas aux visiteurs, mais seulement et en de rares occasions à des intimes : les photos dans les boîtes en bois; les petits soldats de plomb; les chaussures chinoises. Sa collection d'ivoires avait une certaine réputation. Des conservateurs étaient venus de New York et de Paris pour l'examiner. Des experts de grands musées en avaient estimé la valeur. Elle n'avait pas de prix, même si on lui en avait attribué un. Certaines pièces étaient si anciennes qu'on n'aurait jamais pu les remplacer. La plupart venaient d'Afrique, quelques-unes de Dieppe, et d'autres encore d'Asie du Sud-Est et du Japon.

L'enveloppe était introuvable, elle n'était dans aucun des tiroirs qu'il ouvrait. Elle n'était pas – pourquoi d'ailleurs y aurait-elle été? – dans le solarium qui dominait la ville, ni dans la salle à manger, ni dans la cuisine.

Comment ai-je pu la perdre ? Où a-t-elle bien pu passer ?
Il regarda sa montre.

Il était près de sept heures trente. Il chercherait de nouveau l'enveloppe demain. Elle devait être à son bureau, au Parkin. Peut-être dans la voiture. Enfin, quelque part. Rien ne disparaît. Complètement. *Pas vrai ?*

Il éteignit les lumières qui éclairaient les ivoires. Il laissa quelques lampes allumées pour son retour. Il enfila son par-dessus, finit son gin, prit son parapluie et sortit. Malgré le vent et la pluie, il irait au vernissage de l'exposition de Slade à la galerie Fabiana. Il y avait plus que des tableaux là-bas. Il y avait cette femme. Fabiana – et la pensée d'être près d'elle – assez près pour sentir sa peau.

Quelques minutes plus tard, car le trajet était très court, Kurtz gravissait les marches de la galerie Fabiana, dans Cooper Street.

D'autres personnes montaient derrière lui, ayant apparem-ment l'intention de le dépasser. Un homme et une femme. La femme parla.

« Est-ce que c'est vous, Rupert ? » dit-elle. Kurtz se retourna.

Olivia Price se tenait devant lui, souriante. Griffin Price était juste derrière elle, soigné et le crâne dégarni, une main gantée de brun sur la porte.

« Olivia, dit Kurtz froidement, Griff. » Ils se serrèrent la main.

Griffin tint la porte pendant que sa femme et Kurtz passaient à l'intérieur.

« Vous, Rupert, un admirateur de ce Slade ? dit-il. Je n'aurais jamais cru que ce soit votre genre. »

Kurtz répliqua : « Je m'intéresse toujours. Il faut se tenir au courant de ce qui se fait, vous savez bien. » Il ne dit pas que Slade avait été l'un de ses patients. « Qu'est-ce que vous devenez, Griff ? On m'a dit que vous étiez allé en Pologne ou ailleurs.

– À Prague, dit Griffin. Visiter les verreries, et cætera.

– Ah oui, dit Kurtz, les verreries, et cætera. Est-ce que vous en avez en vue ?

– Bien sûr », dit Griffin, en donnant son pardessus d'alpaga à un homme en veston blanc. Il se passa la main dans d'invisibles cheveux et remit sa cravate d'aplomb. « Je pense leur faire reproduire des trucs esquimaux – vous voyez ce que je veux dire, des oiseaux, des machins comme ça, des phoques, des trucs de ce genre, des ours polaires en verre. Enfin, ce genre de trucs. Pour vendre dans les boutiques des hôtels et des aéroports. Les gens aiment remporter d'ici un petit quelque chose qui n'a pas *Toronto* ou *Canada* écrit dessus en grosses lettres. Quelque chose de sobre, qui ait de la classe. Le verre a de la classe. Et si c'est écrit MADE IN PRAGUE sur l'étiquette, c'est encore mieux. » Il prit un martini sur un plateau qui passait près de lui, retira l'olive piquée sur un bâtonnet et la reposa là où il avait pris le verre, avant que le plateau ne disparût. « Il nous faut reconquérir le marché des souvenirs de Taiwan et de Corée. Le mettre entre les mains des Européens de l'Est. Ils comptent sur nous, maintenant, pour qu'on fasse quelque chose pour eux – évincer les Asiatiques et les remettre au fer-blanc et au biscuit. Une chose qu'ils n'ont jamais vraiment maîtrisée, Rupert : ce petit rien de goût qui donne de la classe à un objet. La porcelaine et la laque – c'est là qu'ils excellent. Vous ne trouvez pas ? »

Kurtz fit un signe de tête qui ne l'engageait à rien et se demanda si le discours était terminé. Griffin Price buvait son martini. Il semblait grignoter son verre – il le tenait collé à ses lèvres et le laissait là. Ses dents ressemblaient à de minuscules perles, chacune était parfaite et elles avaient toutes la même taille. Ses yeux bleu pâle étaient bordés de cils noirs très fournis – comme ceux qu'on voit sur des poupées de prix, songea Kurtz. Il se rappela Griff petit – de dix ans son benjamin. Ses fins cheveux blonds offraient un contraste saisissant avec la couleur foncée de ses cils et sourcils. Il avait alors l'air un peu perdu – celui d'un garçon qui avait besoin qu'on le protège et qu'on le rassure. Cela était dû en partie, sans doute, aux événements qui l'avaient traumatisé.

Le père de Griffin – qui se prénommait Alex – avait été ce

qu'on a coutume d'appeler un débauché. Il se faisait un point d'honneur d'avoir des maîtresses européennes – des femmes aux cheveux sombres qui avaient apparemment tout d'héroïnes de films, sans jamais en être. L'épouse de Griffin, Olivia, avait quelque chose de ces femmes – grande, élancée, patricienne – en plus de la beauté classique commune aux trois sœurs Wylie. Alex Price l'aurait mangée toute crue, mais il était mort avant d'avoir eu l'occasion de la connaître. Il s'était tué pendant un match de polo à Palm Beach, sous les yeux de sa femme et de ses enfants, tandis que sa maîtresse du moment se tenait à distance dans le pavillon du club. Tout le monde se rappelait cette journée – le cheval qui avait trébuché, entraînant Alex Price, lui roulant dessus en lui écrasant les côtes et en lui perforant le cœur. Ventura Price et deux de ses trois fils portèrent à peine le deuil. Martyres et millionnaires d'un coup. Mais Griffin qui était le benjamin vénérait son père et, longtemps après la mort de ce dernier, l'enfant était resté désorienté et en proie au désespoir. La maîtresse repartit pour l'Espagne et on n'entendit plus jamais parler d'elle de ce côté-ci de l'Atlantique. Une histoire en somme comme il y en a tant, pensa Kurtz, tandis qu'il parcourait du regard le vestibule où ils se tenaient, un verre à la main, avant d'aller voir les tableaux. Presque tous les gens dans cette pièce, songea-t-il, ont des antécédents familiaux marqués par la violence – la violence qu'on retrouve dans les grands opéras – du Verdi, pas du Puccini. Jamais du Wagner. De bon goût – mais plus grand que nature ; une génération de noces célébrées par des ténors et des sopranos – les sombres basses et contraltos attendant dans les coulisses... *La forza del destino...*

Ici, pensa Kurtz tout en observant les invités de Fabiana par-dessus son verre, se retrouvent les enfants de tous ces mariages violents, contractés il y a trente ou quarante ans, la progéniture d'une douzaine de millionnaires décédés et deux, peut-être trois, douzaines de veuves de Palm Beach. Les autres, dans le vestibule de Fabiana, avaient réussi par leurs propres moyens et étaient du pays, ou faisaient partie de la jet set, comme on dit – Britanniques, Américains, Allemands et Sud-Américains – Argentins, Brésiliens – exilés chiliens.

Kurtz prit un hors-d'œuvre coiffé d'un champignon et le fourra dans sa bouche. Il l'avala tout rond et se demanda où pouvait bien être Fabiana. Et Julian Slade.

Slade avait été son client à l'institut Parkin. Il y avait de cela trois ans, quand l'artiste avait montré des signes de schizophrénie. C'est là que Kurtz l'avait traité et qu'il avait été intrigué par la réaction inhabituelle de son patient face à ce qui lui arrivait. Slade n'avait pas du tout manifesté de crainte, uniquement de la gratitude. *C'est avec bonheur,* avait-il déclaré, *que j'anticipe ma vie de fou. Quand est-ce qu'elle commence?*

Kurtz avait souri devant son impatience. Mais avec Slade, il était difficile de savoir s'il plaisantait ou s'il était sérieux. Il changeait rarement d'expression et sa voix, s'il en modulait le volume, conservait le même ton. Ses tableaux étaient à ce moment-là du blanc sur blanc – avec des trous dans la toile. Des yeux rendus aveugles et des bouches hurlantes. Le mot favori de Slade à cette époque était celui de *lambeaux.* Kurtz avait été ébloui, mais avait gardé son enthousiasme pour lui. Quant à Slade, il s'était entiché de Kurtz – sur le plan esthétique – et c'est ainsi qu'il était devenu son disciple.

Ayant monté une exposition de ses tableaux déchirés et troués à la galerie Pollard, Slade avait voulu les dédier tous à Kurtz – *celui qui a libéré mes démons.* Mais Kurtz le lui avait défendu. Les tableaux étaient trop effrayants. Et, bien qu'il fût impressionné, quelque chose en Kurtz avait été ébranlé par ce qu'il avait vu.

La galerie Pollard avait été divisée en son centre par une allée de citronniers en pots. Les toiles montraient toute une variété de silhouettes torturées, vêtues de blanc, chacune avec son lot de perforations et de parties déchiquetées. Au-dessous des tableaux couraient des gouttières d'aluminium – une de chaque côté de la pièce, qui se déversait dans un grand plat d'aluminium. Grâce à un procédé ingénieux, un liquide rouge vif, émanant des figures

93

peintes, s'écoulait dans ces gouttières. Elles «saignaient». Au-dessus du récipient qui recueillait le liquide se trouvait ce que Slade considérait comme le clou de son exposition : un portrait de l'artiste avec *mon déchiqueteur à la main*. Le déchiqueteur en question était un couteau à écorcher.

L'effet était électrisant – exactement ce qu'escomptait Slade : *c'est comme si on arrivait au beau milieu d'une autopsie*, avait-il déclaré à Kurtz. Le lendemain, la police était venue fermer l'exposition, et la galerie Pollard. Quelqu'un de haut placé avait déposé une plainte et on avait accusé Pollard de *montrer des outrages infligés au corps humain*. Finalement, le propriétaire de la galerie avait dû comparaître et avait été acquitté. Julian Slade, lui, avait quitté le pays et fait ce qu'il avait toujours voulu faire. Il partit en Espagne étudier les œuvres de Goya, et il y partit beaucoup plus riche qu'avant l'exposition des *Lambeaux*. Trois jours après le vernissage, tous ses tableaux, sans exception, avaient été vendus.

Ni Pollard, que Kurtz apercevait maintenant debout de l'autre côté du vestibule de Fabiana, ni Slade, qui n'avait pas encore fait son apparition, n'avaient divulgué le ou les noms des acheteurs. Ceux-ci, à leur tour, avaient gardé l'anonymat – bien que Kurtz, à la longue, eût appris ce qu'il était advenu des tableaux. Ils étaient tous accrochés aux murs de ses clients.

Le charme de Griffin Price était immense, songea Kurtz en regardant Griffin retirer une autre olive d'un autre martini. Avec ses yeux bleu vif, ses dents de perle et son sourire pensif, il ressemblait au bel enfant qu'il était le jour où il avait vu son père emporté du terrain de polo. Mais l'homme qu'était devenu cet enfant au cœur blessé avait en lui une insensibilité qui frôlait le sadisme. Il se prenait pour une sorte de critique social et ses jugements étaient truffés d'insinuations cruelles, qu'il prononçait sur un ton égal, presque désinvolte. «Je pense que Julian Slade est le Mengele de l'art», déclara-t-il, trempant son doigt dans son martini puis le suçant. «Ça m'intrigue de savoir ce qu'il va encore imaginer pour améliorer la race humaine.»

Kurtz cligna des yeux.

Griffin contempla l'olive sur son bâtonnet puis la posa délicatement sur le plateau, faisant signe au serveur qu'il pouvait s'éloigner et retrempant son doigt, comme un plongeur, dans son verre. «N'êtes-vous pas de mon avis, Rupert?» Griffin avait le sourire aux lèvres. «La race humaine a besoin d'un autre Mengele pour se mettre au goût du jour.»

Kurtz pensa: *Si je le regarde maintenant, je ne saurai pas quoi dire.* Heureusement, Griffin continua son baratin tandis que Kurtz faisait semblant de chercher un mouchoir. Autour d'eux, le bruit des autres conversations faisait de temps en temps place à la musique venant de la pièce où les tableaux étaient toujours cachés derrière les portes.

«À Prague, dit Griffin, j'ai eu une vision quand j'étais debout dans la verrerie.» Il en était maintenant à son troisième martini et commençait à être soûl, ce qui donnait à sa voix une sorte de ronronnement – la voix de quelqu'un qui rêve, hypnotisé et pas tout à fait là. «Il y avait tous ces hommes armés de polissoirs mécaniques, en train d'astiquer, de faire briller des petits bouts de cristal. Ils les faisaient tourner, encore et encore, jusqu'à ce que les cristaux soient parfaits. Et je me suis dit: *Si seulement on pouvait faire ça pour nous; nous façonner ainsi.* Et alors j'ai eu cette vision...»

Griffin regardait Kurtz au travers de son verre et il dit: «J'ai eu cette vision que nous étions prêts pour une autre version de la race humaine. La dernière touche.» Il but son martini et regarda Kurtz droit dans les yeux – toujours le sourire aux lèvres. «Est-ce que ça n'est pas un peu ce que veut dire notre copain Julian quand il déchire tout en lambeaux? Tous ces tableaux de gens écorchés, arrachés de ce qu'ils étaient...

– Je suppose», dit Kurtz, qui ne voulait pas s'engager à penser la même chose que Griffin. «Peut-être.»

Griffin chercha du regard autour de lui un endroit où poser son verre. «Il y a une autre facette à cette histoire, vous savez, dit-il.

– Oui?» Kurtz venait d'apercevoir une femme à l'extrémité du vestibule près de l'entrée. Elle venait sûrement d'arriver.

« Oui, dit Griffin. Et c'est là où vous entrez en scène – vous le roi de la psychiatrie. Je veux dire – s'il y a de nouvelles formes d'êtres humains, il s'ensuit qu'il doit y avoir de nouvelles formes de folie... Non ? »

Griffin laissa l'idée en suspens. Il voyait bien que Kurtz était distrait par quelque chose.

« Qu'est-ce que vous regardez ? demanda-t-il.

– Rien, dit Kurtz. Simplement une connaissance – qui se trouve être votre belle-sœur.

– Je prie le ciel que ce ne soit pas sœur Amy, dit Griffin.

– Non, dit Kurtz. L'autre. »

Peggy Webster, d'une élégance discrète, se tenait seule, à l'écart. C'était l'aînée des célèbres sœurs Wylie et, du temps où Kurtz était jeune, elle était très courtisée. Elle était sérieuse sans être distante, réservée sans être impénétrable. Tout le monde connaissait sa vénération pour le passé et elle était capable de vous dire tout ce que vous vouliez savoir sur la ville et ses habitants – l'origine de sa richesse et la source de ses traditions collet monté. La plupart des grandes – ou soi-disant grandes – familles avaient adhéré à des principes établis au début des années 1800. On était rarement admis dans ce cercle fermé, et seulement sur références irréprochables. Comme pour la plupart des sociétés pionnières coloniales, les règles de conduite y étaient contraignantes et dépourvues d'originalité. *Plus Anglais que les Anglais d'Angleterre,* telle avait été la devise de l'époque, que Griffin traduisait comme *Plus Torontois que les Torontois.* C'était le patrimoine héréditaire dont étaient issus les Wylie. Les Webster – avec l'un desquels Peggy s'était mariée – étaient une tout autre histoire.

À côté de la vieille société de Toronto se trouvait la nouvelle. Cela, aimait à dire Griffin, est commun à toutes les cultures, mais la différence entre chaque société *nouvelle* réside dans les particularités de la vieille société dont elle est issue. C'est la vieille société que l'on singe, et ce qui est singé dépend des valeurs de cette vieille société. À Toronto, disait Griffin, les valeurs venaient des snobs. C'est donc le *snobisme* qu'on singeait – et, si le snobisme est déjà détestable en soi, le singer est odieux. C'est l'argent qui mène le monde, comme toujours, et cela avait abouti, selon Griffin Price, *à une classe sociale composée de gredins et de brutes épaisses en costumes rayés, des fouille-merde de première. Métaphoriquement parlant, bien sûr...* Inutile de dire que selon Griffin, le clan Webster avait été engendré par des gredins et des brutes épaisses.

Lorsque Peggy Wylie avait dit oui à Ben Webster, avait-il raconté un jour à Kurtz, *le Tout-Rosedale était tombé à jamais dans les pommes.* Et Kurtz avait pensé : *Métaphoriquement parlant, bien sûr.*

Ça avait été le mariage de la décennie – celui qui avait vu la première des grandes demeures Wylie passer en d'autres mains. Naturellement, elle ne passa pas en d'autres mains tant que Peggy l'habita – mais son sort était réglé. Le sort de ses voisines aussi. La chance ne tourna que lorsque les brutes épaisses en costumes rayés découvrirent la belle vie sur les hauteurs dans les beaux quartiers et les délices de Russell Hill Road. Entre-temps, les magnats de l'immobilier et les vedettes de la télévision *jouaient à acheter des maisons cossues et à emprunter les allées cavalières* (toujours selon la description de Griffin) dans un quartier semi-rural qui s'appelait Bayview, ce qui était curieux, car il n'y avait ni baie ni vue sur la baie – ni vue sur rien d'autre que d'autres maisons. Et cela, selon Griffin, était ce que Peggy Wylie avait le plus redouté – l'invasion des hordes dépourvues de goût dont l'argent deviendrait un sujet de honte pour l'ancien monde parce qu'il changeait de mains dans les salons.

Elle se tenait là. « En train d'attendre, dit Griffin, comme toujours, que le monde lui tourne autour. »

Son mari, Benedict, se fraya un chemin à coups d'épaule dans la foule tassée près du bar et revint en portant deux verres. Si Griffin Price n'aimait pas Ben Webster, on pouvait dire que Kurtz le détestait. Il le détestait pour des raisons que Webster lui-même ne soupçonnait pas – des raisons qui remontaient à l'école, où

Ben avait été un roi et Kurtz un pauvre sujet. La nature avait pourvu Ben de grâce et de beauté. Depuis le jour de sa naissance, il excellait dans tous les sports et n'avait pas cette gaucherie typique qui si souvent chez les garçons accompagne le développement physique. Il avait commencé à constituer une fortune personnelle avant de sortir du collège St Andrew's. Il y était parvenu en mettant sur pied un service de taxis, utilisant les voitures de son père et son frère John comme chauffeur. Ils transportaient leurs camarades du collège aux matches de foot et aux bals. C'est ainsi qu'il avait terminé ses études avec plusieurs milliers de dollars sur son compte en banque.

Ce dont Ben Webster avait eu besoin ensuite, c'était d'un marchepied pour atteindre ce dont il rêvait – et ce fut Margaret Wylie, connue sous le nom de Peggy, qui le lui donna. Il lui fit une cour éhontée, en lui offrant perles et bagues qui avaient appartenu à sa mère, et qui constituaient les derniers de ses biens les plus précieux. Ce qui amena aussi Peggy à ses pieds était le fait que Ben était conscient de la peur qu'il lui inspirait. Elle tremblait devant lui. Sa présence, son énergie, son regard – tout chez lui la terrifiait. Il était – et il restait – électrisant. Et ils étaient là debout – ensemble, côte à côte, parfait mélange entre le sang et la réussite sociale, vainqueur et victime, homme et femme.

Griffin Price parlait maintenant à un couple que Kurtz ne connaissait pas. Kurtz commença à se promener dans la salle. Il se demandait où pouvait être Fabiana. Ce n'était pas son genre de laisser ses invités si longtemps debout en train de boire, avant un vernissage. D'ordinaire, Fabiana était ponctuelle et savait tout orchestrer – une excellente hôtesse en somme. Mais ce soir, les choses se compliquaient. Slade n'avait pas donné signe de vie, et Fabiana ne voulait pas déclarer l'exposition ouverte tant qu'il n'était pas à ses côtés. Kurtz se demandait également si les tableaux qui les attendaient derrière les portes closes dans la pièce voisine ne lui causaient pas une certaine inquiétude. Elle admirait Slade – mais elle était circonspecte quant aux réactions que son œuvre ne manquait jamais de susciter. Slade avait pour habitude de lancer des défis à son public. On n'avait qu'à se rappeler ce qui était arrivé à Pollard et à sa galerie. Et il émanait toujours comme une menace oppressante d'une de ses toiles. Peut-être même que Fabiana lui était reconnaissante d'être en retard. Ragaillardis par quelques verres de plus – mais pour cette fois seulement – ses clients résisteraient peut-être mieux au choc que provoquerait ce qu'ils allaient bientôt avoir sous les yeux.

Une agitation soudaine dans les couloirs attira l'attention des personnes présentes, qui se mirent sur la pointe des pieds pour voir qui venait d'arriver.

Slade, enfin ?

Non. C'était John Dai Bowen et les Berry. Mais on ne pouvait être déçu.

Partout où l'on voyait les Berry, on était certain d'y voir aussi John Dai Bowen – appareil photo en bandoulière. Malgré son extraordinaire beauté, Emma Berry ne supportait pas d'être photographiée. Les journaux la connaissaient sous le nom de *l'Insaisissable* et de *la Reine fantôme*. Mais l'épithète sous laquelle elle était connue du grand public était *la Femme du chirurgien*. Maynard Berry ne manquait pas non plus de talent lorsqu'il s'agissait de paraître insaisissable. Il craignait pour ses mains – et il n'en serrait jamais d'autres. S'il se montrait en public, il avait toujours les mains rangées bien au fond des poches de sa veste – une attitude pour laquelle il était presque aussi célèbre que sa femme, qui, elle, déployait tout un arsenal de ruses afin de protéger son visage de l'objectif.

Emma Berry était petite. Son corps était parfait – minuscule, aux proportions ravissantes. Le mot *gracile* ne lui convenait cependant pas. Ce n'était pas une poupée de porcelaine ni une fleur fragile. Elle dégageait une énergie fulgurante. Elle était incapable d'un geste disgracieux. Son teint, semblait-il, avait le génie de l'éclat. John Dai Bowen le savait bien, lui qui avait déployé toutes les ruses du métier afin de fixer sa beauté sur papier pour les générations futures. Et qui, jusqu'à présent, avait échoué.

Ce soir, en fait, John Dai accompagnait les Berry. Sa silhouette, petite et rondelette, complétait à merveille l'allure de renard de Maynard et celle de cygne d'Emma. Il était leur chat – nourri, toiletté, chouchouté à l'excès. Il adorait l'attention que lui valait sa réputation et plus encore l'éclat des gens avec qui il se trouvait. Il avait également l'habitude de faire des apartés en émettant des sifflements de félin – comme un chat en train de chasser, s'apprêtant à bondir.

Emma portait une voilette. Tel était son camouflage, ce jour-là. Comme si elle pouvait se cacher derrière une voilette ajourée! Mais l'écran était suffisant pour déjouer l'appareil de John Dai, et c'est tout ce qui importait. Comme Fabiana, Emma avait généralement une prédilection pour le noir, mais, en cette occasion, elle portait une robe bleu nuit, serrée à la taille et dont la jupe laissait entrevoir la perfection de ses genoux. Sa veste était ouverte sur son corsage, et la voilette était maintenue par une petite rose de soie bleue. Une deuxième rose pareille à celle-ci, mais les pétales ouverts, ornait son décolleté. Maynard lui tenait le coude lorsqu'ils pénétrèrent dans le vestibule d'où Kurtz, debout, les regardait.

John Dai rôdait autour d'eux. Peut-être que lorsque Emma boirait son vin, la voilette se lèverait-elle. Mais aucune chance de ce côté-là. Elle refusa de prendre quoi que ce soit. John Dai s'éloigna pour voir qui d'autre était présent.

Maynard fit un signe de tête en direction de Kurtz, sans rien dire. Emma regarda ailleurs – non sans intention. Elle espérait que Fabiana serait par là, car elles étaient amies. Lorsqu'ils passèrent près de Kurtz, celui-ci sentit le parfum d'Emma. *Calèche.* Il laissait des effluves dans l'air, prolongeant sa présence tandis qu'elle s'éloignait. À huit heures trente exactement, la musique s'arrêta et Fabiana Holbach, vêtue d'un fourreau noir et d'une veste de brocart d'or à manches courtes, fit passer ses distingués invités dans la galerie. Son agent publicitaire, Lillianne Tanaka, s'était arrangée pour que figurent parmi eux quelques collectionneurs éminents, dont la sensibilité de bon goût serait choquée par les tableaux de Slade. *Si l'on peut renvoyer d'ici un minimum de cinq personnes mortifiées par ce qu'elles ont vu, en moins de deux heures il ne restera pas un seul tableau invendu sur les murs.*

Fabiana avait tressailli intérieurement en entendant cela. Elle voulait certainement que la série de tableaux se vendît, mais elle espérait que ce qui en motiverait l'achat serait une véritable admiration, et pas seulement la réputation morbide de Slade.

Maintenant, verre à la main et dans l'expectative, soixante-quinze clients triés sur le volet, chaussés de cuir verni et d'escarpins passèrent par la porte ouverte et s'immobilisèrent brusquement au centre d'une grande salle toute blanche. « J'oublie toujours comme c'est immense, dit Olivia Price à Kurtz. Je me demande à quoi cette salle servait du temps du bordel. »

Kurtz ne répondit pas. Il se tenait avec Olivia et les autres, assemblés comme un troupeau, silencieux, tassés au centre de la pièce comme des naufragés cherchant refuge sur une île dans la tempête. Ils restèrent ainsi près d'une minute, regardant de droite et de gauche pour voir quelle trajectoire emprunterait l'ouragan. Tout autour d'eux, l'éclairage était baissé et on ne voyait que la forme incandescente des tableaux – gigantesques et semblant prêts à s'enflammer.

Lillianne Tanaka, toute vêtue de rouge écarlate et dégageant de son visage ses longs cheveux noirs, monta sur une estrade située au beau milieu de la salle. « Je vous souhaite la bienvenue à la galerie Fabiana, dit-elle. Nous sommes heureux que vous soyez venus malgré la pluie. » Sa voix était cassée, filtrée par ses deux paquets de cigarettes quotidiens, et ses mains, avec lesquelles elle repoussait continuellement ses cheveux, tremblaient d'excitation. Après des semaines de préparation calme et minutieuse en vue de ce moment, Lillianne était vaincue par la tension. « Je vous prie, dit-elle, d'accueillir Fabiana Holbach... »

Tout le monde applaudit. La tension de Lillianne avait gagné toute la salle et, lorsque Fabiana se fraya un chemin au milieu des invités, elle aussi parut nerveuse. Ses mains avaient du mal à soulever sa jupe lorsqu'elle monta les marches de l'estrade. Elle avait les pupilles dilatées et, sur les lèvres, un sourire figé.

John Dai Bowen trouvait la soirée bien divertissante. Le groupe de jeunes femmes qu'il appelait *les nanas de la charité* était venu en force. Habillées avec trop de recherche et faisant de l'excès de zèle, elles se livraient à ce que John Dai avait surnommé *la guerre des nanas* pour voir qui organiserait la fête la plus tapageuse en l'honneur du psychotique de la semaine, de la maladie du mois, de la catastrophe de l'année dans le tiers monde. John Dai adorait le grossier et le vulgaire avec autant de passion qu'il vénérait la classe et la beauté.

Fabiana parvint à sourire sous la trombe d'applaudissements. « Avant de vous présenter M. Slade, dit-elle en s'éclaircissant la voix, avant de vous présenter M. Slade, j'aimerais vous dire combien je suis heureuse – et fière – de vous voir venus si nombreux rendre justice à cet artiste de génie.

– Où est-il ? » cria quelqu'un.

Des rires fusèrent.

« Patience, dit Fabiana, en souriant de nouveau. Il est ici. » Elle fit une pause et regarda autour d'elle. « Quand la galerie Pollard a fermé et que Tommy Pollard a pris sa retraite, j'ai eu le bonheur d'hériter de Julian Slade, en plus de deux ou trois autres poulains de l'incomparable haras de Tommy. Merci Tommy... » Elle fit un signe de la main. « Vous nous manquez à tous dans le milieu des arts, mais nous sommes extrêmement heureux que vous soyez avec nous ce soir. »

Il y eut quelques brefs applaudissements et Tommy Pollard envoya de loin un baiser à Fabiana.

« À présent, continua Fabiana, le moment est venu : mesdames et messieurs – mes amis – veuillez souhaiter la bienvenue à – Julian Slade ! »

Les applaudissements de Fabiana gagnèrent la salle et le vestibule comme une marée montante. Fabiana tendit la main. La mer Rouge des clients se fendit. Julian Slade s'avança dans la brèche, les invités la refermèrent derrière lui, continuant d'applaudir.

Kurtz vit tout de suite que Slade était malade. Son corps,

d'ordinaire mince, était émacié. Sturnucémie ? Sida ? C'était impossible à dire sans voir de plus près, mais, de toute évidence, Julian Slade était en train de mourir.

Son visage, si beau jadis, était à présent décharné et hirsute. Slade portait des lunettes noires, ce qui laissait deviner une intolérance à la lumière, autre symptôme de la maladie. Il avait choisi ses vêtements de façon à compenser le choc que sa vue provoquait : une veste d'Arlequin en velours et daim, avec des pièces dans des tons bleu, gris et bordeaux. Il portait un pantalon de cuir bordeaux et était chaussé d'espadrilles jaune vif. Lorsqu'il fut monté sur l'estrade, à côté de Fabiana, il fit un tour sur lui-même, afin que tout le monde puisse le voir. Mais il ne dit pas un mot.

C'est Fabiana qui parla : « M. Slade est passé maître dans l'art de la mystification. Et sa mystification, ce soir, c'est le silence. Il refuse de nous parler. Il ne fera aucun commentaire ; il ne répondra à aucune question. J'ai ici son message écrit... » Elle déplia une feuille de papier et regarda Slade. « Vous êtes certain, vous ne voulez pas parler ? » dit-elle.

Slade fit non vigoureusement de la tête et dessina du doigt un sourire sur ses lèvres.

« Très bien », dit Fabiana. Puis elle lut ce que contenait la note. « *Vous allez voir ici... des actes barbares, commis trop longtemps dans l'ombre. Je suis convaincu qu'ils devraient être commis au grand jour. D'où ces tableaux.* »

Fabiana ne semblait pas avoir été préparée à lire cela. Elle regarda l'envers de la feuille, mais il n'y avait rien d'autre. Elle regarda Slade d'un air inquiet, replia le papier et le serra dans le creux de sa main.

« Mesdames et messieurs, dit-elle, c'est avec beaucoup de fierté qu'en cet instant et en votre compagnie, je vous présente à tous la dernière série de tableaux de Julian Slade ! » Sur ce, elle fit un signe de la main en direction de la porte et quelqu'un, en réponse à ce signal, alluma les lumières afin qu'on pût voir les tableaux. Tous les gens présents firent un tour sur eux-mêmes et on entendit une inspiration collective.

Fabiana poursuivit : « Julian Slade a appelé ces tableaux *La Série des chambres dorées*. Ce sont les plus grands tableaux qu'il ait jamais peints. Deux d'entre eux font cinq mètres sur trois – et il y en a un qui est encore plus grand. En raison de leurs dimensions, on ne pouvait en suspendre que douze. Lorsqu'on a parlé de cette restriction à Julian, il a dit : « *S'il n'y a la place que pour douze, alors je n'en peindrai que douze.* » Elle regarda l'Arlequin silencieux à son côté. Puis elle dit : « Nous savons que M. Slade veut que les tableaux parlent d'eux-mêmes. Et ils le font, comme vous allez le voir. Je vous invite maintenant à les examiner à votre rythme – et je vous remercie encore d'être venus ce soir célébrer le talent de ce jeune et brillant artiste. »

Avant d'être englouti dans la foule des clients qui n'avaient pas encore regardé les toiles, Slade fit un geste étrange que presque personne ne remarqua sinon l'homme à qui il était destiné. Il se tourna vers Kurtz et leva le bras comme pour dire *Ave Cæsar*. Il salua Kurtz de la tête – et disparut.

Durant ce temps, Fabiana aussi disparaissait dans la foule.

Kurtz se tourna vers le mur le plus proche où étaient suspendus les tableaux. Ils étaient éclairés par une rampe qui avait quelque chose de plus théâtral qu'à l'accoutumée. En regardant autour de lui, Kurtz s'aperçut que la galerie et tous les gens présents étaient baignés d'une lueur dorée étrangement sensuelle – et ce ne fut que lorsqu'il eut scruté la toile la plus proche qu'il réalisa qu'elle était recouverte d'une feuille d'or.

Ce n'était pas le cas de tous les tableaux dans la salle. Certains en avaient moins, mais tous avaient des zones dorées à un endroit ou à un autre de la surface. Ils étaient, comme l'avait annoncé Fabiana, gigantesques, et le thème des *Chambres dorées* se reflétait dans chacun d'eux, bien que Kurtz pensât que le titre des *Cachots dorés* auraient sans doute mieux convenu. En les regardant, il se sentit parcouru d'une vague de chaud et de froid, comme s'il commençait à avoir de la fièvre.

Chacune des toiles était autonome et n'avait pas besoin des autres pour qu'on la comprît. Mais l'effet global était électrisant.

Elles me font mal quand je les regarde, pensa Kurtz. Il dut plisser les yeux un moment pour les voir.

En outre, il y était d'abord et avant tout question de sexe.

Kurtz se déplaçait seul, passant d'un tableau à un autre comme un homme en train d'effectuer une marche militaire au ralenti.

Chaque chambre dorée avait son nom : *La Chambre dorée des enfants disparus*, *La Chambre dorée de la chasse*, *La Chambre dorée des dieux du fleuve*, et cætera. Quantité de corps, pour la plupart nus, se répandaient devant lui à mesure qu'il avançait – et, parmi eux, pas un seul corps féminin. Slade était maître dans l'art du dessin, et la représentation de cette multitude d'hommes et de garçons nus était douloureusement érotique. L'énergie débordante des personnages attirait l'œil, mais une fois que le regard était captif, elle se creusait un chemin jusqu'au bas-ventre.

Kurtz pensait être aussi conventionnel, sur le plan sexuel, qu'un homme peut l'être. Il eut donc un choc en sentant bouger son pénis alors qu'il avait les yeux posés sur ces hommes nus dans la lumière dorée. Il fut aussi forcé de reconnaître que les scènes de torture et de dégradation l'excitaient. Dans sa tête se fit entendre une sorte de bourdonnement et les veines derrière ses yeux commencèrent à gonfler sous la pression.

Ce que voyait Kurtz en défilant devant les tableaux, c'était une panoplie d'hommes nus asservis à d'autres hommes nus, de mâles asservis à d'autres mâles, de garçons d'âges divers asservis à la virilité – et la force même asservie à la force. Kurtz n'avait jamais vu d'êtres humains, même dans la vie réelle, aussi nus que ceux-là. Chaque poil et chaque nuance dans les veines des muscles, chaque orteil et chaque doigt, chaque pénis et chaque mamelon, chaque pli et chaque arrondi de fesse s'offrait aux yeux comme s'il était destiné à la manipulation ou à la consommation. Et pourtant, il n'y avait ni érections, ni invitations explicites à des rapports sexuels, ni représentations de l'acte même de fornication. Mais chacun des personnages, sans exception, reflétait une tension et une puissance sexuelles contenues – même ceux qui étaient présentés comme des victimes. C'était troublant – mais Kurtz ne pouvait détourner les yeux. Pas plus qu'il ne pouvait les fermer. Et lorsqu'il pivota pour regarder le mur qui se trouvait auparavant dans son dos, il resta figé sur place.

Le tableau accroché en face de lui avait pour titre *La Chambre dorée des chiens blancs*. C'était un triptyque et l'œuvre la plus grande de toute l'exposition. Rien de ce que Kurtz avait vu jusqu'ici, malgré la force qui s'en dégageait, ne l'avait préparé à cette vision. Quand, accablé de honte et l'esprit troublé au plus haut point, il eut fini d'examiner chaque panneau du triptyque, il était en érection. Aucun homme en chair en en os ne lui avait jamais fait cet effet-là et il était profondément humilié.

Son visage devait révéler un peu ce qui se passait au-dessous de sa ceinture – peut-être une coloration soudaine de ses joues, qui étaient d'ordinaire d'une pâleur notoire. Ou bien ses lèvres sèches et chaudes, entrouvertes – le manque d'air – une inspiration brutale qui s'étouffait dans sa gorge. Il sortit son mouchoir, le déplia en le faisant claquer comme un éventail et toussa dedans.

«Ça vous atteint, pas vrai?» dit une voix inconnue – masculine, rauque et impertinente. Kurtz recula d'un pas avant de regarder l'individu : un petit homme propret, au nez camus et aux cheveux roux brillants.

«Est-ce que nous nous connaissons?» dit Kurtz, et il rangea son mouchoir. Il espérait déjouer cet interlocuteur.

«Je ne pense pas, dit le rouquin. Mais je sais qui vous êtes. Vous êtes le Dr Kurtz. Je m'appelle Shapiro.

– Heureux de faire votre connaissance», dit Kurtz, d'un ton protocolaire, retirant sa main de là où il avait mis son mouchoir. Mais Shapiro ne fit pas de même – ses deux mains restèrent plongées dans les profondeurs des poches de son pantalon.

«Celui-là de ce côté», Shapiro tendit le menton vers *La Chambre dorée des enfants disparus*, «il m'a fait bander. Mais celui-ci», il se balança sur ses talons et visa *La Chambre dorée des chiens blancs*, «il me donne envie de jouir. C'est-à-dire que mon slip est déjà humide.» Suant et souriant, un peu gris, il regarda Kurtz, en pensant qu'il se montrait simplement amical. Mais Kurtz, en dépit même de son excitation, qui diminuait à présent, était dégoûté. Il se demanda comment on avait pu permettre à pareil individu de passer la porte, quelqu'un qui traitait des tableaux comme s'ils constituaient une exposition de franche pornographie.

Mais Shapiro fit ensuite une remarque qui prit Kurtz par surprise. «C'est un jour bien triste et bien sombre, dit-il, quand un homme ne peut accepter ses propres désirs – même quand ceux-ci le fixent droit dans les yeux. Mais je vous parie que chaque homme qui se trouve dans cette pièce regarde ces toiles et se dit : *Non – ça n'est pas moi. C'est quelqu'un d'autre.*» Kurtz remarqua, d'un coup, que Shapiro avait les larmes aux yeux. Elles ne débordaient pas encore, mais elles étaient bien là, et le forçaient à se mordre les lèvres pour ne pas aller plus loin.

Kurtz regarda de nouveau le tableau devant lui. C'était, bien sûr, le produit de la folie. Il le savait. L'interprétation parfaite du cauchemar schizophrénique qui passait pour la réalité de Slade. Il se tourna et vérifia du coin de l'œil le contenu des autres tableaux qu'il avait déjà vus. Oui – c'était certain – c'étaient là les chambres de la vie de Slade ; les cavernes au travers desquelles il devait ramper pour enfin atteindre le sol foulé par le commun des mortels ; ou la parcelle de ce sol qu'il partageait, dans son état schizoïde, avec le reste de l'humanité.

«Je vais vous quitter maintenant, dit Shapiro. J'ai besoin de respirer un peu d'air frais.»

Cette fois, il tendit la main et Kurtz la lui serra – en remarquant qu'elle était toute moite. «Au revoir, dit-il, M...

– Shapiro, fit ce dernier en esquissant un sourire furtif. Je pense que nous nous reverrons, Dr Kurtz. Mais pas dans votre cabinet je l'espère.» Il avait dit cela comme une plaisanterie, mais aucun des deux hommes n'y trouva matière à rire. Shapiro se dirigea vers la porte et Kurtz se tourna de nouveau vers le tableau.

La Chambre dorée des chiens blancs mesurait six mètres de long et était peinte sur trois toiles différentes. Le panneau central mesurait près de quatre mètres sur trois et les autres un peu plus d'un mètre sur trois. L'œuvre pouvait être exposée comme elle l'était actuellement, c'est-à-dire à plat, d'un bout à l'autre, ou comme les triptyques dans les églises, les plus petits panneaux formant un angle avec le panneau central. Les personnages du tableau étaient rassemblés dans une salle de couleur rouge sang, la salle même étant contenue et délimitée par une arche dorée qui s'étendait d'une extrémité à l'autre de la toile.

Dans le panneau central, trois hommes étaient assis à une table basse, blanche. L'un d'eux tournait le dos au spectateur – et c'était le seul personnage que l'on pouvait voir en entier. Les autres étaient en partie cachés par la table elle-même et par trois silhouettes debout – l'une les bras levés et dont les mains tenaient ce qui ressemblait à une patte coupée. Les yeux des six hommes convergeaient vers une petite cuvette de métal. On ne pouvait dire qu'ils la fixaient – ils regardaient, et le sentiment qui se dégageait de la scène était celui d'une horreur désinvolte. Dans la cuvette se trouvait ce qui semblait être une tête de singe, enveloppée en partie d'une étoffe maculée de sang. Un gros chien blanc se tenait au premier plan, pareil à un dogue, avec des yeux de requin, la gueule rouge, vraisemblablement couverte de sang.

Sur le panneau de gauche, un torse humain sanguinolent pendait d'un endroit invisible, au-delà de l'arche dorée. Deux chiens blancs, tenant plus du porc que du dogue, et, comme les autres, sans poils, étaient couchés sur un muret parsemé de paille dorée. Au-dessous d'eux, sur le sol, un autre chien blanc tendait nerveusement le museau vers une main humaine qui sortait de l'ombre bordant le tableau.

Dans le panneau de droite étaient assis deux autres chiens blancs, le dos tourné au spectateur, le cou étiré vers une table métallique sur laquelle était couché un homme jeune qui souffrait le martyre. Il avait le dos arqué, un genoux levé et les bras tendus en avant, cherchant à empêcher ce qu'on allait lui faire. Sa tête, aux yeux exorbités, était renversée au bord de la table vers les deux chiens qui regardaient. Derrière la table deux hommes discutaient – l'un penché en avant pour tenir en l'air la jambe de la silhouette étendue sur le dos. Au bord du panneau, on voyait les fesses et la jambe d'un personnage quittant les lieux – soit en train de s'enfuir, soit allant exécuter des ordres.

La salle tout entière baignait dans une lumière rouge et dorée – qui s'atténuait en un tunnel de fumée et d'ombres, dont certaines se déversaient presque au premier plan. Kurtz allait découvrir plus tard que ce qui avait permis de créer cette obscurité était en fait du goudron. Et au fond de la salle, plus ou moins visible sur chacun des panneaux, les murs étaient surmontés de poteaux en bois – supportant chacun la tête pâle, grimaçante et sanguinolente d'un être humain.

Kurtz était hypnotisé. D'une certaine manière, le tableau le soulageait. Il confirmait ses craintes. Mais il lui faisait aussi prendre conscience que la peur était quelque chose de merveilleux. Il lui disait qu'il n'y avait absolument rien dans ce vaste univers de la folie qui ne fît aussi partie de la raison. Les personnages lui disaient cela – avec leur peau dorée et leur chair tangible. Leur nudité incendiaire était une invitation à s'associer à ce qui ne pouvait être perçu que comme la beauté de la folie – et le pouvoir que confère la folie.

Grand Dieu, pensa Kurtz, se forçant à s'éloigner. L'excitation le rendait malade.

Il fallait qu'il trouve Fabiana – ou cette autre femme, Lillianne. Il fallait à tout prix trouver quelqu'un dans la salle qui achèterait *La Chambre dorée des chiens blancs* et en ferait don à l'institut Parkin de recherche psychiatrique...

Il se trouverait sûrement quelqu'un qui serait honoré de faire cadeau de l'émerveillement à des fous.

Avant la fin de la soirée, John Dai Bowen remporta une victoire notable. Fidèle à ce qu'il avait dit à Kurtz dans le bureau de ce dernier l'après-midi, Maynard Berry prit sa femme par le bras et fit avec elle le tour des tableaux, finissant, comme Kurtz, par *La Chambre dorée des chiens blancs*.

« Regarde, dit-il à Emma, est-ce que tu vois les têtes ? »

Emma détourna les yeux. « L'horreur ne m'intéresse pas, dit-elle.

– Ça devrait, fit Maynard. Après tout, c'est avec ça que je gagne ma vie. »

Emma resta silencieuse un moment avant de dire : « Oui. » Elle regarda alors chacun des panneaux du coin de l'œil. Ce qu'elle vit, ce fut les chiens, et rien d'autre : ils avaient plus d'une fois fait irruption dans ses rêves. Des rôdeurs – lui reniflant les talons. Elle se détourna.

« Est-ce qu'on peut partir ? dit-elle.

– Certainement », répondit Maynard.

Ils s'éloignèrent pour aller prendre leurs manteaux dans le vestibule. Emma ne voulut pas enfiler le sien et se le mit sur les épaules ; l'épaisse fourrure sombre faisait ressortir à merveille la pâleur et l'éclat de son visage sous la voilette.

Maynard l'entraîna vers la sortie. Ils dirent au revoir de la main à Fabiana et le domestique leur ouvrit la porte. Une limousine Mercedes blanche les attendait au bord du trottoir.

Emma fit une pause en haut de l'escalier. Elle détacha la rose bleue et releva sa voilette.

« Ça va mieux », dit-elle en respirant profondément. À sa gauche, le parc derrière les palissades était éclairé par les lampadaires et le reflet humide des troncs d'arbres. La pluie avait cessé maintenant et l'air nocturne laissait à peine présager la verdure. Maynard descendit l'escalier le premier. Emma faillit trébucher en cherchant à atteindre la rampe.

Elle fut aveuglée par la lueur d'un flash. *Au diable, John Dai Bowen. Va au diable !*

Elle s'enfuit – et la limousine avec elle.

5

Une fois entrée chez elle, Lilah sécha la capote du landau avec une serviette. Elle avait froid, et avait hâte de boire une tasse de thé. Dans la cuisine, elle vit qu'on avait glissé une enveloppe sous la porte entre les deux appartements et elle s'assit, intriguée, pour en lire le contenu.

Chère Mlle Kemp, lut-elle. *Nous avons quelque chose d'important à vous dire et serions ravis si vous veniez prendre le thé avec nous à votre retour. Bien cordialement, Honey et Robert Holland.*

Finalement. Lilah était invitée à passer la porte.

Ayant mis sa robe de coton et des souliers propres, elle décida qu'il valait mieux, même lorsqu'on rendait visite à des gens avec qui on partageait le même toit, observer le protocole et prendre son sac à main. Après avoir embrassé les souliers de Pierre Lapin, elle les fourra au milieu des peignes et des Kleenex et referma son sac avec un bruit sec. Elle tira ensuite le verrou de son côté de la porte et frappa.

Presque aussitôt le verrou du numéro 38 fut tiré et la porte s'ouvrit de l'intérieur.

«Enfin vous voilà, chère Mlle Kemp!» fit Honey Holland, dominant Lilah de toute sa hauteur, un sourire sur sa face de lune aux yeux bleus. «Entrez, entrez, je vous en prie.»

Lilah traversa une petite cuisine froide qui ne semblait pas servir beaucoup, et donnait sur un corridor.

«Il fait un temps horrible, ne trouvez-vous pas?» fit Honey Holland. Elle avait posé la question sans s'attendre à une réponse.

Elles entrèrent dans un salon où un feu était prêt dans la cheminée, mais n'avait pas été allumé. Lilah pensa qu'elle aurait dû prendre une veste. Comme la cuisine, le salon était froid et stérile, bien que l'architecture offrît de nombreuses possibilités pour créer de la chaleur et une certaine ambiance. Les plafonds hauts de plus de trois mètres et les fenêtres en renfoncement étaient des bijoux de style victorien. Les Holland, pour une raison quelconque, n'avaient pas cherché à tirer partie de ces caractéristiques. Les couleurs étaient neutres et le mobilier semblait être rarement utilisé, comme si la pièce ne leur plaisait pas.

Un homme encore plus grand que le professeur Holland surgit de la gauche et tendit une énorme main en direction de Lilah.

« Mon cher, dit Honey Holland, voici notre voisine, Mlle Kemp... Mlle Kemp – mon mari, Robert.

– Nous nous sommes déjà rencontrés, dit Robert Holland. En sortant les poubelles.

– Oui », dit Lilah, cherchant des yeux le service à thé. Invisible. Et elle ne se rappelait pas avoir vu un plateau en traversant la cuisine.

« Vous prendrez bien un verre de sherry, Mlle Kemp ? fit Robert.

– Ce serait avec plaisir.

– Veuillez vous asseoir », dit Honey – incluant dans le même geste le plancher, les fenêtres en saillie et la cheminée. Lilah prit place sur un sofa bleu foncé aux ressorts très fatigués.

Robert revint avec un plateau chargé de bouteilles et de verres et, quand le sherry fut servi et les verres distribués, Lilah demanda : « Que vouliez-vous me dire ? »

Robert s'éloigna vers la cheminée et allongea un bras le long du manteau. Il semblait aimer cette pose. Il toussa pour attirer l'attention de Lilah, et lui adressa un autre sourire. *Je suis grand, hein ?* semblait-il dire. *Un grand gars, bien habillé. Impressionnant...*

Honey s'assit sur une chaise placée exactement dans l'alignement de la fenêtre et dit : « Nous avons quelque chose à vous annoncer, Mlle Kemp – et je ne sais trop comment vous allez le prendre.

– Quelque chose à m'annoncer, dit Lilah. Quoi donc ?

– Nous *partons !* lâcha Honey comme une bombe. Et là, je ne sais pas pourquoi, je craignais de vous le dire. Nous n'allons plus être voisins.

– Je vois », fit Lilah.

Le visage de Honey s'assombrit. «Oh! nous étions tellement inquiets, fit-elle. Je veux dire, nous avons partagé si longtemps ces locaux. Nous ne voulions pas que vous soyez contrariée.

– Ce n'est pas grave, dit Lilah. Je vais me débrouiller.» En fait, elle s'était toujours débrouillée parfaitement. Les Holland ne s'étaient jamais intéressés à elle tout le temps où ils avaient vécu là. «Où allez-vous? demanda-t-elle.

– En Australie», fit Honey.

Lilah se taisait.

Robert toussota. «Excusez-moi», dit-il. Peut-être avait-il pensé que Lilah serait plus impressionnée.

«On m'a offert une chaire à l'université d'Adélaïde, dit Honey.

– Ah bon.

– Et Robert a trouvé un éditeur là-bas.

– Eh bien – je suppose que je dois vous féliciter, dit Lilah.

– Merci», firent-ils en chœur.

Lilah vida son verre et se leva. «Il vaudrait mieux que je parte, fit-elle. J'ai beaucoup à faire.

– Bien sûr.

– Au revoir! dit Robert Holland – toujours en exposition, près de la cheminée.

– Oui, dit Lilah. Au revoir.»

Elle se dirigea vers la cuisine. La maison abritait d'autres gens en plus des Holland – c'est ce qu'elle découvrait maintenant. Il y avait quelqu'un tout en haut de l'escalier... L'un d'*eux*. Les morts.

«Nous allons partir bientôt, dit Honey. Ça c'est décidé si vite. Vous allez être dérangée, je le crains, par les déménageurs qui vont faire du raffut dans une semaine ou deux...»

Lilah avait presque atteint la porte du 38-A – qui était restée ouverte.

«Est-ce que vous pouvez me dire, fit-elle en se retournant, s'il va y avoir un autre occupant dans la maison après votre départ?

– Oh oui. Comment ai-je pu oublier? Bien sûr. Un autre professeur arrivera peu après qu'on sera partis.

« – Ah bon.

– C'est un homme qui vit seul, à ce que j'ai cru comprendre. Divorcé. Il a un chien mais je ne pense pas que ça vous dérange. Je crois qu'il a enseigné, ce gars-là, à Harvard – mais je ne me souviens pas quoi.

– Quoi...?

– Ce qu'il a enseigné. En tout cas, il revient ici. Il a déjà vécu à Toronto. Né ici, je pense. Un homme bien aimable. C'est ce que tout le monde dit.

– Vous connaissez son nom?

– Son nom?

– Oui.

– Robert!

– Oui, ma chère? dit Robert depuis le salon.

– Est-ce que tu te rappelles le nom de celui qui va habiter ici après nous?

– Marlow, lança Robert.

– Marlow, répéta Honey, se tournant à nouveau vers Lilah. Le professeur Marlow. Et oui, ça me revient maintenant – il est psychiatre. »

Lilah n'entendait plus rien.

Elle s'était écroulée par terre – et il fallut un bon moment pour la ranimer.

CHAPITRE III

Prenez garde à toute entreprise qui réclame des habits neufs.

HENRY DAVID THOREAU
Walden ou la Vie dans les bois

1

Kurtz mangeait souvent seul chez Arlequino. On y servait une cuisine intéressante, où l'Italie du Nord côtoyait le sud de la France – des plats méditerranéens, mais avec une touche continentale. Les fruits de mer ne figuraient pas en abondance sur le menu, les pâtes y étaient à l'honneur, sans exclure un grand choix de plats de veau et de poulet, et tout y était cuit avec des herbes aromatiques et servi sur des assiettes frottées à l'huile d'olive. On pouvait y prendre un repas composé de soupe et de salade aux trois légumes, complété par toute une gamme de pains cuits sur place. On y achetait des baguettes et de gros pains italiens, de même que des pâtisseries, des fromages et dix sortes d'olives. Arlequino était le restaurant favori de Kurtz en toute occasion – dîners solo, déjeuners d'affaires et soupers tardifs offraient tous le même plaisir dans un cadre raffiné et tranquille.

Trois jours après le vernissage de l'exposition de Slade, Kurtz déjeunait à sa table habituelle, seul et sans rien pour le déranger. Pas de mallette, pas de *Financial Post,* pas de téléphone. Il était rare que Kurtz acceptât de recevoir un appel durant le repas – seulement s'il attendait une réponse urgente ou s'il avait demandé à Kilbride, sa secrétaire, de lui faire suivre un appel d'outremer. Autrement, il considérait le téléphone comme un mal nécessaire qu'on devait garder à sa place, au bureau et à la maison. Les téléphones cellulaires étaient une abomination et leur apparition de plus en plus fréquente dans les endroits publics témoignait, aux yeux de Kurtz, d'un manque total de courtoisie. Si un client qu'il avait invité à déjeuner arrivait avec ce type d'appareil, il se faisait dire de le laisser au maître d'hôtel.

Ce jour-là, Kurtz avait commandé du poulet servi tiède en salade avec le reste d'une bouteille de montrachet entamée la veille. Devant un saint-raphaël, avant qu'on lui serve son repas, Kurtz alluma une cigarette et regarda autour de lui. La salle, longue et étroite, comportait une seule rangée de tables de chaque côté. Une banquette parcourait, sur toute sa longueur, un mur aux miroirs sombres. L'autre, celui de Kurtz, n'avait ni banquette ni miroir. Les tables, toutes de la même taille, étaient couvertes de nappes de toile blanche. L'éclairage nimbait les lieux de vieux rose et les miroirs, bien que fumés, donnaient une étonnante luminosité à l'ensemble – paraissant émettre la lumière plutôt que la refléter.

Subitement, et de manière tout à fait inattendue, le regard de Kurtz fut attiré par le reflet, dans le miroir, de Fabiana Holbach, assise à sa droite, à quatre tables de la sienne, le dos au mur. En face de Fabiana, mais suffisamment à l'oblique pour ne pas obstruer la vue que Kurtz avait d'elle se trouvait une autre femme. Kurtz examina lentement les visages qu'il voyait de profil, s'assurant que la compagne de Fabiana était bien Tina Perry.

Tina Perry était petite et musclée et passait son temps à courir après des balles de golf et des balles de tennis. Elle était vêtue de blanc, ce qui faisait ressortir son bronzage, et ses cheveux, teints blond miel, avaient une coupe originale, très courte. Le bruit courait que Tina Perry était lesbienne, mais la rumeur n'avait jamais été confirmée. Elle n'avait pas de compagne et, à vrai dire, pas de compagnon non plus. Elle avait divorcé – cela faisait longtemps – d'un homme du nom de Gordon Perry, qui se trouvait être, de façon épisodique, un client de Kurtz. Il y avait beaucoup d'argent associé aux noms de Gordon et de Tina Perry – une partie à lui, une partie à elle, le tout source constante d'amertume et de brouilles. Lorsque Tina avait quitté Gordon, elle s'en était tirée de justesse avec sa fortune intacte. Les avocats de Gordon s'étaient montrés largement plus efficaces que ceux de Tina et presque tout ce qui aux Perry avait appartenu en commun avait fini dans les mains de Gordon.

Kurtz regardait maintenant Fabiana dans le miroir. Rien ne révélait qu'elle fût consciente de sa présence dans le restaurant, tandis que lui trouvait difficile de détourner les yeux d'elle. Il l'avait jadis aimée presque au désespoir. Puis elle avait épousé Jimmy Holbach.

Tous ceux qui connaissaient Jimmy avaient depuis longtemps prédit qu'il ne reviendrait pas d'Amazonie. Il y était parti voilà quatre ans déjà pour y étudier les possibilités d'exploitation minière et il avait disparu, vraisemblablement dans une autre vie. C'était le genre d'homme pour qui la civilisation est une prison. Elle l'éloignait de ses racines, ancrées quelque part dans un état sauvage. Contrainte était synonyme de mort. Pour Holbach, la seule réaction logique au fait d'être en vie consistait à prendre les armes contre tout ce qui était vivant autour de lui.

Il avait lutté avec Kurtz pour la possession de Fabiana et, exactement cinq ans après avoir remporté la victoire, il ne s'intéressait plus du tout à elle. C'était également devenu le cas pour Kurtz. Il s'était installé dans une vie sans femmes – presque une vie de misogyne. Quant à Fabiana, elle était perdue entre la peur que lui inspirait Holbach et la déception que Kurtz lui avait fait ressentir en ne la poursuivant pas avec plus d'assiduité. Elle soutenait que Kurtz avait laissé Holbach remporter la victoire et, depuis ce temps, se méfiait de lui.

Assis dans le restaurant, Kurtz se sentait envahi par le regret. Il ne s'était pas attendu à cela. Fabiana était sortie de sa vie, dans le sens passionnel, depuis longtemps – et tout ce qui restait d'elle était un fantasme sexuel. Jusqu'à présent, il était parvenu à réprimer ces facettes de son intérêt envers elle qu'on aurait pu appeler *amour spirituel, intellectuel* ou *admiratif.* Elle était une cause perdue – dont il s'était entiché et qui avait fini par passer. Kurtz s'était réconcilié – bien que cela lui eût pris du temps – avec la défaite.

Et aujourd'hui, elle était là.

Il revint finalement à son assiette. Cela lui faisait mal de voir Fabiana maintenant. Il aurait voulu qu'elle restât hors de sa vue, à sa place. Ses apparitions inopinées se faisaient de plus en plus fréquentes. *Loin des yeux, loin du cœur.* C'était beaucoup mieux ces dernières années, quand il était parvenu à l'effacer de sa mémoire. Maintenant, elle était de nouveau là, en chair et en os, et sa présence n'était que trop visible.

Assis devant sa salade de poulet et sa bouteille de montrachet, Kurtz se souvint de la raison pour laquelle l'être humain boit et mange : pour se remplir le ventre ; pour se sustenter. Pour vivre. Il pouvait dire la même chose à propos de cette partie de son être qui s'était sentie vide quand Fabiana avait épousé Jimmy Holbach. Elle s'était laissée mourir de faim. Kurtz lui-même avait refusé de la nourrir. Maintenant, elle s'imposait à son attention. *Fabiana.*

Comment parvient-on à la prendre au piège ? se demanda-t-il. *Comment est-ce que quelqu'un a déjà réussi à la prendre au piège ?*

Elle l'avait désiré, autrefois. Elle avait eu besoin de lui pour survivre.

C'était ça le mot clé. *Besoin.*

Kurtz ne pouvait, bien sûr, avouer qu'il avait besoin d'elle. Ç'aurait été s'abaisser. Mais il devait bien y avoir moyen de la ramener sous sa coupe où, bien vite, assurément, elle redécouvrirait qu'elle avait besoin de lui.

Besoin. Faim.

Une rime intéressante.

Dans un lieu intéressant.

Où l'on observe des choses intéressantes.

Kurtz but son verre et se sentit mieux. Il allait la regarder ouvertement et la laisser trouver elle-même le chemin qui la ramènerait vers lui. N'était-il pas, après tout, celui qui dispensait les remèdes contre le besoin ?

2

Tous les vendredis, Oona Kilbride déjeunait avec son amie, Bella Orenstein, au bar-grill Motley de Spadina Avenue. Elle faisait cela depuis maintenant trois ans, et, à vrai dire, n'aurait pas hésité une seconde à y renoncer si Bella n'avait été si attachée à cet endroit. La nourriture, qui était le dernier des soucis chez

Motley, ne cassait rien et cela sentait la double vie. Oona soupçonnait que, la nuit, le bar-grill Motley accueillait une clientèle différente de celle du jour. On en percevait des vestiges dans les toilettes, incrustés sur les sols sous forme de taches qui rappelaient à Oona celles qu'on voit dans les films d'horreur et les mauvais rêves. Mais Oona faisait abstraction de ces désagréments par égard pour Bella.

De même qu'Oona évoluait dans le monde de Rupert Kurtz, Bella évoluait dans celui d'Austin Purvis. Elles étaient toutes deux à l'institut Parkin depuis des années, travaillant comme secrétaires, figées dans le moule classique. Chacune était dévouée, pour des raisons entièrement différentes, à l'homme dont le statut définissait le sien. Toute ambition visant l'égalité des femmes avait été mise de côté. Ni l'une ni l'autre ne se percevait comme un sous-fifre – mais toutes deux trouvaient normale la préférence des hommes pour des secrétaires de sexe féminin. Tant pis pour Gloria Steinem.

Oona Kilbride était grande et plate. Elle s'était faite à cette idée à l'instant où elle avait compris, à l'âge de quinze ans, qu'elle n'aurait jamais de poitrine et, par conséquent, de petit ami pour l'apprécier. Sa mère n'avait pas été d'un grand secours en la matière – donnant à Oona des conseils qui allaient de la thérapie par la privation aux exercices permettant de développer le buste. Elle avait fini par lui offrir des implants qu'Oona refusa. Oona renonça ainsi aux hommes avant même d'avoir goûté aux garçons – de là naquit son mépris pour tout ce qui touchait la sexualité.

Son dédain, cependant, ne venait pas d'un rejet. Il venait d'un renoncement. Elle ne cherchait pas à avoir des aventures – elle ne voulait même pas avoir d'amis du sexe opposé. Elle laissait les hommes là où ils étaient, dans un monde qu'ils avaient eux-mêmes fabriqué. Elle allait développer des compétences que les hommes fuyaient, mais sans lesquelles un homme ne peut fonctionner dans un monde d'hommes. Cela lui avait laissé une alternative : devenir épouse ou secrétaire. (Elle savait bien qu'il existait des prostituées mais n'avait aucun désir de se joindre à elles.)

Elle rejeta le statut d'épouse. Il n'y avait rien dans sa personne, décida-t-elle, pour offrir une assise à la maternité. Elle avait une aversion profonde pour les enfants – surtout les filles – qu'elle éprouvait déjà quand elle était petite. D'autres fillettes l'avaient ennuyée à mourir avec leurs problèmes de poupées et de pipi dans la culotte, et leurs ridicules aspirations à devenir astronautes ou infirmières. Oona évitait leur compagnie avec encore plus de détermination que celle des garçons.

Il ne restait donc plus que la carrière de *secrétaire* – et Oona s'y était appliquée de toutes ses forces comme si elle avait décidé de devenir neurologue ou prima donna. C'est ainsi qu'elle avait été recommandée à Kurtz comme la meilleure secrétaire de toute la profession médicale. Sans exception.

On ne demande pas aux secrétaires d'aimer la personne pour qui elles travaillent. L'idéal c'est qu'elles l'admirent – mais l'amitié n'est pas nécessaire. Kurtz, c'était évident, n'aurait jamais pu gagner l'affection d'Oona. Pas plus que son respect. Il était trop ambitieux, trop hautain pour cela. Mais elle l'admirait. Elle voyait ce que voyaient les autres – les programmes de recherche innovateurs qu'il mettait sur pied, sa capacité à rallier les gens à sa cause et son talent de leader. Sous sa direction, l'institut Parkin avait réussi à se hisser au premier rang de la recherche psychiatrique – et, pour constituer son équipe, Kurtz avait mis la main sur les meilleurs psychiatres que l'argent pût acheter.

C'est ainsi qu'Oona était devenue un appendice légendaire : le bras droit de Kurtz; sa banque de données; son tapis rouge; son cerbère. Elle n'était pas seulement devenue *Oona*, mais aussi *Kilbride*. On voyait bien que Kurtz ne pouvait pratiquement se passer d'elle. Kilbride le savait. Mais pas lui. C'était une découverte qu'il ferait en chemin.

Le vendredi, le bar-grill Motley était peuplé d'un mélange d'étudiants, d'employés de l'institut et de gens travaillant dans l'industrie de la confection, qui venaient en ville à la fin de la semaine manger autre chose que de la cuisine asiatique. Plus au sud, Spadina Avenue était inondée de dim sum. Chez Motley, on ne connaissait pas la cuisine. Il n'y avait que de la nourriture.

Bella Orenstein était une cliente fidèle depuis si longtemps qu'on lui avait réservé ce que Frank, le garçon, appelait *une table à vie*. Bella déjeunait chez Motley du lundi au vendredi. Oona ne comprenait pas comment elle pouvait faire. Le bruit y était assourdissant – un mélange de musique enregistrée et d'effervescence estudiantine. *Les étudiants hurlent toujours quand ils parlent,* avait remarqué Oona. Un simple échange vocal entre des fans de sport pouvait ressembler à une orgie. Cela mettait toujours Oona vaguement mal à l'aise.

«Raconte-moi ta semaine», dit-elle à Bella pendant qu'elles attendaient leurs martinis. Bella commandait toujours des doubles, deux ou trois, selon son humeur. Oona n'en prenait jamais plus d'un : *un simple – comme il me sied.* Bella n'avait même pas souri. Elle semblait beaucoup plus distraite que d'habitude.

«Mais qu'est-ce qui se passe?» demanda Oona.

Bella, qui était plus âgée et moins fortunée qu'Oona, alluma la première d'une série de cigarettes pré-déjeuner et regarda autour d'elle dans l'espoir que les consommations allaient arriver avant qu'elle n'eût à parler.

«J'aimerais bien que Frank vienne, dit-elle.

– Tu ne réponds pas à ma question, dit Oona.

– Non. Ce n'est pas ça. C'est juste que je ne sais plus quoi penser de ce qui se passe, c'est tout.

– Ce qui se passe?

– Le Dr Purvis a perdu un autre patient. Le troisième ce mois-ci.

– Suicide?» dit Oona. Ces choses-là arrivaient.

«Non, non, dit Bella. Non, non. Ses gens ne se tuent pas. Du moins, ça n'est pas arrivé depuis longtemps. Non – il les perd autrement. Ils ne viennent tout simplement plus, puis il découvre qu'ils vont voir quelqu'un d'autre.»

Oona rougit. Elle savait où allaient certains de ces patients et ça la gênait. Ils venaient voir le Dr Kurtz – mais Oona avait supposé que Bella le savait. Faisant l'innocente, elle raconta qu'elle avait aussi perdu quelque chose :

« Le Dr Kurtz a égaré un document important, dit-elle, et il m'accuse d'en être responsable. Au moins le Dr Purvis ne t'accuse *pas* de la perte de ses patients, je suppose. »

Bella regarda ses mains. « Non », fit-elle. Puis elle dit : « Tu ne devrais pas le laisser t'accuser, Oona. Ça n'est pas juste. Tu es très professionnelle dans ton travail. »

Oona avait, en fait, exagéré plus qu'un peu en disant que Kurtz l'avait accusée de la perte de son enveloppe. En réalité, il n'avait guère fait plus que lui demander si elle l'avait vue. Mais elle voulait que Bella sentît qu'elles avaient en commun le traumatisme de la perte. Bella vivait au bord du mélodrame, où chaque geste avait un sens amplifié et où chaque événement s'accompagnait de musique – violons, pianos, tambours. C'était en tout cas l'idée que se faisait Oona de la façon dont son amie percevait les choses et, par conséquent, de la raison pour laquelle la disparition d'un patient de la liste de son patron pouvait lui sembler un désastre qui ébranlait la terre entière.

« Le Dr Kurtz dit qu'il y a dans cette enveloppe qu'il a perdue, poursuivit Oona, le document le plus important de sa carrière. Je ne sais pas ce que je vais faire pour l'aider, puisque je n'ai jamais vu ce truc-là pour commencer. »

Frank arriva et posa les martinis sur la table.

« Vous en prendrez un autre, Bella ? dit-il.

– Elle n'a même pas encore bu celui-ci, fit Oona.

– Bella ?

– Oui, merci, Frank. J'en prendrai bien un autre. »

Frank repartit.

Bella, qui ne quittait jamais son chapeau, mit la main derrière sa tête pour le garder en place, et engloutit plus de la moitié du martini en une gorgée.

Elle dit ensuite : « Trois patients en un mois, Oona. Ça veut bien dire quelque chose.

– C'est sûr », dit Oona, sirotant nonchalamment son martini comme elle le faisait d'habitude. « Mais quoi ?

– Enfin – ça ne veut pas dire que le Dr Purvis fait des gaffes, ça je peux te l'assurer.

– Tu n'as pas besoin d'être autant sur la défensive.

– Excuse-moi. Pardonne-moi. C'est si... troublant. Tu vois, je pense que le Dr Purvis est en train de perdre ses patients à cause de quelque chose... je ne sais pas. Je pense qu'il se passe peut-être quelque chose au Parkin dont on n'est pas au courant, Oona. Un programme de recherche – quelque chose. Peut-être un programme vers lequel ces gens sont orientés. »

Bella regarda longtemps Oona, fixement.

« Tu veux me promettre quelque chose ? dit-elle.

– Tout ce que tu voudras, dit Oona.

– Promets-moi de me dire s'il se passe quelque chose que je ne saurais pas et que, selon toi, je devrais savoir. Pour le bien du Dr Purvis.

– Qu'est-ce qui te fait croire que je sais quelque chose que tu ne saurais pas ? »

Bella se cala sur sa chaise. « Tu travailles pour le Dr Kurtz, Oona. C'est pour ça.

– Eh bien... », Oona ne trouvait rien pour se défendre.

« Le personnel a le droit de savoir, dit Bella. Surtout les cadres, comme le Dr Purvis.

– Bon, dit Oona. Je te le promets. »

Bella regarda ailleurs – puis de nouveau Oona. Elle se pencha vers l'avant pour prendre une autre cigarette et se prépara à l'allumer.

« C'est le Dr Kurtz qui s'occupe des patients qui disparaissent, c'est ça ?

– Oui. » Et voilà.

« Merci. Enfin – je le savais, mais je voulais que tu me le dises.

– J'imaginais simplement..., fit Oona en haussant les épaules.

– N'imagine rien », fit Bella. Puis, elle dit, de son ton le plus dramatique : « Tout se détraque, Oona. Tout se détraque.

– Oui. C'est vrai, fit Oona. Qui est-ce que vous avez perdu cette fois?

– Le dernier, c'est un homme qui s'appelait Warren Ellis.

– Tiens! Il a commencé à voir le Dr Kurtz la semaine dernière.

– Je crois qu'il faut que tu saches que Warren Ellis semble avoir des problèmes, dit Bella.

– Ce ne serait pas un patient s'il n'en avait pas.

– Non, non, fit Bella. Je ne veux pas dire des problèmes ordinaires, mais de *gros problèmes*. »

Oona se taisait.

« Qu'est-ce que tu vas prendre pour déjeuner? demanda enfin Bella. Les infectes crevettes ou les infectes coquilles Saint-Jacques? »

Les choses allaient déjà mieux. Bella souriait. D'ici qu'elle eût avalé son troisième martini, Warren Ellis et ses problèmes auraient cessé d'être le sujet de sa conversation. Mais pas de ses soucis. Bella Orenstein, à la différence d'Oona Kilbride, était plus que la secrétaire de son patron. Secrètement amoureuse de lui, elle portait en elle, où qu'elle allât, le fardeau de ses problèmes.

3

La première fois que Warren Ellis s'habilla en femme, il avait cinq ans. Coincé dans la penderie de sa mère, un après-midi qu'elle recevait son amant, Tony Bloor, Warren crut qu'il pourrait échapper à leur attention en faisant semblant d'être quelqu'un d'autre. Il sortit de sa cachette coiffé d'un grand chapeau noir à voilette. Et il avait enfilé une veste à manches longues - portée normalement sur une robe de soirée en lamé argent - qui lui tombait jusqu'aux genoux. La mère de Warren et Tony Bloor étaient nus sur le lit, en train d'effectuer un mouvement de balancier qui rappelait à Warren son père ramant dans un bateau.

« Est-ce que c'est toi, Warren ? » demanda sa mère, le cherchant du regard depuis là où elle était, sous Tony Bloor.

Warren avait sa réponse toute prête.

« Non », dit-il. Et il sortit.

Au pensionnat, on donna à Warren le rôle de Catherine dans *La Mégère apprivoisée*. Ce fut la deuxième occasion pour lui de s'habiller en femme. Warren, qui avait alors douze ans, était une véritable « beauté », ayant hérité des traits classiques du visage maternel et de la tranquille assurance de son père. Il fit sensation. Plusieurs parents se plaignirent de ce qu'on avait fait venir « une fille de Branksome Hall » pour jouer le rôle. Et le garçon qui jouait Petrucchio était fou de désir. Il fut si perturbé par le charme de Warren qu'il échoua à un examen d'anglais.

Il y eut un autre garçon qui commença à cette époque à regarder Warren d'un autre œil, c'était un élève des grandes classes chargé de la discipline et qui s'appelait Shirley Ashcroft. On ne savait ce qui avait poussé ses parents à lui donner un nom de fille. On disait qu'Ashcroft père avait été menacé d'être privé d'un héritage s'il ne donnait à son fils le nom d'une obscure aïeule perdue dans la nuit des temps. Qu'à cela ne tienne ! Mais le garçon, une fois baptisé, eut à souffrir de son nom et commença à se bagarrer à la minute où il fut mis en compagnie d'autres garçons. Sa rage d'être Shirley l'amena à exceller dans tout ce qui relevait du domaine viril et agressif, et, comme cela arrive dans les pensionnats, ces qualités l'élevèrent au rang de petit roi. En tant que roi, il avait le droit de prendre tout ce qu'il voulait, que ce fût la nourriture sur la table, un lit près de la fenêtre, ou Warren Ellis.

Il y avait un autre élément qui entrait en jeu dans les visées de Shirley sur Warren. Le père du garçon, Hedley Ashcroft, était associé principal chez Beaumorris – d'où Warren tenait sa fortune. Shirley avait entendu parler chez lui d'une scission entre son père et la famille de Warren concernant le contrôle de Beaumorris, et il pensa que cela vaudrait peut-être la peine d'aider à agrandir la brèche. Sa loyauté n'était pas sans rappeler celle d'un patriote – *mon père, pour le meilleur et pour le pire.*

Mais ce que recherchait Shirley Ashcroft avant tout, selon ses propres termes, c'était *quelqu'un à baiser.* Cependant, l'idée que se fait un garçon de baiser et l'acte lui-même sont deux choses bien différentes. En particulier dans un pensionnat, où baiser équivaudrait plutôt à violer. Lorsque Warren Ellis releva son peignoir – en criant *non!* – pour s'enfuir à toutes jambes loin d'Ashcroft cette nuit-là, le roi avait déployé quelques éléments de sa meute dans les dortoirs adjacents. Warren fut finalement coincé et ramené dans son alcôve. Une douzaine des acolytes de Shirley s'y regroupèrent pour assister au spectacle. Après avoir bloqué le pénis et les testicules de Warren entre ses jambes pour qu'il ressemble plus ou moins à la fille qu'il jouait en jupes sur la scène, Ashcroft joua au garçon avec lui – l'aspergeant de sperme et de honte.

L'espace d'une seconde cette nuit-là, dans le noir, Warren Ellis avait vu en sa mère un personnage sympathique. Se faire *baiser,* décida-t-il, *c'est ce qui arrivait inévitablement quand on disait non.* Il faudrait un certain temps avant qu'il puisse formuler clairement sa pensée, mais celle-ci allait revenir le hanter sous des modes qu'il ne pouvait encore imaginer à l'âge de douze ans.

La mère de Warren, Freda Manley, ne s'était jamais départie de son nom. Eddie Ellis, le père de Warren, n'était pas le premier de ses maris, et n'allait pas être le dernier. Il était, cependant, l'amant le plus fervent et le plus dévoué qu'elle ait eu – et le père de son unique enfant. Ceux qui connaissaient Freda Manley avaient été ébahis de la voir faire une longue pause dans sa course au sommet, le temps de produire un fils. Leur ébahissement avait cependant été de courte durée, quand il était devenu évident qu'elle avait tout simplement voulu Warren pour assurer sa place dans la file d'attente pour les millions d'Ellis. On avait qualifié de *vorace* son appétit pour les hommes fortunés. Mais sa belle-sœur était un témoin plus perspicace. *Les festins de Médée,* disait Ethel Beeman, *pâlissent en comparaison.*

Ethel – Ellis de son nom de jeune fille – était la grande sœur bien-aimée d'Eddie. Un jour, son mari, John Clare Beeman, avait été dévoré par un requin pendant qu'il se baignait à Palm Beach, en Floride. Ethel – qui avait un côté mystique – vit en cela le présage qu'il était temps pour elle de se retirer du monde des monstres affamés. Elle vendit sa maison d'Ocean Boulevard et se lança dans le jardinage d'hiver dans sa serre de Rosedale. Sa maison de Cluny Drive devint de plus en plus un refuge pour Warren quand le mariage des parents s'en fut à vau-l'eau.

Freda avait eu plusieurs amants depuis que Tony Bloor avait ramé avec elle, il y avait bien longtemps déjà. La plupart étaient des aventures, histoire de se divertir, et ne duraient pas plus d'un mois ou deux. Certains, par contre, étaient de sérieux prétendants à la main de Freda – parce qu'ils lui offraient un accès au pouvoir qu'elle trouvait irrésistible. L'un d'eux était Gordon Perry. Un jour, debout, dans le salon, il dit à Warren : *J'ai l'intention d'épouser votre mère. Qu'est-ce que vous avez à dire à ce sujet ?* Warren, qui d'instinct avait peur de Gordon Perry comme il aurait eu peur d'un crocodile, lui déclara : *Si vous vous approchez encore de ma mère, mon père vous tuera.*

Gordon, pour une raison quelconque, s'en alla. On ne pouvait dire que c'était à cause de la menace de Warren. Gordon Perry connaissait trop bien Eddie Ellis pour croire que ce dernier pût faire du mal à quelqu'un. Non. C'était pour une autre raison que ni Warren ni Freda ne pouvaient comprendre. Sa santé lui causait de l'inquiétude, disait-il. Il prit des vacances – des vacances à rallonges – et revint dans les bureaux de Beaumorris bronzé, apparemment en pleine forme – mais tendu.

C'est vers cette époque que Gordon Perry commença à voir un psychiatre. Il choisit Rupert Kurtz. Il ne dit à personne pourquoi il avait besoin d'aide. Et la bataille pour la suprématie de Beaumorris continua.

Voici ce qui arriva. Gordon Perry n'avait pas plus tôt

abandonné le lit de Freda Manley que Hedley Ashcroft s'y installa. Cela signifiait, selon l'image que s'était fait Warren, que Freda avait *ramé* avec les trois associés de Beaumorris, l'un après l'autre. Vu qu'elle et Ethel Beeman étaient les deux autres associées, il n'y avait plus personne avec qui elle pouvait ramer. La mésaventure avec Shirley Ashcroft avait déjà eu lieu et Warren se rendait compte à présent de ce que faisait sa mère. Elle se propulsait jusqu'au sommet à force de baiser – et quelque part avant d'y arriver, elle trouverait Warren qui lui bloquerait le passage – et elle le baiserait lui aussi, s'il ne se tenait sur ses gardes. Ce fut le premier indice flagrant que baiser n'était pas toujours ce qu'on croyait. Le mot *non* acquit un autre sens.

4

Pendant que Freda Manley mettait le grappin sur Hedley Ashcroft, Eddie Ellis ne vivait que dans des hôtels. Il y rencontrait son fils dans le hall et la salle à manger, pour les grandes occasions – ou à la course, dans la voiture entre la maison et l'école située dans les faubourgs.

Alors qu'il approchait de ses seize ans, Warren reçut un coup de fil du Mexique. La voix de son père était singulièrement enjouée lorsqu'il déclara qu'il était *venu là s'écraser au soleil et refaire sa vie.* Il promettait qu'à son retour à la maison, il serait un homme nouveau. Ce qui ne fut que trop vrai. Durant son absence, Eddie avait découvert les qualités sublimes de l'alcool. La brume que produisait la tequila et le gin avait le pouvoir d'oblitérer le monde, rendu insupportable par le manque d'espoir. Il y eut à présent moins de rencontres dans les halls et les salles à manger des hôtels. Père et fils s'asseyaient plutôt sur le bord de lits surplombant la ville, pour manger des club-sandwiches servis à la chambre et boire du vin, illégal dans le cas de Warren. Voilà pourquoi, après la mort de son père, Warren se mit à aimer par-dessus tout les plats du service à la chambre. L'odeur et le goût étaient inextricablement liés, comme la trame et la chaîne d'un tissu, à la présence de son père.

Eddie avait toujours été un homme doux, adepte de l'amour sans violence. Si sa femme ne pouvait répondre à cet amour sans casser les vitres, Eddie était alors prêt à la laisser partir et à poursuivre son chemin sans mot dire. Rien ne pouvait l'inciter à offrir son amour en spectacle.

Lorsque le divorce fut prononcé et qu'Eddie eut renoncé à tout, même à sa dignité, on convoqua une réunion du conseil d'administration de Beaumorris pour discuter de la redistribution des actions avec droit de vote.

Tante Ethel avait confié à Warren la mission de veiller à ce que son père assiste à la réunion sans avoir bu. Comme le savent les gens qui ont été témoins des ruses que déploient les alcooliques, il n'y a pratiquement rien, à part la mort, qui puisse les éloigner du flacon. Des sacs de plastique contenant de la tequila, de la vodka et du gin avaient été cousus dans les doublures des rideaux dans la suite d'Eddie, à l'hôtel Quatre-Saisons. Des sacs faits sur mesure avaient été fixés sous le siège des fauteuils pour recevoir des bouteilles. Si Eddie mangeait avec Warren au snack-bar, il se faisait appeler au téléphone, filait au bar où l'attendaient ses doubles margaritas commandées à l'avance, et revenait auprès de Warren en expliquant que l'appel reçu était prétexte à réjouissances. On commandait de l'alcool. Le monde tournoyait. Warren, qui avait maintenant dix-sept ans, cédait pour l'amour de son père et le laissait faire. Qu'aurait-on pu faire d'autre pour un homme accablé de chagrin comme lui?

C'est ainsi que ce jour-là, Warren ne parvint pas à amener son père à jeun dans la salle du conseil, tout en haut de l'édifice Baycorp. Celui qu'il amena à la place était un homme qui se prenait pour Fred Astaire. Au moment où allait commencer la réunion, Eddie se leva de sa chaise et fit un discours charmant dans lequel, comme le roi Lear, il se départait de son royaume. La différence, c'est qu'il prononça ce discours tout en se lançant dans une danse à claquettes sur la table. Repoussant du pied les cendriers et les verres d'eau, il donna une imitation assez bonne non tant de la danse même que de ce que peut ressentir le danseur.

Dans un moment éblouissant, à la fin de son spectacle, il se jucha d'un saut preste sur l'appui d'une fenêtre et de là, livra sa péroraison. Warren pensait combien les pieds de son père étaient petits – et combien les chaussures qu'il portait étaient belles. Ethel priait pour qu'un requin se montre et l'emporte à tout jamais. Freda restait figée sur sa chaise, manifestant enfin de l'appréhension, entre son prétendant, Gordon Perry, et l'homme qu'elle épouserait bientôt, Hedley Ashcroft. Si Eddie en avait envie, il pouvait lui retirer toutes ses actions avec droit de vote à l'instant même.

Eddie déclara enfin que ça avait été un privilège extraordinaire pour lui que d'endurer leurs trahisons. Le fardeau des blessures qu'ils lui avaient infligées, disait-il, avait été sa grande joie. Il n'avait qu'un regret – c'est que Warren, son fils, eût été celui qui avait dû s'occuper de lui, tout seul. *Pardonne-moi*, dit-il, à Warren qui était hypnotisé par son regard. *Je t'aime – et c'est la seule excuse qui me reste.*

Ensuite, il déclara : *Il fait si beau aujourd'hui, je pense que je vais aller faire un petit tour dehors respirer l'air frais.* Il ouvrit la fenêtre et sauta.

Warren, qui ne sut jamais comment il avait réussi, rejoignit son père juste à temps pour lui attraper la main. Il le regarda et le vit sourire. Puis, comme il l'avait voulu, Eddie lâcha prise et disparut dans le vide. Seule Ethel vint rejoindre Warren à la fenêtre. Ce fut elle qui l'en éloigna en lui disant : *C'est nous qui allons le garder maintenant – juste toi et moi.*

Deux semaines plus tard, Freda Manley épousait Hedley Ashcroft.

5

Le temps passa. Warren survécut. Il reçut, parmi d'autres effets plus personnels, la moitié exactement des actions avec droit de vote de son père. Eddie, qui pardonnait toujours, avait laissé l'autre moitié à Freda.

Jusqu'à sa majorité, Warren résida dans la maison de son père avec sa mère et son nouveau mari. C'était l'enfer. Quand il eut dix-neuf ans toutefois et qu'il eut terminé l'école, il alla vivre avec tante Ethel Beeman et il se mit à porter des costumes gris pâle, dont la coupe laissait deviner la beauté de son corps, petit et nerveux. Son visage se mit à ressembler à celui d'un ange curieux. Ses yeux observateurs étaient trahis par l'expression de sa bouche. *Je ne parlerai pas,* semblait-elle dire, *jusqu'à ce qu'on me parle.*

Warren ne devint totalement indépendant qu'à l'heure de ses fiançailles, époque à laquelle il prit la première de ses revanches sur sa mère. Réclamant le mobilier de son père, il le déménagea dans la maison qu'il avait achetée dans Crescent Road. Cela mit Freda Manley dans une situation tragique : elle dut lui céder son lit.

Six ans durant, Warren s'assit dans le bureau de la société, ne relâchant jamais sa vigilance. Sa porte était toujours ouverte. Pour survivre chez Beaumorris, il fallait savoir qui passait dans les couloirs. Tout mouvement cessa au printemps, le jour où Hedley Ashcroft, prenant de l'âge, tomba enfin malade.

Il y eut un coup de fil de la secrétaire de Hedley, Arlene Phillips.

« Je pense que cela vous intéressera, Warren », dit-elle d'un ton négligent, comme si le monde n'était pas prêt à s'arrêter de tourner. « M. Ashcroft vient d'être transféré aux soins intensifs.

– Quand exactement ?

– Il y a une demi-heure, dit Arlene Phillips. On vient juste de me l'apprendre. »

Le cœur de Warren se mit à tambouriner dans sa poitrine. Sa bouche devint sèche et il essaya de ne pas tousser.

« Est-ce que ma mère est au courant ? demanda-t-il.

– Non, répondit Arlene. Elle est toujours à Palm Beach. Vous êtes le seul à qui je l'aie dit et le seul à qui j'aie l'intention de le dire. Naturellement, les autres le découvriront bien assez tôt. J'ai vu M. Perry dans l'entrée il y a environ une heure. Il était en route pour une de ses séances avec le Dr Kurtz. Il n'a pas laissé entendre qu'il était au courant de l'état de santé de M. Ashcroft.

– Que me conseillez-vous de faire ? dit Warren.

– Venez me voir dans la salle du conseil, dit Arlene Phillips. Tout de suite. »

L'édifice Baycorp avait quarante étages. Les cinq étages supérieurs étaient loués à bail à la société Beaumorris. La salle du conseil occupait le trente-sixième.

Arlene Phillips se tenait à côté de la longue table astiquée entourée de son quorum de sièges jaunes. Elle était beaucoup plus grande que Warren – un mètre soixante-quinze face à son mètre soixante à lui – et elle n'avait jamais, pour personne, fait la concession de porter des talons plats. Elle se dressait là, dans la lumière voilée – silhouette imposante couronnée de cheveux roux et vêtue de tons verts et gris si sobres qu'on ne pouvait dire où commençait l'un et où finissait l'autre.

Dans sa main, elle tenait une seule feuille de papier. Elle ne voulut pas s'asseoir et parla à Warren comme si elle était un officier de la police secrète confiant une mission à un sous-fifre.

« Je vous ai apporté ceci, dit-elle. Regardez-le bien et mettez-le dans votre poche. Vous savez déjà les détails, mais vous avez tendance à vous énerver lorsqu'il s'agit de chiffres. » Elle lui montra la note – une feuille ordinaire de papier à en-tête de bureau.

« J'ai fait un petit diagramme ici », dit-elle, et elle souligna du doigt des lignes tracées en rouge et en vert reliant les noms et les chiffres énumérés, montrant la répartition des actions avec droit de vote. « Le trait rouge représente la configuration des parts qu'il faut éviter si vous comptez survivre...

– Survivre ?

– Oui, survivre. Ne faites pas cette tête, Warren. Et ne changez pas de couleur. C'est juste un mot.

– Je vois.

– Le trait vert est celui que vous voulez. C'est simple. Suivez-le et...

– J'arriverai à l'Eldorado », dit Warren – mais il avait la voix éteinte en disant cela.

Arlene Phillips sourit.

« Bravo ! » fit-elle.

Elle traversa la pièce pour rejoindre la porte qui s'ouvrait sur le bureau de Hedley Ashcroft – et le sien. « Je serai ici à attendre les appels, dit-elle. On n'a pas encore eu de nouvelles. Il s'accroche toujours... » Elle s'arrêta au beau milieu de la phrase.

C'était de cette pièce même que le père de Warren avait trouvé la mort, en ne parvenant pas à « s'accrocher » à la main de son fils.

« Pardonnez-moi, dit Arlene. Il semble qu'aujourd'hui, ça soit mon jour pour faire des gaffes. »

Warren fit signe que ce n'était pas grave.

« Merci pour le diagramme », dit-il.

Arlene protesta de la main.

« Ne le laissez pas traîner », dit-elle. Puis elle sourit. « Quand vous l'aurez appris par cœur, avalez-le.

– Beurk ! fit Warren.

– À propos de déjeuner, fit Arlene, je pense que ce serait une excellente idée si un jour – sans *trop* tarder – vous invitiez M. Perry chez Vermeer.

– Quoi ? »

Warren s'assit comme si quelqu'un venait de le pousser.

Arlene parlait depuis l'embrasure de la porte.

« Je sais que les choses ne vont pas très bien entre M. Perry et vous, Warren. Mais si vous voulez survivre... »

Warren se couvrit les oreilles.

« ... il faudra bien en arriver à une alliance », conclut Arlene.

Warren fit signe que oui et baissa la tête.

La porte se ferma.

La première chose qu'il vit lorsqu'il leva les yeux fut la fenêtre par laquelle son père était tombé.

Toutes les fenêtres, il y en avait six, se reflétaient sur le dessus de la table, le placage d'acajou presque noir, qu'astiquaient tous les matins quatre Orientaux en habits verts. Lorsque l'argent en provenance de Hong-kong et du Japon avait commencé à inonder les salles de conseil de Bay Street, Hedley Ashcroft avait mis à la porte toutes les Portugaises embauchées auparavant pour le nettoyage des bureaux et s'était fait un devoir d'engager exclusivement des Vietnamiens et des Chinois. Comme on n'avait pas pu dénicher de Japonais pour faire le ménage, Hedley s'était trouvé face à un de ces messieurs les Chinois – il les appelait toujours « messieurs les Chinois » – et lui avait offert une prime de vingt dollars par jour s'il disait à tout le monde, selon les ordres de Hedley, qu'il était un « Jap ». L'homme avait refusé et on l'avait remercié de ses services.

Assis à la table, Warren étala le diagramme que lui avait donné Arlene avec les traits rouges et verts. La version au trait rouge montrait comment Freda Manley pouvait conserver le contrôle de Beaumorris après le décès de Hedley – et la version au trait vert favorisait Warren Ellis.

Les statuts de Beaumorris contenaient une clause stipulant que si quelqu'un parvenait à acquérir le contrôle de cinquante et un pour cent des actions, il pouvait obliger les autres associés à lui vendre leurs intérêts. Les choses étant ce qu'elles étaient à présent, deux scénarios étaient possibles – s'articulant tous d'eux autour de Gordon Perry. Dans la version au trait rouge, Freda l'emportait. Elle allait inévitablement hériter des actions de Hedley, et bien que cela ne lui donnât pas automatiquement cinquante et un pour cent, sa part serait suffisamment accrue pour qu'elle cimente son alliance avec Gordon Perry. À eux deux, ils prendraient le contrôle de la société. Dans la version au trait vert, Warren pouvait triompher – mais seulement si lui et tante Ethel réussissaient, grâce à un miracle, à attirer Gordon Perry dans leur camp. Mais comment y parvenir, vu que Warren avait passé les dix dernières années à éloigner Gordon Perry de sa porte?

Warren repoussa la feuille et la regarda avec dégoût. La fenêtre d'où était tombé son père se reflétait sur la table comme si elle avait voulu l'attirer dans son embrasure.

Il n'était après tout qu'un des hommes de Freda – condamné, lui aussi, après son père et Hedley Ashcroft, à périr dans l'ombre de cette femme. Elle les dévorerait tous – comme le requin d'oncle John Clare Beeman – et recracherait leurs os.

Oh! mon Dieu, pensa Warren, *je vis entouré de monstres.*

Il se leva et, repoussant de côté le fauteuil de bureau, il plia le bout de papier d'Arlene et le mit dans la poche intérieure de sa veste. À la porte, il jeta un dernier coup d'œil sur la pièce silencieuse où flottaient l'ombre de son père et celle de son beau-père, qui tous deux y avaient mené leurs batailles et les y avaient gagnées puis perdues. Tous deux avaient occupé le fauteuil en bout de table et tous deux s'étaient battus pour le lit de Freda Manley. Tous deux avaient perdu. À présent, il restait Gordon Perry.

Les chambres à coucher et les salles de conseil, pensa Warren en se retournant et en fermant la porte – *ont un grand point en commun. Quelqu'un s'y fait toujours baiser.*

6

Le jour où Hedley Ashcroft fut admis aux soins intensifs, Kurtz eut affaire à un Gordon Perry dans tous ses états. Il y avait une crise chez Beaumorris – et si chacun s'efforçait de faire bonne figure, il soufflait tout de même un vent de panique. Gordon Perry arriva dans le bureau de Kurtz complètement perdu, déclarant qu'on allait bientôt faire appel à lui pour qu'il sauve Beaumorris tout seul. Déclarant aussi que, en raison de problèmes personnels pour lesquels il se faisait déjà traiter, il n'était pas du tout sûr de pouvoir « s'en sortir ». *S'en sortir*, selon les termes mêmes de Perry, ne signifiait pas tant une sortie qu'une entrée, car il s'agissait de survivre aux conséquences du veuvage imminent de Freda Manley. Perry prendrait-il ou non la place d'Ashcroft dans le lit de Freda ?

Kurtz garda son calme et après être passé par une série de questions et réponses sur les problèmes obsessionnels de Gordon Perry, il lui prescrivit une dose particulièrement forte de diazépam et renvoya son patient chez lui afin qu'il affronte l'avenir sans anxiété.

Quand Perry fut parti, Kurtz lui-même prit une pilule de Valium. Une seule. Dix milligrammes.

Kurtz, comme tout administrateur qui se respecte, possédait les ruses d'un tricheur professionnel. La main plus rapide que l'œil, surtout lorsqu'il battait ses cartes – les individus qui constituaient son jeu – et les distribuait sur la table selon de nouveaux arrangements. Jamais il ne laissait l'expression de son visage trahir ses intentions. Il ne laissait paraître aucun indice de ce qui se cachait derrière son regard – sans parler des atouts qu'il dissimulait.

En tant que médecin psychiatre, c'était un homme influent, et pas seulement au sein de sa profession. Kurtz avait des clients qui allaient du tueur psychotique à l'anorexique, en passant par le travesti. On aurait pu lire son porte-cartes comme le *Bottin mondain* car il s'y trouvait un ex-ministre des Finances, une présentatrice du journal télévisé et le président d'une des plus grandes banques du pays. Il n'était pas certain que le monde des affaires et celui des communications auraient tourné sans lui.

Kurtz ne considérait jamais ceux qui venaient le supplier de les aider comme des patients, au sens traditionnel du terme. Ils n'étaient pas selon lui « malades ». Ils venaient le voir pour négocier leur liberté. La plupart d'entre eux – y compris Gordon Perry – étaient prisonniers de la peur, asservis à des penchants, des pulsions et des obsessions qui menaçaient de les détruire ; qui menaçaient certainement de leur ôter la sérénité, la capacité de fonctionner.

Lorsque Gordon Perry s'en fut allé cet après-midi-là, Kurtz s'assit une demi-heure et réfléchit aux problèmes de son client : la mort imminente de Hedley Ashcroft, l'appétit vorace de Freda Manley, la vulnérabilité de Gordon Perry, la crise au sein de Beaumorris. Des mois auparavant, Kurtz avait entrevu la possibilité d'une telle crise quand il surveillait la situation au sein de la société. Il manifestait toujours un vif intérêt pour les clients qui appartenaient à des firmes dont la politique de financement pouvait se révéler utile au Parkin. C'est de cet intérêt qu'était née la décision qui avait causé un tel désarroi chez Bella Orenstein. Il avait inscrit le fils de Freda Manley, Warren Ellis, sur la liste de ses propres dossiers.

Lorsque Warren Ellis était venu pour la première fois solliciter l'aide d'un psychiatre, il était allé voir Austin Purvis. Kurtz considérait Purvis comme l'un des meilleurs praticiens de l'institut. Warren Ellis s'était perçu, d'une certaine façon, comme un assassin. C'était après que la main de son père eut glissé de la sienne et qu'Eddie Ellis eut trouvé la mort dans sa chute. Pendant des mois, cette main délinquante n'avait pu servir à Warren : elle était paralysée au moindre geste. Elle ne voulait tenir ni couteau, ni cuillère, ni fourchette – elle ne voulait pas tourner de pages – elle ne voulait pas tenir de stylo.

Austin Purvis avait fait sortir Warren de cette impasse en le convainquant que ses doigts, pris individuellement, étaient innocents. Warren devait cesser de les juger. Il devait leur redonner leur autonomie. Et, pour un certain temps, cela avait marché.

Mais à présent, en apprenant l'état de santé de Hedley Ashcroft, Warren fit une rechute. Dans le passé, il aurait tout simplement appelé Purvis au téléphone et pris le rendez-vous nécessaire. Étant donné la façon dont les choses se présentaient, Warren n'avait aucune idée de ce que le Dr Kurtz lui proposerait, vu son état de panique. Jusqu'à ce jour, leurs relations avaient été calmes et cordiales. Mais il n'avait pas à s'inquiéter.

Kurtz eut un signe de tête approbateur en lisant la transcription de Kilbride concernant l'appel de Warren. D'abord Gordon Perry – et maintenant le fils Ellis... avec des doigts qui refusaient d'obéir. Une situation intolérable. Pour Warren – ou pour Kurtz, dont les propres doigts s'insinuaient partout dans la trame des vies avec lesquelles ils étaient en contact. Écartant la transcription sur son bureau, il se mit à repenser à la crise chez Beaumorris. À mesure qu'il réfléchissait, son intérêt envers Warren Ellis s'intensifiait. Il devint lancinant.

7

Lilah revenait de faire ses courses chez Wong quand elle aperçut Kurtz en chair et en os. C'était dans Avenue Road, où se trouvaient à la fois l'épicerie Wong et l'immeuble de Kurtz, La Citadelle. Il neigeait, tout doucement. De gros flocons mouillés gros comme des pièces de vingt-cinq sous descendaient en flottant de nuages invisibles.

Kurtz, sous son parapluie, marchait en direction de Lilah d'un pas si lent qu'il semblait perdu dans ses pensées. Méditation ou médication. Il ressemblait à quelqu'un imprégné d'Ativan – un médicament qui, chez Lilah, provoquait une sorte de rêve somnambulique. Elle se dit que Kurtz ne la verrait pas. Il avait les yeux baissés.

Lilah tira le landau sous le porche le plus près (Ardaths, les spécialistes de la beauté) et regarda Kurtz passer devant elle.

Marlow finira par t'avoir, pensa-t-elle. *Il va être ici d'un jour à l'autre – et alors gare à toi, M. Kurtz.*

Elle ferma les yeux. *Si tu essaies de crier, il te casse la tête. Il t'étranglera pour de bon...*

C'est ce que disait la page 183 d'*Au cœur des ténèbres*. Lilah l'avait apprise par cœur.

Kurtz, devant le porte de Wong, ferma son parapluie. Lilah

était abasourdie. Elle pensait tellement à Kurtz comme à un personnage imaginaire – un homme de papier sans besoins physiologiques – que c'était un choc de le voir entrer dans une épicerie. Il allait acheter à manger, comme elle venait de le faire.

Mais bien sûr qu'il veut manger! Il ne serait pas si bien décrit s'il n'avait pas faim!

Tout de même...

Elle se demandait ce qu'il pouvait bien acheter.

Que mangent les hommes de son espèce?

Des choses délicieuses ou des mets ordinaires? Lilah n'arrivait pas à se rappeler. Personne ne mangeait beaucoup dans *Au cœur des ténèbres*. Leur faim était d'un autre genre – et ne pouvait être assouvie par ce qui s'achète à l'épicerie.

Elle quitta l'abri du porche d'Ardaths et continua son chemin en descendant la rue vers Lapin Lanes.

Arrivée chez elle, Lilah mit ses provisions sur la table de cuisine, où elle pouvait les voir. Elle allait faire de la barmbrack en souvenir de l'Irlande. Si elle ne trouvait pas l'argent pour retourner là-bas, peut-être que l'odeur et la saveur de la cuisine irlandaise l'y transporteraient.

De la muscade, de la farine et du beurre. De la levure, bien sûr, et du sucre. Des œufs, du sel et des raisins de corinthe. Des écorces de fruits. Des raisins secs. Du lait et un moule à gâteau.

Dublin surgit devant elle. Avec tous ses noms magiques. Donnybrook. Dollymount. Drumcondra. *De Drumleck Point à Dalkey, je me suis appuyé sur le ciel – avec la baie de Dublin derrière moi, et Dublin dans les yeux...*

C'était la chanson de Nicholas Fagan. Sa chanson favorite. Ils étaient allés ensemble, alors, dans toutes les rues – buvant de la bière dans les pubs et du vin dans les bars des hôtels. Fagan et ses tournées de pubs – le plus grand privilège qu'elle eût jamais eu. Il avait l'habitude d'emmener ses étudiants favoris avec lui – parfois une douzaine, d'autres fois un seul – et il leur contait l'histoire de toutes les femmes et de tous les hommes, enfants, chiens et chats qui étaient sortis des livres dans la langue anglaise.

Et il chantait. Il les faisait tous chanter. *Avec la baie de Dublin derrière moi, et Dublin dans les yeux!*

Une nuit, une femme dont même Lilah se souvenait encore, avait dit à Fagan : *Chantez-nous votre chanson préférée!* Elle s'appelait Moira.

Fagan annonça *Dublin dans les yeux* et ils se mirent tous debout autour de lui et chantèrent – Moira avec eux, un foulard noué autour de la tête, un verre de Jameson à la main. Après, elle avait dit : *Maintenant, chantez-nous votre préférée des préférées!*

Et c'est ainsi que se passa cette joyeuse nuit, de la préférée des préférées de Fagan à la préférée des préférées des préférées, et ainsi de suite.

Tout cela en chansons. Et la femme qui s'appelait Moira. Et Fagan – chantant à tue-tête les noms de tous les hommes et femmes, chiens et chats et de tous les enfants qui sortaient des livres.

Un livre est une sorte de chanson, lui avait dit Fagan. *Une chanson pour nous sortir de l'obscurité. L'obscurité qui est la nuit – et l'obscurité qui est l'ignorance – et l'obscurité qui est...*

Quoi?

Lilah ne se rappelait plus.

Une autre sorte d'obscurité.

Les livres sont une sorte de chanson.

Lilah, les mains pleines de farine, se précipita dans la chambre, ramena *Au cœur des ténèbres* à la lumière et s'assit à table avec le livre.

Fagan lui avait raconté quelque chose. Dit quelque chose. Écrit quelque chose. Et Lilah l'avait collé dans son livre – parce que cela concernait les livres et ce qu'ils étaient – beaucoup plus que des chansons – des chansons, d'accord, mais plus que ça. Où est-ce que c'était?

Elle repoussa bols, plats, sacs et bouteilles pour faire de la place et se mit à enfariner les pages avec ses doigts...

Là.

Les personnages dessinés sur la page par les faiseurs de littérature, lut Lilah, *sont le distillat de nos êtres entravés. Nous sommes leurs échos et leurs ombres. Ils nous transportent à travers nos vies ternes en nous servant de flambeaux. Ce que nous ne pouvons décrire, ils l'articulent. Ce que nous ne pouvons imaginer, ils le révèlent. Ce que nous ne pouvons supporter, ils l'endurent.*

Lilah pouvait entendre la voix même de Fagan lorsqu'elle lisait :

Si je devais proposer un texte pour le XXᵉ siècle, ce serait Au cœur des ténèbres *de Joseph Conrad. Comme sous-texte, je nommerais* Frankenstein *de Mary Shelley. Rien n'illustre mieux que ces deux livres les conséquences de l'ambition humaine. En les relisant, je me suis départi de mon hautaine opinion selon laquelle rien ne peut nous arrêter, et j'ai commencé à penser que la race humaine avait trouvé sa destinée dans l'autodestruction.*

Fagan avait écrit ces mots il y avait plus de trente ans dans un essai. Lilah lui avait demandé d'en signer un exemplaire. À présent, le livre était là, dans sa cuisine. Si seulement elle avait pu faire apparaître Fagan comme elle avait fait apparaître Kurtz.

Soudain, elle se souvint de la troisième et dernière obscurité. La peur.

8

Trois jours plus tard, Warren déjeunait chez Vermeer – non en compagnie de Gordon Perry, comme il le lui avait été fortement recommandé, mais avec sa tante, Ethel Beeman et sa fiancée, Leslie Drew. Il était déjà allé voir le Dʳ Kurtz une fois et avait un deuxième rendez-vous l'après-midi. Pour l'instant, la main récalcitrante se tenait plus ou moins bien. Elle était de retour en service actif, comme après un congé.

Un mot au sujet de Vermeer. C'était un restaurant incomparable. Pas un jour ne passait sans qu'au moins une célébrité en visite n'occupât une des tables et l'élite, politiciens, artistes, hommes d'affaires, y prenait fidèlement ses repas.

La disposition y était au circulaire, sur deux niveaux. Si bien qu'on y était assis au vu et au su de tout le monde. Il n'y avait pas de petites tables installées dans un coin – pas d'alcôves ou de salons privés. Si on allait chez Vermeer, c'était pour être vu, sinon on mangeait ailleurs.

Lorsque Warren entra après avoir marché sous la pluie ce lundi après-midi pour y rejoindre Ethel Beeman et Leslie Drew, la première personne qu'il vit fut sa mère.

Freda était assise à la table au centre de l'arène. Elle était plus épanouie que Warren ne l'avait vue durant des années. Son hâle de Palm Beach était bronze doré. Ses dents, que l'on pouvait compter depuis l'autre côté de la pièce, éclataient de blancheur. On n'aurait pu penser qu'elle était sur le point de devenir veuve pour la seconde fois de sa vie. Sa voix résonnait. Son parfum dominait. Et là, assis avec elle, baignant dans son éclat, il y avait Gordon Perry. La forme de son visage était trompeuse. L'arrondi de ses traits donnait un air affable à ses yeux cruels. Ses mains, remarqua Warren, étaient vides – comme toujours. Gordon Perry n'avait besoin d'aucun accessoire pour affirmer sa présence.

Dans la salle, tous les regards étaient braqués sur Freda Manley. Malgré la saison, elle portait, comme à l'ordinaire, sa zibeline, et l'avait posée de telle manière que les basques formaient un halo de fourrure derrière sa chaise et sur les côtés. Elle mangeait avec panache, d'un appétit vorace – faisant craquer la coquille des mollusques et en mordant la chair comme si c'était ses ennemis. Durant le repas, ses mains n'arrêtaient pas de signaler par de grands gestes au-dessus de la table qu'elle refusait ou acceptait les plats qu'on amenait. Lorsqu'elle voulait du vin, elle tendait son verre au sommelier en faisant tinter ses bracelets d'argent qu'on entendait à dix lieues à la ronde. Ses yeux quittaient rarement son assiette avant qu'elle eût fini de se nourrir.

Les malheureux serveurs – au nombre de trois – s'efforçaient d'éviter son manteau chaque fois qu'ils s'approchaient d'elle, et faisaient ainsi parfois atterrir sur la nappe les aliments qu'ils servaient à l'aide de cuillères et de louches. On entendit finalement Freda, exaspérée, dire à l'un des serveurs, en désignant son manteau qui traînait par terre : «Mais marchez donc dessus! À quoi pensez-vous qu'il sert!»

Warren voulut rentrer sous terre, sentit les yeux de sa fiancée se tourner vers lui – et chercha refuge dans le menu.

«C'est consternant de la voir assise ici, à se régaler, pendant que son mari agonise sur un lit d'hôpital, dit Ethel Beeman. Ça confirme bien ce que je pense d'elle. Elle ne vit que pour la mort.»

Warren dit : «Je me demande ce qu'elle va faire quand elle apprendra qu'il est mort pour de bon.

– Elle commandera du champagne, dit Ethel, et Gordon Perry le boira à ses genoux.»

Leslie Drew se mit à rire. Mais elle se reprit aussitôt et s'excusa, en portant sa serviette à son visage. Elle était pâle – avec des cheveux blonds raides et des yeux bruns, effrayés. Elle portait des couleurs sombres, bleu marine le plus souvent, et anthracite. Warren l'avait rencontrée dans un ascenseur de l'institut Parkin. Il pensait que c'était une malade, mais en fait, c'était une étudiante. Elle voulait, lui avait-elle dit, travailler avec des enfants autistes. Selon Ethel, elle en était une. *Essayer de faire naître une expression sur son visage, c'est comme demander à la Vénus de Milo de vous passer un sandwich.* Warren l'aimait néanmoins – elle ne ressemblait pas, comme tant d'autres filles de son milieu et de sa génération, à une gravure de mode. Elle était simplement terne.

Warren regardait sa mère malmener une pince de homard lorsqu'il vit, derrière elle, Arlene Phillips entrer dans le restaurant. *Oh! mon Dieu*, pensa-t-il, *ça y est.*

Arlene ne voulut pas ôter son manteau. Elle portait un parapluie sous le bras, qu'elle serrait à la manière d'une cravache. Elle était vêtue, comme à l'accoutumée, de vert. Ses cheveux roux étaient dissimulés sous un élégant feutre noir qui cachait aussi ses yeux. Elle parla au maître d'hôtel puis écouta les indications qu'il lui donnait. Elle cherchait la table de Freda. *Où donc ailleurs,* pensa Warren, *irait-elle avec des nouvelles aussi réjouis-santes?* Il tira la manche d'Ethel Beeman et lui dit : « Ça y est. Il est mort. »

Ethel ferma les yeux un instant et murmura une prière, toute petite, pour Hedley Ashcroft. Même nos ennemis méritent le respect dans la mort. Elle ne pensa pas cependant : *Que Dieu le bénisse.* Mais simplement : *Il est mort. Ainsi soit-il. Amen.* Lorsqu'elle rouvrit les yeux et regarda dans l'arène, Freda avait appris la nouvelle. À l'approche d'Arlene, Gordon Perry s'était levé de sa chaise. À présent, il se rasseyait. Il voulut prendre la main de Freda pour lui témoigner sa sympathie, mais elle refusa de la lui donner. Gordon s'appuya contre le dossier de la chaise. Freda se pencha en avant. Elle mit un morceau de homard dans sa bouche.

Warren regardait. Sa mère mâchait comme d'habitude, bouche ouverte, dents étincelantes, yeux mi-clos – les doigts luisants de bagues et de beurre fondu. Il voyait Gordon Perry changer de couleur chaque fois que Freda prenait la pince et faisait craquer un autre morceau de carapace. Il se l'imagina au lit avec Gordon – et aussi avec Hedley et avec son père depuis longtemps défunt – pince en main et dents en place – tenant toujours la feuille au trait en pointillé, prête à signer, comme on est prêt à faire feu.

Ethel dit à Leslie : « J'espère que vous êtes attentive, ma chère. Vous feriez bien de prendre note de la façon dont la naissance de votre premier-né sera reçue. Encore un cadavre dont elle se nourrira. »

Freda se tamponnait les lèvres avec sa serviette. De sa main libre, elle accepta l'enveloppe d'Arlene et la lança sur la table. Arlene recula et Warren put voir qu'elle présentait ses condoléances à Gordon Perry. Sans doute parce qu'il allait être la prochaine victime de Freda. Puis Arlene leva les yeux, vit Warren qui la regardait et lui fit un signe de tête. Elle prit congé de Freda et de Gordon et se dirigea vers le niveau supérieur. Freda ne lui dit même pas au revoir. Elle appela plutôt un serveur pour commander du champagne.

Lorsque Arlene arriva à la hauteur de leur table, Warren se leva et l'invita à s'asseoir. Elle refusa poliment.

«M. Ashcroft est mort, dit-elle, comme vous l'aurez deviné. Il n'a pas repris conscience. J'étais cependant avec lui il y a deux jours, avec d'autres personnes parmi lesquelles se trouvaient ses avocats. Je vous apporte ceci, comme j'en ai été chargée.» Elle tendit une enveloppe à Warren. «Elle contient les mêmes nouvelles que je viens de remettre à votre mère – mais je vois...» elle regarda en bas, en direction de Freda «... qu'elle ne s'est pas encore donné la peine de les lire. Ces nouvelles, Warren, vous donnent une dernière chance. J'espère que vous ne la laisserez pas passer. Sur ce, je souhaite que tout marche bien pour vous.» Sur ces mots, et avec un salut de la tête en direction d'Ethel et de Leslie, Arlene Phillips s'éloigna et disparut. Elle avait quitté le restaurant avant que Freda Manley ne poussât un cri qu'on entendit à toutes les tables.

«Que diable?» dit Ethel.

Warren venait de terminer la lecture du message laissé par Arlene. Il l'informait que Hedley Ashcroft avait divisé ses actions, et en laissait un peu plus de la moitié à Warren, *en mémoire,* était-il écrit, *de mon prédécesseur.* Cela renforçait considérablement la position de Warren. Le reste allait à Freda, mais ce n'était pas suffisant pour lui donner d'emblée le contrôle de la société Beaumorris.

«Elle vient de lire ça», dit Warren – en tendant le papier à Ethel.

Au-dessous d'eux, Freda lança sa serviette à terre et se leva de sa chaise. Gordon Perry était blanc. Il se demandait peut-être si le contrôle de Beaumorris valait pour lui la peine d'être mis en cage avec le fauve lâché devant lui. Freda renversa sa chaise. Le silence se fit chez Vermeer. On n'entendait que les sifflements de la vapeur derrière les portes des cuisines.

Écartant les serveurs sur son passage, Freda traversa la salle et vint se camper juste sous la table de son fils. Le papier fatal était déchiré dans sa main. Elle le brandit en direction de Warren.

« Rien de ce que tu fais ne peut te sauver maintenant, dit-elle. Peu importe ce que tu manigances – j'ai toujours Gordon Perry. » Puis elle renversa la tête en éclatant de rire et dit en désignant du doigt la pauvre Leslie Drew : « Et tout ce que tu as, c'est cette minable garce ! »

9

Deux heures plus tard, Warren était assis dans le bureau du Dr Kurtz – serrant, ouvrant, resserrant sa main droite – la décontractant puis refermant le poing. Il avait raconté au psychiatre ce qu'avait dit sa mère.

Kurtz avait prêté une oreille attentive. Lui aussi conseillait à Warren de faire la paix avec Gordon Perry.

« J'ai essayé, dit Warren.

– Eh bien il faut essayer encore », fit Kurtz.

N'importe quoi pour empêcher une alliance avec Freda Manley. Si elle s'emparait de Beaumorris, les actions philanthropiques de la société seraient réorientées au profit des écoles d'économie. L'institut Parkin serait perdant – et par conséquent Kurtz. Non qu'il pût le garantir. Non qu'il eût le droit d'interférer dans la vie de ses clients une fois passés ces murs. Mais...

Il se leva.

« Voulez-vous bien m'excuser, Warren ? fit-il. Il y a quelque chose dont je dois m'occuper immédiatement. » Il se dirigea vers la porte en foulant le tapis. « Faites comme chez vous, dit-il. J'en ai pour un quart d'heure à peine. »

Il revint vers son bureau brasser quelques dossiers qui étaient posés là. « Oh ! oui, fit-il. Je vais avoir besoin de ceux-là... » et, laissant le dessus en désordre, il sortit. La porte se ferma avec un clic et Warren s'enfonça dans son fauteuil.

La vue depuis les fenêtres était triste et ne présentait aucun intérêt. On ne voyait qu'un ciel plein d'oiseaux condamnés.

Warren n'avait pas envie de regarder. Il se mit debout et fit le tour de la pièce – serrant sa main nerveuse comme pour en faire une balle puis la décontractant. En regagnant sa place, il jeta un œil sur les dossiers et papiers en désordre sur le bureau de Kurtz. Son dossier à lui... le dossier d'un homme du nom de X... celui d'une femme au nom indéchiffrable... et le dossier de Gordon Perry.

Celui de Gordon Perry.

Warren toussa.

Sa main se décontracta.

Il le prit.

Il se mit à lire.

Ce que veut le client, c'est habiller en femme des garçons au corps d'athlète et...

Warren ferma les yeux. Il tourna les pages.

Vous n'avez pas idée, dit le client, comme c'est irrésistible de voir un gars dans une robe de Balenciaga. Courte, serrée à la taille, avec des brides toutes fines. Et le gars avec des épaules jusque-là...

Warren crut qu'il allait s'évanouir.

Il vérifia le nom écrit sur le dossier.

Gordon Perry. Ce ne pouvait pas être une erreur.

Il tourna plusieurs pages.

Le client a parlé de son ami, E. E..., de leur partenariat lucratif et de la façon dont lui, le client, a gâché ce partenariat en couchant avec la femme de E. E...

Mon père, pensa Warren. Et ma mère. Gordon Perry vient s'asseoir ici pour parler de mon père et de ma mère...

Le client a cessé d'avoir des visées sur la femme d'E. E. quand il s'est fait dire par le fils d'E. E...

À présent, Warren répétait à voix haute – exactement comme c'était écrit dans le dossier de Kurtz : *Si vous vous approchez encore de ma mère, mon père vous tuera.*

Et voilà.

Il était splendide, a dit le client – lut Warren. *Seize ans et des épaules jusque-là...*

Warren s'assit.

« Bon Dieu ! dit-il en s'adressant à toute la pièce. C'est moi. »

Sur la page, Kurtz avait écrit : *Maintenant que le client est tombé amoureux du fils, il en a fait une affaire de famille.* Il y avait un point d'exclamation – et Kurtz avait écrit à la suite : *Bien sûr, je ne l'ai pas dit.*

Warren regarda de nouveau le ciel derrière la fenêtre. Mais la voix qu'il entendait dans sa tête n'était pas la sienne. C'était celle d'Arlene Phillips. Et cette voix disait : *Ces nouvelles, Warren, vous donnent une dernière chance. J'espère que vous ne la laisserez pas passer. Sur ce, je souhaite que tout marche bien pour vous.*

10

C'est ainsi que le jour des funérailles de Hedley Ashcroft, Warren Ellis arriva seul au portail de l'église Timothy Eaton Memorial de St Clair Avenue. Il remonta l'allée centrale sans regarder à droite ni à gauche. Il vit de loin sa mère assise au premier rang, devant le cercueil de Hedley, qui était fermé, avec son tas de chrysanthèmes blancs. Ethel Beeman était aussi assise là. De même que le détesté Shirley Ashcroft. Et la femme détestée de Shirley Ashcroft. Et Arlene Phillips. Et Gordon Perry. Ils étaient tous assis en rang d'oignons sur le banc comme s'ils avaient la peste – laissant entre eux un espace plus que suffisant. Tous vêtus de noir – et Freda encore et toujours de sa sombre zibeline.

Leslie Drew n'était pas en vue. Elle avait pris la fuite, comme l'avait espéré Warren.

Kurtz se tenait debout au fond de l'église. Son regard, jusqu'à présent, s'était porté sur Gordon Perry et Freda Manley. *Freda. Mange-les ! Oui, tu les dévores bien tous,* se dit-il. Puis il vit Warren remonter l'allée centrale et il sourit.

Fait, se dit-il. *Et bien fait.*

Warren atteignit enfin sa destination.

Il s'assit, plein d'assurance, et prit Gordon par le bras.

Freda tourna la tête et resta ébahie.

Une femme était assise là. Jeune, à ce qu'il semblait. Elle portait un manteau de lin noir, coupé près du corps et un petit chapeau noir à voilette. Sous le manteau, une robe de soie noire. Balenciaga. Elle portait des perles fines et un sac en croco noir. Des gants en chevreau remontaient loin sous ses manches. *Mais enfin! qui cela pouvait-il bien être?*

Nous sommes au Seigneur et non point à nous-mêmes. Pour la vie et la mort, nous sommes au Seigneur, chantait le chœur.

Freda se sentait visiblement mal à l'aise. Elle s'affaira dans ses fourrures et tritura son mouchoir. L'hymne tirait à sa fin. Les mots *Ô tombeau, où est ta victoire? Ô mort, où est ta blessure?* s'envolèrent vers le ciel.

Gordon Perry chanta un long *amen* – et se glissa sur le banc pour se rapprocher de la silhouette assise à côté de lui.

Subitement, Freda tourna la tête, bouche bée. Le profil à côté d'elle lui était enfin revenu. Il se mit à tousser, une toux grave et masculine.

Elle s'inclina vers l'arrière et regarda, horrifiée. «Est-ce que c'est toi, Warren?» fit-elle.

Warren savait qu'il valait mieux avoir sa réponse toute prête.

«Oui», dit-il.

Et il eut pour sa mère un sourire éblouissant.

CHAPITRE IV

Club : une assemblée de bons amis qui se réunis-
sent selon certaines modalités.

SAMUEL JOHNSON
Dictionnaire

1

Ces derniers temps, il semblait de plus en plus inévitable que, juste en début de saison, le printemps retourne en arrière. Les promesses étaient oubliées, le ciel clair d'avril se couvrait et la petite pluie, qui avait d'abord paru tiède, se transforma en un orage de billes de glace. À mesure que l'attente des gens grimpait, la neige tombait. Cela durait depuis plus d'une semaine quand, tout à coup, la tendance s'inversa de nouveau et le thermomètre monta de dix degrés. Les premiers étourneaux commencèrent à s'attrouper, méfiants, dans les arbres et l'air s'emplit de la première bouffée de verdure. Les matins et les soirs étaient brumeux. La nuit tombait une demi-heure plus tard. Pour certains, le temps de l'exploration était venu.

Le premier de ces soirs-là, un homme du nom de Robert Ireland marchait, mains dans les poches, n'ayant que sa destination en tête. Il portait le trench-coat et l'écharpe traditionnels – l'écossais brun et jaune de l'écharpe nouée avec soin dépassant du col de l'imperméable. Bien qu'il fût un universitaire mal payé, Robert avait de l'argent et n'aurait pas eu besoin de se déplacer à pied. Mais il aimait marcher et, souvent, il sortait durant des heures et déambulait dans les rues de Rosedale au déclin du soleil. Le crépuscule était son domaine – le crépuscule et les heures qui le suivaient. Quand le soleil baissait à l'horizon, Robert Ireland posait le pied sur le trottoir et quittait la sécurité de sa voiture.

Il choisissait une rue pour y garer sa Jaguar, puis il regardait les gens aller et venir. Il ne s'intéressait pas à ce qu'ils faisaient, il voulait seulement voir qui ils étaient et où ils allaient. S'ils portaient des sacs à provisions ou promenaient leurs chiens, s'ils étaient avec quelqu'un d'autre ou seuls dans les rues, cela n'avait pas d'importance. C'était leur démarche qui importait. Une allure débraillée n'était pas bien vue. Le dos droit et la foulée énergique – voilà qui était intéressant. Des yeux vigilants – voilà qui était intéressant. Des garçons avec des casquettes de base-ball

155

et des gants de receveurs – voilà qui était intéressant. Ceux qui pouvaient jeter la balle en l'air et l'attraper en marchant – ceux qui pouvaient faire rouler la balle sur leur bras et l'envoyer en l'air puis la récupérer dans le gant – ceux qui pouvaient faire tout ça sur leur bicyclette ou leur planche à roulettes – ceux-là étaient intéressants. Ceux qui, au printemps, portaient des shorts de rugby et, en hiver, des pantalons qui leur moulaient les fesses – ceux-là étaient particulièrement intéressants. Ceux-là étaient ses proies.

Il les regardait passer et enregistrait où ils allaient. Quelles rues ils traversaient – quels portails ils choisissaient – ou, s'il n'y avait pas de portail, quelles allées de garage ou de jardin ils empruntaient – quelles pelouses ils traversaient – à quelles portes ils entraient. Les maisons avec un numéro bien visible étaient spécialement intéressantes. On pouvait chercher ce qu'il y avait à ces adresses. On pouvait y mettre un nom.

Chacune des rues et toutes les rues. Il s'était garé dans toutes et, dans toutes, il avait roulé lentement. Quand le soleil tombait, il ouvrait la portière et sortait au grand air, les chaussures impeccables, la démarche tranquille. Il semblait si inoffensif – l'expression de son visage ne révélait rien. Seules ses mains racontaient une histoire, toujours enfoncées dans ses poches. Enfoncées dans ses poches et gantées. Robert portait toujours des gants. De cuir souple, bien coupés, couleur fauve, le genre de gants avec lesquels on peut enfiler une aiguille. Et l'écharpe, en toute saison, toujours la même : deux nuances de jaune, brun et noir.

Ce soir-là – il se trouvait que c'était le soir qui précédait l'arrivée de Marlow à Toronto –, Robert Ireland se mouvait dans la brume comme quelqu'un qui aurait pu trouver son chemin par une nuit sans lune. Il était habile à cela. Ses pieds ne le conduisaient jamais vers les caniveaux, ni sur les pelouses d'étrangers. Ils trouvaient le trottoir et évitaient les embûches. Ils ne se salissaient jamais, ces pieds – ces chaussures. Jamais la moindre souillure.

Il y avait un parc dans le voisinage. Et dans le parc, il y avait un terrain de base-ball. L'hiver, il y avait une patinoire de hockey en plein air, et une ou deux fois par semaine, on y passait de la musique – des enregistrements et des bandes que diffusaient des haut-parleurs. Hommes et femmes, garçons et filles patinaient sur cette musique. Le dimanche après-midi également, à ce qu'on appelait *l'heure familiale*. À d'autres moments, on y organisait des matches de hockey – des matches improvisés, comme les matches de base-ball en été et de rugby en hiver. N'importe qui pouvait se joindre à ces matches – un père, à l'occasion, ou un athlète nostalgique, du genre de ceux qui, sur le tard, n'arrivent pas à s'arracher du terrain de jeu. Mais pour la plupart, c'étaient des garçons qui participaient à ces matches – jeux pour adolescents – jeux pour la puberté.

On était à présent au début du printemps, il faisait frais, et les garçons dans le parc portaient des coupe-vents, des jeans et des casquettes de base-ball. Et aussi des Converse et des Nike – les chaussures des héros – pas comme les chaussures de Robert Ireland. Robert n'avait aucun héros. Il ne vénérait que la jeunesse.

En avançant dans la brume vers le parc, ce soir-là, Robert fit la liste de ses biens. Les ressources internes – les possessions externes. Il faisait fort peu montre de ses biens – il ne montrait pour ainsi dire rien du tout, ce qui signifie qu'aucune des vérités concernant Robert Ireland ne paraissait dans sa façon d'être. Ni sa richesse – ni ses goûts – rien de son intelligence d'universitaire – aucune de ses émotions. Rien. Les cours sur l'histoire du XVIIIe siècle qu'il donnait à University College étaient invariablement – mot pour mot – les mêmes qu'il avait donnés pendant onze ans. Il ne levait jamais la tête de son texte. Il ouvrait son classeur – se plaçait au lutrin – lisait – puis s'en allait. Et cela deux fois par semaine.

Il vivait derrière un haut mur de pierre dans une grande maison de pierre dont les pièces étaient vert feuille et bordeaux. Les tableaux exposés étaient accrochés entre des étagères de vieux livres et d'argenterie anglaise. Les aménagements – comme il les

157

appelait – étaient des meubles regroupés avec beaucoup de soin et de goût, uniquement de style George V, chaque chaise et chaque table ramenée d'Angleterre. Il ne possédait rien de français. Il détestait la France et tout ce qui était français, y compris la langue, bien qu'il ne donnât jamais d'explication à ce sujet. Il conduisait une Jaguar XJ6 dont la couleur était difficile à décrire. Le gris était sans doute le terme le plus juste – gris, couleur d'ombre.

Le jour de sa promenade dans le noir, Robert avait quarante-deux ans. Quarante-deux ans, les cheveux frisés, le corps svelte vêtu entièrement dans des tons fauve et roux. Entièrement, c'est-à-dire sauf l'écharpe écossaise jaune et brun. Même ses sous-vêtements étaient kaki, bien que pâlis par de nombreux lavages. Sa peau avait naturellement la couleur du bronze – vestige de ses origines celtes. Ses yeux étaient bruns. Robert n'avait jamais été marié, il n'avait ni frère ni sœur et avait perdu ses parents. Un homme un peu plus âgé que lui occupait les pièces minuscules tout en haut de la maison de pierre et descendait tous les matins sauf le jeudi pour lui préparer son petit déjeuner, s'occuper du jardin et garder les choses en ordre. C'était Rudyard, et il passait sa vie sans nom de famille.

Avant d'atteindre le parc, Robert devait traverser un carrefour à trois voies. Il s'arrêta au bord du trottoir pour savourer l'odeur sauvage et humide qui montait des ravins tout proches. Cela lui rappelait les senteurs herbeuses qui avaient imprégné ses aventures d'enfant ici-même, quand il lui avait semblé être en vie. Il n'était plus à présent qu'un fantôme – bien que la vie ou ce qui lui ressemblait lui enflammât l'entrejambe de temps à autre. Dans ces moments-là, lorsqu'il s'apprêtait à traverser, il savait exactement où il allait et ce qui s'ensuivrait.

Soutenu par son ardeur et les volutes de brume, il passa de l'autre côté de la rue. À présent, les lampadaires étaient allumés et leur halo lui montrait le chemin. La brume elle-même était éclairée de l'intérieur par ce qui restait de lumière diurne et il pouvait voir ses mains, lorsqu'il les retirait de ses poches, avec leur peau de cuir surpiquée de fil rouge. Il pressa le pas.

Au portail du parc, il s'arrêta de nouveau. Il cherchait à écouter les oiseaux – mais aucun ne se faisait entendre. Peut-être que les Escadrons M étaient déjà passés, même si c'était un peu tôt pour la saison. Il y avait en tout cas une odeur de produit chimique dans l'air. Jusqu'à présent, tout allait bien. Il n'appellerait pas. L'annonce de son arrivée devait être uniquement visuelle. Je suis ici, dirait sa silhouette, alors qu'il passerait le portail et se dirigerait le long du sentier de gravier vers sa proie.

Ce soir, ce devait être un garçon qui s'appelait Arnie – qui prenait tous les après-midi le bus de Glen Road pour revenir de l'école, descendait à Binscarth Road et marchait, presque toujours seul, de Binscarth à Edgard Avenue puis à Clairmont Road, où il tournait – apparemment sans beaucoup d'enthousiasme – vers une grande maison grise en stuc avec un toit vert en trois parties et une allée de garage vide. Le numéro 82. Il n'y avait jamais personne pour l'accueillir, et Arnie, très souvent, ressortait aussitôt avec sa casquette de base-ball à l'envers sur sa tête et s'asseyait sur l'escalier du porche avec deux cannettes de Pepsi et un sandwich.

Arnie avait dit que, cette fois-ci, il amènerait un ami.

Robert s'enfonça plus loin dans le parc vers le pavillon – un petit bâtiment en bois avec des toilettes et une grande salle où les gens troquaient les bottes pour les patins et vice-versa. Un porche large et profond abritait du mauvais temps – et un distributeur toujours en panne était censé vendre des bonbons et du chewing-gum.

Deux jeunes gens étaient assis sur la balustrade et attendaient. L'un était Arnie et l'autre, un garçon au sourire grimaçant. Arnie dit : « Voilà Steven. Ne l'appelez pas Steve, il déteste ça. » Steven continua de sourire en grimaçant. Il ne se leva pas. Peut-être avait-il l'impression qu'Arnie avait blagué en lui expliquant le but du rendez-vous dans le parc. Peut-être ne croyait-il pas vraiment qu'il allait pénétrer dans ce monde que lui avait décrit Arnie. Peut-être aussi savait-il qu'Arnie lui avait dit la vérité – et il s'apercevait du danger qu'il courait, ce qui le rendait tout simplement nerveux. Il mastiquait du chewing-gum sous son sourire grimaçant mais à présent, devant Robert, il arrêta. Sa bouche restait ouverte – le chewing-gum coincé derrière ses dents. Il avait le regard figé.

« Je veux voir l'argent, maintenant », dit-il, surpris que sa voix n'eût pas tremblé.

Robert sortit son portefeuille et en retira quatre billets de cent dollars. « Deux pour toi – deux pour Arnie, dit-il.

– Super, dit Arnie. Allons-y. »

Steven descendit de la balustrade et resserra le col de son blouson de cuir. Sur son dos était simplement écrit : LES LOUPS. Sur sa manche se trouvaient plusieurs emblèmes, représentant chacun un sport différent. Un C jaune couronnait la manche gauche – qui voulait dire, Robert le savait, *Capitaine*. Arnie lui avait amené un objet de choix. Il aurait droit à une prime.

2

Dans la rue Scollard se trouvait une maison divisée en deux : une partie réservée au travail, l'autre aux quartiers d'habitation. Ces derniers se trouvaient à l'étage. En bas se trouvait un magasin, en devanture, et derrière, un studio. Dans la vitrine du magasin était affichée une série d'agrandissements montrant en gros plan des célébrités de la ville. Fabiana Holbach, Barbara Davey, Helena Schleeman. En lettres dorées, on pouvait lire : JOHN DAI BOWEN – PORTRAITS PHOTOGRAPHIQUES.

Robert ouvrait la marche. Il avait laissé sa Jaguar dans Hazelton Street et ils avaient marché. Il gravissait à présent l'escalier sur le côté de la maison et sonnait à la porte. Arnie et Steven se tenaient derrière lui, regardant de l'autre côté de la route, dans la brume. Personne dans les parages, aucune voiture garée. De la neige qui n'avait pas encore fondu blanchissait les caniveaux. Arnie ne semblait pas s'en faire, mais Steven, novice en la matière, se demandait pourquoi la rue était vide.

«Est-ce qu'il ne devrait pas y avoir du monde?

– Beaucoup de gens sont chez eux.»

Steven sortit le chewing-gum de sa bouche et le jeta plus bas sur le trottoir.

Une sonnerie se fit entendre et une voix dit : «Oui?» C'était une voix d'homme.

Robert dit : «C'est moi.»

La voix dit : «Montez.»

La porte fit entendre un déclic.

Robert entra et les deux garçons le suivirent.

Ils pénétrèrent dans un corridor tout en miroirs – avec un escalier juste en face d'eux.

Les miroirs fumés reflétaient une lumière qui laissait croire, l'espace d'un instant, qu'on avait changé d'époque. Steven ôta sa casquette de base-ball, sans savoir pourquoi – quelque chose qu'il était poli de faire autrefois, lui avait dit un grand-père. Arnie, qui s'était déjà trouvé dans ce vestibule, commença à défaire son blouson – une version en laine épaisse de celui de Steven, avec moins d'écussons. Robert se tenait au pied de l'escalier et leur dit : «Après vous.»

Arnie passa le premier, puis Steven. Robert les entendit murmurer quelque chose qui ressemblait à un sifflement – peut-être quelque chose de grossier – mais il ne put déchiffrer ce que c'était. Qu'importe. L'art de la repartie n'était pas son fort. Sans rien dire, il les regarda simplement monter. En restant totalement immobile.

Les suivant, il atteignit le haut de l'escalier au moment où John Dai Bowen venait à leur rencontre depuis une porte ouverte. Il y avait un palier, pas très grand, avec un tapis persan sur le sol et des appliques ornementées de verre et d'argent entre des miroirs du même genre que ceux d'en bas. John Dai avait un peu plus de trente-cinq ans, mais on lui en aurait donné dix de moins. Il était petit, brillant, pareil à un sylphe. On aurait pu dire qu'il était minuscule – au sens où les adultes de proportions parfaites semblent avoir des corps d'enfants. Ses mains étaient si délicates et si fines qu'elles ressemblaient plus à des papillons qu'à des mains – et il en faisait grand usage, écartant sans cesse de son visage pâle et rond ses cheveux pâles et fins. Il portait un gilet ajusté sur une chemise bleue à rayures – des rayures presque noires sur un fond d'un bleu qu'on trouve plus fréquemment sur des photographies en couleurs que dans la vie de tous les jours. Sous tous les aspects possibles, John Dai Bowen était, physiquement, l'opposé de Robert Ireland. C'était un homme en vol, qui touchait rarement terre.

Il semblait aussi agir comme en cachette – à la manière d'un conspirateur, comme si un secret était toujours sur le point d'être révélé. Il se plaisait à faire sentir à son interlocuteur que personne d'autre n'existait pour lui. Il prenait les gens à l'écart et plaçait sa tête de façon à exclure tout un monde de curieux, et il baissait la voix et disait des choses comme : *Qu'est-ce que vous pensez du temps qu'il fait ?* Ou bien : *Avez-vous besoin d'aller aux toilettes ?*

Les autres – qui regardaient – étaient convaincus que John Dai et la personne avec qui il parlait refaisaient le monde. À présent, il s'inclinait vers Steven, lui mettait la main sur le bras et murmurait : «Le salon est juste en face.» Il fit un signe de tête montrant la porte ouverte.

Steven passa, suivi d'Arnie. John Dai resta en arrière – juste le temps de regarder Robert en roulant les yeux au ciel. Robert, naturellement, ne répondit pas. L'ostentation, comme le reste, était indigne de lui.

Dans le salon, connu dans le cercle de John Dai comme «le boudoir», se trouvaient trois sofas victoriens ainsi que plusieurs petites chaises datant de la même époque. Tous étaient recouverts dans des tons de jaune – certains en velours, d'autres en soie. Une importante collection de photographies anciennes était exposée dans des cadres d'argent sur plusieurs tables de dimensions diverses. Les tableaux accrochés aux murs étaient pour la plupart des portraits canadiens du style en vogue dans les années 1840-1850. Les enfants étaient groupés aux côtés de leurs parents, coiffés avec la raie au milieu et chaussés de minuscules souliers.

Aucun des peintres ne savait représenter les pieds, et peu d'entre eux les mains. Les visages regardaient tous vers l'extérieur, révélant chaque fois des yeux sombres – craquelés par le temps. Des chiens à peine plus grands que des rats étaient attachés aux poignets des enfants par des rubans de couleur et tous les petits garçons avaient des casquettes, soit sur la tête, soit à la main. Certaines des petites filles tenaient des bouquets de fleurs méconnaissables. Les parents, pour une raison quelconque, étaient tous peints en habits de deuil – peut-être parce que c'était là leurs plus beaux habits – et les enfants semblaient tous voués à l'échec. Aucun des portraits ne souriait, bien qu'on ne pût savoir si cela était attribuable à l'époque ou à l'incapacité de l'artiste à peindre les dents. Une chose était sûre : c'était une époque dominée par l'appréhension.

Un feu brûlait dans une petite cheminée victorienne devant laquelle avait été placé bien en évidence un plateau contenant du papier à cigarettes et un bol de marijuana de Colombie. Sur un côté, se trouvait un deuxième plateau avec toute une variété de bouteilles et de verres. Quatre appareils photos chargés étaient posés sur un troisième plateau, parmi des tas de bonbons enveloppés de papiers de couleur. Des spots – déjà en place – étaient fixés de façon permanente dans des rails qui sillonnaient le plafond.

«La chambre est par là, dit John Dai. Vous trouverez deux peignoirs derrière la porte. Quand vous reviendrez, vous n'aurez pas besoin de les enlever avant qu'on ait bavardé et pris un peu de dope.»

Arnie montra le chemin à Steven.

Robert dit : «Est-ce que les autres sont ici?»

John fit un signe de tête : «Dans la salle à manger», dit-il.

Robert enleva son trench-coat et son écharpe et les accrocha dans le vestibule. Mais il ne retira pas ses gants.

Les deux hommes s'assirent. Robert regarda sa montre. John Dai lissait son pantalon à la hauteur de ses cuisses. Les deux hommes se taisaient. Lorsque le feu crépita, John Dai se leva et plaça dans l'âtre un autre morceau de cèdre. Dehors, la brume s'étendait – épaissie par la fumée, d'une couleur différente. Ce qui avait été gris était devenu jaune. Elle atteignait les fenêtres et laissait des traînées sur les vitres comme l'aurait fait la pluie. «C'est le bon Dieu qui pleure», dit John Dai, de sa voix fluette. «C'est ce que disait toujours ma mère...

– Vraiment?» fit Robert. Et il regarda de l'autre côté.

3

Le Club des Hommes se réunissait une fois par semaine.

Le règlement était le suivant :

Pas de contact physique avec les modèles.

Les modèles n'ont pas à fournir de renseignements sur leur vie privée.

Le port de masques est obligatoire afin de protéger l'identité des membres.

Les membres ne doivent jamais mentionner leurs noms.

Toutes les demandes de poses doivent être faites par écrit et ne pas être signées.

Une épreuve de chaque pose est distribuée gratuitement à chacun des membres. Des clichés supplémentaires sont offerts moyennant paiement.

Deux membres élus ont la responsabilité de trouver des modèles. Tous les modèles doivent être amateurs. Les agences professionnelles seront écartées, car elles conservent des dossiers. Les honoraires des modèles doivent être payés en argent comptant.

Le nombre maximum de membres dans le Club des Hommes est fixé à douze.

Arnie et Steven furent enfin invités à quitter leur peignoir à sept heures et quart. On les avait encouragés à endormir leurs inhibitions avec de la marijuana. Compte tenu de l'effet débilitant de l'alcool, on n'en offrait jamais aux modèles masculins.

Pendant une demi-heure, les deux garçons s'exhibèrent – sans qu'on les touchât jamais – devant les membres du Club, au nombre de sept pour le divertissement de ce soir.

Arnie était déjà connu de certains de ces hommes, qui demandaient fréquemment sa présence. Comme chez beaucoup de garçons solitaires, il y avait en Arnie un trait de sadisme qu'on pouvait encourager jusqu'à un certain point pour obtenir des poses intéressantes. Ceux qui avaient un penchant pour Arnie étaient aussi portés à croire qu'un garçon pouvait les pousser à accomplir ces actes dont ils auraient eu honte autrement. *Oh! non! Ne me demandez pas de faire ça! Je n'ai jamais fait ça auparavant!* Il y avait quelque chose dans le sourire d'Arnie et dans la façon dont il se jetait devant l'appareil qui tenait à la fois de l'excitation et du danger. Arnie avait une façon de fixer l'objectif qui pouvait donner une érection au plus impuissant des spectateurs. La force de sa sensualité venait de la violence de sa disponibilité. Il n'y avait rien, semblait-il, dans une photo, qu'Arnie ne pût persuader quelqu'un de faire pour lui.

Steven, qui était vierge face à tout cela, n'avait aucune idée de la façon de se présenter. Personne ne l'avait désiré auparavant, sauf dans son imagination, où le monde entier le voulait comme amant. Mais pas comme être aimé.

Les hommes n'étaient pas des objets de désir dans le monde de Steven. Penser cela était efféminé. La taille et la puissance de son pénis pouvaient être enviées – mais pas désirées. C'est ainsi qu'il afficha tout d'abord sa nudité presque comme il l'aurait fait dans le vestiaire de l'école. Parce que Steven était jeune, sa virilité, devant les gens présents, paraissait gauche et donc pleine de charme. Sa raison lui avait déjà fait comprendre ce qu'on attendait de lui – mais rien ne l'avait prévenu qu'en donnant ce qu'on lui demandait, il renonçait à sa liberté. Être choisi était perdre le droit de choisir. Dans ses rêves, c'était lui le violeur – mais dans les rêves de ces étrangers, c'est lui qui était violé.

D'un coup, une expression douloureuse froissa son visage, qui acquit une étrange beauté. On aurait dit que Steven ne s'était jamais de sa vie trouvé nu. Il était gêné par l'inertie de son pénis, qui commença à se raidir. Ses mains – pour la première fois de sa vie – descendirent sur son ventre pour le cacher.

La plupart des hommes qui scrutaient Arnie et Steven étaient masqués. Robert et John Dai Bowen étaient les seuls dont le visage était découvert. Ni Arnie ni Steven ne parlaient. La marijuana qu'ils avaient fumée ralentissait leurs perceptions. Ainsi évitait-on le besoin de parler.

À huit heures commença la séance de photos. Une grande coupe en argent avait été placée près du plateau d'appareils et de bonbons, dans laquelle chacun des hommes avait déposé un papier plié. Le papier était bleu – il y avait une feuille par membre.

On versa de nouvelles rasades et puis, verres à la main, les membres s'écartèrent pour laisser suffisamment de place au centre de la pièce.

« Messieurs, êtes-vous prêts ? » dit John Dai Bowen, s'avançant vers la coupe.

Il y eut des murmures d'assentiment. Deux ou trois cigarettes furent allumées. Chacun des hommes se tenait debout, à l'écart des autres, comme s'il était tout seul. Il n'y aurait maintenant aucun contact jusqu'à la fin de la séance. Celle-ci allait durer un peu plus d'une heure et demie.

John Dai choisit la première feuille de papier et l'ouvrit pour la lire. Ses lèvres suivaient les mots – mais en silence. Les directives guidaient son inspiration. John Dai, qui maîtrisait autant l'éclairage que l'objectif, se déplaçait à une vitesse surprenante, une fois qu'il avait compris ce qu'on voulait. Ses poignets semblaient agir d'eux-mêmes, ses mains volaient au-dessus du panneau d'interrupteurs, forçant la lumière dans des coins sombres et l'éliminant dans d'autres. Il faisait naître de haut-parleurs invisibles une musique à peine audible mais qui envahissait tout l'espace. Il choisissait ses appareils – chacun équipé de façon spécifique, avec un objectif différent, chacun déjà chargé, motorisé pour les prises rapides.

Les premières directives qu'il lut concernaient Arnie, à

l'oreille duquel il glissa les rudiments d'une histoire. « Tu es seul », dit-il, en éloignant le garçon du public. « C'est dimanche. Il n'y a personne d'autre que toi dans la maison... » Lorsqu'il leva son appareil photo, Arnie était appuyé, presque couché, sur une des chaises jaunes de style victorien, une main montant vers sa poitrine, l'autre se glissant dans les poils du pubis, vers son pénis. *Un-deux-trois-quatre-cinq* images furent ainsi prises jusqu'à ce qu'il soit excité. John Dai s'avança et sortit un tube de lubrifiant de sa poche. « Ta main est sèche », dit-il tout haut, comme s'il n'y avait personne d'autre ici qu'Arnie et l'appareil photo. « Sers-t-en », fit-il, et il posa le tube sur la cuisse d'Arnie. *Six-sept-huit-neuf-dix-onze...*

Arnie reçut l'ordre de se lever de la chaise et de chercher un partenaire. « Il ne peut y en avoir qu'un seul..., dit John Dai, ... parce qu'il n'a jamais fait ça auparavant... »

À présent, Arnie, en érection complète, traversait l'espace libre devant la cheminée et se tournait vers Steven.

« Dis-lui que tu veux lui montrer quelque chose », dit John Dai, courant s'accroupir devant le feu.

« Hé ! J' veux t' montrer quelque chose. » Arnie commençait à avoir le regard de circonstance. Il allait déclencher ce soir quelque chose qui ne s'était jamais produit auparavant.

« Dis-lui que tu as besoin d'aide », lui souffla John Dai.

La main d'Arnie était sur son pénis. Il l'offrit à l'œil de l'objectif. « J'ai b'soin qu' tu m'aides », dit-il – mais ce n'était pas la dope qui le faisait mal articuler. C'était l'attente.

Le long des murs, les hommes masqués restaient debout, silencieux comme les tableaux dans leur dos. Les enfants aux yeux noirs et leurs sombres parents ne pouvaient détourner leurs regards.

Les mains d'Arnie s'activèrent.

Une voix murmura : « Couche-toi sur le sofa, Arnie. »

Arnie s'allongea sur le sofa qui était le plus près du feu. Sa peau luisait de lubrifiant et de sueur.

« Steven », fit John Dai.

Steven s'avança. Drogué. Corruptible.

167

Douze-treize-quatorze-quinze... jusqu'à vingt-cinq, sans arrêter.

« Arrête, fit John Dai. Pas trop loin. Il faut que tu fasses durer.

– Arrête, fit Arnie. Il faut que tu fasses durer. »

John Dai se mit à rire. « Non, dit-il, c'est *toi* qui dois faire durer. »

Arnie était renversé en arrière, une main derrière la tête. Steven se redressa – mais Arnie ne le vit pas. Il avait les yeux fixés sur le feu.

« À ton tour maintenant, Steve », dit John Dai – se levant pour aller choisir un autre papier plié.

« L'appelez pas Steve, fit Arnie. Il aime pas ça.

– Je te présente toutes mes excuses, *Steven* », dit John Dai. Il souriait.

Un rire fusa.

John Dai déplia le papier bleu. Quand il eut fini de lire, il s'écria : « Bonté divine ! »

Il choisit un autre appareil. Deux.

Se déplaçant là où seul Steven pouvait l'entendre, il dit : « Je veux que tu te couches sur cette table... »

Steven s'inclina vers l'arrière, s'appuyant sur ses coudes.

John Dai lui tendit un préservatif. « Vois ce que tu peux faire avec ça », dit-il.

Et ça continua.

Durant le temps qui restait, plusieurs papiers bleus furent dépliés et deux cents photos furent prises. Les mots avaient peu à peu fait place aux gestes. On n'entendait plus que le déclic des appareils photos et le glissement des mains mouillées.

Lorsque tout fut fini et que les garçons furent partis se rhabiller dans la chambre, le président du Club – un homme du nom de Peter Horvath – porta un dernier toast et fit l'annonce qui, toutes les deux semaines, mettait fin aux réunions. « Messieurs, dit-il, la prochaine fois, le prodigieux mystère des filles.

– Bravo ! Bravo ! » firent les autres, comme s'ils étaient au théâtre, et ils se dispersèrent dans la nuit.

Robert Ireland retourna dans le parc avec Arnie et Steve. La brume s'était alors presque transformée en brouillard. Aucun des garçons ne parlait.

Robert dit : « Je vous contacterai », et il fit route vers le portail pour rejoindre sa voiture. À aucun moment il n'avait retiré ses gants.

4

Un chèque certifié était arrivé par messager de la société Beaumorris, signé de Gordon Perry. Libellé au nom de l'institut Parkin de recherche psychiatrique, c'était un don d'un demi-million de dollars destinés à la recherche. Une note, que Kurtz avait glissée dans sa poche, disait simplement : *Merci. Gordon P.*

Kurtz, dans son bureau, avait souri en voyant cela. Les *dispositions* qu'ils avaient prises avaient marché comme sur des roulettes– et il avait en main la récompense de tous ses efforts.

Quelle délicieuse image dans sa tête que celle de Warren Ellis dans son ensemble impeccable – *avec des épaules jusque-là –* remontant l'allée centrale de l'église Timothy Eaton Memorial à la rencontre de son destin. Ça aurait pu être un mariage plutôt que des obsèques. Même Kurtz, qui ne s'intéressait pas du tout à ce genre de choses, avait apprécié et admiré l'effet de Balenciaga sur la personne du jeune Warren. Eh bien ! les choses étaient exactement ce qu'elles devaient être. Kurtz, après tout, avait le devoir de permettre à Gordon Perry de réaliser son rêve de façon aussi précise que possible, s'il voulait que la société Beaumorris continue de donner de l'argent au Parkin.

Mon Dieu ! mon Dieu ! Quelle épopée pour rapprocher ces deux hommes !

Kurtz posa le chèque sur son bureau et lui donna une petite tape amicale. *Un demi-million de dollars. Un demi-million de dollars...*

Un demi-million de dollars pour la recherche.

Kurtz pensait aux différents projets actuellement en cours au Parkin. Son programme chouchou qui portait sur ce qu'il appelait *la Théorie de l'esprit blanc,* dont le Dr Sommerville était actuellement chargé. Imaginé pas Kurtz, *l'esprit blanc* était une forme de thérapie qui faisait intervenir le sommeil provoqué par une exposition à du bruit blanc. Des années auparavant, le bruit blanc avait pour la première fois été utilisé comme analgésique en chirurgie dentaire, où il avait connu un succès mitigé. Kurtz s'en était emparé et l'avait expérimenté comme anesthésique. Il avait déjà fait quelques progrès lorsqu'il fut nommé directeur et psychiatre en chef de l'institut Parkin. Il lui avait fallu, en raison de son surcroît de travail, remettre le projet entre les mains du Dr Sommerville, qui était jeune, énergique et plein d'enthousiasme envers ce programme. Ian Sommerville soutenait aussi l'ensemble des théories de Kurtz – dont il avait été le protégé durant ses dernières années d'études. Un demi-million de dollars iraient loin avec lui.

Il n'y avait que huit patients en traitement à présent. Six d'entre eux étaient des maniacodépressifs, un autre avait été traumatisé en assistant à un meurtre. Le huitième était un homme que Kurtz appelait le *fonctionnaire paranoïaque,* un patient dont les troubles étaient si graves que Kurtz lui avait fait suivre trois programmes thérapeutiques différents, dont aucun n'avait réussi à faire disparaître sa psychose. Chacun des huit sujets restait dans une cellule insonorisée et éclairée par une lumière ambrée. Le bruit blanc était tout ce qu'ils entendaient – et, tandis qu'ils dormaient, ils étaient alimentés par intraveineuses et éliminaient dans un sac. La température de chacun était contrôlée et surveillée par un infirmier distinct. L'idée de la lumière ambrée et des infirmiers particuliers venait de Kurtz, qui avait observé les ruches au milieu de l'hiver – *ces dômes de plaisir où l'on somnole au rythme d'une berceuse sans fin...*

Au cours des années, une myriade de théories avaient surgi sur l'utilisation du sommeil comme remède pour les troubles mentaux. Peu de ces théories avaient eu du succès, bien qu'un homme du nom de Cameron eût été très près de réussir dans un programme mené à l'institut Allan Memorial de Montréal. Les expériences de Cameron incluaient ce qu'il appelait *le transfert psychique* – une méthode où étaient présentés de façon subliminale durant le sommeil des messages enregistrés sur bande. Mais l'utilisation du bruit blanc était unique à Kurtz et à Sommerville, et le but que Sommerville cherchait à atteindre était à présent *le grand espoir blanc de la thérapie du sommeil* – une expression qui plaisait à Kurtz.

Il se cala dans son fauteuil et alluma une de ses cigarettes Sobranie. Leur odeur irritait Oona Kilbride et, chaque fois qu'il quittait son bureau, elle s'y précipitait et allumait l'air climatisé au maximum, le laissant jusqu'au retour de son patron.

Il y avait aussi le travail qu'effectuait le Dr Shelley sur le traitement par les drogues – un programme qui passionnait Kurtz. Shelley était aussi sa protégée ; c'était une femme totalement dédiée à ce qu'elle faisait et qui avait beaucoup de talent. En appliquant la science de façon novatrice, sa vision de la recréation des vies avait quelque chose de littéraire. Si la chimiothérapie était au cœur des expérimentations du Dr Shelley, celle-ci menait concurremment des expériences sur le transfert de la pensée, qu'elle préférait appeler *inter-communication par impulsion motivationnelle*. Le fait d'avoir fait entrer dans la science même une théorie non scientifique la faisait percevoir dans ce domaine comme révolutionnaire.

Il y avait d'autres programmes expérimentaux en cours au Parkin, mais ceux auxquels Kurtz s'intéressait le plus étaient ceux que menaient les Drs Sommerville et Shelley. Surtout ceux de Shelley. Sommerville était bon, mais Shelley était plus courageuse – plus audacieuse.

Un demi-million de dollars...

Un quart de million chacun ?

Kurtz ferma les yeux.

Il y avait autre chose.

171

Il y avait *La Chambre dorée des chiens blancs.*

Ça ne valait pas – et certainement ça n'exigeait pas – une mise de fond d'un demi-million de dollars. Mais une assez grosse part pouvait y être consacrée. Soixante-quinze ou cent mille – ce qui, naturellement, comprenait la commission de Fabiana Holbach.

Un don de merveille pour les fous.

L'évocation de l'œuvre de Slade atteignit Kurtz jusque dans son sexe – tout comme la toile l'avait fait de façon si étrange, lorsque Kurtz l'avait eue en face de lui pour la première fois. La force nue était l'apanage du mâle – et Kurtz découvrait maintenant, avec cependant moins de dépit que la première fois, combien l'image de ce pouvoir l'exaltait.

« Je *l'aurai* », dit-il tout haut.

Le son de sa voix le fit s'avancer sur son fauteuil.

Est-ce que j'ai parlé ?

Oui.

Kurtz appuya le bouton qui ferait venir Kilbride. Lorsqu'elle entra, elle remarqua la Sobranie allumée mais ne dit rien.

« Dites au Dr Shelley de monter ici, dit Kurtz. Et aussi à Sommerville. Dites-leur que j'ai de bonnes nouvelles.

– Tout de suite. » Demi-tour.

« Et s'il vous plaît, passez-moi Fabiana Holbach au téléphone dès que possible.

– Oui Docteur. » Direction la porte.

« Kilbride ?

– Oui ?

– Est-ce que vous aimez l'art ? »

Oona ne sut quoi dire. Les questions du Dr Kurtz étaient si souvent des pièges qu'il fallait faire attention aux réponses. « Nos définitions de l'art diffèrent sans doute, dit-elle, mais si je juge l'art d'après mes critères à moi – oui, en général, je l'aime.

– Le Parkin va abriter un chef-d'œuvre, Kilbride. Je veux que vous soyez la première à le savoir.

– Merci Docteur. »

Oona savait très bien qu'elle avait été *la première à savoir* des tas de choses au cours de l'année passée. Mais elle savait aussi qu'elle n'était pas la destinataire des communiqués de Kurtz parce qu'il l'admirait. Elle les recevait simplement parce qu'elle était là plus souvent que les autres quand le Dr Kurtz débordait d'enthousiasme. Qu'il débordât tout simplement était déjà extra-ordinaire. Qu'il le fît en présence d'une autre personne était une chose pratiquement impensable. À présent, elle dit : « De quel chef-d'œuvre s'agit-il, Dr Kurtz ?

– Vous vous rappelez Julian Slade, le peintre ?

– Oui, certainement.

– Son chef-d'œuvre.

– Ah bon.

– Il sera accroché dans le grand hall. Ce sera la première chose que les gens verront quand ils entreront dans l'institut Parkin. Ça les fera décoller du sol et ils nous retomberont dans la main.

– Oui Docteur. » *Les faire décoller du sol ? Ils nous retomberont dans la main ?*

« Ce sera tout, Kilbride.

– Merci. » En avant.

Kurtz avait décidé que Julian Slade pouvait être considéré comme un chercheur à l'égal des Drs Somerville et Shelley. Il avait décidé de diviser l'argent de Beaumorris en conséquence. Il avait décidé que Slade avait exploré de l'intérieur la maladie mentale, avec autant de passion et la même compétence scientifique que les Drs Sommerville et Shelley l'avaient fait de l'extérieur. Il avait décidé que *La Chambre dorée des chiens blancs* transcendait l'art pour se faire énoncé scientifique. *Aux plus fortes maladies, les plus forts remèdes.* Montaigne avait écrit cela – et Kurtz l'avait lu alors qu'il était encore interne. Il sortit son stylo à encre et écrivit la phrase sur un papier qui traînait sur son bureau. Il la citerait lors de l'inauguration du tableau. Il veillerait à ce qu'elle soit intégrée à la documentation. Il en ferait sa devise.

Après que les Drs Shelley et Sommerville furent venus et repartis, Kurtz ne se permit qu'un bref instant de satisfaction débridée. Il ne savait que trop qu'on ne peut rien tenir pour acquis. Même une signature sur une ligne pointillée peut être invalidée par la mention SANS PROVISION. Non que le chèque de Beaumorris ne pourrait être encaissé, mais d'autres chèques venant d'autres sources n'avaient pu l'être ou avaient été annulés ou n'étaient jamais arrivés. L'important, c'était de ne jamais relâcher son attention. Ne pas se reposer sur ses lauriers. Ne jamais oublier la maxime *Aide-toi, et le ciel t'aidera.*

Oui.

Le parrainage de Beaumorris était un fait accompli et, par conséquent, il devait ne plus y penser et passer à autre chose.

Passer à quoi?

Kurtz allait dire à un autre *but.*

Mais non. *Objectif.*

Le mot était mieux choisi. Un *but* se marquait dans la rue. C'est quelque chose que faisaient des hommes en sueur et en bras de chemise, portant des pantalons coupés dans un mauvais tissu. Des hommes trop pressés de faire les choses, toujours en train de se faire valoir, dont les réunions se passaient invariablement dans des hôtels de seconde catégorie – des hommes qui sentaient la bière et le hamburger. Ça, c'était marquer des buts.

En revanche, pour atteindre son objectif, on s'asseyait dans des bureaux situés aux derniers étages des grands immeubles et on concluait les affaires dans des salles de conseil ou sur la banquette arrière de limousines – et même, si le rang des joueurs l'autorisait, dans les salons et les boudoirs des maisons privées...

Les salons et les boudoirs, Rupert?

Enfin, tu vois ce que je veux dire.

Kurtz s'inclina vers l'avant.

À l'attaque.

Il avait demandé à Kilbride de lui amener quelques dossiers d'une importance cruciale – et ils étaient à présent posés sur un plateau près de son coude gauche. Ces dossiers allaient l'aider à atteindre son prochain objectif – ce qu'il appelait le *projet Appleby*.

C'était une question d'ordre strictement financier. Appleby était le dernier d'une lignée ininterrompue de magnats de la presse canadienne ayant aussi des titres de noblesse – des *Lords*. Beaverbrook, Thomson (Black, encore en attente de son titre), et Appleby ; leur carrière à tous avait débuté au Canada et leurs triomphes les avaient tous fait aboutir dans Fleet Street. Le nom de noblesse d'Appleby était Parkdale. Son titre datait d'à peine dix ans – mais sa fortune était incommensurable.

Kurtz partait de l'hypothèse que Monsieur le comte serait sans doute intéressé par la création d'une *Aile Appleby* au Parkin. Un homme pouvait-il demander plus ?

Kurtz savait que la réponse, naturellement, était oui. C'était cependant son devoir, et son travail, de mettre les choses en route pour attirer l'attention d'Appleby. C'était là qu'intervenaient les dossiers qui se trouvaient près de son coude. L'un d'eux renfermait l'examen psychiatrique, mené par Kurtz lui-même, de Richard Appleby, le fils unique de Lord Appleby de Parkdale. Un riche filon de précieux renseignements.

Kurtz tira à lui le dossier et l'ouvrit. Il appuya sur le bouton de l'interphone et dit : « Je ne veux pas être dérangé, Kilbride, pendant environ une heure.

– Oui, Dr Kurtz. »

Kurtz relâcha le bouton, et commença à lire.

Le problème de Richard Appleby – comme il l'expliquait à Kurtz – était l'*impuissance terminale*. Cela avait commencé quand il avait dix-sept ans et, à présent, il approchait de la trentaine. Durant tout ce temps, il n'avait eu de relation amoureuse avec aucune femme, bien que plusieurs eussent attiré son attention, dont l'une avait été Amy Wylie. Richard était un romancier si l'on peut dire, bien qu'aucun de ses livres – il en avait écrit trois – ne se vendît à plus de deux mille exemplaires. Ce n'était pas tant que ses livres fussent mauvais, ils étaient tout simplement trop ésotériques pour capter l'attention d'un public obnubilé par les romans où l'héroïne était battue, violée et laissée pour morte, et par les biographies de célébrités droguées, publiées en livre de poche. Dernièrement, Richard avait tourné autour d'une nouvelle idée de roman qui, jusqu'à présent, lui échappait. Pour lui, ce problème n'était pas différent de l'autre : *que ça soit la plume ou le plumard, même chose : c'est la panne sèche.*

Kurtz ne s'était pas senti concerné le moins du monde par l'impuissance de Richard Appleby. Le cas de ce jeune homme ne l'aurait pas intéressé même s'il avait produit une douzaine de chefs-d'œuvre ou s'il n'avait plus jamais écrit quoi que ce fût. Ce que Kurtz voulait obtenir de Richard Appleby, c'était l'accès à la fortune paternelle. Plus important encore, il voulait l'accès à celui-là même qui avait engendré *à la fois la fortune et le garçon.*

Comme toujours, lorsque Kurtz découvrait qu'Austin Purvis avait un autre client riche ou au bras long, il procédait à sa razzia habituelle. *C'est mieux pour tout le monde si je m'en occupe désormais...*

Et, comme toujours, Kurtz avait demandé à Richard d'écrire les raisons qui l'avaient amené à rechercher en premier lieu l'aide d'un psychiatre. Ces textes pouvaient faire surgir ce que Kurtz appelait des *mots et expressions déclic* – des images, des noms et des lieux qui autrement restaient enfouis, hors de vue, dans l'esprit du patient. Kurtz engrangeait ainsi des renseignements qui, en réalité, ne le regardaient pas du tout en tant que psychiatre. Des renseignements sur les revenus, le contenu de testaments et des détails de contrats de mariage. Il en savait beaucoup plus qu'il ne l'aurait dû sur la répartition de l'argent et des biens au sein des familles et des sociétés – des détails qui auraient dû rester sous clé dans un bureau d'avocats.

Voilà ce que Richard Appleby avait écrit au sujet de son père :

Mon père préfère qu'on l'appelle Lord Appleby de Parkdale. Ce n'est pas un titre dont j'hériterai. J'en suis très content. Il y a soixante-dix-huit ans, mon père est né dans Rebecca Street, dans cette partie de Toronto d'où il tient son titre. L'histoire de son ascension depuis une abjecte pauvreté jusqu'à la pairie britannique est trop connue pour que je la raconte. Elle a, de toutes façons, été racontée avec beaucoup plus de talent que je ne saurais le faire, dans *L'Anatomie du pouvoir* d'Anthony Blore. Je n'aurais pas imaginé, cependant, que je pourrais raconter l'histoire de la vie de mon père en premier lieu. J'écris des romans et tout ce que je sais de lui est mensonge. Je pense que les implications en sont claires. Pour moi, la lecture de romans a été mon seul moyen d'accéder à certaines vérités – et je suis ébahi de la façon dont on arrange la vérité dans les livres comme *L'Anatomie du pouvoir*, qu'ils soient divertissants ou non.

Mon père n'est pas un bon sujet de roman. Il serait mieux dans un film – le rôle pourrait être joué par Sidney Greenstreet. Aussi sinistre que cela. Aussi gros. Mais ça n'aurait pas le style de Greenstreet. Mon père n'a aucun sens du style. Il porte ce que son tailleur lui dit de porter. Il n'est pas capable de se choisir une cravate qui convienne. Son visage, sa voix, l'odeur de ses vêtements, je peux vous en parler. Mais pas de l'homme qui se cache derrière. Cet homme ne s'est jamais montré à moi sous son vrai jour et j'ai seulement son nom et sa présence imprévisible dans ma vie pour me dire que je suis de lui. Ma sœur, Rose, et moi-même avons été autorisés à occuper ces espaces sur son curriculum vitæ laissés libres pour *Progéniture*, *Descendance* et *Enfants*. Nous n'avons joué aucun autre rôle. Quand nous étions enfants, nous étions simplement *là* – comme une idée derrière sa tête – et il nous ramenait dans son champ visuel juste assez longtemps pour choisir nos écoles et payer les factures...

Derrière les fenêtres, les nuages d'avril s'assombrissaient. On n'avait pas annoncé de pluie, mais elle était là.

À tout moment, elle allait tomber. Kurtz alluma la lampe, et poursuivit sa lecture.

Ce n'est pas pour rien que mon père a choisi le titre de Parkdale pour faire son entrée dans la Chambre des Lords. Il descend de plusieurs générations de travailleurs anglais – mineurs et ouvriers d'usine – dont la souffrance a commencé dans l'enfer noir des aciéries du nord de l'Angleterre et s'est terminée dans l'enfer noir des aciéries du sud de l'Ontario. Poussés, plus par le désespoir que par l'espoir d'une vie meilleure, à émigrer en 1895, les aïeuls de mon père ont atterri dans les forges souterraines de Massey-Harris, de King Street West à Toronto. Le cabanon sordide dans lequel naquit mon père lui fit non seulement honte, mais le mit en rage. Il ne pardonna jamais à ses parents de l'avoir forcé à habiter cet enfer parce qu'ils étaient *incapables* – selon ses propres termes – *d'improviser. Ils ne savaient pas rêver*, disait-il. Il ne leur était jamais venu à l'esprit de refuser d'obéir au pouvoir qui les confinait là où ils se trouvaient. *La première chose que ma mère m'a apprise*, disait-il, *c'était de tirer ma mèche en arrière. Alors je l'ai coupée.*
En cela il était merveilleux – plein d'ardeur et d'énergie dans son refus de rester sur place. Il aurait fait un bon révolutionnaire communiste, mais il choisit l'autre voie. Cet endroit, Parkdale, devrait payer pour l'humiliation qu'il y avait endurée. Il le ferait non pas en dévoilant les conditions de vie inhumaines de ses habitants, mais en fermant les portes et en y enfermant les gens. Le message était clair : par son inertie, la classe ouvrière de Parkdale s'était condamnée à l'obéissance éternelle. Sa devise, pensait-il, aurait pu être *obéir ou périr*. Sa façon de le dire était curieuse. Sous le titre du *London Daily Globe,* le bastion de son empire, il avait inscrit les mots suivants :

178

LE PEUPLE A LE DROIT D'ÊTRE CE QU'IL EST. En privé, bien sûr, il ajoutait : *Et qu'on lui pisse dessus.* Que mon père pensât cela était – c'est ce qu'il me dit – la marque du self-made man. *Obéir ou périr,* ça n'était pas pour lui. Jamais. Il s'était battu pour s'en sortir, et ceux qui ne se battaient pas ne s'en sortaient pas parce qu'ils *manquaient d'culot et d'jugeote, de couilles et de pognon pour j'ter leurs menottes et s'remuer l'troufignon !* Je l'ai souvent entendu scander ce petit poème, presque en le chantant, faisant sortir les mots de sa bouche à peine entrouverte, le menton en l'air pour se raser le cou. *Tu t'assois ici et tu écoutes,* me disait-il, quand j'avais six ou sept ans – et il fallait que je reste assis sur les toilettes en sa présence pendant qu'il se rasait, prenait son bain et s'habillait. C'était le seul moment où je le voyais, au jour le jour, et le seul moment où il voulait que je le voie. Il voulait m'apprendre à être un homme avant que j'aie huit ans, disait-il. *Après huit ans, c'est trop tard !* Sa virilité, en peignoir, était terrifiante. Une fois, il se montra tout nu – passa sa main sous ses parties génitales et me dit : *C'est ça qui mène le monde – ne l'oublie jamais.* Vous devinez le reste. C'est trop banal à raconter. Si la vie de mon père ne peut être racontée dans un roman ou une biographie, mais seulement dans un film, ma vie à moi ne peut l'être sous aucune forme. Je suis quelqu'un dont on dit toujours : *Qui est cet homme dans le coin ?* L'homme qui est dans le coin n'a rien qui vaille la peine d'être montré. Il ne veut pas mener le monde.

La raison de l'impuissance de Richard avait été donnée. Mason Appleby était tout simplement un autre César. Le problème était que sa carrière, jusqu'à présent, n'indiquait pas exactement lequel.

L'heure approchait où Kurtz et Monsieur le comte allaient faire connaissance. La Conférence Appleby allait être donnée cette année à l'université de Toronto par un Irlandais, Nicholas Fagan. Appleby faisait toujours son apparition à ces événements, prétexte à un retour annuel au pays, qui lui donnait l'occasion de reprendre contact, de voir ses enfants et de s'occuper de ce qu'il lui restait d'intérêts canadiens.

Monsieur le comte prenait de l'âge. Kurtz ne pouvait remettre leur rencontre à plus tard. Il faudrait qu'elle ait lieu au moment de la conférence annuelle.

Comment, se demandait Kurtz, *met-on la main sur un homme de ce genre?*

Certainement pas avec des flatteries. Ni en sollicitant un don au nom de la science. Il devait y avoir un autre moyen. Un parallèle dans les objectifs.

Ça, c'est bon, pensa Kurtz. *Un parallèle dans les objectifs.*

Obéir – ou périr.

Kurtz s'adossa au fauteuil, détendu.

Dehors, sur le monde, la pluie commençait de tomber.

5

Marlow s'installa au 38, Avenue Lowther durant une semaine où l'on pataugeait dans les flaques. Sur les flancs des camions de déménagement était écrit MAYFLOWER, ce qui semblait tout à fait approprié pour un homme qui revenait du Massachusetts. Marlow dirigea l'opération vêtu d'un Burberry, un parapluie fermé sous le bras. Il était vif et plein d'assurance avec les déménageurs – mais il faisait aussi preuve de compréhension. L'escalier était étroit et raide, avec un palier à mi-chemin, où il fallait effectuer un virage serré, et bien qu'on eût écaillé le plâtre en chemin, Marlow n'éleva jamais la voix et ne fit aucune remarque.

Lilah assista à presque toute l'opération depuis la porte à demi ouverte entre les cuisines, ou depuis le trottoir de l'autre côté de la maison, où elle se tenait sous son parapluie. Elle entendit le reste à travers les murs.

Marlow. Marlow. Charlie Marlow, ne cessait-elle de répéter. *Charlie Marlow. Charlie Marlow. S'il te plaît.*

Kurtz.

Comment aborderait-elle le sujet ? Et quand ?

Il faudrait qu'elle lui parle, bien sûr. Il faudrait qu'elle le lui dise sans détours : *Tu dois te rendre à l'institut Parkin de recherche psychiatrique et redescendre le fleuve avec Kurtz...*

Non. Elle ne pouvait pas dire ça. C'était impossible. Pour commencer, il n'y avait pas de fleuve. Il y avait seulement le fleuve symbolique, coulant dans les rues de la ville – mais pouvait-elle vraiment s'attendre à ce qu'un étranger comprenne cela ? Tout ça parce qu'il s'appelait Marlow – Charlie Marlow – et parce qu'il y avait cet autre homme qui s'appelait Kurtz.

*J'ai laissé Kurtz s'échapper d'*Au cœur des ténèbres, Dr Marlow, pourrait-elle dire. *D'ici – de la page 181.* Et elle lui montrerait. Elle pourrait même l'emmener à la Grande Bibliothèque. Ça, il le comprendrait. *C'est ici que c'est arrivé,* lui dirait-elle. *Ici, très exactement... sous ces arbres à coton...*

Non.

Comment pourrait-il la croire ? Il lui dirait qu'elle était folle et elle devrait lui répondre : *Oui, c'est vrai.* Son dossier médical la trahirait : *Lilah Mary Kemp – schizophrène – prend du Modecate et de l'Infratil. Patiente externe, centre psychiatrique de Queen Street.*

Elle s'assit sur son lit et tendit l'oreille pendant que Marlow disait au revoir aux déménageurs. Il leur avait acheté une caisse de bière qu'ils avaient bue au cours de la dernière demi-heure. Ils devaient être toute une armée. On se serait cru au mess des officiers. Ils riaient. Ils lançaient des « À la tienne ! ». Ils criaient. Ils chantaient.

Un chien se mit à hurler, mais pas de douleur. De toute évidence, il chantait aussi, se joignait à eux, était des leurs. Une chorale composée entièrement de voix mâles.

Lilah avait oublié qu'il y avait un chien. Non que cela la

dérangeât. Les chiens avaient toujours été gentils avec elle. C'étaient les lapins qu'ils chassaient. Et les oiseaux et les écureuils. Mais pas Lilah Kemp. Ce chien s'appelait Grendel. Voilà qui était intéressant. Qui – et où – pouvait donc être Beowulf?

Finalement, les déménageurs s'en allèrent et le *Mayflower* mit à la voile dans la rue. La porte d'entrée se ferma, puis celle du vestibule.

Lilah entendit Marlow marcher dans la maison – s'approcher. Elle était bien décidée à lui laisser faire le premier pas. C'était ainsi que cela devait se passer. Il faudrait qu'il vienne la voir. Il faudrait qu'il se présente lui-même : *Je suis Charlie Marlow.* Elle n'aurait pas à lui dire qui il était.

Elle l'entendit frapper à la porte de la cuisine. Elle l'entendit l'ouvrir tout grand. Elle entendit le chien, Grendel, et le cliquetis de ses pattes sur le lino.

« Mlle Kemp? »

C'était lui.

Elle descendit de son lit et avança sans trembler dans le petit couloir sombre donnant sur la cuisine d'été, sa cuisine, d'où l'on voyait derrière la porte l'autre cuisine, plus petite.

« Bonjour, dit-elle, quand elle fut enfin face à lui.

– Bonjour », dit l'homme, qui n'était pas beaucoup plus grand qu'elle.

Dis ton nom.

« Je m'appelle Charles Marlow », fit-il. Il souriait. « Je reviens juste de Harvard, où j'ai enseigné ces cinq dernières années. Vous devez, bien sûr, être Lilah Kemp. Je suis très heureux de faire votre connaissance.

– Merci, fit Lilah. Il en est de même pour moi. »

Il y eut une brève pause, un peu maladroite, durant laquelle Lilah oublia d'inviter Marlow à s'asseoir. Il dit : « Voici Grendel, mon chien. Je suis sûr que vous allez bien vous entendre. Il n'est pas du tout agressif, maintenant qu'il est vieux. »

Lilah se pencha et tendit sa main au chien, qui la renifla, en remuant la queue. *Grendel.*

«Eh bien, fit Marlow. Pourquoi ne viendriez-vous pas prendre quelque chose chez moi. J'ai un faible pour l'apéritif – et ça me ferait plaisir si vous m'accompagniez.»

Lilah dit : «Oui. Volontiers.» Puis elle ajouta : «Vous pouvez retourner chez vous, je vous rejoins tout de suite.»

Marlow acquiesça de la tête et passa de l'autre côté de la porte. Grendel le suivit.

Lilah courut à sa chambre et y dénicha un second exemplaire d'*Au cœur des ténèbres,* et non le sien qui contenait les notes collées de Fagan. *Je vais faire comme si je l'emmenais puis je vais le laisser traîner quelque part où il sera forcé de le voir – mais je ne vais rien dire. Je n'en parlerai même pas. Je vais juste...*

Elle le posa sur la table de cuisine de Marlow et continua vers le salon.

«J'ai fait une flambée, dit Marlow. Quelqu'un avait très gentiment préparé le feu. Est-ce que c'est vous, Mlle Kemp ?

– Oh non! fit Lilah. Ce doit être les autres. Les Holland, qui étaient ici avant vous.

– Eh bien, c'est très gentil de leur part.

– Non, ce n'est pas qu'ils soient gentils. Ils l'avaient préparé pour la frime, comme tout ce qu'ils faisaient.»

Marlow se mit à rire. «Vous êtes certainement quelqu'un qui ne mâche pas ses mots, fit-il.

– Il le faut bien, dit Lilah. Ma vie en dépend.»

Marlow acquiesça de la tête. Son sourire commençait à s'estomper. Une femme intéressante – bien que, manifestement, il y eût quelque chose de bizarre dans ses manières.

«Je prendrai du sherry, dit Lilah.

– Bravo! fit Marlow. Doux ou sec?

– Sec, répondit Lilah. Le doux, c'est pour les malades.

– Oui, bien sûr, dit Marlow. Je reviens tout de suite.»

Il passa près d'elle pour se rendre à la cuisine.

Il y resta un bon moment.

Lilah fit une prière.

Grendel faisait un petit somme près du feu.

Lorsqu'il revint, Marlow portait un plateau avec des bouteilles. Le sherry de Lilah était déjà versé et il le lui tendit.

« La conspiration continue, dit-il.

– Ah ? De quelle conspiration parlez-vous ?

– Quelqu'un m'a laissé ça sur la table de cuisine », – et il sortit de sa poche le livre de Lilah. « *Au cœur des ténèbres,* dit-il. Depuis que j'ai appris que j'allais revenir à Toronto, où que j'aille, je le trouve. Des amis me l'ont offert, les gens font des blagues là-dessus. *Comme c'est drôle !* me dit-on. *Qui l'aurait cru ?* Des trucs comme ça...

– Qui aurait cru quoi ? » demanda Lilah. Le sherry était de première qualité. Marlow buvait quelque chose de jaune qui s'appelait du Ricard. Ça sentait la réglisse.

« C'est que, dit-il, comme vous le savez, je m'appelle Marlow... Et je suis revenu à Toronto pour travailler à l'institut Parkin de recherche psychiatrique... »

Lilah hocha la tête. Elle retint sa respiration. *Ne dis rien.*

« Et – c'est complètement loufoque – le genre de coïncidence qui arrive une fois dans la vie, mais... le psychiatre en chef à l'institut Parkin est un homme qui s'appelle...

– Kurtz. »

Marlow se mit à rire. « Exactement, dit-il. C'est dingue ! *Au cœur des ténèbres. Kurtz* et *Marlow.* Et maintenant, le Dr Kurtz et moi. Charlie Marlow – à l'institut Parkin. Qui aurait cru que ça puisse arriver ? »

Lilah dit : « Moi. »

Elle ne lui expliqua cependant pas pourquoi. Cela viendrait plus tard, quand elle en saurait plus sur cet homme qui se tenait devant elle. En tant que *Marlow,* il la décevait un peu. Il n'avait pas de barbe. Il n'avait pas la démarche d'un marin. Ses yeux ne louchaient pas. En réalité, il ne ressemblait pas du tout à l'image que Lilah s'en était faite. Elle s'attendait à quelqu'un qui ressemblât à Joseph Conrad – et ce qu'elle avait sous les yeux avait tout l'air d'un soldat en civil, en permission, qui se pavanait en costume à carreaux avec un chien sur les talons.

D'un autre côté, les *Marlow* ne se trouvaient pas sous le sabot d'un cheval. Il faudrait bien qu'elle prenne ce qui se présentait.

6

Charlie Marlow n'avait pas encore cinquante ans, bien que ses yeux fussent sans âge – vieux une minute, jeunes la suivante. Des yeux mi-clos, bien écartés dans son visage ovale, qui donnaient la même impression que les yeux des chats regardant dans le lointain une chose que d'autres ne peuvent voir. Sa peau était jaune, de la couleur de la crème qui se transforme en beurre, et il avait des cheveux courts gris acier, coiffés en brosse. Il ne portait jamais de chapeau, son père lui ayant dit il y avait bien longtemps que le port du chapeau rendait chauve.

Marlow n'avait pas de femme dans sa vie à cette époque. Sa mère était morte, il n'avait ni frère ni sœur, et sa femme était décédée alors qu'ils étaient encore jeunes – au début de la trentaine – et Marlow se souvenait à peine d'elle. Elle s'appelait Charlotte – ce qui avait donné lieu à bien des blagues amicales et des quiproquos. *Les Charlie viennent dîner,* disait-on. Tout cela semblait si loin, un autre monde. Le temps et la distance l'avaient coupé du souvenir qu'il avait d'elle. Tant d'années s'étaient écoulées depuis, et l'interlude de Harvard en avait occupé cinq. À présent, c'était un homme à chiens, avec Grendel pour compagnon. Grendel et ses souvenirs – mais pas de Charlotte. Charlotte, il valait mieux l'oublier. Elle lui avait causé trop de peine.

Ils avaient formé un couple apprécié, original, attrayant, même s'ils semblaient mal assortis. Marlow n'était ni très grand, un mètre soixante-cinq, ni très gros. Charlotte, elle, était une géante, et c'est ce qui l'avait tuée. Son cœur avait cédé. Il s'était arrêté au milieu d'une phrase, alors qu'elle donnait un cours de biologie moléculaire. Marlow n'était pas là. Deux mois après sa mort, il avait découvert qu'elle avait une liaison avec une de ses étudiantes – une fille du nom d'Allison Mowbray. C'est Allison qui avait téléphoné l'après-midi de la mort de Charlotte. Au bout du fil, elle avait murmuré d'une voix rauque : *Le professeur Marlow est mort, Marlow – pourquoi ce n'est pas vous ?* Marlow n'avait pas compris. Il avait pensé que c'était une farce venant d'un étudiant qui voulait se venger d'avoir été recalé à un examen.

Avec le temps, Charlotte s'était effacée de sa mémoire à mesure qu'il comprenait que la femme qu'il avait connue avait été inventée par Charlotte pour sa consommation à lui. Rétrospectivement, qu'elle eût été lesbienne n'avait aucune importance. Ce qui comptait, c'est qu'elle avait négligé de lui dire qu'elle allait le quitter : pas en mourant, mais en allant vivre avec Allison Mowbray. Là encore, sans le savoir, Allison avait été son informatrice. Il trouva les lettres qu'elle avait adressées à Charlotte dans le chiffonnier de celle-ci et, dans la toute première qu'il parcourut, il se vit décrit comme *cet odieux bonhomme jaune tout riquiqui*. Elle citait les mots de Charlotte. Apparemment, celle-ci avait écrit à Allison en disant : *Quand je quitterai enfin cet odieux bonhomme jaune tout riquiqui, je t'apporterai tout mon amour et nous en vivrons pour l'éternité...* Quand Allison avait écrit ces mots dans sa lettre à Charlotte, elle avait ajouté : *La plupart des gens ne comprennent pas comme c'est merveilleux de haïr.*

C'est vrai, avait d'abord pensé Marlow. Et puis : *Pas merveilleux, Allison, non. Plutôt libérateur.*

Harvard avait été sa planche de salut, avec ses sociétés d'une autre époque et ses refuges de l'ancien monde. Cambridge, en particulier le Massachusetts, était une bénédiction. Marlow n'avait jamais pu résister à un jardin situé derrière une clôture de piquets. Les vieilles maisons l'attiraient. Il s'épanouissait en présence de l'histoire. C'est la raison pour laquelle il était extrêmement heureux d'habiter à présent Lowther Avenue.

Les maisons le long de Lowther, bien que déjà vieilles, avaient un siècle de moins que celles de Cambridge. Les jardins n'étaient pas aussi grands. William James n'avait pas marché jusqu'à Harvard Yard, ni T. S. Eliot mangé au Athens Olympia, un peu plus loin que les maisons. Gertrude Stein n'en avait pas non plus foulé le sol – pas plus que Thornton Wilder. Mais d'autres l'avaient fait. La continuité, jusqu'à présent, avait été préservée – en ce qui concernait les lieux, les traditions, les classes.

Il avait toujours aimé Toronto; pas la ville dans son ensemble, mais certains quartiers. Il aimait le campus St George et était heureux de traverser de nouveau ses pelouses, sous ses horreurs moyenâgeuses. *Les bâtiments sont tellement laids,* disait-il, *que, lorsqu'on ne les a plus sous le nez, leur difformité vous manque.* Ce n'était pas vrai des bâtiments plus récents: la bibliothèque et l'institut Parkin. C'étaient toutefois des monstruosités d'un autre genre, des amalgames de verre et de béton sans relief qu'on avait pris pour de *l'architecture* durant les années mortes où le monde entier se contemplait le nombril, content de lui.

Pourtant, il y avait ici d'autres plaisirs qui l'attendaient et dont il avait hâte de profiter. De vieux amis, qui avaient jadis été ses compagnons d'études et avec qui il allait travailler de nouveau, des patients, dont il pourrait suivre les progrès, avide de savoir comment chacun s'en tirait. Des collègues qui n'étaient pas dans la même discipline que lui, mais dont il admirait le travail et dont il avait lu les livres – des hommes de science, des professeurs de droit, des professeurs d'anglais.

«Que faites-vous dans la vie Mlle Kemp? demanda-t-il.

– Je suis bibliothécaire – à la retraite, lui dit-elle.

– Mais vous êtes bien trop jeune pour être à la retraite.»

Ça suffit pour les compliments! voulut-elle dire. Mais au lieu de cela, elle répliqua: «Je suis plus âgée que je n'en ai l'air.»

C'était une drôle de petite femme, pensa Marlow, avec ses yeux écartés, sa figure poudrée et ses cheveux en déroute. Et le poids de tout ce non-dit qui restait dans sa bouche. Il savait qu'il y avait quelque chose de refoulé là-dedans, mais il n'était pas encore conscient de sa nature schizophrénique. Étrange, cependant, cette façon qu'elle avait eue de sauter sur le nom de Kurtz – et sur le sien – avec tant de fougue. Ce n'était qu'une coïncidence livresque, après tout, comme un Roméo qui rencontre une Juliette sur le plancher de danse, ou une Emily qui habite à côté d'un George.

D'un autre côté...

Marlow utilisait la littérature à des fins thérapeutiques. Il croyait en ses pouvoirs curatifs – non en raison des sentiments qu'elle évoquait, mais à cause de sa complexité. Aucune vie humaine ne serait jamais aussi ardue que celle d'Anna Karenine – car les vivants bénéficiaient, contrairement à elle, de l'exemple qu'elle donnait. La mort d'Anna avait évité bien des suicides. Le problème, avec les livres, est que plus personne ne lisait. Aussi, les trains faisaient-ils encore maintes victimes.

Marlow avait donné autrefois des cours de psychiatrie à l'université de Toronto, comme il l'avait fait à Harvard – mais c'était au Centre psychiatrique de Queen Street qu'il avait exercé. À présent, ça allait être à l'institut Parkin de recherche psychiatrique. Cela, pour Marlow, promettait d'être passionnant. Tout le monde savait que c'était une consécration d'y être nommé.

« Voulez-vous un autre verre de sherry, Mlle Kemp ?

– Je ne devrais pas, répondit-elle. Mais tant pis. »

C'était un tel plaisir – un tel soulagement – d'être enfin en sa compagnie, qu'elle ne pouvait se résoudre à le quitter.

« Que diriez-vous d'une part de barmbrack ? demanda-t-elle. Je l'ai faite juste hier.

– Ça me ferait très plaisir, dit Marlow. Ça fait des années que je n'en ai pas mangé.

– Je vais aller en couper quelques tranches, dit Lilah. Et je vous les apporterai toutes beurrées sur une assiette. »

Ils se dirigèrent vers leurs cuisines respectives et tandis que Marlow se servait encore une goutte de Ricard, il entendit sa voisine chanter derrière la porte. C'était une chanson qu'il n'avait jamais entendue – mais il lui demanderait de la chanter de nouveau. C'était ravissant.

De Drumleck Point à Dalkey,
Je me suis appuyée sur le ciel –
Avec la baie de Dublin derrière moi,
Et Dublin dans les yeux.

7

N'eût été pour l'amour de son patron, Austin Purvis, qui l'avait gardée à ses côtés pendant plus de vingt ans, Bella Orenstein ne serait jamais venue travailler au sinistre institut Parkin, où tout le monde était fou et où, parfois, un individu en tuait un autre, où, d'autres fois, les corps des suicidés attendaient, accroupis dans les toilettes obscures, que Bella Orenstein allume. Souvent, en revenant de déjeuner dans le havre tropical du bar-grill Motley, Bella s'arrêtait, tirant une dernière fois sur une ultime cigarette, et regardait, étonnée, les murs gris et ternes devant elle. Au-dessus des portes, une grande plaque de cuivre proclamait que c'était là *l'institut Parkin de recherche psychiatrique,* mais le bâtiment lui-même était incohérent. Sa conception semblait aussi perturbée que l'esprit des malheureux qu'il abritait.

Le Parkin – qui se voulait un centre psychiatrique novateur – avait été logé, comme par malveillance, dans une forteresse de béton dont la laideur sautait aux yeux. Il faisait vingt-quatre étages, bien que de la rue on n'en comptât que vingt. Les autres étaient en sous-sol et on les appelait *les souterrains Un à Quatre,* comme si les mots *sous-sol* et *cave* avaient été bannis de la langue. Bella les appelaient les *cachots Un à Quatre* et redoutait d'y descendre. En haut, toutes les fenêtres, hermétiquement scellées, avaient des vitres en verre métallisé qui évoquaient pour Bella les yeux d'une idole aveugle. À l'intérieur, ce n'était que marbre rouge et cuivre poli, et il flottait comme un air de conspiration, car aucune porte donnant sur les couloirs n'était ouverte. À cause du sol de marbre, on entendait venir les gens qui portaient des semelles de cuir pendant des minutes qui semblaient une éternité. Mais ils passaient sans qu'on sût qui ils étaient et ils auraient aussi bien pu fouler du sable.

« Je déteste cet endroit, dit un jour Bella à Oona Kilbride. Je voudrais avoir le courage de ne pas y retourner... » Et peut-être un jour, quand l'heure du déjeuner se serait écoulée, n'y retournerait-elle pas, mais resterait-elle assise à sa table au bar-grill Motley, à siroter son martini – double –, à écouter la musique et à regarder danser les étudiants. Si seulement le Dr Purvis buvait un verre de temps en temps. Si seulement elle pouvait le convaincre de descendre – *de quitter sa tour redoutable...*

Mais non. Il ne descendrait pas. C'était sa vie, là-haut, au dix-huitième étage, plus haut que les arbres : *sain, sauf, sauvé*; le pourvoyeur dévoué de la santé mentale, cloîtré là, tournant le dos à la rue, le visage vers le soleil couchant. *Mon heure préférée entre toutes,* lui avait-il dit un jour, *est celle du crépuscule, Mme Orenstein.* Combien de fois l'avait-elle quitté alors qu'il regardait par la fenêtre, à cette heure de la journée. Rien de la ville pour gâcher la vision qui s'offrait à lui – uniquement le réconfort du campus St George qui s'étendait au-dessous, son arène de façades pseudo-gothiques, avec, gravée sur leur fronton, la sagesse des ans : *les hauts lieux du savoir,* disait-il. *Le haut lieu de la littérature; le haut lieu de l'histoire; le haut lieu du droit.* Les pièces d'un jeu, toutes les pièces. Il était issu de cette tradition. Non qu'il se sentît astreint à respecter les traditions. Mais les innovations psychiatriques dans le vent, que l'on monnayait, ne l'intéressaient nullement.

Les théories post-modernes sur la folie le choquaient. *Nous ne sommes pas ici pour les ramener bon gré mal gré dans notre monde!* avait-il crié un jour au Dr Shelley, qui administrait volontiers des soporifiques à ses patients. *Nous sommes ici pour entraîner nos propres perceptions dans les leurs!* Le Dr Shelley, furieuse parce qu'il l'avait apostrophée devant ses étudiants, lui avait balancé son bloc-notes au visage, et lui avait cassé le nez. *Espèce d'égoïste!* avait-elle hurlé. *Pourquoi voulez-vous priver les fous des bienfaits de la civilisation?*

Saignant abondamment, le Dr Purvis avait refusé toute aide et, arrivé devant les portes de l'ascenseur, avait répliqué au Dr Shelley : *Vous ne serez pas satisfaite tant que chacun d'eux ne sera pas assis, bien drogué, à la place que vous lui aurez assignée, au McDonald's!*

C'était un véritable vaudeville. Dieu merci, se rappelait Bella Orenstein en souriant, les portes de l'ascenseur s'étaient refermées juste à ce moment-là, engloutissant le Dr Purvis et laissant le Dr Shelley seule avec ses étudiants, ses pilules et son bloc-notes ensanglanté.

Aujourd'hui, il y avait de la bruine – et les oiseaux avaient commencé ou allaient commencer à revenir en ville, ce qui signifiait que les pulvérisations allaient bientôt reprendre pour de bon. Parfois, les oiseaux qui fuyaient les pulvérisations finissaient agonisants ou morts dans les caniveaux. C'était *trop déprimant pour qu'on en parle,* pensait Bella. C'était *la chose la plus triste au monde. À part le Dr Purvis...*

Est-ce qu'elle l'avait appelé Austin? Jamais en sa présence. *Je ne ferais jamais ça.* Mais dans sa tête, il était le plus souvent Austin – et, parfois, *cher Austin.* Ces jours-ci, toutefois, elle pensait à lui la plupart du temps comme à *Austin le désespéré* ou, si elle en parlait tout haut, le *pauvre Dr Purvis.* Quelque chose de terrible était en train de lui arriver et Bella n'arrivait pas à comprendre ce que c'était.

Il était perpétuellement sur le qui-vive, bien souvent en nage, et il utilisait les mots comme des armes – des mots cinglants, dits sur un ton laconique. Même à Bella – qu'il appelait *Orenstein* avec un point d'exclamation quand il lui demandait de venir dans son bureau.

En ces occasions, sa colère était toujours due à la disparition d'un patient. *Encore un de parti!* lui criait-il. *Je vais manquer de patients si ça continue!*

Pendant une seconde, en entendant ce cri d'angoisse, Bella se demanda comment il était possible que le Dr Purvis ne se rendît pas compte qu'il manquait déjà de patience. Elle sentait son esprit sombrer dans un monde de plus en plus chaotique – dans lequel les mots s'embrouillaient et acquéraient un sens qui n'était pas le leur. Pour se calmer, elle buvait – jamais cependant au point de devenir incohérente. Au pire, le dernier verre donnait lieu à une faute d'orthographe ou à une visite supplémentaire aux toilettes.

À mesure que les malades se volatilisaient pour ressurgir sur le territoire du psychiatre en chef, au vingtième étage, le ton d'Austin Purvis se faisait plus accusateur. Bella, déjà paranoïaque de nature, vivait presque en état de choc perpétuel. Qu'est-ce qui n'allait pas pour qu'autant de patients s'en aillent ? La pensée que le Dr Purvis se fût rendu coupable d'un méfait quelconque lui traversa l'esprit. Les mots *conduite indécente* surgirent dans sa tête. Il y avait bien des patientes qui étaient sorties de l'antre de Purvis les larmes aux yeux. Bella ne pouvait le nier. Elle leur avait offert des Kleenex et une chaise. Aucune d'entre elles n'avait parlé de gestes déplacés. Aucune d'entre elles n'avait porté plainte contre le Dr Purvis. Mais tout de même... une femme en larmes – une femme qui tremblait – une femme qui avait besoin d'aide pour se rendre aux toilettes...

Non. Ça ne se pouvait pas. Les hommes aussi étaient passés du Dr Purvis à Kurtz : Warren Ellis, Allan Morowitz, David Purchase et... Pourquoi ne se souvenait-elle jamais de son nom – celui qui semblait toujours avoir échappé à ses gardiens, en rage et à bout de souffle ? Celui dont Bella avait dû tant de fois interrompre les séances avec le Dr Purvis, redoutant un accès de violence. Enfin, quel que fût son nom, il était passé au Dr Kurtz comme l'avaient fait les autres – sans aucune explication et sans un mot d'excuse.

Et à présent, il y avait cet autre individu qui allait partager la suite de Purvis, le Dr Marlow. Bella avait reçu l'ordre, de façon assez arbitraire, de diviser ses services – de *faire* pour le Dr Marlow ce qu'elle *faisait* pour le Dr Purvis. Ils ne demandent jamais. Ils vous balancent juste un travail de titan sur le bureau puis ils s'en vont comme s'ils venaient de vous adresser un compliment.

Enfin. Ça n'allait pas être facile. Avec le Dr Purvis dans un état pareil et les oiseaux qui revenaient et la maladie qui gagnait du terrain. Il semblait que tout arrivait en même temps. Et par-dessus le marché, la pluie.

Marlow était ravi. Il allait partager les services d'une secrétaire avec son vieil ami, Austin Purvis, un collègue avec lequel non seulement il avait étudié à Montréal et à Toronto, mais avec qui il avait aussi fait une année de spécialisation à Bristol, en Angleterre. Austin Purvis avait en réalité deux ans de plus que Marlow, la différence venant du fait qu'Austin avait d'abord pensé se diriger vers la neurochirurgie. Il ne s'était réorienté vers la psychiatrie que lorsque Marlow était en première année. À cette époque, ils étaient inséparables. Mais plus tard, Austin s'était braqué contre Charlotte – ayant perçu, avant Marlow, son hostilité secrète. Austin, un peu comme Lilah Kemp, possédait l'agilité d'un troglodyte pour pénétrer les recoins sombres de l'âme humaine. C'est son instinct qui le guidait, bien qu'il refusât de l'admettre.

Marlow eut peine à croire que la femme qu'il avait vue dans le vestibule séparant son bureau de celui d'Austin fût la secrétaire d'un psychiatre, encore moins de deux. Elle s'appelait Bella Orenstein et sa voix chevrotante amena Marlow à se demander si elle venait de pleurer ou si elle allait s'y mettre. Il ne put s'empêcher de remarquer que bien qu'il fût plus de dix heures du matin, elle n'avait pas encore enlevé son chapeau. C'était une chose en paille, avec un ruban au milieu, comme un bol retourné, de sorte que le bord faisait une ombre qui lui cachait les yeux. Marlow devait découvrir avec le temps combien sa première impression était loin de la vérité. Cette femme se révélerait une leçon en matière de fausses impressions. Pour l'instant, toutefois, avoir choisi Mme Orenstein pour la tâche dont elle était chargée était surprenant.

Marlow vit tout de suite qu'Austin avait vieilli prématurément; il paraissait dix ans de plus, bien trop chauve, hagard, tendu, et las pour son âge. Il semblait perdre un peu la tête, ce qui était nouveau chez lui – et Marlow se demanda s'il avait souffert d'une maladie éprouvante dont il ne se serait pas encore remis.

Leurs retrouvailles, toutefois, furent cordiales, et les deux hommes se manifestèrent une affection sincère. Austin était visiblement soulagé (c'est le mot qu'il avait employé) de voir Marlow revenir. Il sembla à ce dernier qu'Austin avait des nouvelles à lui communiquer, ou une histoire à lui raconter, qu'il avait peine à garder pour lui – bien que ni les nouvelles ni l'histoire n'eussent été évoquées. Son air égaré n'était pas sans rappeler celui que Marlow avait vu trop souvent durant ses années de pratique. C'était l'air d'un homme au bord de la dépression – l'air d'un homme qui nierait qu'il perdait la tête, au moment même on le lui démontrait. *Moi ? Moi ? Je n'ai absolument rien. Simplement, je...*

Perds la tête.

Le matin où Marlow fit sa première apparition au dix-huitième étage, il se produisit un incident qui le fit réfléchir, bien qu'on ne pût intervenir, car cela se passait derrière la porte close du bureau d'Austin.

Marlow était debout à côté du bureau de Bella Orenstein, en train d'échanger des politesses, quand soudain il entendit la voix d'une femme qui allait crescendo derrière la porte.

« Austin, je vous en supplie, disait-elle, venez les voir ! Leur parler ! »

Marlow nota que les mains de Bella se crispaient – mais qu'elle ne disait rien.

« Je vous demande de m'aider, poursuivit la voix. C'est votre devoir en tant que docteur de m'aider. »

La voix d'Austin était audible, mais ses paroles incompréhensibles.

« Austin, je vous en prie », disait la femme.

Marlow regarda Bella pour voir si elle était prête à lui donner une explication – mais elle ne l'était pas.

Austin dit : « Non – pas maintenant... », la première indication claire qu'il était fâché avec elle, et elle, de toute évidence, brouillée avec lui.

« Pourquoi ? fit la femme.

– PARCE QUE J'EN SUIS INCAPABLE. »

Il y eut une pause.

La porte s'ouvrit.

Marlow recula pour dégager le passage vers la sortie.

La femme qui apparut était manifestement bouleversée, bien qu'elle parvînt à se maîtriser. Ses mains tremblaient, mais pas sa voix. Elle ne fit pas claquer la porte quand elle la ferma derrière elle et tout ce qu'on entendit fut le déclic net de la serrure.

« Bonjour », dit-elle à Marlow.

Marlow la salua de la tête. On n'aurait pas pu dire qu'elle était belle. La position de sa bouche rendait ses mâchoires asymétriques. Son visage était long et étroit et elle avait les yeux cernés, mais elle dégageait une indéniable impression de beauté. La franchise de son expression, peut-être. Le caractère entier avec lequel elle se présentait. Elle s'avança vers le bureau de Bella.

« Excusez-moi, Mme Orenstein. Vous devez vous demander ce qui se passe. » La femme sourit, mais son sourire était crispé, une réaction nerveuse, automatique. « Dites à Austin que je m'excuse. Dites-lui... Dites-lui que je n'insisterai plus. Il comprendra. » Elle se tourna vers Marlow. « J'espère que je n'ai pas retardé votre rendez-vous avec le Dr Purvis », dit-elle. Et elle se dirigea vers la porte donnant sur le couloir.

« Je ne suis pas un patient, dit Marlow. Ça ne me dérange pas.

– Merci, fit-elle. Au revoir. »

Et elle sortit.

Elle laissa derrière elle une bouffée à peine perceptible de son odeur, que Marlow ne parvint pas à identifier. Ses cheveux, sa peau, de la soie, peut-être. Pas de parfum.

Bella le regardait.

Elle souriait.

« C'était le Dr Farjeon, dit-elle. Pardonnez-moi. J'aurais dû vous présenter.

– Ce n'est pas grave, dit Marlow. Elle travaille ici ?

– Non. Enfin – oui. Et non. »

Marlow rit. « C'est oui ou c'est non. »

Bella expliqua : « Le Dr Farjeon fait partie du personnel, mais ces derniers mois – je ne sais pas exactement depuis quand –, en tout cas ça fait plusieurs mois, elle a été affectée au centre psychiatrique de Queen Street. Elle travaille avec des enfants.

– Je vois, fit Marlow. Mais c'est curieux, je dois dire. Il n'y a pas d'enfants à Queen Street, que je sache. Ce n'est pas dans les attributions de l'hôpital.

– Je sais, Dr Marlow. Mais le Dr Farjeon a reçu, je crois, un genre de dispense spéciale. Elle a un groupe d'enfants là-bas, dans des conditions bien particulières. C'est tout ce que je peux vous dire.

– Merci.»

Marlow réfléchit un moment, hésitant sur le pas de la porte de son bureau. Puis il dit : « Mme Orenstein – je sais que c'est probablement un renseignement d'ordre confidentiel, mais... est-ce que le Dr Farjeon est une patiente?

– Du Dr Purvis?

– Oui.

– Non, Dr Marlow. Elle ne l'est pas. Ce ne serait pas correct.

– Bien sûr. Je me demandais seulement.

– Est-ce que je peux faire quelque chose pour vous, Dr Marlow?»

Marlow dit : « Mes livres et mes papiers vont arriver à peu près dans une heure, Mme Orenstein. Je les attendrai ici.

– Oui, Docteur.»

Marlow entra dans son bureau.

La pièce était plus grande qu'il ne le pensait. Il y avait beaucoup de place sur les étagères. Le bureau était classique – une grande surface en tek avec quelques tiroirs. Les fauteuils, en cuir, composaient un mobilier assez élégant. Le plancher était nu – Marlow devrait mettre lui-même un tapis ou une moquette. Les fenêtres donnaient à l'est, alors que celles d'Austin donnaient au nord et sur le campus. La vue qu'avait Marlow était assez rebutante. Elle montrait une partie de College Street et un rang de bâtiments ternes, pour la plupart moins hauts que le Parkin.

« Eh bien! dit-il à la pièce. Me voici.»

Il posa sa mallette sur le bureau et en sortit un de ses biens les plus précieux – la première chose qu'il exposait, partout où il travaillait.

C'était un axiome, mis sous verre dans un cadre de métal mat. Pour l'instant, comme il ne pouvait être fixé au mur faute d'un crochet, il le plaça sur une étagère derrière son bureau. «Eh bien! dit-il. Présent et fidèle au poste.»

L'axiome, de G. K. Chesterton, était le suivant:

Le fou n'est pas celui
qui a perdu la raison.
Le fou est celui qui a tout perdu
sauf la raison.

C'est là que commençait, pour Marlow, le traitement de chacun de ses patients.

Le haut-parleur du téléphone émit un cliquetis. Marlow entendit la voix de Mme Orenstein: «Excusez-moi...

– Oui.

– Le Dr Kurtz voudrait vous voir, Dr Marlow.

– Est-ce qu'il est ici?

– Non, il aimerait vous rencontrer dans son bureau.

– Oui. Où est-ce?

– Au vingtième étage, Dr Marlow.

– Merci.»

L'appareil émit un cliquetis.

Marlow pensa: *Ça, c'est intéressant. Mme Orenstein a dit Kurtz et Marlow dans la même phrase sans marquer un temps d'arrêt...* Puis il pensa: *Enfin, il faut de tout...*

8

Kurtz lui-même ne fit aucun commentaire au sujet de leurs noms. Il avait semblé, lorsqu'ils s'étaient rencontrés pour la première fois à Boston, ne pas avoir noté la coïncidence. Mais il était impossible qu'il n'en fût pas conscient.

Ils avaient tous deux travaillé à Queen Street, mais à des moments différents. Marlow avait déjà entendu Kurtz dans des congrès, mais les deux hommes n'avaient fait connaissance que quelques mois auparavant, lors de l'entrevue de Boston qui avait abouti à la nomination de Marlow. Après l'entrevue, Kurtz avait emmené Marlow déjeuner au Ritz et Marlow avait pensé à ce moment-là que le comportement de Kurtz était bizarre : il y avait d'autres candidats sur la liste ce jour-là, et ils n'avaient pas été invités à déjeuner. Marlow connaissait Kurtz de réputation et l'inverse était sans doute vrai, sinon il n'aurait jamais obtenu ce nouveau poste. Non que le psychiatre en chef prît ce genre de décisions seul, mais il devait les approuver et pouvait y opposer son veto.

Ce matin-là, tout en haut du vingtième étage du Parkin, ils se saluèrent cordialement, se serrant la main par-dessus le bureau. Kurtz se leva – mais ce fut son seul geste conciliant. Marlow avait déjà noté que Kurtz l'avait fait venir auprès de lui plutôt que de descendre en personne lui souhaiter la bienvenue. Un homme étrange. Distant. Mais courtois.

« J'ai pensé que je pourrais vous faire visiter les lieux, si vous avez le temps. »

Voilà qui était mieux.

« Il va vous falloir un certain temps », continua Kurtz, toujours assis, et n'ayant pas encore offert de siège à Marlow, « pour connaître vos collègues – mais c'est comme cela que nous devons procéder. Trop de présentations peuvent submerger la mémoire, ne trouvez-vous pas... ? Sans compter que vous devez déjà connaître un grand nombre de personnes ici. »

Marlow acquiesça. Il attendait toujours le mot de bienvenue. Ça l'amusait. Il voulait trouver cet homme sympathique, mais il pensait déjà qu'il était froid sans raison.

Kurtz dit : « Vous allez vous familiariser avec toute la gamme de nos recherches ici pendant les réunions mensuelles. Il y en aura une mardi. Chacun de nos programmes fait l'objet d'une mise à jour à cette occasion – et ceux d'entre vous qui servez de psychiatres... »

Servez ?

«... ont alors l'occasion de poser des questions. Et d'y répondre.

– D'y répondre ?

– Oui. Chacun s'intéresse vivement, ici au Parkin, aux recherches menées par ses collègues, à ses patients, à ses méthodes.» Kurtz fit ensuite un large geste et sourit, comme il le faisait rarement. «*Pas d'entrée – pas de sortie.* Hein ?»

Marlow pensa : *Mon Dieu ! Est-ce qu'il va me falloir vivre en écoutant ces phrases toutes faites ?* Puis il dit : «Bien sûr.»

Kurtz se leva.

«C'est le moment de vous faire faire la visite», dit-il. Il regarda sa montre. «Je n'ai pas beaucoup de temps à vous consacrer, mais un ou deux endroits essentiels devraient suffire, pour que vous vous fassiez une idée.

– Merci», fit Marlow.

Bien qu'il ne le sût pas encore, les dés avaient été jetés et la partie avait commencé. L'impression que lui faisait Kurtz – dans son élément – était celle de quelqu'un qui jouait avec des dés complètement pipés – mais il ne savait pas pourquoi Kurtz avait besoin de cela, puisqu'il avait déjà les atouts en main. Y avait-il plus à gagner que ce qu'il avait déjà ?

Dans quelques semaines, Marlow allait reconnaître la naïveté de sa question, et rire de sa propre innocence. Mais l'heure n'était pas encore venue. Ce serait pour plus tard.

Quand la grande visite fut terminée, Marlow retourna à son bureau voir si ses affaires étaient arrivées. Ce n'était pas le cas. Mais Bella Orenstein avait posé des feuilles sur le bureau et, ayant remarqué qu'il fumait, lui avait aussi apporté un cendrier. Elle n'avait toujours pas enlevé son chapeau – et il commença à se dire que, peut-être, elle ne l'enlevait jamais. L'image de Bella Orenstein lui vint à l'esprit, couchée chapeautée dans son lit, à côté de M. Orenstein en principe, et il se demanda si lui aussi portait un chapeau. Un melon, qui sait ? Ou une casquette de chasseur qui brille dans le noir... Il ne savait pas encore que M. Orenstein était mort depuis longtemps.

Mme Orenstein expliqua que les documents posés sur le bureau lui donneraient une idée, bien qu'ils fussent incomplets, des cas qu'il aurait à traiter. Son premier patient viendrait le lendemain. Ces dossiers représentaient les rendez-vous de la première semaine. Mme Orenstein lui dit aussi que chacun des dossiers était accompagné d'une note expliquant pourquoi le patient lui avait été assigné. Certains n'étaient pas satisfaits de leur psychiatre actuel, d'autres l'avaient perdu en raison de *l'usure des effectifs*. Elle n'expliqua pas le sens qu'elle donnait à cette expression. *Est-ce la mise à la retraite ?* se demanda Marlow. *La mort ? Le licenciement ?* Il se dit qu'il valait mieux ne pas demander. Quand Bella Orenstein fut partie et qu'il resta seul, il fit de la place en poussant les papiers sur le bureau et il jeta un coup d'œil aux dossiers. Ils n'étaient pas rangés par ordre alphabétique, mais par ordre d'arrivée, commençant à dix heures le lendemain matin. *Findley – Baldwin – Berry – Wylie – Wertz...*

En voyant le nom de *Berry*, Marlow ferma les yeux et invoqua ses dieux. *Serait-ce elle ?*

Il tendit le bras pour s'emparer du document. Oui. *Emma Berry. La Femme du chirurgien* revenait vers lui. Revenait vers Charlie Marlow, où elle avait commencé la quête de sa survie six longues années auparavant.

La note – de la main de Bella Orenstein – annexée au dossier était brève. *Mme Berry,* disait-elle, *a expressément demandé à reprendre son traitement avec vous. Elle était, jusqu'à il y a six mois, avec le Dr Heather McNaughton, de qui elle s'est dite mécontente. B. O.*

Marlow mit le dossier de côté. Il allait l'emporter chez lui pour le lire le soir même. Le rendez-vous d'Emma Berry n'était pas avant trois heures de l'après-midi le lendemain.

Emma Roper. Emma Berry. La Belle Emma. Emma brisée. Emma désespérée... Elle était tout cela – et la pensée de ce qu'elle avait pu devenir à présent lui faisait peur. La porte était ouverte, quand Marlow était parti, pour qu'elle s'échappe. Quelque chose avait refermé cette porte durant son absence à lui. Il chercherait ces renseignements dans le dossier. Pour l'instant, il lui suffisait de penser de nouveau à sa présence dans sa vie. Elle l'avait ému dans le passé – à un point tel qu'il avait été en grand danger de tomber amoureux d'elle. Ce qui, bien sûr, était défendu. Mais Harvard était intervenu et l'avait sauvé – bien qu'il se rendît compte à présent qu'Harvard ne l'avait pas sauvée, elle. Il espérait – et, oui, il priait – qu'elle n'en fût pas à un point de non-retour. *Un individu peut aller si loin si vite s'il n'a pas d'aide à sa portée.*

Il verrait.

La dernière fois qu'il l'avait vue, Emma Berry était la mère d'une enfant de six ans. Une fillette dont il ne se rappelait plus le nom. Cela, aussi, serait dans les dossiers. Emma avait voulu l'enfant, mais l'enfant, à ce qu'il semblait, n'avait pas voulu d'elle. La scission avait commencé, selon les mots mêmes d'Emma, *au moment où l'on avait coupé le cordon.*

Marlow s'imaginait Emma à présent, sa beauté ternie par les larmes, ses cheveux lui tombant sur les yeux, tandis qu'elle se penchait pour enfouir sa tête dans ses mains. Elle pleurait comme les femmes avaient dû apprendre à le faire à une autre époque et en d'autres lieux – en silence, levant furtivement la main pour essuyer les larmes. La façon dont les femmes pleurent dans les romans victoriens – les pleurs des braves – les pleurs des forts. Il y avait toujours quelque chose de vaguement théâtral dans tout ce que faisait Emma. Non que ses sentiments ne fussent réels – mais leur expression avait quelque chose de calculé. Et pourquoi pas ? Elle avait été actrice, autrefois.

Elle lui avait semblé novice lorsqu'il s'était agi de sa vie personnelle. Elle se comportait comme si chacun des sentiments naturels qui l'habitait fût une erreur et eût besoin d'une explication. D'une justification. De quelqu'un qui lui dise comment vivre. *J'ai peur,* disait-elle. Puis elle levait les yeux et lui demandait *Pourquoi ?* Et puis, *Je suis désolée.*

201

La haine emplissait son cœur, et elle s'en voulait de cela. Elle détestait ses parents, elle détestait son mari, elle détestait sa belle-famille, elle détestait sa beauté, elle détestait sa notoriété. Elle se tenait toujours cachée derrière l'image de la perfection que Maynard Berry avait fait d'elle avec ses couteaux, ses scalpels, ses greffes de peau. Elle détestait sa vie.

Mais elle ne détestait pas sa fille.

Sa fille la détestait.

Qu'est-ce que ça veut dire? disait-elle à Marlow.

Elle vous voit, Emma, telle que vous êtes. Et elle sait que vous vous détestez, disait-il.

Parce qu'elle était en dedans de moi, elle peut voir ce qui s'y passe. C'est ce que vous voulez dire?

Peut-être.

Il ne l'aurait pas dit de cette façon. Mais il était certain que l'enfant, dans le ventre de sa mère, avait perçu les tensions entourant sa cachette. L'idée, du moins, était intéressante – même si elle n'était pas scientifique.

Emma.

Oui. Il l'avait aimée.

Aucune autre patiente ne l'avait ému comme elle. Elle était plus que simplement vulnérable – elle était à vif. Et elle avait totalement oublié la façon de soigner ses blessures.

Marlow avait toujours eu peur pour elle. C'était un de ces êtres qui traversent la rue sans regarder. Qui font une chute dans un escalier éclairé. Qui se noient dans une flaque d'eau. Et maintenant, elle revenait se faire soigner par quelqu'un qui lui résisterait, au moment même où elle s'approchait de lui.

Marlow mit son dossier de côté puis se tourna vers les autres.

Le premier de ses patients était ce gars Findley.

Marlow alluma une cigarette et ouvrit la chemise.

La note de Bella disait simplement : *Menace de poursuivre l'institut Parkin s'il est obligé de rester avec le Dr Rain. B. O.* Aucune explication quant à la raison pour laquelle le Dr Rain était inacceptable. Ou encore si le Dr Rain était un homme ou une femme, brillant ou stupide, présent ou absent. Peut-être que le Dr Rain, s'il s'attirait des poursuites, avait fini par être victime de ce que Bella appelait *l'usure des effectifs.*

Marlow ouvrit le dossier.

Ah! oui. Quelqu'un qui *divague.*

Et qui *écrit. Des romans. Des histoires. Des pièces de théâtre...*

Le prénom du patient Findley était *Timothy.*

Marlow n'avait jamais entendu parler de lui. Il lut quelques pages attentivement. Quelque chose d'intéressant attira son regard. La transcription d'une entrevue. Findley disait : *Vous savez, Rain, nous faisons la même chose, vous et moi. Nous essayons tous deux de trouver ce qui fait marcher la race humaine. Et la façon dont nous opérons, tous les deux, c'est de pénétrer à l'intérieur des gens pour voir s'ils disent ou non la vérité. La plupart d'entre nous mentons, Rain. C'est ce que j'ai découvert...*

Marlow sourit.

... on ment et on a peur que ça se sache. On a tellement peur, en fait, qu'on passe la majeure partie de ses journées à composer avec les mensonges qu'on a dit la veille...

Marlow tourna vite la page.

... vous n'êtes pas de mon avis, Rain ?

Rain ne s'était pas montré d'accord. *Non...,* avait-il dit.

La voix de Bella interrompit la réponse de Rain : « Vos affaires sont arrivées, Dr Marlow. »

Le connu frappait à la porte et le monde de Marlow se recomposait, pour moitié ce qu'il savait et pour moitié ce qu'il ne savait pas. Il avait eu des doutes, jusqu'à ce jour, quant à son retour à la pratique, après être resté si longtemps dans une salle de cours. Mais pour lui, cette salle était devenue un lieu stérile – tant qu'il était l'orateur. À présent, il revenait en terrain fertile – là la théorie ne pouvait l'exclure du chaos de la vie des autres – et du gâchis de la réalité.

À la fin de la visite guidée de Kurtz, ils étaient restés debout dans le hall où venait d'être installée *La Chambre dorée des chiens blancs.* Kurtz fit un geste qui se voulait nonchalant. « Un legs récent », dit-il.

Marlow écarquilla les yeux sous le triptyque, qu'il n'avait pas encore vu, ayant garé sa voiture dans le stationnement du campus et pénétré dans le Parkin par la porte de derrière. Le tableau lui rendait son regard sans émettre le moindre son. Des pas se firent entendre plus loin dans le couloir, mais la chambre dorée, qui aurait due être emplie de bruit, était muette.

Marlow fixait la toile, hypnotisé. C'était un hymne à la violence. Ce qui lui faisait le plus peur – mis à part le message abject, c'est que le tableau fut si approprié à l'endroit. On ne pouvait le réfuter – on ne pouvait le rejeter.

Kurtz parla : « Ce tableau nous dit qui nous sommes, Marlow. Tous et chacun de nous. C'est ça qui en fait une merveille. »

Oui. Et une horreur.

Marlow tourna la tête et vit que Kurtz avait fermé les yeux.

9

Le lendemain, Robert Ireland avait sa séance mensuelle avec Rupert Kurtz.

Kurtz s'enfonça dans son fauteuil et regarda son client s'installer de l'autre côté du bureau. Kurtz se montra curieux.

« Pourquoi est-ce que vous portez des lunettes noires, Robert ?

– Parce que j'en ai envie, rétorqua Robert.

– Je vois. Alors, vous recommencez à vouloir vous cacher. C'est ça ?

– Oui.

– Qu'est-ce que vous avez fait cette fois ? »

Robert glissa d'une fesse sur l'autre sur le fauteuil et regarda fixement ses mains.

« Des gants, de nouveau. Je vois, fit Kurtz.

– Oui.

– C'est que..., – Kurtz essayait d'être jovial –, on ne fait jamais trop attention, maintenant, avec ces histoires de sida et de sturnucémie... »

Robert lança : « Je n'ai pas le sida ni la sturnucémie.

– Vous savez bien que ce n'est pas ce que je veux dire, Robert. Ne faites pas l'enfant. Pourquoi portez-vous des gants ? »

Robert ne répondit pas.

« Robert... »

La voix de Kurtz avait changé de registre. Il parlait à présent d'une voix douce, comme un parent qui parle à son enfant.

« Quoi ? »

Son client boudait.

« Vous savez que nous avons un marché.

– Oui. » Il détournait les yeux.

« Alors... ? Qu'est-ce que c'était cette fois-ci ?

– J'ai recommencé.

– Je vois.

– Devant d'autres gens.

– Oui. Alors, qui ? Les mêmes que d'habitude ?

– Oui. Mais...

– *Oui – mais ?* »

Robert ne disait rien. Il fixait ses genoux.

« *Oui – mais,* Robert ? dit Kurtz.

– Je voulais...

– Oui ? »

Kurtz attendait. Mais il savait qu'il n'attendrait pas long-temps. Il avait libéré l'envie de raconter et il devait amener son client à aller jusqu'au bout de ce qu'il avait à dire.

« Robert ?

– Oui.

– Ne vous arrêtez pas. Racontez-moi. Est-ce que vous dites que la même chose s'est encore produite ? »

Robert fit oui de la tête. Muet.

« Vous avez eu une autre vision.

– Oui.

– Même chose – pendant l'orgasme?

– Oui.»

Robert, à présent, était manifestement effrayé. Il parlait d'une voix rauque.

«Et dans cette vision?»

Silence.

«Robert – *dans cette vision*.» Maintenant était venu le moment de le pousser. «*Dans cette vision*, Robert. *Dans cette vision*, qu'est-ce qu'il y avait? Est-ce que vous l'avez fait?

– OUI!»

Robert se leva, après avoir crié.

«Oui», murmura-t-il.

Kurtz observait et attendait. Il savait ce qu'il fallait faire. Il savait ce qu'il ne fallait pas faire. Ce qu'il fallait dire. Ce qu'il ne fallait pas dire.

Robert se rassit, poings serrés, dans ses gants – pressant ses organes génitaux.

«Comment? fit Kurtz. Voix douce.

– Avec un rasoir.

– Sur vous avec un rasoir? Ou sur quelqu'un d'autre?

– Sur moi.

– Je vois.»

Puis ce fut le silence et Kurtz attendit patiemment l'étape suivante. Il savait ce qu'elle allait être, mais il ne pouvait la commander. Il fallait qu'elle vienne de Robert lui-même.

Puis elle arriva – exactement comme Kurtz s'y était attendu.

Robert mit la main dans la poche de son pantalon et en sortit un mince étui de cuir noir.

«Excusez-moi», dit-il – comme il le faisait toujours dans ces moments-là. «Je n'en achèterai pas d'autre.»

Et il tendit le mince étui de cuir noir à Kurtz.

L'étui contenait un rasoir à manche – en argent, plié, gravé, mortel. Kurtz le mit dans un tiroir de son bureau. Comme il le faisait chaque fois. Jusqu'à la prochaine.

Lové dans son fauteuil, Robert Ireland s'affaissa.

« Bon, dit Kurtz. Vous avez très bien fait. »

Lorsque Robert fut parti, Kurtz baissa les yeux sur le tiroir où se trouvaient les rasoirs. *Robert lui-même devrait être rangé dans un tiroir,* pensa-t-il. *Fermé à clé. Et la clé dans ma poche.* Il se leva. Des oiseaux aussi, des pigeons, s'élevaient dans les airs derrière les fenêtres. Peut-être que les Escadrons M étaient dans la rue. Peut-être qu'une pulvérisation était en cours. Kurtz n'alla pas voir ce que c'était. Les pulvérisations le mettaient toujours mal à l'aise. Elle lui rappelaient trop des pulvérisations en d'autres temps et en d'autres lieux – ses rêves, où le lit dans lequel il dormait était aspergé de flammes.

Il alla au fond de la pièce et regarda le campus tout en bas. Il voyait Robert Ireland qui marchait. Même s'il était de la taille d'un jouet, on le reconnaissait. Sa démarche, les mains dans les poches, sa façon de tenir la tête. Que faisait-il là à présent, à traverser la pelouse devant Convocation Hall ? Se mêlait-il aux étudiants – dont il ne saluait aucun – dont aucun ne le saluait. Allait-il donner son cours, peut-être : *Réflexions sur la Révolution française* de Burke, ou *Frédéric II le Grand et la ligue des princes.* Kurtz ne pouvait s'empêcher d'imaginer Robert Ireland, devant ses notes au lutrin, discutant de la Révolution française, un rasoir dans la poche.

Kurtz avait d'autres clients, comme Robert, qu'il aurait fallu empêcher de se livrer à des activités perverses. Les rappeler, pour ainsi dire, à l'ordre psychique. Mais il se trouvait dans l'obligation de faire la guerre – et pour survivre, il avait besoin que ces activités se poursuivent. Ça faisait partie de son projet – de son plan. Il voulait voir ce que pouvait lui rapporter l'octroi de ce qu'il appelait ses *permissions. Laisser la psychose suivre son cours chez le client* – et voir ce que ferait le client en échange des permissions qu'on lui donnait...

Comme avec Gordon Perry. Comme avec Robert Ireland et le Club des Hommes. Ce dernier n'avait encore rien rapporté jusqu'à présent, mais l'heure viendrait. Kurtz agissait là comme son propre informateur – un voyeur regardant d'autres voyeurs – un voyeur du voyeurisme – pas un voyeur de garçons et de filles qui se masturbaient. C'était les membres du Club que Kurtz observait. Certains d'entre eux ne rapporteraient pas de dividendes. Mais d'autres... Il les compta dans sa tête, et leur argent, et leurs penchants, comme spectateurs ou philanthropes. Plus d'un avaient des raisons d'être reconnaissants à l'institut Parkin.

Et puis, il y avait la question des enfants eux-mêmes – qui tous avaient des parents malléables, des parents crédules, des parents influençables. Les gens ne voulaient pas en savoir tant – et ce qu'un individu refusait de savoir pouvait sûrement être aussi utile que ce qu'un individu voulait vraiment savoir. En termes de levée de fonds.

Ce garçon qui l'avait reconnu – celui qui avait essayé de s'émasculer à Queen Street – il n'avait pas encore parlé de lui au Dr Shelley. Peut-être aurait-il dû la consulter avant de mener sa propre petite enquête sur le terrain au sujet de ses résultats. Mais ceux-ci avaient semblé si prometteurs. Et la combinaison de drogues si simple. Mais quelque chose s'était détraqué, qui n'aurait pas dû. Kurtz ne pouvait accuser le Dr Shelley. Elle n'était pas consciente de son propre rôle – elle avait tout simplement fourni un moyen pratique de coercition.

Puis il y avait le Dr Farjeon. Il était clair qu'elle allait être un problème. Jusqu'à présent, il l'avait évitée avec autant d'énergie qu'elle l'avait fait pour lui. Peut-être faudrait-il lancer une petite enquête. Ça dépendait de ce qu'elle savait.

Le Dr Shelley, en revanche, était une alliée naturelle, et il avait besoin d'elle. Plus que cela, il voulait son allégeance. C'était une brillante technicienne dans le domaine de la psychiatrie bio-chimique. C'était aussi une manipulatrice née. Elle possédait l'enthousiasme requis pour la recherche que Kurtz avait en tête – mais il était moins sûr qu'elle eût la force de caractère pour la mener à bien. *Il faut faire si attention quand on veut quelque chose*, pensa-t-il. *Il faut vouloir si précisément ce qu'on veut réaliser. L'avoir. Le défendre.*

Kurtz regarda les toits d'ardoise en dessous. *L'Université.* Tout l'univers du savoir, là, en bas, cherchant désespérément des formules. Cherchant désespérément à clarifier ce qui est et à donner un nom à chaque chose. Nommer. Définir. Quantifier. Quantumifier. Chacun faisant en sorte que le passé se répète – comme si le passé était un continuum et que le présent n'existait pas. Il pensait à tous les crayons et stylos suspendus au-dessus des pages étalées sur les bureaux et les tables, plus bas, au-dessous de lui. L'université avec un grand U, aux doigts tachés d'encre et aux mains pleines de craie survolant la page – où l'on voulait être le premier à mettre fin à une phrase – *Je vais mettre un point ici... Non – ici... Non – ici...*

Et quand le passé aura été défini, pensait Kurtz, *pas un d'entre eux n'aura le courage de dire :* c'est fini.

Il fit demi-tour et s'éloigna de la fenêtre.

Où donc était cette enveloppe, avec toutes ses pensées subtiles bien ordonnées? Et la liste de tous ses résultats.

Il se dirigea vers la porte et l'ouvrit.

«Kilbride, lança-t-il, vous vous rappelez que je vous ai dit que j'avais perdu une enveloppe...

– Oui, Dr Kurtz. Mais ça fait déjà un certain temps.

– Voulez-vous bien la chercher encore. J'en ai vraiment besoin.

– Oui, Docteur.

– C'était le papier à lettres de mon père – une grande enveloppe avec le seul nom *Kurtz* imprimé sur le rabat. En noir.»

Kilbride était en train de taper à la machine, mais elle se leva tout de suite et se dirigea vers les archives. Elle avait déjà fait cela, lorsqu'elle avait cherché pour la première fois cette enveloppe disparue. Mais si le Dr Kurtz voulait qu'elle repasse tout en revue... alors elle repasserait tout en revue.

Elle commença par la lettre A. Il lui faudrait deux heures, jusqu'au déjeuner, pour fouiller chaque dossier et, une fois de plus, ne rien trouver.

Ce truc est perdu, se dit-elle. Pourquoi est-ce qu'il ne laisse pas tomber?

10

Il n'y avait pas de patient à deux heures. Marlow en était heureux. Il était si nerveux à l'idée de l'arrivée d'Emma Berry qu'il n'aurait pas rendu justice aux problèmes d'un autre malade. Sa nervosité ne relevait pas uniquement de l'appréhension. Elle tenait en partie au plaisir anticipé de voir une femme dont il gardait un si bon souvenir. Il avait passé le temps à bricoler, réarranger des livres et à accrocher ses diplômes – ce que le règlement exigeait – et à décider où devrait s'asseoir Emma. Quel éclairage serait le plus flatteur, le plus réconfortant pour elle? Avec quels mots l'accueillerait-il? *Bonjour Emma!* Ou *Comment allez-vous Mme Berry?* Mains dans les poches ou bras ouverts?

Une chose était certaine. La pièce avait besoin de quelque chose de vivant à part lui – un vase avec des fleurs, une plante en pot. Il ouvrit la porte pour demander conseil à Bella Orenstein, mais elle n'était pas à son bureau.

Marlow avait déjà le dos tourné lorsque Bella sortit du bureau d'Austin.

«Oh, Mme Orenstein, dit Marlow, je me demandais...

– Un café?

– Non, non. Je... c'est un peu gênant – mais je vais être franc. Mon prochain rendez-vous est avec une personne que j'ai grand plaisir à revoir...

– Mme Berry. Oui. Elle était impatiente, elle aussi, de vous voir.» Bella alla à son bureau et y posa des dossiers.

«J'ai remarqué hier, par la porte entrouverte, qu'Austin avait quelques violettes africaines...

– Oui. Ce sont les miennes, Dr Marlow. Je les fais pousser sur son appui de fenêtre.

– Pensez-vous que je pourrais en emprunter une ou deux? Juste pour cet après-midi?

– Bien sûr. Quelle couleur préférez-vous?

– Violet. Le plus foncé.

– C'est ce que je pensais. »

Bella se dirigea vers la porte d'Austin et frappa.

Elle n'était pas plus tôt entrée que Marlow entendit le bruit de pas s'approchant dans le couloir.

Emma.

Il se précipita vers son bureau et ferma la porte.

Deux minutes à peine s'étaient écoulées que Bella Orenstein était là, ouvrant la porte et faisant entrer Emma Berry. Puis elle dit : « Oh ! Dr Marlow. Le fleuriste vient de livrer ceci… » et, entrant dans la pièce, elle posa deux pots de violettes africaines sur les coins du bureau.

« Merci, Mme Orenstein.

– Je vous en prie », dit Bella – et elle sortit.

Emma n'avait pas bougé d'un centimètre. Elle restait debout comme si elle attendait qu'on lui donne la permission d'avancer. Elle était toujours d'une beauté alarmante – bien que son regard fût un peu perdu, ce qui amena Marlow à se demander, l'espace d'un éclair, si elle avait bu ou si elle était droguée. Cet air erratique venait de ce que ses yeux ne pouvaient se fixer, semblaient incapables de se poser sur lui.

« Bonjour, Charlie », dit-elle.

« Emma. » Il fit un signe de tête. Il sentait qu'il aurait fallu traverser la pièce pour la conduire à son fauteuil. Cependant il ne bougea pas. C'est elle qui fit un pas vers lui et s'arrêta.

« C'est comme si c'était hier, dit-elle. Le même homme, la même femme. Une autre pièce.

– Oui.

– Ça fait plaisir de te revoir, Charlie.

– Merci. C'est pareil pour moi… » De la main, il désigna un siège.

Emma fit volte-face. Puis se retourna, comme si elle n'avait pas décidé si elle allait rester.

En la regardant, Marlow eut tout de suite l'impression de quelqu'un qui essayait de se libérer d'une entrave. Elle ouvrit son manteau de zibeline d'un geste brusque, comme s'il la rendait claustrophobe. Elle se déplaçait – exactement comme dans son souvenir – à la manière d'une danseuse, la pointe des pieds tournée vers l'extérieur, laissant voir ses jambes moulées dans de la soie blanche. Ses bas étaient blancs. Ses chaussures étaient blanches. Elle portait des gants blancs. Elle vint finalement vers lui. « Je sors juste de l'église », dit-elle en tendant la main. « Excuse-moi d'être en retard.

– Ce n'est pas grave », sourit Marlow. Ce qu'elle disait au sujet de l'église était un mensonge si manifeste qu'il ne prit même pas la peine de le relever.

Mis à part la façon dont elle était vêtue, elle ressemblait beaucoup à la photo que Marlow avait vue dans le *Toronto Life*, où Emma avait paru, en pleine page, en noir et blanc au-dessus d'une légende qui disait *La Femme du chirurgien insaisissable*. Maynard lui-même avait écrit au magazine en demandant des excuses parce que la légende laissait entendre que c'était lui qui était insaisissable. Il ne niait pas que sa femme parût rarement en public – mais il voulait qu'on sache qu'il n'était pas à la retraite. Il obtint des excuses, mais le cliché avait atteint son but. Emma avait été vue. La femme qui était montrée, avec ses yeux écarquillés, avait le regard meurtri, comme si le flash de John Dai Bowen l'avait giflée en pleine figure.

Marlow lui offrit un fauteuil et plaça les violettes africaines de manière qu'elle les voit quand elle le regarderait.

Elle disait qu'elle revenait le voir parce qu'elle ne pouvait toujours pas dormir. Six ans auparavant, son insomnie avait été causée par la peur d'une mort soudaine.

Est-ce que c'est à cause de ton accident ? avait demandé Marlow. *Une sorte de cauchemar ?*

Non, avait-elle répondu. *C'est plus comme si j'étouffais. Comme si on m'étouffait.*

Comment ?

Quelqu'un, dans le noir.

Quelqu'un que tu connais ? Ou un étranger.

Des étrangers. Pas seulement un – mais plusieurs.

Marlow savait qu'avant son mariage, Emma avait été actrice, et avait vécu auparavant dans les prairies – dans une petite ville perdue de la Saskatchewan. Elle lui avait parlé du village et de ses églises. Ou de ce qu'elle appelait ses églises : sa bibliothèque et sa salle de cinéma. Elle ne vivait que par les livres, les films, la télévision. Elle ne vivait que par procuration..

Entre mes épisodes avec Mme Bovary et les vedettes de cinéma, je n'avais pas de vie du tout, lui avait-elle dit. *Alors j'ai commencé à m'en inventer une. À partir de l'instant où j'ai été consciente, j'ai voulu être tout sauf moi. Je me suis fait appeler Emma. Ce n'est pas mon vrai nom... J'ai commencé à porter du rouge à lèvres quand j'avais dix ans. À douze ans, je cachais déjà ma valise, bouclée, sous mon lit.*

Alors tu es partie et devenue actrice ?

Oui. C'est ça. Et une bonne actrice. Elle avait souri, alors – et ajouté : *Le problème quand on est actrice, c'est que, tout ce qu'on peut faire, c'est emprunter ces vies. Je voudrais une vie que je pourrais garder. Mais pas la mienne. Je la déteste.*

La pièce, à ce moment-là, s'était emplie de silence.

À présent, Marlow la regardait attentivement et il perçut la tension sur son visage. Il parla : « Tu as dit que tu revenais juste de l'église. Est-ce que c'était la bibliothèque ou un cinéma ? » Il souriait à présent, espérant la distraire de la dépression manifeste qui l'habitait.

« Non, fit-elle. C'est vrai que je viens de l'église.

– Je vois. » Il savait qu'elle mentait, mais n'arrivait pas à en cerner la raison.

Elle détourna son regard. Ses cheveux tombèrent sur ses yeux puis elle les repoussa en arrière. « J'y vais de temps en temps pour me faire pardonner », dit-elle.

Marlow se tut. *Peut-être y va-t-elle en imagination,* pensa-t-il. Il attendit.

« J'y vais aussi pour prier. Pour survivre. » Elle semblait un peu gênée en disant cela. Elle ne le regardait toujours pas. « Ce n'est pas que je le mérite, Charlie. »

Marlow l'observait, en prenant note mentalement de divers détails qu'il mettrait plus tard sur papier.

« Qu'est-ce qui te fait croire que tu ne mérites pas de survivre ?

– Ce que j'ai fait. Ce que je fais en ce moment. Il n'y a presque plus rien de vivant en moi, Charlie. » Elle regarda vers la fenêtre. La vue que Marlow avait d'elle était encadrée par les violettes de Bella. « Toutes les autorités morales dans le monde disent que ce n'est pas bien de se tuer. Mais c'est ce que je suis en train de faire.

– Tu me sembles bien vivante, dit Marlow.

– Oui. Je suis sûre que j'en ai l'air. Je me sens vivante aussi. Mais... » Elle haussa les épaules et croisa ses jambes – celles de toujours, le galbe du mollet s'alliant à l'élégance du genou. Soudain, elle lui sourit. « Et toi, tu es bien vivant.

– Oui.

– Il y a une autre raison pour laquelle je veux revenir te voir. C'est comme si on me faisait une transfusion de sang. Je n'ai pas peur, ici, avec toi. Est-ce que je serais un vampire, Charlie ? Est-ce que c'est ça que ça veut dire ? »

Elle détourna de nouveau les yeux. Elle se calmait. Marlow l'observait en silence.

« Dans la vie, on se fait constamment baiser, dit-elle. D'abord sur la main, puis au lit, et ça finit par le baiser du vampire. C'est ça ?

– Je ne l'aurais pas dit comme ça, fit Marlow, mais l'image est intéressante. »

Il y eut une pause. Marlow se rendit compte qu'elle essayait de formuler ce qu'elle allait dire. Apparemment, ce n'était pas facile.

Puis elle continua : « Je ne veux pas mourir, Charlie. Ne me laisse pas mourir.

– Je vais faire tout mon possible. »

La lumière changeait derrière les fenêtres. On n'entendait aucun bruit venant de la rue. Il semblait que la pièce elle-même retînt sa respiration.

214

Finalement, Marlow lui dit : « Parle-moi de ton mari. Et de ta fille. »

Il parlèrent donc, durant une demi-heure, de questions d'ordre général. Du fait que Maynard avait été élevé au pinacle de la chirurgie plastique en Amérique du Nord. Du fait que Barbara, âgée maintenant de douze ans, n'était toujours pas réconciliée avec Emma. Du fait qu'Emma n'était toujours pas réconciliée avec la famille de son mari – ou avec le souvenir qu'elle avait de sa famille à elle.

Finalement, Emma se leva et commença à enfiler ses gants. Marlow avait oublié combien elle était petite jusqu'à ce qu'il fût de nouveau debout près d'elle et se rendît compte qu'il devait baisser les yeux pour la regarder.

Tout à coup, son sac à main tomba par terre. Marlow se baissa pour le ramasser.

Elle le remercia et lui tendit la main.

Marlow se détourna, espérant qu'elle n'avait pas vu l'expression de son visage. En regardant sa jupe au moment où il prenait le sac, il avait remarqué pour la première fois les petites taches rouge clair que l'on pouvait prendre pour un motif, mais qu'il savait à présent être du sang.

« Est-ce que tu rentres chez toi maintenant ? demanda-t-il.

– Peut-être, dit-elle. Je ne sais pas.

– Ce ne serait pas une mauvaise idée », fit-il. Et elle s'en alla.

Marlow ferma les yeux, résistant au désir de la suivre – de rentrer à nouveau dans sa vie, complètement. Sa peur d'une mort soudaine, qui avait autrefois paru si injustifiée, semblait à présent logique et inévitable. Bien réelle.

11

La maison qu'habitait Marlow était jadis entièrement différente de ce qu'elle était à présent – une maison de famille victorienne dans l'escalier de laquelle gambadaient des enfants engendrés par un docteur qui avait eu trois épouses, qui toutes avaient péri comme les héroïnes d'un mélodrame – des morts tragiques à un âge insensé, en plein bonheur, arrachées chacune à leur tour des bras de leur époux par l'appendicite, la peste et la maternité. Lilah pouvait encore entendre quelqu'un soupirer quand elle circulait d'une pièce à une autre.

Je t'entends, murmurait-elle, quand elle surprenait ces bruits fantômes qui voyageaient sur les courants d'air créés par les portes ouvertes. *Bonjour,* avait-elle coutume de dire. *Bonsoir* et *bonne nuit.*

Lilah avait d'abord pensé qu'elle était en présence des trois épouses – mais il devint vite évident qu'il n'en restait plus qu'une. Les deux autres, pour une raison quelconque, avaient quitté la maison, comme l'avait fait le mari. *Un esprit ne reste que s'il a des problèmes à régler,* Lilah le savait. S'il y a des problèmes à régler ou si les vivants l'exigent. De tous les enfants du mari – plus d'une douzaine –, seul un garçonnet restait avec sa mère. Il était mort sur la table de cuisine, tué par un chirurgien qui avait essayé, sans succès, de lui ôter une tumeur au cerveau.

Lilah avait recueilli cette histoire en se promenant dans la maison de Marlow alors qu'elle s'efforçait de mettre de l'ordre dans le fouillis de ses affaires. Marlow l'avait invitée à l'aider à déballer ses caisses de livres et ses cartons remplis de tableaux, de gravures et de photographies. Il avait pensé que ce serait une bonne façon de la connaître – et de lui faire découvrir un peu plus de lui-même. Lilah avait accepté avec empressement – bien qu'elle ne pût dire pourquoi devant lui. Il était, après tout, le Charlie Marlow venu tous les sauver de Kurtz – et elle devait se garder de révéler prématurément les ambitions qu'elle nourrissait pour lui, risquant de lui raconter les choses n'importe comment et de l'agacer.

En plus du chien, Grendel, il y avait à présent une chatte. Lilah, cependant, la voyait plus souvent que Marlow et elle craignait que ce dernier ne la chasse. Elle lui installa une litière dans sa propre salle de bains et l'encouragea à passer le plus de temps possible dans sa partie de la maison en déposant sur le sol de la cuisine une multitude de soucoupes de lait. Marlow n'aidait pas beaucoup en cela. Il avait tendance à laisser la porte ouverte entre les deux cuisines – et la chatte restait ainsi de plus en plus souvent, la nuit comme le jour.

Elle profitait de cette ouverture plus que Lilah et se promena bientôt à sa guise dans tous les coins de la maison. Lorsque Lilah s'en excusa auprès de Marlow, celui-ci déclara qu'il voyait l'animal si rarement qu'il devait être invisible. De cette façon, il fut conclu que la chatte resterait.

Marlow voyait l'intruse tous les deux ou trois jours en moyenne, quand une queue ou une paire d'oreilles grises qui appartenaient indubitablement à un félin apparaissaient l'espace d'un instant au bord de l'escalier ou immobiles dans un fauteuil, tandis que Marlow allait et venait dans les corridors. La nourriture que Marlow mettait par terre disparaissait dans le courant de la nuit pendant que Grendel dormait au pied du lit de son maître. La litière dans la salle de bains de Lilah était à coup sûr utilisée.

Lilah avait appelé la chatte Fam – un diminutif de *Familière*. Elle venait s'installer sur le rebord des fenêtres de Lilah au coucher du soleil et regardait derrière les fleurs en pots, apparemment très heureuse de rester là une demi-heure, pas plus. La vue qui s'offrait à elle et la tombée de la nuit étaient, pour une raison quelconque, des éléments importants de son passé – une autre maison et une autre époque, peut-être, quand elle avait été heureuse. Lorsque le soleil était descendu plus bas que les toits, Fam sautait du rebord de la fenêtre et reprenait sa vie invisible.

Un jour, alors que Lilah accrochait des tableaux à côté de l'escalier, là où Marlow avait tracé un X au crayon, celui-ci revint chez lui tôt dans l'après-midi.

«Ça va? lui demanda Lilah.

– Oui», fit-il – mais c'était de toute évidence un mensonge, une excuse pour ne pas parler de ce qui le préoccupait.

Dans la tête de Lilah, il ne pouvait y avoir qu'un problème

qui tracassait Marlow. Cette dépression apparente dans laquelle il était tombé devait avoir quelque rapport avec Kurtz. Elle décida qu'il était temps de faire le premier pas.

Pendant que Marlow préparait des œufs brouillés sur des toasts, et se les servait avec une bouteille de vin, Lilah alla chercher son sac à main et revint s'asseoir en face de lui à la table de cuisine.

« Qu'est-ce que vous pensez qu'il y a là-dedans ? » dit-elle en lui tendant un petit paquet soigneusement enveloppé dans du papier de soie.

Marlow l'ouvrit et regarda le contenu en disant : « Ce sont des pantoufles. » Et puis : « Comme on n'en trouve plus, je pense.

– En effet. »

Marlow les examina. « Elles sont incroyablement petites, dit-il. L'enfant qui les portait devait à peine avoir l'âge de marcher.

– Qui dit que c'était un enfant ?

– Mais, c'est forcément un enfant. Vous ne croyez pas ? dit Marlow.

– Pas nécessairement.

– Une poupée, alors.

– Pas une poupée, dit Lilah. Non. »

Marlow l'observa. Elle avait une flamme dans le regard – signe que quelque chose était imminent.

« Est-ce que vous avez pris des médicaments ? » demanda-t-il.

Lilah ne répondit pas à sa question. Elle dit plutôt : « Les animaux aussi portent des chaussures. Quelquefois.

– Pardon ?

– Les animaux aussi portent des chaussures, dit-elle. Certains animaux. À certains moments. »

Marlow s'efforçait de garder son sérieux. « Quels animaux ? fit-il.

– Les lapins, dit Lilah.

– Pour courir comme des lièvres ?

– Je veux dire les lapins ordinaires, à queue blanche.

– Ah bon.

– Vous ne me croyez pas, n'est-ce pas ?

– C'est que – ça aiderait si vous me donniez des preuves », fit Marlow. Il avait décidé de jouer le jeu – et de voir ce qui arriverait.

«Donnez-moi deux secondes », dit Lilah. Et elle s'en alla dans sa partie de la maison.

Marlow l'entendait faire du branle-bas dans sa chambre. *Voilà qui devrait être intéressant,* pensa-t-il.

Au bout d'un moment, Lilah revint, triomphante.

Elle tendit à Marlow un livre carré, de petit format. Ses yeux brillaient d'un éclat extraordinaire. Elle était redevenue enfant – et c'était Noël. Marlow se demanda ce qui pouvait bien se passer.

«Ouvrez à la page 29 », fit-elle.

Le livre était *Pierre Lapin* de Beatrix Potter. Marlow soupira et fit ce qu'on lui demandait.

«Alors ? fit-elle. Qu'est-ce qui est écrit ? »

Marlow lut : « *Pierre était terrifié...* » Comme moi, pensa-t-il.

«Non, non. En bas de la page. Lisez cette partie. »

Marlow lut : « *Il perdit une de ses chaussures...* », et s'arrêta.

«Continuez.

– *... parmi les choux...*

– Et l'autre ?

– *... et l'autre parmi les pommes de terre,* conclut-il.

– Vous voyez ? dit Lilah. Il les a perdues à la page 29 – et les voilà, ici même.» Elle brandit les chaussures.

Ce qui fit hésiter Marlow à ce moment-là, ce ne fut pas le petit livre qu'il tenait dans sa main ni la présence insensée dans la vie de cette femme d'un personnage littéraire. Ce fut sa voix intérieure qui lui disait : *Oui – elles ressemblent vraiment à des chaussures de lapin...*

«D'où est-ce que vous les tenez ? demanda-t-il d'un ton candide.

– Je les ai depuis que j'ai cinq ans », dit Lilah.

Quelqu'un avait dû les lui donner. Un jouet.

«C'est mon talisman, fit-elle.

– Je vois. »

Marlow les lui rendit et il la regarda les envelopper tendrement dans leur papier de soie. Ce ne fut qu'à cet instant qu'il vit qu'elle retenait ses larmes.

« Vous ne me croyez pas, fit-elle, en détournant les yeux.

« Si, fit-il. Ce sont les chaussures de Pierre Lapin. »

Son ton condescendant ne trompa pas Lilah une seconde.

« Vous faites une erreur terrible, dit-elle. J'essaie de vous dire quelque chose – mais vous êtes aussi aveugle que tous les autres.

– Aveugle, comment ? » dit Marlow sans changer de ton.

« Nous courons tous le plus grand danger, dit Lilah. Mais personne n'y fait attention.

– J'y fais attention. Expliquez-vous. »

Elle le regarda.

« Non, fit-elle. Vous n'êtes pas prêt. Pas encore. »

Puis elle se leva.

« J'espère que vous vous êtes bien amusé », dit-elle avec hauteur.

Oh mon Dieu! pensa Marlow. *Orgueil blessé.* « Je ne m'amusais pas », fit-il.

Tout d'un coup, Lilah se mit à crier avec une véhémence surprenante. « Des fois, les gens disent la vérité! lui lança-t-elle. Des fois, les gens ne mentent pas! »

Puis elle fit volte-face et sortit.

Marlow resta assis, décontenancé, épuisé.

Emma Berry était revenue dans sa vie. Et Kurtz était le grand maître. Maintenant, cette histoire. Les chaussures de Pierre Lapin.

La vérité.

12

Cela faisait six semaines que Paula n'avait pas dit un mot. Si sa tête était rasée, comme celle de ses compagnons, ce n'était pas en raison de la mode ou de la fièvre. C'était à cause de son habitude de s'arracher les cheveux. Comme d'autres méthodes n'avaient pas réussi à l'en empêcher, Eleanor Farjeon avait décrété que Paula aurait la tête rasée comme les autres. Cela en avait fait huit en tout.

Les huit étaient à présent dix. Deux étaient entrés le mois précédent. Eleanor Farjeon voyait bien qu'ils formaient un clan – mais parce qu'ils ne parlaient pas, elle ne pouvait en savoir la raison. On voyait très nettement qu'ils se reconnaissaient. Quand Paula était arrivée, par exemple, deux des autres filles dans la salle et un des garçons étaient tout de suite allés vers elle et avaient passé leurs doigts sur son visage pour en dessiner le contour. C'était leur façon de lui dire bonjour. Pas un mot n'avait été prononcé.

Paula avait commencé tout de suite à se tirer les cheveux. On aurait pu croire que c'était une manifestation d'allégresse – comme si elle exprimait sa joie d'être avec des gens qu'elle pouvait identifier. La tête chauve des autres enfants n'avait pas pu être l'unique élément qui les avait fait se reconnaître – mais c'était la seule chose qu'ils avaient en commun, à part leur silence. Certains étaient plus violents que d'autres. L'un d'eux, avant d'arriver dans le service, était passé au travers d'une porte vitrée – et certainement pas par accident, mais bien dans un geste de défi. Un autre avait essayé de tuer un gardien avec une chaise – et y était presque parvenu. Un garçon avait tenté de s'arracher le pénis. C'était Daniel. Celui qui était passé au travers de la porte vitrée s'appelait Todd. Sandra était celle qui avait brandi la chaise. Les autres étaient dociles. Ou semblaient l'être. Il valait mieux, cependant, ne pas tourner le dos. Parfois la violence surgissait de là où tout semblait tranquille.

Eleanor regardait par la vitre, consciente qu'on ne la voyait pas. Elle se tenait dans l'entrée de la salle d'observation, dans la section spéciale réservée à sa couvée, au centre de Queen Street. On était aujourd'hui vendredi. Demain, elle se reposerait. Elle n'avait jamais été aussi fatiguée de sa vie. Cette fatigue était due en grande partie au degré de frustration et de désespoir qu'elle avait atteint en se révélant incapable de convaincre les autres du bien-fondé de sa théorie concernant ces enfants. Kurtz lui avait interdit d'en parler. Il lui avait dit qu'elle était une psychiatre indisciplinée, qui faisait intervenir dans sa pratique des théories personnelles et il lui avait recommandé de prendre une année sabbatique. Austin Purvis lui avait tourné le dos au moment où elle commençait à penser qu'il était son allié. En le perdant, elle avait perdu son unique espoir d'attirer l'attention des autres.

Et maintenant, ils étaient là. Ceux dont elle avait la charge, assis au soleil, ignorant sa présence. Elle sourit. *Ma couvée.* Certains collègues avaient pensé que c'était là des *termes choquants. Condescendants. Possessifs. Avilissants.*

Qu'ils aillent se faire foutre.

Eleanor voyait son reflet dans la vitre. Elle avait des cheveux bruns tout en désordre qui formaient un cadre parfait pour son visage mince, aux traits ordinaires. Elle possédait ce qu'un homme avait appelé – il y avait de cela bien longtemps – les yeux les plus tristes au monde. Et elle avait la bouche de travers. Si sa minceur faisait l'envie de ses amies, elle se trouvait elle-même anguleuse et plate comme une limande. Elle se croisait souvent les bras dans une attitude de défense, voûtant les épaules et inclinant la tête sur le côté. Elle portait ses vêtements comme si elle avait toujours été mannequin. Sans en être aucunement consciente, elle avait une élégance naturelle. C'était simplement sa façon d'être. À présent, cependant, elle était comme morte sous ses habits. Un cadavre. Ses bras étaient ankylosés et elle avait mal au cou. Elle se massa la nuque.

Dans la salle d'observation, Paula était assise par terre. Elle portait une robe de coton – tout ce qu'il y avait de plus simple.

On pouvait dire cela de tous les habits que portait la couvée d'Eleanor. Les ceintures, les nœuds et les rubans en étaient complètement exclus. Les enfants étaient uniformément chaussés de pantoufles ou marchaient pieds nus. Les garçons portaient des combinaisons avec une fermeture éclair sur le devant.

Paula faisait des dessins imaginaires sur le sol avec son doigt. Elle traçait une route. Une carte. Plus loin, contre un mur, sur un tapis de sol, un garçon qui s'appelait Adam se masturbait avec un autre du nom d'Aaron. Les deux A. La masturbation était chose courante. Personne n'y faisait attention. Si Paula avait regardé, l'effet aurait été le même que si elle les avait vus se gratter sous les bras ou jouer avec leurs orteils. Il n'y avait rien de sexuel. C'était simplement une activité masculine exécutée de façon aussi morne que les autres.

Isabel portait des gants. Elle se rongeait les doigts. Elle avait l'habitude de plier sa main et de se la mettre en entier dans la bouche, de la maintenir avec ses dents, de la sucer et de la mâchouiller pendant des heures. Les gants avaient pour but de l'empêcher de s'arracher les ongles.

Eleanor se mit un doigt sur les lèvres. Il sentait l'encre. Son stylo coulait. Les *taches de nicotine* d'Eleanor étaient bleues. Elle se balançait d'un pied sur l'autre.

Ces enfants n'étaient pas réellement des enfants, sauf aux yeux de la loi. Le plus jeune avait quinze ans et le plus vieux dix-neuf. En tout, ils étaient cent. Ça ne faisait pas tout à fait un an qu'elle avait admis les premiers. À ce moment-là, elle n'avait pas, bien sûr, d'endroit approprié où les mettre. Le problème ne s'était posé que plus tard – probablement avec l'arrivée d'un garçon qui s'appelait William ; il semblait être connu des autres d'une manière qui suscitait chez eux plus de réactions qu'on n'avait jamais pu en observer auparavant. L'entrée de William les avait presque amenés à parler – et le cœur d'Eleanor avait bondi dans sa poitrine. Des sons avaient été émis – des mots étranglés dans la gorge –, accompagnés de larmes. Ils avaient pleuré. William était quelqu'un qu'ils aimaient énormément.

223

Il avait dix-sept ans et un visage d'ange. Un de ces gamins dont on peut lire le destin d'un coup d'œil. Il serait renversé par une voiture, ou bien un coup de feu partirait. Il mourrait du sida ou de sturnucémie. Quelqu'un lui volerait tout son argent. Ses parents l'abandonneraient. Son avenir était inscrit sur son visage. William ouvrirait toutes les portes qui existent, le sourire aux lèvres – et quelqu'un les lui claquerait dans la figure. Quelqu'un, mais pas n'importe qui. Là était la différence. William était comme un aimant. L'horreur le trouverait dans la foule – William et rien que lui. Il était né pour cela.

Bien sûr, c'était ridicule de penser ainsi. Irrationnel. Complètement fou. Mais les faits le confirmaient. William attirait le malheur. Et pourtant, son arrivée avait été une cause de réjouissance, de soulagement. Les autres s'étaient comportés comme s'il était ressuscité d'entre les morts. Il s'asseyait au milieu de la pièce, les premiers jours, et les autres venaient le caresser comme un chien. Son sourire avait brisé le cœur d'Eleanor dès qu'elle l'avait vu. Elle en avait fait la raison d'être de sa croisade. Quelque chose de dévastateur était arrivé à tous ces enfants. Ils avaient tous été en contact avec quelque chose qui les avait bousillés. On aurait cru que leurs cordes vocales, comme celles des chiens trop bruyants, avaient été sectionnées. Leur langue arrachée. Ils étaient dépossédés du langage – sauf celui de la douleur et de la rage. D'abord l'un, puis l'autre.

Ils mangeaient, l'air maussade – mais en se tenant tous très bien à table. Cela était dû, selon Eleanor, à la vie qu'ils avaient menée avant celle-ci. Ils se tenaient droits et se déplaçaient avec aisance. Ils étaient capables de gestes pleins de grâce. Ils marchaient comme s'ils savaient où ils allaient. Puis, d'un coup, tout s'arrêtait : la marche – le geste – la grâce. Comme des automobilistes maladroits, un changement de vitesse leur faisait faire une embardée et ils trébuchaient, tombaient, renversaient un objet sur leur passage, ou se mettaient à tousser.

Ils étaient tous pareils. Ils se ressemblaient tous. En fait, ils se ressemblaient tellement qu'il y avait des moments où on les aurait crus androgynes; on n'aurait pu dire s'ils étaient garçons ou filles. Cette impression venait très probablement de leurs têtes rasées. Chauves, ils formaient un seul être. Amibien.

Ils s'installaient en rond et gardaient les yeux rivés sur un point, dans le vide. Ils s'asseyaient en se donnant la main. Ils se caressaient mutuellement et se prenaient dans leurs bras. Réfugiés de cauchemars. Ils restaient assis, parfois quarante-huit heures ou plus, sans fermer les yeux.

Oui. Mais, c'était le cauchemar de qui?

De qui?

Quel était le salaud qui leur avait fait ça?

Eleanor croyait le savoir.

Elle avait essayé de le dire - et on l'avait fait taire.

À présent, elle regardait sa couvée, au bout de l'épuisement. Vendredi. Merci. Une autre semaine morte. Demain, ce serait samedi. Et elle dormirait.

Elle fit demi-tour. Elle ne pouvait plus regarder.

Il vient un moment où même la nuit ne peut plus cacher ce qui est. Eleanor avait atteint ce palier, et ne pouvait plus continuer. Elle voulait, plus que tout, de la lumière.

CHAPITRE V

... son rêve avait dû lui paraître si proche qu'il était inconcevable qu'il ne réussît pas à l'embrasser. Il ne savait pas que le rêve était déjà derrière lui – quelque part dans la vaste obscurité au-delà de la ville...

FRANCIS SCOTT FITZGERALD
Gatsby le Magnifique

1

Il y a une grande maison de brique au bout de Beaumont Road, la rue de Rosedale où Lilah Kemp avait passé son enfance. Cette maison appartenait à présent à un homme qui, au début, ne l'habitait pas mais vivait dans un hôtel du centre-ville. Il s'appelait Gatz, et c'est à peu près tout ce qu'on savait de lui. Lorsque les camions de déménagement firent enfin leur apparition et laissèrent les meubles sur la pelouse – il y a de cela environ un an – Gatz continua de rester un mystère. Tout ce qu'on savait, c'était le prix qu'il avait payé pour la maison et son prénom : James.

Toutes les femmes qui habitaient la rue tombèrent immédiatement amoureuses de lui. Sa splendide chevelure brune, ses yeux gris-bleu et sa stature élancée firent tourner les têtes, et les invitations à prendre un verre et à dîner furent lancées avant même le départ des camions. Il ne semblait pas être marié, mais le bruit courait qu'une femme venait de le quitter. Il était question d'un enfant, mais aucun nom n'était prononcé.

Des domestiques, comme toujours, étaient à l'origine de la plupart des fausses rumeurs. Ils s'asseyaient dans la cour, entre les deux maisons, sur des chaises de jardin, à fumer des cigarettes et à boire du thé. Il y avait une bonne, un cuisinier et un majordome. Des jardiniers venaient une fois par semaine dans une camionnette japonaise verte pour couper la pelouse et ils faisaient des miracles avec les plates-bandes.

C'est la bonne qui était la pire pour les potins. Elle aurait pu écrire des romans. Elle parlait avec une telle conviction et dans un style si fleuri qu'on buvait ses paroles et qu'on s'en rappelait chaque détail. Gatz était *un dealer sud-américain – un parent des Kennedy – un trafiquant d'armes – quelqu'un qui avait des relations dans le show-biz.* La femme qui l'avait quitté était *une vedette de cinéma.* L'enfant avait été *engendré par Michael*

Jackson – Elvis Presley – Madonna. Si la bonne avait dit que Gatz avait un kangourou, on l'aurait crue. Elle ne resta que trois semaines et fut remplacée par une jeune Argentine qui ne parlait pas anglais.

On voyait rarement Gatz en personne. Il ne répondit pas aux invitations à prendre un verre et à dîner. Il y eut bien des espoirs déçus et des cœurs brisés. Le mot circula qu'il était en deuil, *qu'il cherchait à oublier un événement malheureux qui lui était arrivé il y avait longtemps.* Lorsqu'on demandait ce que ça pouvait bien être, les informateurs haussaient les épaules et disaient : *Il a tué un homme dans le passé.* Puis ils ajoutaient : *C'était un accident.*

À peu près au même moment où James Gatz emménageait dans sa maison de Beaumont Road, une grande limousine blanche commença à circuler dans les rues de la ville avec une sorte de régularité qui ne tarda pas à attirer des commentaires. *La voilà encore,* disait-on, en la regardant descendre Yonge Street à trois heures du matin ou à quatre heures de l'après-midi. Lorsqu'elle se garait, elle semblait chercher un endroit pour se prélasser, comme l'aurait fait un mammifère marin, et, avec le temps, elle acquit un nom bien à elle, car personne ne pouvait en identifier l'occupant. Elle était connue comme *la Grande Baleine blanche* – que les gens prononçaient avec un sourire – et il était écrit qu'un jour elle viendrait se prélasser devant la porte de Gatz.

Gatz était un personnage empreint d'un tel mystère que son nom avait acquis une sorte de statut légendaire. Peu de gens pouvaient dire ce qu'il faisait, mais tout le monde pouvait dire qui il était. Personne n'avait raison – mais c'est toujours le cas lorsqu'on est en présence d'une énigme. Gatz n'était pas différent en cela de la Grande Baleine blanche.

La première rencontre de Marlow avec la Mercedes blanche eut lieu alors que celle-ci touchait à la fin de sa carrière. Marlow était l'un de ceux qui savaient qui circulait dans la voiture, même s'il n'y était jamais monté. Il le savait pour une raison fort simple, c'est que la personne en question était sa patiente. À la longue toutefois, quand le nombre des visites s'accrut, la simplicité de leur relation disparut. Les symptômes se multipliant, Marlow, le psychiatre, devint encore une fois victime d'une situation que sa profession interdisait. Dans les dernières pages du dossier de sa patiente, il écrivit et souligna cette phrase : *Bien malgré moi, je suis toujours amoureux de la Femme du chirurgien.*

Dans le monde, on connaissait Emma comme la femme de Maynard Berry. Au début du traitement – avant les années d'Harvard –, Marlow s'était fait une image précise du couple Berry. Maynard avait choisi Emma pour sa beauté, qu'il lui avait restituée en l'amplifiant ; elle l'avait choisi pour son argent. Leur mariage était un modèle de convenance. Il était aussi lisse et inexpressif que le visage des patients du chirurgien.

2

Après que Marlow fut descendu à Harvard, il perdit toute trace d'Emma jusqu'à ce qu'il revînt. La vie d'Emma lui était restée totalement fermée. À présent, en l'écoutant parler au cours de leurs séances au Parkin, et en se fiant à ce qu'il avait entendu ailleurs, il était capable de se faire une idée plus précise de la vie actuelle de sa patiente.

Un soir, à quelque temps de là, Emma s'assit à la table de la salle à manger seule avec sa fille. Celle-ci se prénommait Barbara. Ce n'était pas Emma qui avait choisi ce nom, mais Maynard. Tous les membres de sa famille avaient des noms de ce genre : Barbara, Carson, Ezra, Annette, Estelle. Peut-être qu'ils s'appelaient ainsi parce que leurs vies, à tous autres égards, étaient dépourvues de panache. Les femmes avaient toutes les cheveux tirés en arrière et retenus en chignons par des épingles, des barrettes d'argent et des nœuds de velours. Leurs vêtements portaient uniquement la griffe Chanel. Elles ne souriaient pour ainsi dire jamais. Comme si – peut-être à la suite d'une expérience intra-utérine – elles croyaient que le sourire était une forme de suicide social. Toutes avaient les yeux noirs et toutes portaient le même rouge à lèvres magenta. Les hommes étaient invariablement vêtus de costumes bleu marine. Ils n'habitaient pas les mêmes pièces que leurs épouses, et Emma se demandait comment ils avaient fait pour avoir des enfants. Peut-être sur rendez-vous, durant les heures de visite.

La famille Berry était passée maître dans l'art de la condamnation muette. Pas un muscle du visage d'Estelle Berry n'avait bougé lorsqu'elle avait pour la première fois posé les yeux sur Emma en tant que sa future belle-fille. Cela s'était passé après l'accident d'Emma, et après que Maynard, le chirurgien, eut fait des miracles avec son visage. *Bien petite,* avait dit Estelle en s'adressant à toute la pièce et puis, à Emma : *Et dites-moi – qui sont vos parents ?*

Emma n'avait jamais répondu à la question, ce qui ne lui avait attiré aucune sympathie. Estelle lui tourna le dos durant le reste de sa vie.

Emma avait enduré tout cela uniquement pour assurer sa place dans le monde auquel elle aspirait – celui où des gens extraordinaires allaient d'un rendez-vous à l'autre en manteau de vison et escarpins de velours. Il ne lui était pas venu à l'esprit que cet univers n'existait pas. Elle le tenait de biographies et de coupures de magazines qui relataient la vie d'actrices et d'épouses de présidents, avec des photographies en couleurs très réalistes. Estelle elle-même avait été une de ces femmes : *la femme du Président.* Et maintenant, Emma était assise à la table de la salle à manger seule avec sa fille.

Pendant qu'elles dînaient, le Chirurgien opérait. À ces heures, on entendait toujours le tic-tac des horloges – des horloges et des montres –, le cliquettement des couteaux, des fourchettes et des cuillères – le goutte-à-goutte incessant des sérums physiologiques –, le découpage du veau, du poulet ou du bœuf – les couches de peau greffée. Emma imaginait trop souvent cette juxtaposition : la table où Maynard opérait et celle à laquelle elle dînait, flottant côte à côte dans le même rond de lumière. Au moment où Maynard se talquait les mains, elle saupoudrait du sel sur son assiette.

« Est-ce que tu sors encore ce soir ? demanda Barbara.

– Je ne sais pas, dit Emma.

– Est-ce que papa sera rentré avant que j'aille au lit ?

– Je ne sais pas, mon trésor.

– Il n'est jamais à la maison. Jamais », dit Barbara. Elle séparait ses légumes en camps : les carottes contre les petits pois.

« Mange tes petits pois. Arrête de jouer.

– C'est pas un jeu, fit Barbara. C'est une guerre. »

Le téléphone sonna.

Emma posa sa fourchette et s'essuya les lèvres avec sa serviette. Elle but une gorgée de vin et attendit.

La bonne, qui s'appelait Orley Hawkins, apporta le téléphone dans la salle à manger et le posa à côté d'Emma. « Pour vous, Mme Berry.

– Merci, dit Emma. Ne prenez pas l'assiette de Barbara tant qu'elle n'a pas fini ses légumes. » Et puis : « Allô. »

Barbara guettait penchée sur ses carottes, regardant du coin de l'œil le long de la table.

L'expression du visage de sa mère changea à peine. Il y eut l'esquisse d'un sourire – puis plus rien. Tout ce qu'elle disait d'ordinaire au téléphone, c'était *oui, non, allô* et *au revoir*. Elle paraissait toujours savoir qui appelait – et, après chaque appel, elle disait à Orley d'emporter le téléphone et commençait à plier sa serviette. C'était toujours pareil. La serviette était pliée en quatre et puis dépliée avec la même précision. Ensuite, elle était mise de côté et du vin était servi. Emma ne manquait jamais en cet instant d'allumer une cigarette. Il était évident, d'après son expression, qu'elle était déjà sur le pas de la porte, en route vers sa destination, quelle qu'elle fût. Barbara sentait alors qu'elle disparaissait du regard de sa mère, qu'elle s'effaçait, parfois lentement, d'autres fois comme une lumière qui s'éteint. Elle allait rester là, assise dans le noir, à attendre qu'Emma la ramène à la vie.

Emma disait *oui* et *oui* et *non* et encore *oui* avant de dire *au revoir*. Orley repartait avec le téléphone. Barbara l'entendit dans le hall composer un numéro et demander au chauffeur, Billy Lydon, de sortir la limousine.

« Alors tu sors ? dit Barbara.

– Oui », répondit Emma. Puis elle prit une cigarette.

Barbara dit : « Si je promets de pas le dire à papa, tu me diras qui c'est ? »

D'un léger mouvement du poignet, Emma ouvrit son briquet, faisant surgir une petite flamme bleue. Puis elle se leva.

« Finis ta guerre, dit-elle.

– J'ai pas faim.

– Dommage, mais pas d'armistice, pas de dessert. » Emma remonta le long de la table pour aller donner un baiser à sa fille sur le dessus de la tête. Barbara se pencha en avant, se mettant ainsi hors de portée. Emma remplaça le baiser en la touchant de la paume de la main.

« Me caresse pas, fit Barbara. Je suis pas un chien. »

Emma quittait déjà la pièce.

« Bonsoir, mon trésor », dit-elle. Dieu merci elle tournait déjà le dos à l'enfant – sinon Barbara aurait vu l'expression de panique dans ses yeux. Tout ce qu'elle voulait, c'était s'enfuir en courant, mais elle se força à marcher jusqu'à l'escalier. Le nœud en elle devenait plus serré. Plus brûlant. L'homme qu'elle allait retrouver exigeait de son imagination des choses terrifiantes, et c'était là la cause à la fois de sa peur et de son exaltation. Il n'en n'était pas toujours ainsi. Il y avait des clients dont les besoins étaient si banals qu'elle pouvait les satisfaire en un tournemain et avec un Kleenex. Il y en avait aussi d'autres qui exigeaient d'elle une cruauté qu'elle avait du mal à feindre – ayant plus souvent envie de rire que de mépriser. Mais celui avec lequel elle allait se lancer dans la longue chevauchée nocturne était un homme dont les demandes ne manquaient jamais de lui apporter la jouissance anticipée. Pour commencer, il exigeait toujours qu'elle soit vêtue de blanc.

Regardant derrière elle, depuis la troisième marche, Emma vit, au-delà de l'obscurité du couloir, l'enfant seule à table dans le rond de lumière. Les horloges faisaient tic-tac, toutes à l'unisson. La Grande Baleine blanche serait bientôt garée dans l'allée, à l'attendre – tandis que plus au nord, là où la ville prend fin, Maynard se penchait sur son patient en disant : *Ça ne va pas faire mal.* Le mensonge habituel. Dit sur le ton habituel. *Je suis Dieu,* disait la voix venant toujours d'en haut, *et je peux te détruire, si tu ne te tiens pas tranquille, bouche cousue, et ne me laisses pas faire mon travail.*

Arrivée à la quatrième marche, Emma détourna la tête et pressa le pas. Il était huit heures du soir. À neuf heures, cela commencerait et, à minuit, tout serait fini.

3

Barbara se voyait comme une orpheline. Le seul individu qui admît sans réserve son existence était Orley Hawkins, et Barbara soupçonnait fortement que cette reconnaissance était d'une façon ou d'une autre liée à l'argent.

« On te paye pour t'occuper de moi, dit-elle un jour à Orley dans la cuisine.

– C'est ça que tu penses ? C'est vrai ?

– Oui.»

Barbara avait dit cela d'un air provocant – mais déjà, elle n'y croyait plus. En fait, à l'instant où elle l'avait dit, elle savait que ce n'était pas vrai. Orley n'aurait pu aimer quelqu'un pour de l'argent. Ce n'était pas elle. Surtout parce que cela ne l'intéressait pas de donner de sa personne pour ne rien recevoir en retour. Elle l'avait déjà fait – et ça faisait mal.

« Je vais te dire quelque chose, poursuivit Orley. Donne-moi une bonne raison pour laquelle ton papa et ta maman devraient me payer grassement pour que je vienne ici m'occuper d'une inconnue.

– Mais je suis pas une inconnue, dit Barbara.

– Qui a dit que je parlais de toi? fit Orley. Je parle de cette autre gamine qui était là, il y a une seconde, en train d'accuser bêtement.»

Barbara cligna des yeux.

«Tu te rappelles d'elle, hein?

– Oui, je crois», fit Barbara. Puis elle ajouta: «Je m'excuse, Orley.

– Très bien.»

Orley buvait sa cannette de bière tout en épluchant des haricots verts dans un plat. Barbara goûta la bière et fit une grimace. «Pouah! Comment tu peux avaler ça?

– C'est pour les grandes personnes. Pas comme ce vin que tu bois.

– Quel vin?

– Bon sang, ma fille! Tu penses que je suis aveugle?»

Barbara se ratatina sur sa chaise. Orley la lorgnait par-dessus le plat de haricots. «Tu vas te faire une déviation de la colonne vertébrale, dit-elle. Tiens-toi droite.»

Barbara se redressa.

Orley dit: «Tu peux devenir une ivrogne quand tu seras grande si ça te chante. Ça ne me regarde pas. J'aimerais seulement que tu arrêtes de renverser du vin sur tes robes – ça ne part pas au lavage.

– Orley?

– Oui, quoi?

– Est-ce que tu aimes être noire?

– Qu'est-ce que c'est encore que cette histoire? Sacré nom de nom! Il y a quelque chose qui ne va pas aujourd'hui, Mlle l'impertinente.» Orley buvait sa bière et cassait ses haricots. «Est-ce que tu aimes être blanche? fit-elle.

– Je sais pas. J'y ai jamais pensé.»

Barbara alla au frigo prendre une cannette de Pepsi.

Orley dit : « Les Noirs pensent tout le temps qu'ils sont des Noirs. C'est pas parce qu'on le veut. C'est parce qu'il le faut. Sinon, on meurt – comme Bobby. »

Barbara regretta d'avoir abordé le sujet. Elle détestait l'histoire de Bobby Hawkins. Ça lui donnait l'impression qu'elle aussi avait fait quelque chose de mal.

« Est-ce que j'aime être noire ? dit Orley. La réponse c'est *oui*. Sans hésitation. Ce que je n'aime pas est blanc. » Elle fit un sourire à l'intention de Barbara. « Des fois...

– Bobby est mort il y a longtemps, fit Barbara.

– C'est vrai.

– Ça fait combien de temps ?

– Presque douze ans.

– Presque comme moi, dit Barbara. Aussi longtemps que moi.

– C'est bien ça.

– C'est vrai que tu avais un magasin et tout ?

– Hum ! On avait ce qui s'appelle une franchise. Un Mac's Milk.

– C'était amusant ?

– Non. C'était beaucoup de travail. On n'arrêtait pas. Juste nous deux, moi et Bobby, pour que ça tourne. Il y avait une fille qui nous aidait en été. L'été, c'était toujours plus chargé – les gamins qui achetaient des sodas, tout ça...

– Est-ce que vous gagniez beaucoup d'argent ?

– Pas mal. Ça s'améliorait. Mais quand on est franchiseur, faut se lever de bonne heure.

– Ça rime.

– Hum. Je suis poète. »

Barbara savait ce qu'Orley allait dire à propos de Bobby – et une partie d'elle voulait l'entendre, alors qu'une autre ne le voulait pas. C'était la pire des histoires qu'elle avait jamais entendue. Pire même que les histoires de son père sur les accidents que les gens avaient avec le feu.

Orley dit : « C'est ça qu'il y avait de plus terrible, je crois. Le moment où c'est arrivé. À part la chose elle-même – qu'ils aient tué Bobby. On commençait juste à s'en sortir. Ça commençait juste à rapporter, tu comprends. L'argent à la banque – des trucs comme ça.

– Oui. »

Orley et Bobby Hawkins étaient venus au Canada longtemps avant la naissance de Barbara. Ils avaient quitté Washington à cause de la guerre du Viêt-nam. Bobby ne croyait pas à cette guerre – pas plus qu'Orley. Bobby disait qu'il y avait plus d'Américains noirs tués au Viêt-nam que tous les autres Américains. Il disait qu'il partirait tout seul au Canada si Orley ne voulait pas le suivre. Ils n'étaient même pas encore mariés à cette époque. Ils s'étaient mariés ici.

Orley dit : « Tu sais, comme c'est arrivé, il y a trois jeunes qui sont entrés dans le magasin un soir, très tard...

– Oui.

– ... ils ont vidé la caisse et tué cette pauvre fille. Rose Teller.

– Oui.

– Et on a téléphoné à la police. C'était tard, très tard. Les magasins Mac's Milk sont ouverts toute la nuit.

– Je sais.

– L'été. Il faisait chaud. Et on était là avec le cadavre de la pauvre fille. Alors... »

Orley poussa sa bière et jeta le dernier des haricots dans le plat.

Barbara attendait.

Orley ne pleurait jamais quand elle parlait de Bobby. D'autres fois, elle pleurait. Mais jamais quand elle racontait la mort de Bobby.

« Quand la police est arrivée, j'étais dans le magasin et Bobby est sorti à leur rencontre... » Elle attendit un moment et se croisa les doigts. « Il est sorti les bras grands ouverts, avec le sang de Rose Teller sur sa chemise. Il les avait presque rejoints et il était en train de leur dire : *Je suis content de vous voir...* quand ils lui ont tiré dessus. »

Bang.

« Parce qu'il était noir – et qu'il se trouvait là. »

Barbara ne parlait pas. Elle entendait des bulles pétiller dans son Pepsi.

Orley but une dernière gorgée de bière. « Chaque fois que je les vois pulvériser pour tuer tous ces étourneaux, je me demande quand est-ce qu'ils vont commencer à pulvériser pour se débarrasser de nous tous – juste parce qu'on est noirs. » Elle reposa la cannette. « Des fois, dit-elle, j'ai envie de prendre un revolver et de redescendre là-bas. J'ai envie de me mettre juste là où il était – et de tirer moi aussi sur quelqu'un. Parce qu'ils sont blancs. C'est peut-être bien ce que je vais faire, un de ces jours. »

Barbara était pétrifiée sur sa chaise.

Orley n'avait jamais dit ça auparavant. Ça ne faisait pas partie de l'histoire. Du moins, pas à voix haute.

Orley dit ensuite : « Je boirais bien une autre bière, si tu as le courage d'aller jusqu'au frigo. »

Barbara lui apporta une autre cannette. « Est-ce que tu veux dire que tu tuerais quelqu'un ? » dit-elle.

« Bien sûr. Pourquoi pas ?

– Parce qu'il est blanc ?

– C'est une bonne raison. »

Barbara réfléchit. « C'est pas bien de tuer des gens, Orley. Pour aucune raison.

– C'est toi qui me dis ça ? C'est toi qui me le dis ? Tu as un sacré culot aujourd'hui. Ne viens pas me dire ce que je dois faire et ce que je dois penser.

– Tu me dis bien ce que je dois faire. Et ce que je dois penser.

– Parce que je suis plus vieille. Je suis plus vieille que toi. Et c'est moi qui commande ici.

– T'es pas ma mère.

– Non. Mais je suis ce qui s'en rapproche le plus – et tu ferais mieux de me croire.

– Au moins, ma mère, c'est une mère.

– Qu'est-ce ça veut dire, au juste ?

– Tu as jamais eu d'enfant. Tu sais rien de ça. »

Orley regarda par la fenêtre et se retint de parler.

Puis elle dit : « C'est peut-être le moment d'aller faire ces devoirs que tu as ramenés de l'école ? »

Barbara se leva et marcha vers la porte.

« N'oublie pas ton Pepsi », dit Orley.

Barbara revint à la table, prit sa cannette et quitta la pièce. Quand elle fut partie, Orley lâcha un *bon Dieu !* retentissant. Mais ce qu'elle avait dans la tête ne franchit pas ses lèvres – comment elle s'était fait avorter de l'enfant de Bobby après la mort de celui-ci. Comment, dans sa rage, elle avait décidé qu'il y aurait un meurtre d'un autre genre que celui de Bobby. Du genre qui priverait le monde d'une autre victime. À présent, douze ans plus tard, Orley regrettait cette décision. L'enfant qui n'était pas né lui manquait. Il aurait au moins été le sien. Ce qu'elle ne regrettait pas, par contre, c'était la rage qui l'habitait. La rage était une source de satisfaction constante et Orley s'était juré qu'elle la nourrirait jusqu'à son dernier jour – et jusqu'à maintenant, encore maintenant, elle y était parvenue.

4

On était à présent en mai et les ondées printanières avaient commencé à ramener la vie sur terre. Gatz sortit dans son jardin et resta debout sous un parapluie.

C'était un dimanche et dans le lointain, au-delà du ravin qui empiétait sur sa propriété, il entendit des cloches sonner. Il portait une chemise bleu pâle et un gilet de laine marine. Son pantalon, comme ses chaussures, était blanc et, à le voir ainsi vêtu, on aurait pensé qu'il était sur le pont d'un yacht plutôt qu'au bord d'une piscine dans un jardin de Rosedale.

Il se sentait seul. Terriblement seul. Rien ne comblait le vide laissé par son enfant absente et par sa mère. Gatz avait tout essayé. Il avait même fait entrer des étrangers dans sa maison. Ce n'était pas, à proprement parler des employés, mais ils acceptaient son hospitalité en échange de leur présence. Quelques-uns partageaient son lit – le dernier en date étant une fille du nom de Susan Clare. Avant elle, il y avait eu deux autres filles et un garçon. Gatz ne ressentait pas d'affection pour eux. Tout ce qu'il voulait, c'était leur contact et le poids de quelqu'un à son côté. Le garçon avait un assez beau visage et des mains longues et rougeaudes. Il jouait du piano, mais ne jouait rien qui plût à Gatz. C'était la même chose au lit. Ce garçon voulait apparemment qu'on le courtise. Il restait couché sur le dos et attendait que Gatz fasse le premier pas. Gatz ne faisait rien de ce qu'il espérait. Ce fut un désastre. Et après que le garçon eut déménagé, Gatz apprit qu'il avait attrapé la sturnucémie et qu'il était mort.

L'épisode avec Susan Clare n'avait pas été plus fructueux. Elle lisait beaucoup et donnait une impression de maturité. Elle étudiait les religions orientales et se livrait à une gymnastique élaborée, couchée sur le dos sous une lampe à rayons ultraviolets dans la grande serre. À la longue, cependant, Gatz désespéra d'elle. Il n'était pas patient et elle insistait toujours pour qu'il porte un préservatif. Un jour, il refusa. Elle s'assit alors sur le lit, les jambes en tailleur, et se mit à lui faire la morale. Il la frappa et dut l'envoyer en taxi à l'hôpital Wellesley. Là, elle raconta au docteur qui lui recousait la lèvre que, dans le noir, elle était tombée dans l'escalier. Aucun de ceux qui connaissaiemt Gatz n'osait jamais dire la vérité à son sujet.

À présent, dans son jardin de Toronto, un souvenir cuisant de son enfance au Texas lui revint en mémoire. Son père l'avait battu, le laissant presque mort, quand il avait neuf ans. C'était le mélange habituel d'alcool et de fureur qui avait déclenché cette scène – son père le projetant à reculons dans la moustiquaire rouillée parce qu'il avait négligé de faire une corvée quelconque. Le père n'avait eu besoin que d'un prétexte mineur pour laisser libre cours à sa rage. Depuis que la mère de Gatz les avait quittés, le garçon subissait une pluie d'injures et de coups au moins une fois par semaine. Sa mère était partie sur la route avec sa valise et Gatz la revoyait, debout, au bord de la grand-route, dans le nuage de poussière qui l'avait emmenée. Elle était montée à bord d'un Greyhound à destination de Houston – et après cette scène, Gatz pensa constamment à cet autobus comme au tourbillon de l'Évangile dont il avait entendu parler durant le sermon.

Il avait alors été la seule cible, à part les chevaux, de la violence paternelle. Plus tard, le vieux avait rampé sous les draps pour y retrouver son fils, et n'avait cessé de pleurer pendant que sa main calleuse se promenait de haut en bas sur le torse sec du garçon, jusqu'à ce que ce dernier se rendit compte trop tard que son père voulait le prendre comme il l'avait vu prendre sa mère. C'est ainsi que Gatz, âgé de dix ans, prit la route avec sa valise pour suivre sa mère dans le tourbillon, où il ne la retrouva jamais.

Ce qu'il trouva à la place, ce fut le commerce que révélait sa propre situation. Un garçon de dix ans, aux cheveux brûlés par le soleil et aux yeux myosotis peut gagner une fortune avec son histoire – pour peu que l'histoire contienne tous les ingrédients nécessaires. Gatz découvrit alors la valeur des relations publiques, qui, avec le temps, allaient lui permettre d'accéder à la fortune. Ce n'est pas ce qu'on est qui importe, c'est ce qu'on paraît être. Le mot *façade* fit son entrée dans son vocabulaire.

En frappant à la porte de diverses agences – à l'exclusion de la police et avec une préférence pour les églises et les organismes de bienfaisance – il racontait que ses parents l'avaient abandonné. Il comptait bien que son père ne se hasarderait pas à suivre sa trace immédiatement et il devinait que la disparition de sa mère était définitive. Où, après tout, avait pu l'emmener le tourbillon, une fois arrivée à Houston, sinon dans un triste motel peuplé d'étrangers ? On ne reparlerait plus d'elle. Gatz ne l'avait jamais revue. Quant à son père, il pouvait toujours refaire surface. Un homme capable de vous flanquer dehors à coups de poing peut aussi battre la campagne pour vous retrouver.

Ce fut le seul moment où le jeune Jimmy Gatz renonça à son

intégrité pour une promotion. Le garçon qui avait repoussé son père se tournait maintenant de lui-même vers les autres. Il se servait de la beauté de sa jeunesse pour attirer l'attention des riches qui fréquentaient les hôtels et les clubs où il travaillait comme chasseur, voiturier et barman. Il avait même des cartes de visite qui disaient : *J. Gatz – Disponible* – un message qui soulevait tant de questions qu'il manquait rarement de produire des résultats. Gatz savait déjà que le mot *disponible* est un des mots les plus provocants de la langue.

Il ne distribuait sa carte qu'au compte-gouttes. Il n'allait pas se gaspiller. Il voulait beaucoup plus que de l'argent – il voulait de l'avancement. Il la donnait aux hommes comme aux femmes. Tout ce qu'on lui demandait il le faisait, avec sincérité, tact et efficacité. Mais il profitait de toutes les occasions pour donner une image de vulnérabilité. Cela le mettait, dans la plupart des cas, en contact avec des clients qui étaient sensibles au charme. Cela le mettait aussi à l'abri de la violence et lui ouvrait ces portes situées au-delà de l'assouvissement sexuel, par lesquelles les mentors font pénétrer leurs protégés dans le monde des études et des affaires. À vingt et un ans, Gatz recevait une bourse qui l'amena au Maryland, et à vingt-huit ans, il épousait Marianne Prager de Baltimore et avait fait tant de chemin depuis sa balade dans le tourbillon que, si sa mère l'avait vu, elle ne l'aurait jamais reconnu.

La ville au-delà des ravins retentissait de ses bruits du dimanche tandis que l'herbe verdissait sous la pluie dans le jardin de Gatz. Un rouge-gorge se posa et traversa en courant une plate-bande de tulipes qui commençaient de sortir de terre. Puis il s'arrêta comme le font les rouges-gorges, tête dressée et œil luisant, à l'affût de tout ce qui bouge. Gatz, sous son parapluie, observait. Depuis que les Escadrons M s'étaient mis à pulvériser, on ne voyait plus autant de rouges-gorges. Les doigts de sa main libre se refermaient machinalement sur sa paume. Il voulait une main à tenir. *Marianne – Anne Marie.* Sa main formait à présent un poing. *Revenez…*

Il plut encore un peu. Les cloches cessèrent de sonner. Gatz fit demi-tour et, baissant son parapluie, rentra dans sa maison vide. Le rouge-gorge poignardait la terre de son bec et mangeait. Gatz, quant à lui, avait pris une décision. Il allait donner une soirée – et il inviterait la terre entière.

5

Emma avait été intriguée par la maison de Beaumont Road dès la première fois où elle l'avait vue, alors qu'elle passait prendre le voisin, un homme du nom de Royhden.

«Qui habite ici?» avait dit Emma, tandis qu'il montait à côté d'elle dans la voiture, un soir.

«Gatz», avait dit Royhden – et il avait claqué la portière. «Vous ne voudriez pas faire sa connaissance.»

Eric Royhden, comme les autres, prétextait souvent qu'il allait *faire une longue promenade* quand il franchissait le pas de sa porte pour aller retrouver Emma. Confortablement installée dans l'anonymat sur la banquette arrière de la Grande Baleine blanche, Emma ne craignait pas d'être découverte; quant à ses clients, c'était leur problème. Elle s'amusait souvent de leurs stratagèmes. L'un d'eux venait toujours la retrouver en short de jogging. Un autre amenait toujours son chien. Royhden, n'étant pas marié, n'avait à faire qu'avec la susceptibilité de ses domestiques. Il s'inquiétait tout de même de ce qu'ils pensaient et ne partait jamais pour ses *promenades* avant d'être sûr qu'ils fussent à l'autre bout de la maison, devant un des téléviseurs mis à leur disposition pour qu'ils se distraient.

«Pourquoi cela? fit Emma.

– Parce que, dit Royhden, il a triste réputation.

– Quelle réputation?

– Il abuse de la bouteille, pour commencer.»

Emma se mit à rire. «Quelle idiotie! dit-elle. Les hommes

disent toujours ça de leurs rivaux. » Puis elle ajouta : « Quelqu'un a dit exactement la même chose de vous l'autre jour. »

Royhden ne trouva pas cela drôle.

Plus tard, après qu'Emma eut vu Gatz debout sur sa pelouse, elle avait cherché à en savoir plus. Royhden n'avait rien à ajouter, mais quand Emma aborda le sujet avec son mari, Maynard fit cette réflexion : « On m'a dit que son travail consistait à limiter les dégâts, selon la formule consacrée.

– Tu veux dire qu'il est chirurgien, comme toi ? »

Maynard se mit à rire. « Pas du tout, fit-il. Il limite des dégâts d'un tout autre genre. Les gens louent ses services pour se protéger des médias.

– Je ne comprends pas.

– Les hommes d'affaires, les cabinets d'avocats, les promoteurs immobiliers... Ils ne veulent pas que d'autres fourrent le nez dans leurs affaires.

– Est-ce que tu l'as rencontré ?

– Non.

– Tu mens.

– Je ne te mens jamais, Emma. C'est toi qui me mens – tu te souviens ? »

Elle le regarda fixement – sachant qu'elle ne pouvait se défendre. Dans le sourire de son mari, toutefois, il y avait quelque chose qui ressemblait à un pardon.

Malgré tout, elle ne pouvait oublier Gatz. Il était toujours présent dans son inconscient, et, de temps en temps, elle évoquait délibérément son souvenir. Un homme aux yeux tristes, debout sur sa pelouse au crépuscule, devait d'une façon ou d'une autre être son jumeau. C'est ainsi que Gatz prit place dans les rêves d'Emma, et que sa silhouette, plus grande que nature, devint la norme à laquelle les autres hommes devaient se mesurer. Comme tous les hommes qui peuplent les rêves des femmes, Gatz tendait vainement une main impuissante et donnait l'impression d'être venu sur terre uniquement dans le but de trouver Emma. Elle savait, bien sûr, qu'il n'existait aucun homme de ce genre en chair et en os, et qu'il n'en avait jamais existé. Elle savait très bien – trop bien – qu'en tout homme se dissimule un filou, cachant son impuissance sous une main veinée de bleu, ou sa nature dominatrice sous un sourire d'enfant. Il y avait toutefois quelque chose dans l'attitude de Gatz, debout sur sa pelouse, qui témoignait d'une peine réelle. L'angle de ses épaules avait un accent de vérité – quand Gatz s'inclinait vers l'avant, la tête rentrée dans les épaules pour lutter contre l'assaut de la solitude qui semblait si intense qu'elle le rendait malade. Si c'était le cas, il souffrait d'un mal qu'Emma comprenait, pour en avoir souffert bien longtemps elle aussi. Le mal de l'absence – pas l'absence du monde en général, mais celle de quelqu'un d'important – la moitié de soi-même – la partie manquante de son être.

C'est ainsi que, durant un certain temps, Emma eut Gatz à portée de son imagination avant de le rencontrer en personne.

Comme ce fut le cas pour toutes les maisons de la haute société de Toronto, une invitation arriva, un jour, sollicitant la présence des Berry, le soir du 14 mai, dans la splendide demeure de Gatz. Le carton mentionnait qu'on y servirait des rafraîchissements, qu'on danserait et qu'il y aurait une collation de minuit.

Au sujet de la collation de minuit, Orley déclara à Barbara :
« Ça me rappelle trop le vieux Sud. Pas mon style.

– J'aimerais y aller. Ça a l'air tellement romantique, dit Barbara.

– Romantique, c'est pas ça qui va te mener bien loin, dit Orley. À ta place, je ne lirais plus ces romans à l'eau de rose et je redescendrais sur terre. »

Le soir venu, Barbara observait, depuis la table de la salle à manger, ses parents descendre l'escalier pour partir. Les voir ensemble était déjà chose rare, mais les voir habillés pour sortir ensemble, chacun d'eux si beau, tous deux si bien assortis, était quelque chose d'exceptionnel.

Emma était vêtue de rouge et portait une rose de soie blanche. Maynard était en habit de soirée – smoking et souliers vernis. Emma avait abandonné sa protection habituelle contre les regards curieux auxquels elle pouvait s'attendre en ce genre d'occasions. Elle ne portait pas de voilette et sa pochette de soirée était bien trop petite pour la dissimuler si des photographes étaient présents.

«D'après moi, elle veut que quelqu'un la remarque», fit Orley.

Quand ils furent partis, Barbara dit : «Il y a une fille à l'école qui jure que M. Gatz a séduit sa grande sœur.

– Tu remarqueras, dit Orley, qu'il n'y a jamais de fille à l'école pour jurer qu'elle a elle-même été séduite par un type comme M. Gatz. Dieu merci, je n'ai jamais été la grande sœur de personne. C'est le chemin le plus sûr pour se faire traiter de traînée.»

Même si elle ne l'admettait pas, Barbara soupçonnait qu'Orley avait peut-être bien raison. Elle pouvait nommer au moins deux autres filles à l'école qui disaient que leurs grandes sœurs avaient été séduites par des hommes célèbres. L'une par une star du rock. Et l'autre par une étoile du base-ball. Et puis il y avait la fille Holtz – Isabel. Isabel manquait l'école depuis la rentrée de janvier. On disait qu'elle était à l'asile d'aliénés de Queen Street. Sa sœur Ruth ne voulait pas vraiment en parler, mais elle avait dit qu'Isabel était sortie avec un homme bien plus âgé et qu'elle avait essayé de *s'enfuir de chez elle pour aller vivre avec lui*! Ou quelque chose du genre. Ça paraissait tellement romantique, quand on l'entendait – *être enfermée chez les fous parce qu'on est folle d'amour*.

Barbara elle-même aurait pu raconter une histoire ou deux. Pas sur sa grande sœur, car elle n'en avait pas. Mais sur sa mère. Des histoires qui, en réalité, étaient vraies – et c'est pourquoi Barbara ne les racontait jamais. Il lui vint à l'esprit que d'autres pouvaient avoir des histoires secrètes d'escapades qui étaient vraies aussi. Les gens parlent rarement de ce qui arrive en vrai à leur sœur – à leur mère – à leur père. Et il ne parlent jamais de ce qui leur arrive en vrai à eux. Selon un accord tacite, auquel Barbara elle-même adhérait, ça ne se faisait tout simplement pas.

On avait monté une marquise dans le jardin de derrière et recouvert la piscine d'une piste de danse. Un véritable palmier se trouvait dans la grande serre et l'escalier avait été décoré de guirlandes de bougainvillées et d'hibiscus. Emma s'attendait presque à voir une volée de cacatoès se poser sur les chandeliers, ou des flamands roses se dresser sur leurs pattes dans le hall. Quant à Maynard, il n'était pas impressionné. Il déclara que les gens qui gagnaient leur argent de façon honnête n'avaient pas de palmiers dans leur serre. Emma lui demanda : *Qu'est-ce qu'ils ont ?* Il répondit : *L'océan Atlantique.*

Des serveurs en livrée vert pâle et portant des plateaux d'argent avec des coupes de champagne, de vin blanc et de rosé, se frayaient un chemin à travers la foule d'invités. Le vin rouge était offert sur des plateaux de cuivre portés par d'autres serveurs habillés dans des teintes allant du prune au bordeaux. L'orchestre jouait sur la terrasse, de l'autre côté de la piscine, le saxophone dominant la musique.

Tout le monde semblait se connaître, bien que ce ne fût pas tout à fait vrai. Très peu de gens, sauf ceux qui avaient eu recours à ses services, avaient rencontré Gatz, et il y en avait beaucoup d'autres qui ne se connaissaient que de réputation ou *de diffamation,* comme l'avait-dit quelqu'un. Il y avait, au sein de cette société, des divisions que tout le monde ressentait mais que personne n'admettait – des divisions qui tenaient à l'endroit où l'on habitait et à la façon dont on avait acquis sa fortune. C'était la même chose que dans toute autre société, mais celle-ci se distinguait par la véhémence avec laquelle on refusait de se mêler aux autres. On se disait *bonjour* poliment – on ne se serrait pas la main, on l'effleurait. Certains personnages en vue avaient donc décliné l'invitation de Gatz – non en raison de Gatz lui-même, mais de sa liste d'invités. Fabiana Holbach, par exemple, n'était pas venue. Ni Kurtz. Ni Benedict et Peggy Webster. Ni le frère de Benedict, John. Ni Gordon Perry. Ni Warren Ellis. D'autres, encore, avaient dit qu'ils regrettaient de ne pouvoir venir. Eric Royhden, son voisin, n'aurait jamais mis les pieds chez Gatz. Ce qui se comprenait, Gatz ayant fait du tort à un de ses associés.

Freda Manley, en revanche, avait accepté avec joie. C'est Gatz qui l'avait défendue en empêchant la publication d'un livre sur la société Beaumorris qui n'aurait pas manqué de causer des dégâts. Freda était déjà sur la voie d'une nouvelle conquête – un jeune homme d'Uruguay, qui l'accompagnait ce soir-là.

Olivia et Griffin Price étaient venus. Comme John Dai Bowen. Et toutes les nanas de la charité que John Dai méprisait et toutes les reines de beauté qu'il adorait – plus les O'Flaherty, qui avaient plus de fortune dans l'immobilier qu'on n'aurait su le dire. D'incroyables rumeurs couraient sur la faillite des O'Flaherty – ou avaient couru, jusqu'au jour où Gatz était intervenu en parlant d'un procès en diffamation en leur faveur.

Patti O'Flaherty, que John Dai avait photographiée à plusieurs reprises à la demande de son mari, était peut-être la personne la plus haute en couleur de la soirée. Elle avait toujours une façon de faire irruption dans le décor comme s'il avait été créé tout particulièrement pour elle. Il serait juste de supposer qu'elle était déjà montée sur scène, car chaque mot qui sortait de sa bouche et chacun de ses gestes étaient plus grands que nature et deux fois plus intenses. Ce soir-là, elle se dirigea vers la piste de danse qui couvrait la piscine et insista pour danser le charleston en solo. Elle ne passait pas inaperçue. Grande et assez mince, elle avait l'habitude de porter des perruques laquées bleu-noir. Elle avait vraisemblablement choisi le charleston pour se faire valoir parce qu'elle portait une robe à perles et à franges – qui miroitait lorsqu'elle dansait et faisait ressortir la finesse de ses hanches et le rebondi de son corsage. À la fin du spectacle, beaucoup applaudirent – et beaucoup d'autres dont Emma et Maynard Berry battirent en retraite à l'intérieur de la maison, bien décidés à ne pas regarder le deuxième acte.

C'était à la fois une soirée comme une autre, et une fête unique – en ce sens qu'aucune des personnes présentes ne savait réellement pourquoi elle était là, sinon pour découvrir pourquoi les autres étaient là. Certains avaient senti qu'il serait dangereux de ne pas venir. Qui pouvait savoir ce qui allait se passer ? Qui pouvait réellement dire quelle sorte de pouvoir exerçait Gatz et à quel degré il l'exerçait ? Et sur qui – si on n'était pas là pour évaluer la liste des invités.

Gatz lui-même était la personne la moins visible de la soirée. On l'apercevait, mais on ne pouvait le coincer. Personne ne partirait ce soir-là en pouvant dire qu'il avait eu une conversation avec lui. Il y avait eu des échanges de plaisanteries. On avait vu des portes fermées, ce qui laissait croire que Gatz était peut-être cloîtré avec un ou une invitée – mais quand les portes s'ouvraient, ce n'était jamais Gatz qui apparaissait, mais d'autres invités qu'il n'était pas surprenant de voir ensemble.

Personne ne dansa avec lui. Il ne choisit pas de cavalière. Beaucoup d'invités partirent comme ils étaient venus – sans avoir jamais rencontré leur hôte.

Emma le cherchait partout, mais elle ne l'aperçut qu'une fois et de très loin, tandis que, depuis l'escalier, elle regardait en bas, dans le salon d'honneur fourmillant de gens qui allaient et venaient, des salles de réception à la grande serre et à la terrasse. Elle vit, l'espace d'un instant, Gatz appuyé contre la porte donnant sur la bibliothèque. Il prenait un verre d'un plateau qui passait là et se tournait vers une femme pour lui porter un toast, une femme qu'Emma n'avait jamais vue auparavant.

Il se trouva qu'Olivia Price descendait l'escalier à ce moment-là et Emma lui posa la main sur le bras.

« Est-ce que tu sais qui est avec M. Gatz ? » demanda-t-elle.

Olivia dit qu'elle n'en avait pas la moindre idée. Après quoi, elle regarda Emma en disant : « Est-ce qu'il t'intéresse ? »

– Oui, dit Emma. Il m'intéresse. »

Olivia sourit et effleura de la main les perles à son cou. « Fais attention à lui, Em, fit-elle. On dit qu'il a tué un homme dans le passé. »

Emma souriait, elle aussi.

« Je sais, dit-elle. Tu y crois ?

– Je ne sais pas, répondit Olivia. Mais il est sûr qu'il est mystérieux. Je l'ai vu à la télé une fois. C'est à peu près à l'époque où il a empêché le livre sur la société Beaumorris de sortir. Tu sais, celui sur Freda Manley.

– Oui.

– Eh bien, on n'a jamais pu expliquer comment il avait réussi son coup. Comme avocat, il semble toujours opérer à huis clos. Personne ne sait rien là-dessus. Ou sur lui. Et il s'arrange pour que les choses en restent là. À propos de ce truc à la télé – je crois que c'était aux nouvelles un soir – il y avait une longue interview avec celui qui devait publier le livre, et avec l'auteur, mais quand on a voulu interviewer Gatz, il a refusé. Je trouve ça idiot, continua Olivia, étant donné qu'il avait gagné le procès. En tout cas, quand Gatz s'est éloigné, le reporter a dit : *Cet homme a réussi à bloquer toute enquête sur les affaires de la société Beaumorris. Il refuse de commenter. Pratique courante chez James Gatz.* Et c'était comme ça. C'est-à-dire, il n'a pas dit un mot. Incroyable, non ? Et il paraît qu'il s'en tire tout le temps. »

Olivia continua en demandant comment allaient Maynard et Barbara. Mais Emma n'écoutait pas. Elle cherchait Gatz des yeux – et Gatz avait disparu.

Dans le rêve d'Emma cette nuit-là, Gatz dansait avec quelqu'un sous une marquise installée sur la pelouse d'Emma. Le saxophone jouait toujours, comme s'il avait continué de jouer pour elle sur le chemin du retour et lorsqu'elle s'était endormie. Personne d'autre ne se déplaçait dans ce rêve, sinon Gatz et la danseuse inconnue. Emma elle-même n'était qu'une observatrice. Il y avait cependant un autre personnage dont la présence – Emma y penserait en s'éveillant – avait due être évoquée par les propos d'Olivia dans l'escalier. Un homme mort gisait sur l'herbe. En rêve, Emma crut le reconnaître. Éveillée, elle ne savait plus qui c'était.

6

Il se trouva qu'Emma Berry comptait parmi les patients de Marlow le lendemain et, au milieu de la séance, elle lui dit : « Tu as déjà entendu parler d'un homme qui s'appelle Gatz ?

– Celui qui dépanne ? Oui », dit-il.

Emma dit : « Je suis amoureuse de lui.

– C'est curieux », fit Marlow, essayant, comme à l'accoutumée, de ne pas paraître trop sûr de lui. « Tu n'en a jamais parlé auparavant.

– On ne s'est jamais rencontrés, dit Emma.

– Ah bon. Alors tu l'aimes à distance.

– C'est un peu ça. Mais ça n'est pas comme ça que je le ressens. J'étais chez lui juste hier soir. »

Emma lui parla de la soirée et Marlow dit qu'il avait cru comprendre que Gatz était un ermite et qu'on ne le voyait jamais aux soirées données par les autres. Qu'est-ce qui avait bien pu motiver cet accès soudain de sociabilité ?

« Je crois qu'il espérait rencontrer quelqu'un. J'ai l'impression qu'il est très malheureux. Tout seul.

– *On est seul au sommet*, fit Marlow.

– On est seul aussi en bas », dit Emma.

Marlow fit pivoter sa chaise. « Qu'est-ce qui te fait penser que tu es amoureuse de lui ? »

Emma dit : « J'aime les solitaires. Je me sens des affinités avec eux.

– Est-ce que je dois accepter ça comme réponse ?

– N'essaie pas de me coincer, Charlie, dit Emma. Ne me pousse pas.

– Je suis ici pour pousser, dit Marlow. C'est mon travail. »

Emma était immobile. Même ses mains ne bougeaient pas.

Marlow dit : « Tu veux l'emmener faire un tour, à l'arrière de la limousine ? »

Emma détourna les yeux.

Ils avaient discuté de la Grande Baleine blanche et, jusqu'à un certain point, de ce qui s'y passait, mais Emma avait perdu le fil de ce qu'elle lui avait dit – elle ne se rendait pas compte de l'état, ou plutôt du danger dans lequel elle se trouvait en raison des progrès de sa maladie. Marlow n'était que trop conscient de cela – du fait qu'elle avait absolument besoin d'aide. C'était une somnambule, qui racontait son histoire sans être protégée par sa conscience. À certains moments, il avait envie de la forcer à faire une cure, à aller en maison de repos, en clinique. Mais elle se dérobait, répétant avec insistance qu'*au moment où elle s'arrêterait et s'allongerait,* l'épuisement aurait le dessus et tout serait fini.

Elle lui avait demandé une fois, à brûle-pourpoint, s'il croyait qu'elle était nymphomane. Sa réponse avait été *Non. En fait,* avait-il dit, *tu es tout le contraire.*

Qu'est-ce que je suis, alors?

Maniacodépressive. Marlow ne l'avait pas dit comme ça. Elle passait par une variante de cette maladie – un remous psychique qu'on ne pouvait définir nettement. À bien des égards, elle était un ensemble de variations, au sens musical du terme, sur le thème de la panique. Techniquement, oui – maniacodépressive. Mais il n'était pas prêt à mettre un nom sur sa maladie. La facette dépressive de son être allait trop souvent de pair avec la facette maniaque, dans une espèce d'exaltation sans joie – une gigue dansée dans des flots de larmes. Elle était un catalogue de contradictions.

Une chose, cependant, était claire. En empruntant la terminologie de Lilah, Marlow aurait pu décrire Emma comme une apparition incomplète – comme si, lorsque quelqu'un l'évoquait, la moitié de son être seulement se matérialisait. En ses propres termes, il était tenté de la voir comme un jeu de personnalités multiples – égarée dans le monde, abandonnée de son hôte corporel –, une identité incomplète n'ayant nulle part où se cacher, aucun corps dans lequel se réfugier. On aurait pu dire, si un tel phénomène existait, qu'Emma Berry était l'exemple parfait d'un être éthéré. Et pourtant...

Et pourtant...

253

Elle était là, assise devant lui, bien vivante et réelle. Il sentait ses cheveux. Il l'entendait respirer. Est-ce qu'elle était tellement différente, pour toucher au cœur du problème, de n'importe quelle autre femme en chair et en os dont on n'arrivait pas à percer le mystère?

Oui. Elle l'était.

Physiquement, elle était la recréation de Maynard Berry. Mais elle n'avait pas encore trouvé de chirurgien qui aurait pu recréer son âme. Quelqu'un d'autre devait lui prouver qu'elle était vivante. Elle ne pouvait elle-même en fournir la preuve. *Vivre et respirer, ce n'est rien*, avait-elle dit un jour à Marlow. *Vouloir vivre et respirer, c'est tout.*

C'était peut-être pourquoi elle jouait avec le feu, présumait Marlow. Pourquoi, quand il y avait du sang sur sa jupe ou sur ses bas, elle était rouge et fiévreuse. Pourquoi, quand elle disait *Gatz*, elle portait les doigts à ses lèvres, comme pour vérifier la forme de son nom.

Marlow essaya de sourire. «Est-ce que tu es en train de me demander d'arranger une rencontre avec Gatz?

– Peut-être que tu pourrais me laisser dans une corbeille sur le pas de sa porte, dit Emma. C'est bien comme ça que ça se passe dans les romans?

– Certainement pas dans les bons romans, fit Marlow. Peut-être dans les petits romans à deux sous de l'ère victorienne.

– Écrits par des femmes qui ont des noms à rallonge», dit Emma. Puis elle se tut – totalement.

Marlow dit : «Tu sembles avoir abandonné tout effort pour sauver ton mariage. Je dois te dire que, selon mon opinion de professionnel, tu es en danger de le détruire – avec ta fille – pour la seule raison que tu refuses d'en finir avec ton insouciance. Je ne peux pas t'aider si tu ne veux pas t'aider toi-même.

– Peut-être que je ne veux pas d'aide.»

Marlow se taisait.

«J'ai des droits, dit Emma. J'ai droit à mes rêves. J'ai le droit de les réaliser.

– Oui.» Il était fatigué.

«Alors, donne-moi la permission.

– Je ne peux pas. Je ne suis pas ton confesseur. Je suis simplement ton docteur.

– Les docteurs sont là pour aider.

– Pas en tendant à leurs patients une boîte d'allumettes.

– Tu sembles oublier, dit-elle, que j'ai déjà, une fois dans ma vie, été brûlée.»

Emma se leva. Elle traversa la salle en enfilant son manteau et regarda par la fenêtre. «Le brouillard descend», dit-elle. Sa voix était rauque. Elle se retourna. «Pardonne-moi.» Et elle partit.

Marlow entendit le déclic de la serrure quand la porte se ferma – et puis le silence de son absence. Elle avait laissé, sur le fauteuil, un petit mouchoir blanc. Il le ramassa et le respira, puis le mit dans sa poche. Le mouchoir n'avait pas été parfumé. Marlow ne sentait que du blanc.

7

Robert Ireland savait depuis quelque temps déjà que Julian Slade avait autrefois été le patient de Kurtz. Il le tenait de Slade lui-même, qu'il avait rencontré pour la première fois au cours d'une de ses promenades du soir. Slade draguait au parc Cluny et lui et Robert avaient les yeux sur le même jeune homme.

Cela s'était passé avant que Slade ne fût frappé du sida. Il n'avait pas encore monté l'exposition connue sous le nom de *Lambeaux,* même si plusieurs des tableaux qui la composaient étaient déjà achevés. Slade avait été diagnostiqué comme schizophrène et avait refusé de prendre des médicaments – *dans l'intérêt de mes démons,* disait-il. Il était encore jeune et incroyablement svelte avec les traits d'un ange polisson. Il transportait des couteaux et des ciseaux dans ses poches et, quand il emmenait ses partenaires chez lui, la première chose qu'il faisait, c'était de

255

découper leurs vêtements sur leur corps, ce qui provoquait en lui la plus insupportable des tensions. Jamais, cependant, il n'entaillait la chair ou ne faisait couler de sang. Il jouait la terreur jusqu'à l'orgasme – un jeu qui, si le garçon sur le lit s'y prêtait en toute obéissance, pouvait aboutir à une récompense sous forme de vêtements flambant neufs dans lesquels le jeune repartait. Les chemises, jeans et sous-vêtements découpés allaient dans une boîte, dans l'atelier de Slade.

Au parc Cluny, Robert avait reconnu Slade – mais Slade ne connaissait pas Robert. Leur conversation, dans la lumière du soir, avait porté sur le danger et Slade avait tout de suite vu en Robert une âme sœur. *Vous avez quelque chose avec vous?* avait demandé Slade, esquissant un sourire. Robert avait dit oui et avait sorti – très lentement, comme s'il s'exhibait devant Slade – le rasoir en argent dans son étui de cuir qu'il possédait à ce moment-là.

Slade avait été très impressionné. Il avait montré à Robert deux paires de ciseaux et un couteau de chasse. Les deux hommes s'étaient ensuite assis, côte à côte, sur une table de pique-nique vert sombre, les pieds sur le banc et leurs doigts se touchant. Mais il n'y avait pas eu de suite. Ils étaient du même côté de l'équation sexuelle et chacun d'eux avait besoin d'un autre malléable pour le compléter. Le garçon au sourire craintif et aux cheveux clairs qui lui tombaient dans les yeux – ce même jeune homme qu'ils poursuivaient tous deux – était celui dont chacun d'eux avait besoin. En fin de compte, ce fut Robert qui abandonna la chasse. Il avait préféré imaginer ce qui se passerait entre Slade et le garçon plutôt que la réalité de ce qui serait peut-être arrivé s'il se l'était approprié.

Slade et Robert s'étaient ainsi rencontrés – reconnus mutuellement – et s'étaient séparés. Mais lorsque l'exposition des *Lambeaux* avait soulevé des tollés lors du vernissage et entraîné la fermeture de la galerie Pollard, Robert Ireland avait été le premier à approcher Tommy Pollard et à acheter une toile. Il l'avait accrochée entre les rayonnages de livres et l'argenterie anglaise avec le reste de sa modeste collection. Modeste en nombre seulement.

Car, parmi les tableaux accrochés aux murs de Robert, se trouvaient un Eakins, un Colville et un Bacon. Il y avait un dessin de Cocteau représentant des marins français, une maquette de Bakst pour un costume de Nijinsky et un autoportrait de Tchelitchew exécuté à l'encre et au marc de café. Telle était l'étendue de sa collection, mis à part un ou deux dessins qu'il échangeait avec d'autres lorsqu'il s'en lassait.

Robert n'était pas un être très sociable mais, quelquefois, il invitait des connaissances à dîner, jamais plus de trois ou quatre à la fois. Ni lui ni Rudyard – son homme, comme il l'appelait – n'était assez bon cuisinier pour préparer un repas à servir à des invités et il faisait donc appel à un traiteur pour toutes les occasions de ce genre. Robert en connaissait trois ou quatre qui préparaient de délicieux dîners et dont les employés étaient discrets. Il ne faisait jamais venir de repas de restaurants ou d'autres services réputés, de peur que ses habitudes et ses penchants, sans parler de ses biens précieux, fussent connus d'un trop grand cercle et fassent ainsi l'objet de commérages et de suppositions. C'est à dessein que Robert vivait derrière un haut mur de pierre dans une maison aux épais murs de pierre. Il ne voulait personne dans sa vie qui n'y aurait été invité. Il ne voulait pas d'étrangers sinon ceux qui peuplaient sa vie sexuelle, qu'il vivait, la plupart du temps, incognito – dans l'intimité des chambres d'hôtels et du Club des Hommes.

La première nuit du brouillard de la mi-mai, Robert donna un dîner pour Kurtz, auquel il invita Fabiana Holbach et John Dai Bowen. L'idée d'avoir une autre invitée lui avait traversé l'esprit, mais la seule femme qui l'intéressait, Emma Berry, n'était pas libre. Kurtz arriva le premier, plus tôt que prévu. Robert, qui n'était pas encore prêt à descendre, dit à Rudyard de faire passer Kurtz dans la bibliothèque et de lui servir son apéritif préféré.

Kurtz entra dans la pièce et resta debout devant les tableaux, un scotch à la main. La pièce n'était pas très grande, mais chaque détail reflétait les goûts de Robert. Il était évident qu'une tenue de circonstance s'imposait. Un homme ne pouvait se passer de cravate dans une pièce comme celle-ci. Ses chaussures devaient reluire. Le port de la veste y était de rigueur. Dans la cheminée, un gros morceau de tourbe se consumait en flammes bleuâtres. Derrière les fenêtres à tout petits carreaux, le brouillard prenait une teinte anglaise. Kurtz sourit. Robert savait s'y prendre pour créer une atmosphère – jusqu'à la couleur du temps.

Kurtz se tourna vers la toile de Slade.

À la différence de la série des *Chambres dorées,* dans laquelle Slade avait donné un titre à chaque tableau, la série intitulée *Lambeaux* avait été numérotée. De un à treize. Le *Numéro treize* était l'autoportrait. Robert Ireland avait acheté le *Numéro huit.*

Kurtz recula et le regarda d'un œil sceptique. Si Robert avait voulu le tableau, qu'est-ce que cela disait du tableau lui-même? Que ce n'était rien d'autre que de l'art érotique empreint de sadisme? Tout de même, Robert avait compris qu'il achetait plus que cela. Et avait voulu plus que cela. Le tableau était une merveille, sur le plan de l'exécution. Comme toujours, avec Slade, le coup de pinceau et le rendu de la texture étaient magistraux. Comme toujours, la surface était éclatante. Et – comme toujours – le sujet était la terreur.

Des éléments de Francis Bacon, dont l'œuvre était accrochée sur le mur d'en face, étaient visibles dans ce tableau. Les yeux fondus – la bouche s'ouvrant non sur un cri, non sur un rire, mais exhalant, tel un soufflet de forge humain, le dernier soupir. Les bras, ensanglantés, inutiles, pendant comme si la mort était déjà survenue, et le cou de la victime tendu en avant – poussant la tête avec tant de force qu'elle semblait vouloir sortir de la toile. Et puis, juste au-dessous du tableau, la cuvette de sang, posée sur une table à jeux du XVIIIe siècle.

Kurtz s'avança pour examiner le plat et vit qu'il n'était qu'à moitié plein de quelque chose de rouge qui avait tout l'air d'être du vin. Les tubes de sang en étaient tachés, là où ils ressortaient de la toile, et les traces des anciens écoulements avaient la même patine lie-de-vin. Il se demandait comment mettre en marche ce mécanisme, mais ne trouvait rien qui pût l'y aider.

Il s'en éloigna de nouveau et but une gorgée de son verre. L'unique glaçon qui flottait dans son scotch émit un tintement de cloche contre le cristal. Kurtz en savoura le goût et avala. Il se croisa les bras et inclina la tête sur le côté.

Le *Numéro huit*.

Ce personnage-là – à la différence des autres de la série – était représenté vêtu de lambeaux. Comme un torturé de Goya. Sur les autres toiles, certains des personnages étaient nus, tandis que d'autres étaient habillés de somptueuses robes et chemises. Cet homme-là était peut-être un mendiant, ou un esclave. Il avait un teint olivâtre. Sa chemise et son pantalon étaient blancs, et d'aspect rustique, le pantalon retenu à la taille par une corde, la chemise floue et sans boutons. Sur le tableau, cette tenue tombait en loques et était déchirée. Les lambeaux – obtenus, comme Kurtz s'en rappelait, avec ce que Slade appelait son *déchiqueteur* – étaient découpés dans la toile en coups parallèles portés de haut en bas. Toutes les coupures étaient verticales. Aucune ne révélait une violence dans l'exécution – rien n'était tailladé – comme cela avait été le cas pour les autres tableaux. Le déchiquetage avait été obtenu à peu près de la même façon que Robert avait rasé les poils du pubis d'un garçon dont il avait parlé une fois – avec des mouvements insistants, langoureux – chaque coup perçu comme une œuvre d'art. Toute la rage manifeste dans les autres déchiquetages de Slade avait été tempérée ici par une main disciplinée. Kurtz pouvait entendre dans sa tête le lent cri rauque du couteau déchirant la toile – pas si différent de la voix du rasoir en argent de Robert...

« Bonsoir, Rupert. »

Kurtz ne se retourna pas. Sa main serra plus fort son verre.

« Tu aimes ce tableau, n'est-ce pas ? »

C'était Fabiana.

Elle était entrée si doucement qu'il n'avait pas soupçonné sa présence.

« Oui, fit-il. Je l'aime. J'aime tout le travail de Slade. Bonsoir Fabiana. » À présent, il se tournait vers elle.

Fabiana était vêtue de noir, comme toujours, une ceinture de soie rouge à la taille. «Le brouillard est terrible dehors, dit-elle. C'est pour ça que je suis en retard.»

Kurtz continua d'observer le tableau. Il ne voulait pas regarder Fabiana trop ouvertement.

«Comment est-ce qu'on le met en marche?» demanda-t-il, faisant un signe de tête en direction de la cuvette de sang.

«Par ici, près de la porte, dit Fabiana. Je le sais parce que j'ai aidé Robert à l'installer. Il aime faire croire aux gens que c'est de la magie. Alors on a mis l'interrupteur ici, pour qu'il puisse l'activer sans s'approcher du tableau.» Elle en fit la démonstration. Le mécanisme ne faisait pas de bruit. Le vin-sang se mit à couler. «Franchement, dit-elle, je pense que des tableaux pareils devraient être dans des musées.» Elle arrêta le mécanisme. «Une œuvre d'art n'est pas un jouet. C'est le seul aspect des *Lambeaux* que je n'aime pas. C'est génial – mais ça repose sur un gadget. Ce n'est pas bon.»

Kurtz n'était pas de cet avis, mais il se tut.

«J'adore cette pièce», dit Fabiana, en se détournant du tableau. «C'est-à-dire que j'adore le reste de la pièce. Le mobilier est extraordinaire, tu ne trouves pas? Et j'aime les autres tableaux. Je lui ai recommandé d'acheter le Bacon. Il a bien réussi son coup.» Elle fit une pause. «Le Cocteau est tellement effronté, dit-elle en riant, et le Colville si austère. Tu sais, parfois, ses œuvres me font en réalité plus peur que celles de Slade. C'est vrai. On dirait toujours qu'il va arriver quelque chose de terrible, mais on sait rarement ce que c'est. Ou ce que c'était. Parfois, cette chose horrible vient juste de se passer...»

Fabiana regarda le Colville et Kurtz dit du tableau : «Ça n'est rien d'autre que la surface de la mer. Le calme plat.

– Oui, dit Fabiana. Mais il y a quelqu'un qui vient juste de s'y noyer – ou qui est sur le point de le faire, dès qu'on aura le dos tourné. Je le trouve inquiétant et désespéré. C'est encore l'autre point commun de la plupart des tableaux de Colville – ils sont anormalement calmes. Le mot *menaçant* leur va bien.

– Tu ne l'aimes pas.

– Ce n'est pas ce que j'ai dit. Je l'aime en fait. J'aime ses tableaux. C'est la tension que j'aime. On ne peut jamais les observer sans avoir une boule à l'estomac.

– Les observer?

– Oui? Quoi?

– Les *observer*. Tu as dit *observer*.

– Oui? Je ne m'en suis pas rendu compte. Remarque, je crois que c'est vrai, tu ne penses pas? Au moins pour moi. Je crois qu'il faut observer les tableaux – pas seulement les *regarder*. Encore moins les *voir*. C'est là que se crée la tension, dans la vigilance, l'attente, le silence.» Fabiana avait à la main un verre de gin qu'elle portait à présent à ses lèvres. Deux bracelets d'or retombèrent l'un sur l'autre en cliquetant.

Kurtz la regardait avec avidité. Il la connaissait suffisamment pour savoir que, en cet instant, elle ne lui rendrait pas son regard. Elle semblait très préoccupée.

Finalement, il dit : «La dernière fois que je t'ai vue, tu déjeunais chez Arlequino.

– Ah?

– Oui.

– Quand est-ce que c'était? J'y vais souvent déjeuner. Avec qui est-ce que j'étais?

– Tina Perry.

– Ah oui! Tina Perry. Des sous, des sous, des sous.» Fabiana sourit. «C'est une de mes commanditaires.

– J'aurais préféré qu'elle ne le soit pas.

– Grands dieux! Pourquoi donc?»

Kurtz dit : «Elle est brusque. Culottée. Coriace.»

Fabiana dit : «C'est une sacrée femme d'affaires, Rupert. Et moi aussi.»

Ils redevinrent de nouveau silencieux, chacun buvant une gorgée de son verre. Puis Fabiana dit : «La seule chose que je n'aime pas tellement quand je viens chez Robert, c'est qu'il ne permet pas qu'on fume.»

Encore le silence.

Puis Fabiana dit : « Rupert...

– Oui.

– J'ai besoin d'aide.

– D'aide ? » Son cœur commença de s'emballer. Fabiana se tournait dans sa direction – revenait vers lui. Elle avait besoin de lui.

Elle s'éloigna.

« Je me sens de nouveau perdue, Rupert, dit-elle. Comme avant. » Elle s'assit sur une chaise à dossier droit. Une chaise quaker, avec un siège canné. Tout l'éclat de sa séduction avait disparu. Ce n'était plus qu'une femme vêtue de noir, le visage incliné vers ses genoux où reposaient ses mains tenant leur fardeau d'alcool. « Peut-être que ce n'est que le contrecoup du montage d'une exposition comme celle de Slade. Je ne sais pas. Tu mets toute ton énergie à te dépêcher d'accrocher les tableaux pour le vernissage – puis à vendre. *Et vlan !* – d'un coup, il n'y a plus rien. Tout ce qui te reste, c'est ta vie. Et je... Elle soupira. Je n'ai pas de vie. Pas en dehors de mon travail. Il me semble tout d'un coup que c'est quatre heures du matin à n'importe quelle heure de la journée. »

Le charbon dans la cheminée commençait à se désagréger, en une série de glissements. Glissements de terrain. Montagnes qui s'écroulent. Des flammes jaunes se joignaient aux flammes bleues.

« Jimmy est revenu », dit-elle ensuite.

Kurtz respira profondément.

« *Revenu ?* dit-il.

– Oui. » Fabiana montra sa tête du doigt. « Là-dedans. Et je ne peux pas me débarrasser de lui. Je ne peux pas lui échapper. Je suis prise en otage, Rupert. Littéralement. Il me retient malgré moi. »

Kurtz attendit. La description que donnait Fabiana de son mari était pertinente. C'était un terroriste, à sa façon – un preneur d'otages. *Sers-t-en – puis débarrasse-t-en. Tue, s'il le faut.* Les hommes faisaient ça aux femmes. Certains hommes à certaines femmes. C'était une réalité de la vie. Et lorsqu'ils s'en allaient – s'ils s'en allaient – ils gardaient leurs victimes captives. Parfois pour la vie. Holbach était parti depuis plusieurs années à présent, mais il était évident qu'il avait toujours en sa possession les clés de la cellule de Fabiana.

« Si tu as des problèmes », dit Kurtz, se gardant bien de s'approcher d'elle physiquement, restant debout près de la mer de Colville, « je suis là pour t'aider.

– Oui, dit Fabiana. Je sais. »

Puis elle le regarda, posa son verre et sortit un mouchoir de sa pochette. Kurtz ne pouvait s'empêcher de penser au mot *usée*. Elle s'essuya les yeux, se moucha, et resta assise un moment avec le mouchoir déployé comme un drapeau de capitulation. « C'est toujours la même chose, dit-elle. À la minute où il revient, il recommence à me détruire.

– Je peux te donner un rendez-vous quand ça te convient.

– Merci. Oui. J'aimerais bien. »

Kurtz détourna les yeux et regarda le feu. Dans sa tête, il y avait comme un cri de triomphe, mais rien ne transparaissait dans sa voix. « Tu peux commencer comme je le demande à tous mes... gens... » Il ne disait peut-être jamais *patients*, mais il ne pouvait se résoudre à dire *clients* à Fabiana. « Tu peux écrire un essai. Mets ton problème sur papier, comme tu veux. Pourquoi tu veux de l'aide, pourquoi tu en as besoin. Qui tu es selon toi – comment tu te vois. Si tu le couches sur papier, tu as l'occasion de l'exprimer sans t'interrompre. Je trouve que ça marche toujours, en guise d'introduction.

– Tu es rusé, Rupert », dit-elle. Mais elle souriait en le disant.

Kurtz alla jusqu'à lui faire une petite révérence. « C'est mon génie », fit-il. Et lui aussi souriait.

Fabiana leva les yeux vers le tableau de Slade. « Il est en train de mourir, tu sais.

– Le sida ?

– Qui sait, dit Fabiana. Tout. Le sida. La vie. La schizophrénie. Ça n'est pas un bon cocktail.

– Il a créé de grandes œuvres. »

Fabiana regarda Kurtz et se redressa sur sa chaise. Elle contempla le tableau de Slade. « Il a été ton patient, c'est ça ?

– Oui.

– Qu'est-ce que tu pensais de lui ?

– Ce que je pense d'habitude. Inquiet. Intraitable. Tourmenté. Vivant un enfer. »

Fabiana sourit. « Enfer, dis-tu. C'est intéressant, Rupert. » Elle but une gorgée de son verre. Elle ne quittait pas le tableau des yeux. « Il pensait que tu étais un dieu.

– Vraiment ? » Kurtz ne voulait pas s'engager. Slade, il est vrai, avait été un peu comme son disciple en même temps que son patient. Il croyait, naïvement, à ce que Kurtz faisait au Parkin. Naïvement seulement dans le sens où il n'avait aucune perception scientifique de la folie – seulement la perception de celui qui était fou. Pourtant, cela avait été enivrant pour Kurtz d'avoir un adepte à ses pieds. *Quand est-ce que ma vie de fou commence ?*

Fabiana dit : « Il t'a salué à la galerie. Est-ce que tu l'as remarqué ? »

Kurtz l'avait vu – mais il dit : « Non.

– Oui, dit Fabiana. Il ne jure que par toi. » Elle le regarda. « Je ne suis pas si sûre d'être en sécurité entre tes mains, dit-elle d'un air amusé. En tant que patiente, je veux dire. »

Kurtz à présent voulait changer de sujet. Elle devenait trop intime, trop vite.

« La semaine prochaine, dit-il, nous allons avoir un homme d'envergure parmi nous.

– Ah oui ? Et qui cela peut-il bien être ?

– Nicholas Fagan vient à l'université donner la Conférence Appleby.

– Il faut que j'y aille.

– Eh bien... c'est justement la raison pour laquelle j'en parlais. Vois-tu, je ne serai pas là à son arrivée. Je veux dire, à l'arrivée de Fagan. Et il y a une soirée donnée en son honneur, et on m'a chargé de veiller à ce que le professeur Fagan soit accompagné...

– Et alors?

– Je pense que ça devrait être toi.

– Moi? Oh! Rupert, *je t'en prie*! Je ne peux vraiment pas.

– Pourquoi pas?

– C'est un dieu, Rupert. »

Kurtz laissa un de ses rares sourires paraître sur son visage. « Eh bien! tu étais assise avec moi ces derniers instants – et je suis un dieu. C'est bien toi qui l'as dit. Selon Slade. »

Fabiana se calma. Elle avait très envie de rencontrer Fagan, qui avait eu une certaine influence sur ses lectures.

« Qu'est-ce que je dois faire? dit-elle.

– Le prendre à son hôtel. L'emmener chez Marlow pour l'apéritif. Puis l'emmener à la soirée.

– Charlie Marlow qui était marié à Charlotte O'Neill?

– C'est ça. Il travaille au Parkin, maintenant.

– Et la soirée – où a-t-elle lieu?

– Chez les O'Flaherty. »

Fabiana se mit à rire. « Oh! fit-elle. Chez *eux*.

– Oui. Chez *eux* parce qu'ils sont irlandais, comme Fagan – et parce qu'ils ont offert leur maison.

– C'est bien. Je le ferai. Et merci pour cette occasion, Rupert. Autrement, le professeur Fagan aurait bien pu passer dans la ville sans que je le sache. » Puis elle dit : « Pourquoi est-ce que tu ne seras pas là?

– Je serai là pour le dîner, puis pour la conférence. Mais plus tôt, je serai dans l'avion, de retour de Chicago, c'est pour ça que je ne pourrai pas être chez Marlow. »

Fabiana se leva. Elle finit son verre et regarda autour de la pièce, avec ses livres et ses tableaux et son argenterie anglaise. « Pauvre Robert, dit-elle. Il vit tout seul et il n'a personne avec qui partager tout ça.

– Oh, je ne sais pas, dit Kurtz. Chacun de nous est seul. Et Robert a au moins Rudyard. Pour ma part je ne le plains pas. Ici, c'est son sanctuaire. Et c'est de ça qu'il a besoin. »

Il ne donna pas plus d'explications.

Fabiana lui prit le bras. John Dai Bowen était arrivé et on l'entendait dans l'entrée. Fabiana entraîna Kurtz hors de la pièce. « Et ton sanctuaire, Rupert? dit-elle. Est-ce qu'il en existe un?»
Kurtz dit : « Non. Je n'en ai pas besoin.» Et ils s'éloignèrent des livres, des chaises George V, de l'argenterie anglaise et du charbon qui se consumait. Loin des tensions de la mer d'Alex Colville et des lambeaux blancs de Julian Slade.

Dans le hall, John Dai Bowen les accueillit en leur lançant : « J'ai des nouvelles pour vous!»

Parfait, se dit Kurtz. Le reste de la soirée allait se passer à se raconter les derniers potins – aucun ne prêtant à conséquence, tous étant des âneries, des vacheries et des vérités.

8

Le brouillard n'était pas arrivé à pas de loup. Il n'était pas descendu comme un voile. Il s'était emparé de la ville et avait tenu les habitants prisonniers trois jours durant.

C'était un brouillard épais, qui s'infiltrait partout – une houle jaunâtre. Ambre. Il était malade. Il en suintait des odeurs toxiques et fétides, des odeurs indistinctes, comme celles qu'exhale la terre, comme s'il avait traversé des cimetières et de profondes lagunes de déchets humains. Ce brouillard transportait aussi les résidus des produits chimiques mortels que pulvérisaient les Escadrons M. C'est pourquoi les masques chirurgicaux se vendaient comme des petits pains à ceux qui pouvaient se rendre jusqu'aux magasins et hôpitaux. Mais, à la longue, les stocks s'épuisèrent et on en revint au style Far West – on était dans une ville frontière peuplée de bandits masqués de foulards rouge et bleu.

Les transports publics de surface cessèrent de fonctionner. Seul le métro continua. Les rues et les avenues étaient jonchées de véhicules abandonnés jusqu'à ce que, finalement, les Travaux publics envoient des camions pour les tirer sur le côté. Les gens se perdaient, comme cela arrive dans les tempêtes de neige, à quelques pas de leur maison. Il y avait tant d'appels à l'aide que le téléphone tomba en panne deux fois en raison d'une surcharge du réseau.

Des bandits comme ceux que décrivent les dictionnaires surgirent et firent de gros dégâts. Magasins et maisons étaient cambriolés systématiquement. Une femme fut déshabillée et violée au beau milieu de Yonge Street, là où Carlton et College se rejoignent. Personne ne répondit à ses appels au secours, car les gens crurent qu'elle était tout simplement perdue. Elle marcha toute nue jusqu'à une banque où les gardiens l'arrêtèrent pour attentat à la pudeur. Les violeurs ne furent jamais retrouvés. Il y eut d'autres délits et méfaits. Les ravins retentissaient des bagarres des Têtes-de-cuir. Les parcs retentissaient des orgies lunistes. Ce furent des jours ahurissants, déments – un carnaval sinistre où la cité entière était masquée.

Malheureusement, avant la tombée du brouillard, les Escadrons M étaient passés dans plusieurs endroits, des parcs publics pour la plupart, où se regroupaient à présent les étourneaux. D'immenses attroupements d'oiseaux – merles, passereaux quiscales – emplissaient les arbres de leurs jacassements étourdissants et, n'eut été leur mort imminente, ce bruyant spectacle avait tout d'un hymne à la vie. Mais les Escadrons M eurent tôt fait de les découvrir et se mirent à la tâche avec une efficacité implacable – chaque action ayant été orchestrée durant l'entraînement hivernal. La mise en place des cordons sanitaires, l'installation des tuyaux, les silhouettes vêtues de jaune se déplaçant au pas de course, avec une précision militaire, tout cela rappelait la répression des émeutes. Puis le début de la pulvérisation, le tournoiement en piqué, en chandelle, de nouveau en piqué, des oiseaux agonisants, frappés de panique et, finalement, les cadavres ratissés en monceaux de plumes, et l'épouvantable odeur de chair et de produits chimiques en train de brûler – et les pavillons de quarantaine déployés et accrochés aux arbres, comme si les arbres s'étaient rendus coupables d'un délit en invitant sur leurs branches les envahisseurs ailés.

Comme toujours, une fois l'opération terminée, les camions-citernes et les jeeps s'éloignaient dans les rues, la voix des haut-parleurs annonçant les mises en quarantaine à la suite des pulvérisations : ACCÈS AUX JARDINS ALLAN INTERDIT JUSQU'À DIX-SEPT HEURES! ACCÈS AU PARC SIBELIUS INTERDIT JUSQU'À SIX HEURES! Et cætera. Des gens, généralement les personnes âgées ayant conservé la mémoire, récitaient des prières. D'autres, pour la plupart des enfants, applaudissaient. Cela dépendait de ce que l'on connaissait du passé – et depuis un certain temps les jeunes n'apprenaient plus l'histoire qui racontait la guerre chimique, l'aube de la bombe atomique, les holocaustes de tout genre au cours desquels les victimes avaient été gazées, la Première Guerre mondiale, le Viêt-nam et la Tempête du désert. Auschwitz. Les pavillons jaunes étaient brandis au nom de la survie humaine et personne ne devait les critiquer. De par la loi.

Il se trouva que Lilah s'était rendue ce jour-là avec son landau à la librairie de l'université de College Street. C'était un grand bâtiment gris avec de hautes fenêtres étroites, dont le toit était composé en partie de panneaux de verre. Il avait jadis abrité la bibliothèque de Toronto, mais quand celle-ci avait été déplacée et agrandie pour devenir la Grande Bibliothèque de Toronto, dans Yonge Street, au nord de Bloor, le vieil édifice gris avait été transformé en librairie, l'une des meilleures de la ville. Lilah y était bien souvent allée pour feuilleter les livres – tout simplement pour être avec eux, pour contempler les rangées infinies d'exemplaires tout neufs de *Madame Bovary* et des *Frères Karamazov*, de *La Mort à Venise*, du *Bruit et la Fureur* et des *Notes de chevet de Sei Shōnagon*.

Tournant et retournant d'un pas égal autour des îlots de rayonnages, Lilah récitait les titres à voix basse, comme quelqu'un qui récite des prières dans un cloître. *Guerre et Paix, Le*

Procès, David Copperfield... Orgueil et Préjugé, Les Voyages de *Gulliver, Le Tour d'écrou...* Ulysse, La Fin de Chéri, Le Bon Soldat...
Tous les mots sont des prières – c'est Fagan qui le disait – *et tous les hommes et femmes sont simplement des prieurs...*

La sirène se mit à hurler.

Une voix déclara dans les haut-parleurs : *Tout le monde doit rester à l'intérieur jusqu'au départ des camions-citernes.* Cela ne dérangeait pas Lilah. Elle aurait ainsi le temps de visiter d'autres îlots.

Soudain, il y eut un terrible choc derrière les lucarnes et l'on put distinguer et entendre des centaines d'oiseaux, probablement des pigeons, mais seulement leur écho et leur ombre – rien de palpable. Il y eut un tournoiement, un vrombissement effréné, éperdu, de plumes et d'ailes – des voix – tourterelles s'enfuyant sans un cri – moineaux muets, étouffés comme des enfants piétinés dans un sauve-qui-peut général – gloussements rauques de passereaux – cris de geais bleus ...

Et puis soudain, le silence absolu.

Lilah regardait en l'air, les yeux écarquillés, une main sur la bouche et l'autre derrière la tête, doigts écartés pour maintenir son béret écossais. Il y eut un bruit sourd, comme si une pierre avait frappé la vitre. Mais ce n'était pas une pierre. C'était un oiseau terrifié qui, cherchant à s'échapper, s'était jeté contre la lucarne, pour retomber mort, contracté en une boule ovale, comme si quelqu'un le tenait dans sa main.

Et là, à l'endroit où il était mort, la forme exacte de sa fin était inscrite sur la vitre, chaque plume gravée, les ailes grandes ouvertes, la queue déployée, la tête de profil, le bec ouvert exhalant le dernier soupir – tourterelle de poussière grise sur fond de lumière jaunâtre.

Lilah regardait, les yeux toujours écarquillés. Puis elle laissa retomber ses bras.

Une signature. Un autographe. Une signature de soi-même...

Encore Fagan. Il semblait se trouver dans son esprit à chaque tournant.

Quand est-ce que ça c'était passé – *une signature* – *un autographe*?

Une vitre.

À Dublin.

Oui. Là-bas, dans l'alcôve – Fagan expliquait.

Il étaient quatre, cinq, ça ne faisait pas de différence. Dans le souvenir de Lilah, ils auraient aussi bien pu être seuls, tous les deux. Mais elle savait qu'il y avait d'autres gens. *Les préférés de Fagan* dans une de ses tournées des pubs. Et là, c'était une alcôve – un endroit dans un coin avec une fenêtre sur un côté. Et Fagan écrivant avec son doigt sur la vitre embuée. *N. F., L. K.* et les initiales de tous ceux qui étaient présents – et la buée sur la vitre qui coulait – *là, vous voyez?* avait dit Fagan. *Comme Keats, nos noms sont inscrits dans l'eau.* Et les noms – les initiales – avaient coulé sur les carreaux, se dissolvant au moment même où ils étaient créés.

Voici le monde sans livres, avait dit Fagan. *Le voyez-vous, oublié, là où il existait. Créé et effacé presque dans le même instant. Mais maintenant*, dit-il, *regardez là...*

Il avait alors tendu le bras, plus loin vers un autre carreau de la fenêtre, l'essuyant d'un grand geste avec son mouchoir à pois rouges. Et, comme par magie, des mots étaient soudain apparus.

Pas des mots qu'on pouvait lire à la seconde où ils apparaissaient, mais des mots, c'était certain, de la langue anglaise.

Tu m'as appris comment prolonger ma jeunesse
En distinguant le bien du mal,
Comment depuis mon cœur faire remonter l'éclat
Dans mes yeux affaiblis.

Gravés au diamant sur la vitre.

« Qui les a mis là? avait demandé Lilah.

– Une femme connue sous le nom de *Stella*, avait dit Fagan, mais qui s'appelait en réalité Esther Johnson. Toute sa vie, même quand elle était petite, elle avait aimé et vénéré son mentor,

Jonathan Swift. Lui, aussi, l'avait aimée. Ils ne se marièrent jamais – mais cela, leur dit Fagan, est une autre histoire. Je voulais que vous voyiez ces mots – que vous y réfléchissiez et que vous les touchiez de vos doigts. La vie et l'amour, disait-il, sont des jumeaux éphémères – mais les mots peuvent les raconter pour toujours.»

Swift et Stella. Jamais oubliés. Inscrits dans la mémoire des hommes uniquement grâce à des mots.

Lilah se tenait moins figée maintenant et contemplait l'empreinte laissée au-dessus d'elle par l'oiseau – l'empreinte de tous les oiseaux à présent en danger. Mais il y avait eu quelque chose d'inscrit à leur sujet, là sur la vitre, et cela resterait. *Jadis nous étions. Et maintenant nous sommes.*

Elle détourna alors la tête avec, dans ses yeux, l'éclat des yeux de Stella, si bien qu'elle faillit ne pas voir le panneau suspendu là, à hauteur de son épaule. Elle le vit, toutefois, alors qu'elle rangeait son mouchoir et faisait le premier pas vers un autre îlot de livres.

LA CONFÉRENCE APPLEBY
sera donnée
par
NICHOLAS FAGAN
Professeur émérite
Trinity College
Dublin
le 27 mai
à 19 heures
dans le Grand hall

Même quand la sirène retentit, signalant qu'on pouvait sortir de la librairie, Lilah resta immobile – son doigt sur le nom de Fagan.

9

À mesure que déferlait le brouillard, l'agitation de Gatz augmentait. Ce qu'il faisait pour vivre l'affligeait rarement. Tant de gens dans son passé l'avait traité exclusivement comme une source de satisfaction qu'il prenait plaisir à présent à regarder les victimes de son expertise trébucher et se casser la figure sur son chemin. Mais cela le laissait effroyablement seul.

Dans la soirée, il descendit à pied au coin de Bloor et de Sherbourne Streets acheter un livre de photographies et des bonbons à la menthe au drugstore. Les clichés, œuvres d'un certain Willard, avaient été pris au Texas et la couverture montrait le cœur même de l'univers que Gatz avait fui. La solitude plate de l'Ouest texan s'étendait dans toutes les directions. Une route la traversait, qui conduisait vers les vivants – c'est ce que disaient ceux qui vivaient là-bas. C'est la couleur sépia de la terre et le vert moribond de tout ce qui tentait de survivre qui avait retenu son attention. La représentation de la poussière aussi – une brume de sable gris emplissant l'air. C'était la matière et la texture même de son enfance et, tout d'un coup, en les voyant dans la vitrine, il en eut une nostalgie si forte qu'il pouvait en sentir le goût.

Quand lui et Marianne Prager s'étaient mariés à Baltimore, Marianne avait dit : *Je ne te laisserai jamais m'emmener là-bas, au Texas. Ça a l'air d'un endroit mortel.*

C'était vrai. On y mourait. Bien que l'endroit eût aussi sa beauté perverse et ses habitants – Gatz ne pensait pas à eux comme pervers – qui non seulement survivaient à l'Ouest texan mais aussi y prospéraient. Gatz n'avait jamais su comment – ou pourquoi ils s'en donnaient la peine. Pour lui, ça avait été un lieu meurtrier en raison de son père. Le paysage ne faisait qu'accentuer cette impression que la vie y avait été un combat à mort.

Marianne Prager avait une façon de tuer l'amour qui, chez les hommes, se serait appelée abus de pouvoir, mais, chez les femmes, s'appelait revanche. Les femmes justifiaient cela, parce que les hommes étaient des démons résolus à les détruire. Les hommes justifiaient cela, parce que les femmes étaient des salopes infidèles et des putains ambitieuses. Gatz n'avait jamais adhéré à ces principes jusqu'à ce que Marianne commençât à le mettre en pièces devant leur enfant pour, finalement, la lui arracher totalement. Il était évident que Marianne n'avait jamais eu l'intention de rester avec lui. Il était évident, également – comme l'avait fait son père à lui –, qu'elle avait vu en Gatz un cheval de labour, un étalon et une source de sécurité supplémentaire. Quand elle le quitta, elle emporta avec elle presque tout l'argent de Gatz – bien qu'elle eût une fortune personnelle et des immeubles.

Elle lui avait, par-dessus tout, enlevé son enfant, Anne Marie. Celle-ci, au moment où elle avait été séparée de son père, l'avait rappelé par-dessus son épaule : *Je t'aime* – mais, prisonnière de la poigne de Marianne, elle n'avait pu résister à la force qui la poussait dans la limousine en attente.

L'amour que Gatz portait à Anne Marie se nourrissait du besoin désespéré qu'il avait d'effacer le souvenir de l'abus paternel. Il aurait voulu ne jamais s'éloigner d'elle, et il ne la quittait pas une seconde. Marianne disait que c'était là des rapports maladifs et elle avait poussé sa mère à intervenir. C'est ce qu'avait fait Laura Meade Prager, avec tout un bataillon d'avocats. Le fait est que Marianne était jalouse, jalouse en partie d'Anne Marie, qui attirait tant l'attention de Gatz, mais jalouse surtout de Gatz, dont le comportement prouvait que tous les pères n'étaient pas des monstres, idée invraisemblable et inacceptable pour elle. Elle aussi avait souffert comme avait souffert Gatz – bien que, dans son cas, les abus avaient eussent pris l'allure patricienne de pots-de-vin : alezans clairs et épagneuls d'eau. Et de grands hôtels de Londres et de Paris où son père lui avait pris sa virginité, d'abord du bout des doigts, puis de toute sa personne immaculée. Il était mort avant la naissance d'Anne Marie – ce qui avait été, pour Marianne, un motif de réjouissance.

Gatz se demandait comment il avait pu la conquérir. Et

comment ils étaient restés si longtemps ensemble. Huit ans. Neuf, si l'on tenait compte de l'affreux souvenir de cette dernière année qui s'était terminée par le départ d'Anne Marie.

Il ne pouvait nier qu'au début, son désir pour Marianne avait été une facette de son ambition. Elle venait d'une « grande » famille – une coalition de banquiers : les Prager et les Meade. Leur lignée remontait, dans la banque américaine, à bien avant la révolution.

Les mots *banque américaine* et *avant la révolution,* pris soit séparément soit ensemble, étaient suffisants pour attirer l'attention d'un jeune homme ambitieux. Mais lorsqu'ils étaient combinés à l'image de Marianne Prager, *revenue récemment de ses études à Paris,* leur attrait devenait irrésistible. Quant à Gatz, il accédait tout juste à une carrière phénoménale comme avocat dans le cabinet de Daniel Cody à Baltimore. Cody lui avait payé son Droit – *Harvard, avec des conditions* – et avait été le dernier des mentors pour qui Gatz s'était rendu disponible.

Cody lui-même avait aspiré à ce mariage, et, étant un proche ami de Laura Meade Prager, avait œuvré pour la rencontre de Gatz et de Marianne. Sans enfant, Cody n'avait rien à perdre et tout à gagner de cette alliance. Laura Meade Prager avait des pensées semblables. Le jeune James Gatz avait tout ce dont une mère peut rêver pour sa fille – la vérité sur ses antécédents étant entièrement inconnue et ce qui était connu étant si brillant : ses dons extraordinaires, son charme, ses liens avec Cody et la réputation irréprochable de ce dernier ainsi que sa fortune considérable.

Un an d'attente, et ils se marièrent. Gatz ne fit pas une seule incartade jusqu'au cinquième anniversaire d'Anne Marie. C'est à cette époque qu'il emmena sa fille où il était né – et qu'il lui raconta l'histoire de sa propre vie. Bien sûr, c'était l'histoire de sa vie revue pour une enfant de cinq ans. Mais il révéla la vérité sur ses racines – ce à quoi elles ressemblaient et l'air dans lequel elles s'étaient développées. Gatz avait pensé que ce serait bon pour son enfant de connaître ses origines – de comprendre la poussière et le soleil brûlant qui lui coulaient dans les veines.

Quand Gatz fut de retour, Marianne lança la première de ses accusations – et à partir de ce moment-là, elle fut sa persécutrice et son cancer, le calomniant sans répit. C'est ainsi qu'il s'était détourné de toutes les femmes avec le même regard figé qu'il avait pour Marianne – inaccessible à la tendresse, désorienté par le désir. Portant un toast, comme Emma l'avait vu faire à cette femme que le hasard avait mise devant lui, Gatz avait tout d'un bourreau des cœurs. Le problème, c'est qu'au fond de son cœur, cette épithète avait acquis un autre sens – un sens littéral qui était à l'origine de sa torture. Il n'existait personne, semblait-il, sur la terre entière, vers qui il put se tourner – qui, en l'aimant, ne trahirait sa confiance et n'appellerait sa fureur.

À présent, debout au coin de la rue, attendant que le feu passe au rouge, Gatz crut voir son père marcher dans la poussière. Cette vision naissait du malaise créé par la sensation que les rouées de coups qu'il avait reçues de son père, c'est lui, maintenant, qui les donnait.

La silhouette familière avançait en direction du corral où les chevaux s'excitaient, comme ils le faisaient l'été quand ils se déplaçaient en grand nombre. Les mains de son père, qui avaient toujours été rugueuses et rougeaudes, pendaient immobiles au bout de ses bras. Il marchait, le père de Gatz, de la façon dont marchent les hommes atteints d'une balle dans les films – chancelant, raidis, vers leur destination, leurs pieds ne quittant jamais le sol. Gatz ne comprenait pas pourquoi son père lui apparaissait ainsi, de façon si nette. Le plus souvent, il l'avait vu se pencher sur lui, la ou les deux mains levées.

Le feu passa au rouge. Gatz ne le savait que parce que la circulation avait changé de sens. Il mit un bonbon à la menthe dans sa bouche et se couvrit le nez avec son mouchoir. Cela aussi le ramenait en arrière, là où il se trouvait avant d'être emporté par le tourbillon, trébuchant dans des tempêtes de poussière entre les granges bringuebalantes et les moustiquaires de la maison qui claquaient. Le poids du livre dans le sac en plastique à son côté était réconfortant. Il lui rappelait que même dans cette ville septentrionale, le poids de son passé l'accompagnait – et c'est une bonne chose de ne jamais oublier ce qui vous a mené là où vous êtes à présent.

En traversant le pont de Sherbourne Street, il aperçut la silhouette allongée d'une limousine blanche qui passait à sa hauteur. Elle glissait silencieusement dans la brume, mais son passage créait une perturbation dans l'air, et le brouillard semblait s'ouvrir devant elle, s'enrouler sur ses côtés, remonter comme une écume avant de se refermer – puis elle fut partie. Elle laissa dans son sillage une traînée de gaz d'échappement que Gatz pouvait sentir, malgré le mouchoir sur son visage.

Il se demanda si c'était la même limousine blanche qui stationnait de temps à autre dans la rue près de la maison de son voisin, Eric Royhden. Si c'était le cas, ce devait donc être la Grande Baleine blanche qui donnait lieu à tant de spéculations érotiques. *Il y a une pute sur la banquette arrière de cette voiture qui sait s'y prendre pour vous envoyer un homme au septième ciel.*

Gatz et Royhden ne se faisaient jamais de politesses. Royhden, s'il l'avait pu, aurait chassé Gatz de la rue. Beaumont Road n'était pas l'endroit pour quelqu'un qui gagnait sa vie en protégeant des filous, surtout quand ces filous avaient liquidé vos meilleurs amis et associés.

Gatz s'engagea sur le pont de Glen Road. L'air froid montait du ravin en dessous. Il tentait vainement de soulever le brouillard – mais le brouillard était trop lourd. Après le pont, Gatz arriverait dans Beaumont Road – à l'angle de la rue qui le ramènerait chez lui.

À moins de quatre mètres était garée la limousine fantôme qui l'avait dépassé plus tôt sur l'autre pont. Elle était si bien cachée dans le brouillard qu'il faillit rentrer dedans.

Il jura, mais de façon à peine audible.

Il s'éloigna sur la route. Il se sentait en sécurité, à présent, certain de ses repères. Sa maison était tout au bout, dominant, comme toute la rue, les pentes du sombre ravin. La grande voiture blanche était garée le long du muret de soutènement en pierre du côté sud – le côté droit, où les maisons sont situées en contrebas de la route, perdues dans les arbres – et à présent doublement perdues dans la mer de brouillard.

Gatz entendit le rire d'une femme.

Il s'arrêta. La voiture était à sa droite. La portière arrière était ouverte – et la lueur venant de l'intérieur faisait une tache rubis dans l'obscurité. Une silhouette obstrua la vue une seconde quand quelqu'un – sûrement Royhden – sortit de l'auto et se mit debout, inconscient de la présence de Gatz, à moins de trois mètres. À l'intérieur, contre les sièges en cuir noir, Gatz put voir la juxtaposition délicate de deux jambes de femmes croisées l'une sur l'autre.

Elle était là, exactement comme la rumeur la peignait. Une femme en robe noire, assise dans une lueur ambre rouge, avec des jambes fines et une main qui papillonnait.

La portière se referma, et la femme disparut.

La belle auto s'éloigna dans le brouillard, en direction – elle n'avait pas le choix – du bout de la rue, où elle tournerait, peut-être dans l'allée même de Gatz, pour repartir dans l'autre sens. Gatz rejoignit son voisin et en moins de trois minutes il avait l'identité de la femme assise dans la limousine. Emma Berry. Il se rappela que son nom était inscrit sur la liste de ses invités à la soirée, et se demanda comment il se pouvait qu'il ne l'eût pas remarquée. Mais peut-être, après tout, n'était-elle pas venue.

Ce qu'il savait pour sûr, c'est qu'au moment où il avait vu Emma se pencher vers l'avant dans la lumière ambrée, quelqu'un avait appuyé sur une gâchette. Un coup de feu était parti. On lui avait tiré dessus – c'est l'effet que ça lui avait fait.

10

Emma l'avait vu, là-bas, dans le brouillard. Et elle en avait eu la respiration coupée. L'espoir étant si rarement récompensé, cela l'avait fait sursauter de le voir hors de son imagination, alors qu'il ne l'avait guère quittée de toute la semaine. *Qu'est-ce que tu fais ici?* avait-elle eu envie de lui demander.

Elle supposait que c'était là un signe d'obsession – et d'une certaine manière, elle se sentait idiote – comme un fan obsédé par sa vedette, qui perd le sens de la réalité. Mais c'était le cadet de ses soucis. Avant tout, elle se sentait emplie d'une énergie que Marlow aurait tout de suite qualifiée de maniaque, mais qu'Emma elle-même prenait comme un don de vitalité dans un moment de faiblesse.

Dans le miroir, en passant, elle vit la femme aux yeux brillants dont on lui avait dit de se méfier, mais elle refusait de prendre les remèdes de cette femme. Elle prit plutôt une bouteille de vodka et l'emporta dans sa chambre. La première chose qu'elle fit après avoir fermé la porte fut d'aller dans la salle de bains se laver les dents.

Elle ouvrit ensuite les robinets de la douche, s'assit dans un fauteuil de rotin bleu et écouta l'eau couler derrière les portes vitrées. Elle se versa encore de la vodka et continua de boire. Elle se leva, alluma une cigarette, se démaquilla, écouta l'eau ruisseler, se lava les mains, se parfuma – *Calèche* – à la naissance des seins, s'en mit une goutte sur sa langue, essuya la buée sur les miroirs et découvrit qu'elle était en train de parler – ou chanter? – et elle s'appuya sur ses paumes, la fumée de cigarette formant des volutes entre ses doigts, regarda la femme qui était en face d'elle et la pièce dans la brume autour de cette femme, et elle écouta l'eau ruisseler. Pendant une demi-heure, elle resta là, en suspens, hantée par l'intensité figée de son désir pour Gatz et pour les mains de Gatz qui viendraient et l'emmèneraient. *Je crois bien,* pensa-t-elle, *que pour la toute première fois, il y aura plus de vie en moi qu'il en a jamais eu.*

Et pourtant – ils ne s'étaient pas encore rencontrés.

Finalement, baignée et revêtue de son peignoir, elle retourna dans sa chambre.

Elle ouvrit sa penderie et regarda ce qui s'y trouvait.

Comment peut-on bien s'habiller, songea-t-elle, *pour un rendez-vous de ce genre?*

Comme Marlow l'aurait prédit, elle opta pour le blanc.

Le téléphone n'avait toujours pas sonné le lendemain soir tandis qu'Emma était assise à fumer sa cigarette du milieu du repas. Barbara, qui portait l'uniforme de son école, se tenait comme d'habitude dans la pénombre, à mi-hauteur de la table. Son assiette était vide. Elle buvait, comme elle avait la permission de le faire en de rares occasions, un verre de vin pétillant. Du rosé. Emma, comme d'habitude, buvait du vin rouge.

L'horloge semblait presque aussi agitée ce soir qu'Emma. Barbara, en revanche, était d'un calme serein. Elle bougeait à peine. Ses longs cheveux d'un blond très clair avaient été peignés en nattes, chacune attachée par un ruban vert assorti à son uniforme.

« Est-ce que tu sors ce soir ?

– Je ne sais pas encore.

– Alors pourquoi tu t'es habillée comme ça ?

– Parce que je me sens mieux comme ça.

– Tu n'es pas bien ? »

Le téléphone ne sonna pas.

À dix heures, le troisième soir du brouillard, Emma était assise sur le lit de Barbara. L'appel qu'elle avait attendu n'était toujours pas venu. Elle portait quand même sa robe blanche, comme les jours précédents, et ses bas de soie blancs et ses chaussures blanches.

Barbara lisait.

« C'est quoi, ton livre ?

– *Les Hauts de Hurlevent.*

– Ah bon. » Emma sourit. « Où est-ce que tu en es dans l'histoire ? »

Barbara dit que Catherine venait juste d'épouser Edgar.

« Ah oui. Ce passage. »

Elles étaient assises.

Emma dit : « Tu l'aimes ?

– Catherine Earnshaw ?

– Oui.

– Bien sûr que non. Elle est idiote, dit Barbara.

– Tiens. Idiote ?

– Tu ne penses pas ?

– Non. Je n'ai jamais pensé ça d'elle.

– Eh bien moi, oui. Elle aime Heathcliff, mais elle se marie avec Edgar. Je crois que ce qui va arriver c'est que Heathcliff va la tuer dans un accès de rage – et ce sera bien fait. »

Emma se mit à rire. « Tu en veux trop ! dit-elle. Ça n'est pas comme ça que ça finit, pas du tout.

– Non ?

– Bien sûr que non. On ne tue pas les gens qu'on aime.

– Des fois, on le fait.

– Ah ? Qui, par exemple ?

– Othello tue Desdémone. George tue Lenny.

– Qui est George ? Et Lenny ?

– *Des souris et des hommes*, de Steinbeck.

– Et ils s'aiment ?

– Oui. Lenny est simple d'esprit. Il tue une femme, sans le vouloir. Alors George doit lui tirer dessus pour le protéger de lui-même. » Barbara était assise penchée en avant et avait mis ses bras autour de ses genoux. « Othello tue Desdémone dans un accès de rage – alors pourquoi pas Heathcliff et Catherine ? »

La sonnerie du téléphone retentit.

Emma se leva. Elle ne se rendit même pas compte qu'elle traversait la pièce et qu'elle était déjà à la porte.

« Maman ? »

Le téléphone sonna de nouveau. Orley allait sûrement répondre.

« Maman ?

– Quoi ? dit-elle dans un murmure.

– Si j'étais Heathcliff, je la tuerais. Pas toi ? »

Orley appelait d'en bas. « Pour vous, Mme Berry. »

Emma se retourna vers Barbara. « Non, dit-elle. Et tu n'es pas Heathcliff – tu es Barbara ! » Elle souriait. « Bonsoir », fit-elle. Puis elle lui souffla un baiser. Envolée.

Le bruit de ses pas descendant l'escalier était le bruit de quelqu'un courant vers une porte ouverte. Le mot *fuite* vint à l'esprit de Barbara. Mais plus tard, quand le courant d'air créé par le départ d'Emma traversa la maison, le mot que Barbara avait à l'esprit était celui de *rage*.

11

Le chauffeur d'Emma était un homme du nom de Billy Lydon. Il était petit et avait les cheveux foncés, avec des yeux pareils à des billes noires, dans un visage de chérubin.

Bien avant qu'Emma apparût, Billy avait amené la Mercedes blanche dans le flot de lumière qui tombait de la porte cochère devant la maison du chirurgien dans Highland Avenue. Il était inquiet en raison du brouillard, ayant déjà eu à l'affronter la veille, dans l'après-midi. Sa plus grande crainte était d'emboutir un autre véhicule. Cela serait embarrassant, non pas pour sa patronne mais pour son invité. Il fallait absolument éviter tout ce qui pouvait conduire à un échange de renseignements avec un autre chauffeur ou à une rencontre avec la police. La Femme du chirurgien garantissait inconditionnellement la sécurité et l'intimité de ses clients. Jusqu'à présent, il n'y avait pas eu une seule fuite et Billy voulait que les choses restent ainsi.

Quand Emma descendit l'escalier, Billy sortit lui ouvrir la portière arrière. Orley, en l'appelant pour lui dire de sortir la voiture ce soir-là, avait précisé que ce serait une excursion au champagne. Ce qui signifiait qu'il fallait des sandwiches au poulet, des poires conférence et un Boursault en plus du vin – avec un bouquet de roses jaunes et blanches. Billy s'était démené pour tout organiser, comprenant qu'ils allaient rencontrer un personnage très important. Les excursions au champagne étaient d'ordinaire réservées aux ministres et aux célébrités de passage qui avaient obtenu le nom d'Emma d'aussi loin que Los Angeles et New York. C'est pourquoi, quand Emma lui dit *Beaumont Road,* il fut sidéré.

« On était à Beaumont hier », dit-il. Ce qu'il voulait dire en fait c'était : *Vous allez quand même pas faire sauter un bouchon pour cette bitte de Royhden, j'espère?* Emma l'éclaira en riant, car elle savait ce qu'il pensait. « Pas M. Royhden », dit-elle et elle lui tapota la joue. « Nous allons chez son voisin, M. Gatz. » Et elle lui donna le numéro de la maison. Billy l'avait rarement vue si heureuse.

La distance entre Highland Avenue et Beaumont Road est très courte, les deux artères débouchant sur le même ravin. Même dans le brouillard, le voyage s'accomplit en moins de cinq minutes. Billy descendit de voiture, monta les marches et sonna. Il attendit un moment mais personne ne répondit. Il sonna de nouveau.

Emma avait baissé la vitre et était assise droite comme un i, les yeux rivés sur la porte pour voir Gatz au moment même où il apparaîtrait. Elle voulait crier à Billy : *Écarte-toi!* Mais elle restait muette, ses mains crispées sur ses genoux devenant blanches.

Tout d'un coup, il fut là. Ses cheveux auréolés de lumière. Derrière lui, elle pouvait voir les vastes dimensions du hall d'entrée menant à l'escalier s'incurvant sur la gauche – l'escalier d'où elle l'avait regardé porter un toast à la femme inconnue. Gatz semblait immensément grand, là, debout sur le perron, dominant Billy qui redescendait dans l'allée.

La porte se ferma et ce fut la nuit. Elle entendit Gatz s'approcher de la voiture et se recula tout au fond de la banquette. Quand Billy le fit pénétrer dans la lumière à côté d'elle, Gatz avait la tête penchée et elle ne put voir son visage. Mais elle sentait déjà ses cheveux et sa peau quand Billy referma la portière et fit le tour de la voiture pour aller rejoindre sa place et se glisser derrière le volant.

Gatz se redressait dans son coin, ajustant sa carrure à la forme du siège. Ses jambes, vêtues de flanelle claire, étaient légèrement pliées, et ses épaules étaient tournées, perpendiculairement au reste de son corps. Aucun des deux ne parlait. Ils se regardaient cependant. Ils auraient dû sourire. Ils auraient dû rire. Mais il n'y avait aucun bruit.

La grande voiture blanche descendit la rue vers le tournant qui la conduirait au plus profond du ravin. Comme elle entamait sa descente, Emma dit : « Ne dites rien... » Se penchant dans l'aura du corps de Gatz, elle commença tout doucement à le déshabiller.

Ils ne revinrent pas avant l'aube.

Gatz dit : « Je vous en supplie, accompagnez-moi à l'intérieur. »

Emma répondit : « Je ne vais pas dans les maisons de mes clients. » Puis elle ajouta : « Mais je suis déjà entrée dans la vôtre.

– Je savais que vous y étiez déjà venue. Du moins, je supposais que vous étiez...

– Oui.

– Maintenant, j'ai besoin que vous y soyez – avec moi. »

Gatz était inflexible. Il voulait l'entraîner dans sa vie tout entière. Il oubliait que, pour y parvenir, il devrait la détourner de sa vie à elle.

« Vous saignez, dit-elle. Pardon. »

Gatz ne s'en était pas rendu compte. Il lui souriait. « Vous aussi », fit-il.

Emma détourna les yeux. Elle l'aurait laissé la tuer. Il y avait eu des moments où elle savait qu'il l'avait presque fait. Ses doigts l'avait déchirée, et sa bouche, ayant goûté chaque parcelle de son corps, s'était refermée si fort sur ses seins que, tout en l'encourageant, elle avait imaginé sa propre chair dévorée et avait tenté de le repousser, dissimulant sa peur sous un autre type de frénésie.

Elle n'arrivait pas à imaginer où était centrée la cruauté en lui. Elle ne savait pas, par conséquent, comment y répondre. Il l'appelait par tous les noms sauf *Emma* – tous les noms de tous ses ennemis et le nom de sa femme – mais pas celui de sa fille. Il l'appelait du nom de son père. Jamais de son nom à elle. Elle acceptait. C'était Gatz tel qu'il était, et elle avait appris, à la longue, que son travail dans la Grande Baleine blanche était de ramener ses amants à eux-mêmes en leur permettant de boucler la boucle. En les plongeant au cœur du danger puis en les ramenant chez eux, comme le fou qui subit l'influence de toutes les phases de la lune avant de retrouver la sécurité.

Mais elle-même, au-delà de la limousine, n'aurait plus le couvert protecteur de *la Femme du chirurgien*. Cela aussi serait fini. Dans la maison de Gatz, Emma se retrouverait elle-même et seule. Elle redoutait cela.

« Je vous en supplie, dit Gatz.

– J'ai froid, dit Emma.

– Pas là-bas. Vous n'aurez pas froid. »

Emma inspira longuement et expira.

« Bon, dit-elle. Je viens. »

C'est exactement comme faire son entrée au théâtre, songeat-elle. *On ne peut pas retourner à l'abri des coulisses.*

Dans l'entrée, Emma resta debout à contempler le dôme imposant au-dessus de sa tête. La vitre bleue était illuminée par une lumière artificielle – comme si la lune était là-dehors de l'autre côté.

« Voulez-vous monter? dit Gatz.

– Monter? dit Emma. Je... Pourrait-on s'asseoir un moment? »

Elle se tourna vers les hautes portes vernies qui étaient ouvertes de l'autre côté du hall d'entrée.

« La grande serre est tout à fait ce dont j'ai besoin en ce moment », dit-elle et elle fit un pas dans sa direction.

« Non, dit Gatz. S'il vous plaît, venez avec moi dans cette partie de la maison que vous n'avez pas encore vue... »

Soudain, Emma dit : « Il y a quelqu'un là. Qui est-ce?

– Quoi? dit Gatz.

– Il y a un homme. Dans la grande serre.

– Le majordome, c'est tout. Venez.

– Non. Ce n'est pas le majordome.» Emma fit quelques pas. L'homme portait un pardessus déguenillé – vieux, sale et déchiré. Il avait les mains dans les poches. Il la regardait méchamment. «Vous feriez mieux de ne pas rester sur mon chemin», fit-il. Emma le vit s'avancer. Elle se tourna vers Gatz pour obtenir une réponse. Puis le vieillard fut dans le hall et dit à Gatz : «Jimmy? C'est moi.» Ensuite, il y eut des coups de feu – et après ça, l'oubli.

12

L'appel arriva à sept heures un mardi matin. La ville était toujours prisonnière du brouillard. Un policier dont le nom était Harley ou Varley appela Marlow chez lui, dans sa maison de Lowther Avenue et lui dit qu'il devait venir immédiatement dans une maison de Beaumont Road. La première pensée de Marlow fut *Gatz*. Gatz était le résident le plus connu de cette rue.

Et bien sûr, il avait raison. Tout se mettait en place avec une précision redoutable – et redoutée – tandis que Harley/Varley parlait. La police. Oui. Un mort. Oui. Un meurtre. Possible. Emma.

Voilà. C'était fait. La fin que Marlow avait craint.

Oui. Il allait venir tout de suite.

Non. Il ne dirait à personne où il allait.

Harley/Varley lui offrit d'envoyer une voiture le chercher. *Le brouillard, vous savez. C'est traître.* Marlow accepta – pour autant, dit-il, *qu'elle n'arrive pas avec la sirène en train de beugler.* Il n'avait pas besoin en cet instant d'autres sirènes que celles qui retentissaient dans sa tête.

Quand Marlow arriva, il y avait deux voitures de police et une ambulance dans l'allée, à côté de la Grande Baleine blanche.

Les vitres des voitures de police étaient ouvertes, leurs radios faisant entendre leurs bêlements de moutons. Des rais de lumière rouge pivotants tranchaient le brouillard que Marlow dut traverser pour atteindre les marches. À droite, il vit par terre le corps d'un homme en uniforme bleu foncé. C'était Billy Lydon – bien que Marlow ne connût pas son nom. Il gisait le visage contre terre, les deux bras projetés en avant, les poings remplis de gravier. Il avait un pied retourné vers la première marche, à une dizaine de centimètres de l'endroit où se tenait Marlow.

Le policier qui s'appelait Harley ou Varley l'accueillit dans l'entrée.

Tout comme Gatz avait conduit Emma, Harley/Varley conduisait à présent Marlow vers l'escalier tournant. Comme l'avait fait Emma, Marlow se retourna. Là où Emma avait vu l'homme déguenillé dans l'ombre, Gatz gisait à présent en pleine lumière. Harley/Varley dit : « C'est lui », comme les gens disent *c'est le plancher* ou *c'est le plafond*.

Marlow n'avait jamais posé les yeux sur Gatz, qui avait joué un rôle si négatif dans la vie de tant d'individus. Il fut frappé par les traits aimables, presque adolescents, de cet homme dont il avait entendu dire qu'il était si dur et antipathique.

« Vous le connaissez ? demanda Harley/Varley.

– Non », dit Marlow.

Gatz avait reçu la balle en pleine poitrine. Il gisait sur le sol de marbre vert dans une mare de sang. Un palmier se penchait sur lui et dans son dos se trouvait un bassin d'eau limpide. Quelque part, on entendait le bruit d'une fontaine, mais on ne pouvait la voir parmi les fougères géantes et les bougainvillées.

Harley/Varley dit : « Votre patiente est là-haut, Docteur.

– Merci », dit Marlow. Et il se tourna et suivit l'homme dans l'escalier tournant.

Après avoir traversé un couloir, ils parvinrent à un autre escalier plus petit, droit, aboutissant à une porte fermée. C'était cette autre partie de la maison que Gatz n'ouvrait jamais à des regards étrangers. Emma était là quelque part, refusant de parler à quiconque sauf à Marlow. C'est elle qui avait insisté pour qu'il vienne – aussi monta-t-il les dernières marches seul.

Il y avait un débarras avec des étagères et un bureau vides – des livres empilés par centaines sur le plancher. Des tableaux qui n'avaient pas été accrochés étaient appuyés à l'envers, comme des enfants jouant à cache-cache, le long du corridor menant à la chambre de Gatz. Et dans la chambre elle-même, le parfum d'Emma – cigarettes et *Calèche*. Marlow ne la voyait pas encore – mais ce qui s'offrit à sa vue le laissa sans voix.

Un vaste plancher nu sans tapis ni moquette, un lit si grand qu'il prenait presque tout un mur, une unique étagère couverte de photographies – chacune dans un cadre en argent –, et une série de commodes et de meubles de rangement sur roulettes, tout prêts à être tirés ou repoussés à volonté de façon que Gatz pût en atteindre les portes et les tiroirs de quelque endroit qu'il se trouve dans la pièce.

Les photographies montraient toutes une seule femme et un seul enfant. Marianne et Anne Marie. Il y en avait vingt. Vingt ou plus. Pas moins. La femme ne souriait jamais. L'enfant ne semblait vivre que pour rire. La différence entre elles était alarmante. Marlow devina qui elles étaient. Gatz auréolait ses saints d'argent. Le reste du monde était encadré de bois et retourné contre le mur.

Des pantoufles noires étaient là, au milieu de la pièce, comme si Gatz les avait perdues en s'enfuyant.

Mais c'est à la vue du lit que Marlow s'arrêta net. C'était un grand champ, une immensité de draps verts tendus. Tendus, oui, sauf vers la tête du lit près du mur sur la gauche – le côté qui était le plus près de l'étagère de photos. Là, on avait fait comme un nid. Il n'y avait pas d'autre mot pour décrire cette empreinte, car elle était moulée comme un oiseau forme son nid au contour de son corps. Ici, le contour était celui de Gatz. Enroulé. Serré. Refermé sur lui-même – la forme d'un fœtus flottant dans le liquide amniotique. Jamais Marlow n'avait vu chose aussi triste.

Emma dit : « Bonjour Charlie. » Elle était derrière lui.

Elle devait venir, pensa Marlow, de la salle de bains de Gatz – là-bas derrière les meubles sur roulettes.

Il se tourna vers elle et elle lui sourit. Elle n'était pas tout à fait présente – et il avait peur pour elle, mais il dit seulement : «Bonjour Emma.»

Elle avait ses chaussures à la main. De l'autre, comme un visiteur sans-gêne, elle ouvrait négligemment – ou avec une négligence feinte – une par une, les portes des meubles de rangement en passant à côté.

«Les vêtements de Gatz», dit-elle.

Des costumes. Des vestes. Des pull-overs. Des chemises.

Marlow regardait à peine. Il avait les yeux rivés sur sa robe blanche, dont le devant était taché de sang. Il lui vint à l'esprit pour la première fois que c'était peut-être elle qui avait tué Gatz – que tout ce temps, il y avait eu, tapi en elle, ce besoin de supprimer quelqu'un. N'importe qui, son identité importerait peu quand elle le rencontrerait. Ce serait juste le dernier de ses amants, quel qu'il fût. Tant d'hommes s'étaient servis d'elle, et elle leur avait offert si peu de résistance, pensant que ce serait là sa façon de survivre. Mais une partie d'elle-même savait, durant les moments qu'elle avait passés avec eux, que ce qu'ils attendaient d'elle les rendait odieux. Il y avait toujours cette envie de rire qui la prenait quand elle était en leur compagnie, tandis qu'elle espérait aussi que l'un d'eux l'aimerait non pas comme la Femme du chirurgien mais comme Emma. Apparemment, cela ne s'était jamais produit, jusqu'à Gatz. Même alors, il aurait pu se révéler pareil aux autres. Et s'il avait voulu qu'elle soit la femme des photographies ? Peut-être l'avait-elle tué à cause de cela.

«Peux-tu me donner une cigarette, Charlie ? Je n'en ai plus.»

Marlow traversa la pièce et resta debout près d'elle tandis qu'elle prenait une cigarette et acceptait la flamme qu'il lui offrait. Elle passa ensuite devant lui, en direction du lit.

En la regardant debout au pied du lit, ses chaussures dans une main et l'autre main s'égarant avec la cigarette pour écarter ses cheveux de son visage, il pensa : *Elle pourrait aussi bien être sur sa tombe.* L'immensité verte, avec le nid dans le coin, ressemblait à cela – c'était un endroit où pleurer quelqu'un. Emma s'assit par terre et appuya son bras sur les draps. Elle regarda les photos. «La dernière chose qu'il voyait tous les soirs, dit-elle. La première chose qu'il voyait tous les matins.

– Oui.» Marlow posa un cendrier sur le lit près du coude d'Emma et fit un autre pas en arrière.

«C'est son sang», dit-elle, fixant le devant de sa robe.

«Oui, dit Marlow. J'ai pensé que ça l'était.

– Est-ce que tu crois que je l'ai tué, Charlie?» C'était presque comme si elle-même ne connaissait pas la réponse.

«Je ne sais pas, dit Marlow. Il faudra que tu me racontes.» Il pensait à la piqûre qu'il devrait lui donner tôt ou tard pour la ramener chez elle. Dormir d'abord – ensuite, la réalité. Mais pas maintenant.

«C'est son père qui l'a fait, dit-elle.

– Je vois.» Marlow n'était pas encore bien sûr. «Raconte-moi ce qui s'est passé.

– C'est son père qui l'a fait.

– Oui. Tu me l'as dit.»

Emma posa dans le cendrier le mégot de sa cigarette et le tourna comme une clé. «Il attendait quand nous sommes arrivés, poursuivit-elle. Et il a dit: *Je veux ravoir mon fils.* Je ne savais pas ce qu'il voulait dire parce que je ne savais pas qui il était. Puis Gatz a dit: *Je pensais que tu étais mort, papa, ça fait tellement longtemps.* Puis l'homme a dit: *Peu importe combien de temps s'est passé. Tu me le dois. J'ai droit...*»

Emma réfléchit. Puis elle continua: «Gatz est descendu le rejoindre. Dans la grande serre. Je les entendais crier. Je suis allée dans la salle à manger et je me suis assise à table. J'ai attendu. Dix minutes. Peut-être quinze. Il commençait juste à faire jour dehors. J'en suis sûre. Je le voyais de la fenêtre, le soleil sortait du brouillard. Puis le coup est parti et j'ai couru. Je ne me rappelle pas le reste. C'est tout ce dont je me souviens. J'ai couru – et le bruit de l'eau. Et je crois qu'il y a eu un autre coup de feu. Dehors. »

Le chauffeur, pensa Marlow. Oui.

« Puis je me suis retrouvée ici et c'est tout ce que je peux dire. Sauf que ma robe est couverte de sang. »

Elle avait dû le tenir dans ses bras, mais l'image était bloquée dans son cerveau.

Emma leva les yeux vers les photographies.

« Cette femme s'appelle Marianne, dit-elle. Et l'autre c'est sa fille, Anne Marie.

– Oui.

– Qu'est-ce que tu fais, Charlie ?

– Je te fais une piqûre. Ça t'aidera à t'endormir le temps que je te ramène chez toi.

– Tu veux dire que je n'ai pas besoin de rester ici ?

– Non. Tu n'as pas besoin de rester.

– Je ne vais jamais dans les maisons, Charlie. C'est dangereux. »

Dans la salle de bains, Marlow avait trouvé de l'alcool. Il lui retroussa la manche, lui frotta le bras et lui fit la piqûre. « Maintenant, dit-il, on peut partir. »

Il l'aida à se lever et traversa la pièce avec elle, en direction de la porte. Là, elle se retourna, mais ne dit rien. Ils s'en allèrent, laissant son silence dans la chambre de Gatz.

Quand Marlow ferma la porte, l'appel d'air souffla les cendres de la cigarette d'Emma et les éparpilla sur le drap du lit.

Dans l'escalier, Emma dit : « Est-ce qu'il est ici ? »

Marlow répondit : « Non. Ils l'ont emmené. »

Une fille et une femme, la bonne et la cuisinière, étaient assises sur des chaises en vêtement de nuit. La cuisinière pleurait et la bonne essayait de la consoler.

Emma s'arrêta devant elles et dit : « Je suis désolée. »

Elles ne savaient même pas qui était Emma. Mais la bonne, qui était vive et futée et qui était allée bien des fois dans la chambre de Gatz, jeta un coup d'œil sur Emma et décida : *C'est elle.*

Elle pensait que c'était Marianne. *Tellement typique,* se dit-elle, *qu'une femme qui a fait tant de peine revienne juste quand c'est trop tard.*

Ce n'était pas différent de ce qui domineraient les pensées d'Emma pour le restant de ses jours. Les mots *trop tard* ne la quitteraient jamais.

Quand Marlow aida Emma à passer la porte, le brouillard faisait un ultime effort pour maintenir la ville prisonnière. Plus tard, ce matin-là, il se leva brutalement et disparut. Et Gatz fut emporté avec lui.

CHAPITRE VI

Il faut vivre! La musique est si gaie, si joyeuse! Un peu de temps encore et nous saurons pourquoi cette vie, pourquoi ces souffrances... Si l'on savait! Si l'on savait!

ANTON TCHEKHOV
Les Trois Sœurs

1

Tout l'après-midi, alors qu'il était allongé sur son lit, Benedict Webster entendait les enfants jouer au bord de l'eau. Et tandis qu'il entrait et sortait en transpirant de ses rêves, il se faisait et refaisait dans sa tête une image du lac, la corrigeant à mesure que le souvenir se précisait, y ajoutant poissons, rochers et profondeurs et, par-dessus tout, le ciel avec ses flamboiements et le lavis bleu clair de son éblouissante lumière.

Moira – habillée en rouge – a douze ans, pensait-il. Douze ans et en train de s'épanouir – de devenir dangereuse. Carol a seulement dix ans et les dix ans ne m'intéressent pas.

Mais Allison...

Allison a quatorze ans, maintenant. Quatorze ans, avec des tétons qui commencent à pointer, qui attirent comme des aimants, et quand elle s'assied innocente, comme les enfants, les jambes écartées et son maillot de l'an dernier qui lui remonte sur les cuisses, je peux voir ses poils qui sortent comme une ombre sur le tissu bleu pâle et je veux...

Les lécher.

Dans le rêve de Ben, par ce chaud après-midi, sa sueur devint le lac où nageaient les filles de son frère et ses cheveux et ses poils clairs les herbes flottantes dans lesquelles s'empêtraient leurs jambes. Couché sur le fond de la baie, les yeux tournés vers le haut, il n'était que vaguement conscient de la lumière en contre-jour – plus conscient de la lenteur alanguie de leurs mouvements. Ses bras se levaient sans cesse pour les étreindre.

Moira plongea sous la surface et lui écarta les cheveux, puis le regarda droit dans les yeux et sourit. *Je sais qui tu es,* dit-elle. Comme elle s'éloignait de lui en remontant, il tenta de lui saisir les chevilles pour les faire glisser entre ses mains et il l'entendit dire à ses sœurs : *Oncle Ben est là-dessous en train de se noyer.* Carol dit : *Laisse-le. Je m'en fiche.* Mais Allison vira dans l'eau au-dessus de lui et se laissa couler jusqu'à être à ses côtés. Elle semblait si tendrement inquiète. Elle l'embrassa sur le front, lui souleva les bras et mit les paumes de ses mains comme des bouches ouvertes sur sa poitrine. *Tiens bon,* dit-elle. *Je te laisserai pas mourir.* Et elle commença à se hisser avec peine, l'entraînant avec elle.

Ben sentait le bout de ses seins se presser sur lui et se durcir. Le maillot d'Allison, dans le rêve, était fait de mouchoirs en papier, et il commençait à présent à se dissoudre. La tête de Ben était serrée entre les cuisses d'Allison et maintenue par les mouvements de sa nage, qui faisaient remonter le visage de Ben de sorte que ses lèvres étaient pressées contre elle comme si elle voulait qu'il la pénètre avec sa langue.

La lumière autour de lui commença de vaciller.

Peut-être allait-il se noyer.

Il émergea de la surface en même temps que de son rêve. Quelqu'un avait crié. Était-ce lui ou Allison? Ben était seul sur son lit comme un corps sur un radeau. Allison – dehors, au-delà de la fenêtre, près de l'eau – riait de quelque chose que Carol venait de dire et Moira lança : *Je vous bats aux rochers!,* puis Ben les entendit sauter dans l'eau et nager vers le promontoire.

Il lança ses jambes par-dessus le lit. Son caleçon collait à son pénis en érection, froid et mouillé comme si Ben venait réellement de sortir du lac. Il alla à la fenêtre et tira les rideaux translucides qui pendaient immobiles dans l'atmosphère lourde et il regarda par-dessus l'herbe jaunie des pelouses en terrasses en direction de la baie où nageaient les filles.

Tout ce qu'il pouvait voir, c'était leurs bras luisants et leurs têtes qui apparaissaient et disparaissaient à la surface de l'eau. Allison était en train de gagner.

Il y avait un garçon là, debout sur le quai, une serviette autour des reins, et Ben pensa que ce devait être un des fils Shapiro – comment s'appelaient-ils donc? – il ne s'en souvenait jamais.

Leur père avait dû les amener pendant que Ben rêvait. Les Shapiro étaient des amis de son frère, John. Ils venaient souvent pour le congé de la Fête de la reine. Cette année, cependant, Shirley Shapiro ne serait pas là – ce qui était décevant pour Peggy

Webster. Ben ne savait que trop bien que sa femme détestait Shapiro, et ne le supportait qu'à cause de Shirley, qui était une amie d'enfance des trois filles Wylie. Mais Shirley avait trouvé une échappatoire pour ne pas venir au lac, de sorte que Shapiro avait amené à la place ses fils, qui étaient toujours des fauteurs de trouble. Ils rendaient Ben nerveux. Ils semblaient être totalement dépourvus de personnalité, ils étaient maussades et ne disaient presque rien. Leur seul atout était leur façon de se mouvoir. Ils se déplaçaient à la manière des animaux, sans faire de bruit. Ils ne souriaient jamais. Environ un an auparavant, ils étaient entrés par effraction dans les maisons de leurs voisins. Pas pour voler, juste pour rigoler – laissant des messages dans les lits et les placards qui disaient : *Coucou, on était là.* Ou : *Le petit merdeux est passé* – et parfois : *Va te faire foutre, Charlie!* ou : *Bidonnant! Espèce d'enculé!* Charmant.

Les Shapiro étaient en train de se séparer. Shirley avait une liaison. Tout le monde sauf son mari savait quelle serait sa décision, longtemps avant qu'elle la prenne. Quand le moment arriva, Shapiro sombra dans un désespoir permanent. Pour calmer ses fils, sur lesquels il n'avait aucune autorité, il les rallia à sa cause contre ce que faisait leur mère.

Shapiro qui prenait de la drogue tous les week-end depuis longtemps, encouragea ses fils à partager sa dope en présence de Shirley – et quand finalement elle les quitta, les garçons fumaient de l'herbe tous les jours.

Shapiro achetait sa marijuana à un homme qui se trouvait dans Regent Street et dont la clientèle incluait John Dai Bowen. C'est en fait John Dai qui avait présenté Shapiro au dealer, un Chinois du nom de Jason Lee, qui écoulait aussi de la cocaïne. Comme toujours, John Dai avait eu une idée derrière la tête.

Outre le fait qu'il était le photographe le plus en vue de la «bonne société» de la ville, il était aussi connu d'un cercle plus restreint comme le propriétaire d'une importante collection de photographies érotiques. Ben Webster ne faisait pas partie de ce cercle, mais il en avait entendu parler depuis longtemps. Une fois, cela faisait environ trois ans, on lui avait montré des épreuves de quatre ou cinq de ces photos, ce qui, à l'époque, l'avait fait bien rire, car il connaissait un des modèles – un reporter sportif célèbre. Il ne serait pas tout à fait exact de dire que ces photos étaient obscènes. La plupart étaient, sur le plan esthétique, de bon goût. Leur intérêt résidait dans le fait qu'elles montraient toutes des hommes nus, dont certains, comme l'ami de Ben, étaient des personnages publics en vue. Quelques-uns arboraient même une érection (*arboraient* étant le terme de John Dai), étendus sur un des célèbres sofas victoriens du photographe.

Dernièrement, d'après ce que Ben avait entendu dire – ceux qui avaient vu les nouvelles pièces qui enrichissaient la collection de John Dai avaient mentionné l'âge relativement jeune des nouveaux sujets. Il n'était pas rare d'y voir des garçons de quinze ou seize ans, alors que, dans le passé, les sujets étaient toujours dans la vingtaine ou la trentaine. Il y avait aussi, lui avait-on dit, des photos de filles. Pas de femmes. De filles.

Sirotant son vin, John Dai étudiait le visage de ceux qui regardaient les photos. Il ne donnait jamais de lui-même l'âge des modèles. Il attendait que les connaisseurs abordent le sujet, ce qu'ils ne faisaient jamais. John Dai trouvait cela curieux – provocant et passionnant. Il se rendit compte que leur silence était un assentiment et il en vint à se demander jusqu'où il pourrait aller avant que l'on y trouve à redire. C'est pour cette raison qu'il avait présenté Shapiro au Chinois de Regent Street.

Les fils Shapiro avaient juste quatorze ans et douze ans, et John Dai devinait, à leur attitude rebelle, qu'ils ne demanderaient pas mieux que de poser pour lui sans le consentement de leur père. Mais John Dai ne voulait pas suivre cette voie. Il voulait que Shapiro lui dise : *Oui, pas de problème pour moi...* Il y avait quelque chose dans le fait qu'un parent donne son autorisation qui plaisait à John Dai. Ça l'excitait. En fait, une de ces dernières nuits, tandis qu'il se masturbait dans son lit, son fantasme se nourrissait exclusivement de la demande qu'il faisait à Shapiro de lui permettre de photographier nus ses deux fils.

Et est-ce que Shapiro voulait assister à la séance?
L'orgasme de John Dai coïncida avec la formulation de cette question. La réponse devrait attendre le fantasme du lendemain. L'informateur de Ben lui avait raconté tout cela en se délectant. *Comment se fait-il que vous en sachiez autant sur les orgasmes de Bowen?* avait demandé Ben.
C'est la partie que Bowen aime le plus, quand il raconte.
Tiens.
À présent, Ben était debout devant la fenêtre, en train de regarder le fils Shapiro, la serviette nouée sur les reins. C'était l'aîné, présumait-il. C'était certainement le plus grand. Un mètre soixante-dix ou plus. Il avait les cheveux coupés courts, d'une couleur indéfinissable, un châtain clair terne, et il avait de grandes oreilles. Ben sourit en y pensant. Ç'avait été la même chose pour lui et ça lui avait empoisonné la vie durant son adolescence. De grandes oreilles, de grandes mains, de grands pieds – il se voyait comme un singe, gauche et maladroit jusqu'à ce que la fin de sa croissance eût rétabli les proportions.

Les filles, après être arrivées aux rochers derrière le promontoire, les avaient escaladés et étaient à présent assises au soleil. Le fils Shapiro leur faisait signe de la main. Elles ne répondaient pas. Typique. Soit qu'elles étaient trop pimbêches pour faire attention à lui, soit que c'était un truc d'adolescents: *Faire comme si on ne le voyait pas. L'obliger à gesticuler encore.*

Ah! les filles. C'était toujours comme ça.

Ben se demanda ce qui se passerait si c'était lui qui faisait signe de la main. Est-ce que les filles répondraient? Allison peut-être – avec son air innocent si bizarre et troublant – mais pas Moira. Ni Carol. Carol ferait tout simplement comme si elle ne le voyait pas – mais il était possible que Moira lui fasse signe d'aller se faire foutre. Moira ne comprenait peut-être pas exactement ce que Ben avait en tête – mais elle savait que c'était une sorte de faim et ça la mettait en colère. Ben avait un regard envahisseur, qui la prenait toujours au dépourvu.

Et là, tandis que Ben regardait, les yeux dans le vague,

rêvant presque, il vit le fils Shapiro qui laissait tomber sa serviette.

Bon sang! Le garçon était tout nu.

Bon sang! Il est en train de se masturber. Là sur l'herbe sèche au-dessus du quai. Et les trois filles regardaient.

Ben était cloué sur place. *Arrête ça!* voulait-il crier – mais il ne le fit pas.

Arrête ça. Mais arrête donc. Qu'est-ce que tu es en train de faire...?

Mais il savait ce que le garçon faisait. C'est ce qu'il avait fait lui-même – prendre chacune des filles dans sa tête, l'une après l'autre.

La main de Ben, déjà à plat sur son ventre, glissa dans son short.

Son attention était concentrée sur Allison, comme si le rêve se prolongeait là où il se trouvait, debout près de la fenêtre – mais ses yeux, sans qu'il puisse l'empêcher, étaient rivés sur le garçon, dont la main s'activait de plus en plus vite en même temps que ses fesses nues étaient prises de mouvements convulsifs.

Loin, de l'autre côté de l'eau, Allison s'était levée et descendait des rochers vers le lac. Carol, se déplaçant comme si on lui avait dit de faire vite, la suivait docilement sans se retourner. Seule Moira restait sur le rocher, debout, tournée vers l'adolescent et criant après lui.

Ben n'entendait que vaguement ce qu'elle disait. *Enculé. Enculé. Espèce d'enculé!* Puis elle s'arrêta brusquement, descendit vers l'eau et suivit ses sœurs, se dirigeant déjà vers la rive visible la plus éloignée.

Le fils Shapiro se retourna lorsqu'il vit qu'elles étaient parties. Il jeta la serviette sur ses épaules et fit route, par les pelouses en terrasses, vers la maison. Pour la première fois, Ben remarqua qu'il portait des baskets. Autrement, il était nu comme un ver – à part le symbole éclatant de sa jeunesse et de sa génération, cette paire de splendides Converse, bleues avec une rayure argent et des lacets jaunes. Il marchait en sautant, déroulant le pied du talon aux orteils, et Ben pouvait voir qu'il sifflotait – entre ses dents, lèvres entrouvertes. Le regard complètement éteint.

Espèce d'affreux salaud, se disait Ben. *Quand je pense que je suis là derrière ce rideau, caché dans mon caleçon, et que tu t'es planté devant tout le monde pour les prendre l'une après l'autre. Quel sacré culot – et quelle merveille!*

Ben quitta la fenêtre et s'assit sur le lit. Il s'essuya les doigts avec un Kleenex et lança son short dans un coin de la pièce. Il pensait à Allison – bleue et blanche dans son maillot qui fondait – et il se demanda ce qu'elle avait dans la tête. Au-delà du promontoire, elle conduisait ses sœurs vers la rive la plus lointaine – tandis qu'au-dessous d'elles le lac entier s'emplissait d'hommes et de garçons mourant d'envie de les atteindre à travers la lumière pour immobiliser leurs membres qui lançaient des éclairs. Est-ce qu'Allison savait que le lac était plein d'hommes et de garçons? Et si c'était le cas, est-ce que ça la mettait en rage comme Moira ou est-ce que – peut-être – ça la faisait sourire?

Pourquoi ne pas aller en souriant jusqu'à l'inéluctable? l'implorait-il. *Penses-y,* lui disait-il, remuant même les lèvres pour le dire – *ce garçon est juste un garçon, et moi je suis un homme et j'ai des droits...*

Il eut un frisson.

Des droits, pensa-t-il.

Il ne savait pas qu'il allait dire ça.

Des droits.

J'ai des droits.

Prenant une cigarette, il attendit trente ou quarante bonnes secondes avant de l'allumer, tenant le briquet dans sa main qui pendait au bout de son bras, la cigarette collée à ses lèvres. Puis, d'un geste précis du poignet, il fit tourner la molette et jaillir la flamme et il tira une longue et profonde bouffée.

Se renversant en arrière et reposant son briquet en or, il se coucha sur le lit en pensant de nouveau aux enfants de son frère. Allison. Moira. Carol.

Et à ses droits.

2

Les Webster avaient trois cottages – un pour chacun des enfants. Ils étaient regroupés sur un promontoire boisé au bord du
lac Joseph, dans la région de Muskoka, au nord de Toronto – la
région des cottages. Les Webster étaient propriétaires du promontoire depuis les années 1890.

La tradition des résidences d'été faisait partie de la culture
canadienne depuis la fin du XIXe siècle – et si cette tradition était
essentiellement petite-bourgeoise, la grande bourgeoisie à laquelle les Webster appartenaient tendait à s'installer dans des
régions comme Muskoka, où leur fortune les protégeait de
l'entassement. Il était vrai qu'il y avait peu de sites d'où l'on ne
pût voir, dans une direction ou une autre, le cottage de quelqu'un
d'autre – mais aucun d'eux n'avait la vue bouchée par le mur
d'un voisin. Des bouquets d'arbres et des prairies de hautes
herbes les séparaient et, dans le cas des Webster, de gros affleure-
ments de rochers formaient des barrières qui leur garantissaient
un maximum d'intimité. La Muskoka est située sur le bord
méridional du Bouclier canadien – et le rocher en question était
couleur rouille et couvert de lichen vert et rouge. Ses formes
lisses et massives étaient à l'origine de toponymes comme *le Dos
de l'éléphant* et *l'Épaule du géant*.

C'était une vieille coutume dans cette société que d'ouvrir les
cottages, et de se tremper pour la première fois dans le lac, le jour
de la Fête de la reine, qui tombe toujours durant un long week-
end vers la fin de mai. Les familles se regroupaient et faisaient le
voyage en voiture – ce qui provoquait, le vendredi soir et le lundi
après-midi, des embouteillages devenus eux aussi une tradition.
En arrivant, les chiens et les enfants s'éparpillaient dans le paysage, tandis que les parents épuisés vidaient les voitures et préparaient le souper.

Durant l'hiver, les Webster, comme bien d'autres, embau-
chaient des habitants du coin pour s'occuper des propriétés.

Ainsi, au printemps, les lits étaient toujours faits, les housses retirées du mobilier, les chaises de jardin sorties et toutes les pièces aérées par une brise qui sentait le pin. La plupart des cottages de la région dataient du tournant du siècle et étaient construits en bois, le plus souvent en cèdre. Ils avaient de grands porches faits de planches, abrités par une avancée du toit, avec une partie fermée par des moustiquaires où l'on prenait les repas et passait les après-midi pluvieux à jouer à des jeux de société et aux devinettes.

Les hamacs poussaient entre les arbres, les canoës et les barques descendaient de leurs tréteaux d'hiver, et les runabouts et les hors-bord faisaient les premières vagues de la saison.

Cette année, le temps avait été délicieux. Une vague de chaleur d'une semaine, inhabituelle pour la saison, avait fait de la baignade un plaisir et de l'exposition au soleil – malgré l'indice UV – une obligation. On ne pouvait revenir de son cottage sans le premier bronzage de l'année. C'était un *must*.

La vie des grands-parents Webster était l'illustration même des caprices de la fortune. Ils étaient tous deux nés avec de l'argent – ils l'avaient tous deux gaspillé. Ils dépensaient trop pour la façade – faisaient trop d'investissements risqués. Ils avaient envoyé leurs enfants dans des écoles privées – John et Ben au collège St Andrew's et Ruth à Bishop Strachan. À Londres, tout le clan Webster descendait au Claridges, à Paris au George V, à New York au Plaza. Même quand ils étaient complètement fauchés, ils vivaient de cette façon. Quand les enfants furent prêts à prendre leur place dans le monde, il ne restait plus rien. On vendit la belle maison, on éparpilla les belles voitures et on mit les tableaux aux enchères. Mary Webster se laissa convaincre de dire au revoir à ses bijoux de famille pour que Ben puisse impressionner Peggy Wylie. On sacrifia tout ce qui était précieux, des tapis persans à la porcelaine de Saxe, pour fournir aux enfants un dernier symbole de richesse et de statut social : une paire de chaussures, un costume rayé, une coupe de cheveux de Leonardo. La seule chose qu'ils ne laissèrent jamais partir fut le trio des cottages de Muskoka. Ils étaient sacro-saints.

Peu à peu, les mariages des enfants s'agencèrent et avec eux, les signes extérieurs d'une nouvelle richesse – *des petits riens,* comme les avait appelés Mary Webster. Ben épousa Peggy Wylie. John épousa Susan Bongard. Ruth épousa Howard Marks.

À sa mort, Oliver Webster était en faillite et avait sombré dans l'oubli. Mais, à la lecture de son testament, on s'aperçut qu'une fortune avait été mise de côté et placée en Suisse, que seule sa mort pouvait protéger des créanciers. Deux millions de dollars. *Pour ceux d'entre vous qui se demanderont pourquoi avoir pâti du manque de cet argent,* avait écrit Oliver à ses héritiers, *je n'ai qu'une chose à dire : mieux vaut tard que jamais, mieux vaut maintenant qu'alors.*

Deux ans après l'homologation, le testament fit l'offrande de son contenu. Un an plus tard, Mary Webster mourait. Des dividendes supplémentaires.

Silence total.

Puis les désastres recommencèrent.

Ben et Peggy Webster étaient sans enfant et, selon toute apparence, avaient l'intention de le rester. Étant donné la réserve de Peggy, ce n'était pas un sujet dont elle était prête à discuter. Elle était entrée par son mariage dans une famille à la fortune improbable et au pouvoir funeste (funeste étant le mot d'Olivia) et, malgré son attachement aux traditions, elle n'avait pas suivi celle qu'imposait un mariage tel que le sien – c'est-à-dire qu'elle n'avait pas procréé. Il fallait qu'il y eût *au moins deux* enfants – et c'était encore mieux s'il y en avait plus. Les enfants étaient de la chair à mariage – une façon d'obtenir encore plus de pouvoir. Le frère de Ben Webster, John, et leur sœur, Ruth, avaient fait fructifier leurs gènes et donné sept descendants – trois filles du côté de John et quatre garçons du côté de Ruth.

Ruth s'était mariée à un homme dont le suicide avait ébranlé la famille Webster. Howard Marks avait sauté du pont de Glen Road avec une corde autour du cou. Il était resté pendu sous le pont pendant une semaine avant qu'on découvrît son corps. Un journal révéla ensuite que Howard Marks avait mené une double vie et était atteint du sida au moment de sa mort. Ruth ne se remaria pas et ne revint jamais dans la société. Elle vivait en solitaire à Nassau. Les fils Marks furent envoyés dans des écoles en Suisse pour fuir le scandale causé par le décès de leur père. Le nom de Howard Marks ne fut plus jamais mentionné dans le cercle des Webster. Sa double vie était devenue une double mort.

Les enfants Marks revenaient encore chaque été au cottage de leur mère, où ils s'installaient avec la sœur de leur père, Hilda. Hilda Marks ne s'était jamais mariée, mais se consacrait aux enfants. Cet héritage laissé par son frère était son rêve devenu réalité.

Toujours est-il que pour Olivia, sa sœur Peggy semblait déplorer éternellement le fait qu'elle n'avait pas d'enfants – et elle soupçonnait que la faute en revenait à Ben. Ben Webster avait été, avant son mariage, un coureur de jupons notoire – au point que Peggy avait craint d'avoir plus tard à souffrir de ses infidélités à répétition. Aucune autre femme n'était toutefois apparue à l'horizon, et Peggy avait cessé de parler des frasques de Ben dès qu'ils furent mariés. Sa réserve en ce qui touchait les questions personnelles était devenue quasi légendaire. Ce n'est pas qu'elle était froide – c'est qu'elle semblait complètement dénuée de température. Quelqu'un avait dit d'elle : *Peggy est morte à la naissance.* Aussi méchante que fût cette remarque, Olivia ne pouvait nier qu'elle était vraie. Elle venait d'une autorité en la matière : Eloise Wylie, leur mère.

La mort à la naissance était une expérience commune aux Wylie – c'est du moins ce qu'il semblait à Olivia Price. Des bébés en conserve. Peggy. Et l'enfant qu'Olivia elle-même portait et dont bientôt, elle en était absolument certaine à présent, elle avorterait. Elle ne souciait plus du fait que l'enfant – ou la *Voix*, comme elle l'appelait – avait dépassé l'âge où l'avortement était sans danger ou moralement acceptable. Trop tard. Mais jamais trop tard du point de vue d'Olivia. Si seulement elle pouvait passer l'enfant à Peggy. *Une balle lancée haut vers un ailier. Course finale. But!*

Peggy avait aimé Ben autrefois. D'une façon réservée, prudente. Elle avait été d'une certaine manière attirée par l'image de l'homme aux allures de garçon. Il avait été généreux envers elle, gentil et attentionné, plein d'égards. Il sembla, pour un temps, avoir réellement voulu qu'elle soit heureuse. Il lui laissait carte blanche en ce qui concernait la maison, avançant l'argent pour la restauration et le mobilier sans jamais se plaindre, sans poser une seule question. Il était fier des réalisations de sa femme et lui en faisait compliment, montrant la maison à qui voulait la voir : *Regardez ce qu'a fait Peggy!* Il lui attribuait aussi son retour à une vie plus stable.

Elle avait été patiente avec lui. Elle lui avait pardonné toutes ses bêtises : ses fiascos financiers, sa loyauté envers des hommes qui étaient de toute évidence des filous, sa vanité, sa violence, ses caprices d'enfant. Sa connivence avec son frère John pour nuire à la carrière d'un ou deux hommes d'affaires du centre-ville qui l'avaient jadis humilié ; des hommes qui l'avaient dénigré parce qu'il avait voulu la même chose qu'eux et qu'eux l'avaient obtenue et pas lui. Ben était animé d'un sentiment de vengeance juvénile, que Peggy avait réfréné en lui rappelant que la vengeance était une perte de temps, quand on l'assouvissait sur des hommes qui se saboteraient eux-mêmes bien assez tôt si on les laissait faire. Elle lui apprit ce qu'on gagnait à redistribuer son énergie, l'éloignant des facettes les plus viles de son comportement et le poussant à se concentrer sur une conduite qui lui vaudrait le respect et l'admiration : sa générosité – son bonheur de la voir heureuse. *Fais-le savoir aux autres,* lui disait-elle – tout en souriant. La confiance était tout ce qui lui manquait, avait-elle décidé. Ben était un cas classique, masquant son insécurité derrière ses bravades. Le garçon qui conduisait les automobiles de son père pour conduire ses camarades moyennant finance était en réalité un garçon qui avait honte des échecs de son père et était terrifié par la perspective de devenir pauvre et de perdre la face.

C'est ainsi que Peggy en vint également à comprendre les rapports de Ben avec les femmes. Il lui manquait une maturité fondamentale sur le plan des émotions, ni plus, ni moins. Les adultes n'exigent pas beaucoup des autres, ils exigent beaucoup d'eux-mêmes.

Ainsi, Ben et Peggy avaient réussi, pendant un moment, à vivre presque en harmonie. À mesure que Ben *grandissait*, Peggy *se dégelait*. (C'était la version d'Olivia.) On les voyait rire ensemble en public, se donner le bras, ouverts, inspirant confiance, faisant confiance – un couple qui attirait la sympathie.

Puis, ce fut la fin. Ben voulait plus. Peggy voulait moins. L'un avançait, l'autre reculait. Le Ben corrompu d'antan revenait à la charge. En affaires, il devint, encore une fois, la petite brute de la cour d'école – le roi revenu d'exil, taquinant ceux qui le soutenaient, faisant des pieds de nez à ses ennemis – se moquant d'eux, prenant les armes contre eux – à la reconquête de son territoire. Dans sa vie privée, il fit un retour aux terrains de sport, se liant exclusivement avec des hommes – il commença à fléchir les genoux et à bander ses muscles, à se regarder plus que de raison dans le miroir. Seule Peggy savait la cause de ce comportement, et elle n'en parlait jamais à personne. Certainement pas à Olivia, sa sœur préférée qui, à une époque, avait été sa confidente.

La cause avait été le début d'une liaison entre Ben et une femme de dix ans plus jeune que lui. Mais cette liaison n'était pas allée plus loin que le *début*. La femme avait repoussé Ben à la porte de la chambre. Apparemment, elle s'était moquée de lui, et, en réalité, lui avait lancé un : *Tu veux rire!* Ben avait réagi à ce coup porté à son amour-propre en laissant éclater sa rage et en perdant la maîtrise de lui-même à un point tel que jamais Peggy n'avait vu spectacle plus effrayant. Ce fut alors que, fuyant sa présence, elle tomba sur la glace et se cassa la jambe, ce que l'on fit passer aux yeux de tout le monde pour un *accident de ski*.

En tant que sœurs, les filles Wylie avaient été – et étaient toujours – aussi différentes que des sœurs peuvent l'être. Elles avaient choisi des voies distinctes dans la vie – comme des voyageurs qui arrivent à un carrefour offrant trois directions. Les trois sœurs avaient chacune emprunté une voie, et se retournaient de temps à autre pour se faire juste un signe de la main, ou pour s'interpeller. Amy, qui était la plus jeune, était celle qui était allée le plus loin. Olivia venait ensuite. Mais Peggy n'avait pratiquement pas avancé. Elle avait tout juste dépassé le coin d'où elle était partie – fille Wylie – femme Webster.

Peggy aimait d'ordinaire le temps passé au cottage, mais cette année, elle regrettait l'absence de Shirley Shapiro. Par contre, elle n'avait jamais beaucoup aimé le mari de Shirley. *Il est dérangé,* avait-elle dit à Ben. *Il y quelque chose de bizarre dans sa façon de voir. Il est toujours d'accord – trop accommodant. S'il devait vendre sa mère pour avoir une promotion, il la vendrait. Il est aussi cachottier, sournois, il ne dit jamais vraiment ce qu'il veut...*

Ben avait une autre opinion. Non qu'il eût beaucoup de sympathie pour Shapiro. Mais, selon lui, Shirley était une salope...

Peggy dit : « Toi, bien sûr, tu ne l'étais pas quand tu ramassais toutes les femmes qui se trouvaient sur ton chemin.

– Les hommes ne sont pas des salopes, dit Ben. Ils ne peuvent pas l'être – sauf si ce sont des pédés.

– Ah ? dit Peggy. C'est intéressant. »

Ils étaient assis sur le porche fermé par les moustiquaires. C'était le soir de l'incident de la baignade – de l'exhibition du fils Shapiro, que Ben n'avait pas rapportée à Peggy. Ils buvaient des martinis vodkas, pour lesquels Ben avait un faible. Peggy se moquait totalement de ce qu'elle buvait, pour autant que ce ne fût pas trop amer.

« Je suis fascinée par ce que tu viens de dire, que les hommes ne peuvent pas être des salopes, dit-elle.

– Sauf les pédés, ricana Ben.

– Explique-toi.

– Une salope écarte les cuisses, Peg. C'est aussi simple que ça.

– Merci, fit Peggy. Charmant.

– Et plus elle les écarte, plus elle est salope. »

Peggy se détourna.

«*Les cuisses bien écartées, les cuisses généreuses, sans-gêne, heureuses!*» fit Ben – en ricanant.

«Pour l'amour de Dieu, Ben, arrête ça. Je n'ai pas demandé à avoir ce genre de conversation.

– Excuse. J'ai oublié. Tu es une dame.

– Je ne suis pas sûre que tu t'en sois jamais aperçu.»

Ils se turent. La vieille guerre recommençait si facilement.

Peggy dit : «Pourquoi Shirley Shapiro est une salope? En tenant compte de ce que tu viens de dire.

– Elle s'est tirée avec un gamin deux fois plus jeune qu'elle, voilà pourquoi. Elle écarte les jambes pour accueillir la jeunesse de la terre entière, voilà pourquoi. Un coup d'œil et elle a mouillé sa culotte. Voilà pourquoi.»

Il était en colère. Comme toujours quand il parlait de sexe.

Peggy dit : «Il n'est pas deux fois plus jeune qu'elle. Il a plus de trente ans. Et c'est un gars bien. Pas du tout comme tu le décris.

– Pense ce que tu veux.

– Merci, fit Peggy. C'est ce que je fais. Je préfère la vérité.»

Ben se leva. «Tu en veux encore?

– Si tu parles de martini vodka – oui. Si tu parles de continuer cette conversation – non.»

Ben ne répondit pas. Il prit leurs verres et retourna à l'intérieur.

Peggy regarda en bas vers le quai, puis plus loin vers le promontoire. Ça avait été si joli ici, autrefois. Le panorama était toujours le même et il le resterait. Mais pas la vision que Peggy en avait. Sa sérénité avait été détruite par le trouble qui était en elle.

Comment en suis-je arrivée là? se dit-elle. *Comment en suis-je arrivée à ce point?*

3

Depuis la mésaventure avec Marlow concernant les chaussures de Pierre Lapin, Lilah avait adopté un mode de vie privée. C'était dangereux, comme le savait Marlow, maintenant qu'il se rendait compte de ce qu'était l'état de Lilah. Cela pouvait la ramener à ses démons – à ses visions. Elle passait de plus en plus de temps dans ses quartiers. Parfois, en revenant du Parkin, il trouvait fermée la porte séparant les cuisines et, une fois, il vit que la clé avait été tournée dans la serrure.

Il se demandait ce qu'elle faisait chez elle et il essayait de l'attirer par la ruse, mais elle ne venait pas. Fam allait et venait par un autre chemin, sortant par la fenêtre de Marlow, puis rentrant par la porte de Lilah. Grendel, qui en était venu à attendre les caresses de Lilah, restait de plus en plus couché, à dormir, comme s'il était en deuil.

Le mois de mai touchait maintenant à sa fin. La version bougonne du nettoyage de printemps de Lilah consistait à épousseter et réarranger les livres sur les étagères, et à aérer les couvertures du landau. Lilah étendait ces dernières sur le bord de sa fenêtre. Dans la cour, quelques fleurs maigrichonnes faisaient leur apparition – jacinthes, scilles, primevères – toutes en état de choc en raison des produits chimiques qui descendaient sur la ville, et du manque, cette dernière semaine, de pluie.

Sur la haute clôture en planches entre la cour et la ruelle, on voyait des chats rôdeurs et, à l'occasion, des écureuils en déroute. Au-delà, on pouvait voir Mme Akhami qui occupait sa cuisine jour et nuit – *en sortait-elle jamais?* –, en train de couper, trancher, touiller, tamiser.

Lilah était allée voir Mavis Delaney deux fois pour son Modecate au cours des cinq dernières semaines. C'était le moment d'y retourner, mais l'idée de faire le trajet la déprimait. Elle voulait éviter les rues, où tout ce qu'elle aimait était menacé par l'activité des Escadrons M. Les corps des oiseaux encombraient les caniveaux. Les Lunistes aussi étaient partout – et les Têtes-de-cuir. Il valait mieux rester chez soi. Si elle sentait venir une crise, elle pouvait toujours prendre une pilule de vitamine – un Infratil – un Cogentin – une pilule pour faire rêver...

La plupart des livres de Lilah étaient des livres de poche – non seulement parce qu'ils étaient moins chers, mais parce qu'ils étaient plus maniables, plus pratiques. Et elle aimait les jaquettes : des Penguins, pour la plupart, avec des illustrations de l'époque, obsédantes – le vapeur de Marlow – les landes de Heathcliff; et la Nouvelle Bibliothèque Canadienne avec ses reproductions de tableaux – également canadiens. Les routes pionnières de Susanna Moodie, le défrichage des forêts. *Ô, monde sans livres – que serais-tu?* Lilah n'osait y penser. Son monde à elle serait complètement dépeuplé si quelqu'un n'avait créé des êtres là, sous sa plume.

La dernière fois que Lilah était allée se faire faire sa piqûre, Susanna Moodie avait négligé de se matérialiser au centre psychiatrique de Queen Street. Mais Lilah avait vu la marmotte avec ses petits, sortie de son terrier et mangeant l'herbe. Deux petits. Seulement deux, pour une bête dont les portées en temps ordinaire en comptaient quatre ou cinq.

Survivre en forêt. Vie dans la clairière. Les animaux sauvages que j'ai connus. Guerre et Paix. Madame Bovary... Ceux-là étaient tous de la même hauteur. Lilah les remit en place, après les avoir embrassés un à un.

Moby Dick. Don Quichotte. Orgueil et Préjugé. La Mort à Venise... Elle ne les mettait jamais en ordre. Il n'y aurait plus jamais d'ordre sur ses étagères, depuis que la bibliothèque municipale de Rosedale avait été rasée par le feu. Son œil intérieur ne pouvait plus chercher les livres ainsi. D'une certaine façon, c'est *l'ordre* qui les avait mis en danger. Il avait été la cause de son propre désarroi. La précision obsessionnelle qui veut que les auteurs soient alignés en ordre alphabétique avait envoyé Lilah courir en tous sens dans les allées, au cours de cette nuit ardente, à la poursuite vaine de ses titres préférés – tous en flammes, impossibles à sauver. À présent, elle composait des ensembles de titres variés qu'elle pourrait rescaper – attraper, jeter, soulever, lancer en l'air, et qui défiaient l'alphabet – mais préservait la langue.

Lilah fit une pause.

Beowulf.

Grendel.

Le livre tomba ouvert sur le sol – de lui-même, comme aurait dit Lilah. *Je n'y suis pour rien du tout.*

Sur la page ouverte, elle lut :

Alors, dans la nuit noire, avançait le promeneur en glissant dans l'obscurité... de la lande, puis, sous les collines brumeuses, Grendel s'approchait, vêtu de la colère de Dieu...

Lilah pouvait l'entendre, reniflant derrière la porte de la cuisine.

Viens me chercher.

Lilah descendit le corridor, tourna la clé et ouvrit grand la porte.

Grendel était là, tête basse, battant de la queue contre les meubles, dos ondulant, ses yeux opaques de loutre de mer levés vers Lilah, guettant son approbation. Il était en parfaite condition pour son âge, mais avait fait la guerre plus d'une fois. Il avait les oreilles déchirées et des cicatrices sur le museau, et sa croupe conservait le souvenir de deux bergers allemands qui l'avaient tenu dans leurs crocs dans Hawthorne Street à Cambridge, dans le Massachusetts. Grendel était un labrador couleur miel, qui dormait toutes les nuits sur un petit banc à accotoirs au pied du lit de Marlow. Il portait un collier de cuir. Rouge.

Dans sa gueule, il tenait un os à soupe que Marlow lui avait ramené de la boucherie. Marlow achetait un sac d'os à la fois et les gardait au congélateur.

Lilah regarda le chien pour y déceler un signe de la colère divine. Il n'y en avait pas – *à moins que l'os lui-même...*

«Entre», dit-elle.

Il entra – et ce fut le premier geste de réconciliation venant de l'un des deux côtés de la maison. Lilah, en retournant à ses livres, se sentit moins oppressée. Une porte ouverte, après tout, laisse passer l'air.

Grendel la suivit, se coucha par terre et laissa tomber son os sur l'exemplaire de *Beowulf*.

« C'est bien ça, dit Lilah. La grotte que tu partageais avec ta mère était pleine d'os. »

Grendel remua la queue, prit l'os dans sa gueule et commença de le ronger en tournant la tête sur le côté et en l'appuyant par terre. Lilah ramassa le livre et l'essuya avec sa manche. Elle remarqua que la bave de Grendel avait taché la page.

Marlow lui avait raconté l'histoire de la mère de Grendel, sa progéniture féroce et sa mort cruelle. Elle avait vécu dans la maison d'un avocat célèbre, du nom de McCarthy, qui l'avait dressée pour en faire un chien de garde. Pensant qu'il avait là un filon inépuisable de bêtes d'une ardeur frénétique et aux crocs meurtriers, il n'avait pas voulu la faire opérer. Ainsi, à une époque, McCarthy avait la mère de Grendel et quatre de ses petits qui gardaient la maison et les bureaux. Cela se termina après que les chiens eurent attaqué une femme et mutilé un enfant. Il fut alors décrété qu'ils seraient tous piqués, ce qui fut fait, en son temps – mais pas avant que Grendel fût né et restât orphelin. Marlow le trouva, âgé de six mois, dans une cage des laissés-pour-compte de la Société protectrice des animaux de Toronto, condamné à mort par l'histoire de sa mère. Mais Marlow avait de la sympathie pour les monstres. Les fous étaient considérés comme des *monstres* – calomniés et harcelés. Il décida qu'il allait rectifier la situation, et emmena le chien avec lui. Décelant dans la douceur du regard et du poil couleur miel une nature qui n'avait rien de monstrueux, et en l'honneur de tous ceux qui sont injustement jugés, Marlow lui donna le nom de Grendel.

Cette histoire plaisait à Lilah. Elle voyait en ce nouveau dénouement créé par Marlow le signe qu'être jugé inacceptable n'équivaut pas à être condamné.

4

Marlow se faisait des sandwiches grillés au fromage – un de ses plats favoris. Son secret – à part le cheddar Forfar extra affiné – était l'huile d'olive, qui ajoutait une touche provençale au pain grillé. Il s'était aussi préparé une salade verte et des tranches de tomates avec une sauce classique – de la vinaigrette à laquelle il ajoutait une petite cuillerée de jus de citron. Charlie aimait la saveur aigre proprement dosée du citron alliée à celle du fromage sur son palais. Et avec tout ça, un bordeaux. Sans oublier auparavant un ricard et trois cigarettes, pas plus. Des Matinée Extra Mild Slims. Depuis qu'il était revenu de Harvard, il se demandait bien comment il avait pu fumer des cigarettes américaines durant cinq ans, et survivre.

La routine, la discipline, les habitudes allaient le sauver. *Répète-toi ça Charlie,* se disait-il. *La routine, la discipline – les habitudes.* Revenir à Toronto avait été plus traumatisant qu'il ne l'avait escompté. Il ne s'attendait pas du tout aux tensions qui régnaient au Parkin. Et, bien sûr, à la catastrophe avec Gatz et Emma.

Quant à son vieil ami, Austin Purvis... qu'est-ce qui pouvait bien se passer ? L'angoisse en lui était palpable. Perdant la tête, en pilotage automatique, parfois même muet, comme s'il ne trouvait pas les mots pour expliquer le problème. Et triste, comme s'il avait découvert que la vie s'achevait, ou...

Marlow prit la deuxième de ses cigarettes. Puis il se leva et alluma le gaz. L'odeur du fromage lui emplissait agréablement les narines. Elle le calmait, pendant qu'il était là, debout, à presser une assiette sur les sandwiches pour les faire dorer plus uniformément.

C'était le charme de la fin de semaine. Faire ce qu'on voulait de son temps. S'inventer des règles – qu'on décidait ensuite de briser. Ou que quelqu'un d'autre, en arrivant à l'improviste, brisait pour vous.

Une voix se fit subitement entendre dans la cour derrière la maison et Grendel se mit à aboyer.

«Bonjour! Bonjour! Bonjour là-dedans! Bonjour!»

C'était une voix de femme – pas affolée, mais seulement insistante.

Marlow alla ouvrir la porte. Derrière la moustiquaire, le soir s'épanouissait tout comme s'il avait poussé dans une des plates-bandes.

«Bonjour? Il y a quelqu'un? demandait la voix.

– Oui, mais où est-ce que vous êtes?

– Au portail – de l'autre côté, dans la ruelle.»

C'est Lilah qui insistait pour que le portail reste fermé. *Heathcliff pouvait revenir.* La première chose qu'elle faisait le matin, c'était de tourner la clé pour ouvrir sa porte donnant sur l'arrière de la maison et de vérifier celle donnant sur la ruelle – rites qu'elle inversait le soir.

Marlow poussa donc la moustiquaire et la laissa claquer dans son dos, ce qui déclencha une autre série d'aboiements de Grendel, qui se trouvait dans la cour. *Comment y était-il allé?* Lorsque Marlow arriva au portail et qu'il eut tourné la clé dans la serrure et tiré le verrou, il dit : «Je vous préviens que je suis encore en robe de chambre et en pantoufles. C'est dimanche. Je vous prie de m'excuser.»

Grendel le rejoignit et resta à côté de lui, humide et dégageant une odeur de terre retournée – avec dans la gueule quelque chose de froid et de malodorant. Marlow sentait la queue du chien qui lui battait les mollets.

Il ouvrit le portail et s'écarta.

«Merci», dit une forme qui avait tout d'un fugitif du *Baladin du monde occidental* – le châle tiré sur la tête et retenu au cou par un poing fermé. Il ne pouvait distinguer nettement le visage de cette femme. «Je cherche mon chat, dit-elle.

– Entrez, je vous en prie», dit Marlow – qui était devenu un terrain d'atterrissage pour les moustiques. «N'ayez pas peur du chien. Il est gentil – sauf quand il y a d'autres chiens autour.»

Il la précéda jusqu'à la porte de la cuisine – remarquant que Lilah avait jeté un coup d'œil furtif puis s'était retirée de la fenêtre de sa cuisine.

Grendel suivit, portant dans sa gueule un gant à moitié pourri – de si grande taille qu'il avait dû appartenir à un géant. Une fois à l'intérieur, Marlow se tourna vers la visiteuse.

Une femme aux yeux lumineux – les plus grands que Marlow eût jamais vus – apparut lorsqu'elle retira son châle de laine. Une masse rousse de cheveux emmêlés encadrait un visage rond, presque espiègle – presque, en raison de la façon dont il se présentait à la lumière. Il y avait quelque chose d'impertinent et de provocateur dans son attitude – la tête penchée, le visage lui-même une pleine lune de possibilités.

Il la reconnut sur-le-champ.

« Je m'appelle Amy Wylie, dit-elle.

– Je sais », fit Marlow – et il sourit.

« Vraiment ? » dit-elle en reculant – ajustant l'angle de sa tête – le regardant à présent directement.

« Oui, dit Marlow. J'ai lu vos œuvres. Je les donne à mes patients.

– On ne s'est jamais rencontrés, dit-elle. J'habite là-bas, à un ou deux pâtés de maison par les ruelles – dans Boswell. » Elle fit un geste vague, indiquant le monde au-delà de la porte.

Amy Wylie écrivait des poèmes – et de bons poèmes ; parfois extraordinaires. Elle était à présent dans la trentaine, mais Marlow l'avait rencontrée pour la première fois quand elle avait un peu plus de vingt ans et était encore étudiante. Elle avait fait, à cette époque-là, une grève de la faim pour les espèces en danger – plantant sa tente devant l'enclos des loups au zoo de Toronto, où elle se maintint en vie grâce au jus d'orange et au thé que lui apportaient ses camarades pendant les trois semaines que dura son siège. Elle fut finalement arrêtée et hospitalisée de force. On fit venir Marlow à ce moment-là pour évaluer son état psychique. Il l'avait aussi revue huit ans plus tard alors qu'elle était une patiente du centre psychiatrique de Queen Street. Il n'aimait cependant pas évoquer le souvenir qu'il avait d'elle à cet endroit. De toute évidence, Amy Wylie ne se souvenait de lui en aucune des deux circonstances. «Voudriez-vous une tasse de thé?» demanda-t-il. Elle le regarda comme si elle s'était de nouveau laissée mourir de faim. «Je prendrais bien un verre», dit-elle. Elle avait enlevé son châle et il vit qu'elle portait une veste en laine déchirée par-dessus une robe de coton claire, dont le col sortait de la veste, mais de guingois. Il se demandait pourquoi, par cette chaleur, elle portait un tricot. Le châle, elle l'avait expliqué en un mot: *mous-tiques*, en l'ôtant.

«Pas de problème», fit Marlow – et il se dirigea vers le comptoir. «J'étais moi-même en train de boire un verre de rouge. Est-ce que ça vous va?

– Ça ira très bien, dit-elle. Merci.»

Elle portait aussi des chaussettes en laine épaisse et grise dans des tennis. Les chaussettes étaient du genre de celles qui vous tiennent bien chaud l'hiver mais qui grattent. Elles avaient une bordure rouge. Marlow avait porté les mêmes longtemps auparavant quand il était jeune et qu'il parcourait d'un pas énergique les montagnes et les étendues désertes du Yukon.

«Est-ce que ça sent le fromage? demanda Amy.

– C'est bien ça. Et si ça vous tente – il y a deux sandwiches de prêt. Je viens juste de les faire griller.

– Merci», fit-elle. Et elle sortit une cigarette roulée à la main d'une boîte plate en métal qui grinça lorsqu'elle l'ouvrit. «Le couvercle coince», dit-elle.

Marlow lui fit de la place sur la table, repoussant des maga-zines et mettant une autre assiette et une autre serviette en pa-pier. «Asseyez-vous», dit-il – et il lui donna le verre de vin.

Elle le but presque d'un trait – et, quand il vit cela, il posa la bouteille sur la table. Puis elle alluma sa cigarette d'une main tremblante – et se versa un deuxième verre. Cette fois, elle le but plus lentement.

«Alors – vous avez perdu votre chat», dit Marlow, s'asseyant en face d'elle, poussant le cendrier dans sa direction.

«Oui», fit-elle. Elle regardait dans la pièce, jetant des coups d'œil à droite et à gauche, ouvertement, cherchant des indices – quelque chose qui appartiendrait à une épouse – aux enfants qu'il devait avoir – un homme de son âge, dans une si grande maison.

« Le chat s'appelle Wormwood, lui dit-elle. Peut-être que vous m'avez entendue l'appeler... »

Marlow fit non de la tête.

« Avez-vous suffisamment chaud ? » demanda-t-il, en se référant au mystérieux tricot.

« Je n'ai jamais assez chaud, fit-elle.

– Ah bon, dit Marlow.

– Il gèle toujours là où j'habite. Je n'ai pas de chauffage, vous savez, et la maison reste froide jusqu'en juillet. C'est parce que j'ai peur du feu. Je suis pauvre aussi – bien que j'aie choisi de l'être. »

Sa franchise n'était pas du cinéma. Quand elle disait *Je suis pauvre aussi,* elle aurait aussi bien pu lui parler de son poids ou de sa taille ou de la couleur de ses cheveux. C'était simplement une autre statistique.

Marlow se leva pour aller chercher les sandwiches au fromage – regrettant de n'en avoir maintenant plus qu'un pour lui – et il les mit dans les assiettes. « Vous voulez un cornichon avec ça ? demanda-t-il.

– Oui, j'aimerais bien », fit-elle.

Marlow alla chercher les cornichons, à l'aneth, dans le réfrigérateur et les posa sur la table avec une fourchette à côté. Amy le regardait – fumant sa cigarette qu'elle tenait pincée, comme font les Européens, entre le pouce et l'index, ce qui faisait paraître une extrémité ronde et l'autre plate.

« Est-ce que ça fait longtemps que Wormwood a disparu ? demanda Marlow en s'asseyant.

– Des semaines », dit-elle. Il est probablement mort – mais je ne peux m'y résoudre, alors je le cherche – je l'appelle. Roux, ajouta-t-elle. Il est rouquin, comme moi.

– Ça fait longtemps que vous l'avez ?

– Trois ans. Quatre. C'est ça.

– Il y a une chatte qui est arrivée ici. Mais elle n'est pas rousse. Elle est grise.

– Ça doit être Gigi, lui dit Amy.

– Elle est à vous ?

– Non. C'est un chat de gouttière. Je lui donnais à manger quand je nourrissais encore les chats. Grise partout – et elle est un peu sauvage ?

– Plus qu'un peu, dit Marlow en riant.

– Vous les accueillez ?

– Qui ?

– Les chats. Les chats abandonnés. Les chats de gouttière.

– Non, juste celui-là.

– Prenez-en plus d'un, dit Amy. Prenez tout ce que vous pouvez. Débarrassez-m'en. » Elle allongea le bras pour prendre son sandwich. « Remplissez la maison de chats. Ça aidera à sauver les oiseaux. »

Marlow eut un sourire timide. « Vous n'aimez pas les chats ? demanda-t-il.

– Je n'ai pas dit ça. Wormwood a été mon ami pendant très longtemps et je l'aime. Mais les chats de gouttière tuent les oiseaux parce que personne ne les nourrit. Je veux dire que personne ne va nourrir les chats. Ou les oiseaux. C'est interdit.

– Oui, fit Marlow. Je sais.

– Quelqu'un doit les sauver, dit Amy.

– Qui ? Les chats ?

– Bien sûr, les chats. Ils sont en danger. Comme les oiseaux. »

Ses yeux lançaient des éclairs au-dessus de la dernière bouchée de son sandwich.

« Je ne vois pas très bien ce que vous voulez dire par *sauver les chats,* dit Marlow. Les sauver de quoi ?

– De l'extinction.

– Ah ! dit-il d'une voix incertaine. Je vois.

– Quelqu'un essaie de tuer tous les animaux, dit Amy. Les oiseaux. Les chiens. Les chats. Tous. »

Marlow ne répondit pas. Il était au courant, comme tout le monde, qu'on pulvérisait les oiseaux. Mais *les chiens, les chats, tous les animaux*? La véhémence d'Amy Wylie le surprit et il vit tout de suite à quoi elle correspondait. C'était la véhémence d'un être qui n'a plus sa raison – de quelqu'un en proie à une obsession.

« J'ai trouvé deux chiens, trois chats, un écureuil et un lapin là-dehors, dit-elle. Dans les ruelles – morts. Certains tués d'une balle, d'autres étranglés. Jetés par terre. Personne ne me croit, mais c'est vrai. Sept animaux. Morts. Et je les ai tous trouvés au cours de la dernière semaine.

– Mais qui pensez-vous ferait une chose pareille?

– Quelqu'un. N'importe qui. Les Escadrons M. Tout le monde », dit-elle. Le ton de sa voix avait baissé. « Personne ne veut plus des animaux. Les gens les tuent tout le temps. Comme on tue les oiseaux. Ils veulent que le monde appartienne uniquement aux êtres humains. C'est fait exprès.

– Je vois.

– Est-ce que ça vous dérangerait d'ouvrir une autre bouteille?

– Avec plaisir », fit Marlow. Et il s'exécuta.

Amy se tut de nouveau. Sa boîte de cigarettes en métal se remit à grincer, mais ce fut le seul bruit qu'on entendit, à part celui de Marlow qui se battait avec le bouchon. Il voulait, d'une certaine manière, gagner du temps. Et revenir en arrière. Il voulait se rappeler ce qui avait causé l'internement d'Amy au centre psychiatrique de Queen Street. Une autre grève de la faim? Il la revoyait nettement à présent, dans sa tête, immobilisée dans sa camisole de force – le regardant en hurlant, les yeux vides. Mais dans sa mémoire, les hurlements étaient inarticulés. Ils n'évoquaient aucune cause.

Le bouchon fit *pop*.

« Voilà », dit-il, et il posa la bouteille sur la table.

« Vous avez vu tous les oiseaux morts, je présume, dit Amy.

– Oui, dit Marlow. Ceux-là, je les ai vus.

– Les oiseaux morts. Les animaux morts», dit-elle, pendant qu'il lui remplissait son verre. «Et vous pensez», fit-elle en le portant à ses lèvres, «qu'il n'y a pas de raison?

– Bien sûr qu'il y a une raison, pour ce qui est des oiseaux. La sturnucémie, dit Marlow. Mais...

– Ne dites pas *mais*, dit Amy. Je sais très bien ce que vous faites, Dr Marlow : vous êtes psychiatre, et vous n'avez absolument pas le droit de vous tenir à l'écart et de dire *mais*. *Mais*, c'est pour les imbéciles et les infidèles.»

Marlow baissa les yeux et fixa ses mains. Il ne pouvait soutenir le regard d'Amy, qui le déroutait. Il se servit un verre de vin. *Elle savait qui j'étais depuis le début, et elle ne l'a pas dit.* «Comment savez-vous, demanda-t-il, qui je suis et ce que je fais?

– Je connais le nom de tous les gens qui habitent dans cette ruelle. Dans toutes les ruelles. Je peux vous dire tous les noms – sauf ceux des femmes et des maris. Est-ce que vous êtes marié, Dr Marlow?»

Marlow fit non de la tête.

Amy dit : «Je vous demande de m'aider. Je ne vous le demande pas pour moi, bien sûr. Je n'ai besoin de rien. Mais les animaux – les oiseaux ont besoin de nous tous. Et les chats.

– Combien de chats avez-vous? demanda-t-il. À part Wormwood.

– Aucun. C'est des oiseaux que j'ai. Des centaines. C'est pour ça que je vous demande de prendre les chats. Et quelqu'un d'autre, les chiens. Et quelqu'un d'autre, les écureuils. Quelqu'un d'autre les lapins. Quelqu'un d'autre...»

Marlow attendait.

Amy avait bredouillé, elle ne trouvait pas ses mots. Ses lèvres remuaient, sans qu'aucun son en sortît.

Puis : «Je les nourris tous les jours, dit-elle.

– Ah oui?

– Oui. Les oiseaux. Du moins, j'essaye. Certains jours...» Elle partit de nouveau à la dérive, loin de lui.

«Oui?

321

– Certains jours... »

Marlow la regardait. Une cigarette se consumait entre ses doigts. Elle semblait ne pas même savoir qu'elle était là.

« Certains jours, je ne peux pas sortir, dit-elle. La porte est bloquée.

– La porte est bloquée », répéta Marlow. Il essayait de la faire progresser dans son histoire jusqu'à ce qu'elle en arrive à un point qu'il reconnaîtrait – un repère ou un nom qui lui permettrait de définir son état.

« Il y quelqu'un, voyez-vous, qui cherche à m'arrêter.

– Ah !

– Ne dites pas *ah* comme ça. On dirait que vous ne me croyez pas. » Elle poussa son assiette à la hauteur de son coude et se versa un autre verre de vin. « Je ne comprends pas, je n'ai jamais pu comprendre, pourquoi les autres ne comprennent pas. Si la porte est bloquée et que vous ne l'avez pas bloquée vous-même, c'est que quelqu'un d'autre l'a fait. Vous ne croyez pas ? Qu'est-ce qui pourrait l'avoir fait, à part une autre personne. Ce n'est pas le vent qui a pu faire ça.

– Non.

– Ce n'est pas un chien qui a pu faire ça.

– Non.

– Ce n'est pas un chat qui a pu faire ça. Les chiens et les chats veulent entrer dans la maison, pas rester enfermés dehors.

– C'est juste.

– C'est seulement quelqu'un qui a pu faire ça.

– Oui.

– Qui ?

– Je ne sais pas.

– Est-ce que vous avez une vraie cigarette ? demanda-t-elle. J'aimerais en avoir une vraie.

– Oui. Voilà... »

Marlow poussa son paquet de l'autre côté de la table. Amy voulut en pêcher une, mais sembla un moment handicapée. Ses doigts ne pouvaient manipuler le paquet et en extraire une cigarette. Marlow l'aida et elle se pencha au-dessus du briquet tendu, en faisant bien attention, relevant ses cheveux sur le côté pour éviter la flamme. La peur du feu. Un signe. Et pas le seul. L'ensemble de ses gestes tenait du direct inachevé – de l'allonge incomplète. Le verre parvenait à ses lèvres – mais c'était tout ; le verre et la cigarette et la façon de se pencher en avant puis de se redresser. *Il est évident,* se dit Marlow en la regardant, *que ce sont-là les signes schizo-paranoïdes – nervosité du mouvement, brièveté d'attention, discours forcé...* Lilah, mais en pire. Il se demanda quand Amy avait vu un docteur pour la dernière fois.

« Est-ce que j'ai apporté un sac ? » dit-elle.

Marlow dit : « Non.

– J'ai toujours un sac.

– Un sac à main, vous voulez dire ?

– Un sac. Avec de la nourriture.

– Vous l'avez peut-être laissé près du portail.

– Non. Je ne ferais pas ça.

– Peut-être que vous avez oublié de le prendre. Vous cherchiez Wormwood, après tout.

– Je pense que je devrais partir. » Elle se leva.

Même si Marlow aspirait à sa tranquillité, il fut surpris de la brusquerie avec laquelle Amy prenait congé. Il avait pensé qu'elle resterait plus longtemps avec lui. Elle était nerveuse à présent – troublée. Elle avait quelque chose d'anormal dans le regard.

« Est-ce qu'il y a quelque chose que je peux faire pour vous ? demanda-t-il.

– Non, dit-elle. Non. Juste... Non. »

Elle regardait tout autour de la cuisine, comme si elle s'attendait à y voir Wormwood assis – ou à y trouver un objet, qu'elle avait peut-être perdu en imagination. Le sac fantôme ? Marlow aurait reconnu les signes s'il avait su ce qui venait de se passer dans la vie d'Amy. Il se rendrait compte plus tard que, lorsqu'elle s'était levée de sa chaise, l'air égaré, cela avait constitué le premier d'une série de gestes qu'elle exécutait à présent avec de plus en plus de précision.

Amy traversa la pièce en direction des placards de dessous l'évier et des comptoirs. Elle se mit à genoux et les ouvrit un à un. « Non, répétait-elle – non – non », à mesure que les placards refusaient de livrer ce qu'elle y cherchait.

Puis elle se leva.

Marlow recula en l'observant toujours.

Amy se rendit derrière la cuisinière à gaz, située plus ou moins au centre de la pièce, et commença à ouvrir et à fermer les placards qui y étaient regroupés.

« Non, répétait-elle – non – non... »

Marlow ferma les yeux et se mit à prier. *Pourvu que ça ne s'étende pas au reste de la maison,* pensait-il. *Pourvu qu'elle n'aille pas dans les placards de la salle à manger... avec tous les verres...*

Elle revint vers lui en faisant le tour de la cuisinière.

« Je veux un sac », dit-elle.

Un sac.

Marlow lui tendit un sac à provisions en plastique. *Wong!* clamait-il, en rouge sur fond blanc. Amy retourna derrière la cuisinière d'où il put l'entendre farfouiller et déplacer des objets. Cela aussi ressemblait à Lilah – quand elle cherchait *Pierre Lapin.*

Il la suivit d'un pas tranquille pour voir ce qu'elle faisait. Il avait envie de l'appeler par son nom – mais il savait qu'il ne devait pas le faire. Il était crucial de ne pas interrompre son activité.

Amy jetait des conserves de velouté de tomates Campbell dans le sac – comme si c'était des grenades peintes. *Bang! Bang! Bang!* Ses cheveux lui couvraient complètement le visage et sa silhouette agenouillée ressemblait à celle de quelqu'un tirant frénétiquement sur un objet enfoncé dans le sol.

« Sac », dit-elle encore – et elle allongea le bras dans la direction de Marlow.

Il lui tendit un autre sac à provisions. *Wong.* Amy le prit et le remplit de boîtes de Corn Flakes et de céréales Harvest Crunch et aussi de pochettes de granola.

Finalement, elle se leva, hors d'haleine. Elle se dégagea le visage et s'essuya les lèvres du revers du poignet. Elle regardait à gauche et à droite, apparemment sans voir Marlow.

« Je suis venue avec quelque chose », dit-elle. Elle parlait de façon très nette – mais sans s'adresser à Marlow.

Il traversa la pièce en direction de la chaise où elle avait jeté son châle, le ramassa et le lui tendit.

Grendel – que le gant du géant n'intéressait plus – s'était assis pour regarder Amy fouiller dans les placards. Il lui semblait que les gens creusaient dans des endroits bien étranges pour y chercher leur os.

Amy n'avait plus rien à dire à présent. Elle se dirigea vers la porte, que Marlow lui ouvrit. En soulevant le châle pour se le mettre sur la tête, elle heurta le sac de soupes en conserve contre le mur, ce qui produisit un bruit sourd et écailla le plâtre.

Tant pis, se dit-il. *C'est fait.*

Amy marchait, ses pas la dirigeant automatiquement, comme si un aimant l'attirait vers le portail. La lumière de la porte fit une trouée dans l'obscurité en lui éclairant le passage. Marlow la regarda tripoter le loquet et il descendit dans l'allée pour l'aider, mais avant qu'il y parvînt, elle avait réussi à résoudre le problème et était partie.

« Mlle Wylie ? » murmura-t-il. Il ne voulait pas crier. Il ne savait trop pourquoi, mais cela lui semblait malséant.

Il prononça son nom une autre fois, plus fort – *Amy Wylie* – mais sans obtenir de réponse. En tendant l'oreille, il pouvait entendre le bruit de ses pas tandis qu'elle s'éloignait en direction de l'ouest, là où la ruelle en coupait d'autres orientées vers le nord – celles qui la ramèneraient chez elle dans Boswell Avenue. Les cours et les jardins le long de son chemin semblaient venir laper la haute clôture en planches qui courait d'un bout à l'autre de cette voie pleine d'ornières, fréquentée par les camions à ordures, les chats et les poètes fous. Marlow fit demi-tour et ferma le portail avant de retourner vers la maison. Lilah regardait encore de derrière sa fenêtre mais, cette fois, elle ne s'en retira pas.

Ce fut alors que Marlow entendit le premier des cris qui le figèrent sur place. Ce n'était pas, pensa-t-il, un son humain – bien qu'il sût que c'était une voix. On était en train d'étrangler quelque chose.

Il se tourna vers le portail. La plainte se fit de nouveau entendre, comme un cri de protestation. Il eut le cœur serré d'une horreur incompréhensible. Il n'avait jamais entendu de sa vie un cri de mort si aigu. Il s'élevait en spirale de cette gorge assassinée – luttant contre le silence qu'on voulait lui imposer.

Il faut que je bouge. Il le faut, pensa Marlow.

Finalement, ses jambes le portèrent.

Au portail, un dernier hurlement le fit sursauter. Ce n'était pas vraiment un hurlement – car un hurlement se poursuit toujours lorsqu'il a commencé. C'était un cri perçant – qui s'arrêta net.

Il avançait vers le silence, dans la pénombre grandissante.

Il ne lui fallut pas longtemps avant de se retrouver par terre. C'était inévitable. Il avança une main dans la poussière. Il y avait un chat mort, encore tiède. *Oh mon Dieu!* Amy Wylie avait donc raison. Il se releva, en trébuchant, et serra sa robe de chambre autour de lui.

«Amy? dit-il. Où êtes-vous? Êtes-vous... là?»

Cette fois, il ne tomba pas. Il avait compris ce qui s'était passé et il était prêt. Elle était par terre, sur le dos, battant la poussière de ses bras et de ses jambes – en pleine crise. Ses mains s'étaient enfoncées si profondément dans le sol qu'il dut les en retirer et lui maintenir les poignets bien serrés le long du corps.

Elle avait une crise – d'épilepsie – provoquée par l'alcool, par la drogue – il ne pouvait le dire. Mais il savait, en tout cas, qu'elle n'était pas morte.

Il se demanda un instant pourquoi Lilah – qui regardait à la fenêtre – ne s'était pas manifestée. Il conclut que, vu son propre état, les événements dans la ruelle étaient bien trop alarmants pour qu'elle pût les supporter.

Ce fut Mme Akhami qui l'entendit appeler au secours.

«Qui est là, je vous prie? dit-elle de derrière la clôture dans sa cour.

– Charlie Marlow. J'habite de l'autre côté de la ruelle.»

Mme Akhami restait derrière son portail, se refusant à l'ouvrir.

«Il y a eu un meurtre? demanda-t-elle. Quelqu'un est mort?»

Marlow expliqua qu'une femme était malade. *Est-ce que Mme Akhami voulait bien téléphoner à la police pour faire venir une ambulance?*

«La femme est vivante?

– Oui.

– Alors, faites-la marcher jusque chez vous.

– Je ne peux pas, dit Marlow. Il faut la garder immobile jusqu'à ce que les secours arrivent.»

Mme Akhami remonta son allée et Marlow l'entendit qui marmonnait quelque chose. Puis sa porte s'ouvrit et se referma.

Pendant qu'il attendait, il se rendit compte qu'il fallait autant que possible garder Amy au chaud. Il quitta son peignoir et le lui étala sur le corps – desserrant son étreinte autour des poignets d'Amy et s'assurant qu'il n'y avait pas de risque qu'elle avale sa langue. Il ajusta aussi l'angle de sa tête. Elle avait été propulsée si loin en arrière par la violence des convulsions que son front avait fait un creux dans la poussière. Il voulut ramasser les restes éparpillés du sac de conserves et du sac de céréales. Il en retrouva facilement le contenu : les boîtes de soupe étaient comme des pierres sous ses orteils. Puis il s'accroupit pour attendre à côté d'Amy. Son pyjama, auparavant d'une blancheur immaculée, était à présent sale et taché du sang que les ongles d'Amy avaient fait couler quand elle s'était accrochée à lui durant ses spasmes.

Il aurait voulu être ailleurs. Cet endroit lui apparaissait comme horrible, bloqué dans la pénombre croissante, zébré des rais de lumière venant des fenêtres – et l'amplification morte, vide du silence universel. Même le bruit lointain de la circulation

327

était amorti – comme est amorti le bruit des tambours par la laine des peaux tendues.

Puis il entendit un bruit qui ne pouvait avoir qu'une origine. Un chat sauta du toit du garage de Mme Akhami.

Il parla. Et Marlow répondit.

«Wormwood?»

Oui.

Un gros chat roux, l'oreille déchirée et le poil en bataille, sortit de l'obscurité, se coucha près d'Amy et se mit à ronronner.

Marlow dut aller à pied montrer le chemin à l'ambulance qui était enfin arrivée. Elle le suivit en rentrant dans une demi-douzaine de poubelles, un poteau électrique et un portail laissé ouvert. Il tomba et buta si souvent contre des obstacles qu'il ne pouvait distinguer qu'il pensa demander aux ambulanciers de l'emmener lui aussi aux urgences. Il retrouva néanmoins son chemin jusqu'à l'endroit où les attendait Mme Akhami – son sari couvrant ses cheveux, une lanterne à la main. Elle était debout près d'Amy, qui était à présent tombée dans le coma. Wormwood montait également la garde et il fallut l'écarter de force. Marlow se fit mordre à deux reprises. Il pesta contre le chat et le renvoya sur son toit.

Il dit au chauffeur d'emmener Amy à l'institut Parkin, où elle recevrait les soins nécessaires. Il ne pouvait rien faire de plus pour elle jusqu'à ce qu'un médecin l'eût examinée. Il fallait assurer sa survie.

Marlow donna son nom comme référence et dit aux ambulanciers qu'Amy avait déjà été une patiente de Queen Street. Son passé médical se trouverait là-bas dans son dossier. Il ne se rappelait pas du nom de son docteur. C'était il y avait trop longtemps – et à présent, cela n'avait pas d'importance.

Ils l'enveloppèrent dans des couvertures, l'attachèrent sur une civière avec des sangles, fermèrent la porte et s'en allèrent. Ils partirent en faisant tourner le gyrophare – tel un encéphalographe mobile. C'était triste pour Marlow – qui se tenait là, à côté de la mesquine Mme Akhami – de regarder disparaître les feux de l'ambulance. L'obscurité qui les entourait rappelait ce qui se passait dans la tête d'Amy, et Marlow aurait souhaité que le symbole ne fût pas si flagrant.

Un des poèmes d'Amy s'achevait par ces mots :

ainsi nous nous sommes séparés ;
toi pour oublier
et moi
pour être oubliée.

C'est à son esprit même que s'adressaient ces vers.

5

Avoir perdu son enveloppe, pour Kurtz, ne différait pas beaucoup d'avoir perdu l'esprit. À quelqu'un qui l'aurait lu, le contenu n'aurait pas voulu dire grand-chose sauf si cette personne était celle-là même qui l'avait écrit – et tandis que Kurtz s'en allait d'un côté à la recherche de son enveloppe, l'enveloppe s'en allait d'un autre côté à la recherche de Kurtz.

Comme c'est le cas chaque fois que l'on perd quelque chose, on en a de plus en plus besoin à mesure que le temps passe et que l'anxiété se fait plus forte. Fin mai, Kurtz ne se rappelait plus très bien ce qu'il avait consigné sur le papier. Il était de plus en plus inquiet en pensant à ce qui pouvait y être écrit.

Personne ne comprendrait, bien sûr. Mais...

Tout le monde comprendrait.

C'était, après tout, ses commentaires personnels sur diverses recherches – et il connaissait suffisamment ses propres méthodes de déduction pour savoir que, dans ce cas précis, ses notes, si elles tombaient sous les yeux d'étrangers, pourraient se révéler dangereuses pour lui. Et encore plus dangereuses si elles étaient lues par des yeux critiques qui le connaissaient. Austin Purvis, par exemple – ou cette Farjeon. Qu'ils aillent au diable.

L'enveloppe et son contenu – dont Kurtz n'avait au début déploré la perte que de façon assez intermittente – étaient en train de se transformer pour lui en une bombe prête à exploser. Même s'ils étaient tombés en d'autres mains, les messages, une fois lus, exploseraient sous Kurtz. C'était lui, non celui qui les aurait trouvés, qui serait la victime.

Manipulation de la personnalité.

Ces mots, il s'en rappelait. Il les revoyait, alignés et soulignés sur la page. *Manipulation de l'intellect. Manipulation de la perception. Manipulation de la volonté...*

Plus. Il y avait plus.

Mais quoi?

Pendant des semaines, il y avait travaillé. Des mois. Son projet.

Dociles et ouverts à la suggestion.

Cela, il s'en rappelait.

Des pages et des pages là-dessus.

Quoi?

Il était allé à la Grande Bibliothèque. *Est-ce qu'on avait trouvé une enveloppe?*

Non.

(Quelqu'un en avait bel et bien trouvé une, mais, à la réception, on ne l'avait pas remarquée, car elle était tout au fond de la boîte des objets trouvés.)

Il était allé à la bibliothèque scientifique.

Est-ce qu'on avait trouvé une enveloppe?

Non.

Il était allé à la bibliothèque Robarts.

Non.

Peut-être devrait-il reprendre ses recherches. Recommencer de zéro. Après tout, il savait à présent une bonne part de ce qu'il cherchait, et où le trouver. Quels livres, quels périodiques, quels dossiers. Mais le travail que cela impliquait, aussi fatigant qu'il fût, n'était pas ce qui préoccupait Kurtz. C'était que d'autres – des ennemis – trouvent l'enveloppe et en lisent le contenu. Kurtz descendit, comme il le faisait rarement, au dix-huitième étage. C'était un mouvement calculé. Il espérait rencontrer Marlow. Mais la rencontre devait paraître fortuite. Il ne pouvait se permettre d'attirer les soupçons sur ce qu'il était en train de faire et, par conséquent, il ne voulait pas que Kilbride envoie chercher Marlow par l'intermédiaire de Bella Orenstein. Il fallait qu'il lui tombe dessus dans le couloir.

Le sort voulut qu'il le croisât aux toilettes. Marlow était aux urinoirs. Kurtz, qui ne supportait pas d'ouvrir sa braguette en présence d'un autre homme, entra dans un cabinet fermé par une porte. Quand Marlow eut fini et se tourna pour aller aux lavabos, la voix sépulcrale de Kurtz fit irruption dans ce qui jusque-là, pour Marlow, était une pièce vide.

« J'avais l'intention de vous parler », dit la voix.

Marlow se figea.

La voix dit : « C'est bien vous, n'est-ce pas ?

– Qui ? »

Il y eut un bref arrêt. La porte des toilettes s'ouvrit de quatre ou cinq centimètres. Marlow le vit dans le miroir. Puis elle se referma. « Dr Marlow, dit la voix.

– Oui, fit Marlow en réprimant une envie de rire. C'est bien vous, Dr Kurtz ? »

Kurtz ne répondit pas à la question. Au lieu de cela, il poursuivit avec ce qu'il avait à dire. « Je suis inquiet au sujet de notre ami Austin Purvis. » Il était assis, tout habillé, sur les toilettes.

« Austin.

– Oui. »

Marlow fit couler l'eau dans le lavabo. Le distributeur de savon était vide. Le coup classique.

Kurtz dit : « Ce n'est pas la fin du monde, bien sûr, mais – il me semble qu'il baisse en ce moment –, et je me demandais ce que vous en pensiez. »

Marlow restait prudent. Manifestement, Austin accumulait

tous les problèmes que puisse avoir un homme. Il se laissait dévorer vif par son travail, il n'avait pas de vie privée et, maintenant, son patron posait le genre de questions qui souvent, trop souvent, mènent au chômage.

« Je crois que ça ne fait pas l'ombre d'un doute qu'Austin est épuisé, Dr Kurtz », dit-il.

Épuisé n'était pas le mot que Kurtz voulait entendre.

« Surmené, peut-être ? dit-il.

– C'est possible, dit Marlow.

– Oui. Enfin, dit Kurtz. Nous y voilà donc.

– Où ça ? » demanda Marlow. Il n'était pas du genre à laisser Kurtz s'en tirer si facilement. Les généralités ne lui convenaient pas.

« Eh bien..., dit Kurtz, ... c'est comme ça que je l'interprète. *Surmené*. C'est la raison pour laquelle j'ai pensé que ce serait mieux de le décharger d'un ou deux autres clients.

– Clients ?

– Patients.

– Bien sûr.

– Ça a été un homme de grande valeur, Austin. »

Ah ! Voilà ! La petite tape dans le dos.

« Il l'est toujours, dit Marlow.

– Oui. Oui. Bien sûr. Mais...

– Surmené...

– Oui. »

Marlow tira une serviette de papier et se sécha les mains.

Kurtz dit : « Il me semblait qu'il fallait que vous sachiez ce que je pense. Vous êtes de vieux amis. Vous travaillez presque côte à côte...

– Pas exactement. Plutôt mur à mur. Je le vois rarement.

– Tiens ?

– Oui. La porte reste fermée, ces temps-ci.

– Je vois. »

Marlow pensa qu'il pouvait aussi bien le dire. « Il a peur des voleurs.

– Des voleurs ?

– C'est ça. » Marlow s'efforçait de ne pas hausser le ton.

« Ah ! je vois. Vous voulez parler de moi.

– Eh bien – oui. Vous avez, après tout, bien entamé sa clientèle.

– Je ne le fais que pour son bien, vous savez. C'est uniquement parce que je m'inquiète... »

Marlow se dirigea vers la sortie en traversant la pièce sans faire de bruit.

Kurtz continuait : « ... et, naturellement, il faut aussi penser aux... patients. N'est-ce pas ? Nous devons nous assurer qu'ils sont bien traités. Après tout, c'est la raison pour laquelle nous sommes ici. »

Foutaise.

« J'avais dans l'idée, en fait, de décharger le pauvre Austin d'une ou deux autres personnes. Je pensais que ce serait peut-être une bonne idée de lui retirer la moitié de ses dossiers. Et je me demandais donc si vous pouviez intervenir, agir comme intermédiaire. Venant de vous, les nouvelles seraient mieux prises. Ne croyez-vous pas, Dr Marlow ? »

Kurtz sentit un courant d'air.

Il ouvrit de nouveau la porte et fouilla la pièce du regard.

Marlow était parti.

Sur la paroi de marbre, à l'intérieur des toilettes, quelqu'un avait écrit au marqueur magique : SAUVEZ LES ENFANTS.

C'était intéressant. Quels enfants ? Où ça ?

Kurtz tira la chasse et s'en alla de son côté.

Après avoir vu Marlow aux toilettes, Kurtz avait une réunion avec son équipe de recherche, mais il retourna d'abord à son bureau pour enfiler sa blouse de laboratoire. Il ne la portait que pour rappeler à ses employés qu'il était l'un d'eux – que Kurtz, lui aussi, était engagé dans la recherche pratique et qu'ils ne pouvaient lui en faire accroire en esquivant des questions ou en parlant dans leur jargon.

Au cours des dernières réunions, le Dr Shelley avait parlé de l'utilisation des rats comme bébés expérimentaux dans sa *Recherche sur l'Inter-communication à impulsion motivationnelle (ICIM)*. *Bébés expérimentaux* était une expression du Dr Shelley. Elle l'avait inventée après avoir fait rire tout le monde dans un de ses cours en parlant de l'*utilisation des rats comme cobayes*. Le Dr Shelley n'aimait pas rire. La recherche était quelque chose de sérieux. *La recherche était la vie!* À présent, elle faisait de grands progrès. Son étudiant Corben faisait également des progrès avec son programme sur les singes.

La recherche sur le *Sommeil de l'esprit blanc* du Dr Sommerville avançait sûrement, mais lentement. Peut-être que la lenteur était nécessaire. Le sommeil, après tout, avait son propre rythme – mais Kurtz avait escompté des progrès plus rapides. Il avait dans l'idée qu'une communication pourrait être préparée pour l'assemblée générale annuelle de la Société des psychiatres nord-américains en septembre. Manifestement, vu l'échec répété de Sommerville à fournir des résultats concluants, un tel article ne pourrait être prêt. Comme tous les chercheurs, Kurtz vivait dans la crainte permanente qu'un autre obtienne des résultats, et donc rédige un article avant lui. Pour être le premier dans les sciences, il fallait être le premier au podium. Tout le reste était médiocre. Ian Sommerville toutefois se surpassait et seul Kurtz aurait pu faire mieux. Mais il était hors de question pour Kurtz de mettre la main à la pâte dans la recherche. C'était, il le savait, dans le travail qu'il accomplissait qu'il était le plus utile. Diriger.

Le Dr Nagata avait des choses encourageantes à dire concernant la *recherche sur l'Apathon*. L'expérimentation était actuellement en cours sur dix patients et les résultats prometteurs. Ce fut ainsi – de bonnes nouvelles, ou de plutôt bonnes nouvelles – jusqu'à ce qu'ils en arrivent à Fuller et à son sabotage du projet *Orathon*. Une catastrophe. Il allait falloir mettre Fuller sur quelque chose de moins important. Il avait suffisamment de talent, mais mauvais esprit. Constamment en train de freiner quand il aurait dû foncer. Il faudrait le garder à l'œil.

Puis il y avait Marlow. Très intéressant. Pas encore engagé

dans la recherche, il était vrai, mais de toute évidence enthousiaste – l'esprit vif, perspicace, brillant. Trop brillant, peut-être. Mais innovateur. Un atout précieux – *s'il ne s'emballait pas trop.* *Aurais dû y penser à deux fois avant de l'associer à Purvis...* Quand même. C'était le seul bureau disponible à un étage de prestige – et Marlow était prestigieux, il ne fallait pas l'oublier. Plus important encore, les fondations étaient à présent posées pour résoudre le problème Purvis.

Kurtz enfila sa blouse et jeta un coup d'œil sur son bureau.

Il y avait l'essai de Fabiana Holbach – celui qu'il lui avait demandé de rédiger au dîner chez Robert Ireland.

Bon.

Il le tira à lui.

N'était-ce pas étrange, à l'instant même, d'avoir aperçu Olivia Price dans l'édifice? Mais ça n'avait rien de bizarre, en fait. Elle devait être là pour sa sœur. La poétesse aux cheveux roux – pas l'autre, mariée à Webster...

Kurtz avait vu le nom d'Amy Wylie sur la feuille d'admission. Elle était arrivée dans la nuit – comateuse – un passé de *schizopara*. Du ressort de Marlow.

Fabiana.

Il y avait trois pages dactylographiées. Avec un simple interligne.

À la machine à écrire. Ou à l'ordinateur.

Bizarre. Il ne pouvait se faire à l'idée que Fabiana puisse s'asseoir devant une machine. *Tac-tac-tac-tac.* Non. Ça ne lui ressemblait pas du tout.

Et pourtant, c'était là.

Il avait le temps. Il s'assit et se mit à lire :

Tu veux savoir qui je suis.

J'ai toujours pensé qu'on ne posait pas ce genre de questions. En grande partie parce que ces questions n'ont pas de réponse.

Est-ce qu'elles en ont une?

Aussi, la question est impertinente. Tu ne trouves pas, Rupert. (Pas de point d'interrogation ici – et tu sais pourquoi. L'impertinence est par définition impertinente.)

Quand même. La question a été posée. *Qui suis-je?* J'étais assise ici (bureau) et j'y ai pensé. J'ai écris ces mots et les ai contemplés. Il faudrait dire QUI ES-TU? – pas QUI SUIS-JE? Pas vrai, non? D'où te places-tu lorsque tu poses cette question – en dehors ou en dedans? Ob- ou sub- (jectif).

Et pourquoi veux-tu savoir, Rupert? Est-ce que c'est juste une question professionnelle – ou est-ce que Rupert lui-même est là-dedans, tapi?

Je ne fais que demander.

Il faut bien y faire face toi et moi. Nous voilà, après toutes ces années.

Oserais-je utiliser le mot *amour*?

Est-ce que c'est un mot que Rupert utilise?

Jamais.

Est-ce un mot que Fabiana utilise?

Plus maintenant.

J'ai un ami. Il écrit. Des romans. Des histoires, des pièces de théâtre. Il invente des choses. Il pousse et incite et écoute et décrit. Après qu'on a parlé, il s'en va en dansant avec des bribes – la voix de quelqu'un, les yeux de quelqu'un, la peur de quelqu'un...

Ça ne veut pas dire qu'il sait qui tu es. Tu vois ce que je veux dire. Personne ne sait qui tu es. Quand Julian peint un homme nu, il lui donne les mamelons d'un homme, la main d'un autre et un pénis venant du ciel. Puis il fait un visage, et il dit : *Voilà un être complet.* Mais une partie de cet être est *George* et une partie est *Arthur* et une partie est faite de désir – et une autre de dégoût. Une partie est une déclaration – et une autre un commentaire.

Qui suis-je, Rupert?

Est-ce que ça ne dépend pas de celui qui regarde ? Et du moment ?

Et – je viens juste d'y penser – as-tu déjà remarqué comment chaque artiste peint un peu de lui-même, une part d'elle-même, dans chaque personnage représenté ?

Non ?

As-tu déjà vu une photo de Modigliani ? Trouves-en une et regarde-la. Ce que tu vas voir est un homme, un bel homme, qui ne sourit jamais, avec des membres longs, et une sorte de langueur féminine (c'était l'alcool) et une sorte de désespoir qui le rongeait infiniment (c'était le suicide partant de l'intérieur – pas avec un revolver, avec la volonté). Il est là – l'artiste en tant qu'art.

Tout ce fichu monde est un miroir. Mais personne ne voit les autres. La seule chose que nous voyons – tous – c'est notre image – ET ON S'EN DÉTOURNE.

Non ?

Mon ami qui écrit a regardé dans le miroir et ce qu'il voit, c'est le monde entier qui le regarde. Et il a le culot de dire : *Ça n'est pas moi – c'est toi.* Il prétend qu'il regarde pour quelqu'un d'autre. Tout comme Julian Slade. Tout comme Amedeo Modigliani. *Regarde-toi !* disent ces gars. *Regarde, je t'ai vu ! C'est toi, là !*

Mais en fait, ça n'est qu'eux – en travestis.

On est tous travestis, Rupert. Moi en noir. Toi en gris. C'est un spectacle de travestis – les hommes qui font semblant d'être des hommes, les femmes qui font semblant d'être des femmes – mais seuls les artistes vont nous le dire. Le reste d'entre nous ne peut supporter cette révélation.

Qui suis-je ?

Qui d'après toi écrit ces lignes ?

Je vais te le dire.

C'est mon ami écrivain qui m'a vue une fois, et m'a prise au dépourvu. C'est à peu près au moment où Jimmy

Holbach est parti pour le cœur de l'Amazonie – à peu près au moment où j'ai su qu'il ne reviendrait pas. Et – je ne sais pas comment, d'une façon ou d'une autre – il a emporté avec lui une partie de moi-même. Et je veux la ravoir.

Tout ce dont tu dois te rappeler, c'est que la personne qui m'a vue me regardait à travers sa propre réalité du moment. Autrement, je ne pense pas qu'il m'aurait vue du tout. Il aurait vu quelqu'un d'autre.

Voici ce qu'il a écrit :

« *Je sais que Jimmy est parti en Amazonie pour me fuir...*, dit Fabiana. *Il était comme une drogue que tu prends au cours d'une soirée, pour t'amuser. Et puis, tu te demandes ce que c'était. Et puis tu en veux encore. Et puis, tu te rends compte que tu ne peux plus t'en passer. Et tu ne t'arrêtes jamais à penser qu'on a fait exprès de te rendre accro. Tu penses uniquement à la ravissante sensation que tu as...* » [JE N'AURAIS PAS DIT *DÉLICIEUSE*] « *... et tout ce que tu veux, c'est en avoir plus. Jusqu'à ce qu'un jour, on te le refuse.* Il n'y en a plus. *Ou pire, il y en a – mais on ne va pas te laisser en prendre. Puis on le garde sous clé et on dit :* Il n'y en a plus, Fabiana. Il n'y en aura jamais plus. *Puis on le fait partir en l'air, on le gaspille sous tes yeux, et on te laisse avec cette seringue vide, et rien pour la remplir. Rien à te mettre dans les veines. Cette drogue-là, c'était à lui. C'était unique. Et puis il te fait passer le message disant qu'il a disparu pour toujours.* »

C'est pour ça que je reviens te voir, Rupert. Pas comme ton amante, mais comme ta patiente. Je ne suis plus capable de me voir. J'ai disparu de ma propre vue. J'ai été vidée. Je meurs de faim. Et je ne veux pas mourir.

Voilà.

Est-ce que c'est ce que tu voulais ?

Si c'est non, je verrai ce que Julian peut dire de moi, en peinture. Bien que, je dois l'avouer, je préférerais être vue par Modigliani.

Pas toi ?

Kurtz s'était penché sur les pages en les lisant, et, à présent, il se redressait.

Que lui avait-elle fait ?

Il sortit son mouchoir de sa poche et le pressa, toujours plié, sur sa joue. Il transpirait. Il avait chaud. Il avait l'impression déroutante que Fabiana Holbach avait regardé depuis les pages qu'il venait de lire et qu'elle l'avait vu.

6

Olivia n'avait pas le droit de parler avec Amy. On lui permettait cependant de l'observer et de s'entretenir avec le soignant principal de sa sœur, un infirmier du nom d'Alfred Tweedie.

« Est-ce que vous êtes déjà venue dans un endroit comme celui-ci, Mme Price ? demanda Tweedie.

– Oui – mais pas ici. Je suis déjà allée au centre psychiatrique de Queen Street. Ma sœur y a été internée il y a quelques années.

– O.K., dit Tweedie. Dans ce cas, vous saurez comment prendre ce que vous allez voir. »

Tweedie était relativement jeune, peut-être trente-six ou trente-sept ans. Il avait un beau visage éveillé qui laissait présager un homme heureux, aimant la vie. Olivia soupçonna qu'il était homosexuel. Il dégageait une sorte d'énergie qu'elle associait aux homosexuels, se déplaçant à la manière d'un gymnaste et laissant deviner qu'il aimait la danse. Il y avait du rire dans sa voix, comme une chanson.

Il la conduisit à travers une série de portes fermées à clé, ouvrant certaines avec une carte et appuyant sur une sonnette pour d'autres. Lorsqu'ils eurent passé la dernière de ces portes, Tweedie et Olivia se trouvèrent dans un grand corridor illuminé dont le sol de marbre avait été recouvert d'un tapis.

Tweedie expliqua que le tapis avait pour but d'empêcher les patients de se faire mal durant les crises ou d'autres incidents violents. Olivia ne demanda pas ce que pouvaient être ces incidents violents. Ce n'était pas difficile à imaginer.

Plusieurs portes s'alignaient des deux côtés du couloir, et chacune avait une fenêtre grillagée. Il y en avait d'ouvertes, mais la plupart étaient fermées. Par celles qui étaient ouvertes, Olivia pouvait voir des gens assis ou couchés sur leur lit – certains endormis, d'autres le regard fixe. Ils étaient en peignoir ou en pyjama, et quelques-uns portaient des vêtements comme ceux qu'ils auraient portés chez eux – pantalons, jupes et pull-overs.

Les pièces elles-mêmes étaient nues et d'une blancheur aveuglante, éclairées à l'excès par des ampoules d'une effroyable intensité. Chaque pièce contenait une table, une chaise et un lit. Une simple commode en bois devait renfermer les objets personnels du malade. Il n'y avait ni tableaux, ni livres, ni radios, ni téléviseurs. Uniquement le mobilier et la silhouette du patient.

On voyait que des malades devaient subir un traitement où on leur rasait le crâne, car leur tête était badigeonnée de jaune, sans doute un genre d'antiseptique. Aucun d'eux ne parlait. Pas un seul.

Tweedie conduisit Olivia presque jusqu'au bout du couloir. Arrivé là, il regarda par la fenêtre d'une des portes fermées.

Il parut satisfait de ce qu'il vit et fit signe à Olivia d'avancer, puis il s'écarta.

À travers la vitre, Olivia vit Amy qui était assise, les yeux fixés sur la porte – et même directement sur Olivia, semblait-il.

«Est-ce qu'elle me voit?

– Non.

– Est-ce que c'est du verre sans tain?

– Non, dit Tweedie. C'est juste que dans cet état particulier, ce n'est pas nous qu'elle voit, mais une de ses visions.»

Quoi que ce fût que voyait Amy, cette vision la mettait en colère. Son visage était déformé par une grimace, comme si elle s'apprêtait à hurler.

«Est-ce qu'elle est droguée?

– Oui, elle l'est.

– Est-ce que vous pouvez me dire avec quoi?

– Non. Vous pouvez discuter de ça avec le Dr Marlow.

– C'est bien le Dr Marlow qui l'a trouvée?

– Oui. Il l'a fait interner – et c'est lui qui va s'occuper du traitement.

– Est-ce qu'elle s'allonge parfois?

– Non. La plupart du temps, elle reste assise, comme ça.

– Oh mon Dieu!»

Tweedie dit: «J'aime bien votre sœur, Mme Price. Elle est drôlement bien.

– Drôlement bien?

– Enfin, dit Tweedie en riant. Elle est... sympa. Vous voyez ce que je veux dire.

– Oui.

– J'ai lu de ses poèmes. Extraordinaire. Puissant.

– Je suis bien contente que vous les aimiez.

– Cette pièce-là est pleine d'oiseaux», dit Tweedie, faisant un signe de tête en direction de la porte d'Amy.

«Ah?

– Oui. Des dizaines. C'est pour ça qu'elle est en colère. Elle dit qu'ils sont tous morts.

– Alors, c'est grave, dit Olivia. Je veux dire, cette crise.

– Oui. Mais vous pouvez parler avec le Dr Marlow. On ferait mieux de s'en aller maintenant.

– Merci.»

Olivia regarda une dernière fois Amy avant de prendre congé. Elle s'était levée et tendait ses mains ouvertes. Aux oiseaux morts.

Marlow avait donné rendez-vous à Olivia au Souterrain n° 2 à onze heures.

341

Elle était à présent dans l'ascenseur en compagnie d'un jeune homme chaussé de pantoufles en forme de lapins. Assez réalistes. De couleur fauve, avec des oreilles qui retombaient de chaque côté des pieds. Elles arboraient des yeux de verre, dont l'un pendait au bout d'un fil. À part les lapins, la tenue du jeune homme était tout à fait normale. T-shirt. Vieux gilet sale. Blue-jeans. Même un de ces bracelets d'identité en argent que de plus en plus de gens portaient. Pas de ces gourmettes avec votre nom. Des bracelets qui disaient ce que vous aviez : STURNUCÉMIE. LEU-CÉMIE. SIDA. La maladie, juste un accessoire supplémentaire. Olivia se demanda s'il faudrait qu'Amy porte un bracelet comme celui-ci. MALADE MENTALE. Ou FOLLE. Elle ne pouvait lire ce qui était écrit sur le bracelet du jeune homme. Il ne cessait de remuer le poignet, le tournant et retournant, l'étreignant de son autre main.

Il fallait qu'Olivia discute avec le Dr Marlow de ce qui arriverait si Amy ne guérissait pas. Elle avait déjà été malade exactement comme ça – et d'autre fois différemment. Mais il y avait toujours un problème, elle ne tenait pas en place, n'était jamais en bons termes avec la réalité. Plutôt en conflit armé. Amy, le bras levé, la voix haute, hissant le drapeau de toutes les causes perdues, quelles qu'elles fussent. Garderies pour terroristes, retraites pour violeurs, hospices pour bêtes moribondes. Amis décédés. Et, bien sûr, la poésie.

Pourquoi est-ce ça te fâche tant, Olivia ?

Laisse-moi tranquille.

Tu n'aimes pas Amy ?

Si.

La poésie ?

Si.

Les bêtes ?

Si.

Olivia attendit pour savoir si la voix allait la questionner sur son amour des terroristes et des violeurs. Non. Pas un mot. Bon.

Elle avait ses problèmes à elle. Trente-huit ans et enceinte – la première grossesse réussie de sa vie. Et elle allait y mettre fin. D'un jour à l'autre maintenant, elle allait consulter un médecin. D'un jour à l'autre, elle tomberait dans l'escalier ou s'avancerait au-devant d'une voiture. D'un jour à l'autre maintenant...

Arrête ça.

Silence.

Olivia n'aimait pas les ascenseurs. L'idée de la descente et de la montée ne lui disait rien du tout. Elle se tenait à la rampe de sa main gantée, en essayant de paraître calme. Tranquille. Dans une maison de fous – le Parkin en était bien une ? – quelqu'un qui a toute sa raison se doit de paraître sain d'esprit en tout temps.

C'est bon, Olivia. Ne les laisse pas voir que tu entends des voix...

Tais-toi.

Le Souterrain n° 2, si l'on se fiait à ce que disait l'index en haut, était l'étage où se trouvaient les laboratoires, les salles de cours et la cafétéria, un kiosque à journaux, un salon de coiffure, et cætera. Olivia se demandait quelle direction allait prendre l'homme-lapin une fois qu'ils seraient arrivés. À le regarder, on espérait qu'il irait vers la cafétéria. Ses bras, ses jambes et son cou étaient affreusement maigres – comme Amy à ses pires moments – et ses ongles révélaient, par leur couleur jaunâtre et leur forme biscornue, une carence en vitamines.

Olivia se tenait près de la porte de la cabine tandis que le jeune homme était collé à la paroi du fond. Olivia jugea qu'elle laissait trop de place entre elle et lui. Cet homme allait penser qu'elle avait peur de lui.

Elle se retourna, toujours la main sur la rampe, pour qu'il puisse apprécier le calme de son visage – et pour qu'elle puisse mieux le regarder.

Il détourna instantanément les yeux. Ses lèvres remuèrent. Des mots – mais sans voix.

Olivia regarda le plafond. Les étages souterrains semblaient très éloignés et devaient s'enfoncer profondément dans le sol. Comment appelait-on ça ? *La mentalité de bunker.* Finalement, ils arrivèrent et les portes s'ouvrirent en faisait entendre une plainte

343

docile. Olivia reprit son aplomb, mais, avant qu'elle ne quitte l'ascenseur, le jeune se mit à parler.

«Allez-y», dit-il, d'un ton plutôt aimable. Olivia se retourna. Elle n'était pas tout à fait sûre que c'est à elle qu'il s'adressait.

Elle attendit.

Le jeune homme ne bougeait pas.

«Allez-y, dit-il. Sortez», toujours sans regarder Olivia. Elle gardait une main sur les portes pour ne pas être enfermée à l'intérieur. «Sortez...» Il murmurait d'une voix rauque à présent – le ton n'était ni fâché ni impoli, mais insistant. «... S'il vous plaît, sortez.»

Olivia le regarda, curieuse de savoir pourquoi il lui parlait de cette façon – se demandant si, peut-être, il avait besoin d'aide.

«Ça va?» lui dit-elle finalement.

– Sortez!»

Olivia n'avait pas le choix. Les portes faisaient pression sur sa main. Elle franchit le seuil de la cabine et lâcha prise à contrecœur. Les portes s'ébranlèrent un instant puis se refermèrent. Elles étaient en cuivre patiné, et le jeune homme avait disparu.

Triste.

C'est ce que tu penses?

Oui. Ce n'est pas ton avis?

Pas vraiment. Inquiétant – mais pas triste.

Pourquoi est-ce qu'il voulait que je sorte? Je veux dire, je sortais de toute façon...

Qui te dit que c'est à toi qu'il parlait?

Il se parlait à lui?

Réfléchis un peu.

Olivia revit en imagination le grand jeune homme. *Descendez*, disait-il, les yeux baissés. Ses... chaussures?

Pas ses chaussures, Olivia. Ses lapins.

Oh!

Lapin, lapin, entre et viens
Me serrer la main!

344

Olivia ferma les yeux. Tu m'énerves. Ce n'est pas sa faute s'il est malade – et ça n'est pas drôle.

C'est ce que tu crois!

Olivia se retrouva dans une vaste rotonde. Une caverne rouge et or. Qui ressemblait beaucoup à la caverne du tableau là-haut – celui qu'on ne pouvait manquer. Celui qu'avait peint Julian Slade avec tous ces chiens et ces hommes nus.

Olivia sentit l'odeur de la cafétéria, écœurante. Elle s'en éloigna et se dirigea vers une porte sur laquelle était marqué *ATTENTION – PORTE VITRÉE!* Au-delà, elle pouvait distinguer, comme un point de fuite, l'extrémité d'un long couloir de marbre dont la perspective semblait ne pas cadrer avec la configuration de l'édifice. Il n'était pas possible qu'il existât un corridor d'une telle longueur. Peut-être ne lui apparaissait-il ainsi que parce qu'elle le voyait à travers la vitre. Comme tout le marbre du Parkin, celui-ci était d'une teinte rouge – éclairé par des lampes dissimulées dans le plafond et dans les murs. Une silhouette venant en sens inverse, vêtue de vert, traversait ces jets de lumière intermittents, ce qui donnait à ses mouvements un effet de stroboscope. Olivia dut fermer les yeux pour ne plus regarder. Elle se sentait perdre l'équilibre et se mit sur le côté en espérant trouver une chaise.

Il n'y en avait pas.

Elle dut rester debout, s'appuyant légèrement contre le mur. Plusieurs personnes allaient et venaient – la plupart sans bruit, d'autres faisant résonner leurs talons. Aucune ne parlait. Peut-être était-il défendu de parler dans cet endroit – bien qu'aucun panneau ne le mentionnât?

Si seulement le docteur pouvait arriver. Marlow la réconforterait et la calmerait pour son bien à elle et pour celui d'Amy. C'était affreux de penser à Amy, ici, comme à une prisonnière.

Maison de fous. Asile d'aliénés. Queen Street. Le Parkin. Est-ce qu'on en était là?

On les appelait les filles Wylie. *Les filles Wylie.* Trois jeunes femmes, dont le nom et la photo étaient dans tous les magazines,

345

que l'on courtisait pour leur richesse, leur rang et leur beauté. À l'occasion, même, pour leur intelligence. *Ah!* Les filles Wylie. *Les filles Wylie.* Peggy, Olivia, Amy. Assises sur des chaises d'époque, debout dans des jardins fleuris – enracinées dans les illustres maisons Wylie, ayant l'honneur de porter l'illustre nom Wylie, ayant le bonheur de posséder l'illustre fortune Wylie –, le portrait de John Dai Bowen les représentait, Peggy, Olivia, Amy – chacune le regard figé sur un horizon différent.

Aisance et catastrophe. Telles avaient été les conditions de vie de leur enfance. De l'argent, oui – de la stabilité, non. Eustace Wylie, pataugeant dans ses larmes, qui ne se remettrait jamais de l'horreur dont il avait été témoin à Dieppe. Il lui fallut dix-huit ans pour mourir – assez longtemps pour que Peggy et Olivia l'aient bien connu, mais à peine pour Amy. Il l'avait tenue dans ses bras – elle avait dit son nom. Elles étaient toutes montées se promener avec lui dans son auto, s'étaient assises sur l'herbe derrière la maison de Grand-Mère Wylie, avaient su que son travail consistait à construire des routes, l'avaient entendu chanter faux, avaient écouté ses récitals de poésie, s'étaient accrochées à ses jambes de pantalon, lui avaient donné la main, avaient respiré l'odeur de ses cheveux, l'avaient vu embrasser leur mère, lui donner le bras et apparemment s'appuyer sur elle. Il ne tomba jamais en leur présence, bien que souvent – elles l'apprirent par la suite – il se laissât tomber à genoux en enfouissant sa tête dans ses bras. Elles l'avaient vu s'en aller comme ça, à pied, bien des fois. Elles l'avaient vu revenir, bien des fois aussi – puis ne plus revenir. Il était mort de désespoir pendant une de ses absences. Elles avaient vu le cercueil dans lequel on l'avait ramené, sauf Amy. *Les jeunes ne devraient pas voir des choses pareilles.* Olivia était alors âgée de sept ans.

Elle avait épinglé ses médailles, une fois, sur le manteau cintré qu'elle mettait pour aller à l'église. Grand-Mère Wylie l'avait presque tuée. Olivia avait dix ans à l'époque. Elle avait voulu rendre hommage au martyre de son père, mais Grand-Mère Wylie, qui ne se souciait pas de son fils, avait arraché les médailles et Olivia ne les avait jamais revues. Selon l'opinion de Grand-Mère Wylie, les hommes ne méritaient pas qu'on ait de la pitié pour eux. Les hommes allaient à la guerre parce que c'était leur travail – leur devoir. Et ça aurait aussi dû être un plaisir. Le fait qu'Eustace Wylie s'était laissé anéantir par une guerre – sans avoir subi la moindre éraflure – était l'une des plus grandes hontes de la famille. Peu importait qu'Eustace eut montré du courage, peu importaient les vies qu'il avait sauvées, peu importaient les décorations qu'il avait méritées. Une fois revenu chez lui et hanté par les cris qui l'avaient apparemment suivi jusque-là, il avait cessé, aux yeux de Grand-Mère Wylie, d'être ce qu'il avait été. *Il n'a plus d'homme que le nom,* avait-elle dit une fois.

Olivia s'était exercée de bonne heure à garder le silence. En partie par égards pour les souhaits de Grand-Mère Wylie, en partie par respect pour écouter la voix de son père ou de sa mère. Mais surtout pour éviter de s'engager. Elle avait remarqué que, lorsque les gens parlaient, cela avait souvent des conséquences néfastes. Le fait que son père ait dit *J'ai peur* lui avait coûté l'amour de sa mère.

Comme tous les individus peu expansifs – ceux prédisposés à garder le silence, ceux qui sont enclins à écouter – Olivia était devenue observatrice. Ce n'est que lorsqu'elle enseignait qu'elle parlait à profusion. Sa matière était l'histoire. Elle pouvait narrer le monde des hommes et des femmes parce qu'elle l'avait vu dans ses moindres détails – et qu'elle s'en délectait. Et pourtant, lorsqu'elle se préparait mentalement à dire les mots qui allaient parler de sa vie à elle, dans le détail – cet enfant, par exemple – *la Voix* – les mots ne franchissaient pas ses lèvres.

Les filles Wylie.

Quinze ans avaient passé depuis le portrait de John Dai Bowen. Olivia en gardait sa copie, au fond d'un tiroir, avec la robe qu'elle portait ce jour-là – la robe pliée dans du papier de soie et le portrait à l'envers en dessous. Bowen, naturellement, avait publié le truc dans son dernier livre. L'avait mis sur la couverture, quel salaud.

Les filles Wylie. Les filles Wylie. L'une d'elle prisonnière de la peur. L'une d'elle folle. Et l'autre...

Enfin. Vivante, au moins. On ne peut pas être moins vivante que quand on est enceinte.

Oui, si tu le restes.

C'est vrai.

Elle s'avança au milieu du couloir.

Marlow devait la retrouver après avoir assisté au séminaire hebdomadaire durant lequel les docteurs s'informaient mutuellement de leurs travaux. Il s'était confondu en excuses, en disant qu'il fallait absolument qu'il y aille, mais que si la séance durait plus d'une heure, il s'esquiverait pour la rejoindre. À présent, d'après la montre d'Olivia, il était déjà en retard de plusieurs minutes.

Le panneau d'information était écrit en jargon de psychiatre – et Olivia n'y comprit rien. *PsychThéoPrat 1 – LH – N2* et *PyPharmaThéraNarc H – Rouge – S8* ne lui disait pas où elle devait attendre. Et pourtant, elle ne pouvait rester là debout. Elle détestait attendre dans les endroits publics – non parce qu'elle s'impatientait, mais parce qu'elle s'offrait aux regards étrangers.

Elle alla jusqu'à la cloison *ATTENTION – PORTE VITRÉE!* et la poussa pour passer de l'autre côté. L'odeur de désinfectant se fit plus forte et un bruit de moteur, vrombissant doucement en dessous, attira son attention. La température y était aussi nettement plus basse. Ce devait être là que l'on faisait ce qu'on faisait avec les animaux. Le Parkin était célèbre pour ça. Il avait été, à une époque, la cible des protestations d'Amy. C'est Kurtz qui avait été à l'origine de ce type de recherche expérimentale. Une fois, Amy lui avait lancé une pierre – qui avait manqué son but.

Olivia franchit plusieurs portes ouvertes.

Certaines salles étaient sombres, d'autres à peine éclairées. L'une était fortement illuminée par un éclairage au néon. Olivia pouvait apercevoir cette pièce au loin, sur la droite du corridor. Avant d'y parvenir, elle vit que, dans toutes les pièces, il y avait des cages – des fois une ou deux seulement, d'autres fois cinq ou six. Des lapins, des rats et des chats. Pas de souris, ni de cobayes, et personne. Pas l'ombre d'un individu.

Ce qui était plus inquiétant, c'était l'absence des bruits que font normalement les animaux. Aucun cri – vagissement ou couinement. Dans une pièce, cependant, un singe rhésus se dressa sur ses jambes lorsqu'Olivia passa devant la porte et il empoigna les barreaux de sa cage. Son geste était alarmant tant il était humain. Elle poursuivit son chemin dans le couloir en accélérant le pas.

La salle éclairée au néon était unique; non tant par la lumière qui grésillait – que parce qu'elle était remplie de cages jusqu'au plafond – peut-être bien deux cents – toutes vides. Au centre de la pièce se trouvait une grande table métallique, peut-être en plomb ou en zinc. Et au milieu de la table...

Continue d'avancer.

... la tête décapitée d'un singe rhésus.

Je ne peux plus bouger.

La tête était posée sur un petit plateau de plastique. Les yeux du singe étaient fermés mais sa bouche était ouverte.

Olivia entendit un soupir étouffé et puis, dans la pièce, on ouvrit un robinet.

Il y avait donc quelqu'un.

Derrière la table, Olivia pouvait apercevoir plusieurs poubelles avec des sacs en plastique vert à l'intérieur. De l'un d'eux sortait une patte – morte – mais accrochée néanmoins au rebord. Une miniature parfaite de main.

On ferma le robinet et Olivia put presque voir celui qui était là – un bras, une épaule, blanche, javellisée – puis la porte se ferma. Sans un bruit jusqu'au déclic final.

Les paumes d'Olivia se mirent à transpirer dans ses gants. Mais elle pouvait bouger, à présent – comme si le déclic de la porte avait été un signal : mise en liberté.

Sentant qu'elle avait envie de vomir, elle rebroussa chemin.

N'y a-t-il donc personne dans ce foutu bâtiment qui s'assied parfois? Il doit bien y avoir une chaise quelque part... En regardant à droite et à gauche, elle se rendit compte qu'elle était étrangement seule. Près des ascenseurs, dans le lointain, c'était le calme plat.

Des vrombissements sous ses pieds.

De moteur.

Et son propre reflet immatériel dans la cloison *ATTENTION – PORTE VITRÉE!*

De son côté, l'avis se lisait! *EÉRTIV ETROP – NOITNETTA –* quelque chose qu'Amy aurait pu dire. Cela rappela à Olivia un jeu depuis longtemps oublié que la bonne d'enfant, Glennie, faisait jouer aux filles Wylie les jours de pluie quand elles étaient petites. Ces jours-là étaient en fait devenus un autre pays où elles parlaient une autre langue. Tout était inversé les jours de pluie dans leur enfance. *Ecnafne ruel snad eiulp ed sruoj sel.* Inversé – ou *en javanais* comme l'avait dit Amy, alors âgée de dix ans. Amy lisait et écrivait parfaitement la langue des jours de pluie. Peut-être était-ce là qu'elle habitait. Dans un monde à l'envers.

Ou vrai.

Oh! – s'il te plaît – tais-toi.

Olivia allait juste pousser la cloison vitrée pour passer de l'autre côté lorsqu'elle sentit dans son dos, en dépit de son manteau, un courant d'air froid.

Quelqu'un venait.

Elle se retourna.

C'était Kurtz.

Il était encadré, comme toujours dans les circonstances professionnelles, par des internes et des subalternes. Il portait une blouse blanche de laboratoire qu'il avait boutonnée sur son costume gris. Ses cheveux teints en noir, soigneusement brossés, brillaient d'un éclat particulier, et l'éclairage indirect accentuait sa pâleur légendaire. Il semblait toujours faire partie d'une parade, d'un défilé, lorsqu'il était accompagné. Il les dépassait tous et ne regardait personne, mais fixait droit devant lui à sa hauteur, à travers ses paupières tombantes.

Olivia eut un mouvement de recul. Elle avait peur, en même

temps qu'elle se sentait ridicule de perdre si manifestement contenance en présence de Kurtz. Elle le connaissait depuis des années. Il était venu chez elle. C'était un ami de Griff. Elle soupçonnait que ce dernier avait fait une donation au Parkin – par le biais de Kurtz – pour contrebalancer les répercussions négatives de la campagne d'Amy menée contre les lieux. Et la pierre qu'elle avait lancée. Olivia n'avait jamais été intimidée par Kurtz auparavant. Peut-être tendue en sa présence, mais jamais intimidée. Dans cet endroit, cependant, à deux étages sous terre, on était comme un animal qui voit descendre dans son terrier un serpent en quête d'une proie. Elle n'avait jamais pensé cela de Kurtz auparavant. Mais c'est qu'elle n'avait jamais été prise au piège avec lui dans un endroit pareil.

Il n'arriva rien. Qu'est-ce qui pourrait arriver ? C'était juste un homme, après tout. Il n'était pas...

Si, il l'était. Il était tout ce dont elle avait peur. L'autorité avec une escorte armée. En le voyant s'approcher avec tous ses subalternes – bloc-notes et stylo en l'air, suspendus aux lèvres du maître – Olivia rendit grâces aux dieux, quels qu'ils fussent, qui veillent sur les fous, de ne pas lui avoir donné Amy comme patiente.

À environ trois mètres de là où elle était, Kurtz s'arrêta. Il lui tourna le dos pour parler à ceux qui le suivaient. Elle entendit sa voix, mais pas ses paroles. Quoi qu'il dît, il parlait d'un ton sévère. Un de ses seconds recula comme s'il avait été frappé par la foudre. Son bloc-notes pendait au bout de son bras et il restait là, tête baissée. Puis la voix de Kurtz se fit entendre nettement : « Cette façon de pensée n'est pas acceptable, Dr Fuller. »

Dans la pièce derrière Olivia, un chat essayait de se cacher et, ne trouvant aucun endroit suffisamment sombre, il se fit le plus petit possible dans un coin de sa cage.

Kurtz fit volte-face en direction d'Olivia et se remit à marcher. Les autres suivirent. Lorsqu'il arriva à hauteur d'Olivia, il la regarda et la salua d'un signe de tête des plus sommaires, mais ne fit aucune remarque et continua son chemin. Un de ses seconds, cependant, s'arrêta et demanda à Olivia avec un empressement exagéré : « Est-ce que vous vous cherchez quelque chose ici ? »

Olivia répondit : « J'attends le Dr Marlow. »

La femme plissa les yeux.

« Charles Marlow ?

– Oui.

– Êtes-vous une patiente ?

– Non. Une parente.

– Une parente du Dr Marlow ?

– Non. » Olivia voulut sourire. Elle avait l'impression d'avoir commis une infraction. Peut-être qu'aux yeux de cette femme, c'était ça. « Une des patientes du Dr Marlow est ma sœur.

– Je vois. Eh bien... » La femme fit un signe de tête en direction du corridor derrière Olivia. « Le voilà. Il est à vous.

– Merci. »

La femme lui tourna le dos et partit à la suite de Kurtz et de son groupe. Olivia se demanda pourquoi elle avait dit de Marlow : *Il est à vous*. Cela lui semblait à la fois peu courtois et ironique.

Marlow pressait le pas dans sa direction. Il ne portait pas de blouse et était plus petit que ne l'aurait cru Olivia. Derrière lui, une femme en tailleur noir cherchait à le rejoindre.

Il sourit en s'approchant. « Seriez-vous par hasard Mme Price ? dit-il.

– Oui. C'est moi, fit Olivia. Mais... » Elle hocha la tête en direction de la femme pressée vêtue de noir.

Marlow se retourna.

« Charlie ! » dit-elle, essoufflée, en arrivant à sa hauteur. « Je suis contente de vous avoir rattrapé.

– Il y a quelque chose qui ne va pas, Eleanor ? » Il la regardait, les sourcils froncés.

« Non – pas vraiment. C'est juste... » Puis elle s'arrêta et s'adressa à Olivia. « Excusez-moi de vous interrompre. J'en ai pour une seconde.

– Pardonnez-moi », dit Marlow, en se tournant vers Olivia,

l'air toujours préoccupé. «Je vous présente le Dr Farjeon, une collègue. Et voici…» - se tournant à nouveau vers Eleanor Farjeon - «Mme Price.»

Il y eut un bref échange de sourires, puis Eleanor dit à Marlow : «Personne ne répond dans votre bureau, Charlie…» - elle s'arrêta pour reprendre haleine - «et je suis en retard pour Queen Street. Je cherche désespérément à joindre Austin. Si cela vous est possible, pourriez-vous lui laisser un message en remontant?»

Marlow parut soulagé. «Naturellement», dit-il.

«Il va certainement passer à son bureau avant de rentrer chez lui, dit Eleanor. Voulez-vous bien lui dire - je ne peux absolument pas le voir ce soir, mais je lui parlerai à coup sûr demain matin.

- Pas de problème. S'il n'est pas là, je lui laisserai une note.

- Merci, Charlie.» Eleanor regarda sa montre et fit une grimace. Puis elle se tourna vers Olivia et dit : «Heureuse d'avoir fait votre connaissance…» Puis, l'air soucieux : «Est-ce que ça va…?»

Marlow remarqua la pâleur d'Olivia, mais avant qu'il eût dit quelque chose, Eleanor s'éloignait en lui lançant : «Je pense que tu ferais mieux de trouver un siège pour Mme Price, Charlie. Elle est près de s'évanouir!» Puis elle disparut.

Marlow regarda autour de lui, repéra une porte ouverte de l'autre côté du couloir - et y conduisit Olivia. «Il y a un tabouret là-dedans, si vous pouvez vous rendre jusque-là.»

Olivia, qui, de fait, se sentait mal, fit oui de la tête et se laissa gentiment pousser de l'autre côté de la porte jusqu'au tabouret qui se trouvait devant un bureau encombré de papiers.

Marlow se pencha vers elle et la regarda avec attention. «Voulez-vous un verre d'eau?

- Non, vraiment. Je vais bien maintenant. C'était seulement…» Olivia parvint à sourire. «Il y a eu tant à faire depuis les appels au sujet d'Amy la nuit dernière.

- Oui, je m'en doute.» Marlow traversa la pièce à peine éclairée et ferma la porte. «Quelques instants de calme ne nous feront de mal ni à l'un ni à l'autre.»

Comme Olivia regardait autour d'elle dans la pénombre, elle se rendit compte, pour la première fois, qu'ils n'étaient pas seuls. Il y avait plusieurs cages contenant des rats posées sur le dessus des tables. On entendait des bruits de débandade – mais, à part cela, les rats étaient étrangement silencieux.

« Pourquoi est-ce qu'ils n'ont pas de voix ? » dit-elle, hochant la tête dans leur direction. « Je ne comprends pas.

– Les animaux de laboratoire, dans un endroit comme celui-ci, Mme Price, ont tous les cordes vocales enlevées. Ou sectionnées. » Il s'appuyait contre la porte.

« Mais… *pourquoi* ?

– Leurs voix dérangent la sensibilité des êtres humains, c'est pour ça… » Il s'écarta de la porte et s'avança vers elle là où il y avait plus de lumière. Olivia pouvait voir que lui, aussi, était au bord de l'épuisement. Elle se demanda si Amy en était la cause.

Marlow se rendit jusqu'à la cage la plus proche, où se trouvait enfermé un gros rat avec ses crottes. « Ils ont tendance à crier si on ne leur enlève pas les cordes vocales, dit-il. Ou si on ne les leur sectionne pas. » Du bout des doigts, il frôla les barreaux, leur témoignant presque une sorte de sympathie. « Ce ne sont pas toujours des cris de *douleur* », dit-il. Il regarda Olivia de l'autre côté de la cage. « Les expériences ici ne sont pas toujours physiques, vous comprenez. Par exemple, ces rats ne courent pas de danger physique – à part le fait qu'ils ont perdu la voix. Ils ont simplement été séparés les uns des autres. »

Olivia remarqua la distance entre les cages, mesurée en centimètres et marquée soigneusement avec du ruban adhésif.

« Une psychologue – le Dr Shelley – vient ici trois fois par jour, dit Marlow, mesurer les distances. » Il leva les yeux vers Olivia. « Vous saisissez ?

– Non. Les distances sont bien marquées maintenant. Pourquoi est-ce que c'est à refaire… ? »

Marlow la regarda un moment en silence. Puis il dit : « Vous êtes sûre que vous vous sentez bien à présent ?

– Tout à fait.

– Alors, venez ici.»

Olivia rejoignit Marlow.

«Regardez bien les rubans adhésifs. Et rappelez-vous que le rat est un animal social.»

Elle regarda.

Ce qu'elle cherchait ne lui apparut pas d'emblée. La lumière était basse et les lignes du ruban semblaient flotter dans l'espace. Les marques elles-mêmes n'étaient qu'une masse confuse de chiffres minuscules. Comme les points du tailleur de Gloucester, ce n'était que des souris qui avaient pu les faire.

«J'arrive à peine à les lire... dit Olivia.

– Il n'est pas nécessaire de les lire, Mme Price. Les chiffres intéressent seulement le Dr Shelley. Regardez encore.»

Olivia comprenait à présent ce qu'il voulait qu'elle voit. Le bord des cages n'était pas toujours aligné avec le bord des rubans. Il ne lui fallut que quelques secondes pour en saisir la signification – et quand elle eut compris, elle fixa les rats, les yeux écarquillés. Ils la fixaient aussi, avec la même folie triste et solennelle dans le regard.

Olivia recula.

«Mon Dieu, fit-elle.

– Exactement», dit Marlow. «*Mon Dieu!* eh oui.» Il se tenait debout, les mains dans le dos. «Les plus gros rats, qui sont bien sûr plus forts, sont capables de déplacer leurs cages de huit ou dix centimètres en une journée. Tous les soirs, le Dr Shelley défait leur avance en replaçant les cages sur les marques de départ. Quand un rat se montre particulièrement fort ou intelligent, le poids de sa cage est ajusté avec du plomb pour compenser son avantage.» Il marqua un temps d'arrêt. «Je n'ai jamais été là lorsqu'un des rats déplaçait sa cage. Mais leurs techniques sont des plus originales et quelques-unes... assez amusantes. Ce sont les termes du Dr Shelley. Pas les miens.

– Ils ne semblent pas avoir d'eau – ni de nourriture.

– Ils n'en ont pas.» Marlow se tut, l'air pensif. «Ils ne sont nourris que dans le noir.

– Je ne comprends pas.

– Dans le noir, ils ne peuvent pas voir les autres manger. C'est-à-dire qu'ils ne peuvent pas les voir aussi bien qu'ils le feraient au grand jour.» En souriant, il fit un geste en direction de la lumière jaunâtre des ampoules au-dessus de sa tête. «Le Dr Shelley soutient qu'on peut encourager une certaine dose de paranoïa si on les nourrit dans le noir. En fait, ils sont privés de nourriture en certaines occasions et...» Il sourit, embarrassé. «À ces occasions, quand on passe un enregistrement de bruits de rats en train de manger, il arrive que certaines cages tombent par terre en raison de la force des secousses.»

Olivia ferma les yeux. «Je crois que vous avez dit quelque chose, tout à l'heure, à propos de la *sensibilité des êtres humains,* dit-elle.

– Oui, dit Marlow. Mais je parlais de la sensibilité de leurs oreilles, pas de celle de leur cœur.»

Olivia ouvrit les yeux. «Je vois», dit-elle.

Marlow continua: «Les dernières innovations du Dr Shelley comprennent l'introduction d'une rate en chaleur. Sa cage est suspendue là...» – il montra un crochet – «... *au-dessus* des autres. Vous imaginez le résultat. Et enfin, il y a une expérience qui me dépasse complètement, même si je me tue à comprendre, qui consiste à amener des rats dont les cordes vocales n'ont *pas* été sectionnées – et...» Il fit un geste d'impuissance avec ses mains. «Êtes-vous prête à partir?» dit-il, les yeux à terre. «Laissez-moi regarder dans le couloir auparavant.»

Il traversa la pièce et entrouvrit la porte. Olivia se retourna pour regarder les rats une dernière fois. Ils étaient silencieux, bien sûr – ne se déplaçant même pas contre leurs barreaux. Il y avait quelque chose de désespéré – peut-être de la rancune – dans leurs yeux. Pendant un moment, semblait-il, ils avaient senti dans leur chambre de torture une présence autre que celle, habituelle, du Dr Shelley. Ils avaient dû espérer – à moins qu'il n'existât plus aucun espoir dans la pièce – qu'ils ne passeraient pas leur vie séparés les uns des autres.

Olivia se tourna vers Marlow. «Est-ce qu'il serait possible, dit-elle, de déplacer les cages?»

Marlow sourit, car il comprenait ce qu'elle ressentait. «Non, dit-il cependant. Je me suis souvent interrogé pour savoir si j'allais le faire. Mais si on le faisait, le Dr Shelley punirait les rats pour leur... impertinence.»

Olivia hocha la tête. «Je vois», dit-elle. Et puis : «Est-ce que je peux vous demander quelque chose?

– Bien sûr.

– Ne me présentez jamais au Dr Shelley.»

Marlow sourit de nouveau. «Vous l'avez déjà rencontrée, je le crains, fit-il. C'est la femme qui vous parlait juste de l'autre côté de cette porte avant que je ne vous rejoigne.

– Celle qui était si empressée, qui accompagnait le Dr Kurtz?

– C'est ça.»

Olivia tressaillit à ce souvenir. «Elle a été très impolie envers vous, dit-elle.

– Je suis heureux de l'apprendre, dit Marlow. Si je recevais des compliments de sa part, je devrais cesser de faire ce travail.»

Il reconduisit Olivia de l'autre côté de la porte qu'il ferma sans regarder en arrière.

Ils firent volte-face ensemble et se dirigèrent vers les ascenseurs.

Olivia pensait à ce que lui avait dit le Dr Shelley à propos de Marlow : *Il est à vous.* Elle en était heureuse – pour son bien à elle, autant que pour celui d'Amy.

7

Lilah cherchait à donner un peu d'allure à ses cheveux. Dans une heure, elle ferait son entrée dans le salon de Marlow et serait en présence de Nicholas Fagan. C'est une femme du nom de Fabiana Holbach qui l'amènerait. *Des femmes, toujours – ah! ces femmes.* Lilah, il y avait longtemps, en avait été une aussi. *La bande de Fagan – mais jamais son harem.* Simplement le plaisir de la compagnie des femmes – étudiantes, femmes de lettres, actrices, collègues de l'université. Fabiana Holbach était propriétaire d'une galerie d'art. Elle allait être chic, raffinée, à la mode... Elle serait fascinante. Elle serait mince.

Ce n'était pas important. Pourquoi est-ce que ça le serait? Comment ça pourrait l'être? Lilah allait se trouver en présence de Fagan – voilà ce qui était important – et non la personne avec qui il arriverait. Les autres gens dans sa vie n'étaient pas importants – seulement Lilah. Elle fit une prière pour réussir à avoir une minute seule avec lui. Une minute pour lui dire : *Kurtz est ici. Il s'est échappé d'entre mes mains et je ne peux pas le faire revenir...*

Il saurait qu'elle était folle, bien sûr. Elle n'était pas folle quand elle l'avait rencontré la première fois – pas folle comme elle l'était devenue par la suite. Il n'y avait pas d'évadés alors, pas de fugitifs – seulement des apparitions délibérées, seulement des rencontres fortuites. Pas de vauriens provocateurs – pas trace de Heathcliff; d'Otto, l'incendiaire; de Jack l'Éventreur ou de Rosalind Bailey. Pas trace de Kurtz, le chasseur de têtes. Fagan la regarderait maintenant et refuserait de l'écouter. Il dirait *Cette femme est folle.* Sauf si elle trouvait une ruse pour lui faire croire qu'elle avait toute sa raison.

J'ai toute ma raison!

Pas avec ces cheveux, non.

Oh! être Fabiana Holbach ou la Femme du chirurgien ou une fille Wylie – oh! avoir sa photo dans un magazine juste une fois.

Marlow avait dit : *Cela vous intéresserait peut-être de vous joindre à nous. Votre vieil ami, Nicholas Fagan, passera prendre l'apéritif avant d'aller donner la Conférence Appleby.*

Cela l'intéresserait peut-être! Le Marlow qu'elle avait fait apparaître n'avait rien compris. Sinon, il aurait déjà rattrapé Kurtz et aurait déjà entrepris – métaphysiquement parlant, bien sûr – la descente du fleuve avec lui. *Lui mort. L'horreur – l'horreur...*

À présent, Lilah se tenait devant le miroir dans sa minuscule salle de bains, à contempler cette masse luxuriante qui ornait sa tête. Elle portait, pour la première fois depuis des années, sur ses sous-vêtements une combinaison, et sa couleur crème lui donnait envie de pleurer en lui rappelant les plaisirs disparus. La couleur et la texture des vêtements avaient jadis été l'un des soucis les plus agréables de Lilah. Elle adorait superposer tons et tissus – alliant le crème au coquille, le pêche au crème – juxtaposant la soie et le coton, la laine et la soie. Ses modestes revenus – à quand cela remontait-il? – la forçaient à choisir sa garde-robe en fonction des prix autant que de ses goûts. À cette époque, son budget allait presque entièrement aux livres. En conséquence, chaque vêtement était précieux. La combinaison qu'elle portait aujourd'hui était d'ordinaire rangée dans un tiroir, pliée dans son papier de soie. Des sachets de mousseline parfumés étaient disséminés parmi sa lingerie et ses chemisiers. Un ou deux articles étaient pliés dans des pochettes de satin, portant son monogramme – brodé par sa mère – en relief sur le rabat. Ô, époque heureuse, quand l'espoir emplissait l'air, et que Lilah s'habillait chaque jour en sa présence. Que ses cheveux fussent impossibles alors, son maquillage saboté dans un excès d'agitation, n'avait aucune d'importance. Elle allait tous les matins dans le monde et en attendait tellement – mettant toute sa passion, toute son énergie à faire les choses. Les visages vierges et radieux des jeunes se tournaient vers vous avec tant d'enthousiasme – comment ne pas se répandre en mots? Lisez! Lisez! Lisez! Debout derrière le comptoir – dans la lumière du matin – entourée de ses livres bien-aimés – toute une bibliothèque d'aimables compagnons attendant d'être présentés...

Et ces maudits cheveux.

Ils ne voulaient pas rester aplatis. Ils refusaient d'obéir. Elle ne pouvait qu'y mettre une épingle çà et là et nouer dans ce fouillis des rubans de velours brun – faire de beaux nœuds qui prouveraient au moins qu'elle avait essayé. Quand elle eut fini, elle s'empara d'une houppe en duvet bleu et se tamponna le visage – une fois – deux fois – trois fois – provoquant chaque fois dans l'air une explosion de poudre, qui retombait en nuage sur ses épaules et son buste osseux.

En s'examinant dans le miroir, elle vit son visage qui lui renvoyait son regard depuis un talus de neige – deux yeux noirs, comme ceux d'un oiseau et une bouche qui n'avait de forme que quand elle s'ouvrait.

«Et voilà», dit-elle à haute voix, et elle remonta le corridor pour aller dans sa chambre.

Nicholas Fagan. Sa présence dans la ville qu'habitait Lilah était suffisante pour la faire se sentir jeune à nouveau. *Oh mon Dieu! Et il vient ici, dans cette maison!* Il allait être là dans une demi-heure. Ils boiraient un verre ensemble – tout comme lors des tournées des pubs d'antan – et ils se parleraient. Il parlerait et elle écouterait. Avec Marlow. Nicholas Fagan avait été, même de loin, un ardent défenseur de l'utilisation que faisait Marlow de la littérature comme outil dans la recherche psychiatrique. Ils avaient correspondu durant de nombreuses années et s'étaient rencontrés à Harvard, quand Fagan était venu y donner un cours. C'est pour ces raisons qu'il venait chez Marlow ce soir-là.

Lilah retira de son cintre sa robe de laine brune et la tint serrée contre elle, comme si c'était une amie.

Je ne serai jamais quelqu'un d'autre que moi, se dit-elle. *Mais ce soir, j'aurais aimé être née autre que ce que je suis, pas folle.*

Ses yeux firent le tour de la pièce jusqu'à ce qu'ils tombent sur son reflet dans le miroir au-dessus de la commode. Elle voyait ses mains étreignant la robe qu'elle allait porter – et ses doigts, les bagues de sa mère. Elles étaient, comme les dons de sa mère pour ressusciter les morts et défier le temps, des rayons de lumière qui étincelaient dans le jour finissant. *Tous les dons que je t'ai faits,* disait sa mère dans l'esprit de Lilah, *sont des dons précieux pour traverser le temps. Ce sont des dons d'amour – des dons de créativité et des dons de puissance. Je t'ai mise au monde pour que tu sois ma fille douée...*

Lilah sourit.

... et aucune autre.

Les bagues de Sarah Tudball avaient parlé. Lilah était satisfaite. *Ce moi que je vois,* dit-elle en s'adressant au miroir, *est suffisamment moi.*

8

Avec les mots, Fagan inventait des farces et s'amusait comme un enfant. Avec les idées, il était tout le contraire. Ses yeux, sans ses lunettes, étaient un amalgame bleu d'intelligence acerbe et de tristesse. *Plus on voit,* avait-il écrit à son défunt ami Borges, *plus on prie pour être aveugle.* La cécité avait assombri la vie du grand écrivain argentin, mais n'avait pas été accordée à Fagan. Borges avait répondu à son désespoir en lui rappelant que *le fait de baisser les stores ne vous coupe pas du monde, mais seulement de la lumière.* C'est ainsi que Fagan s'était réconcilié avec la vue.

Ce n'était pas pour rien que les cours de Nicholas Fagan avaient, pendant plus d'un demi-siècle, attiré des étudiants qui se tassaient dans les moindres recoins des salles ouvertes aux courants d'air de Trinity College. Il avait une façon de s'incliner en avant, dans les moments de suspense, comme s'il allait faire des confidences – qu'il fût debout derrière le lutrin, ou assis dans le salon de Marlow – et quand il chuchotait : *Laissez-moi vous raconter une histoire,* tout le monde s'arrêtait de respirer. Les histoires étaient le moyen d'expression de Fagan, bien qu'il n'eût jamais écrit de roman. Ce qu'il faisait, c'était créer un cadre imaginaire à des vérités, qui apparaissaient alors sous un jour différent de l'ordinaire. *C'est l'histoire du procès de Socrate,* disait-il – et il rapportait la légende de Socrate sans rien omettre. Et Socrate allait « corrompre » la jeunesse de la rue O'Connell, parler avec l'accent de Dublin – et boire la ciguë dans le pub O'Malley.

« Parlez-nous, dit Marlow, de votre voyage. »

Fagan n'avait pris qu'une seule fois l'avion. Il avait vingt-trois ans et l'engin s'était écrasé, tuant tous ceux qui étaient à bord – y compris Isobelle Merton, sa femme. Ce devait être une simple excursion au-dessus de Dublin jusqu'au promontoire Wicklow. Le moteur du petit appareil, qui ne transportait que six passagers, était tombé en panne et Fagan avait vu la terre s'élever pour les ensevelir. *Par une malédiction du destin, j'en suis sorti vivant, mais Isobelle et les autres ont péri.* Le feu les avait consumés. *Personne d'autre que moi n'était là pour le voir,* avait-il dit. *Personne n'était accouru – seulement quelques vaches – jusqu'à ce que je parvienne à la ville et sonne toutes les cloches.*

Ce dernier point n'était pas exagéré. Fagan, sous le choc, s'était mis à délirer – et était allé d'une église à une autre tirer toutes les cordes. On ne retrouva rien d'Isobelle Merton. *J'en vins à croire qu'elle n'avait jamais existé,* dit-il. *Dans cette partie de sa vie qu'elle avait partagée avec moi, j'étais convaincu que je l'avais inventée. Elle n'avait existé que dans mon imagination.* Il ne s'était pas remarié et toutes ses rencontres ultérieures avec des femmes ne furent rien de plus que du flirt. Il était adoré, mais restait inconsolable.

C'est ainsi que Fagan, depuis ce temps-là, avait toujours voyagé en train ou en voiture – et en bateau. Il n'avait jamais repris l'avion.

Le voyage au Canada s'était effectué à bord d'un paquebot russe qui s'appelait le *Neva* et que Fagan avait choisi parce qu'il faisait escale à Montréal. Fagan s'était embarqué à Tilbury, dans le bateau en provenance de Saint-Pétersbourg. Après Montréal, leur dit-il, le bateau retournait en mer et descendait à la Nouvelle-Orléans, après quoi il continuait par le canal de Panamá et traversait l'océan Pacifique en direction du Japon, des Philippines et de l'Australie – ensuite c'était l'Inde, l'Égypte, l'Italie, l'Espagne, la France et la Suède. *Tout ce détour pour finalement, revenir au bercail par la mer Baltique,* conclut-il.

Lorsque Fagan eut fait retentir ces noms, il y eut un soupir d'approbation unanime.

«Nous perdons contact avec le monde à l'ère des avions, dit-il. Quand on pense qu'il y en a qui ont l'audace de se dire voyageurs alors que tout ce qu'ils accumulent, ce sont des kilomètres parcourus en avion à réaction, où tout ce qu'ils voient, c'est du ciel.

– Moi, j'*adore* un bon voyage en avion», fit Rena Appleby. Elle et Mason Appleby étaient les seuls autres invités de Marlow ce soir-là, avec Fabiana et Lilah. Ils allaient tous ensuite, sauf Lilah, au dîner redouté des O'Flaherty. Lady Appleby vivait d'alcool. Elle passait par conséquent sa vie dans un état second, presque toujours un sourire aux lèvres, qu'elle fût couchée, debout ou assise. En cet instant, elle était assise. Son mari était si corpulent qu'il avait besoin d'un sofa pour lui tout seul. À la différence de sa femme, il avait l'esprit vif et la repartie facile. Ne faisant confiance à personne, il écoutait toutes les conversations comme si chaque interlocuteur était un espion.

Fagan poursuivit en racontant la remontée du fleuve vers Montréal – *le long du paysage immobile et gris qui constituait la rive morne.* Il mentionna la couleur répugnante du fleuve et des rivières, couverts de l'écume des produits chimiques venant des terres que l'on pillait de leurs ressources, où les villages fantômes faisaient place aux villes qui déversaient leurs égouts jaunâtres dans le sillage du navire, et les baleines malades, moribondes, remontant des profondeurs. Il disait qu'il y avait bien des merveilles, aussi – le confluent majestueux du Saguenay, la Citadelle de Québec, *et des fermes où l'on pouvait voir de vraies vaches dans de vrais champs...* Puis Montréal, où il débarqua et d'où le *Neva* repartit pour sa traversée océanique.

«En vous écoutant, on dirait que le paysage est horrible, dit Fabiana.

– C'est bien mon impression», dit Fagan. Puis : «Ce n'est pas pour rien que j'ai pris cette route.

– Qu'est-ce que vous voulez dire? demanda Appleby.

– Je veux dire que je n'étais pas le premier à passer par là. Je veux dire que j'ai suivi le chemin que d'autres ont emprunté avant moi.

– Des immigrants? dit Fabiana.

– Nous sommes tous des immigrants, dit Fagan. Même les soi-disant peuples aborigènes de ce continent sont venus d'ailleurs. Je crois que c'était en traversant un pont de glace, qui est maintenant la mer de Béring.

– On ne les appelle pas aborigènes, dit Appleby. On les appelle Indiens.

– Ah, oui, dit Fagan en souriant. J'avais oublié où j'étais.

– Enfin, ce ne sont pas des Chinois, dit Appleby.

– Un nom dont je me souviens est *Cree,* dit Fagan. Un autre est *Ojibway.* Et qu'est-ce que vous êtes, Monsieur le comte?

– Anglais, fit Appleby. Quelle différence cela fait-il?

– L'ordre d'arrivée, dit Fagan, sans se départir de son sourire. L'ordre d'arrivée, voyez-vous, équivaut à l'ordre de perception. Je veux seulement dire qu'on percevait autrefois cet endroit ni plus ni moins comme un endroit où survivre. Un endroit où vivre.

– Ça l'est toujours, dit Appleby.

– Vous le pensez?

– Qu'est-ce que ça pourrait être d'autre?

– Un endroit à acheter. Un endroit à transformer. Un endroit à détruire.

– Est-ce que vous seriez communiste, Fagan?

– À vrai dire, je n'y ai jamais pensé.

– Des gens comme vous, dit Appleby, vous détestez tout, c'est ça?

– Allons, allons, Mace, ne commence pas avec ça, dit Rena, émergeant d'un petit somme.

– Je suis tout à fait d'accord », dit Marlow, craignant que la politique ne vienne gâcher la soirée.

« Voyez-vous, dit Fagan, remonter le fleuve m'a fait réfléchir à ce qu'avaient en tête ces autres individus qui sont venus avant nous. Ils seraient peut-être bien surpris de ce qu'ils trouveraient aujourd'hui. Et bien consternés, j'en ai peur.

– Qu'est-ce que vous voulez dire? fit Fabiana.

– Je veux dire qu'il n'y a rien ici de ce qu'on se proposait d'y mettre. Il n'y a presque plus rien de beau, mais beaucoup de laideur. Peu de grands espaces, mais beaucoup de vide. Plus d'explorateurs, mais de l'exploitation. Il n'y a ni art, ni musique, ni littérature, mais seulement du divertissement. Et il n'y a pas de philosophie. Ce qui était autrefois un lieu où vivait l'humanité est devenu leur charnier.»

Il y eut une brève pause.

«Donc, dit Appleby, j'ai amené une vipère parmi nous. J'espère que votre conférence a quelque chose de plus positif que ça à nous communiquer sur l'état des choses.»

Fagan fit un signe de la main.

Lorsque vint le moment pour Marlow de reconduire ses visiteurs à leur voiture, Fagan demanda à passer aux toilettes avant de partir. Lilah attendait cet instant et elle offrit immédiatement au vieil homme de l'aider à trouver son chemin. «C'est une maison traîtresse, dit-elle. On s'y perd facilement.»

Fagan était enchanté d'avoir un guide et il dit à Lilah : «J'ai été plus d'une fois votre guide, durant votre séjour à Dublin. À présent, vous pouvez me rendre la pareille.»

Tandis qu'ils quittaient la pièce, Rena Appleby sortit de son sommeil juste le temps de demander : «Est-ce qu'on est arrivés?»

Mason Appleby rentra la tête dans les épaules et émit un rire sonore. «Elle croit qu'on vit à l'arrière d'une limousine.»

Lilah ne conduisit pas Fagan aux toilettes qui donnaient sur la cuisine de Marlow. Elle l'emmena plutôt dans son appartement à elle et lui montra la minuscule salle de bains.

Fagan dit : «Je ne devrais pas envoyer Lord Appleby ici. Il aurait du mal à s'y retourner.» Et il tira la porte.

Lilah entendit couler les robinets. Elle pensait : *Maintenant. Maintenant. Je l'ai ici et je dois l'y garder jusqu'à ce qu'il comprenne ce que j'ai fait.* Elle attendit de l'autre côté du couloir dans sa chambre, où Fam était endormie sur le rebord de la fenêtre.

Finalement, la porte de la salle de bains s'ouvrit et Fagan en sortit. Ses cheveux, auréolés de lumière, lui faisaient une toque de plumes blanches. *Il doit être très vieux*, pensa Lilah. *Un homme qui ne sait pas mourir.*

« Ainsi, c'est ici que vous vivez, dit-il.

– Oui.

– Votre chat ?

– Fam – la chatte de la maison. Elle vit partout.

– Ah bon !

– M. Fagan ?

– Oui, chère amie ?» Il regardait les livres, les mains derrière le dos pour garder l'équilibre quand il se penchait en avant.

« Il faut que je vous dise quelque chose qui va vous sembler à l'encontre de la réalité », dit Lilah. C'est la phrase qu'elle avait préparée dans sa tête quand elle avait pour la première fois imaginé cette rencontre. « Il faut que je vous dise... »

Fagan se tourna vers elle, un peu comme s'il ne l'avait pas entendue parler. Il examinait les titres de ses livres et il lui dit : « Est-ce que cela ne vous a pas frappée comme une coïncidence extraordinaire que Marlow, notre hôte, travaille avec un homme qui s'appelle Kurtz ? »

Lilah battit des paupières.

« Je viens juste de voir le titre d'un livre qu'ils se partagent sous la plume de Conrad – *Au cœur des ténèbres.* Il est là, devant moi, avec Marlow dans la pièce voisine – et Kurtz en route pour se joindre à nous.

– Oui, M. Fagan.

– Kurtz et Marlow. Marlow et Kurtz. Ça, par exemple ! ...

– Si vous ouvrez cet exemplaire d'*Au cœur des ténèbres*, M. Fagan, dit Lilah, vous y trouverez quelque chose que vous avez vous-même écrit.

– Vraiment ?

– Oui. »

Lilah s'avança et tendit le livre à Fagan – la couverture ouverte pour lui faire lire ce qu'il avait inscrit il y avait bien longtemps. *Si je devais proposer un texte*, était-il écrit, *pour le XXᵉ siècle, ce serait* Au cœur des ténèbres *de Joseph Conrad...*

366

Fagan lut ce qu'il avait écrit jusqu'au bout, où il disait : ... *la race humaine avait trouvé sa destinée dans l'autodestruction.* Le fait de retrouver son texte semblait l'émouvoir, et il leva le livre vers la lumière pour mieux distinguer les caractères.

Lilah lui demanda : « Est-ce que vous croyez toujours ce qui est écrit ? »

Fagan dit : « Oui – à mon grand regret, j'y crois toujours.

– Je pense que c'est la phrase la plus triste au monde, dit Lilah. Et je voudrais que vous ne l'ayez pas écrite.

– La phrase est triste, Mlle Kemp – mais pas le sentiment qu'elle renferme. Je crois que c'est une pensée de colère.

– Oui. De colère, aussi. Et triste.

– Je suis flatté que vous l'ayez gardée en souvenir. Et je vois que je l'ai signée.

– Oui.

– Quand était-ce ?

– Avant que je ne parte de Dublin pour revenir au Canada. Cette époque en Irlande a été la meilleure de ma vie. Étudier avec vous... et ces promenades charmantes que nous faisions.

– Les tournées des pubs. Ah oui !

– M. Fagan...

– Oui ? »

Lilah toucha le livre que Fagan avait dans les mains. « Kurtz est sorti de ce livre, de la page 181, et... » Elle se mit à bredouiller. « Je l'ai laissé sortir. Je ne le voulais pas, mais... il est sorti. Et maintenant... »

Fagan sourit.

« Kurtz est avec nous, constamment, dit-il. Je ne pense pas que vous devez vous sentir coupable. La race humaine ne peut faire un seul pas sans que naisse un autre Kurtz. Il est la noirceur qui se trouve en nous tous.

– Oui. Mais ce Kurtz...

– A son Marlow, comme les autres. N'est-ce pas vrai ? »

Lilah se taisait. Elle ne voulait pas reprocher à Marlow son inaction, voyant que Fagan le connaissait et l'appréciait.

367

«Vous êtes très émue, Mlle Kemp. Je le vois bien.»

Émue? Je suis folle. Est-ce que vous vous rendez compte de ça aussi?

«C'est seulement que je me sens responsable, fit-elle à haute voix. C'est moi qui l'ai fait sortir – et je n'arrive pas à le faire retourner d'où il vient.

– Est-ce que vous parlez du Dr Kurtz? Du Dr Rupert Kurtz?

– Oui.»

Fagan se détourna et feuilleta les pages d'*Au cœur des ténèbres*. «La littérature est de l'illusionnisme, Mlle Kemp, dit-il. C'est la description la plus précise que je puisse en donner. Les livres évoquent tous l'humanité et le monde que nous habitons. Conrad n'était pas le premier à faire apparaître Kurtz – et il ne sera pas le dernier. Il a simplement été le premier à lui donner ce nom.

– Oui, M. Fagan.» Lilah avait sombré dans la tristesse et la déception et elle était à peine audible. Même Nicholas Fagan, semblait-il, ne comprenait pas le danger qui les guettait, tant que Kurtz était là, dehors, sorti de la page.

Fagan posa le livre sur son étagère. «Il faut que j'y aille, dit-il. On a ce dîner auquel il faut être présent.» Il se dirigea vers la porte. «Vous venez avec nous, n'est-ce pas?

– Non», dit Lilah. Et elle ajouta : «M. Fagan?

– Oui?» Il se retourna.

«Ça m'a fait plaisir de vous revoir.

– Merci. Je peux dire qu'il en est de même pour moi.»

Lilah ne pouvait se résoudre à le laisser partir, tout en sachant qu'il le fallait.

«Est-ce que je pourrais avoir un souvenir de votre visite?» dit-elle.

Fagan ne savait trop ce qu'elle voulait dire par là. Voulait-elle l'embrasser?

«Cela dépend, dit-il en souriant. Vous voulez la bourse ou la vie?

– Ni l'une ni l'autre, dit Lilah. Je me demande si je pourrais avoir vos initiales.

– Mes initiales?

– Oui.» Lilah retirait de son doigt le plus gros diamant de sa mère. «Vous vous rappelez Esther Johnson?

– Esther Johnson?

– Stella – sur la vitre de la fenêtre.

– Ah, oui! *Cette* Esther Johnson. Bien sûr. Son petit poème gravé dans la vitre.

– Pourriez-vous, avant de partir, graver vos initiales dans mon miroir, où je les verrai tous les jours?» Elle lui tendit la bague.

«Quel miroir? Où ça, chère amie?

– Ici, au-dessus de ma commode.»

Fagan prit la bague et grava *N. F.* dans le verre près du haut. «Voulez-vous que je grave aussi les vôtres? demanda-t-il.

– Oui, s'il vous plaît.»

L. K.

Puis il lui vint à l'esprit d'ajouter : *En souvenir de Swift et de Stella.*

Cela fait, il prit la main de Lilah et passa la bague à son doigt.

«Au revoir, Mlle Kemp, dit-il.

– Au revoir, M. Fagan.»

Il disparut dans l'obscurité du vestibule. Lilah ne se trouverait plus jamais en sa présence.

9

Une brume légère planait sur les prairies onduleuses du nord de la ville. Plus tôt dans la journée, il avait plu et l'air frais avait fait remonter la chaleur du sol. Autrefois, la région tout entière était une forêt – puis, jusque dans les années 1940, la terre agricole la plus productive de la province. À présent, elle était couverte de lotissements et sillonnée de routes.

C'étaient les riches qui habitaient ici. Riches, assurément. Ils avaient choisi cet endroit parce qu'ils pouvaient s'y retrouver –

une collectivité bâtie sur l'opulence découlant de deux guerres mondiales. Il n'y avait rien ici de Rosedale ou des regroupements de vieilles familles. Ces gens étaient ceux-là mêmes que Rosedale avait rejetés quand ils avaient surgi – mais dont la fortune à présent surpassait Rosedale, cet autre bastion de richesse. Le soir de la réception de Marlow, les routes serpentant à travers la brume furent envahies par des cohortes de limousines et de voitures étrangères venant de la ville et convergeant sur la résidence de Michael et Patti O'Flaherty – celle qui avait dansé sur la piscine de Gatz. Là se trouvait le site d'un dîner qui allait être donné en l'honneur de Fagan. Il devait y avoir plus de quatre-vingt personnes dont la fortune alimentait les œuvres charitables de la ville – de la recherche sur le cancer au renflouement hypothétique du *Titanic*. Quelque part au milieu de ces bonnes causes, on avait fait place à une nuit de culture.

Les O'Flaherty tenaient leur fortune de l'industrie de la construction. Ils avaient bâti les sièges sociaux d'une demi-douzaine de banques et de sociétés fiduciaires. L'édifice Baycorp, qui abritait la société Beaumorris, l'édifice Gardner, siège de Gardner Trust, et celui de la Banque de l'Ontario – tout cela était inclus dans les réalisations des O'Flaherty. On disait, avec le ricanement caustique habituel de jalousie, que la construction de chacun des nouveaux gratte-ciel O'Flaherty ne servait qu'à donner à ses propriétaires un autre endroit où placer leur argent. Michael et Patti O'Flaherty comptaient parmi les vingt personnes les plus riches du pays et *MIPAT*, leur entreprise de construction, parmi les dix plus grandes sociétés.

Quand Fagan entendit le nom de ses hôtes, il s'écria : «Oh! mon Dieu! Une Pat et un Mike en chair et en os!»

La maison, bâtie en pierre, cinq ans auparavant, avait tout l'air de venir des environs de Versailles. Mais le Versailles du sud de Paris et le «Versailles» du nord de Toronto n'étaient pas exactement les mêmes. Ce dernier – en dépit de ses toits mansardés et de ses portes-fenêtres – n'avait absolument aucun charme. C'était un décor de film – derrière la façade duquel les courtisans attendaient qu'on leur dise de se mettre à jouer, l'haleine rafraîchie par les Tic-Tac et les livres d'autographes à la main.

Patti O'Flaherty portait une perruque laquée qui semblait avoir été empruntée à un acteur kabuki. *Même un ouragan n'en aurait pas dérangé un cheveu,* se dit Fagan. Elle portait une robe rouge et – il en était certain – *les chaussures à claquettes d'Ann Miller.* Elle paraissait incapable de dire quoi que ce fût sans chercher derrière son interlocuteur en carton où seraient inscrites ses répliques. Il y avait aussi ses faux cils, qui se décollèrent durant toute la soirée. À un moment, Fagan en trouva un sur sa manche et crut que c'était un mille-pattes. «C'est à moi!» s'écria Patti O'Flaherty – s'en emparant, comme si Fagan avait eu l'intention de le lui voler.

Michael O'Flaherty était moins spectaculaire que sa femme – bien qu'il fût nettement plus grand. Il avait les cheveux coiffés en banane, ayant été jeune à l'époque des manches retroussées et d'Elvis Presley. Son costume était en soie sauvage *bleu électrique,* comme il disait. Il portait des souliers blancs et ne cessa, durant la soirée, de remonter ses jambes de pantalon pour les montrer. «Vous les aimez? disait-il. Vous les aimez? Hé! Des soldes de Palm Beach!» Il revenait tout juste de Floride et était couleur d'ébène.

Catherine, leur fille, était timide – ce qui ne manquait pas de surprendre. Elle était forte, comme son père, blonde et pâle, et vêtue de flanelle grise. Tout en elle déclarait: *Je suis orpheline – je ne vis pas dans cette maison – je n'ai jamais rencontré ces gens auparavant.* Elle resta en retrait pratiquement toute la soirée, cachée dans l'ombre qu'elle pouvait trouver.

Les invités constituaient un groupe éclectique, et à voir la variété de leurs tenues, on savait qu'ils se faisaient tous une idée différente de la raison de leur présence. Certains avaient su d'emblée quel genre d'invités seraient présents, et ils étaient venus en costume et robe de soirée. Beaucoup d'autres, en revanche, semblaient avoir pensé qu'ils allaient dîner avec des stars de cinéma ou des gangsters. Comme s'ils avaient confondu

Fagan avec Reagan. Il y avait des femmes de soixante-quinze ans en mini-jupe et l'une d'elles portait des bas piquetés d'étoiles. Elles étaient maquillés comme des travelos.

Kurtz était là, de retour de Chicago dans un nouveau costume gris et rôdant sans cesse autour des Appleby. À un moment, Marlow regarda de l'autre côté de la pièce et remarqua que Mason Appleby maintenait Rena Appleby droite en la tenant fermement par le dos de sa robe.

La salle à manger renfermait une demi-douzaine de tables rondes, couvertes de nappes jaunes, de fleurs teintes en vert et de porcelaine immaculée : les couleurs de l'Irlande dont étaient originaires l'invité d'honneur et les aïeuls de ses hôtes. Une multitude de petites chaises dorées entouraient chacune des tables dont Fagan dit qu'elles *ressemblaient à des petites filles en robe du dimanche, attendant qu'on leur montre où s'asseoir...* D'autres invités devaient prendre place dans le solarium attenant, qui était assez grand pour contenir quatre autres tables.

Fagan était assis avec à sa droite Patti O'Flaherty et à sa gauche Fabiana. Dans son for intérieur, il remerciait le ciel d'avoir Fabiana à son côté. Elle lui permettait de se contenir en engageant la conversation sur des sujets allant de la sturnucémie à la guerre en Nouvelle-Zélande, où l'île du Sud venait juste de déclarer son indépendance. N'importe quoi, pour l'empêcher d'éclater de rire.

Marlow était assis à la droite de Patti O'Flaherty et, durant tout le dîner, il fut harcelé de questions sur l'invité d'honneur. « Vous êtes psychiatre, Dr Marlow », lui murmurait-elle à l'oreille, lui saisissant le poignet d'une main de fer. « Pensez-vous que M. Fagan apprécie le potage ? » Et : « Qu'est-ce que je devrais lui dire à propos de son dernier livre ? » Ce à quoi Marlow répondit : « Que vous l'avez lu. » « Mais ce n'est pas vrai », dit-elle, d'un ton piqué.

Entre ses crises d'anxiété à table, Patti O'Flaherty était très gaie et démonstrative – interpellant son mari par-dessus les fleurs teintes en vert ou racontant des blagues dont elle oubliait immanquablement la fin. Marlow la trouvait presque sympathique, tant elle semblait mal à l'aise à sa propre soirée. Il imaginait qu'elle devait être amusante lorsqu'elle était invitée chez quelqu'un d'autre et que le repas était suivi d'une soirée musicale. Il n'arrivait pas à oublier cette grande bouche rouge – et ces chaussures à claquettes tapies sous la table. Les mots : *Pourquoi ne nous chanteriez-vous pas quelque chose ?* lui vinrent à l'esprit – mais il ne pouvait se résoudre à les prononcer. *Et si elle allait s'exécuter...?*

Une fois que le potage, la salade et le plat principal eurent été consommés, Michael O'Flaherty se leva pour porter un toast à Nicholas Fagan, en voulant l'appeler : *Ce chantre de la littérature !* Mais, pour une raison quelconque – alcool ou nervosité – ce qui sortit fut : *Ce cancre de la littérature !* Fagan – enfin – put laisser libre cours à son envie de rire.

Marlow avait remarqué auparavant qu'une étrange bibliothèque se trouvait dans une des petites pièces qu'il avait traversée. Elle était lambrissée de chêne clair et les livres étaient tous reliés dans le même cuir vert. Quand il sortit *Moby Dick*, il s'aperçut que la reliure de cuir contenait une version du roman en livre de poche. *Condensé*, lut-il, et il remit le livre à sa place.

Uniquement dans le but de confirmer ses soupçons, il prit *Le Portrait de Dorian Gray*, *Frankenstein*, *Gatsby le Magnifique* – et vit que ceux-là aussi étaient des versions en livre de poche, mais *in extenso*. Il sourit. Il se demanda si un seul de ces livres avait été lu. Par Catherine peut-être, mais il doutait que Michael O'Flaherty ou sa femme l'eussent fait. Les reliures de cuir vert, cependant, étaient à la fois belles à regarder et agréables à tenir dans les mains. Mieux valait de tels livres que rien du tout.

Marlow était assis avec un groupe d'invités si différents qu'on était en droit de se demander ce qui les réunissait. Il ne pouvait s'empêcher de penser que la célébrité rassemble les gens les plus bizarres. Et la chose la plus étrange était bien cette curiosité universelle qui les avait tous amenés ici. La raison pour laquelle Fagan était célèbre n'avait absolument aucune importance. Il suffisait qu'il fût célèbre. Marlow pensa : *Est-ce qu'il est important que Patti O'Flaherty n'ait pas lu de livres ? Est-ce qu'il est important que Michael O'Flaherty n'en ait pas lu ? Nous n'avons tous qu'une vie, et nous devons trouver chacun notre façon de survivre. N'importe quel livre vous le dira, simplement en se mettant à décrire la condition humaine. Pourquoi donc devrait-on lire des livres, s'ils ne peuvent rien nous dire de plus que ce que nous glanons en regardant vivre un de nos voisins ?*

Les livres n'étaient que des objets culturels fabriqués par l'homme et, si on les trouvait dans une chambre forte dans mille ans, on ne pourrait probablement pas les déchiffrer. D'ici là, le code aurait été perdu – enfermé dans le mécanisme d'un quelconque appareil qui aurait rouillé et ne fonctionnerait plus. La technologie actuelle ne s'en tirerait pas mieux que les livres dans ces temps à venir. Qu'avait-on dit déjà à propos des *Disquettes de la mer Morte* ? Qu'elles seraient découvertes dans une grotte par des descendants de notre société informatique – par des gens qui n'auraient aucun moyen de retrouver l'information qui y serait consignée parce que les moyens pour la comprendre seraient enfermés à l'intérieur des disquettes elles-mêmes. *Les Disquettes de la mer Morte* serviraient alors à faire des ricochets – tournoyant au-dessus des eaux, où elles flotteraient dans un moment de gloire, avant de sombrer à jamais, hors de vue. Comme les livres l'auraient déjà fait.

Marlow regarda les autres convives – ses hôtes – la pièce en général. *Nous sommes perdus,* pensait-il, *parce que nous savourons avec trop d'ardeur la clarté de l'instant, au moment même où elle se reflète sur nous.*

Il n'aimait pas être là. Il s'y sentait mal à l'aise au possible – et il savait qu'une partie du malaise découlait du fait qu'il était snob, élitiste et qu'il croyait, malgré lui, à cette idée dangereuse, celui de la supériorité de certains individus.

Il se demandait ce qui l'avait amené à avoir une si mauvaise opinion des gens qui avaient trouvé une façon, tout comme les deux O'Flaherty et beaucoup de leurs invités, de vivre sans le soutien des livres. De vivre, comme ils le faisaient, sans le soutien de la culture. Qu'est-ce que Fagan pouvait bien représenter pour ces gens-là – et pourquoi se trouvait-il à leur table?

Il ne savait trop que penser.

Le vent s'était levé derrière les fenêtres. Marlow l'entendait courir dans les arbres. Un serveur vint lui verser du vin. Rouge. À une autre table, quelqu'un rejeta la tête en arrière et se mit à rire. On servait un dessert. Les bougies vacillaient. Une femme portant des bijoux de fantaisie secouait ses bracelets comme pour marquer le rythme. Mais il n'y avait pas de musique. Seulement des voix. Patti O'Flaherty prononça son nom.

« Dr Marlow? »

Il la regarda d'un air surpris.

« Vous êtes toujours avec nous? » dit-elle.

Marlow sourit du mieux qu'il put.

« Oui, Madame, fit-il. Me voilà.

– Vous étiez bien loin, *à des années-lumière!*

– Oui, dit Marlow. Veuillez m'excuser. »

D'un coup, la chaleur dans la pièce devint insupportable.

« Écoutez le vent, dit Fabiana.

– Oui, dit Fagan. Un orage. Juste ce dont nous avions besoin. »

Six mois plus tard, dans la revue *Harper's,* parut une des « histoires » de Nicholas Fagan : *une fable.* Quand Marlow la lut, il comprit qu'elle s'inspirait de la visite de Fagan en Amérique du Nord et, très probablement, de la conversation à la table des O'Flaherty. Fagan avait l'habitude d'être célébré – mais il n'avait pas l'habitude que ce soit fait hors contexte. L'univers merveilleux de la littérature dans lequel il avait toujours évolué déclarait faillite et s'effondrait autour de lui. Fagan savait que, durant les années qui suivraient sa disparition, il tomberait dans l'oubli aussi sûrement que ce pour quoi il avait vécu serait passé sous silence. L'échec du contexte aurait remporté la victoire.

Mais, à la différence de Marlow, Fagan n'avait pas recours au pessimisme. Il avait plutôt recours à l'effet stabilisateur de sa colère. Il rendait les coups. Il avait ajusté son tir, de ses yeux affaiblis, et fait feu sur l'orgueil humain et l'ignorance bornée – non en tirant une rafale de coups mais avec une seule balle. Voici :

L'Assassinat de Jean-Paul Sartre

À la fin du siècle, tout le monde pensait que Jean-Paul Sartre était mort dans son lit d'une crise cardiaque. Cela, il se trouve que je le sais, n'est pas du tout le cas et je vais vous raconter ce qui est véritablement arrivé.

Cette histoire se passe dans une maison de Dublin – une belle demeure du XVIIIe siècle qui avait été louée par une société cinématographique. Celle-ci avait l'intention de filmer les intérieurs pour un documentaire sur Sigmund Freud. On avait demandé à Jean-Paul Sartre d'en écrire le scénario.

À cette occasion, un dîner fut donné en l'honneur de Sartre et de sa compagne, Simone de Beauvoir. Après avoir rédigé le scénario, Sartre s'apprêtait à retourner à Paris. En raison de ma fonction à l'université, on me demanda d'assister à cet événement.

En temps normal, on aurait bien sûr fait asseoir Sartre et Simone de Beauvoir aux deux extrémités de la table, de façon que le plus d'invités possible profitent de leur présence. Mais, étant donné la cécité presque totale de Sartre, Simone de Beauvoir avait demandé qu'on ne les sépare pas. C'est ainsi qu'ils étaient assis côte à côte. Parmi les autres convives, il y avait, à part moi, John Huston, metteur en scène de *Freud : le documentaire*, le doyen de la cathédrale St Patrick de Dublin, l'éditeur du *Irish Times* et son épouse, un acteur, un psychiatre et un travesti célèbre. En tout, nous étions dix.

Avant de servir le plat principal, on fit une pause en

l'honneur de l'attachement de Sartre à la cigarette. Simone de Beauvoir et lui allumèrent leurs *gauloises* – la fumée bleue s'élevant au milieu des assiettes de poissons qui disparaissaient, et l'irruption de bras de serveurs.

Trois hommes en veste blanche avaient été assignés à chacune des tables et l'un d'eux s'occupait uniquement du service du vin. Le sommelier à la table Sartre/de Beauvoir était plus que nerveux – peut-être parce que Sartre y était assis – ou peut-être parce qu'il semblait, à la différence des autres serveurs, exécuter un rôle auquel il n'était pas habitué. Ses mouvements étaient rapides et étudiés, un peu trop précis, trop saccadés – comme s'il les avait répétés. Les bouteilles qu'il servait et les serviettes qui les entouraient ressemblaient plus à des accessoires qu'aux outils habituels de sa profession. Se pouvait-il qu'il fût acteur ?

Les cendres de la cigarette de Sartre étaient éparpillées partout à l'entour du cendrier placé près de lui, sauf à l'intérieur. Il y en avait qui lui dégringolaient dessus, tant et si bien qu'on aurait pu croire qu'il allait prendre feu. Durant ce temps-là, il exposait ses vues – sur le thème de l'*existence*. Il le faisait dans le but de distraire ses voisins – admettant de bonne grâce que si l'on avait invité Sartre, ce n'était pas pour rien.

Comme on en était au premier service du vin rouge, Sartre disait qu'après bien des années, il s'était enfin libéré de l'oppression causée par la conscience qu'il avait des autres. Et, en particulier, de la conscience que les autres avaient de lui en tant qu'*objet*. Sa cécité avait été le catalyseur de cette liberté toute nouvelle – *ma cécité bénie, ma cécité chérie*, l'appelait-il. *Je ne vois rien à présent que ce que je veux voir. Que ce soit là ou non n'a pas d'importance.*

Le bras du serveur s'interposa. Le col de la bouteille toucha le bord du verre de Sartre. Le bruit du vin dans le verre était amorti.

« Nous nous prêtons attention les uns les autres suivant la fonction que nous exécutons dans nos vies respectives », dit Sartre, au moment où on le servait. « Je veux du vin – j'appelle le sommelier. Le sommelier, d'abord, n'est pas du tout visible. J'appelle encore. Je le fais apparaître – selon mes besoins. *Pouf!* Le voilà – et mon verre se remplit. Et une fois que mon verre est plein, eh bien ! – *pouf!* – il disparaît. Le sommelier n'existe plus. Il a, voyez-vous, l'obligation – de mon point de vue – d'exister uniquement en fonction du besoin que j'ai de ses services. Cette obligation ne diffère en rien de l'obligation qui nous est imposée à tous. Quand vous, braves gens, voulez Sartre, eh bien ! – *pouf!* – me voilà. Notre état repose entièrement sur le protocole. La danse que nous exécutons dépend de la musique. Il y a la danse de l'épicier, la danse du tailleur, la danse du serveur – et la danse de Sartre... »

Simone de Beauvoir lui ôta des doigts son mégot de cigarette et le posa pour lui dans le cendrier.

Sartre cligna des yeux et but du vin. Il sembla, d'un coup, être fatigué. Le verre à ses lèvres tremblait et il dut le reposer. Relevant la tête, il fit un geste circulaire de la main, qui englobait tous les autres invités assis à table.

« Ce n'est que par vous que Jean-Paul Sartre existe, dit-il. Parce que vous me voyez, je suis là. »

Ces mots furent suivis d'applaudissements, comme si le maître avait exécuté un tour de prestidigitation.

Le célèbre acteur n'était pas impressionné. Il se redressa sur sa chaise et appuya ses deux mains sur la table.

« Mais, *maître,* vous êtes aveugle, dit-il. Et si vous ne pouvez me voir – alors qui suis-je ?

– Non, dit Sartre. Vous n'avez pas saisi. Ce n'est pas *qui* êtes-vous ? – mais *êtes*-vous ? »

Quelqu'un rit.

Sartre sourit, laissant paraître ses dents jaunes.

« Nous y voilà, dit-il. Vous venez de recevoir votre existence par l'intermédiaire de ce rire.»

Comme on en était au plat principal – du faisan – la conversation partit dans d'autres directions – films, théâtre et livres – et Sartre, comme un cheveu sur la soupe, déclara : «Je suis depuis longtemps fasciné par le thème de la *pornographie* – et j'aimerais entendre votre opinion à ce sujet. Alors, dit-il, qui commence?

– Moi», dit l'acteur célèbre.

Mais il n'alla pas plus loin. D'un coup, du front de Jean-Paul Sartre fusa un jet de sang.

«Hein?» fit une voix.

Sartre se tourna, ébahi, sur sa gauche – vers Simone de Beauvoir. Elle le regardait, ahurie, et tendit la main, comme si elle voulait mettre un écran entre elle et ce qu'elle voyait.

Sartre, qui gardait les yeux tournés dans sa direction, se battait maintenant avec ses lunettes, pensant qu'elles étaient d'une façon ou d'une autre maculées des mêmes ténèbres que celles qui commençaient à l'envelopper.

Simone de Beauvoir tendit les bras vers lui – mais il s'affaissait – tombant sous la table – glissant de sa chaise et entraînant la nappe avec ses mains crispées. Déjà mort, il disparaissait...

Il y eut un silence.

Ce n'est que là que j'entendis le coup partir – un bruit si fort que je fermai les yeux et me mis les mains sur les oreilles avant de me rendre compte que je le faisais.

Quand je regardai de nouveau la place de Jean-Paul Sartre, elle était vide et Simone de Beauvoir tombait à genoux. Une seule silhouette humaine bougeait dans toute la pièce.

C'était celui qui, jusqu'à présent, s'était occupé du service du vin. Il passa derrière moi puis alla de l'autre côté de la table. Il resta un instant à regarder les silhouettes à terre. Puis il tira – et tira de nouveau. Et encore – jusqu'à ce qu'il fût bien certain qu'ils étaient morts tous les deux. Le carnage était fini.

Mes yeux étaient fixés sur le vide devant la chaise de Sartre. Son verre de vin, entraîné par la nappe à laquelle était encore agrippée sa main morte, était en équilibre juste au bord de la table. Vidé par Sartre quelques secondes auparavant seulement – il était à présent plein de sang – et quelqu'un, enfin, avait commencé de crier...

Telle est ma fable.
Elle finit là.
Qu'est-ce que je vous ai dit ?
Comment un homme et son amante peuvent mourir d'un cauchemar dans leur lit ?
Non.
Je vous ai dit ce qui est arrivé, en vrai, à Jean-Paul Sartre et à Simone de Beauvoir. Je vous ai dit cette vérité sans doute de la même façon que je vous aurais raconté comment, un jour, un homme qui tenait une boîte d'allumettes est entré dans la cathédrale de Chartres et l'a entièrement détruite en y mettant le feu. Ou comment, au milieu de sa vie, un homme qui s'appelait Michel-Ange s'est arraché les yeux, pour les punir de ce qu'ils avaient vus. Je vous ai raconté le danger qu'il y a à ne pas prêter attention – et les conséquences barbares de l'ignorance.

Marlow, qui avait lu jusqu'à minuit, laissa tomber la revue à côté du lit et éteignit la lampe. Il se mit sur le ventre et étreignit ses coussins. *Dormir.*

Mais il ne dormit pas. Il pensait aux paroles de Fagan et il pensait aux ténèbres. Des jumeaux. Les ténèbres dans lesquelles il se trouvait et celles que Fagan décrivait – les ténèbres dans lesquelles se meuvent les assassins et où les incendiaires fournissent la seule lumière.

Au-delà des fenêtres, le ciel jaunâtre signalait l'endroit où les Escadrons M s'étaient activés. Marlow ferma les yeux – puis les rouvrit. À quoi bon faire comme si le sommeil allait venir ?

Il essaya d'imaginer l'incendie qui avait dévasté la cathédrale de Chartres, et un monde que n'avait pas vu Michel-Ange – un monde où la spéculation intellectuelle et la détermination féminine étaient balayées par des rafales de mitraillette. Il empirait, ce monde imaginaire, et c'est pour cela que Fagan pressait ses lecteurs de voir au-delà des exemples qu'il donnait, jusqu'aux aspirations humaines qui s'achevaient en feu de joie et au vide d'où l'art était exclu. Il les pressait de rappeler toutes les philosophies de la fosse commune où elles avaient été enterrées. Et pourtant...

Il nous dit aussi où nous en sommes. Il nous dit : *Tout ce que nous avons est ceci. Moins de lumière. Plus de ténèbres.*

Marlow se tourna sur le côté, pour ne plus voir ce qu'il y avait de l'autre côté de la fenêtre.

La sturnucémie et le sida n'étaient pas les seuls fléaux. La civilisation, malade, était elle-même devenue un fléau. Et on pouvait en suivre la trajectoire, dans le monde de Marlow, en retraçant l'évolution de la dépression nerveuse. L'institut Parkin n'était pas le seul à être surpeuplé, surchargé, surmené. Le nombre de dossiers, partout, avait de quoi inquiéter. Rêves brisés, esprits en ruine. Telle était la race humaine.

Marlow regardait le plafond, éclairé par des rais de lumière jaune à peine perceptibles. On entendait des cris au-dehors, dans le noir. Des chats, des chiens, des Lunistes.

Non.

Il y eut un long cri que Marlow ne put identifier – là-bas, dehors, loin de lui – mais également en lui. Il finit par fermer les yeux. Les ténèbres de son esprit étaient préférables à ce qu'il voyait par les fenêtres. Au moins, dans sa tête, il n'y avait personne pour inventer de nouvelles méthodes d'extermination des oiseaux. Dans sa tête, les vivants avaient le droit de vivre. Il entraperçut aussi la cathédrale de Chartres toujours dressée et Michel-Ange incliné en avant, l'extrémité de son pinceau sur la main de Dieu. Et juste avant de sombrer dans le sommeil, il vit un petit homme tout rond dans un costume fripé, assis bien droit et souriant à la femme à son côté, qui tendait le bras pour épousseter les cendres tombées sur le revers de sa veste.

Ce n'est pas encore la fin, fut la dernière pensée de Marlow avant qu'il ne s'endormît. Ce n'est pas fini. Pas encore.

CHAPITRE VII

Il y a dans la parole énoncée un pouvoir mys-
térieux... Et un seul mot porte si loin – très loin –
sème la destruction à travers le temps tout comme
les balles de fusil volent à travers l'espace.

JOSEPH CONRAD
Lord Jim

1

Toute la matinée, Bella Orenstein avait entendu Austin Purvis parler tout seul dans son bureau, derrière la porte fermée. Elle était certaine qu'il se parlait à lui-même parce qu'elle n'avait vu entrer aucun de ses patients. Et Marlow lui ayant dit qu'il ne serait pas là pour la journée, elle savait qu'il ne pouvait qu'être seul.

Il était également peu probable qu'Austin fût en train de dicter des notes au magnétophone, car, dans ce cas-là, d'ordinaire, sa voix devenait plate et monotone. La voix que Bella avait entendue tout le matin était plutôt querelleuse et exprimait même une mise en garde. L'homme semblait se fustiger pour quelque chose qu'il aurait commis. Un oubli, peut-être, ou un échec. Bella entendit les mots : *J'aurais dû arrêter ça...*

Quoi ?

Est-ce qu'un des patients s'était fait mal ? Ou était mort ? Ou avait échappé aux infirmiers – ou aux gardiens ? Si c'était le cas, Bella en aurait tout de même été informée. Une évasion s'accompagnait toujours de sonneries d'alarme et un décès de coups de téléphone immédiats aux personnes concernées.

Son interphone sonna.

Elle toussota de surprise. Elle n'avait pas réalisé à quel point elle était tendue.

« Oui, Dr Purvis ?

– Est-ce qu'il y a quelqu'un avec vous, Mme O. ? » La voix du docteur était rauque, comme s'il venait de prononcer un discours – ce qui, d'une certaine façon, était le cas.

« Non, Dr Purvis. Est-ce que vous attendez quelqu'un ? Il n'y a personne à mon agenda jusqu'à demain.

– Où est le Dr Marlow ?

– Il travaille chez lui aujourd'hui et aussi demain, Dr Purvis.

– Quelle heure est-il maintenant ?

– Onze heures quarante-cinq.

– Allez déjeuner, Mme Orenstein.» Ces mots étaient dits sur un ton qui n'admettait pas de réplique, ce qui n'était pas la manière du Dr Purvis.
«Je n'ai pas faim, Dr Purvis.
– ALLEZ DÉJEUNER, BELLA!
– Oui, Docteur.» Elle marqua un temps d'arrêt, puis appuya sur le bouton et se remit à parler.
«Est-ce que tout va bien, Dr Purvis?
– Très bien. En fait, puisque Marlow ne va pas être là», le ton de sa voix s'était radouci – à peine, «pourquoi ne prenez-vous pas le reste de la journée?
– Mais, Dr Purvis...»
La voix se fit dure de nouveau. «Au revoir, Mme Orenstein.
– Oui, Dr Purvis. Très bien.» Elle l'entendit raccrocher. «Je vous verrai demain matin.»

Bella sortit son sac à main du tiroir inférieur, qui était sa place habituelle, et traversa la pièce pour se rendre là où elle cachait son manteau, dans la penderie. Lorsqu'elle en ouvrait la porte, elle s'attendait toujours à ce que quelqu'un en sorte. Ça ne s'était jamais produit, mais dans un endroit pareil, il valait mieux être prudente.

Les couloirs allaient fourmiller d'étudiants et d'internes, d'élèves infirmières, de travailleurs sociaux, de médecins – ce qui la déroutait toujours. Il y avait quelque chose chez les jeunes que Bella, même lorsqu'elle était jeune elle-même, n'avait jamais pu supporter. La puissance de leur énergie collective lui avait toujours paru, pour une raison quelconque, intimidante. C'est pour cela qu'elle avait dit : *Je n'ai pas faim, Dr Purvis.* Elle préférait attendre et quitter l'édifice lorsque les étudiants et les internes avaient tous les fesses bien calées sur les chaises de la cafétéria du Souterrain n° 2. Alors, invisible dans son manteau qui passait lui-même inaperçu, elle allait à travers les halls de marbre, sur ses semelles de caoutchouc, prenait seule le premier ascenseur libre, passait dans le foyer, en descendait les marches, poussait la porte d'entrée principale, continuait sous la passerelle et accélérait le pas dans l'allée débouchant dans College Street, là où prédominait la raison.

Elle accomplit tous ces gestes, ce jour-là, coiffée de sa cloche de paille et vêtue de son imperméable informe – enjambant les moineaux du caniveau et détournant la tête pour ne pas voir les cadavres de pigeons balayés en tas compacts dans les Zones de déchets, délimitées par le cordon jaune. Maintenant que l'été s'annonçait pour de bon, les rues s'étaient transformées en tombeaux béants – c'est du moins ce qu'il semblait – qu'il fallait traverser avec précaution pour ne pas mettre le pied sur un cadavre. Les jours comme celui-ci, quand les Escadrons M avaient été à l'œuvre la nuit précédente et que les oiseaux qui n'avaient pu s'enfuir gisaient par dizaines sur les trottoirs, le bar-grill Motley de Spadina Avenue semblait à des milliers de kilomètres.

Il a crié après moi, se disait-elle entre ses larmes. *Mais qu'est-ce donc qui ne va pas? Mais pourquoi, pourquoi ne me laisse-t-il pas l'aider? Je l'aime...*

Il y avait un pigeon qui battait de l'aile à ses pieds. Sans même y penser, Bella se pencha pour le prendre et le mettre sur le côté. Quand elle le souleva, il serra très fort ses ailes contre lui – et mourut, avec un spasme, dans sa main.

Un passant la regarda et lui dit : « Ça va pas, ma p'tite dame. » Le virus de la sturnucémie devait fourmiller dans chaque plume.

Bella déposa le cadavre du pigeon avec ses congénères dans la Zone de déchets. Une fois chez Motley, après avoir commandé le premier de ses doubles martinis, elle alla aux toilettes se passer les mains sous l'eau la plus chaude qu'elle pouvait endurer. Elle les laissa un quart d'heure puis revint à sa table, où elle se mit en demeure de se soûler comme elle ne l'avait jamais fait depuis son veuvage dix ans auparavant. Est-ce que c'était tout ce que le fait d'être libérée de l'amour lui offrait – des pigeons morts, des martinis et une table à la fenêtre?

Oh, Dr Purvis, ne me laissez pas comme ça ici, pensa-t-elle. *Je ne peux pas le supporter.*

Dieu merci, ce n'était pas un jour où Oona Kilbride se

joindrait à elle pour le déjeuner. Quand Bella buvait trop, Oona avait tendance à devenir autoritaire et à lui faire la morale. Non qu'elle se consacrât aveuglément à lui faire la morale – mais elle y était assez bonne. Bella but une autre gorgée de son énième verre. *Personne*, se dit-elle, *ne devrait se consacrer aveuglément à quoi que ce soit. Sauf à Austin Purvis*, naturellement. Ainsi qu'aux doubles martinis.

2

À midi, Austin avait téléphoné à Marlow en lui disant : « Viens tout de suite. J'ai besoin de toi.

– Je ne peux pas venir tout de suite, avait répondu Marlow. Il faut que je termine cet article. L'imprimeur le veut pour demain soir.

– Ne me raccroche pas au nez. » Comme si Marlow allait faire une chose pareille. « Écoute, dit Austin. J'ai fait quelque chose de terrible et j'ai des ennuis. »

Marlow pensa qu'il valait mieux jouer son rôle sur le ton de la plaisanterie – ne pas laisser Austin devenir trop sérieux. Il dit en riant : « Tu as triché aux cartes et tu t'es fait prendre ?

– Ne te moque pas de moi, Charlie, dit Austin. Je suis tout ce qu'il y a de plus sérieux en ce moment.

– Bon, dit Marlow. Qu'est-ce que tu as fait qui est si terrible que ça ? »

Il y eut une pause. Quand Austin parla de nouveau, il le fit à voix basse. « Je ne peux pas en discuter au téléphone, Charlie. Viens, je t'en prie. »

Mais Marlow ne pouvait laisser tomber son article. Un imprimeur est un imprimeur. Capable de vous tuer si vous ratez une échéance. Marlow en avait une. Il dit qu'il viendrait dès que possible.

Il se trouvait à présent dans le couloir du dix-huitième étage du Parkin. Il était juste passé une heure trente. Une douzaine d'étudiants en aide sociale avançaient, traînant les pieds, dans sa direction, vers les ascenseurs. Aucun d'eux ne parlait. Quelque chose les avait réduits au silence – peut-être la première rencontre avec les Fous-en-phase-terminale, un groupe d'acteurs professionnels engagés une fois par semaine pour harceler les étudiants et les pousser dans leurs derniers retranchements. Au premier semestre, les étudiants avaient été mentalement torturés par un autre groupe, les Fortes-têtes.

Marlow n'avait pas rencontré les Fortes-têtes. Ils étaient venus au Parkin avant qu'il ne commence à y travailler. Mais il avait assisté à une des séances mettant en jeu les Fous-en-phase-terminale. Trois jeunes hommes et trois jeunes femmes, vraisemblablement des acteurs, s'étaient enfermés dans une salle de cours avec une douzaine de futurs travailleurs sociaux et les avaient défiés, harcelés, malmenés – sans qu'il en résulte toutefois la moindre blessure. Le but de l'exercice était de défier, à chaque tournant, l'autorité des étudiants – de les «rendre fous» en faisant des réponses de fous aux tours qu'ils avaient dans leur sac de travailleur social.

Marlow avait été impressionné par le groupe – mais heureux de ne pas avoir eu à passer entre les mains des Fous-en-phase-terminale à l'époque où il faisait ses études. Leur technique, si abrasive fût-elle, était ingénieuse. Surtout, songea-t-il, parce qu'ils semblaient comprendre la logique de la folie selon des modes que les travailleurs sociaux n'avaient pas encore abordés. Ces derniers ne devaient pas croire à l'imagination. Elle était leur ennemie. Elle empestait l'anarchie. Mais c'était autour de la logique de la folie que s'articulait la technique qu'utilisait Marlow avec ses patients. Ne jamais chercher à les ramener vers la réalité pour le seul amour de la réalité, mais uniquement pour la place que celle-ci occupait dans la logique du fou. C'était l'opinion de Marlow – partagée en grande partie par Austin – que dans la psychiatrie moderne, on insistait beaucoup trop sur le confort de la réalité pour calmer la folie – ignorant presque entièrement la peur qu'inspirait au fou cette réalité même. Les drogues jouaient ainsi un rôle bien trop important dans la vie de trop de patients. Il était possible de créer des drogues au pouvoir absolu – c'est pourquoi elles avaient leurs défenseurs, comme Kurtz et le Dr Shelley.

C'est un peu de cela que traitait l'article que Marlow venait juste d'écrire, et maintenant qu'il l'avait fini, en dépit d'Austin et de ses ennuis, il se sentait le cœur léger et content de lui. Derrière l'édifice, le soleil brillait, après une ondée bienfaisante. Marlow avançait sur les dalles de marbre en exécutant des pas de danse. Un air jouait dans sa tête. Un air qui n'avait pas de titre et dont le compositeur n'était autre que Marlow lui-même – un air pour violoncelle qui se mettait à chanter dans sa tête chaque fois qu'il partait à la dérive. Il ne voulait pas penser, en cet instant précis. Il ne voulait pas savoir pourquoi il se trouvait là. Le problème d'Austin était visiblement arrivé à un point critique, mais Marlow n'avait aucune envie de tenter d'en imaginer la cause.

À présent, à quelques mètres de lui, il voyait l'embrasure de la porte des bureaux Purvis/Marlow qui lui faisait signe en lançant un bras de lumière dans sa direction. Toutes les autres portes devant lesquelles il passait étaient fermées.

Où était Bella? Pas revenue de déjeuner. Son manteau n'était pas là.

Marlow appela: « Austin? »

Il n'y eut pas de réponse.

« Est-ce que tu vas me laisser entrer? C'est Charlie. »

Toujours pas de réponse.

« Austin, je t'en prie. Cesse de me faire marcher. »

Au bout d'un moment, la clé tourna dans la serrure et la porte s'ouvrit.

Austin Purvis se tenait debout, sans chemise. Ses bretelles pendaient de ses hanches, le faisant paraître encore plus grand et accentuant la tendance qu'il avait à se priver de nourriture. Dans la blancheur de son tricot de corps, il ressemblait à une photographie décolorée.

« Entre », dit-il. Mais ce fut tout.

Il avait un automatique dans la main. Un Smith and Wesson. Marlow le regarda en poussant un profond soupir. Il s'était déjà trouvé en présence de revolvers, mais jamais d'un revolver brandi par un ami.

« Je vois ! dit-il. C'est bon. On peut parler ? »

La porte se transforma de nouveau en barricade. Clé tournée et verrou poussé. Tous les stores étaient baissés et il y avait peu de lumière dans la pièce. De pâles rais de poussière striaient toutes les surfaces. Comme Austin s'asseyait à son bureau, la clarté vacillante fragmentait la vision que Marlow avait de son ami. L'effet produit n'était pas sans rappeler celui d'un stroboscope.

Marlow se frotta les yeux avec son mouchoir. Il le fit en partie pour les débarrasser de poussières – mais surtout pour gagner du temps. Il voulait se faire une idée nette de ce qu'il voyait. Le mot de *vandalisme* fut le premier qui lui vint à l'esprit. Un maraudeur avait dû entrer et retourner tous les classeurs. Pas seulement par terre, mais sur le siège de chaque fauteuil et sur tout le dessus du bureau. Des livres et des papiers jonchaient le tapis. Seule une table d'appoint amenée au centre de la pièce semblait relativement en ordre. S'y trouvaient entassés au moins une douzaine de dossiers dont le contenu était encore rangé à l'intérieur. Par-dessus, comme pour les mettre encore plus à part, Austin avait posé sa chemise soigneusement pliée – bleu cobalt à rayures blanches. Marlow toussa. Il jeta un coup d'œil rapide sur les mains d'Austin. Il voulait savoir ce qu'il était advenu du Smith and Wesson. Il le vit posé sur le bureau, ramassant déjà la poussière. En dessous, se trouvait un carnet avec une reliure de cuir, un carnet que Marlow reconnut comme celui qui ne quittait jamais Austin. Le bruit courait même – venant de Bella Orenstein – qu'il l'emportait aux toilettes, de peur que d'autres yeux que les siens ne le lisent. À présent, il était posé là sous la protection d'un revolver chargé.

Que le revolver fut chargé, Marlow n'en doutait pas un instant. Tout, pouvait-on dire, dans la personne d'Austin Purvis était chargé. Il avait un esprit prêt à voler en éclats, une imagination débordante et tout un arsenal de mesures pour se maîtriser. Même le côté aimable de sa personne, qui disait aimer le crépuscule, était tenu en place grâce à un effort quotidien de volonté. Marlow pensait à son ami comme à quelqu'un qui se serait lui-même tenu en laisse. Une laisse élégante mais courte. Ainsi, quand le Dr Shelley lui avait cassé le nez avec son bloc-notes, Austin n'avait pas rendu le coup. Non qu'il eût peur d'elle – et sûrement pas parce qu'il était un gentleman. Il n'avait pas rendu le coup simplement parce qu'il avait cru en partie à l'intégrité de la colère du Dr Shelley. Elle avait le droit d'être en colère. Mais si elle ne pouvait la dominer, ce n'était pas son problème à lui – c'était le sien à elle. Pour lui-même, Austin ne croyait pas à la violence physique. Les muscles de ses avant-bras et de ses épaules en témoignaient ; il les avait acquis à force de se retenir.

Marlow regarda la pièce dévastée, retira ses gants et dit à Austin : « Qui a fait ça ? Un de tes patients ?

– Non. » Austin remonta la ceinture de son pantalon comme s'il avait peur de le perdre. Il regardait Marlow directement, le visage inerte et sans cligner des yeux. Mais *non* fut le seul mot qu'il prononça.

Marlow hocha la tête, devinant déjà la réponse à sa question. Austin avait craqué et mis lui-même la pièce à sac. C'était bien clair. À présent, Marlow voyait qu'il avait les mains tachées de sang. Sur l'une, la droite, il s'était fait une entaille qui allait du pouce à la paume, et plusieurs de ses ongles étaient arrachés.

« Tu as dit au téléphone que tu avais des ennuis. Est-ce que tu parlais de ça ? » Marlow désigna les livres et papiers éparpillés pêle-mêle sur le sol.

Austin dit : « Non », comme si c'était le seul mot qu'il connût. Marlow comprit que son ami était, jusqu'à un certain point, en état de choc. Cela expliquait le regard vitreux, qui faisait presque peur. Austin ne quittait pas Marlow des yeux.

« Tu disais aussi que tu voulais parler… » Marlow laissa la phrase en suspens. Il détourna les yeux et fit un pas dans la pièce.

Austin ne répondait pas.

Marlow regarda par terre près de ses pieds. Il y avait là une photographie de format 20 cm sur 25, au fini glacé, étincelant. «Qu'est-ce que c'est que ça?» dit-il, et il se baissa pour la ramasser. Il entendit Austin soupirer et s'asseoir derrière lui.

Marlow regarda ce qu'il avait entre les mains. Il n'avait jamais vu semblable photo auparavant, bien qu'il sût que ces choses-là existaient. Elle montrait un garçon nu – quatorze ans, peut-être, ou moins. Il était mort. Quelqu'un l'avait tué.

Le mot « snuff » lui vint à l'esprit.

Que dire alors?

Enfin.

« Est-ce qu'un de tes patients est responsable de la mort de ce garçon? » Marlow savait qu'Austin avait traité, durant sa carrière, des psychopathes de tout genre. Mais Austin ne répondit pas.

Marlow se retourna et vit que la main ensanglantée de son ami était posée près du revolver, les doigts étalés sur le bureau, comme si Austin se demandait ce qu'il devait faire avec.

« Austin », dit Marlow – d'un calme absolu, chuchotant presque – « dis-moi pourquoi je suis ici », l'adolescent mort pendant entre ses doigts.

Austin se pencha en avant – souleva ses mains et s'en servit pour s'éloigner, toujours assis, du bureau. Il ouvrit un tiroir et en sortit une bouteille de cognac, encore intacte. Après avoir retiré le bouchon, il remplit une tasse qui se trouvait au milieu des papiers éparpillés devant lui. Il but sans faire de commentaires et poussa la bouteille en direction de Marlow. « Je te demande de ne pas parler, dit-il. Laisse-moi le faire. »

Marlow tira un fauteuil de cuir à dossier droit vers le bureau, quitta son imperméable, enleva du siège le fatras de livres et de papiers qui s'y trouvait, s'assit et alluma une cigarette. En regardant par terre, il vit la cravate qu'Austin avait ôtée en la passant par-dessus sa tête – encore nouée et semblable à une corde de pendu.

Il attendit.

La cigarette avait un goût amer.

Il but un peu de cognac – deux lampées rapides à même la bouteille. Puis il la reposa sur le bureau. Austin fixait la photographie que Marlow avait posée devant lui.

«Ce garçon, là», dit-il d'une voix catégorique, cassante, «il est mort... Je ne sais pas. Il s'appelait George.»

Austin se leva. Son grand corps dégingandé s'inclinait légèrement vers l'avant lorsqu'il marchait. Ses bras étaient recouverts de poils noirs, drus – les mêmes poils noirs qui recouvraient la partie visible de sa poitrine sous son tricot de corps. Marlow pensa en le regardant : *Lui aussi a été un adolescent autrefois, comme le garçon de la photo. Aussi jeune – aussi innocent.* Austin ramassa le revolver et, passant sur les papiers qui couvraient le tapis, se dirigea vers la table où la chemise qu'il avait quittée protégeait la pile de dossiers.

«Là tu trouveras l'histoire de George», dit-il, faisant tomber la chemise et posant sa main ensanglantée sur les documents. «Ces dossiers – et mon carnet, là sur le bureau... Dans mon carnet, cherche Kurtz.

– Le Dr Kurtz? dit Marlow.

– Kurtz est partout, Charlie, dit Austin. Tu le trouveras partout.

– Est-ce que tu veux dire que c'est Kurtz qui a tué ce garçon?

– Non, Charlie. Non. Seulement que... qu'il est partout.»

Austin avait les yeux fixés sur sa main ensanglantée, mais quand Marlow se tourna pour le regarder, il se dirigea vers les fenêtres.

Dehors, derrière les stores, se trouvait ce qu'il avait une fois décrit à Bella comme les hauts lieux du savoir. Et la cime vert pâle des arbres. Le crépuscule commencerait à six heures. Austin imaginait le carillon sonnant l'heure.

Il était à présent deux heures quinze.

Austin toucha le cordon du store le plus proche, mais il résista à l'envie de le tirer. Il savait, d'une certaine manière, que ce qu'il pourrait voir là-dehors ne serait pas mieux que ce qu'il avait dans la tête. C'était comme la photo du cadavre de George. Il vient un temps où l'image de ce qu'on sait prend la place de la réalité. Il ne lèverait plus de stores; il ne regarderait plus depuis les fenêtres. Il se contenterait du crépuscule à claire-voie qui éclairait la pièce.

Il se retourna vers Marlow et il sembla un instant qu'il allait tomber. Il repoussa une mèche de son front moite et cligna des yeux.

« J'ai cinquante-deux ans, dit-il. Est-ce que ça se peut ?

– Oui », fit Marlow. Et il attendit.

« Je n'ai jamais rien tué de ma vie », dit Austin. Il fixait le revolver. Sa voix était atone et ses mots hachés – c'était la voix de quelqu'un épuisé par une longue ascension.

« Je sais », dit Marlow. Ils étaient allés ensemble à la pêche une fois et Austin avait remis à l'eau tous les poissons qu'il avait pris. Une rivière large et froide, avec beaucoup de courant.

Austin dit : « Celui qui a tué ce garçon – il est là dans ces dossiers sur la table. Je veux que tu les lises tous.

– Pourquoi ? dit Marlow. Et la police alors... ?

– Tu ne comprends pas, dit Austin. Je n'ai pas du tout appelé la police. Je... ne pouvais pas. Et maintenant, c'est à toi que je livre cet homme – et ces autres sur la table.

– Mais... pourquoi ? répétait Marlow. Qu'est-ce qui peut bien se passer ? »

Il essayait de conserver un ton jovial, espérant que cela ramènerait Austin des hauteurs qu'il avait manifestement escaladées.

« Si tu ne les emportes pas, Charlie, dit Austin, je ne réponds pas des conséquences. » Il fit trois pas vers la table et avança la main. Ses doigts effleurèrent la tranche des dossiers. Ce geste ressembla d'abord à un geste tendre. Plein de douceur. Dans sa tête il entendait les mots *sauver les enfants*. Quelque part, il le savait, il les avait écrits. Mais peu importait maintenant où ils se trouvaient – *Charlie les verra. SAUVER LES ENFANTS. Charlie s'en occupera. Charlie fera...*

Soudain, Austin leva la main et la serra, frappant du poing le dessus des dossiers. «Il faut que quelqu'un arrête tout ça! hurla-il. Toi, Charlie! *Je t'en supplie!*»

Puis il retira son poing et s'immobilisa, comme un enfant récalcitrant, un revolver à la main.

«Je n'ai personne vers qui me tourner, murmura-t-il, au bord des larmes. J'ai laissé tomber tous ces gens. Ce garçon. J'ai tellement honte. C'est pour ça qu'il faut que ce soit toi qui t'en occupes. Tu es fort, Charlie. Moi, je suis faible. Je me rends. Sans chercher à me battre.»

Marlow dit : «De quoi parles-tu, Austin? Je ne comprends pas ce que tu dis. Je ne sais pas de quoi tu parles.»

Austin dit : «Tout est là.» Les dossiers.

Pour Austin, l'affaire était close. Il traversa la pièce et retourna derrière son bureau. Il prit la tasse et but. L'inquiétude de Marlow grandit. Le revolver, bien sûr, en était la raison principale – mais le cognac également l'affolait. Austin n'était pas du genre à boire de l'alcool à pleines lampées. Il ne buvait pour ainsi dire jamais.

Les épaules d'Austin furent parcourues d'un tressaillement et il baissa un instant le menton sur sa poitrine. Puis il releva la tête. «Donne-moi une de tes cigarettes», dit-il. Il avait à présent la voix si rauque qu'il pouvait à peine parler.

Marlow ouvrit son paquet de Matinée et le tendit à Austin, dont les doigts semblèrent un instant paralysées. Il parvint à extraire une cigarette et la mit soigneusement entre ses lèvres, d'où elle pendit jusqu'à ce que Marlow se lève de son fauteuil pour l'allumer.

«Merci.»

Marlow fit un signe de la main et se rassit.

Austin enleva la cigarette de sa bouche et se tint là, vacillant sur ses jambes d'avant en arrière. Il voulait du calme. Il était très fatigué, horriblement fatigué. *Je suis fatigué, Charlie,* pensa-t-il. Mais il ne le dit pas. Il avait la peau si blanche qu'elle semblait ne jamais avoir vu le soleil. Il leva les yeux un instant dans la lumière poussiéreuse, contempla Marlow comme l'aurait fait un enfant – presque beau – et sourit. Il avait les larmes aux yeux.

« Je suis désolé, Charlie, dit-il. Je suis désolé de te faire ça. Mais tu es le seul qui puisse mettre fin à cette horreur. »

Il leva ensuite le Smith and Wesson vers son visage et tira.

Avant même de voir se lever le revolver, Marlow avait pensé que personne ne devrait se tuer un premier juin.

Austin n'avait pas plus tôt tiré que Marlow commença à s'affaisser sur le côté. Ce n'est pas son corps qui tomba, mais son esprit. Il chavira jusqu'au sol, laissant Marlow assis droit sur son siège, incapable de bouger. Incapable aussi de parler. Comment l'aurait-il pu ? Il n'y avait personne à qui parler. Austin était tombé les bras en l'air comme si ses mains avaient voulu saisir les éclats qui avaient volé de sa tête pour frapper le mur derrière lui. La première chose dont Marlow eut conscience fut le martèlement du tissu cérébral qui tombait en pluie sur le sol.

Il lui sembla impossible de faire le moindre mouvement. Ses mains étreignaient si fort les bras du fauteuil qu'il eut du mal à les desserrer. Son cœur et ses poumons étaient pris de convulsions. *Debout,* se disait-il. *Allez, debout.*

Il se demanda s'il allait partir ; aller vers la porte sans se retourner et traverser l'édifice jusqu'à atteindre la rue. Il voulait un endroit où il pourrait courir et la rue l'emmènerait jusque chez lui. *Lève-toi. Sauve-toi !*

Comme ses sens lui revenaient, un à un – il sut qu'il ne pouvait pas s'enfuir.

Il ne le pouvait pas. Il ne le voulait pas. L'affection et le respect qu'il avait pour Austin ne l'autorisaient pas à le laisser ainsi par terre, sans personne pour s'occuper de lui.

S'étant enfin levé, Marlow alla à l'autre extrémité du bureau et alluma une lampe. Austin n'en avait éclairé aucune, par égards pour son crépuscule bien-aimé.

Ne regarde pas en bas, se dit Marlow, comme il l'aurait dit s'il avait été tout en haut d'une montagne. Mais la vue, comme d'un sommet, était irrésistible. *Mon ami est tombé,* pensa-t-il.

Descends.

Se tenant au rebord de la table, Marlow s'accroupit près des bras d'Austin, tendus au-dessus de sa tête. Une de ses jambes était prise sous sa poitrine et l'autre s'était projetée en avant, repoussant le fauteuil de côté. Une mare de sang, plus noir que rouge, s'étalait depuis sa tête éclatée, mais l'attitude d'Austin sembla à Marlow – il ne savait pourquoi – affable et sereine. Le silence était si envahissant que Marlow nota que le tic-tac de sa montre n'était pas synchrone avec celui de la montre d'Austin.

Puis Marlow se leva et revint à la table avec la pile de dossiers. Il ramassa la chemise d'Austin là où celui-ci l'avait jetée par terre. Cobalt à fines rayures blanches. Il la porta – mais pourquoi donc? – à ses narines. C'était un geste animal – provoqué par une réaction atavique. La chemise sentait la menthe, l'eau de toilette et le tabac – les odeurs corporelles d'un homme obsédé par les plaisirs oraux. Marlow remarqua que tous les boutons manquaient sauf un. Celui du bas, qui pendait par un fil, était toujours sur la chemise. Les autres, vraisemblablement, étaient éparpillés sur le tapis turc et le parquet – *pan! pan! pan!* – avaient fait les boutons en sautant, quand, dans sa rage, Austin avait déchiré sa chemise en l'ouvrant. Dans sa rage ou, en signe de mortification. Pour crier sa peine. Ce qui, à une certaine époque, passait pour de l'«égarement».

Marlow lui-même était égaré – perdu dans l'intervalle du choc – capable de fonctionner uniquement au ralenti. Il quitta sa veste et desserra sa cravate, puis l'enleva complètement, la plia et la mit dans sa poche. Il alla ensuite poser sa veste dans le coin le plus reculé.

Vas-y, se dit-il. *Et fais ce qu'il faut faire.*

Il prit la chemise et alla derrière le bureau la poser comme un linceul sur la tête d'Austin. Ensuite, il prit la bouteille de cognac et, allumant une cigarette, s'éloigna vers les fenêtres situées au nord de la pièce.

Assis sur l'appui de la fenêtre, à demi-tourné, il leva les stores en remarquant les pots de violettes africaines de Bella, déjà en deuil à côté de lui. Il regarda dehors et but trois gorgées à la bouteille – sans rien sentir – sans pouvoir retomber sur terre ; et puis – à la quatrième lampée, plus intense et plus longue – il eut soudain un feu au creux de l'estomac.

Austin.

Austin Purvis.

Ces mots, qui n'étaient plus un nom, avaient acquis un sens qui devait être différent de leur sens originel. Des mots clés, qui apparaissaient soudain comme la solution de l'énigme enfermée dans ces dossiers, là sur la table, au centre de la pièce.

Ce garçon, il est mort... Je ne sais pas... Il s'appelait George. Quelqu'un l'a tué.

Marlow se leva et récupéra la photo de George sur le bureau. Il la ramena à la fenêtre et alluma une lampe à côté de la bibliothèque dans son dos. Il se rassit et la lampe éclaira par-dessus son épaule. Si seulement on pouvait ouvrir ces conneries de fenêtres. Mais elles étaient scellées hermétiquement. On suffoquait dans la pièce.

En regardant la photo répugnante qu'il avait entre les mains, Marlow sentit le cognac lui remonter dans la gorge.

La nudité de George était plus intense que n'importe quelle autre dans son souvenir. N'étant pas amateur de pornographie, il n'avait jamais vu de masses de chair ainsi exhibées dans des magazines ou des films, où la nudité humaine n'a de valeur que si elle fait violence au regard. Les jambes de George entravées et ses bras retenus par des menottes étaient exposées sous un jour dangereux ; qui n'avait rien à voir avec le désir. Marlow pensa : *Aucun être humain en qui on a confiance ne peut exiger qu'on se présente comme ça. Ça n'existe pas. On est photographié comme ça que si l'on est impuissant à empêcher ce que l'on craint par-dessus tout.*

Il remarqua que George n'avait pas été bâillonné. C'est que ses cris, alors, et ses supplications avaient fait partie du plaisir de son bourreau. Et aussi la position de son corps – le dos arqué sur les accoudoirs d'un large fauteuil, courbé de sorte qu'il ne puisse voir mais seulement deviner ce qu'on allait lui faire. On avait apparemment utilisé un rasoir. C'était bien un rasoir, par terre, à côté des pieds de George. Mais c'est d'une balle de revolver que le garçon était finalement mort.

Un revolver.

Marlow se leva.

Il se dirigea vers la porte et l'ouvrit – mais juste assez pour voir si Bella était revenue. Elle n'était toujours pas là.

La porte qui donnait sur le couloir était fermée.

Quelqu'un devait être là-dehors, présuma Marlow, et le personnel qui faisait le ménage finirait bien par venir. La découverte du corps d'Austin et de la pagaille dans son bureau était inévitable. Il ferma la porte et retourna dans la pièce. La musique d'un quatuor à cordes – cérémonieux, précis, sans mélodie, commença à se faire entendre dans sa tête. Avant qu'il ne s'enfuie avec les dossiers, Marlow devait effacer tous les indices révélant sa présence au moment où Austin s'était tué.

Est-ce que c'est ce qu'on avait fait quand on avait tué George?

Tandis qu'il s'occupait à faire disparaître tout ce qui témoignait qu'il s'était trouvé là, Marlow se demanda si l'assassin était quelqu'un dont il reconnaîtrait le nom. Les gens qui tuaient pour le plaisir n'étaient pas si nombreux que l'arrestation de l'un d'eux aurait pu passer inaperçue. Austin avait manifestement traité cet homme – mais que cela se fût passé avant ou après l'arrestation, Marlow ne le saurait que lorsqu'il aurait lu les dossiers.

George Anonyme et Austin Purvis, morts.

Et Marlow, pris dans le sillage de leur trépas.

3

Quand le téléphone sonna, Lilah se dit : *Ne réponds pas.*

Il sonna dix fois et s'arrêta.

Elle était assise à sa table de cuisine avec le *Frankenstein* de

Mary Shelley fermé à côté d'elle. Elle buvait du thé Lapsang Souchong de Marlow – *un petit larcin qui ne fait de mal à personne. Après tout, c'est moi qui suis allée le lui acheter chez Wong.* Son étrange goût de fumée en faisait presque une drogue.

Le téléphone se remit à sonner. La porte séparant les deux appartements était ouverte et Lilah entendait la sonnerie retentir dans le couloir au-delà de la cuisine de Marlow. *Un – deux – trois – quatre...*

Grendel vint se coucher par terre, bien à la vue de Lilah – dans une flaque de soleil.

Lilah se demandait si elle oserait ou non ouvrir *Frankenstein*. Et si le gars allait en sortir, amenant son monstre avec lui?

D'autres livres étaient aussi éparpillés sur la table. Comme les gens prennent le thé en plaçant des assiettes de sandwiches et des petits fours, la table de Lilah était mise avec *David Copperfield, Orgueil et Préjugé, Tess d'Urberville* et *Frankenstein*.

Le téléphone sonna.

La main de Lilah était posée sur le roman gothique de Mary Shelley. Elle connaissait l'histoire par cœur. *Je vis s'ouvrir l'œil terne et jaune de la créature : elle respirait avec peine et un mouvement convulsif agitait son corps...*

Grendel, par terre, la regardait. Sa queue battait la mesure au rythme de la sonnerie.

Après avoir sonné dix fois, cette chose dans le couloir de Marlow se mit à hurler. *Onze... douze... treize...*

Lilah dit : « De grâce! » et elle alla répondre.

C'était Marlow lui-même.

Ce qu'il dit donna à Lilah des frissons dans le dos. *S'il vous plaît, venez. Je ne peux pas expliquer. C'est au sujet de quelqu'un dans l'édifice. C'est urgent.*

Lilah écouta – accepta de se conformer à ce qu'il lui demandait – et raccrocha.

C'est au sujet de quelqu'un dans l'édifice.

Son cœur se mit à battre fort dans sa poitrine.

Kurtz.

Finalement, Marlow assumait le rôle que le destin lui avait réservé. C'était sans doute pour cela qu'il avait paru si étrange au téléphone. Tendu. Presque bouleversé – mais il se dominait. Même quand il lui demandait d'amener... c'était vraiment bizarre. Il voulait qu'elle amène...

Mais pourquoi donc?

Il voulait qu'elle aille le rejoindre au Parkin. Au dix-huitième étage. Et qu'elle amène...

Enfin, pensa Lilah. *Peut-être que quelqu'un a laissé un bébé à la porte. Mais Dieu sait ce que ça a à faire avec Kurtz... Tout de même...*

Elle était à présent revenue à sa table de cuisine, où *Frankenstein* gisait ouvert, attendant son retour. *Est-ce que c'est moi qui ai fait ça?* se demanda-t-elle. Elle ne se souvenait pas d'avoir regardé dedans... Le livre était ouvert à la dernière page. *Les vagues l'emportèrent et il se fondit bientôt au loin dans les ténèbres.* Lilah referma le livre et partit chercher son manteau et son béret.

Elle ferma toutes les portes à clé et dit au revoir à Grendel et à Fam – *où que vous soyez* – puis elle poussa le landau dans l'allée. Il était vide, à part les couvertures et l'oreiller. Comme on le lui avait demandé.

Lilah ne savait pas entrer dans le Parkin autrement que par la porte de devant. Cela voulait dire qu'il lui fallut monter la passerelle avec le landau et le tirer à reculons pour pénétrer dans l'édifice. C'est ainsi qu'elle n'avait pas du tout été préparée à voir *La Chambre dorée des chiens blancs.* Lorsqu'elle se retourna, la toile était au-dessus d'elle, la dominant de toute sa hauteur.

«Qu'est-ce que tu es?» dit Lilah.

Un tableau.

Pas un tableau bien joli.

Pas ma faute.

Je veux bien le croire. Mais quand même... Qui sont ces gens?

Des hommes. Il y en a douze.

Nus.

Oui. Plus six chiens.

Blancs.

Lilah regarda du coin de l'œil. Elle avait reculé aussi loin que possible sans basculer par-dessus la rampe.

Qu'est-ce qu'ils font là ?

Dieu seul le sait.

Tout le monde peut voir qu'ils sont en train de s'entre-tuer.

C'est à toi de juger.

Pourquoi est-ce qu'il n'y a pas de femmes ?

Les femmes ne sont pas admises.

À voir ce qui s'y passe, j'aime autant. Je ne pense pas que je t'aime beaucoup.

Il n'est pas nécessaire que tu m'aimes.

Lilah avait les yeux fixés sur le tableau. Il y avait quelque chose d'alarmant et de familier dans ce qu'elle voyait. Des Lunistes sans leurs costumes argentés – des Têtes-de-cuir sans leur cuir...

L'éclairage, que Kurtz avait conçu pour tenir compte des différents moments de la journée, s'adaptait à l'allongement des ombres.

La Chambre dorée des chiens blancs laissait apparaître de nouvelles images.

Pour la première fois, Lilah vit les quatre têtes humaines fichées sur leur piquet.

Elle ne dit rien.

Le tableau, lui aussi, était silencieux.

Une des têtes semblait sourire – les lèvres retroussées comme en un rictus.

Qui est-ce qui t'a fait ça ?

Devine.

Je ne peux pas. Tu me fais peur.

Pense à l'endroit où tu es.

L'institut Parkin de recherche psychiatrique.

Alors ?

Lilah leva le menton.

Kurtz. Le maître de l'horreur.

Kurtz, le chasseur de têtes.

Silence.

Lilah se sentait défaillir.

Les yeux de la tête étaient fermés – comme si elle rêvait.

Dans le lointain, dehors, une sirène des Escadrons M hurlait.

Le tableau était à présent complètement muet.

La sirène se rapprocha.

Une nuée d'oiseaux s'envola derrière les fenêtres. Le hall s'obscurcit.

Lilah se dirigea vers l'intérieur de l'édifice. Marlow attendait. Et quelque part là-dedans, Kurtz attendait aussi.

Quand Lilah atteignit le dix-huitième étage, Marlow se tenait à côté de l'ascenseur. Sans cravate. Le col de chemise ouvert. Il y avait du sang.

« Merci d'être venue », fit-il.

Lilah remarqua : « Vous saignez.

– Il y a eu un accident..., répondit Marlow.

– Kurtz ? »

Marlow avait déjà commencé à conduire Lilah à travers le labyrinthe des couloirs. Il s'arrêta et la regarda, interloqué par ce qu'elle venait de dire.

« Qu'est-ce qui vous fait croire que c'est le Dr Kurtz ? »

Lilah rougit sous sa poudre blanche. Elle se mordit les lèvres.

« Rien, dit-elle. Je me demandais juste. »

Marlow se remit à marcher. Durant le trajet, ils ne virent personne, mais, de toute évidence, il y avait quelqu'un là-haut avec eux, enfermé dans un des bureaux. On entendait la voix d'une femme. Elle chantait.

Marlow ouvrit la porte donnant sur le bureau de Bella, et il la ferma derrière eux. La chanson s'affaiblit.

Lilah s'appuyait sur le landau devant le bureau de Bella. Une note avait été collée avec du ruban adhésif sur une des portes.

VEUILLIEZ NE PAS DÉRANGER. MERCI.

Il y a quelqu'un de mort là-dedans, pensa Lilah.

Marlow avait allumé une cigarette. Son haleine empestait le cognac. Elle regarda les taches de sang qui abîmaient sa belle chemise. Et aussi son pantalon. Elle vit la cravate qui sortait de sa poche en formant une boucle.

Est-ce que vous avez tué quelqu'un?

Elle ne dit pas cela à haute voix.

Mais plutôt : « Pourquoi est-ce que vous vouliez que j'amène le landau ? »

Marlow passa derrière le bureau de Bella et posa ses mains sur le dessus d'une boîte en carton qui se trouvait là. Une boîte brune qui portait sur le côté l'inscription : *ORANGES NAVEL* – ce qui n'en était pas, Lilah le savait, le contenu réel. Ce qu'elle contenait, c'était des voix. Étouffées, indistinctes comme la chanson dans le couloir – mais des voix. C'était certain.

Marlow parla : « Je vous ai dit qu'il y avait eu un accident, Mlle Kemp.

– Oui. »

Est-ce que c'était la victime de l'accident dans la boîte? Un bébé? Une partie de la victime? Une tête humaine?

Marlow dit : « Un de mes amis est mort... »

Lilah tenait toujours fermement le guidon du landau. Elle attendait – silencieuse.

Marlow continua : « Avant de mourir, il m'a confié ce qu'il y a dans cette boîte... »

Des voix.

« ... et pour être honnête avec vous... »

Dites, dites.

« Il y a des choses là-dedans qui ne devraient pas, à proprement parler, quitter l'édifice. Des dossiers, dit Marlow, qui appartiennent au Parkin. »

Des dossiers. Lilah eut un soupir de soulagement.

Marlow parlait toujours. « En fait, je vous demande de m'aider à violer la loi, dit-il. Est-ce que vous avez confiance en moi? Est-ce que vous êtes prête à le faire? »

405

Lilah détourna les yeux avant de répondre. S'il fallait violer la loi pour attraper Kurtz, elle la violerait. «Oui», fit-elle. Ses espoirs étaient à la hausse.

«Merci.» Marlow fit un signe de tête. Et puis : «J'ai pensé qu'on pourrait mettre la boîte dans le landau. Si on la couvre avec les couvertures, vous pourriez sortir avec...

– C'est plus gros qu'un bébé.

– Oui, mais...

– Si on la mettait de côté, ça ressemblerait peut-être plus à un bébé.

– D'accord.»

Ils essayèrent.

Lilah déplia les couvertures et les étala sur la boîte. Son regard se fixa sur la dernière lettre de *NAVEL*, la lettre *L*.

Linton.

Mon bébé. Mon bébé disparu.

C'était un signe.

Lilah se pencha pour arranger l'oreiller sous la tête de la boîte. «Tout va bien, chuchota-t-elle. Tout va bien.» C'est ce qu'elle avait l'habitude de dire à Linton. *Tout va bien, maintenant. Je suis là.*

Elle se retourna.

Marlow était toujours en bras de chemise.

«Vous ne venez pas avec moi? demanda-t-elle.

– Je ne peux pas», dit Marlow. Elle voyait bien qu'il était à bout. Il avait un air épouvantable. Penché sur le bureau, s'appuyant de tout son poids sur ses doigts, ses cheveux gris acier presque blancs dans l'éclat des lampes au-dessus de leur tête.

«Quand est-ce que vous allez venir, alors?

– Je ne sais pas exactement. Quand la nuit sera tombée, très probablement.»

Lilah regarda la porte avec la note collée dessus. D'une certaine façon, c'était bien triste. *VEUILLIEZ NE PAS DÉRANGER. MERCI.* Lilah voulait que Marlow sache qu'elle avait confiance en lui.

«Il y a quelqu'un de mort là-dedans, n'est-ce pas, dit-elle.

– Oui, répondit Marlow.

– Est-ce que c'est votre ami?

– Oui.

– Je suis navrée.»

Marlow fit un signe de la main, incapable de parler. Son acceptation de cette réalité le toucha. Elle était presque belle, debout, là, avec ses cheveux fous encadrant ses yeux de pierre noire qui donnaient à son visage l'air d'un masque. *Parfois,* pensa-t-il, *les fous sont merveilleux à voir.*

«Je laisserai la boîte dans votre cabinet de travail, dit Lilah.

– Merci.

– Et quelque chose à manger dans le frigo.

– Merci.»

Marlow fit le tour du bureau pour aller ouvrir la porte. Lilah poussa le landau devant lui et dit: «Au revoir, Dr Marlow.

– Au revoir, Mlle Kemp.»

Lilah entendit la porte se fermer derrière elle.

Dans le couloir, il n'y avait que le bruit de ses pas et des roues du landau. La femme qui avait chanté s'était arrêtée – ou peut-être était-elle rentrée chez elle. Lilah, malgré ses efforts, ne se souvenait d'aucune berceuse, ni d'un Linton à qui la chanter. Il s'en était allé et, à présent, elle était seule.

Chantez-nous votre préférée des préférées! disait une voix dans son souvenir. *Chantez-nous votre préférée des préférées des préférées!*

C'est ainsi que Lilah fit tout le chemin du retour avec *Dublin dans les yeux.*

Marlow ne revint pas avant le lendemain matin.

4

Quand Bella Orenstein arriva au Parkin le jour suivant, elle découvrit le papier collé sur la porte d'Austin: *VEUILLIEZ NE PAS DÉRANGER. MERCI.*

Marlow savait qu'Austin avait une orthographe fantaisiste,

surtout en ce qui concernait les conjugaisons. Enfilant ses gants, il avait dactylographié la note sur l'IBM Selectric, la machine à écrire que Bella gardait en semi-retraite sur une petite table dans un coin de son bureau, car elle n'arrivait pas à s'en séparer. À côté de la table, il y avait une petite chaise ornementale. Elle l'avait apportée de chez elle comme d'autres apportent des photos et des calendriers pour décorer leur bureau. La chaise était censée donner à Austin Purvis une idée du bon goût de Bella, mais il ne l'avait pas remarquée. En tout cas, il n'en avait jamais parlé.

Ce matin-là, Bella était toujours bouleversée mais ne soupçonnait absolument rien. Elle savait que Marlow allait encore travailler chez lui toute la journée et elle espérait qu'Austin l'appellerait d'un instant à l'autre à l'interphone pour qu'elle aille dans son bureau. *Entrez! Entrez!* Ou peut-être qu'il était également à la maison et appellerait de là-bas, après s'être remis de son égarement momentané de la veille. La note sur sa porte – lui dirait-il – ne s'appliquait pas à elle, mais aux gens qui faisaient le ménage. *Oh, s'il vous plaît, faites qu'il appelle*, priait-elle tout en accrochant son manteau dans la penderie vide et en retournant à son bureau.

Dès que Bella fut assise, ses doigts la démangèrent de décrocher le téléphone. *Mais je vais attendre encore cinq minutes,* décida-t-elle. *Il sera alors dix heures et il se sera manifesté derrière la porte ou bien il entrera dans le bureau en venant du couloir.*

Quelle belle journée, Bella! dirait-il. J'arrive à pied de Cluny Drive! Ses lèvres ne seraient plus crispées, et ses yeux seraient limpides.

Le téléphone sonna.

Bella s'inclina, se racla la gorge et décrocha le combiné.

«Le bureau du Dr Purvis. Bonjour. Est-ce que je peux vous aider?

– Est-ce qu'il est ici, Bella? C'est Charlie Marlow à l'appareil.

– Oh, Dr Marlow – je suis bien contente que vous appeliez. Il a une note affichée sur sa porte, disant de ne pas le déranger – et je ne l'ai pas vu depuis hier avant midi...»

Marlow dit : « C'est que – il n'est pas chez lui. Ça ne répond pas. Est-ce que vous avez frappé à sa porte, ou essayé de l'appeler à l'interphone ?

– Non, je ne l'ai pas fait, Dᵣ Marlow. Il semblait si déterminé...

– Déterminé ?

– Hier. Il avait fermé la porte à clé et ne voulait pas que j'entre. »

Marlow dit : « Allez frapper à la porte, Bella, pendant que je suis au téléphone. »

Bella dit : « Oui, Docteur » et elle posa le combiné. Elle se leva, tira sa jupe en la lissant sur ses jambes et traversa la pièce, effrayée, en direction de la porte.

Elle « frappa » comme elle le faisait quand elle était petite à la porte de la chambre de ses parents – avec ses ongles. *Clic. Clic. Clic.* « Dᵣ Purvis ? »

Pas de réponse.

Elle frappa avec les jointures.

Toujours pas de réponse.

Elle se servit de son poing.

Rien.

Elle secoua la poignée et poussa la porte avec son épaule. Toujours le même silence inexorable. Rien.

« Il n'y a pas de réponse », dit-elle à Marlow quand elle revint à son bureau. Elle avait le souffle haletant à présent et était au bord de la panique. « Je n'arrive pas à entrer. Oh, s'il vous plaît, dit-elle, c'est insupportable. Il y a quelque chose d'anormal. J'en suis sûre.

– Raccrochez, Bella, lui dit Marlow. J'arrive tout de suite. On va faire enfoncer la porte.

– Merci », dit Bella. Elle reposa le combiné sur le support et alla s'asseoir dans la chaise ornementale, à côté de l'IBM Selectric. Dans sa tête, elle pouvait sentir les pastilles à la menthe d'Austin. Elle pouvait entendre le bruit de ses vêtements quand il se déplaçait. Elle pouvait voir l'arrière de sa tête quand il quittait le vestibule pour entrer dans son bureau. La lumière jaillissait tout autour de lui – le genre de lumière qui naît à l'instant où un être vous voit quand vous passez dans son regard.

Marlow arriva. Il était calme en apparence – mais elle vit qu'il succombait de fatigue. *Il avait tant à écrire...* Il y avait d'autres gens avec lui, dont elle reconnut certains comme étant des concierges du Parkin. L'un d'eux portait un pied-de-biche. Un autre une hache.

Tout le temps qu'ils démolirent la porte, Bella ne bougea pas. Mais, dès qu'ils eurent fini, elle se leva en disant : « Laissez-moi passer. » Elle voulait être la première dans la pièce, afin de le protéger de leur surprise. Elle avait déjà deviné qu'il était mort – mais elle ne voulait pas l'apprendre de quelqu'un d'autre.

5

Marlow se faisait couler un bain. Il était sur le pas de la porte de son cabinet de travail écoutant l'eau qui sortait en trombe des robinets derrière lui au bout du couloir. C'était un bruit réconfortant, un de ceux qu'il aimait le plus – apaisant, rassurant, une promesse de repos. Dans quelques instants, il s'immergerait dans les profondeurs de la baignoire et y trouverait la paix. L'eau était son élément.

L'atroce épisode de l'abattage de la porte et de la « découverte » du corps d'Austin l'avait anéanti. Jusqu'à présent, il était resté vigilant face au danger qui le guettait – gardant le silence de peur qu'un mot ou une phrase ne lui échappât qui le trahirait. La pauvre Bella Orenstein s'était complètement effondrée. Elle avait essayé si fort de garder son sang-froid, mais dans les derniers moments, quand on était venu chercher le corps d'Austin pour l'emmener, elle avait flanché. Une longue plainte sinistre était sortie de sa bouche et elle avait renversé la tête en arrière, hurlant comme un animal blessé. Son cri était rempli de la douleur des paroles et des actes qui ne pourraient plus être : Austin Purvis était mort maintenant et elle ne lui avait jamais dit combien elle l'aimait.

Marlow dut détourner la tête avant que son cri ne s'achève. *Il est des souffrances*, pensa-t-il, *dont personne ne devrait être témoin.* Un moment, il détesta Bella de se mettre ainsi à nu. Quand Charlotte, sa femme, était morte, il avait pleuré en silence. Ce fut un soulagement lorsqu'un des docteurs présents vint mettre fin au supplice de Bella en lui injectant un calmant. Oona Kilbride arriva pour veiller sur elle et l'accompagner plus tard chez elle où elle resta toute la nuit.

Marlow avait assez attendu pour présumer que ceux qui se chargeraient de l'enquête ne trouveraient rien qui ne confirmât le suicide d'Austin. Il était évident que cet homme avait lui-même mis fin à ses jours et il ne restait plus qu'à le vérifier par l'autopsie réglementaire. S'il y avait une enquête judiciaire, ce ne serait qu'une simple formalité. Rien ne disait que Marlow avait été présent – rien, c'est-à-dire sur les lieux mêmes. Il avait déplacé la chemise – celle d'Austin – avec laquelle il avait couvert la tête fracassée et l'avait posée dans la mare de sang. Après avoir enfilé ses gants, il avait essuyé la bouteille de Hennessy avec son mouchoir et l'avait couchée sur le bureau, pour faire croire que tout le cognac qui n'était pas dans l'estomac d'Austin s'était renversé par terre. Il avait ramassé ses propres mégots de cigarette et les avait mis dans sa poche. Qu'y avait-il d'autre ?

Rien.

Avant de quitter le bureau, il était allé à la fenêtre. Son visage avait flotté là dans la vitre, sous sa toque de cheveux gris. Sa grande bouche sérieuse était plus mince à présent qu'elle ne le serait quand il aurait dormi et quand les cernes sous ses yeux auraient disparu. Mais l'expression de son regard subsisterait. Il était dévoré de la même inquiétude que lorsque le revolver était monté vers la bouche d'Austin. L'expression ne s'en irait pas. Elle resterait là, incongrue et comme folle, enfermée dans un visage par ailleurs resté serein durant cette longue journée. Et durant la suivante.

À présent, le carton de dossiers et de carnets était en sûreté dans le bureau de Marlow, dans sa maison de Lowther Avenue. Ayant conservé une attitude imperturbable durant toute la mise en scène de la découverte du corps de son ami, Marlow se sentait maintenant désorienté.

L'eau montait dans la baignoire.

Il s'adossa au montant de la porte et ferma les yeux.

Il essaya la musique, mais elle ne venait pas. Il n'arrivait pas à se concentrer. Resté trop longtemps debout, tout ce qu'il voulait, c'était se glisser dans le bain et y demeurer jusqu'à être abruti de chaleur. Il ramperait alors vers son lit et laisserait le répondeur prendre les appels.

Très loin, en bas, la porte de la cour qui donnait sur l'appartement de Lilah s'ouvrit et se referma. Pendant un moment, ce fut le silence – et puis : « Je suis là ! » cria-t-elle du bas de l'escalier.

C'était bon. Marlow ne s'était pas rendu compte jusqu'à présent qu'il avait peur d'être seul.

« Je suis allée chercher ces choses sur votre liste, dit Lilah. Ce thé que vous aimez. Et la crème que vous vouliez. Et aussi une douzaine de lis. »

Marlow se représenta Lilah coiffée de son béret écossais debout devant Mme Wong à l'épicerie du même nom, demandant *ce thé chinois que le Dr Marlow aime bien – celui dont je n'arrive jamais à me rappeler le nom.* Mme Wong le lui aurait donné dans sa boîte magenta sans faire aucun commentaire. Elle avait vendu le même thé à cette même femme la veille seulement. Mme Wong avait un visage de marbre et, derrière cette façade, elle préservait quarante ans de bigoterie décente vis-à-vis de sa clientèle.

Marlow alla jusqu'au palier et regarda en bas. Il pouvait voir la main de Lilah sur le poteau de la rampe.

« Pensez-vous que vous êtes en mesure d'avaler quelque chose ? lui demanda-t-elle. Je suis sûre que vous mourez de faim et vous devriez manger avant de dormir. »

Marlow ne savait que répondre.

« Deux œufs pochés ? » dit-elle, comme pour le tenter. « Bacon. Toasts. Marmelade. Thé. »

– Merci, Mlle Kemp, dit Marlow. Avec grand plaisir.

– Je vais vous l'apporter sur un plateau», dit Lilah.

Elle disparut. Ses jolis petits pieds dans leurs pantoufles chuchotèrent le long du couloir du rez-de-chaussée jusqu'à ce qu'elle atteignît la cuisine de Marlow. Il sut qu'elle y était quand il entendit les borborygmes du robinet au moment où elle remplit la bouilloire. Quand elle la brancha, les lumières du palier diminuèrent légèrement d'intensité. Marlow se rendit dans sa salle de bains, se déshabilla, et se glissa dans la baignoire. Sur le rebord de marbre à côté de lui, il avait déjà posé un verre de vin rouge. Un côtes du rhône et un bain de vapeur – il n'y avait pas de meilleure façon au monde de se détendre.

Il s'immergea, se laissant glisser dans l'eau de sorte que seuls ses genoux et sa tête restaient visibles. En prenant son verre de vin, il fit tomber dans la baignoire une brosse à ongles en plastique bleu en forme de canard qui se mit à flotter vers son menton. Une de ses patientes la lui avait donnée – une pianiste de concert dont les mains possédaient leur propre voix. *Elle veut que vous ayez ce canard,* lui avait-elle dit, avec cette sincérité guindée que les schizophrènes sont forcés d'adopter quand ils doivent propulser chaque mot au travers de l'espace qui sépare leur univers du vôtre.

Marlow but une longue gorgée de vin. La pianiste s'appelait Rosalind Joyce. Comme bien des jeunes schizophrènes, elle allait finir par se suicider. Elle était venue voir Marlow, il y avait des années de cela, après que tous ceux qui la traitaient eurent démissionné. *À toi d'essayer,* avaient-ils dit. Marlow était toujours celui à qui l'on faisait appel en dernier ressort. Comme avec Austin Purvis...

Il saisit le canard entre ses doigts. Le jaune des yeux avait complètement disparu et le bleu était usé, décoloré par le savon. Le jouet innocent d'un petit enfant – dans le bain de Marlow. Il sourit et d'une chiquenaude l'envoya tournoyer dans la vapeur derrière ses genoux – où il ne le vit plus. Tout comme Rosalind Joyce. Marlow n'avait pas réussi à la sauver.

Il dessina un *X* sur le mur embué. *Rosalind Joyce.*

Comme Austin, elle avait fait des excuses avant de mourir. Mais pas à Marlow. À quelqu'un d'autre qui l'empêchait de remporter la victoire. *Si seulement je pouvais être sourde à la voix qui est dans mes mains,* avait-elle dit, les tenant entre elle et Marlow comme un corps étranger. *Si seulement je pouvais être sourde, je pourrais gagner.* Elle s'était mise à se couvrir les mains d'une multitude de couches de gaze et de gants, comme pour étouffer leurs plaintes. *Pardon,* avait-elle dit. *Je vous demande pardon.* Deux mois plus tard, elle mourait d'inanition. Sa mère répétait que son enfant était devenue une sorte de sainte. Mais Marlow n'en croyait rien. Il savait que c'était seulement la façon qu'a une mère d'expliquer l'inexplicable nature de la folie de sa fille : *Dieu doit avoir quelque chose à voir là-dedans.*

Austin lui avait crié : *Il faut que quelqu'un arrête tout ça ! Toi, Charlie ! Je t'en supplie !*

Il fit un deuxième *X* sur le mur. *Austin Purvis.*

« Je suis fatigué, dit Marlow à haute voix. Fatigué. »

Est-ce qu'il allait tracer un autre *X* sur le mur ? *Charlie Marlow ?*

Non.

Lorsque Lilah eut remporté le plateau du petit déjeuner et que Marlow fut seul avec Grendel dans la haute pièce claire qui lui servait de cabinet de travail, il ferma à demi la porte donnant sur le vestibule.

Grendel mangea le toast beurré que Marlow lui avait réservé et s'installa pour regarder la rue. Pour ce faire, il se jucha sur un fauteuil au soleil près d'une fenêtre en triptyque donnant au sud.

Marlow resta debout à côté du carton ; il fit courir ses doigts sur l'arête arrondie des dossiers et sur l'empreinte laissée par la main ensanglantée d'Austin. Le dossier qu'il allait choisir n'avait pas d'importance. Ils étaient tous là ensemble – tout un monde d'êtres dans une boîte en carton. Marlow sortit le carnet. Il était noir et la reliure de cuir portait les initiales d'Austin – *A. R. P.* Le

R – si Marlow se rappelait bien – était mis pour Rankin ou Ranklin – un nom de famille. À l'intérieur, Austin avait écrit : *CONFIDENTIEL ET PERSONNEL.*

Plus maintenant, se dit Marlow tout en le feuilletant. Les pages étaient couvertes de phrases toutes écrites à l'encre noire, chaque mot écrit en lettres minuscules et parfaites, parfois petites au point qu'il allait lui falloir une loupe pour les déchiffrer.

> Lundi, 9 décembre : il neige encore et F. me dit qu'elle a P. n° 2 sur sa liste maintenant. La troisième à devenir catatonique. Ça veut dire que ça commence à se remplir des deux côtés...

Marlow tourna encore quelques pages, dans l'espoir de repérer un nom qu'il connaissait – mais sans succès. Aux deux tiers du livre environ, il tomba sur une note qui lui parut refléter l'esprit de la première qu'il avait lue.

> Le groupe de F. s'agrandit. Elle essaie de me convaincre que certains d'entre eux sont les miens. Je lui dis d'arrêter ça.

Extrêmement troublant.

La date de cette note était assez récente.

Marlow hésita. Il était trop fatigué pour en lire plus. Il faudrait qu'il commence au début, mais il ne pouvait rien entreprendre avant de s'être reposé un peu. Il fallait absolument qu'il dorme. Il était une heure de l'après-midi.

Et pourtant, il ne pouvait s'empêcher de penser à George, le garçon qui était mort. Il voulait voir la photo une fois de plus avant de dormir. Il avait besoin de s'assurer de ce qui avait lancé toute l'affaire.

Il fouilla dans le carton jusqu'à ce qu'il eût sous la main une grande enveloppe en papier bulle. Il avait remarqué sa présence au moment où il préparait les dossiers pour les mettre dans le landau de Lilah. Il se déplaça vers la fenêtre, portant l'enveloppe à la lumière. Il gratta la tête de Grendel d'une main distraite et le fit descendre du fauteuil en le poussant du pied. Le chien remua la queue et, une fois par terre, continua de regarder dehors.

L'enveloppe, de 20 cm sur 30, contenait d'autres photos. Elle représentaient toutes George en train de subir son dernier supplice. Dans la dernière, il était déjà en route vers sa fin – ligoté, mais toujours vivant. Marlow les regarda toutes, avec un visage de bois – sans rien ressentir. Peut-être avaient-elles perdu de leur intensité face à la mort d'Austin. Ou peut-être étaient-elles trop macabres pour qu'on admît qu'elles étaient vraies. Il ne pouvait dire.

Qui avait bien pu tenir l'appareil durant une séance comme celle-ci?

Ce devait être la personne responsable du meurtre. Autrement, cela signifiait que ce garçon avait été torturé à mort devant d'autres individus. Combien? Qui? C'était impensable. Qui avait bien pu être témoin d'une chose pareille?

Marlow se leva, traversa la pièce et remit l'enveloppe dans la boîte puis la ferma. Appelant Grendel, il quitta son bureau et emprunta le couloir pour se rendre à sa chambre. Grendel était sur ses talons.

Marlow se rendit jusqu'à son lit et se glissa sous la couette. Grendel regardait, perplexe. Pourquoi est-ce qu'ils allaient dormir en plein jour? Au bout d'un moment, le chien sortit à pas feutrés de la pièce et alla se coucher dans un de ses endroits favoris, sur le palier, à mi-hauteur de l'escalier.

Il posa doucement son museau sur ses pattes; au-dessus de sa tête était accrochée la collection de photos de Marlow – silencieuse et, pour Grendel, indéchiffrable. Des photos qui, pour la plupart, représentaient des gens appartenant à un lointain passé. Marlow avec des collègues (dont Austin), des copains d'école, sa femme disparue. L'une montrait une jeune fille âgée tout au plus de seize ans, debout sur une scène à côté d'un piano. Derrière elle se trouvait un orchestre. Elle tenait un bouquet de fleurs et portait une robe longue. C'était son heure de gloire mais elle ne souriait pas.

Dans le confort duveteux de son lit, cet après-midi-là, Marlow eut son premier rêve concernant Austin Purvis.

Dans ce rêve, Marlow se trouvait précisément là où il était dans la réalité, couché sous sa couette, vêtu d'un pyjama blanc. Tout autour de lui, filtrée par la blancheur environnante, la lumière était couleur de membrane – un rouge orangé clair parcouru de filigranes comme un tissu vivant. Soudain, les couvertures furent transpercées de coups de couteaux – un ou plusieurs, Marlow ne pouvait dire – et il fut arraché de son lit, tandis qu'il agitait désespérément les bras pour garder la couette autour de lui afin de se protéger. Austin, traversant la lumière, était penché sur lui et le faisait rouler sur le dos. Marlow voulait se lever, mais n'arrivait pas à garder l'équilibre. Austin était nu, jeune et imberbe, immobilisant Marlow de ses bras immenses afin qu'un autre individu le poignarde avec les couteaux. Marlow sut ainsi, pour la première fois, ce que c'était que mourir dans un rêve – ne pas être sauvé par le choc habituel de la gravité, mais plonger dans le noir et savoir que là, il était mort.

Réveille-toi.

La pièce était silencieuse.

Non. On entendait le tic-tac d'une horloge.

Le corps de Marlow dans le pyjama blanc était trempé de sueur.

Il repoussa la couette de son visage et ouvrit les yeux aussi grands qu'il pût pour chasser le rêve.

Mon Dieu! dit-il. *J'étais mort.*

Il se souleva sur ses coudes.

«Grendel?»

Quand le chien entra dans la chambre, Marlow entendit sa queue battre contre le mur. «Viens sur le lit, Gren», commanda-t-il.

Grendel sauta sur le bord du matelas et se coucha, la tête tournée vers Marlow, le considérant d'un air rêveur, se demandant toujours ce qu'ils faisaient là, sur le lit, au beau milieu de l'après-midi. L'idée que son maître était peut-être malade traversa la partie intelligente de son cerveau. Marlow sentait drôle. Trempé de pisse d'homme ; pas normal du tout. Les yeux de Grendel allaient et venaient de gauche à droite et ses sourcils se fronçaient, lui faisant des tas de rides entre les yeux.

Marlow soupira et se laissa retomber sur les oreillers. La sueur qui s'était refroidie lui glaçait la poitrine et il remonta la couette jusqu'à son menton. Il fixa le plafond – cherchant refuge dans son néant, son étendue déserte, sa merveilleuse blancheur. Pareil à un champ de neige. Sécurisant. On pouvait se perdre complètement là-haut et disparaître. Ce serait bien – de partir maintenant, sans laisser de traces et de ne revenir que lorsque les cendres d'Austin auraient été éparpillées au vent et que toutes les questions embarrassantes, dévastatrices, auraient été posées et auraient trouvé réponse.

Il n'y a pas d'enfants morts, se dit Marlow au-dedans. *Pas de Rosalind Joyce ; pas de garçons nus ; pas de fauteuils de velours ; pas de chaînes ni de menottes. Pas d'enfants morts. Aucun.*

Austin est mort. Il s'est tué. Tu étais là. Il avait perdu la raison – fou juste pour un moment – celui où il a porté le revolver à sa bouche.

Soudain, Marlow se souvint du bruit qu'Austin avait fait dans sa gorge quand le coup était parti – un haut-le-cœur, comme un homme qui s'étouffe avec sa glaire ou avec sa bouchée.

Il est allé là-bas et il est mort dans le noir.

Qu'est-ce qui l'avait poussé à le faire ? La douleur, peut-être. Le cancer. Un cancer inopérable. Ce devait sûrement être ça. Pas des enfants morts. Pas ce garçon mort. Le sida, même. Pourquoi pas ? Tout le monde peut l'attraper. On peut tous l'attraper, maintenant qu'il est partout. Le sida ou le cancer ou la sturnucémie. Ça aurait pu être ça. Mais pas les enfants morts.

Réveille-toi.

Son esprit partait à la dérive.

Grendel avait fermé les yeux, mais le froncement des sourcils était toujours là. Marlow le regarda et sourit. *Je ne suis pas seul,* se dit-il. *J'ai un chien.*

418

Il recommença à dériver vers l'obscurité. Il nageait. Ce n'était pas désagréable. Quelques brasses faciles et l'eau s'écartait – l'eau même, un liquide ténébreux. Puis il flotta. Ses jambes firent un long battement au ralenti, sur le côté, et il baissa le menton en faisant rouler ses épaules, les enfonçant dans la couette – se noyant dans les plumes.

Les gens ne tuent pas leurs propres enfants.

Qui a dit ça?

Je n'ai pas dit un mot.

Il dormait.

Réveille-toi.

« Je vous ai apporté du thé », disait Lilah Kemp.

Marlow, sous la couette, l'entendit poser un plateau chargé de vaisselle sur la commode.

« Il est maintenant quatre heures et demie, dit-elle. Et vous m'avez demandé de vous réveiller, Dr Marlow. » Elle fit glisser les rideaux sur la tringle d'un côté, puis de l'autre.

Grendel se leva et se mit à marcher sur Marlow.

« Est-ce que vous pourriez le faire descendre, Mlle Kemp, dit-il. Il me pèse sur le ventre.

– C'est ce que j'appelle *la danse-pipi* », dit Lilah, prenant Grendel pour le poser par terre. « C'est la façon qu'ont les animaux de nous faire lever. Il est impossible de rester longtemps couché quand ils vous font la danse-pipi tôt le matin. Fam me la fait. Les animaux sont intelligents. Ils savent par où vous prendre.

– Merci, dit Marlow. J'inclurai ces renseignements dans mon prochain article.

– Vous êtes réveillé maintenant, Dr Marlow? C'est vrai? Vous n'allez pas vous rendormir?

– Je suis réveillé, je vous le promets.

– Alors, à bientôt. »

Il l'entendit descendre l'escalier, puis traverser le vestibule du rez-de-chaussée et marcher dans sa cuisine à lui, qui se trouvait au-dessous, pour passer ensuite dans la sienne à elle.

Il sortit du lit et se versa une tasse de thé. L'image de

Mme Wong, dans sa gloire impassible, fit irruption dans sa tête, puis sombra.

Il se vit dans le miroir.

L'expression de son visage était extraordinaire. L'espace d'un éclair, il se surprit à ne plus savoir qui il était. Ensuite – qu'est-ce qui le poussa à faire ce geste? – il posa la tasse et porta lentement une main à ses lèvres – les écarta et se mit deux doigts dans la bouche.

«Bang», murmura-t-il. Puis «Bang!» à haute voix.

Pour la première fois depuis le suicide d'Austin, Marlow pleura. Assis sur le lit, il se mit à sangloter.

6

Ce que Marlow voulait à ce moment même, c'était prendre un verre. En allant le chercher, il en profiterait pour voir si les dossiers étaient toujours là.

Comme si quelqu'un allait les voler.

Tu les as volés.

Vrai.

Il descendit le couloir suivi de Grendel. «Allez, entre», dit-il au chien, et ils passèrent tous deux dans le cabinet de travail illuminé par le soleil d'été.

Le carton était toujours posé là où l'avait laissé Marlow – avec l'empreinte de la main d'Austin sur le dossier du dessus. Grendel alla à la fenêtre et s'assit dans son fauteuil. Marlow se tenait près de la boîte, les yeux baissés. Point n'était besoin de regarder les photos de nouveau. Il savait ce qu'elles contenaient.

Qui était George? Un prostitué?

Comment Austin connaissait-il son nom?

Marlow ouvrit le carton et en tira un des dossiers.

À l'intérieur, il y avait un grand nombre de cahiers. Marlow les reconnut tout de suite comme étant des transcriptions, car celles-ci étaient toujours imprimées, au Parkin, sur du papier jaune clair. Ils étaient numérotés de un à douze, chacun agrafé dans le coin supérieur gauche, et faisaient environ dix pages. Marlow se demanda où pouvaient bien être les bandes à l'origine de ces transcriptions – et il se demanda également qui les avait tapées. Était-ce Bella, avec sa discrétion irréprochable? Et si c'était une des sténographes travaillant dans les macabres souterrains, laquelle était-ce?

Marlow ne descendait pas souvent aux archives du Souterrain n° 4, l'étage le plus bas. C'était un endroit épouvantable, où la lumière vous aveuglait et où on épiait le moindre de vos gestes. L'archiviste était particulièrement désagréable – empressée, méfiante et vaniteuse. Elle avait sous sa direction des employés des deux sexes, mais les traitait tous avec le même mépris. En conséquence, ses subalternes, toujours prêts à se rebeller, avaient tendance à être grossiers et à trop parler. Marlow craignait toujours de confier à l'un d'eux les dossiers de ses patients.

De ses doigts, il effleura les pages. Comme tous les documents d'archives, elles sentaient le moisi. Combien d'yeux, se demanda-t-il, avaient contemplé ces dossiers? Des dizaines? Des centaines? *Si le secret corrompt – le secret absolu corrompt absolument.* Les gouvernements ne cessaient de le prouver.

Les gouvernements, les sociétés, les institutions scientifiques.

Kurtz.

Les doigts de Marlow s'arrêtèrent net sur le nom.

Il était annexé à l'un des dossiers, écrit à la main sur un Post-it jaune et le Post-it collé sur la chemise.

Kurtz est partout, Charlie...

Marlow retira son doigt du nom.

Tu le trouveras partout...

Il ouvrit la chemise, tournant lentement la couverture vers la gauche.

Rien.

Le patient à l'intérieur n'avait même pas de nom.

Et pourtant, le Post-it disait *Kurtz*.

Le patient de Kurtz, peut-être. Ou bien Kurtz avait demandé

à voir le dossier. Ou encore Kurtz l'avait rendu. Assurément, Kurtz ne semblait pas être le sujet du dossier et un coup d'œil dans les pages révéla que son nom n'y figurait pas.

Tout de même. Marlow aurait Kurtz à l'œil quand viendrait le temps de passer les dossiers au peigne fin, de la première à la dernière page.

À présent, les yeux brûlant de fatigue, il ne regardait plus le carton, mais les étagères supportant ses livres, et ses aquarelles et dessins qui se détachaient sur le bleu sombre des murs, et il écoutait les ronflements de Grendel et le sifflement étouffé des voitures – puis l'horloge sonna six heures et il se tourna, laissant Grendel derrière lui, pour se rendre à sa chambre, s'habiller et descendre dans la cuisine.

Il trouva le Ricard caché derrière une multitude de bouteilles rangées n'importe comment sous l'armoire vitrée accrochée au-dessus du plan de travail et de l'évier.

En l'honneur de son extrême fatigue, Marlow se servit un grand verre et en but la première gorgée sans la diluer. Il aimait bien le goût de l'anisette, même si, sans eau, le Ricard lui brûlait la langue et la gorge.

Il entendit la sonnette de la porte d'entrée.

Oh! par pitié, se dit-il. *Qui que vous soyez – pas maintenant.*

On sonna une deuxième fois.

Avant que Marlow ne parvienne au vestibule, Grendel avait descendu l'escalier. Et Lilah se trouvait dans la cuisine.

Marlow ouvrit la porte d'un coup sec, impatient de se débarrasser de cet opportun.

C'était la Femme du chirurgien. Emma. Elle était debout dans l'allée du jardin, juste en bas des marches du perron.

«Bonjour Charlie.»

Mais qu'est-ce donc qu'elle avait? Elle le regardait comme s'il n'allait pas la reconnaître. Timide. Hésitante.

«Bonjour Emma.

– Je ne reste pas, dit-elle. Je...» Elle fit un geste vague par-dessus son épaule.

Au bord du trottoir, à côté de la Grande Baleine blanche, il y avait un chauffeur en uniforme. Il regardait dans la direction opposée – comme les chauffeurs d'Emma avaient appris à le faire. Pour lui, Marlow n'était qu'un client parmi d'autres.

«Je passais juste, dit Emma. La vue de ta porte était irrésistible.

– Veux-tu...?» D'un coup de tête, Marlow signala le vestibule derrière lui.

«Je ne vais jamais dans les maisons, Charlie. Il y arrive des choses terribles.» Elle resserra son col autour de son cou.

«Qu'est-ce que tu deviens?

– Je suis là, dit Emma. Je suis en vie.» Elle ne disait pas cela par manque d'assurance. C'était simplement un constat – énoncé comme elle l'aurait fait après un accident.

«Tu es splendide, dit-il en mentant.

– Non, ce n'est pas vrai, dit-elle. Je suis affreuse. Ce n'est pas que ce soit important. À l'intérieur de la Baleine, là, je suis splendide. Mais ce n'est qu'à cause de l'éclairage, Charlie. Tu le sais bien. L'éclairage et le maquillage et le scalpel du chirurgien.»

Marlow ne releva pas ce qu'elle disait.

«Et toi, dit Emma, comment ça va?

– Je suis là, sourit Marlow. Et en vie.»

Emma portait une robe blanche en tissu léger. Il la lui avait déjà vue. Un châle andalou était drapé autour de ses épaules. Marlow avait encore à la main son verre de Ricard. Grendel restait derrière lui.

«Tu ressembles à Carmen», dit-il. Il voulait la faire rire.

Emma répondit: «Tu ressembles à Charlie Marlow – avec son chien.» Elle aussi souriait.

Il y eut une pause durant laquelle Emma fixa Marlow si intensément qu'il dut détourner les yeux.

Puis elle lui dit: «Charlie? Est-ce que je peux t'embrasser?»

Marlow fit un pas dans sa direction.

«Oui. Bien sûr.»

Emma tendit le visage et lui prit la main. Elle le regarda droit dans les yeux. *Comme elle est petite,* pensa-t-il. *Et menue, et fragile.*

« Merci, Charlie », dit-elle. Puis elle l'attira à elle et l'embrassa sur la joue.

« J'irai te voir bientôt », dit-elle. Puis elle fit volte-face et descendit l'allée vers le portail.

Il la regardait, effrayé.

Elle se dirigea vers la limousine et laissa le chauffeur refermer la portière derrière elle. Marlow ne la voyait plus à présent, à cause du verre teinté. Mais il savait qu'elle le regardait.

Il fit au revoir de la main.

Il le fit encore une fois.

La voiture emporta au loin la Femme du chirurgien. Les rues étaient dans la pénombre. Contre toute attente, quelque part dans les environs, un oiseau chantait.

Marlow pensa : *Je pourrais la perdre, maintenant – et il ne faut pas que je la perde. On en a trop perdu.*

Pendant un moment, il erra, verre à la main, dans le jardin devant chez lui – remarquant à peine les fleurs. *Cet oiseau qui chante va sonner l'alarme,* se dit-il, *et appeler les Escadrons M.*

Il aurait voulu jeter un filet autour de l'oiseau pour le protéger. Comme il aurait voulu, à présent, jeter un filet autour d'Emma. L'idée de la perdre était épouvantable. *Pourquoi tous les êtres radieux sont-ils condamnés ?* se demanda-t-il.

Leur plumage. Leur chant. L'intolérance.

Montre-moi tes plumes. Laisse-moi t'entendre chanter. Je vais me servir de toi, puis je te détruirai. Oui ? Je me revêtirai de toi. Oui ? Je me nourrirai de ta chair. Oui ? J'essuierai tes restes sur mes lèvres. Oui ? Dans le noir, je t'aimerai. Oui ? Au grand jour, je rirai de toi.

Les oiseaux au plumage éclatant et les femmes aux couleurs voyantes – étaient tous des êtres méprisables. Oui ?

C'était vrai.

Tout le monde s'était servi d'elle, tout comme il s'était servi de l'oiseau pour se remonter le moral. Mais personne n'avait dit à

Emma ou à l'oiseau : *Est-ce que je peux faire quelque chose pour toi?*

Marlow allait essayer. Il avait résisté à l'envie de l'aimer – à présent, il devait résister à l'envie de désespérer de son sort.

Il regarda le ciel. Il était devenu plus clair, de cette clarté qui flamboie avant que le soleil plonge sous l'horizon. Plus de chant d'oiseau. Rien que le bruit de la circulation – et la pensée de la Grande Baleine blanche avec sa cargaison d'âmes en peine, qui passait du crépuscule aux ténèbres.

Il fallait remettre Emma à plus tard. Marlow était trop absorbé par le présent pour penser à son futur de manière constructive. C'était un être, se disait-il, à qui il avait fixé un collier émetteur. Il la suivrait, mais de loin. Il savait qu'il était un traqueur expert. À la longue, il en était certain, elle ne lui échapperait pas.

Voyant que la lune se levait, Marlow tourna le dos au jardin qui s'évanouissait dans le noir et rentra dans la maison avec Grendel.

Assis dans le salon, Marlow avait passé toute la soirée à boire. Il montait à présent l'escalier et entrait dans la salle de bains, avec un dernier verre de Ricard, quand il se rappela les lumières dans la cuisine. *Oh*, pensa-t-il. *Non. Je ne peux pas.* Mais il le fit quand même. Il redescendit au rez-de-chaussée pour les éteindre, remarquant au passage que Lilah avait fermé la porte qui séparait leurs logements. Quelques instants plus tard, juste au moment où il posait le pied sur la première marche, il tourna la tête pour regarder par-dessus son épaule dans le noir et il vit, à la lueur du feu qui mourait dans l'âtre du salon, la forme et l'ombre d'un chat.

Il était assis au milieu du tapis, immobile, son ombre seule dansant dans la lueur vacillante. Et il regardait Marlow droit dans les yeux. Le temps pour ce dernier de tourner la tête, puis de jeter un regard derrière lui, et le chat avait disparu.

« Fam... ? »

Il y eut un bruit sourd quand le chat atteignit l'un de ses endroits favoris pour dormir, peut-être une tablette de radiateur – puis Marlow retourna dans la salle de bains.

À présent, il se regardait directement dans le miroir comme le chat l'avait regardé, et il vit la tension qui crispait son visage. Il vit aussi l'empreinte claire du rouge d'Emma.

Oh, se dit-il en levant la main pour toucher l'endroit où elle l'avait embrassé. *Non. Ne fais pas ça.*

7

AP : ... ils lui ont demandé si elle vous connaissait et elle a dit oui.

P : Elle mentait.

AP : Je vous répète seulement ce qu'ils m'ont dit. Ils n'ont pas dit qu'elle connaissait votre nom – mais qu'elle vous avait déjà vu. Et que vous lui aviez déjà parlé.

P : Elle ment. Ce n'est pas vrai. Je n'ai jamais...

AP : C'est ce qu'ils m'ont dit.

P : (Criant) Eh bien, ils mentaient !

Marlow était assis dans son lit avec les transcriptions. On était dimanche matin. Il avait dormi et s'était réveillé, puis rendormi, avant de descendre. La porte séparant les cuisines était toujours fermée, mais il savait que la clé n'avait pas été tournée. Lilah s'était seulement tenue sur ses gardes pendant qu'il se soûlait. Il avait donné à manger à Grendel et mis un bol par terre pour Fam, s'était versé un verre de jus de fruit et avait préparé du thé qu'il avait ensuite monté dans sa chambre. Il avait décidé de se traiter en convalescent ce jour-là. Après tout, il lui fallait encore se remettre du choc de ce qu'il avait vu et du manque de sommeil accumulé durant sa veillée auprès du corps d'Austin. Et le lit, outre les autres agréments qu'il présentait, était la garantie d'une intimité absolue. À son âge, pensait-il, il était peu probable que quelqu'un vienne démolir sa porte pour le rejoindre.

Le passage qu'il venait juste de relire dans un des dossiers l'avait troublé la première fois qu'il était tombé dessus et, à présent, le troublait encore plus. L'image qu'il donnait d'un homme entre deux âges, débauché, au volant d'une voiture, interpellant par la vitre ouverte une fillette de treize ans – ou douze, comme c'était bien possible – une fillette qui disait le connaître – voilà qui était pour le moins inquiétant. L'homme, peu importait son identité, avait été si véhément dans son refus d'admettre les dires de la fillette que Marlow avait immédiatement pensé qu'il mentait. Il n'y avait absolument aucune raison pour laquelle l'adolescente aurait dit qu'elle le connaissait si ce n'était pas vrai. Elle n'avait aucune raison de mentir. Cela lui aurait fait courir le risque d'être accusée de prostitution, de racolage. Austin aussi y avait pensé. *J'espère qu'elle disait la vérité,* était-il rapporté dans la transcription, *parce que c'est en partie ce qu'elle a dit qui vous a sauvé...*

C'était en partie ce qui l'avait sauvé. Et qu'avait bien pu être l'autre partie? Son coup de téléphone à Austin? *Je ne vais pas bien.* Marlow entendait l'homme dire au policier qui voulait l'arrêter: *Je ne vais pas bien, et il faut que vous me laissiez parler à mon docteur...*

Naturellement, il était absurde pour cet individu de penser que le truc allait marcher. Ce n'est pas votre psychiatre qui peut vous tirer des griffes de la police. Tout au plus, il facilite les choses. Sauf s'il y avait un autre élément – un nom avec lequel il ne fallait pas s'amuser. Peut-être que cet homme était connu – et qu'il avait fait jouer sa situation pour persuader la police de ne pas le poursuivre.

Marlow pensa à l'homme assis dans sa voiture. Où donc tout cela avait-il pu se passer? Pourquoi les deux policiers s'étaient-ils trouvés là si opportunément?

Qui sait si la réponse à cette question n'était pas la clé de l'énigme.

Peut-être l'avaient-ils suivi pour une raison précise.

Ou bien l'homme avait garé sa voiture dans une zone sur-veillée – un coin célèbre pour les allées et venues de pédophiles, par exemple. Après tout, il y avait eu une recrudescence de voies de faits commises sur des enfants ces dernières années.

Depuis que le sida était si répandu, de plus en plus d'hommes se tournaient vers les enfants comme les uniques partenaires sexuels garantis «sans risque». Bien que le mot *partenaires* ne convînt guère dans ce cas...

L'adolescente portait ce qui semblait être l'uniforme d'une école privée. Marlow tourna une page pour revenir en arrière. *Quelque chose de bleu...* pouvait-il lire.

Quelque chose de bleu – mais, bien sûr, les écoles anglicanes pour filles et les écoles catholiques avaient toutes un uniforme bleu. Et cette fillette portait quelque chose sur son uniforme – peut-être un imperméable.

Si l'on acceptait sa version des choses, d'où connaissait-elle cet homme?

Qui était-il? Pourquoi Austin l'avait-il classé incognito?

Marlow buvait son thé et tournait les pages.

AP: Pourquoi n'étiez-vous pas au travail à ce moment-là?
P: J'étais allé à un de ces déjeuners chez Vermeer. Vous con-naissez le genre...
AP: Non. Je ne connais pas, en fait. Je ne mange jamais chez Vermeer. C'est au-delà de mes moyens.

Nous y voilà, pensa Marlow. *L'homme est riche. Mange chez Vermeer.*

L'image qu'il se faisait du patient d'Austin se précisait. Il voyait, à présent, un costume rayé, un pardessus sombre, et une voiture qui n'était certainement pas un modèle nord-américain ou japonais. Peut-être allemand, ou anglais.

P: Je ne suis pas sorti de table avant deux heures et demie.
AP: Qui était avec vous?
P: Des gens.

AP : Je suppose que leur identité importe peu...

P : Il y avait d'autres amis à moi chez Vermeer. En sortant, ils se sont arrêtés et on a commandé une autre bouteille.

AP : Vous n'allez pas me dire qui c'était ?

P : Pourquoi est-ce que je devrais. C'était juste des amis.

AP : La police vous a ramassé à quatre heures.

P : Et alors ?

AP : Alors vous avez eu bien le temps de boire. Est-ce que c'est pour ça que vous avez essayé de faire monter cette fille dans votre voiture, David ? Vous aviez un peu trop bu.

P : (Hurlant) Je n'ai pas essayé de la faire monter ! Je voulais lui acheter ses putains de culottes !

AP : Est-ce que vous aviez parlé de ça avec vos amis après le déjeuner ?

P : (Ne répond pas)

AP : Eh bien ?

P : (Idem)

AP : C'est un point important. Est-ce que la conversation avec vos amis portait sur le sexe ?

P : Pour l'amour de Dieu, Austin. Tout le monde parle de sexe.

AP : Avec des filles de douze ans ?

P : (Pas de réponse)

AP : Bon, d'accord.

P : Quoi ?

AP : Je vais vous dire quelque chose.

P : (Rire) Quoi ? Que vous baisez les chiens ?

AP : Non. Je vais vous dire que vous n'êtes pas seul.

P : Qu'est-ce que ça peut bien vouloir dire ?

AP : Ça veut dire qu'il y a d'autres gens qui viennent ici et qui s'intéressent à la même chose que vous.

P : Aux fonds de culotte ?

AP : Non. Aux enfants.

P : (Quelque chose tombe – il hurle) Mais bordel ! c'était pas une gamine ! La petite salope, elle m'attendait ! On l'avait envoyée !

Marlow retint sa respiration.

Ses yeux le piquaient. Il ne voyait plus très bien.

La réponse d'Austin se trouvait sur la page suivante, que Marlow n'arrivait pas à tourner. Il finit par mouiller son doigt dans son thé – parce qu'il avait la bouche sèche – et il froissa les bords du papier, en haut et en bas, jusqu'à ce qu'ils coopèrent, puis il lut :

AP : C'est ce que je pensais.

P : Ce que vous pensiez... Vraiment ? Salaud que vous êtes. Qu'est-ce que c'est que ça ? Un genre de piège ?

AP : Non, ce n'est pas un piège. C'est juste qu'il se trouve que je connais deux ou trois choses sur d'autres aspects de la situation et, parce que je connais ces choses, je crois que vous dites la vérité à propos de la fille qu'on avait envoyée.

Seigneur, pria Marlow. *Faites qu'Austin ne dise pas qu'il est impliqué là-dedans...*

P : Quels autres aspects ? Bon Dieu ! quels autres aspects ? Qu'est-ce que vous savez ?

AP : Rien de ce qui est dit dans cette pièce n'en sortira jamais. Jamais.

P : Et vous voulez que je croie ça ? Oh ! nom de Dieu ! qu'est-ce que j'ai dit et qu'est-ce que j'ai fait ? Mais qu'est-ce que j'ai dit et qu'est-ce que j'ai fait – nom de Dieu ? Oh ! merde...

AP : Mouchez-vous. Allez. Remettez-vous.

P : Je ne peux pas. Oh ! bon Dieu – qu'est-ce que j'ai dit et qu'est-ce que j'ai fait ?

AP : Vous devez comprendre la loi dans un cas pareil. Personne ne peut me forcer à révéler ce qui est dit ici, sauf s'il y a eu meurtre. Et même dans ce cas...

P : Vous n'êtes pas en train de me mentir ?

AP : Pourquoi est-ce que je vous mentirais ?

P : (En partie inintelligible) ... piège.

AP : Non.

P : Qui sont-ils donc – ces autres gens qui viennent ici...?

AP : Pour l'amour de Dieu, je ne vais pas vous donner leur nom ! Pas plus que je ne donnerais le vôtre à l'un d'eux.

P : Pourquoi pas ? Ça pourrait être intéressant. (Rire)

AP : Ça me désole de voir que vous trouvez ça drôle.

P : Je n'y suis pour rien.

AP : Ce qu'il faut, c'est que vous compreniez que le fait de vous intéresser aux enfants est une chose qui se soigne, pour autant que vous soyez absolument ouvert à ce sujet. C'est pour ça que je vous ai dit qu'il y en avait d'autres...

P : Absolument ouvert ? Vous voulez dire que je devrais passer une petite annonce dans les journaux ?

AP : Est-ce que je vous embête – ou est-ce que vous voulez vraiment de mon aide ?

P : Je veux que vous m'aidiez.

AP : Alors, arrêtez de faire des blagues puériles.

P : Des blagues pédophiles. (Rire)

AP : O.K.! Peut-être que je ferais tout simplement mieux d'appeler la police.

P : Non. Ne le faites pas. S'il vous plaît.

AP : Je n'ai pas de temps pour ça. Ni de patience.

P : (Inintelligible)

AP : *Absolument ouvert* signifie simplement que vous me disiez ce que vous avez dans la tête. Si on en parle, si on s'en occupe, alors on a une bonne chance d'éviter quelque chose de grave.

P : (Inintelligible)

AP : Le contact physique avec un enfant.

P : (En partie inintelligible) ... rien de sérieux... des sous-vêtements.

AP : Dites-moi ce que vous faites avec ces culottes.

P : Je ne peux pas. C'est trop gênant.

AP : Essayez. N'oubliez pas – j'ai entendu pire. J'ai tout entendu.

P : Je... non.

AP : Essayez, allez-y.

P : Je les touche.

AP : Eh bien, il n'y rien de particulièrement étrange à ça. Est-ce que c'est tout ce que vous faites ?

P : Je les sens. C'est pour ça qu'il faut qu'elles aient été portées.

AP : Est-ce que vous vous masturbez avec ?

P : (Ne répond pas)

AP : Eh bien ?

P : Quoi ?

AP : Est-ce que vous vous masturbez avec ?

P : Non.

AP : Bon, alors...

P : Ce que je fais, c'est que je chie et que je m'essuie le derrière avec. (Crie) Pour pouvoir vous les frotter sur la gueule ! (On entend des coups)

AP : Allons. Calmez-vous. (On entend des coups)

P : (Cris) Comment osez-vous me demander une chose pareille ! (On entend des coups) Comment osez-vous me demander une chose pareille ! (Coups) Comment osez-vous, espèce d'enculé de merde... !

BO : (Interruption de l'entrevue) Est-ce que vous voulez que j'appelle la sécurité, Dr Purvis ?

AP : Merci, Mme Orenstein. (Pause) Alors ?

P : Alors-quoi-merde ?

AP : Est-ce que je veux que Mme Orenstein appelle la sécurité ?

P : (Ne répond pas)

AP : Bon. Merci, Mme Orenstein. Ce n'est pas nécessaire.

BO : Très bien, Docteur. Sonnez si vous avez besoin de moi. Et permettez-moi de vous rappeler – vous avez un autre patient qui attend.

AP : Oui. Merci. (Bruit de déplacement)

P : Est-ce que c'est comme ça que vous nous appelez ?

AP : Qu'est-ce que vous voulez dire ?

P : Est-ce que c'est comme ça que vous nous appelez ? Des patients ?

AP : Oui.

P : Où est le lit ? (Rire)

AP : Vous êtes en difficulté.

P : Ah ?

AP : Oui.

P : Comment ? Pourquoi ?

AP : Vous êtes au bord du gouffre.

P : Qu'est-ce que ça veut dire ?

AP : Ça veut dire que vous avez besoin d'aide.

P : Alors. J'ai besoin d'aide. Quelle sorte d'aide ?

AP : Il faut que vous vous arrêtiez pendant un moment.

P : Que j'arrête quoi ? D'acheter des culottes à des gamines ? (Rire)

AP : Je veux que vous preniez des vacances. Vous avez besoin de vous arrêter – et vous avez besoin de repos.

P : Mais qui est-ce qui a le temps de se reposer ? Vous êtes complètement fou.

AP : Au contraire. Je suis tout ce qu'il y a de plus sérieux. Si vous ne vous arrêtez pas – eh bien je ne réponds plus de vous.

P : Est-ce que vous êtes en train de dire que je fais une dépression ?

AP : Je veux simplement dire que vous avez besoin de repos. Je vais vous prescrire des médicaments.

P : (Inintelligible)

AP : D'accord ?

P : Oui. (Bruit de mouvements) Merci.

(Fin de la bande)

433

8

Eleanor Farjeon essuyait des revers de tous les côtés. Sa couvée ne répondait pas au traitement et le directeur médical cherchait à intervenir au nom de l'hôpital. Il l'avait fait venir dans son bureau plus tôt ce jour-là et lui avait passé un savon doublement éprouvant – d'abord à cause du ton intimidant sur lequel il l'avait fait, ensuite parce que c'était devant témoins. Il voulait de toute évidence la démoraliser, dans l'espoir qu'elle trouverait le centre psychiatrique de Queen Street invivable pour y mener sa thérapie expérimentale. Il s'appelait Strict. Eleanor ne pouvait s'empêcher de sourire quand elle y pensait.

Au début, le Dr Strict n'avait pas accueilli favorablement la demande d'Eleanor pour une dispense spéciale afin de loger dans cet hôpital son groupe d'enfants à problèmes. Il y avait d'autres institutions dans la ville qui étaient consacrées en totalité ou en partie aux enfants en difficulté, des centres qui avaient été désignés pour traiter les jeunes souffrant de troubles mentaux. Queen Street ne comptait pas parmi ces institutions, mais Kurtz avait réussi à persuader son psychiatre en chef, le Dr Farrell, de faire une exception en sa faveur. N'eût été l'éminente réputation de Kurtz – *et son foutu don de s'y prendre,* comme disait Strict – la couvée n'aurait jamais franchi la porte.

Strict avait été l'ennemi juré d'Eleanor depuis le premier jour, insistant pour que soient prises des précautions et des restrictions inouïes – dont aucune ne visait le bien des enfants, mais dont toutes permettraient à Strict de s'en laver les mains en ce qui concernait Eleanor et sa couvée si les choses tournaient mal. Il insista pour avoir plus de portes fermées à clé qu'on en saurait compter – et ses phobies causèrent beaucoup plus d'inconfort qu'il n'était nécessaire en réalité. Ainsi, les veilleuses faisaient qu'il était pratiquement impossible de dormir ou d'avoir un tant soit peu d'intimité – et les enfants furent privés d'oreillers et de leurs nounours *de peur qu'ils s'en servent pour s'entre-tuer.*

Du point de vue d'Eleanor, Queen Street était un moyen de séparer les adolescents dont elle avait la garde des autres enfants, ce qui était absolument nécessaire. Plus tôt, lorsqu'elle s'était occupée de sa première couvée dans un centre accueillant des jeunes, les confrontations avec les autres enfants avaient atteint une violence qui faisait peur à voir. La vue d'un autre enfant aux cheveux longs, par exemple, mettait la couvée en rage. Il s'était créé un climat de guerre des gangs qui était dangereux pour tout le monde. Le centre avait été soulagé de se débarrasser d'eux.

Ce matin-là, Strict avait fait venir l'infirmière en chef et les diététiciens de l'hôpital et avait menacé de nourrir les enfants d'Eleanor *par n'importe quel moyen* si elle ne parvenait à mettre fin à leur perte de poids. Eleanor savait que la seule façon d'alimenter quelqu'un de force était l'intraveineuse – ce qui exigerait automatiquement qu'on drogue les enfants pour qu'ils se laissent faire. Eleanor avait la conviction – preuves à l'appui – que sa couvée souffrait déjà des effets d'une surmédication, et elle était bien décidée à ce que la chimiothérapie ne fît pas partie de leur traitement.

« Et s'ils meurent de faim ?

– Ils ne mourront pas de faim, Dr Strict. Je ne le permettrai pas.

– Comment l'empêcherez-vous, si vous ne permettez pas qu'on les nourrisse par intraveineuse ?

– Je les ferai manger à la cuillère. Ils me laisseront faire. Pour eux, je suis leur mère. Je les ferai manger avec mes doigts, s'il le faut. Mais on ne les fera pas obéir à coups de drogues. »

L'infirmière avait ensuite rapporté au Dr Strict un incident violent auquel avait été mêlé un membre de son personnel. Eleanor était ahurie. Elle avait toujours cru comprendre qu'elle était la seule à s'occuper de ce genre de choses.

Il s'agissait d'un incident mineur. Un infirmier avait été mordu au cou par la fille prénommée Sandra. Eleanor aurait pu leur montrer des centaines de morsures dont elle ne s'était jamais plainte. Elle en avait le cœur brisé. Elle n'avait pas d'alliés –

personne sur place à qui demander conseil – personne pour l'épauler dans ses décisions.

Enfin, c'est elle qui avait choisi cette voie et elle tiendrait bon ou elle y laisserait sa peau.

Plus tard, cet après-midi-là, à la suite de sa rencontre désastreuse avec Strict et l'infirmière en chef, Eleanor avait reçu des preuves supplémentaires que l'état de sa couvée était en train de se dégrader. Le garçon du nom d'Adam, dont le dossier médical ne mentionnait pas de crises, était entré en convulsion et s'était rompu un vaisseau à la tempe. La vue du sang sur son visage avait provoqué la panique, autant chez les enfants que chez leurs surveillants.

Eleanor, qui était présente lors de l'incident, s'était mise à genoux et avait cherché à calmer le garçon en lui tenant la tête sur son giron pendant qu'elle essuyait le sang. Aaron, qui avait toujours été particulièrement proche d'Adam, avait dû croire qu'Eleanor faisait du mal à son ami et il s'était jeté dans son dos en la prenant à la gorge.

Ce spectacle avait attiré les autres enfants au « secours » d'Adam et il lui étaient tous tombés dessus d'un coup, sauf William. William regardait de loin, puis il s'était assis par terre et couvert les yeux.

Cette confusion n'avait pas duré plus d'une minute, mais Eleanor avait cru qu'on allait la mettre en pièces. Il y avait une force terrifiante dans les doigts de ces enfants. Elle avait pu la voir à l'œuvre dans des crises antérieures, mais jamais elle n'en avait fait l'expérience aussi directement. Dans le passé, les enfants l'avaient mordue, frappée, griffée – mais ils ne l'avaient jamais malmenée comme cet après-midi-là.

Les garçons de salle qui étaient de garde l'avaient sauvée, en repoussant les enfants et en les immobilisant par des clés au bras. Une infirmière, du nom de Denise, avait aidé Eleanor à se relever et l'avait emmenée à l'infirmerie pour y soigner ses blessures. On avait emmené Adam dans sa chambre et une demi-heure plus tard, l'incident était clos.

Quand Eleanor sortit de l'infirmerie, elle jugea qu'il valait mieux ne pas se faire voir des enfants et, pensant les éviter, elle traversa leur salle en empruntant une porte auxiliaire qui débouchait directement de la salle d'observation. Aucun des enfants n'était en vue – ils avaient dû tous être mis dans leur alcôve individuelle. Mais elle avait oublié William.

Il était debout dans un coin de la pièce que l'on ne pouvait voir des fenêtres d'observation que si l'on se tenait tout près de la vitre. Il tremblait, comme s'il était en train de prendre froid. Quand elle le vit, Eleanor resta figée sur place. Elle était seule dans la pièce avec lui.

William la regarda, toujours agité de tremblements – les bras le long du corps, poings serrés.

Eleanor dit : « Bonjour, William. »

Il ne répondit pas, mais desserra les poings.

Elle traversa la pièce dans sa direction. Ses genoux lui faisaient mal. Et ses coudes aussi. Elle avait un pansement au cou qu'elle dissimula en remontant son col, ne sachant trop quelle serait la réaction de William s'il le voyait. En s'approchant de lui, elle vit qu'il souffrait terriblement, les yeux rivés sur une vision violente qu'elle-même n'était pas en mesure de percevoir.

William était le garçon dont la souffrance avait été si intense que sa survie constituait presque un miracle. Rien de bon, manifestement, ne lui était jamais arrivé, bien qu'Eleanor n'eût pas accès aux détails. Comme pour la plupart des autres membres de la couvée, on ne pouvait retracer son histoire. Si dans deux ou trois cas, Eleanor avait pu identifier les enfants, et même retrouver la famille, pour William, on n'avait signalé aucun adolescent disparu qui lui ressemblât. Et comme il ne parlait ni n'écrivait, on n'avait aucun moyen de savoir d'où il venait. Il n'avait pas pu dire son nom – mais tous les autres enfants l'avaient reconnu et plusieurs l'avaient appelé *William*. Quelles qu'eussent été les horreurs endurées dans leur passé commun, William était pour eux comme un phare, illuminant leurs visages de sa présence. Tout ce qui lui restait, c'était le soutien de la couvée et de l'amour d'Eleanor, et elle craignait qu'il ne le comprît pas. Pour une raison quelconque, William semblait croire que l'amour était un piège, une chose dont il fallait se méfier.

«Laisse-moi t'aider, William. S'il te plaît», dit Eleanor doucement.

Il la regardait – ou tentait de le faire. Il n'arrivait pas à fixer son regard – ses yeux étaient toujours prisonniers de la vision qui l'obsédait.

Eleanor se mordit les lèvres et ferma les yeux. Elle craignait que William vît qu'elle avait peur de lui.

«William, dit-elle. Viens ici.» Sa voix était à peine audible.

Elle ouvrit les bras et attendit.

Après ce qui lui parut une éternité, elle le sentit venir à elle et, les paupières toujours closes, l'entoura de ses bras.

Il avait froid, transpirait, et son cœur battait très vite.

«Je t'en prie, n'aie pas peur de moi», dit-elle. Et elle resta là, le tenant dans ses bras durant vingt minutes, jusqu'à ce que deux garçons de salle viennent et l'emmènent dans sa chambre.

Il était minuit. Passé. Elle avait laissé les enfants avec leurs gardiens de nuit et avait quitté l'hôpital en voiture, conduisant sous la pluie vers le Lake Shore Boulevard puis accélérant en direction de l'ouest. Eleanor conduisait comme une folle. C'était son seul vice. Elle ouvrait toutes les vitres, quel que soit le temps, et décollait à cent, cent vingt-cinq, cent quarante à l'heure en défiant tous les dieux du ciel et de la terre de la tuer. Elle conduisait ainsi pendant une heure, circulant en trombe sur l'autoroute de Burlington, jusqu'à Hamilton puis faisait demi-tour.

Elle allait ensuite se garer quelque part le long d'une route, écoutait la radio – surtout de la musique country et western. Des chansons qui parlaient de tragédies qu'elle espérait pires que les siennes. Mais tous les amants en fuite et les amourettes de bastringue n'auraient pu la faire pleurer. Seuls les enfants de sa couvée y seraient parvenus – si elle n'y avait déjà renoncé depuis si longtemps qu'elle avait oublié quand était la dernière fois où elle avait versé des larmes. Mais ses enfants vivaient eux-mêmes

438

des tragédies pour lesquelles il n'y avait pas de mots. Seuls leurs visages parlaient. Seulement leurs regards.

À six heures, au moment où le soleil s'apprêtait à se lever, Eleanor se gara sur le stationnement d'un café, acheta le *Globe and Mail* et entra finir sa journée. Comme d'habitude, elle allait manger deux pâtisseries danoises, boire quatre tasses de café, fumer dix cigarettes, lire le journal, partir, rentrer chez elle et dormir deux heures. À dix heures, elle retournerait à Queen Street. C'était le quotidien. C'était sa vie.

Ce jour-là, elle tourna brusquement les pages, parcourut toute une section et, passant à une autre, fut attirée par une nouvelle qui la prit totalement au dépourvu. Son sac tomba par terre. Sa main renversa la tasse de café. Le liquide lui brûla le poignet.

Austin Purvis était mort.

Désormais, elle était tout à fait seule.

9

Marlow était descendu dans la cuisine et s'apprêtait à se faire cuire un œuf à la coque avec des toasts. Il était déjà descendu préparer du café, qu'il était remonté boire à l'étage pendant qu'il se rasait, prenait sa douche et s'habillait. Il était près de neuf heures. Grendel était dans la cour en train de déterrer ou d'enterrer un autre gant de géant. Lilah était assise à sa table de cuisine, occupée à boire du thé et à lire. Elle avait succombé à Frankenstein et, à ce qu'elle sût, le monstre était toujours enfermé dans l'histoire. Fam, de son appui de fenêtre, guettait Grendel du coin de l'œil.

Les pages trempées du *Globe and Mail*, restées sous la pluie dans l'obscurité, étaient étalées sur la table de Marlow. Le papier s'était en partie désagrégé sur le seuil de la porte tandis que Marlow était plongé dans le dossier de l'homme anonyme. Il avait pensé faire sécher le journal dans le four, mais s'était rappelé que ce traitement faisait se recroqueviller les journaux qui s'émiettaient et devenaient difficiles à lire.

Après avoir parcouru rapidement ce qui restait de la première page, il vit que la rubrique *Naissances et Décès* se trouvait dans les pages des *Petites Annonces,* enfouies sous les couches spongieuses formées par les sections *Art et Culture, Sports et Mode, Affaires et Immobilier.* Les voitures à vendre, les offres d'emploi et d'autres colonnes de services professionnels et d'annonces personnelles précédaient la rubrique nécrologique.

O'BRIEN... OSSINGTON... PACKER... PRICE...

PURVIS.

Il était là.

Marlow se sentait si nerveux à l'idée de lire les détails qu'il éteignit le gaz sous la casserole et se versa un verre de bordeaux avant de s'asseoir et de les affronter. Il alluma également une cigarette.

PURVIS. Austin Rankin, M.D., Membre associé du Collège royal des médecins et chirurgiens du Canada, à Toronto, le 22 juin... et cætera... précédé dans la mort par son père... et cætera... son frère Harold Purvis, de Sackville (Nouveau-Brunswick) et sa sœur Mary Wells, de Portland (Maine)... et cætera.

Marlow avait oublié tous ces détails de la vie de son ami. Il continua de lire.

Austin Purvis, qui travaillait à l'institut Parkin de recherche psychiatrique, université de Toronto, avait un doctorat en médecine de l'université McMaster et un doctorat en psychologie de l'université de Toronto. Crémation privée. Les dons sont acceptés pour la Fondation des maladies du cœur... et cætera.

La Fondation des maladies du cœur.

Alors c'était ça. Ils allaient faire passer son suicide pour une crise cardiaque.

Mais *crémation privée*. Qui en avait donné l'autorisation ? Marlow maudit le jeune livreur de journaux et la pluie d'avoir conspiré à faire pourrir les premières pages, où – si la moindre chose avait été écrite sur le décès – un article aurait paru.

Curieux que Marlow eût oublié à ce point l'existence du frère et de la sœur d'Austin. Il les avait rencontrés une fois, il ne se rappelait plus dans quelles circonstances, mais c'était peut-être à l'occasion de la mort de leur père. Ils étaient plus âgés qu'Austin – et étaient également morts à présent. Marlow connaissait Austin depuis si longtemps qu'il se rappelait très bien son père, le révérend Curtis Purvis, un nom qui lui avait toujours donné envie de rire. Quelle guerre cela avait été, le père et le fils s'y mettant comme l'archange et le démon – le défenseur de la foi et le psychiatre humaniste. Marlow entendait encore le révérend lancer à son fils : *Tu n'es rien d'autre qu'un scientifique froid et sans âme !* quand Austin avait, une fois de plus, nié l'existence de Dieu.

Ce devait être ça – la rencontre dont il se souvenait avec son frère Hal et sa sœur Mary. Un soupir de soulagement simultané, quand le vieillard – enfin – eut été mis en terre et la pierre posée pour l'y garder.

Et voilà que le dernier des enfants Purvis était mort, sans même avoir atteint la soixantaine.

Enfin. C'était ainsi. Il ne restait rien d'Austin Purvis à part les transcriptions étalées sur le lit de Marlow – et un carton débordant d'horreurs.

10

Tout en haut, surplombant la ville, au vingt-cinquième étage de La Citadelle, Kurtz était assis dans son solarium sous l'arcade verdoyante d'une bougainvillée. Il jouait du téléphone et esquivait la presse, mettant en œuvre un de ses multiples talents – sa capacité de faire taire poliment les gens.

Oui, avait-il répété au moins dix fois, *une carrière prometteuse coupée court. Je l'avais prévenu. Bien des fois. La pression peut devenir intolérable. Mais il ne voulait pas écouter. Je suis profondément navré...* Kurtz avait tout arrangé pour la crémation. Payé la note. Accepté les condoléances des collègues. Il était resté debout dans la chapelle pendant qu'on lisait quelques phrases ; était reparti dans sa voiture ; avait rédigé la notice nécrologique ; prévenu les journaux. Mission accomplie.

À présent, il allait devoir faire face aux conséquences. *L'enfance de l'art.* Était-ce la bonne expression ? Non. *Du gâteau.*

CHAPITRE VIII

*Mais l'espoir s'est éteint dans mon cœur – et ma joie
Est enfouie dans ta tombe, mon petit garçon!*

Susanna Moodie
Vie dans la clairière et *vie en forêt*

1

Eloise Wylie pressait le pas dans le hall de l'institut Parkin. Elle ne s'intéressait pas au tableau de la Chambre dorée. Tout ce qu'elle voulait, c'était survivre à l'épisode critique d'Amy et retourner chez elle vers Nella et vers son scotch. Le connu la sauverait.

Peggy Webster, qui accompagnait sa mère, avait vu le tableau à la galerie Fabiana et, bien qu'elle n'eût aucun penchant pour la toile, elle s'en avouait le génie et s'arrêta suffisamment longtemps pour en saluer la présence.

« Intéressant qu'un tel tableau vous accueille dans un lieu pareil, dit-elle.

– Pourquoi intéressant ? » dit Eloise, marchant d'une allure implacable vers les ascenseurs au loin.

« C'est une description de l'enfer, dit Peggy. J'aurais cru qu'une description du ciel aurait été plus utile, compte tenu de l'endroit où il est accroché.

– Qui penses-tu reconnaîtrait le ciel dans un asile d'aliénés ? dit Eloise. J'imagine que ce qui est représenté dans le tableau doit être plutôt réconfortant par ici.

– Hein ?

– Une bande d'hommes nus en train de s'arracher bras et jambes et de les jeter à des chiens voraces, est-ce que tu peux penser à quelque chose de pire ? À la lumière de ce tableau, Peg, la simple folie n'est rien du tout. »

Marchant derrière Eloise, Peggy sourit. « Oui, maman », dit-elle.

Eloise et Peggy étaient toutes deux habillées comme si elles étaient de sortie pour un thé ou un cocktail. Eloise n'était pas adepte du chapeau et portait simplement un filet qui lui couvrait les cheveux. Il était moucheté de minuscules paillettes noires et maintenu par un ruban de velours. Le filet et les cheveux blancs au-dessous faisaient ressortir les yeux sombres et le profil d'aigle.

445

Elle était svelte, quoique un peu voûtée, dans son tailleur de lin gris et on aurait pu penser qu'elle sortait des pages d'un magazine – n'eût été le fait que les magazines montrent rarement des gens de plus de vingt-deux ans. Peggy était vêtue d'un manteau de drap cintré et d'un chapeau acheté à Rome, où elle était allée en voyage organisé pour visiter des musées. Le chapeau n'était pas sans ressembler à une boîte de velours peu profonde. De forme hexagonale, il était posé sur l'arrière de sa tête et lui donnait l'air d'un avocat de la Renaissance – une Portia sans cause à plaider. Le seul client que Peggy eût à défendre, c'était elle-même contre Ben. Elle aurait voulu qu'Olivia puisse venir avec elles aujourd'hui. Des trois sœurs, Olivia était celle qui avait le plus d'autorité et le plus de sens pratique. Peggy se sentait ravagée et épuisée à l'intérieur. Elle aurait aussi apprécié l'énergie d'Olivia.

Eloise entra la première dans l'ascenseur et se tint carrément au centre, comme un capitaine sur son bateau. Quand d'autres personnes montèrent, elle ne bougea pas d'un millimètre. Mère et fille respectaient le protocole du silence dans les transports publics. Si l'une d'elles avait pris le bus ou le tramway, ce qui n'était pas dans leurs habitudes, elle se serait tenue aussi raide. Le meilleur moyen de se cacher des autres, c'est de les ignorer – ne rien dire et ne rien voir. Ainsi, personne ne peut savoir qui vous êtes.

À leur arrivée l'infirmier d'Amy, Tweedie, qu'on avait prévenu de leur visite, les attendait. Il les informa qu'Amy était en train de déjeuner, mais leur proposa, si cela les intéressait, d'aller voir le coin salle à manger. *Oui*, lui dit Eloise. *Ça les intéressait.* Peggy aurait préféré qu'elle ne dise rien, mais elle ne protesta pas. Tweedie les conduisit par les couloirs jusqu'aux salles fermées à clé.

Tout d'un coup, Peggy s'arrêta net.

Tweedie se retourna et attendit.

« Il y a quelque chose qui ne va pas ? » demanda-t-il.

Peggy avait les yeux rivés sur une des portes fermées.

« Mme Webster ? »

Soudain, Peggy éclata de rire.

« Peggy ? dit Eloise. Qu'est-ce qu'il y a ma chérie ?

– Viens ici, maman. Il faut que tu voies ça. »

Eloise revint sur ses pas, là où se tenait Peggy. Curieux, Tweedie les rejoignit.

« Ce panneau, dit Peggy.

– *SERVICES THERAPEUTIQUES,* lut Eloise, à voix haute.

– Oui. C'est aussi ce que je lis maintenant, maman. Mais quand je l'ai vu la première fois, j'ai lu *SEVICES THERA-PEUTIQUES.*

Ben.

Tweedie ne dit rien, mais que Peggy Webster eût interprété le panneau de cette façon l'intriguait. Seule une autre personne avait fait la même erreur, et elle était à présent sous sédatifs dans une des alcôves de ce même corridor. La patiente en question s'était jetée à maintes reprises contre la porte, jurant qu'elle allait tuer quiconque se trouvait derrière. Tweedie ne put s'empêcher de se demander si quelque chose de semblable était passé par la tête de Peggy Webster quand elle avait mal interprété le panneau. Il avait surpris son expression juste avant qu'elle n'éclate de rire. Elle reflétait de la colère – et de la peur. Triste.

Au Parkin, les patients de l'étage des traumatisés prenaient leurs repas dans une salle commune dont l'ambiance rappelait le pensionnat. Un surveillant était assigné à chaque table – où les comportements étaient souvent comparables à ceux de jeunes enfants. De temps à autre, de mini-guerres se déclenchaient à propos de la disposition des boîtes de céréales et des pots de lait – et de grandes guerres éclataient lorsqu'un patient convoitait les hallucinations d'un autre.

C'était une salle convenable quant à la dimension et à l'éclairage. De grands fauteuils de bois dont l'assise et le dossier étaient faits de sangles de cuir s'alignaient de part et d'autre des tables de réfectoire en chêne. Les rideaux aux fenêtres étaient en toile de jute orange, ce qui donnait à la pièce une lumière agréable – ni trop claire, ni trop terne. Sur trois côtés, aux deux tiers de la hauteur des murs, sous un plafond de près de cinq mètres, courait un balcon, avec des portes qui ramenaient au labyrinthe de couloirs. Tweedie y fit monter Eloise et Peggy pour leur permettre d'observer sans être vues.

Si Amy Wylie avait été jugée suffisamment stable pour manger avec les autres, elle n'en vivait pas moins encore dans son monde. Mais cela était vrai de presque tous ceux qu'elle côtoyait. Ce qu'il fallait, c'était ne pas laisser la multiplicité des mondes entrer en collision. Il fallait faire de la place pour que chacun pût exister à côté des autres. Il fallait délimiter l'espace et, parfois, poster des gardes-frontières.

Amy, par exemple, avait besoin d'un certain espace pour ses oiseaux. Cela n'était pas très différent d'autres formes de compromis social : assez de place à table pour remuer les coudes, pas de coups de pied au voisin, et cætera.

En regardant en bas, Eloise et Peggy virent qu'Amy était assise à une table où se trouvaient seulement deux autres patients – tous deux lui faisant face. Un surveillant était assis à une extrémité. Les oiseaux d'Amy, en conséquence, étaient éparpillés de son côté de la table, nombre d'entre eux perchés sur les accoudoirs et les dossiers des fauteuils inoccupés – personne d'autre qu'Amy, bien sûr, n'étant conscient de leur présence.

Quand la femme en face d'Amy se rendit compte qu'il y avait des oiseaux, elle déclara : «Tant qu'ils ne viennent pas dans mon nécessaire de couture.» Puis elle se pencha vers Amy et lui chuchota : «Pas de pies?»

Amy fit non de la tête. Pas de pies.

«Je ne vois pas d'oiseaux», avait dit l'autre convive. Il était petit, relativement jeune et perdait ses cheveux. Il s'appelait Norman.

La couturière le foudroya du regard et déclara : «Vous ne voyez rien. Vous vous êtes assis sur ma sœur Mary l'autre soir – et vous ne vous êtes toujours pas excusé.» Puis elle sourit à Amy et baissa la voix. «Les hommes, dit-elle, s'assoient sur n'importe quoi, y compris vos parents. On n'est jamais trop prudent.»

Un repas chaud était servi à midi. Comme Eloise et Peggy pouvait le constater, il était simple, mais copieux. Il y avait des boulettes de viande, de la purée de pommes de terre et des petits pois dans chaque assiette. Tout devait pouvoir se manger à la cuillère. On avait supprimé les couverts tels que les couteaux et les fourchettes, qui pouvaient trop facilement se transformer en armes – compte tenu surtout que la schizophrénie paranoïaque régnait presque partout dans la salle. Et aussi tout ce qui était en verre. On buvait dans des tasses en plastique.

On portait des bavoirs.

Presque instantanément, l'homme qui faisait face à Amy de l'autre côté de la table se mit à parler à sa nourriture.

«Décide-toi», disait-il au contenu de sa cuillère, après l'avoir portée à la hauteur de sa bouche. «Est-ce que tu y vas, oui ou non?»

Apparemment non.

La cuillère fut reposée dans l'assiette et Norman dit : «Ne me raconte pas tes problèmes! Si ta mère a fini dans l'assiette de quelqu'un d'autre, ça n'est pas ma faute.»

Amy, raidie, regardait ses mains sous la table.

Norman continua : «Je ne peux pas faire ça. Je ne peux vraiment pas demander à cette dame d'inspecter ses petits pois.» Il y eut une pause. «Non, je ne peux pas», dit-il, le nez dans son assiette. «Et je ne vais pas le faire. Ça ne se fait pas!»

Après quoi, il poussa un profond soupir et regarda timidement la couturière.

«Madge, dit-il, je m'excuse, mais est-ce que je pourrais avoir vos petits pois?»

Madge dit : «Vous n'allez pas vous asseoir dessus, dites-moi?»

Norman fit non de la tête et le lui jura.

Madge fit glisser son assiette le long de la table. «Servez-vous, dit-elle.

– Merci.»

Il regroupa les petits pois de Madge sur le bord de l'assiette et les fit tomber en pluie dans la sienne. Après avoir rendu à Madge son assiette, Norman étala tous les petits pois pour les séparer et dit : «Alors? Est-ce qu'elle est là?»

Non.

«Oh! de grâce.»

Norman regarda Amy.

Amy n'attendit même pas qu'il le lui demande. Elle poussa son assiette – qu'elle n'avait pas touchée jusqu'à présent – de l'autre côté de la table où ses petits pois furent dûment enlevés pour rejoindre les autres. Comme Norman lui rendait son assiette, il expliqua : «Ces petits pois ont perdu leur mère. Ils veulent que j'essaie de la retrouver.

– Mangez-les, dit Madge. Et ils la trouveront plus vite que vous ne le croyez.»

Elle n'aurait pas dû dire ça.

«Je vais vous réduire vos pommes de terre en purée si vous ne faites pas attention», dit Norman, haussant le ton.

Madge restait calme. «Elles sont déjà en purée», dit-elle.

Norman se leva.

Eloise, tout en continuant d'observer la scène, s'éloigna de la balustrade. Le surveillant de Norman se leva et fit un pas en avant.

Les oiseaux d'Amy se rapprochèrent dans un bruissement d'ailes.

«Maman petit pois! Maman petit pois! Au secours! criait Norman. Ils vont manger tes enfants et il n'y a que toi qui puisses les sauver!»

Tout le monde dans la pièce se mit à marmonner *maman petit pois, maman petit pois* jusqu'à ce que ces mots deviennent une sorte de litanie récitée à voix basse.

Amy regardait avec appréhension.

Madge ne faisait pas attention. Elle mangeait ses boulettes de viande.

«Maman petit pois! Maman petit pois! Au secours! criait Norman.

– Allons, allons, disait le surveillant. Calmez-vous. Calmez-vous.» Il mit ses mains sur les épaules de Norman. Celui-ci se rassit et fixa son assiette.

«J'ai essayé, dit-il. J'ai essayé – mais je n'ai pas réussi.

– Non, ce n'est pas vrai», dit Amy. C'étaient les premiers mots qu'elle prononçait depuis son arrivée à table. «La voilà.» Elle lui passa un petit pois tout seul.

Peggy retint sa respiration.

«Elle se cachait dans ma purée», dit Amy.

L'homme éclata en sanglots.

«Tous ces hurlements lui avaient fait peur», dit Amy. Puis elle sourit à Madge. «Il faut jouer le jeu, c'est tout, dit-elle doucement.

– Il est fou, dit Madge, à voix haute.

– Je sais, dit Amy. Mais ce n'est pas sa faute.

– Alors c'est la faute de qui?» Madge était sur la défensive.

Amy dit : «De personne.»

Madge dit : «Si vous voulez mon avis, c'est parce que c'est un homme.» Et elle planta sa cuillère dans sa dernière boulette de viande et l'avala. Tout rond.

«Ils devraient quand même savoir qu'il ne faut pas servir de petits pois à cet homme», dit Eloise, au moment où Tweedie les guidait vers la sortie.

«Ça ne servirait à rien, dit Tweedie. Tous les jours, c'est quelque chose de différent. La semaine dernière, il essayait de trouver tous les morceaux d'un seul poulet.

– Oh là là! dit Eloise. J'espère qu'il n'essaiera jamais avec du rôti de bœuf.»

Ils marchaient de nouveau dans le corridor.

«Pourquoi y avait-il tant de chauves, avec de la teinture jaune sur la tête?» demanda Peggy, faisant allusion à plusieurs patients qu'elle avait vus dans la salle à manger.

«Ce sont les maniacodépressifs, dit Tweedie. Ils suivent un traitement où on se sert de scanners.

– Je vois.» Peggy ne voyait rien du tout, mais elle ne voulait pas laisser paraître son ignorance.

451

« Il existe trois programmes de scanographie au Parkin, leur dit Tweedie. Le programme destiné aux maniacodépressifs est le seul pour lequel on doit raser la tête.

– Dieu merci, ma fille échappe à ça », dit Eloise.

Peggy dit : « Est-ce qu'un de ces autres programmes de scanographie s'applique à la schizophrénie, M. Tweedie ?

– Oui, madame. Il y en a un. C'est le scanner TEP.

– Le scanner TEP ? dit Eloise.

– T-E-P. Tomographie par émission de positrons. On s'en sert pour étudier les fonctions biologiques et cellulaires du cerveau...

– Est-ce que ma fille y sera exposée ?

– Je ne peux pas vous dire, Mme Wylie. Ça dépend entièrement de ses médecins.

– Est-ce que c'est une bonne idée, M. Tweedie ?

– C'est sûr que ça peut aider, dans certains cas.

– Est-ce que c'est douloureux ? dit Peggy.

– Non, madame. Certains patients trouvent l'expérience effrayante, mais je vous assure qu'ils ne sentent absolument rien.

– Dans le cas de ma fille, M. Tweedie, est-ce qu'on nous préviendrait si on employait un tel procédé ?

– Oui, madame. Vous seriez prévenue. »

Ils prirent un dernier virage et longèrent le couloir qui les amena à destination.

« Votre fille doit être revenue dans sa chambre maintenant », dit Tweedie.

La porte d'Amy était la dernière à droite d'une série de dix. Peggy les avait comptées, ne sachant pourquoi. Pour une raison quelconque, cela l'avait réconfortée. Elle n'appréciait pas beaucoup cette visite. Elle se sentait désorientée, claustrophobe, comme prise de panique.

Quand Tweedie ouvrit la porte, Eloise entra sans appréhension. Peggy resta en arrière. Tweedie rôda discrètement dans le corridor.

Amy était assise sur son lit, les pieds serrés l'un contre l'autre et les mains fermées sur ses genoux. La première impression de

Peggy fut qu'on lui avait coupé les cheveux – mais ce n'était pas vrai. Ils étaient simplement ternes et raides, tirés en arrière et retenus par un gros élastique.

« Amy ? » C'était Eloise. « Ma chérie ? C'est maman. » Amy ne bougea pas.

« On est venues voir si tu as besoin de quelque chose », dit Peggy, toujours debout dans l'embrasure de la porte.

« Ce dont j'ai besoin, c'est de rentrer chez moi. Il faut que je donne à manger aux oiseaux. » Amy avait dit cela sur un ton monocorde. Elle ne les avait pas encore regardées.

Eloise traversa la pièce et tira vers elle l'unique chaise qui se trouvait là.

« Ne fais pas ça », dit Amy.

Eloise s'arrêta, sa main toujours posée sur le dossier de la chaise. « J'aimerais m'asseoir, dit-elle.

– Tu ne peux pas t'asseoir là, dit Amy. Si tu dois le faire, assieds-toi ici. »

Amy se leva. Manifestement, Eloise se voyait offrir la place où Amy était assise, et pas une autre. Elle accepta. Amy alla s'adosser au mur, les bras ballants.

« Tu sembles avoir maigri », dit Eloise.

Peggy ne dit rien.

Amy répondit : « Je n'ai pas faim. Je n'ai jamais eu faim. »

Eloise dit : « Il faut manger, ma chérie. Ton corps en a besoin.

– Pas mon corps.

– Mais, mon enfant...

– Arrête de me dire ce que je dois faire », dit Amy. Tout cela prononcé d'une voix sans inflexions.

Peggy intervint : « Elle ne meurt pas de faim, maman. Pourquoi ne pas parler d'autre chose ? »

Eloise regarda Amy : « Est-ce que tu es bien ici ? » *Quelle question ridicule,* songea-t-elle, au moment même où elle la posait.

« Oui. »

La réponse est tout autant ridicule, pensa Eloise. *Mais ça aurait été celle que j'aurais faite moi-même.* «Comment se porte ta garde-robe? dit-elle. Est-ce que tu aimerais avoir une nouvelle paire de chaussures? Un peignoir? Un chemisier?

– Non, merci maman.

– Que dirais-tu de belles petites pantoufles neuves?

– JE NE VEUX RIEN, MAMAN!» Ces mots furent lâchés comme un cri et Peggy en fut si surprise qu'elle recula et heurta le chambranle de la porte avec son épaule.

Eloise était assise, figée. Elle était abasourdie, mais résignée. Les crises de rage d'Amy avaient commencé vers ses quinze ans. On avait alors pris l'habitude de les ignorer.

C'était avant qu'on eût compris qu'Amy était malade, quand elle semblait tout simplement obstinée – et qu'elle n'en faisait en général qu'à sa tête, sauf s'il était évident qu'elle s'exposait à un danger. Dans ce cas, on la surveillait. À cette époque, Dieu merci, Glennie était encore là, et elle avait déjà l'habitude de garder un œil sur Amy. On dissuada cette dernière de se promener le soir, par exemple, sauf si quelqu'un l'accompagnait. Non que l'on craignît les exhibitionnistes ou les violeurs – mais parce qu'on ne pouvait dire où et jusqu'où elle irait. Sa prédisposition à disparaître avait causé beaucoup d'inquiétude – et lorsque la réponse à *Où es-tu allée?* était devenue *Je ne sais pas* au lieu des endroits habituels, Eloise s'était enfin rendue à l'évidence. Sa fille était folle.

Année après année, Eloise Wylie avait vécu tous les cauchemars de sa famille en gardant son calme : donner la vie avec ses résultats désastreux, Amy, le bébé en conserve, l'anéantissement du désir de vivre de son époux. Ce ne fut qu'ensuite qu'elle adopta le désespoir comme mode de vie. À présent, elle était assise sur le lit d'Amy, les yeux baissés sur ses mains déformées par l'arthrite.

«Est-ce que tu as quelque chose à lui dire, Peg? fit-elle. Autrement, je pense qu'on ferait mieux de s'en aller.»

Peggy se sentit prise au piège. Sa mère rejetait toujours la responsabilité sur quelqu'un d'autre pour se sortir d'une situation embarrassante – impasse sociale, sa propre ébriété, la maladie d'Amy.

Amy, enfant, avait toujours été celle qui ramenait à la maison écureuils agonisants et chiens écrasés et elle avait presque toujours eu à soigner une ménagerie de bêtes éclopées. Peggy pensait alors que le lien entre sa sœur et les animaux était tout simplement ridicule – un sentimentalisme de mauvais aloi – même si, plus tard, elle s'était ravisée quand il était devenu évident que sa sœur était poète. Pas une soi-disant poétesse. Pas une écolière qui écrit des poèmes. Une vraie poétesse.

Peggy avait toujours regardé ses sœurs avec une envie teintée de mélancolie. Olivia était forte et déterminée. Amy semblait, par-dessus tout, être libre et ne pas connaître la peur. Peggy ne possédait pas ces qualités, et, même à présent, entre deux âges, elle n'avait pas réussi à les acquérir. C'est pourquoi elle lisait dans l'état actuel d'Amy une ironie cruelle. Le destin – ou quoi que ce fût qui vous réglait votre sort – avait été un beau salaud en ce qui concernait sa sœur – et tout ce qu'elle ressentait à présent, c'était de la pitié.

Elle regarda sa sœur de l'autre côté de la pièce et eut désespérément envie de la prendre dans ses bras. Ce n'est pas que cela aurait amélioré les choses. Amy ne se rendait pas du tout compte du tragique de sa situation. Elle se demanderait probablement pourquoi Peggy la prenait dans ses bras en étant si bouleversée. Peggy lui dit : «Si tu veux, je donnerai à manger à tes oiseaux pendant que tu es ici.»

Amy leva les yeux. L'expression sur son visage était extraordinaire. Comme s'il était baigné de lumière. «Dis-leur que je vais rentrer», dit-elle.

Deux minutes plus tard, Eloise et Peggy marchaient vers l'ascenseur.

«Qu'est-ce que c'est que cette histoire d'oiseaux – et toi qui leur donnes à manger?» fit Eloise.

455

Peggy répondit : « Il fallait que l'une de nous dise quelque chose qu'elle voulait entendre, maman. Alors je l'ai fait.

– Mais combien d'oiseaux y a-t-il ?

– Je n'en ai pas la moindre idée.

– Alors, comment vas-tu faire pour leur donner à manger ? »

Peggy interrompit : « Je ne vais pas leur donner à manger, maman. Ne sois pas ridicule. Je ne sais même pas où ils sont.

– Mais tu as dit...

– Oui, dit Peggy. J'ai dit ça pour qu'elle se sente mieux. »

Eloise regarda sa fille aînée en inclinant la tête sur le côté : « Je n'aurais jamais cru que tu puisses être si écervelée.

– Je ne suis pas écervelée, maman. Je suis réaliste.

– C'est vrai, Peggy. Tout ce dont on a besoin, c'est d'une bonne dose de réalité. » Eloise était brusque et froide. « Tu lui as dit que tu donnerais à manger à ses oiseaux. Si tu ne le fais pas, c'est tout simplement que tu n'as pas de cœur. »

Peggy ne répondit pas.

Dans la voiture, cependant, en reconduisant Eloise au 39 South Drive, elle dit : « Entendu maman ! Je vais faire ce que je peux pour les oiseaux.

– Merci, dit Eloise. Je porterai un toast à ta réussite. »

Peggy sourit. *Pour ça, je peux te faire confiance,* pensa-t-elle.

2

Marlow se mit au lit peu après minuit. Grendel le suivit. Ils étaient tous deux déprimés – le chien parce qu'il n'était pas sorti depuis presque trois jours et aussi à cause de la dépression de son maître, qui l'inquiétait. Il soupirait beaucoup en compagnie de Marlow. L'homme parlait à peine et la tension en lui était palpable. Grendel sentait que quelque chose allait se briser ou être brisé. Il avait raison.

Une assiette se fendit en deux dans la cuisine, en émettant un

456

craquement – comme une branche qui se rompt avec un bruit sec sous vos pieds quand vous êtes presque arrivé à attraper l'écureuil et que celui-ci file à toute vitesse en haut de l'arbre. L'assiette était posée droite sur une étagère – une assiette décorative ronde qui venait de Bretagne. Grendel, bien sûr, ne savait rien de tout ça. Pour lui, l'assiette était juste un autre réflecteur fragile en équilibre contre le mur au-dessus de sa tête. Elle faisait du bruit de temps en temps mais n'avait jamais paru menaçante. Il semblait que la fêlure se fût produite en réponse au poids de la dépression de Marlow. L'assiette s'était fendue au moment où il avait passé la porte. Grendel s'était caché sous la table.

Une fois que Marlow fut monté se coucher, le chat, comme à l'accoutumée, passa dans une autre pièce et devint invisible. Grendel n'était plus surpris de cette façon de faire. La maison fourmillait d'autres êtres dont il ne faisait que percevoir la présence – des êtres que son maître ne voyait pas du tout. Même lorsqu'ils se déplaçaient dans la pièce où se trouvait Marlow. Ce dernier n'avait pas conscience qu'ils étaient là.

Un siècle de souris mortes habitaient les murs. Un esprit de la Terre vivait sous les lattes du plancher du salon ; tous les soirs, quand Marlow était parti se coucher, il sortait et dansait à la lueur des lampadaires de la rue. Une femme résidait aussi dans la maison, morte près de cent ans auparavant. Et un petit d'homme. Et quelque chose dans la cave qu'on n'aurait su décrire. Tout ce que le chien ou Lilah pouvaient en dire, c'est que c'était un être qui avait vécu autrefois. Sa voix était chuintante et douce et quand il se déplaçait, il n'allait pas plus loin que le pied de l'escalier. Lilah lui avait parlé une fois – tard la nuit dans le noir. Elle avait ouvert la porte de la cave et, plongeant son regard dans l'obscurité, avait dit : *Ne pleure pas. Ne pleure pas. On ne peut rien y faire à présent.*

Cela s'était passé pendant qu'elle parlait et marchait en dormant. Mais, plus tard, elle s'était rappelé l'incident et avait dit à Grendel : *Ne descends pas à la cave. Il y a une chose là qui a perdu la tête.* Grendel n'était pas très enclin à descendre à la cave de

457

toute façon. Il avait peur de ses profondeurs, ayant été une fois enfermé dans un endroit pareil quand un orage avait fait claquer les portes et éteint toutes les lumières. Cela s'était passé à Cambridge, dans le Massachusetts.

Maintenant, il y avait la mère de Grendel. On ne peut dire comment elle l'aurait retrouvé si elle était restée en vie. Mais les morts finissent toujours par retrouver leurs enfants et la mère de Grendel y était parvenue. Elle se tenait à l'extérieur, de l'autre côté de la haute clôture de planches et, tous les soirs, quand le soleil déclinait, elle appelait Grendel par son nom. Elle était morte au crépuscule. Elle avait été décapitée avec toute la portée qui précédait Grendel, pour que l'on sût s'ils avaient la rage. En fait, ils ne l'avaient pas, mais leur maître, McCarthy, qui les avait dressés à tuer, les avait livrés aux autorités. C'est comme cela qu'ils avaient fini.

Grendel avait peur de la chienne sans tête, ne sachant pas d'emblée qui c'était. Appelant Grendel par son nom, elle venait au portail gratter avec sa patte et, bien des soirs de printemps, elle se couchait là dans la ruelle à pousser des cris plaintifs. Grendel l'entendait de la maison, s'il lui arrivait d'être dans la cuisine. Mais jamais il ne répondait. Et s'il se trouvait dans le jardin près de la clôture quand la chienne l'appelait, il retournait sans faire de bruit vers la maison et jappait pour que Marlow ou Lilah le laissent entrer.

Même Lilah ne comprenait pas les difficultés qu'il traversait. Elle était plus absorbée par les esprits qui habitaient la maison. Et Marlow ne s'en inquiétait guère. Il disait à Lilah : *Pensez-vous qu'il y a quelque chose d'anormal chez Grendel, M*^lle^ *Kemp ? Il a le nez tout sec – et il ne touche pas à sa nourriture...* Si seulement Grendel avait pu expliquer – mais, naturellement, ça lui était impossible. Sa plus grande peur était qu'un des humains ouvre le portail de la ruelle et laisse entrer la chienne sans tête.

Cette nuit-là, une nuit chaude de début d'été, Marlow avait fini par aller se coucher très tard, avec Grendel à ses pieds. Une visite d'Olivia Price l'avait attristé. La sœur d'Olivia ne répondait pas au traitement. En fait, Amy résistait à tous les efforts de Marlow pour la guérir. Il fallait la maîtriser de force à l'occasion et c'était toujours un spectacle pénible. Olivia, dont on ne pouvait douter de l'intelligence, ne voulait néanmoins pas comprendre que la santé d'Amy ne pouvait s'améliorer. Elle refusait d'admettre qu'on ne pût rien faire pour soulager sa sœur. Les médicaments avaient toujours été efficaces dans le passé et jamais Amy n'avait offert de résistance au traitement. En fin de compte, il était devenu évident qu'Olivia avait peur de la maladie d'Amy et Marlow s'était demandé pourquoi. Elle avait posé tant de questions sur l'hérédité de la maladie mentale – *la folie dans le sang,* comme elle l'appelait – qu'il avait soupçonné qu'elle était enceinte.

« Tout en vous, Mme Price, m'indique que vous êtes enceinte de plusieurs mois déjà, et pourtant, vous n'en avez pas parlé une seule fois. Pourquoi ? »

Que ce ne fût pas de ses affaires lui était bien sûr passé par la tête, mais il avait été interloqué par la véhémence d'Olivia lorsqu'elle lui avait répondu : « Je n'ai l'intention d'en discuter avec personne. Je dois vous demander de ne jamais en faire état de nouveau.

– Étant donné les circonstances, Mme Price, ne pas en faire état serait tout à fait contraire à l'éthique de ma profession.

– Quelles circonstances ?

– La façon dont vous prenez les choses.

– Mais je n'en fais pas un *drame.* Ne soyez pas ridicule. »

Marlow rit. « Cette réplique ne passerait même pas bien au théâtre, Mme Price. Pourquoi ne me dites-vous pas la vérité ? La vérité est ce dont nous avons besoin, tous les deux, en ce moment. Pas d'une partie de cache-cache. Je vous garantis la confidentialité absolue. Votre nervosité à ce sujet et votre incapacité à faire face à la maladie d'Amy ne m'aident en rien à trouver une façon de l'aider. J'ai besoin de votre collaboration. »

Olivia lissa les plis de sa jupe puis finit par se calmer et dit : « Je ne suis pas sûre de vouloir ce bébé, Dr Marlow. »

Marlow dit : « Qu'est-ce que M. Price a à dire là-dessus ?

– Rien, fut la réponse d'Olivia. Je ne lui ai pas dit.

– Il doit être aveugle.

– Non. Il n'est pas à la maison. Il est à l'étranger. Il voyage énormément pour ses affaires.

– Où est-il maintenant ?

– À Prague. Il y a acheté une verrerie.

– Ah bon.» Marlow attendit un moment. Puis continua : «Est-ce que vous allez le lui dire quand il sera de retour ?

– Je ne sais pas. J'espère que ce sera réglé à ce moment-là.

– Vous envisagez un avortement ?

– Oui.

– Vous en êtes à combien de mois ?»

Olivia mentit. «Trois mois.

– Ah bon.» Il savait qu'elle mentait, mais n'insista pas. Il dit plutôt : «Alors – un de vos soucis, c'est que l'état d'Amy puisse être héréditaire.

– Oui.

– Je serais moins qu'honnête, dit Marlow, si je vous disais que ça ne l'est pas. Il est prouvé, j'en ai peur, qu'un lien génétique existe d'un cas de schizophrénie à l'autre. Mais les preuves sont accidentelles. Il n'y a pas de fatalité, Dieu merci, qu'on en hérite automatiquement. La maladie s'épuise. Ou bien elle saute des générations – quelquefois plusieurs. À d'autres moments, elle saute à l'horizontale et on la retrouve chez des cousins, neveux, nièces éloignés. Dans votre cas – en ce qui concerne cet enfant que vous attendez – il m'est impossible d'émettre des hypothèses jusqu'à ce que j'en sache plus sur les antécédents d'Amy. C'est la raison pour laquelle il est si important que nous parlions.»

Jusqu'à présent, les faits étaient insuffisants pour qu'on aille plus loin et Olivia ne pouvait – ou ne voulait – pas donner d'autres réponses que celles qui se trouvaient déjà dans le dossier d'Amy, constitué depuis bien longtemps. Ces réponses avaient été fournies par leur mère à un autre psychiatre, durant une crise antérieure. Quelque chose à propos d'un oncle souffrant d'épilepsie. Quelque chose à propos d'un bisaïeul qui avait essayé de tuer sa femme. Quelque chose d'autre concernant un trouble psychonévrotique chez une sœur d'Eloise Wylie. On avait mentionné le *somnambulisme*. Mais rien de plus. Certainement rien de plus sur la schizophrénie paranoïaque. Et pas la moindre mention d'un bébé dans un pot en conserve.

Olivia parla d'un cousin qui était homosexuel.

« L'homosexualité n'est pas une maladie, Mme Price.

– Je le sais, dit Olivia. Mais d'autres gens pensent que c'en est une.

– Eh bien, ces autres gens ont tort.

– J'aurais bien voulu que vous disiez ça à mon cousin.

– C'est avec plaisir que je le rencontrerais.

– Je ne pense pas que ce soit possible. Il est mort.

– Je suis désolé, dit Marlow.

– C'était un véritable spectacle. Sa mort.

– Ah ?

– Oui. »

Suivit un silence durant lequel Olivia chercha dans son sac quelque chose qu'elle ne trouva pas.

« Est-ce que vous allez me dire ce que signifie *un véritable spectacle* ? demanda finalement Marlow.

– Je vais le faire – s'il le faut.

– Je ne suis pas là pour vous intimider, Mme Price.

– Je sais. Excusez-moi. Est-ce que vous avez une cigarette ? J'ai cessé à cause de la grossesse – mais j'en voudrais bien une maintenant, si vous pouviez... »

Il lui offrit cigarette et briquet et la regarda avaler la fumée. Ça paraissait être tout le contraire de ce que c'était – comme si elle aspirait de l'air après avoir étouffé. Il se demanda en outre si elle était consciente de l'ironie de la situation, quand elle cherchait à ne pas fumer pour protéger la santé d'un fœtus dont elle voulait avorter. Mais il n'en dit rien.

« Qu'est-ce qui est arrivé ? demanda Marlow. À votre cousin.

– Il jouait avec le feu. Il allait au-devant de la mort. *La mort,* disait-il, *en grande pompe.* » Elle agita la main.

461

« Je vois.

– Vous pouvez bien dire *je vois*, Dr Marlow – mais vous ne voyez pas. »

Marlow eut un mouvement d'épaules et dit : « Excusez-moi. » Olivia retira ses gants et les posa d'un geste brusque sur ses genoux. Marlow se demandait ce qui la tiraillait tant – elle voulait aider sa sœur mais retenait de l'information ; elle avait brusquement envie de s'épancher, mais ne laissait pas sortir les mots qui auraient pu la soulager.

« Qu'est-ce qui vous fait dire que votre cousin jouait avec le feu, Mme Price ?

– Parce qu'il le faisait. Il n'arrêtait pas de faire des choses dangereuses. Sauter en chute libre d'un avion. Conduire en trombe. Faire du saut en bungee. Tout ça. Mais, plus encore, il jonglait avec la mort en choisissant ses amis. Mêmes ceux-ci étaient dangereux. Presque tous. Je ne me rappelle pas que mon cousin ait eu des rapports agréables avec aucun. Sauf son chien. Il adorait son chien. »

Marlow ne put s'empêcher de penser à Grendel.

« Dites-moi ce qui est arrivé », dit-il. Il semblait que la mort de ce cousin, son homosexualité, sa marginalité, fussent d'une importance particulière pour Olivia et Marlow cherchait à présent une réponse, ne serait-ce que pour le bien d'Amy.

« Sauter d'un avion en chute libre. C'est ce qu'il préférait. Et c'est comme ça que ça s'est passé. Il est monté un jour seul. Je veux dire, il pilotait l'avion lui-même. Il a décollé de Buttonville puis il a volé vers le lac... »

Marlow la regardait revivre la scène en imagination. L'avion aurait pu planer entre eux dans son bureau – silencieux comme dans un film dont on n'a pas allumé le son.

« Il y a eu une conversation complètement dingue avec les contrôleurs aériens de l'aéroport d'Island, dit Olivia. On nous a dit par la suite qu'il devait être soûl. Je n'en crois rien. Il ne serait jamais parti pour une aventure si grandiose sous l'empire d'autre chose que l'adrénaline. Pour commencer, il n'avait pas besoin d'être soûl. Il n'aurait pas voulu que la sensation soit émoussée. Je l'ai vu boire uniquement quand il était bloqué sur la terre ferme...»

Olivia laissa tomber une main sur ses genoux et souleva les doigts de ses gants.

«Il a lancé tous ses habits sur la piste, dit-elle. Même son mouchoir. Une chose à la fois. Jamais plus. Y compris son slip. Il riait en faisant ça. Pas comme un fou, mais... avec une joie immense. Comme s'il se défaisait de ses malheurs. Il volait dangereusement bas. Quelqu'un a pensé qu'il allait rentrer dans la tour, et l'a dit, et tout le monde s'est jeté par terre. C'est extraordinaire, vous ne trouvez pas, cette image. Tous les gens qui se jettent par terre. Il aurait appelé ça *lui accorder de l'attention*. Finalement.»

Elle s'arrêta un moment – perdue, peut-être, dans la tour de contrôle avec tous les gens à terre. Ou, peut-être, dans l'avion avec son cousin. Marlow n'aurait su dire. Quand elle se remit à parler, sa voix avait pris la tonalité du moteur.

«Il a commencé à monter, après ça. En décrivant des cercles. Quelqu'un a dit qu'il n'y avait pas un seul nuage dans le ciel. De l'espace lumineux, transparent, rien d'autre. À quatre cents mètres, il a décrit un cercle plus large et s'est stabilisé. Il est retourné vers la ville. Ça allait être la dernière de ses manœuvres – un virage sur l'aile, qu'il a pris lentement, au ras des gratte-ciel. Et puis, vers le lac – l'avion en pilotage automatique – et mon cousin debout sur l'aile. Tout nu. Agitant la main. Puis tombant.» Elle fit une pause. «Avec son chien.»

Marlow se carra dans son fauteuil.

Olivia se pencha et tira une dernière bouffée. Elle cherchait à éteindre sa cigarette. Marlow poussa un cendrier dans sa direction. Quand tout fut fini, ils restèrent silencieux.

Olivia commença à remettre ses gants.

Marlow dit : «J'espère que vous comprenez, Mme Price. Il n'était pas fou.

– Non?

– Non, madame. Les fous ne se tuent pas.» Il pensa à Austin Purvis. «Ce sont les gens sains d'esprit qui se tuent parce qu'ils sont acculés à un mur.

– Le mur du son?», dit Olivia – et elle sourit.

Marlow lui en fut reconnaissant – extrêmement reconnaissant. Et ce fut un soulagement pour lui – ce sourire. Parce que cela voulait dire qu'elle était saine et sauve, pour l'instant.

«Pourquoi personne ne lui a dit qu'il n'était pas fou?» dit-elle.

– Je suis sûr qu'on le lui a dit. Il devait bien y avoir quelqu'un dans sa vie qui était assez bon pour le faire.

– Pas dans notre famille. Non.

– Vous ne le lui avez pas dit?

– Oh, oui...» La voix d'Olivia partit à la dérive. Son regard également. «Mais qui est-ce qui m'écoute?» Puis elle haussa les épaules en signe d'impuissance et se leva. «Pardonnez-moi, dit-elle. J'ai pris beaucoup de votre temps.

– Pas du tout», fit Marlow en se levant aussi. «Je suis heureux que vous l'ayez fait.»

À la porte, Olivia se retourna.

«Est-ce que ça veut dire, demanda-t-elle, qu'Amy n'est pas en danger? Je veux dire – de se suicider?»

Marlow dit : «Oui.» Mais ce fut tout. Il y a des mensonges qu'il faut soutenir, pour le bien de tout le monde. D'autres, comme celui-là, qu'il faut inventer et auxquels il faut ajouter foi – pour permettre à quelqu'un de passer de l'autre côté. Indemne.

Soudain, Olivia dit : «Mon cousin était comme ces rats qu'on a vus l'autre jour, c'est ça? Celui qui lui a dit qu'il était un malade mental parce qu'il était homosexuel l'a mis dans une cage et lui a enlevé sa voix. Je ne l'avais jamais bien compris jusqu'à maintenant.»

Marlow attendit. Elle allait ajouter quelque chose.

«Vous ne laisserez pas cela arriver à Amy. Vous ne le ferez pas, Dr Marlow.»

Ce n'était pas une question.

« Non », dit-il.

Et elle s'en était allée.

À présent, dans son lit, avec Grendel à ses pieds, il regrettait de ne pas avoir demandé qui était le cousin en question. Il lui semblait, sans trop savoir pourquoi, que de ne pas l'avoir nommé était l'ultime effort. Au matin, il écrirait une note à Olivia et lui présenterait ses excuses. Entre-temps, le hasard lui avait fait découvrir l'identité de ce jeune homme en lui mettant sous les yeux un poème d'Amy – et ce fut la dernière chose dont il eut conscience avant de se laisser enfin gagner par le sommeil.

Il avait dit :

Si je monte
dans le ciel,
ils verront
qui je suis.

C'est ainsi qu'il a
continué de monter.

C'est ça
que personne
n'a compris : ce qu'il
craignait par-dessus tout
c'était de tomber du
ciel. C'est
la vie.

Le poème s'appelait *Icare* – et toute la nuit, ils tombèrent ensemble – Marlow et Icare. Avec leurs chiens.

3

Lilah entendit soupirer.

Il était passé minuit depuis longtemps à présent, et il y avait une attente dans l'air. Quelque chose allait arriver.

Elle attendit – assise un peu guindée, droite, au bord de son lit. Elle avait jeté un foulard à pois rouge sur l'abat-jour de la lampe sur la table. Elle portait une chemise de nuit en flanelle sous son peignoir, une chemise qui lui tombait jusqu'aux pieds. Elle était bien décidée à ne pas parler avant qu'on ne lui adressât la parole. Un médium attend toujours qu'on l'appelle.

Les soupirs se firent de nouveau entendre. Elle ne pouvait dire d'où ils venaient – de quelle pièce ou de quel couloir. Il semblait que ce fût de partout – derrière elle, au-dessus et au-dessous. Derrière la porte, également.

Peut-être était-ce la créature dans la cave.

Va voir.

Lilah se leva, et se dirigea sans mettre ses pantoufles vers la porte de la chambre. Elle l'ouvrit et regarda dans le couloir. Une lumière brillait de l'autre côté de sa cuisine. Peut-être était-ce juste le docteur, descendu se faire un sandwich ou se servir un autre verre de vin. Il buvait beaucoup ces derniers temps. Du vin, et aussi de ce Ricard qu'il aimait tant. Peut-être que ce n'était que lui. Mais elle ne parlerait pas avant qu'on ne lui ait parlé. C'était la règle.

À mi-chemin, dans le couloir, elle s'arrêta et colla son oreille contre la porte de la cave.

Les soupirs ne venaient pas de là.

Elle continua de marcher à pas pressés – des petits pas, toujours petits. Elle arriva à l'entrée de la cuisine et tendit l'oreille comme elle l'avait fait à la porte de la cave.

Rien.

Elle poursuivit vers la cuisine de Marlow, où elle poussa la porte qui était entrouverte.

La lumière n'était pas aussi vive qu'elle l'avait cru. Elle venait du côté le plus éloigné de la pièce, assombri en partie par les étagères au-dessus de la cuisinière de Marlow.

Marche, se dit-elle. *Vas-y.*

Elle avança. Un pas, deux pas.

Sur sa gauche, se trouvait l'étagère avec l'assiette fendue. Sur sa droite, elle voyait l'évier. Un robinet fuyait, elle alla le fermer. Les soupirs recommencèrent. Derrière elle. L'air était glacé. Elle pouvait à peine bouger.

Il y avait quelqu'un à la table de cuisine.

Ce n'était pas Marlow. C'était l'un d'Eux. Une femme. Elle tournait le dos à Lilah, penchée au-dessus de la table, absorbée dans un mouvement régulier de va-et-vient. Lilah sut tout de suite ce qu'elle faisait. Elle frottait la surface du bois. Elle devait tenir une brosse dans sa main – une brosse spirite.

Lilah ne parla pas. La règle tenait toujours.

L'espace d'un instant, elle regarda, immobile – se disant qu'il valait peut-être mieux ne pas déranger la femme. Cela aurait été différent si elle avait été assise. Mais une activité, il ne faut jamais l'interrompre.

Les soupirs continuaient – provoqués, semblait-il, autant par l'effort que la femme devait faire pour frotter que par son chagrin. Ils prirent la tonalité d'une chanson qu'on fredonne en effectuant des gestes répétitifs – une façon de s'oxygéner les poumons. Mais cette femme n'avait pas de poumons. Elle n'avait pas besoin d'oxygène. Elle était morte – depuis longtemps – un siècle presque.

Lilah décida que le nettoyage de la table allait durer pour toujours si elle n'intervenait pas. Le geste paraissait mécanique, comme si la pauvre femme n'avait aucun moyen d'y mettre fin. Lilah s'avança – bénissant le silence de ses pieds nus – et se tint debout, là où la femme pouvait la voir.

Le mouvement s'arrêta à mi-chemin – la femme penchée vers l'avant, pesant de tout son poids sur la brosse en bois aux poils presque tout usés. Ses yeux sombres tournés vers Lilah.

Kemp, c'est ça ?

Exact.

La femme se redressa, pressant d'une main le creux de ses reins et se servant de l'autre, qui tenait toujours la brosse, pour écarter les cheveux qui lui tombaient dans la figure. Quand elle parla, sa voix semblait sortir de profondeurs humides.

J'abandonne, dit-elle. *Je n'y arrive pas.*

Elle écarta de nouveau ses cheveux, sans lâcher la brosse.

Elle s'assit.

C'est là qu'il est mort, dit-elle. *Et je n'arrive pas à la nettoyer. La table.*

Lilah se risqua à parler.

Qui est mort ?

Mon petit garçon.

Ah oui.

Il est mort sur la table, à cet endroit même.

Je suis désolée.

Un docteur est venu.

Lilah attendit.

Il avait une tumeur au cerveau, dit la femme. *Le docteur voulait l'opérer.*

Oui.

Mon petit Stuart. Les mains de la femme se tendirent au-dessus de la table, comme pour le trouver. *Il avait onze ans.* Ses mains retombèrent.

Oui.

Toi, des enfants morts, Kemp ?

Un. Mon seul enfant.

J'en ai d'autres, qui sont morts. Deux autres. Mais aucun n'a vécu assez longtemps pour qu'on le pleure pour ce qu'il avait perdu. Des enfants au berceau, c'est tout ce qu'ils étaient. Ils ont perdu l'air qu'on respire. Ils ont perdu la lumière. La chaleur. Mon odeur. Celle de mes mains. De ma poitrine. De mes cheveux. Ils ont perdu tout ça – mais ils n'ont rien perdu de ne pas avoir vécu dans le monde. Ils ne l'avaient pas connu.

Lilah évoqua Linton. Disparu, pour de bon. *Mon garçon est mort à la fleur de l'âge. Il était plein de vie. Onze ans.* Lilah dit : Mon fils était encore bébé. *Oui. Enfin.* Il s'appelait Linton. Son père était Heathcliff. Ce nom ne signifiait rien pour la femme. Lilah ne poursuivit pas. Elle dit plutôt : Est-ce que tu étais avec lui ? *Oui. Est-ce que je dois mourir ? m'a-t-il dit. Et je lui ai répondu : Non. Il m'a dit : je ne veux pas mourir. Et j'ai répondu : tout le monde doit mourir. Pas maintenant, il a dit. Et moi : Non – pas maintenant. J'ai dit : Tu ne vas pas mourir maintenant. Et il est mort.* Lilah attendit.

La femme avait des cheveux brun foncé qui commençaient à grisonner. Sa robe était noire et son tablier blanc. Ses manches étaient toutes déboutonnées, retroussées au-dessus du coude. Elle n'était pas bien vieille lorsqu'elle était morte. C'est le travail et le chagrin qui lui avaient donné des cheveux gris.

Lilah se demanda où était le garçon mort. Il était apparu auparavant avec sa mère. Lilah les avait vus deux ou trois fois ensemble – mais, à présent, il n'y avait pas trace de lui. La femme était seule.

Je n'ai jamais entendu ton nom, dit Lilah – fermant les yeux en disant cela.

La femme souriait à présent. *J'étais Martha. Mais je n'arrive pas à nettoyer cette table, peu importe le nom que j'avais. Je ne pouvais pas le faire à cette époque – et je ne le peux toujours pas maintenant. C'est là qu'il est mort.*

Lilah regarda de l'autre côté de la table la femme en deuil – épuisée même après la fin de sa vie. La table, naturellement, ne pouvait être celle sur laquelle le garçon, Stuart, était mort, mais la femme ne semblait pas en être consciente.

Ça fait combien de temps qu'il est mort ? Ton Stuart.

Je ne peux pas dire. Je ne sais pas quand nous sommes.

Lilah lui dit la date.

Ça veut dire qu'il est mort il y a cent ans – et dix, dit Martha. *C'était un dimanche. Le matin.*

Ici, dans cette pièce même, pensa Lilah. *Il y a cent ans. Et dix.*

Il se cache, ces jours-ci, continua Martha. *Quelque part. Il se cache, parce qu'il ne veut toujours pas mourir. Il ne veut pas que je le voie parce que j'ai manqué à ma promesse.*

Ce n'est pas ta faute.

J'aimerais le trouver.

Je l'ai seulement vu avec toi dans le corridor, dit Lilah. Et parfois dans l'escalier.

Il n'est pas là, maintenant. J'ai regardé.

Tout d'un coup, Fam était assise au milieu de la table.

Fam.

Oui.

Fam se pencha vers Martha et lui toucha la main avec sa patte, comme si elle voulait jouer.

Elle voit.

Oui.

Fam se redressa et sauta par terre. Elle alla vers la porte, celle qui menait vers le devant de la maison. Puis elle s'arrêta et se retourna en levant les yeux vers les deux femmes – l'une morte, l'autre vivante.

Venez, dit-elle, en parlant avec sa queue et son dos. *Venez.*

Aucune des deux femmes ne parla. Elles suivirent Fam.

Elles se dirigèrent vers le sommet de l'escalier, Fam en tête, Martha derrière. Lilah, dont la fatigue était bien réelle, ne pouvait monter aussi vite qu'elles. Martha ne touchait pas le sol. Lilah eut l'impression en la regardant qu'elle ondoyait. Inclinée au-dessus des marches, elle remontait le courant.

En haut, dans le vestibule mal éclairé, elles tournèrent ensemble sur la droite et se dirigèrent vers le cabinet de travail. Qui avait laissé la lumière allumée pour le trajet? Certainement pas Lilah. Et ce n'était pas l'habitude de Marlow d'éclairer les pièces où il ne se trouvait pas. Quelqu'un d'autre avait dû le faire.

Dans le cabinet de travail, il y avait des bruits. Comme des clameurs lointaines.

Fam alla vers le carton qui disait ORANGES NAVEL.

Martha l'accompagna. Mais pas Lilah. Pour elle, la boîte était zone interdite, bien qu'elle ne le fût peut-être pas pour les chats et les esprits en visite.

Martha se tenait au-dessus de la boîte. Fam était assise à côté. Lilah se tenait à l'écart, près de la porte.

Fam émit une sorte de piaulement – le bruit que font les chats quand ils s'approchent de l'endroit où ils ont caché leurs petits.

Martha n'avait pas encore posé les pieds par terre. Elle se coucha au-dessus de la boîte et y resta un moment, l'oreille tendue. Puis elle redescendit vers le sol en y posant les pieds.

Des enfants disparus, dit-elle.

Lilah s'avança.

Fam sauta par terre.

Lilah se tint si près de Martha qu'elles se fondirent l'une dans l'autre. Les basques de la robe de chambre et de la chemise de nuit de Lilah fusionnèrent avec le tablier de Martha. Chacune d'elles tendit une main au-dessus de la boîte.

Lilah enleva le ruban adhésif jaune, qui émit un crissement.

Elle fit tout cela comme en transe, sachant que c'était défendu, mais Martha la guidait et elle ne pouvait résister.

Au moment où les rabats s'ouvrirent, des murmures s'échappèrent en se bousculant et Stuart – en l'air – dit : *Maman, je suis là.*

Lilah ne pouvait le voir. Martha non plus.

Stuart dit : *J'en ai trouvé d'autres.*

Lilah expliqua : il veut dire dans la boîte.

Oui.

Mais Martha cherchait Stuart, pas d'autres que lui. Le carton n'avait plus d'intérêt pour elle maintenant que son fils en était sorti. Elle répondit en s'adressant à la pièce. *Où es-tu ?*

Il ne répondit pas.

Martha se déplaçait pour essayer de le trouver.

Lilah se pencha davantage pour examiner l'intérieur de la boîte. À cause de sa petite taille, elle dut la faire basculer vers elle.

« Arrête ! » dit-elle à voix haute.

Quelqu'un poussait de l'intérieur.

La boîte se renversa et tous les dossiers tombèrent en cascade sur le sol.

« Mon Dieu, dit Lilah. Je ne vais jamais pouvoir les remettre comme avant. » Elle se pencha sans tarder pour mettre de l'ordre dans ce fouillis.

Dans sa chambre, Marlow n'entendait rien du tout. Il se retourna dans son sommeil. Grendel, lui, était réveillé. Il leva la tête pour mieux écouter. Loin, au bout du couloir, il apercevait une lumière et entendait des bruits d'objets qu'on remue. C'était peut-être les souris qui étaient de retour. Il n'aimait pas les souris, mortes ou vivantes, et il reposa donc la tête. Rien ne le déciderait à quitter les pieds de Marlow pour un tas de souris. Rien, sauf son petit déjeuner, et il savait que ce n'était pas encore l'heure.

Dans le cabinet de travail, Martha s'était mise en quête de Stuart près des fenêtres. Elle cherchait en remontant vers le plafond.

Lilah était à quatre pattes, affolée mais essayant de conserver son calme. Elle savait que la panique pouvait rendre ses gestes maladroits. Ce qu'elle devait faire, c'était remettre les choses en ordre. Elle redressa le carton et souleva les dossiers un par un. Une partie de leur contenu s'était échappé des chemises, se répandant comme du lait sur le tapis. Lilah essaya de les aligner sans en briser l'ordre.

Je vais t'aider, dit Stuart.

Il est ici avec moi, dit Lilah.

Martha flotta au-dessus d'elle.

Lilah reçut un coup si soudain et si brutal sur les mains qu'elle les retira, ahurie, et faillit crier.

Laisse-moi faire, dit Stuart.

Elle offrit ses mains en l'air.

La force revint, mais cette fois, Lilah s'y était préparée. La forme d'autres mains s'ajusta sur les siennes – froides comme le froid le plus intense qu'elle ait connu. Elle pouvait sentir ces mains qui s'enfilaient comme des gants sur les siennes.

Laisse-moi faire, dit Stuart de nouveau. Sa voix était toujours une voix d'enfant, qui n'avait pas mué, mais qui avait quelque chose de rauque.

Lilah ferma les yeux.

Oui, dit-elle.

Martha planait au-dessus d'elle, inquiète mais silencieuse. Stuart n'était pas encore visible, même pour elle.

Les mains de Lilah se posèrent sur les documents. Elles se mirent instantanément à remuer les pages à la vitesse d'un batteur de cartes. À mesure que les dossiers se remplissaient, ses mains les remettaient dans le carton. *Un, deux, trois* – jusqu'à dix, sans en oublier un seul. Avec le numéro dix, le classement en ordre s'arrêta. Le onzième dossier ne se laissait pas ranger. Les mains de Lilah se raidirent. L'une d'elles se mit à former un poing.

Oh, pensa Lilah. *Ne fais pas...*

Le poing donna trois coups sur le dossier. Un signe – un signal.

Un. Deux. Trois.

Je suis ici, dit Stuart.

Martha descendit – allongée au-dessus du onzième dossier, ses pieds ne touchant toujours pas le sol. Lilah s'accroupit à côté d'elle et laissa les mains faire leur travail.

Une grande enveloppe jaune.

Il y eut un soupir. Un bruit de débandade. Des doigts grattant contre le papier à l'intérieur. Il y avait des voix – qui disaient *Au secours.*

Au secours.

Je suis ici, dit Stuart.

Les mains de Lilah soulevèrent le rabat.

Elle en sortit... des photographies.

Et des voix.

Moi et *Moi* et *Moi* et *Moi*...

Chaque voix avait son image.

«Oh! dit Lilah. Oh!» Et elle s'écroula sur les photos comme pour ne pas voir.

Moi. Moi. Moi et Moi.

Ils étaient huit. Nus.

Martha dit: *Encore des enfants disparus...*

Maman? dit Stuart.

Oui?

Je veux partir d'ici, maintenant.

Lilah sentit les mains du garçon se retirer des siennes un doigt à la fois. Elle se redressa et s'accroupit de nouveau sur ses talons. Elle fermait les yeux.

Ouvre-les, dit Martha.

Lilah regarda. La lumière changeait – vacillait. Les voix se taisaient – mais tous les yeux sur les photos l'observaient, en attente.

Martha dit: *J'ai mon Stuart maintenant. Il est ici.*

Lilah se tourna vers elle.

Martha était debout sur le tapis. Elle avait commencé à se diriger vers la porte, mais s'était arrêtée. Stuart était à côté d'elle.

Lilah plissa les yeux. Elle ne l'avait jamais vu de si près. Il portait des culottes courtes marron et de grandes chaussettes noires. Des bottillons. Ses bretelles étaient bleues. Sa chemise grise. Il avait une expression solennelle, angoissée – comme s'il avait toujours eu mal. Sa tête avait été rasée pour l'opération qui allait le tuer. Il tenait sa mère par la main. Cela en soi était rassurant. Il lui avait pardonné – pour une autre année. *Est-ce que ça allait durer pour toujours?* se demanda Lilah. Est-ce qu'il n'allait jamais accepter sa mort?

Martha baissa les yeux vers lui, en souriant.

On va y aller, dit-elle.

Lilah hocha la tête.

Martha amorça son départ. Elle se mit à disparaître.

Mais Stuart ne l'accompagna pas. Très calme, il gardait les yeux posés sur Lilah.

Il parla. Mais Lilah ne comprit pas ce qu'il disait. Pas tout à fait.

S'il te plaît, dit-elle. Répète.

Ses lèvres remuèrent.

Cœur, disait-il. Ou semblait-il dire.

Lilah ferma les yeux.

Encore une fois, dit-elle.

Cœur.

Ce fut tout.

Lilah le sentit partir, tout comme Martha était partie avant lui. Quand finalement elle ouvrit les yeux, le garçon avait disparu. Et sa voix s'en était allée avec lui.

Les soupirs cessèrent.

Au-delà des fenêtres, ils furent remplacés par le bruit du vent qui se levait.

Fam fit un bond pour atteindre l'endroit où était posé le carton avant de se renverser. Elle se mit à faire sa toilette.

Lilah regarda par terre.

Il y avait les photos et le dossier d'où elles étaient sorties. Leur enveloppe était à côté. Il ne subsistait rien du désordre qui avait causé tant d'émoi à Lilah. Avec l'aide de Stuart, les autres dossiers s'étaient parfaitement remis en ordre et reposaient à présent dans la boîte.

Lilah se força à regarder les photos.

Encore des enfants disparus, avait dit d'eux Martha.

Certains des visages lui étaient vaguement familiers, mais Lilah n'aurait su dire pourquoi. Elle ne pouvait se rappeler l'endroit où elle aurait vu ces enfants. Dans un bus, quelque part? Dans la rue? La Grande Bibliothèque? Queen Street?

Ils étaient tous dans le plus simple appareil.

Elle tressaillit. Son expression semblait si dérisoire face à ce qu'elle voyait. Huit enfants nus, pour lesquels l'enfance était maintenant un mot qui ne voulait plus rien dire. Ce qu'ils faisaient n'avait pas de nom. Bien que Lilah eût beaucoup lu, il y avait des choses qui n'entraient pas dans son vocabulaire. Ce que faisaient les enfants était manifestement sexuel, bien que la raison pour laquelle on l'eut considéré comme «sexuel» dépassât l'entendement de Lilah. Dans tout ce qu'elle avait lu et dans tout ce qu'elle avait vu, il n'y avait nulle part des mots ou des images pour expliquer ces actes. Et elle ne pouvait guère plus s'imaginer l'utilisation des accessoires sur les photos. Si les cordes, les bâillons, les menottes parlaient d'eux-mêmes, que voulaient dire les rasoirs, les gants de caoutchouc et les ciseaux ? Et les coussins. Les bandeaux. Les matraques. Les tuyaux.

Il n'y avait plus de voix à présent. Juste les enfants – brillants et silencieux dans leur glaçage photographique. Certains avaient de beaux visages. Oui – et aussi de beaux corps, si on pouvait faire abstraction des poses. Les filles aux jambes déliées et aux seins pareils à des pommes tendres à la peau luisante; les garçons – larges d'épaules et sveltes. Aucun sourire sur les visages. Pas le moindre vestige de leur jeunesse, rien que les atouts de leur jeunesse, en catalogue.

Moi et *Moi* et *Moi* et *Moi*.

Des enfants disparus. Morts ou en train de mourir.

Non.

Pas maintenant.

Stuart avait dit ça. *Non. Pas maintenant.* À sa mère.

Où étaient les mères, se demanda Lilah, et les pères qui laissaient cela arriver ?

Le chirurgien est venu. Il voulait opérer.

Des rasoirs. Des gants de caoutchouc. Et des ciseaux.

Pas maintenant. Non.

Lilah regroupa les beaux visages. Elle refusait de voir le reste. Elle glissa les photos, une à une, dans leur enveloppe. *Mais je les ai déjà vus avant,* se disait-elle toujours. *Où donc ?*

Fam s'approcha d'elle puis s'éloigna et s'assit sur le bureau de Marlow tandis que Lilah remettait à sa place la boîte tombée par

476

terre. Non qu'elle fût réellement «tombée», bien sûr. C'est Stuart qui l'avait poussée. Mais si Marlow découvrait par hasard que quelqu'un avait mis le nez dans les dossiers, Lilah ne pourrait jamais lui faire croire que c'était un garçon mort qui l'avait fait.

Cœur, avait dit Stuart. Qu'est-ce ça voulait dire? *Cœur?*

Si seulement elle pouvait en discuter avec Marlow. Mais il était déjà dans tous ses états avec le contenu du carton. Il ne prendrait pas très bien l'avis d'une folle. Il aimait bien Lilah Kemp et il était aimable avec elle, mais c'est sa compagnie qu'il recherchait, pas ses conseils.

Elle enroula de nouveau le ruban jaune autour de la boîte, en tirant dessus pour bien le coller. Puis elle l'aplatit de la paume de la main et donna au carton – ainsi qu'à Fam – une petite tape amicale.

Elle fit demi-tour pour quitter la pièce.

C'était l'heure d'aller dormir.

Le vent chantait.

Près de la fenêtre, le fauteuil de Grendel semblait morne et solitaire.

Les arbres, à la lueur du lampadaire derrière les vitres, fouettaient l'air de leurs branches. Le matin, les moineaux auraient tous été rabattus au sol.

Oh, pourquoi tout est si froid, morne et triste ici, au cœur *des ténèbres? Remontant le fleuve à la recherche de...*

Cœur.

Lilah sentit la nuit même lui monter dans le dos et lui traverser les épaules.

Elle prononça les mots dans l'espace. Dans la pièce sombre et silencieuse.

«Kurtz.»

Fam sauta de la table – et s'enfuit.

4

La mort d'Austin Purvis pesait lourd sur les épaules de Marlow. Tous ses efforts pour quitter le deuil échouaient. En outre, il était dérouté par ce qu'avait dit la notice nécrologique. Après le vol des dossiers, elle acquérait un poids supplémentaire – et les mots *Kurtz est partout* une nouvelle signification.

Eleanor Farjeon, aussi, était en deuil – bien que ce ne fût pas uniquement d'Austin Purvis. Elle l'avait bien aimé, et pour un temps, il avait été son allié. Mais les dernières semaines de sa vie, il s'était éloigné et, à l'époque de sa mort, il avait commencé à ne plus répondre au téléphone. Mais les ombres que jetaient le contenu des dossiers d'Austin retombaient de plus en plus sur la couvée des enfants bousillés d'Eleanor. Elle n'avait pas encore établi de lien net, mais il y avait des rapports et des indices dans ce qu'Austin lui avait dit qui continuaient de l'intriguer et de la préoccuper. Austin parti, elle voulait quelqu'un d'autre avec qui partager ses soupçons. Elle pensa donc à Marlow, parce qu'il avait été l'ami d'Austin. Mais l'occasion d'aborder le sujet avec lui ne s'était pas encore présentée. Et maintenant, elle venait de perdre le garçon qu'elle avait appelé *William* – le gentil petit gars, souriant et couvert de bleus – le plus doux de toute sa couvée. Il s'était allongé, un jour, dans la salle d'observation et était resté si longtemps tranquille qu'Eleanor était finalement allée vers lui pour le sortir de sa torpeur. Il était mort.

Mort, tout simplement. Sans lutter, sans un bruit. Selon toute apparence, William s'était couché avec l'intention de mourir – et il s'en était allé.

Le rapport de l'autopsie n'était pas plus édifiant. Il disait ce qu'il avait à dire dans le jargon médical qui, comme il se doit, était froid et objectif. Mais il disait essentiellement que le système nerveux de William n'avait pas réagi à une crise d'apnée. En d'autres mots, il s'était simplement arrêté de respirer.

La couvée avait perdu son centre de gravité.

Eleanor s'enfonça dans le deuil – et, comme William, rien ne pouvait la sortir de sa torpeur.

Ainsi, la connexion vitale de ce qu'elle devinait et de ce que découvrait Marlow était une fois de plus contrecarrée.

Le douze juin, il se mit à pleuvoir. Il plut tout le matin et tout l'après-midi. À deux heures ou à peu près, Lilah revenait de chez Wong avec son landau rempli de provisions. On avait entendu plusieurs sirènes dans la nuit et Lilah avait pensé qu'il valait mieux qu'elle fasse ses courses sous la pluie, étant donné que celle-ci rendait les pulvérisations impossibles.

À l'autre bout de Lapin Lanes, elle avait vu la patrouille habituelle des Escadrons M s'avancer vers elle en Land Rover. Ils venaient à pas de tortue, un homme au volant et deux autres cherchant les restes des cadavres d'oiseaux de la nuit précédente. C'était une procédure normale les jours de pluie. Les Escadrons M se servaient des heures où ils ne pulvérisaient pas pour évacuer des rues et des ruelles les pigeons et les étourneaux morts ou agonisants, et tout ce qui avait péri à la suite des activités nocturnes. Assez souvent, les oiseaux qui avaient reçu une dose mortelle d'ABS-482 s'échappaient des zones pulvérisées et encombraient les voies publiques de leurs cadavres dans lesquels pullulait le virus. De temps à autre, durant ces opérations de nettoyage, des coups de feu se faisaient entendre – informant le public qu'on venait de se débarrasser d'un chien ou d'un chat errant. On appelait ça la *purge des espèces* – et c'était toujours un des objectifs secondaires des Escadrons M. Le massacre était mené pour la simple raison que les chiens et les chats, chasseurs nécrophages naturels, étaient susceptibles d'entrer en contact avec le sang des animaux morts. Sang pour sang.

Amy Wylie s'était opposée ouvertement à cette pratique et avait été arrêtée deux fois alors qu'elle tentait d'empêcher un carnage de chiens ou de chats. Elle avait aussi collé des messages de protestation – chose qui était défendue – à bien des endroits. Ces affiches rappelaient aux autorités que, durant la grande peste bubonique de 1665, leurs homologues londoniens avaient massacré tous les chiens et les chats, qui auraient pu les sauver de la peste même, vu que ces animaux – *chasseurs nécrophages naturels* – auraient pu débarrasser la grande ville de ces mêmes rats qui signaient son arrêt de mort.

Le douze juin, après être entrée dans la cour du 38-A par la ruelle, Lilah commit une grave erreur. Ce ne fut rien de plus que d'oublier de s'assurer que le portail était bien fermé derrière elle, mais cela suffit pour que Grendel eût la voie libre quand il alla dans le jardin cinq minutes plus tard.

Marlow venait juste de terminer une séance déprimante avec Amy Wylie lorsqu'il eut Lilah au bout du fil.

Grendel avait reçu une balle tirée par l'Escadron M du quartier et est-ce que Marlow pouvait venir tout de suite?

Tout le long du chemin, il maudit la pluie, qui faisait ralentir la circulation sur la route et, comme c'est si souvent le cas quand on est pressé, lui faisait perdre un temps précieux.

Quand, finalement, il se précipita chez lui par la porte de Lowther Avenue, la maison qui l'accueillit était silencieuse.

«Grendel! Mlle Kemp! Grendel!»

Il continua en traversant la cuisine, hurlant un nom après l'autre.

Lilah et Grendel étaient tous deux là, à l'attendre.

Grendel était couché sur une couverture sous la table. Lilah était à genoux, à côté de lui.

«Mort?»

Lilah secoua la tête. «Non – mais pas loin, dit-elle.

– Pourquoi est-ce qu'ils ont fait ça? demanda Marlow. Qu'est-ce qu'il avait fait?

– Rien, dit Lilah. Tout ce qu'ils ont vu, c'est Grendel dans la ruelle avec un oiseau dans la gueule – un étourneau – et ils lui ont tiré dessus. J'ai entendu le coup de feu et j'ai couru dehors.»

Marlow s'effondra près du chien et se coucha à côté de lui.

«Je me suis mise entre Grendel et eux, dit Lilah. Je ne voulais pas qu'on lui tire dessus une autre fois.» C'était bien ce qu'elle avait fait, mais plus tard, elle se dirait qu'une des raisons qui l'avaient poussée à agir ainsi, c'est qu'elle n'avait pas refermé le portail comme elle l'aurait dû. Elle n'en dit rien à Marlow, mais, elle non plus n'avait jamais quitté Grendel en pensée.

Marlow la remercia, mais toute son attention se concentrait sur le chien.

«Gren», dit-il, et il lui toucha la tête. «Tu ne vas pas me faire ça.»

Grendel ouvrit les yeux. Il fit un effort pour s'exprimer, mais rien ne sortit. Derrière le portail, sa mère l'appelait, mais lui seul pouvait l'entendre.

«Est-ce que vous avez appelé la vétérinaire?

– Oui, dit Lilah. Elle est venue tout de suite. La balle avait traversé l'épaule. Elle a nettoyé et pansé la plaie. Elle s'appelle Natasha. Ce n'était pas la même que d'habitude. Celle-là est morte vendredi de sturnucémie.

– Mon Dieu!» dit Marlow.

Ils se taisaient tous les deux.

Finalement, Marlow parla : «Qu'est-ce que Natasha a dit?

– Elle a dit qu'il faut beaucoup l'aimer – et prier – et lui donner ça.» Elle tendit une boîte de piqûres prêtes à l'emploi dans des seringues roses.

«Il ne faut pas les mettre au frigidaire?

– Si», marmonna Lilah. Elle se leva et alla de l'autre côté de la pièce, où Marlow l'entendit mettre les médicaments dans le réfrigérateur. Ils étaient tous deux comme engourdis.

Marlow se coucha à plat ventre et regarda Grendel dans les yeux.

«Tu ne vas pas mourir, dit-il. On ne va pas te laisser faire.»

Il resta ainsi avec son chien, jusqu'à ce que, une heure plus tard, lui et Grendel s'endorment.

Lilah retourna à sa chambre et en revint avec ses chaussures de lapin.

Elle s'assit à la table et les posa au centre.

Tout ce qu'elle dit fut : *S'il te plaît.*

5

La lecture des dossiers continuait. Les chemises étaient rangées dans leur boîte sur la table et, tous les soirs, bien après que le dernier coup de minuit eut sonné, Marlow s'installait avec elles – un peu comme l'aurait fait un personnage de l'époque victorienne dans cette même pièce auprès d'un cercueil contenant le corps d'un enfant mort.

Le deuil avait perdu son aspect protocolaire et Marlow le regrettait. Le port du brassard – les vêtements noirs – les couronnes mortuaires accrochées à la porte – les visiteurs qui venaient et laissaient leur carte avant de s'en aller – le papier bordé d'un filet noir – les drapeaux en berne. Il se rappelait les photographies d'époque qui montraient un entrepreneur de pompes funèbres debout à côté d'un corbillard – le corbillard en verre, tiré par des chevaux couleur d'encre. *Ce n'est pas seulement mon manteau d'encre, mère, ni la solennité de ces vêtements noirs...*

Il aurait dû porter du noir pour Austin. Il aurait dû, au moins, porter un brassard. *Pourquoi ne pas porter du noir pour tous ceux qui sont ici?* pensa-t-il un soir alors qu'il avait les yeux posés sur la boîte. Il tendit la main et la toucha. *Je suis leur agent des pompes funèbres, et ce carton est ma morgue. Mais avant d'enterrer les dossiers, je dois me faire médecin légiste.*

Il se fit deux sandwiches qu'il se mit à manger en ouvrant la boîte.

Grendel était couché par terre devant la fenêtre, près de son fauteuil favori et il ronflait et reniflait. La balle avait pénétré par devant dans l'épaule gauche et lui avait arraché du muscle – une blessure qui lui avait fait perdre beaucoup de sang. Marlow ne pouvait supporter de le laisser seul et il le transportait de haut en bas et de bas en haut, dans la chambre et hors de la chambre. Grendel mangeait – comme le font les convalescents – un peu de soupe. Et du steak.

Les sandwiches de Marlow se composaient de fines tranches

d'oignon macérées dans du sucre et du jus de citron, et disposées sur des feuilles de laitue entre deux grosses tranches de pain de seigle aux graines de cumin. Ces sandwiches étaient devenus son vice de minuit et il les prenait avec un bordeaux.

Il retira un des dossiers de la boîte et feuilleta les pages agrafées et les notes retenues par des trombones – les pages tapées proprement, les notes écrites de la main d'Austin.

Qui était-ce?

Réunion avec F. pénible.

M'accuse maintenant de plus que de simple complicité. Dit que ma « conspiration » avec eux est responsable de la tragédie qu'elle vit actuellement...

Pas de date.

À vous rendre fou. Qui était F.? Le dossier était simplement étiqueté *PHALEN*.

Dit que ma conspiration avec eux...

Qui étaient ces eux?

... responsable de la tragédie qu'elle vit actuellement.

Que voulait dire tragédie? Quelle tragédie particulière?

Marlow se leva et feuilleta les dossiers dans la boîte. F. Tous les dossiers qui portaient un nom commençant par F.

FIRSTBROOK – Norman.

FULLERTON – Mark.

C'était tout. Tous les deux de sexe masculin. Mais la note d'Austin se référait à une femme : la tragédie qu'*elle*...

Marlow remit les chemises Firstbrook et Fullerton dans la boîte et continua de lire le contenu du dossier ouvert devant lui. Puis il vit le nom au complet.

PHALEN – Frances.

Frances.

F.

Il s'installa plus près de la lumière. Il avait fini ses sandwiches et buvait du vin. Grendel était en train de rêver. Un chien sans tête le poursuivait. Marlow répara l'onglet à demi-déchiré avec du ruban adhésif, rouvrit le dossier et commença à lire.

Frances Phalen était une inconnue dans cette équation. Elle était devenue une patiente d'Austin deux ans auparavant. À cette époque, elle passait par une grave dépression et était même suicidaire. Il était arrivé quelque chose à ses enfants. L'une avait disparu, l'autre était devenue catatonique et avait été hospitalisée. Telles étaient ses tragédies. Mais leurs rapports avec Austin n'étaient pas clairs. Et cependant, Frances Phalen l'avait accusé de complicité.

Qui était Frances Phalen?

Selon toute apparence, c'était une femme aisée. Il y avait des références à Saint-Moritz et à de longs périples en transatlantique. Certains de ces voyages avaient été organisés par des musées et des galeries d'art – des croisières en Méditerranée avec escales en Égypte, en Grèce et en Italie. Frances Phalen faisait ces voyages seule. Il n'y avait aucune mention de son mari ou de ses enfants. Une fois, cependant, elle ne manqua pas de dire à Austin qu'elle était allée à Rome avec Peggy Webster. Mais ce fut le seul nom qui ressortît de tous ses récits de voyages. Au début, les excursions ne semblaient avoir lieu que pour le plaisir. Frances avait apparemment une passion pour l'art. Mais ensuite, les voyages avaient pris une autre dimension, plus révélatrice. Elle évitait ses enfants et fuyait son mari.

Les mots *chagrinée, contrariée, préoccupée* firent place à des mots comme *effrayée, alarmée* et *désespérée*.

Frances Phalen était mariée à Peter Phalen – un homme dont le nom disait vaguement quelque chose à Marlow. Mais rien dans le dossier n'indiquait ce qu'il faisait. Il évoluait, c'était évident, dans un monde qui était la contrepartie masculine de celui de son épouse – on y parlait du York Club, d'une goélette, de chevaux. Un homme du nom de David revenait souvent, en rapport avec les notes concernant Peter Phalen. *David était encore là... David était avec lui... Je commence à en avoir sacrément marre de David...* fin de citation. Puis l'accent avait été mis sur les enfants Phalen, et David avait disparu.

Les deux enfants Phalen étaient des filles. Bien que cela n'eût pas été précisé, ils étaient manifestement adolescents. Il était question d'école, de garçons, de caractère rebelle. Il était question d'une *idylle pénible,* suivie d'un avortement.

Une des filles s'appelait Paula, l'autre Prue – et on ne pouvait savoir laquelle était l'aînée. Ce qui était rageant, c'est qu'Austin se référait à elles en écrivant un peu comme en sténo – *Pa* et *Pr*. Le problème résidait dans la façon qu'il avait de former indistinctement ses *a* et ses *r*. Donc pas moyen pour Marlow de savoir si c'était Paula ou Prue qui avait vécu la pénible idylle et subi l'avortement subséquent, ni laquelle des deux avait disparu. Il aurait été intéressant de savoir lequel de ces événements avait précédé la catatonie.

Puis une note.

David est revenu!!!

Austin avait ajouté les points d'exclamation à la transcription – mais la raison n'en sautait pas aux yeux. David n'était manifestement pas revenu avec la fille qui avait disparu. Il n'était pas revenu non plus pour enlever Frances Phalen après lui avoir déclaré sa passion. Ni pour mettre un terme à son association éprouvante avec Peter.

Marlow repoussa son fauteuil du bureau et se leva pour s'étirer. Il traversa la pièce et gratta l'oreille de Grendel puis regarda un moment par la fenêtre. Une horloge sonna quelque part, l'avertissant qu'il était une heure et demie. Il voulait désespérément aller rêver dans son lit, pour se sortir de la pagaille qu'Austin lui avait laissée. La pagaille – le mystère – la folie. Quoi que ce fût, c'était indéchiffrable, et insupportable. Tout ce que Marlow voulait, c'était passer la porte, après quoi il pourrait réfléchir. Mais la porte restait fermée à double tour et il ne semblait pas jusqu'à présent y avoir de clé. L'unique preuve que tout n'était pas parfait de l'autre côté résidait dans les cris et les pleurs qui sortaient des dossiers. Ces derniers – et l'image de George, mort. Et d'Austin, en tricot de corps, maculé de sang, mort lui aussi. Deux morts absurdes.

Tout d'un coup, Marlow retourna vers le bureau où il feuilleta nerveusement les dernières pages du dossier de Frances Phalen. Son histoire, qui semblait manquer de suite, se trouvait cependant avec toutes les autres qu'Austin avait choisies. Il devait y avoir un lien : *George, Frances Phalen, David, P... le dossier anonyme.*

Marlow s'assit.

Il prit le dossier Phalen et regarda de nouveau les notes qui l'avaient amené à chercher l'identité de F.

Réunion avec F. pénible...

Réunion.

M'accuse maintenant de plus que de simple complicité...

Accuse.

Pourquoi une patiente accuserait-elle son docteur ? Sauf s'il avait abusé d'elle – sauf si elle était paranoïaque. Mais rien dans les documents de Frances Phalen n'indiquait de paranoïa, et Marlow était certain qu'Austin n'avait jamais abusé d'elle.

Il se reporta de nouveau aux notes.

Complicité.

Qu'est-ce que cela voulait dire ? À quoi cela faisait-il référence ? Et puis : *Dit que ma «conspiration» avec eux est responsable de la tragédie qu'elle vit actuellement.*

Des enfants disparus. Des enfants catatoniques. Des enfants morts.

Paula. Prue. Et George.

Il devait bien y avoir un lien.

Des enfants.

Enfin – pas tout à fait des enfants. Certains d'entre eux assez âgés pour penser à l'université. Mais du point de vue légal, des enfants.

Oh non, se dit Marlow. Et il se frotta les yeux. *Non, ne me dites pas qu'Austin a un rôle à jouer là-dedans. George mort. Paula disparue. Prue catatonique. Non, ne me dites pas que c'est ça.*

Mais c'était là, noir sur blanc, écrit de la main même d'Austin (on ne pouvait se tromper sur son écriture). *F. m'accuse maintenant...*

486

Il jeta les notes sur le bureau et les poussa de côté.

Il était trop fatigué. Il ne pouvait plus poursuivre, cette nuit.

Il lui fallait s'arrêter.

Il replaça Frances Phalen dans son dossier et traversa la pièce pour rejoindre Grendel.

« Viens, mon vieux copain, dit-il. Les troupes se retirent jusqu'à demain. C'est le repos du guerrier. » Puis il se pencha et grognant sous l'effort, souleva le chien et le porta dans le couloir.

Eh bien, pensa Marlow en se déshabillant. *Ça ressemble tout à fait à un champ de bataille là-bas.*

6

« Il me manque des dossiers », dit Kurtz un matin à Oona Kilbride.

« Les dossiers de quels patients, Dr Kurtz ?

– Je ne saurais vous dire. Je sais seulement qu'ils manquent.

– Pouvez-vous me donner une indication, Dr Kurtz ? Même un nom aiderait. Les choses qui se perdent tendent à se retrouver ensemble. Un nom pourrait mener à d'autres.

– Frances Phalen », dit Kurtz.

Oona était debout, comme toujours en présence de Kurtz. À présent, elle avait les yeux sur son bureau et remettait un crayon à sa place. Elle savait parfaitement que Frances Phalen n'était pas une des patientes de Kurtz. Comment pouvait-elle le formuler ?

« Ah oui, dit-elle. Mme Phalen est sur la liste des gens que vous suivez.

– C'est bien ça. » Kurtz était un peu énervé qu'elle sût une chose pareille concernant un dossier comme celui de Frances Phalen. Mme Phalen, après tout, était un personnage très mineur... une femme qui n'avait pas d'importance en soi, sinon en raison de son lien avec d'autres sujets. Est-ce que sa secrétaire avait gardé la liste des dossiers qu'il avait suivis ? Du premier jusqu'au dernier ?

Apparemment oui.

« Mme Phalen était une patiente du Dr Purvis, dit Oona. Je pense que c'est peut-être la raison pour laquelle le dossier manque. Il aura été retourné dans le classeur de Mme Orenstein. »

Kurtz était bien embarrassé à présent. Il ne savait que trop bien, pour avoir lui-même fait la sélection, que chaque dossier auquel il s'intéressait avait déjà été retiré du classeur de Bella. Ou du Souterrain n° 4. Le fait était que, lorsqu'il avait cherché, dans son propre classeur, le dossier de Frances Phalen et quelques autres, ils n'étaient plus là.

« Bon, dit-il. Très bien, Kilbride. Voulez-vous descendre alors voir Mme Orenstein et lui demander si le dossier a déjà été retrouvé?

– Tout de suite, Dr Kurtz. »

Oona descendit au bureau de Bella et lui demanda si elle avait déjà entendu parler d'une patiente du nom de Phalen.

« Oh, oui. Le Dr Purvis la suivait. »

Bella était enfin capable de prononcer le nom d'Austin sans que les larmes lui montent aux yeux.

« Est-ce qu'elle serait encore dans tes listes? demanda Oona, ou est-ce qu'elle a déjà été affectée à un autre psychiatre?

– Non. À personne d'autre. J'en suis sûre, parce que personne n'a encore été réaffecté. » Puis Bella ajouta : « À ce que je sache. »

Le téléphone sonna.

C'était pour Oona.

Kurtz.

Il voulait, pendant qu'elle était là, dans le bureau de Bella, se renseigner sur un autre dossier.

« Oui, Dr Kurtz. Et de quel dossier s'agit-il? » Oona s'était immobilisée, le crayon en suspens au-dessus d'une feuille posée sur le bureau d'Oona, et elle écrivit le nom qu'elle entendit dans le récepteur. « Oui, Docteur », dit-elle. Et elle raccrocha.

Un autre patient disparu. Quelqu'un du nom de Smith Jones.

Mais aucun des deux dans les dossiers de Bella.

Un peu plus tard ce matin-là, Oona remonta du Souterrain n° 4 les mains vides et retourna dans le bureau de Bella qu'elle trouva assise sur sa chaise ornementale devant la Selectric. La porte du bureau d'Austin Purvis était ouverte et le soleil inondait la pièce. Celle de Marlow était fermée.

Oona avait l'intention de demander à Bella si cela lui disait d'aller déjeuner au bar-grill Motley. Elle voulait lui parler des mystérieux dossiers. Mais avant qu'elle eût pu lancer l'invitation, elle s'arrêta net en voyant les mains de Bella sur les touches de la machine à écrire. Elles étaient gantées. De coton blanc.

Le cœur d'Oona se serra.

Il y avait toujours eu le chapeau. Et les talons plats aux semelles caoutchoutées. Mais... des gants? Pour taper à la machine?

Elle ne dit rien.

Quand Bella vit que c'était Oona, elle lança : « Je suis à toi dans deux secondes. Je finis de taper cette liste.

– Une liste?

– Oui. De tous les dossiers qui manquent.»

Oona ne put s'empêcher de sourire. Au déjeuner, elle verrait à ce que Bella ait sa dose de doubles martinis.

Des dossiers disparus. L'enveloppe du Dr Kurtz disparue. Des patients transférés. Le suicide d'Austin Purvis – et maintenant le chagrin ganté de Bella. Il y a quelque chose de pourri au royaume du Parkin... songea Oona.

7

Myra Cherniak travaillait au comptoir des renseignements de la Grande Bibliothèque depuis l'inauguration de l'édifice en 1974. À présent dans la cinquantaine, elle était passée par trois tailles différentes du blazer du personnel. Elle était pratiquement autodidacte et c'est au sein même de la bibliothèque qu'elle avait acquis la plupart de ses connaissances.

Myra était une lectrice avide – et il existait bien peu de sujets faisant partie du fichier avec lesquels elle n'était pas familiarisée. *Quête ? Voir Don Quichotte. Gerhard Berger ? Voir Course automobile. Wessex : Voir Cartes* – Angleterre ; *Romans* – Hardy et *Mystères* – Rendell. *Inflorescence ? Voir Plantes* – Floraison.

Un matin de juin, juste avant de partir déjeuner, Myra était en train de faire le ménage dans le centre des messages quand elle tomba sur une enveloppe qui devait être là depuis des semaines. Elle se trouvait dans les replis d'un papier d'emballage qu'un des préposés avait laissé là après avoir déballé un cadeau d'anniversaire.

« Mon Dieu, mon Dieu, dit-elle. C'est un peu fort... »

Au moment même où elle découvrait l'enveloppe, Antony Savage passait derrière le comptoir pour la relayer. « Regarde ça, dit-elle. C'est quand même marrant ! »

Myra tendit l'enveloppe à Antony Savage, qui vit qu'il n'y avait pas d'adresse et seulement un nom au verso. « *Qu'y a-t-il de si drôle ?* » demanda-t-il dans son langage soigné.

« Eh bien, regarde qui c'est ! dit Myra en riant. C'est incroyable ! »

Antony regarda attentivement le nom.

Kurtz.

« Eh bien ? Qui est Kurtz ?

– Oh, arrête, dit Myra. Tu me fais marcher.

– Heu..., dit Antony. Non. »

Myra n'avait pas de patience pour cela. Ni de patience ni de temps. Ses amies l'attendaient chez Dinty Moore et elle ne voulait pas être en retard.

« Cherche, dit-elle.

– Où donc ? dit Antony Savage.

– Là-dedans, bien sûr. À plus tard. »

Myra avait une façon bien particulière de remuer les mains.

Ses gestes étaient vastes et englobaient tout ce qui était à sa portée. Elle avait peut-être dit à Antony de chercher Kurtz dans presque tous les livres de la bibliothèque. Celui qu'elle avait en tête était posé sur une étagère contenant des ouvrages de référence dans le carrousel. *L'Encyclopédie de la lecture.* Un volume utile quand on devait répondre à des questions portant sur la littérature. Là, Myra en était certaine, Antony Savage allait trouver *Kurtz – Au cœur des ténèbres – Joseph Conrad.*

Mais ce n'est pas ce qui arriva.

Antony s'empara plutôt du livre posé à côté de *L'Encyclopédie de la lecture* – qui se trouvait être un exemplaire du *Bottin mondain du Canada.*

Kurtz? Kurtz?

Kurtz?

Rupert Kurtz – M. D., Membre associé du Collège royal des médecins et chirurgiens du Canada.

Il était là.

Antony Savage parcourut les données inscrites sous son nom – naissance, origine, études, et cætera, jusqu'à ce qu'il arrivât à : *actuellement directeur et psychiatre en chef, institut Parkin de recherche psychiatrique, Toronto.*

Et maintenant, qu'est-ce que je fais? se demanda Antony.

Fais suivre.

C'est ainsi qu'Antony Savage dénicha l'annuaire de Toronto et copia l'adresse du Parkin au recto de l'enveloppe. Après quoi, il la ferma et écrivit dans le coin inférieur gauche : *À L'ATTENTION DE R. KURTZ* et la mit dans la corbeille du courrier à expédier.

Chose faite.

Quant au papier-cadeau dans lequel s'était dissimulée l'enveloppe depuis ce jour de neige du mois de mars, Antony le plia délicatement et le mit dans sa poche pour l'emporter chez lui. Il était couvert d'oiseaux argent sur fond de ciel bleu.

8

Un jour que Lilah descendait du tramway au coin de Queen et Shaw, elle se trouva prise au beau milieu d'une tempête estivale. La circulation bougeait à peine tant le vent soufflait fort. La poussière et les déchets des caniveaux qui virevoltaient empêchaient de voir quoi que ce soit. Les détritus étaient un problème chronique, le service de voirie prenant du retard en raison de tous les oiseaux morts que les éboueurs avaient à évacuer. La terre et les papiers soufflés par le vent créaient un ouragan d'ordures. Et pourtant les automobiles et les tramways s'obstinaient à circuler. Bien peu de gens étaient sortis et ils devaient s'incliner dans le vent selon un angle ridicule, s'aplatissant presque par terre pour résister à la tempête. C'est pour cela que Lilah n'avait pas pris le landau. Elle craignait d'être emportée par une bourrasque. Le vent était chaud – on aurait cru qu'il venait du désert.

Lilah se dirigea tout droit vers l'entrée la plus proche du centre psychiatrique de Queen Street. En arrivant près des portes, elle vit une chose des plus étranges. Dix épouvantails en loques – des hommes armés de balais – essayaient de nettoyer les trottoirs devant le centre. Ils étaient nu-tête, portaient des shorts bien trop grands et des tricots déchirés, dont certains leur allaient si mal qu'ils leur tombaient des épaules, créant une mode qui, pour être nouvelle, n'en était pas moins grotesque. Lilah avait déjà vu cette équipe auparavant. Il s'agissait pour la plupart d'alcooliques en traitement externe au centre, à qui l'on donnait une indemnité pour dégager les allées et ratisser les pelouses. Ils faisaient penser à une chaîne de forçats – toujours en rang, à travailler à l'unisson, ce qui prouvait qu'un seul d'entre eux savait ce qu'il faisait, tandis que les autres l'imitaient. La plupart de ces hommes étaient à un stade si avancé dans leur vice que leur cerveau était déjà perturbé par des années d'ingestion de tord-boyaux, d'extrait de vanille et d'alcool à friction. Certains étaient relativement jeunes – mais la plupart étaient âgés.

Ils formaient un groupe tranquille, pas méchant – affable et un peu triste. Par beau temps, ils sommeillaient sous les arbres autour du centre, appuyés sur leur râteau ou sur leur balai. Au premier coup d'œil, ils ressemblaient à un clan fraternel. Leurs visages étaient tous marqués par l'alcool et leurs yeux avaient tous la même expression hébétée. Ils étaient uniformément maigres au point d'être émaciés. Mais c'était l'alcool, non la nourriture, qui leur manquait. Ceux qui les payaient savaient qu'il y avait peu de chances qu'ils aillent dépenser leur salaire en achetant à manger. Toutefois, une mission voisine leur servait chaque jour un bol de soupe et un sandwich. Ce qui était triste, selon eux, c'est que la quantité d'alcool que leur permettait leur salaire ne faisait rien d'autre que les maintenir en vie. Ils finiraient tous, chacun à son tour, recroquevillés dans la mort, sous un porche de Queen Street, avec, pour tout linceul, leur tricot en loques.

« Mais arrêtez-vous donc ! leur cria Lilah au passage. Vous ne pouvez pas balayer de la poussière dans une tornade ! »

Ils ne voulaient pas l'entendre. Peut-être que dans leur tête, s'ils cessaient de balayer, ils allaient être emportés par le vent. Dans la tourmente, ils étaient constamment repoussés contre les murs du bâtiment – avançant inlassablement pour balayer des choses qui virevoltaient dans les airs.

Lilah fut presque assommée en luttant contre le vent pour ouvrir les portes. Au moment où elle pénétrait à l'intérieur, une femme se précipita vers elle en criant : « Vous laissez entrer la tempête ! Vous allez tous nous tuer ! »

Lilah ne fit pas attention à elle. « Grosse bête », dit-elle – et elle se mit à chanter – puis poursuivit son chemin.

Elle avait appris que dans ces corridors, on dérange rarement quelqu'un qui chante. Les fous ne vont pas interrompre la folie des autres. La solitude est précieuse et la solitude de la folie est à nulle autre pareille – quelque chose que l'on acquiert, non un état. On ne la mérite qu'en se mettant farouchement en quête de son intimité. Ceux qui ne vont pas au bout de leur folie ne mériteront jamais leur solitude. On ne les laissera jamais tranquilles. Il faut répondre, en criant, en se débattant, en chantant, pour gagner sa solitude – et les chansons étaient ce que Lilah avait choisi.

Ce jour-là, elle devait se faire faire cette piqûre de Modecate qu'elle redoutait tant. Durant la nuit, il lui était venu à l'esprit que d'aller se mettre sous la protection de la drogue lui ôterait sa capacité de suivre Kurtz jusqu'au bout. Elle risquerait de le perdre de vue, ce qui serait une catastrophe. C'était désormais sa mission de sauver les enfants des photos. Elle ne pouvait se permettre de rompre le contact avec eux, même si elle ne connaissait pas encore leur identité.

D'un autre côté, si elle ne se reprenait pas en main, elle pourrait provoquer la méfiance de Marlow. Et ne pas accomplir sa destinée. Que se passerait-il alors? Ce serait le triomphe de Kurtz.

Après avoir tourné le coin, elle cessa de chanter et se tut. Elle devait décider quoi faire maintenant – prendre le Modecate ou le refuser. Mavis Delaney devait l'attendre, toutes aiguilles dressées. Et le frigidaire et les étagères regorgeant de sommeil et de paix. Toutes ces bouteilles, flacons, pilules – des façons de vous attirer dans le noir et de vous emmitoufler dans la normalité. Ou ce que les sains d'esprits appelaient normalité. *Ils étaient loin de savoir...* pensa Lilah. *Bien loin même.*

Lilah ne se souvenait pas d'avoir été saine d'esprit. Cela faisait trop longtemps. À présent, tout ce que le Modecate lui faisait gagner en normalité était gâché par la tension qui montait en elle lorsqu'elle attendait qu'on la rappelle. Mieux valait se dire qu'on y allait et en finir avec ça. Arrêter avec ces j'y vais, je n'y vais pas. Une traversée sur une haute passerelle – voilà ce que c'était. Un trajet sur la corde raide. Un numéro de funambule, sa santé mentale en équilibre sur sa tête. Marcher, bras tendus, un pied devant l'autre. *Ne tombe pas. Surtout ne tombe pas.* Comme si on avait le choix.

Elle arriva devant l'écriteau.

SERVICE DU MODECATE

La porte était fermée. Mavis ne pouvait donc la voir, debout, là derrière.

Tu as le devoir d'être saine d'esprit, dit une voix.

Sauve les enfants, disait une autre.

Lilah recula.

Elle attendrait. Il n'y avait pas de mal à ça. Une demi-heure ne ferait pas de différence. Elle irait d'abord retrouver son mentor dans la cave – lui demander conseil. Voilà ce qu'il fallait faire – voir ce que Mme Moodie avait à dire.

Lilah ignora les ascenseurs. Elle avait toujours pris l'escalier dans le passé quand elle descendait rendre visite à Susanna Moodie dans les tunnels.

Un bourdonnement de ruche l'accueillit lorsqu'elle sortit en poussant la porte au bas de l'escalier. Il n'y avait là personne pour la retenir, bien qu'elle sût qu'il y avait d'autres êtres à côté de Susanna qui peinaient à cet endroit ou se cachaient dans l'ombre. Au plafond, de longs fils noirs reliaient une kyrielle d'ampoules jaunes, comme une toile d'araignée lumineuse.

Il y avait aussi un rail unique courant par terre au milieu du tunnel et sur lequel parfois un chariot déboulait sans prévenir et manquait vous renverser si vous ne faisiez pas attention.

Lilah se demanda si elle devait appeler à voix haute. Il fallait parfois prier Susanna de se manifester. Elle dormait la plupart du temps et était sourde. Quand elle était éveillée, elle était triste, l'esprit toujours en deuil – bien qu'elle refusât de s'habiller en noir, couleur qu'elle détestait. Ce n'était que sur son visage et dans sa voix qu'elle portait le deuil.

Comme Susanna Moodie était écrivain, elle et Lilah avaient beaucoup parlé livres. Elle avait un faible pour les romans de Dickens, qu'elle avait entraperçu dans les rues de Toronto, du temps où elle vivait. *Quand était-ce?* avait voulu savoir Lilah. *Mil huit cent quarante-deux,* lui avait dit Susanna. *Il portait un bel haut-de-forme qu'il souleva pour me saluer...*

Lilah avait trouvé cela fascinant – de parler avec quelqu'un qui s'était trouvé réellement en présence de ce grand homme. *Qu'est-ce qu'il faisait?* avait-elle demandé. *Il était venu lire pour nous. Mon mari, Dunbar, était alors shérif du district de Victoria*

495

et on habitait à Belleville sur la rivière Moira. Moodie ne pouvait s'absenter, alors avec ma fille Betsy, on est venues sur le vapeur et il était là, M. Dickens, dans la rue même où je marchais... Cela avait été un des grands moments de sa vie.

La passion de Susanna pour Dickens était surtout centrée sur ce qu'il avait écrit sur les enfants. La progéniture de Fagin dans *Oliver Twist*, les sévices endurés par David Copperfield lorsque Murdstone était devenu son beau-père, les horreurs de Squeers et son épouvantable école dans *Nicholas Nickleby*, tout cela faisait à Susanna Moodie l'effet de décharges électriques qui la poussaient à entreprendre une croisade personnelle dans le but d'améliorer la vie des enfants de son temps et de son pays. Parce qu'elle avait subi la perte de son plus jeune enfant, la mort de tous les enfants revêtait pour elle un caractère poignant et représentait la pire des tragédies. C'était la raison pour laquelle Lilah avait besoin de ses conseils en ce moment. Susanna saurait peut-être comment résoudre le dilemme que présentaient actuellement à Lilah les enfants des photographies. Susanna saurait peut-être même comment les trouver.

Lilah était parvenue dans le coin le plus sombre de la cave, le coin le plus sombre et peut-être le plus ancien, où la terre s'était infiltrée au travers de la maçonnerie du bâtiment précédant la structure actuelle. Il avait existé là une sorte de pièce, peut-être une chambre froide ou un cellier. L'ancien asile cultivait ses légumes et avait même ses vaches laitières. C'est là que devaient être conservés les légumes d'hiver, entre le fromage et le beurre, le porc et le bœuf salé.

« Susanna Moodie ? dit-elle à haute voix. C'est Lilah Kemp. Est-ce que tu es là ? »

Il y eut un grognement – un soupir – et le bruit d'un corps qui se tourne.

Kemp ?

Oui.

Tu en as mis du temps pour venir.

Oui – je te demande pardon.

Tout cela était dit, en silence, d'un esprit à l'autre. Susanna apparut dans le coin et remonta son châle.

Eh bien! Assez d'atermoiements. Dis pourquoi tu es ici.

Susanna s'assit sur une chaise de cuisine en bois qu'elle avait tirée de l'obscurité et en offrit une semblable à Lilah. Elles se rapprochèrent, face à face, leurs genoux se touchant presque.

Des enfants, dit Lilah.

Des enfants morts?

Certains. D'autres en train de mourir.

Noyés? En train de se noyer?

C'est possible.

Dans la tête de Lilah surgit l'image d'une piscine.

J'avais un enfant qui s'est noyé, dit Susanna. *Ça fait cent ans et plus que je le cherche.*

Oui, je sais, dit Lilah. Johnny.

Susanna se cala sur sa chaise. Elle soupira, ajusta ses mitaines et regarda son alliance et le saphir dont elle avait hérité.

Il aimait ces bagues, dit-elle. *Il avait l'habitude de jouer avec elles. Il n'avait pas tout à fait six ans, mais presque, quand il est mort...*

C'était cela que Lilah Kemp et Susanna Moodie avaient en commun – ce que Lilah appelait *la mort par disparition* de leurs enfants.

Tu as dit que tu l'avais cherché pendant cent ans et plus. Est-ce qu'on a jamais retrouvé son corps?

Ce n'est pas le corps qu'on perd, Kemp. Tu devrais le savoir, étant l'une des nôtres.

Oui – mais...

Est-ce que tu es spirite – ou est-ce que tu es simplement médium, Kemp?

Lilah ne savait que répondre. Comme tant de questions venant de Susanna, celle-ci semblait voilée de mépris. La seule chose que Lilah craignait au cours de ces confrontations avec son amie morte, c'était le christianisme grincheux de Susanna Moodie. Grincheux, parce qu'il était si profondément ancré dans une vision sentimentale de Jésus-Christ.

J'imagine que je suis médium avec des facettes spirites, dit Lilah. Je ne me vois jamais autrement que comme quelqu'un qui peut faire apparaître les morts.

Est-ce que tu crois en Jésus-Christ?

Je crois aux vertus chrétiennes.

Et puis?

Je crois que Jésus-Christ était un maître plein de sagesse et de compassion.

Et puis?

Et...

Qu'il est mort sur la croix, a été enseveli et est ressuscité des morts?

Tout ce que voulait Lilah, c'était revenir sur le sujet des enfants. Mais elle n'allait pas mentir à Susanna.

Non, dit-elle. Je ne crois pas à ces choses.

Alors tu n'es pas un enfant de Jésus.

On m'a appris qu'il n'avait pas d'enfants.

Il avait dix milliards d'enfants, Kemp. Et mon fils Johnny était l'un d'eux. Susanna retira un mouchoir de son corsage et s'essuya les yeux. *Et maintenant, je les ai perdus tous les deux.*

Elle se moucha.

Lilah dit : Je ne suis pas certaine de bien comprendre ce que tu veux dire par *perdus tous les deux.*

Jésus-Christ et Johnny!

Lilah s'enfonça dans sa chaise et attendit.

Susanna pliait son mouchoir en triangle, se servant de ses genoux comme d'une planche à repasser.

Je te le dis, Kemp, dit-elle, *Jésus-Christ est parti avec mon garçon et on n'a jamais revu ces deux-là depuis mil huit cent quarante-quatre.*

Lilah était figée d'inquiétude sur sa chaise.

À coup sûr, ces paroles étaient celles d'une folle – pas de son mentor jusqu'ici intelligente, et qui avait les pieds sur terre.

Je vois, dit-elle, d'un ton égal. Elle se demanda quand Susanna s'était arrêtée de prendre ses médicaments – quels que fussent les médicaments contre la folie, au XIXᵉ siècle.

Est-ce que tu ne te sens pas bien? demanda-t-elle d'un ton

aussi aimable que possible – espérant que la charge de la question ne serait pas trop claire pour Susanna.

Pas bien?

N'y a-t-il pas quelque chose que tu pourrais prendre pour soulager ton anxiété? Est-ce qu'on ne t'avait rien prescrit?

Du laudanum.

Ah! Bon – on n'a plus ça maintenant.

Des bains chauds.

Ça, on les a toujours.

Susanna réfléchit un instant puis elle dit : *On vous perçait des trous autrefois dans la tête pour soulager la pression. Tu savais ça, Kemp?*

Non.

Je l'ai vu faire, une fois. Ici.

Seigneur!

C'étaient les prescriptions de mon époque. Soit on était drogué avec du laudanum et attaché dans une baignoire – soit soumis par la violence.

Ça n'a pas changé.

Non?

Non.

Rien ne change.

Juste les méthodes.

Toi et moi, nous sommes sœurs dans le temps, dit Susanna.

Lilah sourit.

Si on t'offrait l'occasion d'abandonner ta recherche de Johnny, dit-elle, est-ce que tu le ferais?

Non.

Tu ne laisserais jamais tomber?

Jamais.

Bien, dit Lilah. Tu m'as dit ce que je dois faire.

Comment?

On m'a offert l'occasion d'abandonner, dit Lilah. La santé mentale – qui est très tentante. Plus délassante. Paisible. Mais je dois refuser. Je le sais, maintenant.

Comment est-ce que tu peux avoir cette santé mentale – c'est quoi?

Un médicament. Qui s'appelle Modecate.

Je n'en ai jamais entendu parler.

On l'a inventé après ton époque.

Fascinant. Est-ce que tu deviens saine d'esprit tout de suite?

Pas tout à fait. Mais ça arrive assez vite. Ça prend quatre heures pour passer dans l'organisme. Puis un jour ou deux de plus pour te calmer.

Puisque tu as accès à des aides de ce genre, penses-tu que tu pourrais trouver mon garçon, Kemp?

Je peux essayer, dit Lilah. Elle doutait de pouvoir localiser Jésus-Christ – avec ou sans Modecate – mais Johnny, lui, pourrait bien se manifester, surtout si elle laissait toute la force de son spiritisme prendre le pouvoir. Elle allait l'ajouter à sa liste d'enfants disparus.

Tu ferais mieux d'y aller maintenant, dit Susanna. *Les chariots ont commencé de rouler.*

Les caisses faisaient un bruit de ferraille et Lilah pouvait les entendre dans le tunnel. On devait approcher de l'heure du dîner. Les chariots sentaient la nourriture. Du macaroni au fromage. À la sauce tomate.

Elle se leva et tendit sa chaise à Susanna, qui s'était également mise debout.

N'attends pas si longtemps avant de revenir la prochaine fois, dit la vieille femme. *Tu reconnaîtras mon fils à son zézaiement qui est causé par des dents qui lui manquent. Et demande-lui, si tu le trouves, comment il épelle son nom. S'il l'épelle J-O-H-N-Y, c'est lui. Il oubliait toujours le deuxième N.* Susanna se remit presque à pleurer. *C'était mon petit garçon,* dit-elle. *Ramène-le-moi, Kemp. Si tu peux.*

Oui, dit Lilah. J'essaierai. Avant qu'elle n'ait pu dire au revoir, Susanna avait fait volte-face dans l'obscurité et avait disparu.

Lilah avança avec précaution dans le tunnel, ne s'écartant que pour laisser passer les chariots métalliques – dont la forme rappelait des cercueils d'enfants.

C'était décidé à présent. Elle ne prendrait pas le Modecate. Mavis allait devoir la rayer de la liste. Il fallait que Lilah s'en remette à un futur qu'elle ne pouvait prédire – mais dans lequel elle pourrait trouver les enfants disparus. Y compris Johny. Au sortir du tunnel, Lilah découvrit qu'elle était dans un endroit différent de celui par où elle était entrée. Elle se trouvait quelque part sur les pelouses derrière les bâtiments, où le vent était moins violent. Elle se précipita sous les arbres. C'était l'épreuve d'essai vers une libération complète. Le Modecate avait été sa prison.

Elle aurait voulu à présent être venue avec la voiture d'enfant. Ça lui aurait donné quelque chose de concret à quoi se raccrocher. Mais elle allait la retrouver bientôt. Ainsi que la sécurité de sa cuisine et la porte ouverte donnant chez Marlow...

Quelque chose bougea à ses pieds.

C'était la marmotte de Susanna Moodie.

Lilah se pencha en avant.

Est-ce que je peux t'aider? demanda-t-elle.

La marmotte la regarda fixement.

Je ne vais pas te faire de mal, dit Lilah.

La marmotte se mit debout sur ses pattes de derrière et siffla pour appeler ses petits.

Lilah les vit venir, qui s'avançaient dans l'air poussiéreux sur l'herbe déjà desséchée. Ils avaient grossi par rapport à la dernière fois où elle les avait vus. Lilah en eut une sorte de réconfort. Là, dans cette étendue de terre piétinée et de béton, de voies dangereuses et de fous, quelque chose de petit et de sauvage et d'apparemment sans défense avait survécu. À force de ruse – et de persévérance.

En les quittant, Lilah se retourna une dernière fois pour les regarder. Ils s'étaient regroupés, tous les trois, et s'enfonçaient dans la nuit tombante. Vers les ténèbres. Vivants.

CHAPITRE IX

... il était écrit que je resterais loyal au cauchemar de mon choix.

JOSEPH CONRAD
Au cœur des ténèbres

1

Quelquefois, surtout lorsqu'il était préoccupé, Marlow allait travailler à pied. Plusieurs trajets s'offraient à lui, qui avaient tous leur charme. L'un d'eux le conduisait à travers le campus St George – un parcours bordé d'arbres et d'espaces ouverts, de terrains de sports et de parcs. Il rejoignait ainsi le Parkin par l'arrière et sans avoir à passer devant le tableau redouté – qui en était venu à refléter de plus en plus les histoires qui émergeaient des dossiers d'Austin. Julian devait certainement avoir obtenu ses images dans le même endroit ténébreux où George avait été assassiné et où Frances Phalen avait perdu ses enfants.

Marlow descendit Avenue Road jusqu'à Bloor et coupa vers l'ouest, où il passa le portail et descendit les marches menant à l'allée des Philosophes – nommée bien mal à propos, car on n'enseignait plus la philosophie sur le campus. C'était néanmoins un bien joli chemin, serpentant à travers une dépression peu profonde couverte d'arbres et de pelouses onduleuses où venaient se faire bronzer, en été, des bandes d'étudiants que n'effrayait pas la disparition de la couche d'ozone.

Les sinuosités à peine marquées du sentier donnaient l'impression agréable d'être dans un parc. Jadis, cet endroit avait été un havre pour les oiseaux et les animaux – mais plus maintenant : les écureuils passaient pour nuisibles et tout battement d'aile représentait un danger potentiel. Les pigeons continuaient pourtant à hanter les corniches du Musée royal de l'Ontario, du centre symphonique Edward Johnson et des toits d'ardoise de Trinity College. Des moineaux de trois ou quatre espèces jacassaient encore là où quelqu'un leur avait jeté des miettes de pain défendues – un délit contre la santé publique pour lequel, depuis septembre dernier, on pouvait être arrêté, condamné à une amende ou incarcéré.

Les étourneaux se montraient aussi, à l'occasion. Ils se rassemblaient en volées plus grandes que celles de toutes les autres espèces, comme en réponse aux représailles croissantes dont ils étaient victimes. Ou était-ce de la provocation ? Les étourneaux se reproduisaient en abondance, car ils avaient deux ou trois nichées par saison. C'est cet acharnement à procréer qui à la longue allait entraîner leur ruine. *TUEZ UN ÉTOURNEAU – SAUVEZ UNE VIE !* était un slogan populaire, inscrit sur les parois des autobus et des voitures du métro. La *VIE* semblait être l'apanage exclusif de la race humaine.

C'est certainement à cause d'un étourneau que Grendel s'était fait tirer dessus. Un des oiseaux, s'échappant d'une zone de pulvérisation, avait volé jusqu'à Lapin Lanes, où Grendel l'avait trouvé. Il était peu probable que Grendel voulût manger l'étourneau. Les chiens mangent rarement des oiseaux avec leurs plumes. Ils préfèrent la dinde de l'Action de Grâce et l'oie de Noël – plumées et rôties. Un chat peut s'arranger avec les plumes, pas un chien.

Grendel avait probablement l'intention d'enterrer l'oiseau. Il possédait déjà dans la cour un garde-manger bien garni en os à soupe et autres délices : une chaussure, les gants du géant, une grenouille. Mais avant de parvenir à destination, l'Escadron M qui passait par là l'avait aperçu et avait tiré.

Dieu merci, Lilah Kemp était là ! pensa Marlow en regardant les arbres. Sans elle, Grendel serait mort et aurait sûrement été transporté en camion jusqu'aux crématoriums, où l'on incinérait les chats, les écureuils et tout animal contaminé.

Parfois Marlow faisait abstraction de ce genre de choses. Ça n'avait pas de sens et il valait mieux ne pas y penser – ça ne méritait pas qu'on s'y attarde plus que sur la provenance du cuir des chaussures ou sur ce qui se passe dans les abattoirs. Mais de temps à autre, en pensant à l'hécatombe grandissante d'oiseaux, de chats, de chiens et d'écureuils, il se sentait gagné par l'inquiétude. Il achoppait dans ces moments-là sur le fait qu'il n'avait jamais rencontré d'explication purement scientifique à la sturnucémie. Chaque ordre de gouvernement, du fédéral au municipal, avait souscrit à l'analyse de la maladie fournie par le ministre de la Santé et du Bien-Être. Un vaccin avait fait son apparition. Les Escadrons M étaient omniprésents. La propagande vous assaillait de tous côtés par l'entremise des médias – on voyait et on entendait des histoires épouvantables sur les dangers que constituaient les oiseaux infestés de poux, les chats qui les mangeaient et les écureuils qui cohabitaient avec eux dans les arbres.

Cohabitaient.

C'est le mot qu'on avait utilisé.

Cohabitaient.

Juste à cet instant un écureuil traversa le sentier à toute allure.

Marlow eut un mouvement de recul.

Puis, honteux, il fit un pas en avant. *La propagande marche... même quand on la rejette.*

À l'époque où il était étudiant, Marlow voyait en l'allée des Philosophes un lieu *où les arbres chantaient.* Des centaines d'oiseaux se rassemblaient dans les ormes et les érables et vocalisaient des chansons de rue italiennes. Il semblait du moins aux oreilles de Marlow que c'est ce que faisaient les étourneaux. Dans sa tête – où s'organisait le concert –, il était le chef d'orchestre, ajoutant mandolines et trompettes quand les oiseaux étaient particulièrement nombreux. Du Vivaldi. Des chœurs entiers de chanteurs à plumes, des étourneaux pour la plupart, se posaient dans différents bosquets et chantaient plus fort les uns que les autres. De temps à autre, les rouges-gorges et les merles interprétaient des arias en arrière-plan. Les tourterelles et les pigeons murmuraient tout haut leur approbation, depuis les gouttières ou le «parterre» bon marché. Marlow assistait alors à des concerts entiers, s'il prenait le temps de rester jusqu'à la fin. Il le faisait parfois, assis sur un des bancs, tout yeux et tout oreilles. C'était, ou cela avait été autrefois, un passe-temps qui l'amusait. À cette époque, et même encore, tous ses soucis se dissipaient dans ce lieu enchanteur, qui avait été pour lui un sanctuaire.

Mais ce matin, ce serait la fin.

Au moment où Marlow atteignait l'extrémité du sentier à Hoskin Avenue, on fermait le portail de Bloor Street et toutes les fenêtres des édifices adjacents. Les sirènes se répandaient en hurlements et en invectives. On mettait en place les cordons sanitaires en installant les barrières métalliques jaunes devenues familières, et on envoyait les camions-citernes jaunes dans la petite dépression, où les équipes vêtues de jaune faisaient leurs ravages. Marlow s'arrêta malgré lui. Trop de citoyens refusaient d'être témoins de ces événements. Mais voir, c'est se souvenir, songea-t-il. Aussi, pressant un mouchoir sur son nez et sa bouche, il resta.

L'efficacité de la tuerie était alarmante. Deux mille oiseaux furent pulvérisés et éliminés en moins d'une heure. Marlow, là, debout, pria pour eux – bien qu'il ne s'adressât pas à Dieu – et quand tout fut fini, il détourna la tête.

Il y avait longtemps, les ormes géants avaient succombé à leur propre peste. Plus récemment, les érables et les chênes avaient commencé à dépérir sous l'effet des pluies acides – bien que le gouvernement, comme toujours, le niât. À présent, les oiseaux et les écureuils. Marlow ne passerait plus jamais par là.

2

Amy Wylie était à la dérive sur son lit. Son regard, en berne, était fixé sur l'ombre de plusieurs nouveaux oiseaux qui étaient entrés dans la pièce pendant qu'elle dormait. Ils étaient regroupés, traînant leurs pattes sur la commode où elle gardait son sac de graines. Avec un miroir de plastique. Et aussi, découpé dans le *Globe and Mail,* la notice nécrologique d'une femme nommée Augusta Ward, qui semblait être morte dans d'étranges circonstances – *perdue en mer avec Pearl, son chat...* Et puis rien d'autre. Une cuillère émoussée, peut-être.

Il était difficile pour Amy de voir quels oiseaux c'étaient. Il y avait sans nul doute un butor – ses plumes pendaient ébouriffées sur un coin de la commode ; et un couple de cormorans qui avaient déployé leurs ailes pour les faire sécher ; et un oiseau qui marchait – qui aurait pu être une grue cendrée, sauf qu'Amy n'avait jamais vu de grue cendrée et ne pouvait s'imaginer pourquoi celle-là se serait prise d'amitié pour elle. Peut-être l'avait-elle vue dans le journal ou dans un des *National Geographic* qui traînaient dans la salle commune. Non, elle ne s'en souvenait pas. De toute façon, elle était là – mais rien qu'une ombre – une simple silhouette, très, très tranquille. Elle se tenait sur une patte.

Les plus petits oiseaux étaient juste les oiseaux ordinaires auxquels Amy était habituée à présent – les petites nyctales, de quinze centimètres de haut ; les pies-grièches, semblables à des bandits masqués ; et les engoulevents moustachus aux yeux rouges. Tous ces oiseaux l'avaient suivie depuis que les terres agricoles avaient été pulvérisées au nord de la ville – *cela faisait si longtemps, mais combien de temps ?* – et maintenant, ils s'étaient posés, certains se déplaçaient sur les bords de la commode, d'autres restaient perchés, complètement immobiles, à attendre la fin de l'aube.

Ils faisaient un bruit si doux, si joli, posés là, en sécurité dans la protection de son esprit – le bruit de plumes tournées et retournées, à la recherche du confort. Un froissement étouffé, un bruissement secret.

Jusqu'à ce qu'elle se rendormît.

Les rêves maintenant. Les visions.

Une route aride, morne, avec des bisons qui marchaient devant elle. Quelqu'un – son père – les conduisait, mais les piqueurs qu'il avait embauchés, invisibles et sans noms. C'était le désert où Eustace Wylie était mort – un désert – une zone de guerre – un no man's land dans un rêve où il était question d'un cauchemar. Des nuages de poussière rouge et jaune montaient dans l'air et y restaient en suspens avant de retomber doucement sur le sol comme un voile et de couvrir le dos des bisons et les bras, les mains, les cheveux d'Amy d'une patine d'or fin. Rouge. Doré. Un convoi de camions roulait en sens inverse, comme si le monde était évacué depuis une zone sinistrée plus loin devant. Sauf qu'il n'y avait personne d'autre dans les camions que les hommes qui les conduisaient, et ces hommes portaient tous des foulards pleins de sable aggluttiné remontés sur la bouche et le nez. *À l'arrière des camions, il y avait des machines géantes – jaunes mais non identifiables, avec de grands bras à godets, ainsi que des chaînes et des poulies.*

Les veaux étaient sans arrêt distancés en raison de l'allure de la marche et bien des femelles restaient aussi en arrière pour retrouver leurs petits. Aucune des bêtes ne courait. Elles marchaient toutes, mourant de soif et d'épuisement.

Amy se voyait dans ce rêve – mais elle voyait aussi à travers les yeux de l'être qui était là, et qui cherchait à avancer. Elle avait peur de rester derrière comme les veaux, mais sa peur était engourdie par le poids de son corps et des sacs de graines qu'elle portait, tandis qu'elle tentait de soulever du sol et son corps et les sacs.

Dans ce rêve – tant de fois rêvé – elle n'arrivait jamais à destination. La route aride et morne semblait interminable. Le paysage qu'Amy traversait ne variait que lorsque, çà et là, elle apercevait dans les tourbillons de poussière l'image d'une haute clôture en planches – *au sommet de laquelle courait un matou orange, parfaitement à l'aise, cherchant apparemment à rester en vue d'Amy.* Wormwood. Dans le rêve cependant, elle ne pouvait se rappeler son nom.

Minou-minou-minou! criait-elle. *Mais aucun son ne sortait de sa bouche. Juste l'impression d'un son – et la forme. Et la douleur au moment où elle devait l'arracher de sa gorge.*

Et toujours, à la fin du rêve, Tweedie venait la réveiller.

Vous avez encore crié, Mlle Wylie, disait-il.

Par périodes – surtout après l'arrivée des premiers étourneaux – Amy s'affolait chaque fois que Tweedie ouvrait la porte. Elle se mettait à crier, mais les mots étaient inintelligibles et McCabe, le garçon de salle, venait lui administrer des piqûres de lithium.

Quand on mentionnait ces crises à Marlow, il descendait du dix-huitième étage s'asseoir avec elle.

Cette fois, à la seconde où il passa la porte, Amy, près de la minuscule fenêtre, jeta les yeux sur lui.

« Dr Marlow, dit-elle. Je pensais que vous m'aviez abandonnée.

– Non, dit Marlow. Je vous ai vue hier.

– Vous ne pourrez pas vous asseoir, dit Amy. Il n'y a plus de place. » Elle désigna de la main la chaise vide et le lit. « Sauf si vous voulez que je les déplace...

– Non. Je peux rester debout. »

Amy dit : « Il y en a davantage chaque jour.

– Ah bon, fit Marlow.

– Il y a quelqu'un qui les tue. C'est pour ça qu'ils viennent ici. Ici, ils ne courent aucun danger. »

Marlow attendit un peu avant de parler : « Dites-moi combien il y en a.

– Plus qu'on n'en pourrait compter. Plus d'une centaine. La plupart sont des étourneaux.

– Des étourneaux ?

– Oui. »

D'abord des oiseaux exotiques. Maintenant, des oiseaux communs.

« Je veux m'en aller, Dr Marlow, dit Amy sans le regarder. Je déteste cet endroit.

– À cause des oiseaux ?

– Non. Parce que personne ne me croit. Il faut que je les sauve. »

Silence. Marlow la regardait. Elle jouait avec sa queue de cheval retenue à la nuque par un élastique, ne cessant de la tordre. Sa maigreur faisait peine à voir. Elle avait complètement renoncé à manger. Marlow pensa qu'il lui faudrait demander un régime enrichi pour Amy. Son corps accepterait peut-être plus facilement les liquides.

Elle dit : « Vous me croyez, n'est-ce pas ?

– Oui.

– Est-ce que vous les voyez ? Les oiseaux ?

– Oui.» Un mensonge – mais un mensonge nécessaire.

«Il faut arrêter le massacre.

– Oui.

– Est-ce que vous allez m'aider? Dites oui, Dr Marlow, s'il vous plaît.» Elle était comme un enfant qui croyait que, si on construisait une arche, on pourrait sauver le monde. «Les oiseaux ont besoin que quelqu'un leur vienne en aide.

– Oui.»

Marlow ne pouvait effacer de son esprit la première fois qu'il avait vu Amy de près, perdue dans les ruelles avec ses sacs à provisions. Et Wormwood – auquel personne d'autre n'avait voulu croire. La folie d'Amy était bénigne, mais elle la tenait sous sa coupe. Il y avait dans cette folie peu de violence. Rien en tout cas qui fût nuisible. Seulement les cris – et c'était toujours pour se défendre. Marlow fut obligé d'admettre qu'Amy Wylie souffrait d'une folie qu'on appelle *compassion*. Et qui la tuait.

«Je vais voir ce que je peux faire», dit-il.

Elle le regarda d'un air de reproche. «Je sais ce que ça veut dire, dit-elle.

– Ah?

– Oui. Ça veut dire que rien ne sera fait.»

Marlow dit : «Non. Ça veut dire que je vais faire tout ce que je *peux*. Je vous le promets.»

Il fut cependant contraint de lui mentir lorsqu'elle lui demanda si les Escadrons M avaient été actifs ces derniers temps. Il dit – après avoir été témoin d'un massacre le matin même – qu'il n'y avait pas eu de pulvérisations depuis une semaine.

Plus tard, Marlow réfléchit à sa part de complicité dans la folie d'Amy. *Je lui ai dit que j'avais vu ce que je n'ai pas vu – ses oiseaux*, pensa-t-il, *et je lui ai dit que je n'avais pas vu ce que j'ai vu – les camions-citernes jaunes.* Puis il pensa : *Je suis comme ses médicaments. Nous favorisons tous deux un univers de mensonge.*

Quand Marlow revint à son bureau au dix-huitième étage, un visiteur inattendu était là.

Bella dit : « C'est M. Price, Dr Marlow. Je lui ai dit que vous n'auriez pas de temps à lui accorder – mais...

– Merci, Mme Orenstein.»

Griffin Price était plus grand que Marlow l'imaginait, mais n'avait pas la nervosité qu'Olivia lui prêtait. L'homme qui se tenait devant lui était souriant et cordial et tout à fait détendu.

« Je suis venu rendre visite à ma belle-sœur Amy Wylie, dit-il. Et j'ai pensé que je pourrais aussi bien en profiter pour vous en toucher un mot.

– Mais certainement.»

Ils passèrent dans le bureau du fond, mais Marlow laissa la porte ouverte. Il voulait insister sur le fait qu'il attendait un autre patient.

« Assez bizarrement, dit-il à Griffin, je viens juste de voir Amy, M. Price. Veuillez vous asseoir un instant.

– Merci.»

Griffin portait un petit paquet carré emballé dans du papier bleu gansé de ruban jaune. Il le posa à côté de lui et s'assit directement en face de Marlow.

« Votre femme m'a dit que vous étiez allé à Prague, M. Price.

– C'est bien ça.

– J'espère que c'était une visite agréable.

– Très intéressante, en fait. Mon usine là-bas vient juste de se lancer dans la fabrication de souvenirs. J'en ai même amené un pour Amy.» Il souleva le paquet par le ruban.

Marlow dit : « C'est bien aimable de votre part, M. Price. Je crains cependant de devoir vous prévenir que...»

« Oui ?

– Mme Price vous l'a peut-être déjà dit, mais Amy n'est pas bien du tout en ce moment. Nous n'avons toujours pas trouvé de médicament efficace. Son contact avec la réalité est au plus bas.

– Je suis navré de l'apprendre.

– Je ne suis pas sûr, pour vous parler franchement, que ce soit une bonne idée de la voir – maintenant.

– Elle est si mal que ça ?

- C'est que...» Marlow ouvrit les mains en signe d'impuissance et haussa les épaules. «Est-ce que vous avez déjà été témoin de la maladie d'Amy, M. Price?

- Quelquefois. Pas autant qu'Olivia, bien sûr. Mais...» Griffin se croisa les jambes et enleva une peluche de son pantalon. «... Je pense que le pire fut d'avoir à la tirer des mains de la police après une de ses grèves de la faim. Vous avez entendu parler de ces épisodes, je présume.»

Marlow fit signe que oui.

«Celle-là, dit Griffin, c'était pour protester contre la première pulvérisation – il y a déjà longtemps. J'ai oublié. Plus d'un an ou deux...» Griffin réprima une envie de rire. «Elle m'a envoyé un coup de poing.

- Oui. J'en ai reçu aussi, dit Marlow. Je vous comprends.

- Oh, ce n'était pas bien grave. Ça m'a juste surpris. On ne s'attend pas à recevoir des coups de la part de quelqu'un qu'on vient de sortir de prison.

- Non.»

Il y eut un silence un peu gêné. Griffin décroisa les jambes et s'inclina vers l'avant, le regard fixé sur ses mains. Marlow pensa comme il était bel homme – malgré ses cheveux qui se clairsemaient. Leur blondeur sautait aux yeux. Presque scandinave.

«Dr Marlow, ce n'est peut-être pas ma place d'interférer dans le traitement d'Amy. Croyez-moi, je n'ai pas la moindre inquiétude quant au fait qu'elle soit ici. Mais...

- Oui?

- Il faut que vous sachiez que je dis ça de la part de ma belle-mère. De la mère d'Amy. Je ne pense pas que vous l'ayez rencontrée.

- Non. Bien que j'aie lu certaines choses sur les antécédents d'Amy dans ce que m'a fourni Mme Wylie. Qu'est-ce qu'elle me fait dire, M. Price?

- Elle a de la documentation qui, je présume, lui a été remise par le Parkin. C'est au sujet d'un scanner. Est-ce que ça vous dit quelque chose?

– Oui. Ça doit être le scanner TEP. La tomographie par émission de positrons.

– C'est ça. Eh bien, Eloise – ma belle-mère – s'est mis dans la tête que ce scanner TEP pourrait être bénéfique pour Amy. Est-ce que c'est possible?

– Ce n'est pas un traitement, M. Price. Il sert seulement à faire une évaluation.

– Ah oui. Je comprends. Il donne, j'imagine, une indication de la façon dont le cerveau réagit au médicament. Est-ce que c'est ça?

– Oui, plus ou moins.

– Est-ce qu'Amy a eu un scanner de ce genre, Dr Marlow?

– Non.

– Puis-je vous demander pourquoi?

– Bien sûr. Mais vous n'aimerez pas forcément ma réponse. Ce qu'il y a, dans le cas d'Amy, étant donné surtout la gravité des dernières crises, c'est que le fait de passer au scanner pourrait s'avérer très pénible.

– Douloureux?

– Absolument pas. Mais terrifiant.

– Ah bon.»

Griffin Price se leva et alla vers la fenêtre, où il tourna le dos à Marlow.

«Est-il possible d'avoir un autre avis là-dessus? dit-il. C'est que, voyez-vous, ma belle-mère voudrait qu'Amy passe un scanner.

– Je le déconseille cependant.

– Oui. Mais un autre avis...

– Eh bien – je ne peux certainement pas vous empêcher de chercher à obtenir un autre avis, M. Price. Mais j'ai été le médecin traitant de votre belle-sœur durant tout cet épisode, et je...

– Nous vous en serions reconnaissants.» Griffin se retourna. Marlow put voir alors, d'après la froideur du regard de son visiteur et le pli de sa bouche, ce qui retenait Olivia de lui dévoiler sa grossesse. Son expression était presque militaire dans sa

515

détermination à ne pas entendre le mot *non*. Price était manifestement un homme qui ne faisait pas de concessions. Il était venu voir Marlow avec des «ordres» d'Eloise Wylie – et les «ordres» devaient être exécutés.

Marlow décida que, pour le bien d'Amy, une discussion au sujet d'un autre avis ne pouvait qu'être néfaste. Price aurait le scanner TEP, que Marlow l'approuve ou non.

«J'accéderai à votre demande à une condition, dit-il.

– Qui est?

– Que vous me laissiez décider du moment de l'intervention.»

Griffin sourit. «Ça me va, dit-il. Pour autant qu'on sache que ce sera fait.

– Ce sera fait», dit Marlow.

Griffin se prépara à partir.

«Si vous pensez que je ne devrais pas descendre la voir aujourd'hui, Dr Marlow, seriez-vous assez aimable pour lui remettre ce paquet?

– Bien sûr.»

Le petit paquet bleu passa des mains de Price à celles de Marlow.

«Merci. C'est assez fragile, soit dit en passant. C'est du verre.

– Du verre?

– Oui. Un oiseau en verre. J'en suis très fier.

– Les patients dans l'état d'Amy ne sont pas autorisés à avoir du verre chez eux, M. Price. J'en suis désolé.

– C'est dommage. Enfin – peut-être pouvez-vous le mettre de côté jusqu'à ce qu'elle soit en mesure de le recevoir.»

Marlow fit signe que oui.

Griffin lui serra la main et s'en alla. Affaire menée rondement. Mission accomplie.

Quand Price fut parti, Marlow souleva le paquet et l'examina. Le papier d'emballage bleu ne couvrait que trois côtés. Sur le quatrième, une fenêtre de cellophane permettait au client de voir ce qu'il achetait – dans ce cas, un petit hibou de cristal qui devait tenir facilement dans la paume de la main. L'oiseau avait la queue en éventail et les ailes en partie déployées. Sa tête, tournée vers le haut, était infléchie vers la gauche. L'effet global était ravissant et pourtant un peu triste.

Marlow songea : *Curieux tout de même,* et posa le paquet sur son bureau. Un oiseau de verre – en cage. Pas très différent de sa future propriétaire.

3

Peggy Webster était restée garée dans Boswell durant plus d'une demi-heure avant de sortir de sa voiture. Son problème était qu'elle s'apprêtait à violer la loi et elle ne savait pas très bien ce qu'elle ferait si on la voyait. Naturellement, ce qu'il fallait, c'était *ne pas* se faire prendre – mais Peggy n'avait jamais appris à penser ainsi. Si on violait la loi, on était déjà «pris». On était pris par sa conscience et on payait l'amende en nuits blanches.

Ce qu'elle était sur le point de faire, c'était de nourrir les oiseaux d'Amy. Rien ne pouvait être plus innocent – ou plus banal. Et pourtant, l'amende à payer pour avoir nourri les oiseaux était de mille dollars – plus que si l'on jetait ses poubelles dans la rue ou si l'on dégradait un édifice public. Plus que pour un vol à l'étalage, pour une fausse alerte ou pour avoir battu son chien ou frappé son voisin. C'était ridicule. Mais c'était la loi.

Peggy était allée dans plusieurs magasins et avait acheté des choses comme des arachides non écossées, des graines de tournesol, du maïs concassé et du millet. Des céréales et des graines qui étaient toutes vendues pour la consommation humaine. Et aussi deux miches de pain complet. On ne trouvait plus de graines d'oiseaux en tant que telles – elles étaient devenues chose du passé. Les marchandises de «contrebande» de Peggy étaient relativement volumineuses – difficiles à transporter, mais pas très lourdes. Elles les porta jusqu'à l'entrée de la maison et, se servant de la clé d'Amy, y entra.

517

La maison était petite mais agréable. Meublée très simplement avec quelques vieilles tables et chaises en bois, la plupart vernies, mais certaines peintes en bleu. Bleu, blanc et cèdre – telles étaient les couleurs de la vie d'Amy. Peggy alla jusqu'à la cuisine et ouvrit la porte de derrière. Elle voulait éparpiller les graines et le pain dans la cour, où le moins de gens possible les verrait. Ou la verrait, elle.

Quand Peggy s'avança dans l'ombre d'un févier, la première chose qu'elle vit fut un gros chat roux avec une oreille déchirée. Il était couché à moitié endormi dans une plate-bande près de la clôture. Quand il entendit la porte s'ouvrir, il se réveilla complètement et courut à sa rencontre. C'était Wormwood – mais Peggy n'avait aucune idée de son nom.

Éparpillant les arachides avec le maïs et le millet, Peggy pensa : *C'est merveilleux.* Que c'était étrange de violer la loi. Avec un chat comme seul témoin – et peut-être quelques curieux tapis derrière les rideaux des fenêtres voisines. Naturellement, il n'y avait pas d'oiseaux. Pas un seul. Mais peut-être qu'avec le temps, il en viendrait un et, voyant qu'il y avait à manger, il en préviendrait d'autres.

Ils s'imagineraient alors sûrement qu'Amy était de retour. Ils s'imagineraient sûrement qu'elle était libre et que tout allait bien.

Peggy arrêta subitement son élan.

Elle laissa retomber sa main.

Et se mit à sourire.

Et puis, en cercles de plus en plus larges, elle répandit le reste du maïs et tout le pain. À voir Peggy en cet instant, on aurait pu croire qu'elle dansait. Mais elle s'imaginait tout simplement la liberté – pour sa sœur, Amy, et pour elle – ce qui ne lui était jamais venu à l'esprit auparavant. Pour être libre, après tout, il fallait violer la loi.

4

Ben Webster était couché dans la baignoire, la porte fermée à clé. Ayant déjà sniffé trois lignes de cocaïne, il se sentait douillettement heureux – ambitieux – avide. Son regard oisif était dirigé vers son sexe qui reposait sur sa cuisse. Il savait que s'il le regardait assez longtemps, il durcirait et viendrait se poser sur son ventre. Il avait les yeux mi-clos et les bras étendus le long de la baignoire. Se toucher était de la triche. Il jouait à ce jeu-là depuis sa puberté. Quand il avait quinze ans, il pouvait se faire éjaculer à volonté. *Regarde, m'man, sans les mains!* Cette époque était depuis longtemps révolue – mais le souvenir en était terriblement excitant. Dix-sept ans, ça avait aussi été l'année de ses premières conquêtes. Rosemary Wright, Bonnie Franks, Jennifer Bonnycastle... Des filles, pas des femmes. Des *cerises au marasquin.* Il voulait en reprendre. Rien n'avait pu se comparer à ça.

La baignoire était assez profonde et assez longue pour contenir son corps tout entier – ce qui lui permettait de s'étirer les jambes et d'appuyer ses orteils sous les robinets – qui fuyaient tous les deux, l'eau émettant son goutte à goutte et l'essence aux herbes sombres embaumant la vapeur qui l'enveloppait. Il leva son poignet avec sa gourmette d'argent et le posa doucement sur le rebord, de sorte que le bruit de sa descente fût discret – étouffé par la moiteur et la chaleur, et le brouhaha de la cocaïne qui se diffusait dans son cerveau et le faisait tressaillir d'impatience.

Ce soir. Ce soir-même. Les appels téléphoniques avaient été payants. Dans deux heures, il serait là avec les autres – le Club des Hommes. En train de regarder avec eux – les pressant de faire ce dernier pas qui le hantait, car il n'osait s'y aventurer tout seul. Ce soir, il serait initié en leur compagnie. Il voulait leur approbation. Il voulait voir. Et être vu. Le sexe n'avait de sens qu'avec des témoins. Il le savait maintenant, après avoir vu le fils Shapiro. *Il faut être regardé, sinon il n'y a pas de plaisir.*
Allison et Carol.

D'abord l'une et puis l'autre.

Son frère John n'était pas obligé de savoir. Pourquoi devrait-il savoir? Qui est-ce qui irait le lui dire? *Nous devons,* pensa-t-il, *façonner nos enfants à nos besoins.* Son pénis remua. Ben souleva les genoux, créant pour lui un havre sur son bas-ventre. Allongeant le bras, il le toucha tendrement du bout des doigts. Et merde avec ces jeux! Sa patience était à bout. Le mot *récompense* lui vint à l'esprit. Ce soir, il fêterait son sexe au caviar. Et il l'arroserait au champagne.

5

Emma et Barbara Berry étaient assises à la table de la salle à manger. Comme à l'ordinaire, le couvert de Maynard était mis – mais sa chaise était vide.

Orley hésitait dans l'embrasure de la porte. Le téléphone avait sonné et, l'ayant décroché, elle venait dire à Emma que l'appel était pour elle. Mais avant qu'elle eût ouvert la bouche, Barbara lui avait déjà coupé la parole.

« Maman ne prend pas d'appels ce soir.

– Non? dit Orley.

– Non », répondit Barbara.

Emma ne s'était pas retournée, mais restait penchée au-dessus de son assiette comme si elle était dans un état d'euphorie. Elle avait bu plus que de raison avant le dîner et était un peu perdue.

« Vrai, Mme B.?

– Quoi?

– Pas de sortie ce soir?

– Qui sait.

– Enfin, il y a un appel ici pour vous.

– Qui?

– Un homme. »

– Lequel?

– Je ne demande jamais, Mme B. Pas après six heures du soir – comme vous me l'avez dit.

– C'est bon. J'arrive.

– Tu avais dit que tu ne sortais pas, dit Barbara. Ce soir, tu dois faire mes cheveux.

– On peut s'occuper de tes cheveux demain.» Emma recula sa chaise et se leva. Elle n'était pas si instable sur ses jambes que dans sa tête. Elle semblait ne pas savoir de quel côté aller. «Venez par ici», dit Orley. Elle conduisit Emma dans l'ombre du corridor.

Barbara descendit de sa chaise. Elle se rendit jusqu'au bout de la table et sortit trois cigarettes du paquet posé là, à côté du verre de sa mère. Elle revint ensuite à sa place. *Les Hauts de Hurlevent* était ouvert sur sa chaise. Elle s'était assise dessus. À présent, elle s'agenouillait sur son siège et tendait le bras pour saisir la bouteille. Quand Orley revint enlever les assiettes, Barbara, les cigarettes, la bouteille et *Les Hauts de Hurlevent* avaient disparu.

«Tu es là?» dit Orley.

Il n'y eut pas réponse.

Orley mit les assiettes et les verres sur son plateau et retourna dans la cuisine. Dans le couloir, Emma termina sa conversation et vint à la porte de la salle à manger. «Je vais sortir, dit-elle. Je suis désolée. Mais c'est quelqu'un...»

Barbara n'était pas là.

Emma se dirigea vers le buffet et déboucha une autre bouteille de vin rouge. Puis, s'étant versé un plein verre, elle cria: «Orley – appelez John Bolton et dites-lui d'avancer la limousine.» John Bolton avait succédé à Billy Lydon mais sans le remplacer vraiment. Alors que Billy était gentil et ne disait rien, Bolton n'arrêtait pas de parler. Emma monta à l'étage, furibonde. *Au diable tout le monde,* se dit-elle. *Maynard. Barbara. Orley. Tout le monde. On n'a pas le dos tourné deux minutes qu'ils se sont tous volatilisés.*

Barbara entendit Orley parler à Bolton à l'interphone – elle n'entendait pas ce que disait Orley, seulement le son de sa voix derrière la porte battante. La voix d'Orley était rassurante. Elle semblait ancrée si profondément dans son corps. Les hommes avaient des voix comme celle-là, mais pas beaucoup de femmes. La seule autre femme connue de Barbara qui pouvait aussi chanter la basse était Mme Fitch, à l'école. Mme Fitch jouait de l'orgue dans la chapelle et dirigeait aussi la chorale. Elle adorait couvrir la voix des autres avec la sienne – même les accords retentissants de l'orgue – et elle ressemblait à une chanteuse d'opéra. La voix d'Orley n'était pas aussi profonde – mais elle ne l'élevait jamais comme Mme Fitch élevait la sienne. *Il ne faut jamais crier dans la vie ordinaire,* disait Orley. *Il faut réserver les cris pour les cas d'urgence.*

Les seuls enfants noirs que Barbara connaissait étaient une fille d'Éthiopie à l'école et le fils d'un des docteurs de l'hôpital Sunnybrook où le père de Barbara semblait passer toute sa vie. Ce garçon noir était venu dîner une fois avec ses parents et, assis à la table en face de Barbara, il la fixait du regard. Il avait neuf ans. Et il était anglais – ou, comme il avait dit, *britannique.* Barbara le détestait. Non parce qu'il la fixait, mais parce qu'il était snob et avait été très impoli envers Orley.

Comme Orley lui enlevait son assiette entre deux services, le garçon avait dit : « Pourquoi est-ce que vous êtes une bonne ? »

Orley pensa qu'il voulait plaisanter. Et elle répondit en riant : « Ça ne fait pas bien longtemps que tu es ici, pas vrai ? »

Le garçon noir – dont Barbara avait rayé le nom de sa mémoire – n'avait pas trouvé la réponse amusante et avait rétorqué : « Il ne devrait pas y avoir de domestiques noirs. » Il y avait dans sa manière de parler quelque chose de guindé. Il sembla à Barbara que ce qu'il disait sortait tout droit d'une grammaire.

Pendant ce temps, Orley s'était déplacée et elle lui faisait face, de l'autre côté de la table, debout derrière Barbara. Sa voix ne trahissait pas ses sentiments. Elle était toujours profonde, pareille à elle-même, avec un ton moqueur. « Toi, jeune homme, dit-elle, je suppose que chez toi la bonne est une Blanche.

– Évidemment, répondit le garçon. Les Blancs font les meilleurs domestiques.

– Tiens?» dit Orley, toujours le sourire aux lèvres. «Et pourquoi ça?

– Parce que, répondit le garçon, ils ont peur de nous.

– Ah, dit Orley. Je n'avais pas remarqué.»

Elle était alors sortie à reculons porter son plateau dans la cuisine – la porte battit l'air après son passage.

Les quatre parents assis à table – même Maynard était là – n'avaient pas dit un mot et le silence ne s'était rompu que lorsque quelqu'un avait demandé encore une tranche de rôti de bœuf. C'était le fils.

Quand Orley était revenue avec les meringues au chocolat, elle n'avait pas dit un mot. En fait elle n'avait pas ouvert la bouche jusqu'après le départ des invités. Elle avait dit : «Bang!» Barbara, qui avait sept ans à cette époque, n'avait pas compris. La seule chose qu'elle savait, c'est que ces mots lui donnaient envie de se cacher.

À présent, elle se cachait de nouveau – sous la table.

Orley revint avec une salade de fruits dans une coupe en verre taillé. Elle la posa sur le buffet et se versa un verre de vin. Puis elle s'assit. Elle était tout le temps fatiguée, ces jours-ci, en partie à cause du comportement erratique d'Emma depuis la mort de M. Gatz et de Billy Lydon. On buvait beaucoup plus depuis, et pas seulement Emma. Elle buvait son quota – mais c'était aussi vrai pour Orley et pour Barbara. Le seul être sobre dans la maison était Maynard – et il était trop rarement là pour que son influence se fît sentir.

Orley buvait davantage, mais jamais au point d'être soûle. Boire – surtout de la bière – lui donnait la sensation de pouvoir supporter ce qu'il fallait supporter. Ça s'arrêtait là. Par contre, elle ne savait pas comment réagir au fait que Barbara buvait. Qu'un enfant fît des excès de boisson n'était pas une situation qu'elle connaissait. Non que Barbara bût tout le temps. Mais elle buvait tous les jours. Dieu sait où elle se trouvait en cet instant – mais une chose était certaine : il y aurait une bouteille tout près.

Orley ouvrit la blouse qu'elle portait sur sa jupe et son chemisier et poussa un long soupir. En regardant autour d'elle, elle pensa : *C'est une bien jolie pièce. Dommage qu'on n'y soit pas plus heureux...* Elle sentit de la fumée – et la vit monter en spirale du rebord de la table.

« Tiens, dit-elle. Alors on est là-dessous, c'est ça ?

– Ne m'appelle pas *on,* Orley. Je déteste ça, dit Barbara.

– Qu'est-ce que tu fais avec cette cigarette que je renifle ? Tu veux brûler la maison ?

– Non, madame. »

Orley regarda une bouffée de fumée émerger en forme de parfait anneau.

« Pas mal, dit-elle. Tu peux le refaire ? »

Barbara souffla trois autres anneaux d'affilée.

Orley applaudit.

Le bruit d'un verre qu'on remplissait se fit entendre ensuite, puis un petit rot timide.

« J'ai entendu, dit Orley.

– Quoi ? dit Barbara.

– Quelqu'un roter. Ça m'avait tout l'air d'être un cochon.

– Je suis pas un cochon. Je suis une personne.

– *Les personnes* disent *excusez-moi,* dit Orley.

– Bon. Excuse-moi.

– Merci. »

Orley fouilla dans ses poches pour trouver un de ses mouchoirs de papier format géant et s'essuya le front.

« Tu veux ton dessert ? dit-elle. J'ai une salade de fruits bien rafraîchissante.

– Non, merci. »

Elles se turent toutes les deux. Un autre anneau de fumée apparut.

« Tu es bonne, dit Orley.

– C'est à force de m'entraîner.

– Bobby Hawkins savait souffler des anneaux de fumée. Je n'y suis jamais arrivée.

– Est-ce qu'il te manque, Orley ? demanda Barbara.

– Bien sûr que oui. Presque à chaque seconde de la journée. »

Au bout d'un moment, Barbara dit : «Tout le monde s'en va.

– Hum...» Orley prit une gorgée de vin.

«Bobby Hawkins, Billy Lydon, M. Gatz, ma mère, mon père, Isabel Holtz, tout le monde.

– J'en ai bien l'impression, dit Orley. D'un autre côté, Bobby Hawkins et Billy Lydon sont tous les deux morts d'un coup de revolver. On ne peut pas dire qu'ils ont choisi de s'en aller.» Et puis : «Qui est Isabel Holtz ?

– Je te l'ai déjà dit. Tu as oublié. C'est la sœur de mon amie Ruth Holtz. Elle a complètement disparu de la circulation. Comme les autres. Tous partis – tous.

– Ouais.

– J'en ai marre.

– Oui. Eh bien.

– Pourquoi on s'en va pas ? On pourrait partir quelque part toutes les deux.

– Je pense pas.

– Pourquoi ?

– On appelle ça du kidnapping.

– Je suis plus un bébé.

– Tu es encore une enfant.»

Elles entendaient Emma au-dessus, qui ouvrait et fermait les tiroirs de sa commode.

Orley dit : «Tu penses sortir de là-dessous un de ces jours ?

– Non.

– Parfait. Comme tu voudras.»

Il y eut une pause. Finalement, Barbara dit : «Orley ?

– Oui ?

– Tu sais ce que je pense ?

– Pas si tu ne me le dis pas. C'est quoi cette fois ?

– Pourquoi les gens se tuent.

– Seigneur ! D'où est-ce que ça te vient ?

– Les gens meurent différemment. Tu sais – comme on disait ? Bobby Hawkins, Billy Lydon, M. Gatz.

– Et puis ?

– Alors, je sais pourquoi les gens se tuent.

– Oui ? » fit Orley, qui cherchait à tâter le terrain. « Dis-moi pourquoi alors.

– Ils le font parce qu'ils n'ont plus d'endroit où se cacher. » Orley posa son verre.

Dieu du ciel, pensa-t-elle. *Ces enfants.*

Elle ne dit rien à haute voix.

Emma descendit l'escalier vêtue de mousseline noire et partit sans dire un mot.

La porte se ferma.

Orley dit : « Tu peux sortir maintenant. Elle est partie. »

Mais Barbara ne se montra pas. Elle resta sous la table et se versa un autre verre de vin.

6

Finalement, Grendel fut capable de marcher. Ou plutôt de traîner la patte. Son pas claudicant se faisait entendre dans tous les coins de la maison. Mais l'escalier était toujours son ennemi juré et, bien qu'il tentât de s'y aventurer, souvent il se contentait de s'asseoir dans le vestibule du rez-de-chaussée pour pleurer. Dans ces moments-là, Marlow le prenait dans ses bras et le portait à l'étage, où il était récompensé de ses efforts à grands coups de langue sur la figure.

La méthode mise au point par Lilah pour transporter Grendel avait perdu sa raison d'être. Durant le temps où le chien ne pouvait pas du tout marcher, elle le faisait rouler sur une couverture et le tirait vers sa destination comme sur une luge. Il en était venu à bien aimer ça et Lilah se laissait encore convaincre de le tirer çà et là quand il lui faisait comprendre : *Je suis éclopé aujourd'hui et je ne peux absolument pas me déplacer tout seul.*

La vétérinaire, Natasha Reynolds, était satisfaite des progrès de Grendel et elle finit par avouer à Marlow qu'elle avait bien cru que son chien allait mourir. Il avait perdu beaucoup de sang et le choc qu'avait subi son organisme avait fait douter Natasha de sa guérison. Les premiers temps, elle était venue tous les jours. On avait décidé d'un commun accord que Grendel serait soigné à la maison. Le séparer de Marlow en plein milieu de ce traumatisme l'aurait achevé. Natasha avait dit : « Il faut se rappeler que certains d'entre nous ne vivent réellement que pour les autres. Je ne veux pas dire qu'ils ne pensent pas à eux – mais que les autres sont souvent au centre de leur propre bien-être. Et les chiens sont comme ça. »

Marlow voulait en savoir plus long sur la sturnucémie. Après tout, c'était à cause d'elle que Grendel s'était fait tirer dessus. « Vous savez, Dr Marlow, c'est intéressant, avait dit Natasha. On nous amène à la clinique pas mal d'animaux qui, d'une façon ou d'une autre, ont eu un contact avec des oiseaux morts. Des chats en particulier. Leurs propriétaires sont complètement hystériques et ils nous supplient de les sauver. Mais – à moins d'avoir été frappé d'une balle, comme Grendel, ou d'avoir été victime d'un autre genre de représailles – pas un seul de ces animaux n'a jamais montré le *moindre* signe que quelque chose n'allait pas. Maintenant, il est possible, continua-t-elle, que l'étourneau que Grendel avait dans la bouche n'était lui-même pas malade. Mais mes collègues et moi en venons à la conclusion que la sturnucémie n'a pas montré qu'elle était – et par conséquent qu'elle n'*est* pas – aussi contagieuse qu'on le dit. C'est une simple observation », fit-elle, comme une mise en garde. « Mais c'est ce que nous en avons conclu. Naturellement, je veux dire qu'elle se transmet aux animaux par contact sanguin ou par contact avec des poux d'oiseaux. C'est pour cela que je ne m'inquiéterais pas trop. D'un autre côté, dès que vous remarquerez quelque chose d'anormal chez Grendel, faites-le moi savoir. Une brusque poussée de fièvre, s'il ne touche plus à la nourriture, du sang dans ses selles...

– Mais la maladie existe, dit Marlow.

– Oui, dit Natasha. Elle existe. Mon mari en est victime.

– Je suis désolé.

– Il n'est pas encore mort – mais il en est à la phase terminale. Il commence à avoir des taches sur la peau.

– Je dois vous poser une question. Pardonnez-moi – mais est-ce que votre mari est aussi vétérinaire?

– Non. Il est expert-comptable.

– Alors il ne l'a pas attrapé par contact avec les oiseaux ou les chats?

– Nous avons un chat», dit-elle en regardant Marlow – et il se demanda si elle mentait quand elle ajouta : «et le chat en en parfaite santé.

– Puis-je vous poser une autre question?

– Bien sûr.

– Quand Grendel a reçu la balle, Mlle Kemp a essayé de trouver votre associée, Susie Boyle. C'est Susie qui avait fait les piqûres de Grendel et l'avait suivi quand il était chiot. Mais Mlle Kemp a dit que Susie Boyle est morte de la sturnucémie. Est-ce vrai?»

Natasha dit que oui et détourna les yeux. Elle rangeait ses instruments dans sa trousse.

«Veuillez pardonner mon insistance, Dr Reynolds, mais y a-t-il la moindre possibilité qu'un rapport existe entre...

– Oui, dit Natasha, coupant la parole à Marlow. J'y ai pensé aussi. Susie était notre meilleure amie. On passait beaucoup de temps ensemble.»

Ils se turent, mais ce qu'elle avait dit fit réfléchir Marlow.

À la lecture des dossiers d'Austin, Marlow prit conscience qu'il avait pu faire la lumière sur deux points. Le premier était qu'Austin lui-même n'avait pas été directement impliqué ni en ce qui concernait George ni en ce qui touchait le passé récent des patients sur lesquels Marlow était en train de se pencher. Ils avaient délaissé la thérapie psychiatrique – ou bien avaient été placés sous la compétence de Kurtz. La deuxième certitude était que plusieurs des dossiers ne relevaient pas d'Austin dès le début – mais avaient été extraits du Souterrain n° 4 ou des propres classeurs de Kurtz.

L'un d'eux était un dossier si mince et contenant si peu de feuilles qu'on aurait cru que le patient en question était mort, ou qu'il avait été tout compte fait déplacé d'urgence dans un autre endroit – qui n'était ni le Parkin ni le centre psychiatrique de Queen Street. Le patient s'était, pour tout dire, volatilisé – et son cas préoccupait Marlow au plus haut point.

On avait donné à cet homme le nom trop banal de *Smith Jones*, ce qui mit Marlow sur ses gardes dès l'instant où il le vit. Il n'était pas possible que Smith Jones fût son véritable nom. Sauf, bien sûr, si ses parents avaient été des sadiques avérés. Marlow, incapable de supporter le nom plus longtemps, commença tout en lisant à penser lui aussi à cet homme comme au *fonctionnaire paranoïaque*.

Le dossier du fonctionnaire paranoïaque ne contenait que vingt feuillets. Les trois premiers constituaient ce que Marlow en était venu à appeler *les essais de Kurtz*. Comme tout le reste dans le dossier, l'essai n'était pas daté. Et l'absence de dates n'était pas fortuite. Elles avaient bel et bien existé, mais avaient été enlevées à un certain moment – découpées au ciseau ou au rasoir.

La première chose que vous devez comprendre *[lut Marlow]*, c'est que je suis tout à fait sain d'esprit. D'autres voudront vous faire croire le contraire, mais leur refus d'admettre que j'ai toute ma raison fait partie du complot que j'ai découvert. Ce qu'est en fait ce complot et l'identité de ces « autres » sont assez faciles à démêler.

Tout ce que vous devez savoir de mon passé, c'est que j'ai travaillé comme immunologue pendant vingt ans. Les dix dernières années, j'étais directeur de recherche dans la branche *[découpé]* de l'un des plus grands instituts de recherche médicale du continent financés par le gouvernement. Le nom de l'institut n'a pas d'importance. En fait, je choisis délibérément de ne pas le nommer parce que chaque fois que je le mentionne en rapport avec l'histoire que je dois raconter, les gens font invariablement référence à la réputation «irréprochable» de l'organisme – et alors, quelle que soit la façon dont ils le formulent, ils me traitent de menteur. Ils disent rarement le mot, mais le fond de leur accusation, si diplomatique soit-elle, est en fait ça : *Je suis un menteur.*

Je ne suis pas un menteur. *[Cette phrase avait été soulignée.]*

Je vous accorde que ce que j'ai découvert n'est pas facile à croire. Cela jette le doute sur l'intégrité non seulement du gouvernement canadien, d'hier et d'aujourd'hui, mais de la science même. Et bien que j'aie souvent eu des doutes quant au premier, j'ai consacré toute ma vie professionnelle à la seconde. C'est terrible de découvrir que vos convictions les plus sincères ont été trahies. C'est une forme d'infidélité bien pire que l'infidélité religieuse ou conjugale.

En bref, ce sur quoi je suis tombé est un stratagème élaboré par le ministère pour tromper le public sur une question importante – c'est-à-dire l'origine et la nature de la maladie qu'on a affublée du nom ridicule de sturnucémie. Ce nom est ridicule parce que, formé sur celui de la famille de l'étourneau, *Sturnus,* il est de la fiction à l'état pur. La maladie en question n'a absolument rien à voir avec les étourneaux. Ou avec n'importe quel autre oiseau. Au risque d'utiliser une métaphore cocasse, les oiseaux, dans ce contexte, ne sont rien de plus que des boucs émissaires.

Vous m'avez demandé d'être bref. Je ne surchargerai donc pas mon histoire des détails qui m'ont mené à cette découverte. En un mot, le fait que je sois tombé sur cette supercherie a moins à voir avec la science qu'avec la négligence de bureaucrates. Une série de documents marqués *CONFIDENTIEL/ULTRASECRET* ont été déposés par erreur sur mon bureau par un commis inexpérimenté. Avant qu'on ne s'aperçoive de l'erreur, j'en avais assez lu pour savoir la vérité sur la prétendue *sturnucémie*.

J'ai toujours beaucoup de difficulté à croire que mes collègues scientifiques aient pu être capables d'une telle duplicité. Certains de ces hommes et de ces femmes ont été mes associés de recherche et mes plus chers amis. Je ne comprends tout simplement pas ce qui les a poussés à agir de la sorte. Je n'ai pas pu aborder le sujet avec quelqu'un qui soit directement impliqué. Vous allez dire que cela signifie que je suis lâche. C'est peut-être vrai. Mais, étant donné la réaction de ma famille et des rares collègues triés sur le volet à qui j'ai d'abord révélé cette situation effrayante, il est clair que je ne peux espérer qu'un individu complice d'une duperie à cette échelle se montre rationnel. Même s'ils croient qu'ils ont «bien» agi – même si on les a, d'une manière ou d'une autre, convaincus qu'il est dans l'intérêt du public de cacher la vérité sur la maladie qui nous accable maintenant – comment puis-je espérer les atteindre dans ce qu'il leur reste éventuellement d'intégrité? Comment puis-je espérer toucher ce qu'il y a d'*humain* en eux, qui les persuaderait que ce qu'ils sont en train de faire est *UNE CHOSE TERRIBLE. [Cela avait été souligné deux fois.]*

Il est moins difficile de s'occuper de la vérité scientifique de cette affaire. Elle, au moins, est pure – comme tout ce qui est scientifique *devrait* l'être. Pure dans le sens où la vérité scientifique ne s'encombre pas de questions morales ; il s'agit de *connaissance*. Vous, Dr Kurtz, devez bien le comprendre, étant vous-même un homme de science. La *science* de la situation est donc la suivante :

L'épidémie qui a gagné maintenant toute la surface du continent – et qui lancera vraisemblablement bientôt une offensive mortelle ailleurs – est la conséquence *directe* d'activités humaines. Il est possible que si un seul des effets secondaires du traitement insouciant que nous infligeons à la planète était apparu, nous n'aurions pas à affronter aujourd'hui le sinistre danger qui nous menace. Mais à quoi sert de se perdre en conjectures au point où nous en sommes ?

Voici ce qui est arrivé : résultat d'une expérience d'ingénierie génétique dont le public n'a pas été informé, une nouvelle souche de virus s'est échappée d'un centre d'essai, prétendument « sécuritaire » et a fait son entrée dans le monde. Il s'agissait d'un virus qui devait avoir un effet bénin et salutaire sur la pigmentation cutanée – un inhibiteur biologique du coup de soleil, pour remplacer les écrans solaires et les crèmes bronzantes démodés déjà sur le marché. Et peut-être serait-il resté « bénin et salutaire » si sa création et sa sortie n'avaient coïncidé avec un problème beaucoup plus vaste et potentiellement dangereux – la disparition presque complète de la couche d'ozone. Comme tout le monde le sait, cette dernière résulte d'un usage abusif prolongé des fluorocarbures. Nous avons donc une combinaison de deux facteurs – la présence d'un virus délibérément modifié en vue d'affecter la production corporelle du pigment appelé mélanine et un fort accroissement de l'intensité des rayons ultra-violets provenant du soleil. Le résultat de cette combinaison désastreuse est la maladie qui, à ce qu'on nous dit, est propagée par les oiseaux : *la sturnucémie.*

La seule information véridique diffusée par les gouvernements sur cette maladie est sa symptomatologie. Elle comprend vraiment, comme on le dit, la production de mélanomes multiples – le « mouchetage » de la peau, qu'on a expliqué, assez risiblement, comme ayant quelque chose à voir avec les mouchetures de l'étourneau. *[Un point d'exclamation avait été mis ici entre parenthèses – puis barré.]* À ces cancers particuliers de la peau, potentiellement mortels en eux-mêmes, est venu se greffer, dans cette nouvelle maladie, un état pathologique méningitique – une prétendue « fièvre cérébrale » – qui est d'ordinaire fatal.

En ce moment, bien sûr, il n'existe pas de remède à la sturnucémie. Et on fait bien peu d'efforts pour en trouver un. Ceci, bien qu'un vaccin totalement neutre ait été offert au public sous l'égide du gouvernement. *[Souligné.]* (Je parle en tant que personne dont la vie professionnelle est tout entière consacrée au genre de travail qui devrait être mené pour combattre cette nouvelle épidémie. Et pourtant, on n'a rien entrepris qui puisse avoir des résultats tangibles.) Tout ce qu'on *a* fait, c'est de lancer un des plus grands canulars de l'histoire moderne – une

533

campagne de propagande visant à cacher la vérité sur le rôle de l'industrie du génie génétique et du gouvernement, dans la création des conditions permettant à la maladie de se manifester. Le gaz M (ABS-482), les Escadrons M, le programme visant à débarrasser nos villes des oiseaux – tout cela est un subterfuge. Une feinte. Un camouflage. Qui permet aux grandes sociétés et à leurs associés qui les couvrent, c'est-à-dire les gouvernements dûment élus de notre pays, de nos provinces, de nos villes... de continuer à ramasser des profits et à exploiter... sans être dérangés le moins du monde par leur conscience, par la contre-publicité, par un électorat averti, par... C'est terrible. Affreux. Je ne peux pas comprendre. Je ne peux pas...

Arrivé là, Smith Jones s'est apparemment trouvé dans l'incapacité de continuer. Cas classique de schizo parano – élaboration vivante de « données scientifiques » hallucinatoires – conviction totale, lucidité totale. En référer à [découpé] Suggérer [découpé].

R. K.

Marlow referma le dossier du fonctionnaire paranoïaque et le mit de côté. Il réfléchit à ce que serait la réaction de Natasha Reynolds si elle le lisait.

Mais qui d'autre y ajouterait foi? Personne. Et où trouver une confirmation? Nulle part. Y avait-il quelqu'un à qui on pouvait parler de cela en toute confiance? Non – il n'y avait personne.

Alors, qu'est-ce que c'était que la paranoïa?

Il y avait une possibilité. Marlow allait demander à Bella Orenstein une liste des reporters scientifiques sérieux. Il en appellerait un ou deux, se renseignerait, leur demanderait si, au cours des deux dernières années environ, des hypothèses avaient été émises, de n'importe quelle source, sur l'authenticité de la sturnucémie. Ainsi, il découvrirait peut-être qui étaient les autres paranoïaques. Et ce qu'il était advenu de leurs conjectures. Et d'eux-mêmes.

Curieusement, Marlow sourit en cet instant. Il pensait au mot conjectures. Et ce mot en évoqua un autre qu'il venait de lire, celui de *mouchetures* – qui lui rappelait les oiseaux – ces malheureux étourneaux, à qui on voulait faire endosser le spectre de la mort.

7

« Messieurs, veuillez vous asseoir. »

Celui qui parlait était John Dai Bowen.

Le Club des Hommes tenait sa réunion à laquelle les douze membres assistaient.

« Ce soir », dit John Dai – faisant face aux autres, un sourire crispé sur les lèvres – « nous avons quelqu'un de spécial. »

Il y eut des applaudissements.

« Nous avons attendu quelque temps que cette jeune personne veuille bien se montrer. Notre comité de sélection a cherché en vain dans le passé à obtenir son assentiment. Mais – la persévérance est la maîtresse des récompenses... » Des rires fusèrent.

Ben se croisa les jambes et lissa son pantalon. Il était assis – masqué – dans un fauteuil jaune. Son cœur battait à ses tempes. *Après tout,* pensa-t-il, *c'est la nuit de mon initiation à ces rites. Peut-être qu'ils ont lu mes pensées et que la fille qui va venir de derrière ce rideau sera Allison...*

Qui d'autre pourrait-ce être ?

Pourquoi sinon aurait-il été invité ?

Le Club des Hommes avait été au départ un cercle de pédés

relativement fermé. On embauchait des modèles – tous masculins. Puis ç'avait été la mode de faire venir des hommes qui n'étaient pas des modèles – ce journaliste sportif entre autres. Il faisait toujours rire, celui-là. Et, petit à petit, des inconnus – des adolescents, de plus en plus jeunes. Puis des filles – jeunes – de plus en plus jeunes, avec leurs tétons à peine formés et leurs cons de gamines. *Et puis – et puis – et puis –* Ben hésitait dans sa tête – *qui était-ce?* – ce Fullerton. Il était entré un soir avec sa fille. Plus rien n'avait été pareil après. Il n'avait fallu qu'une occasion – et ils étaient lancés. C'est pour cela que Ben Webster avait accepté de se joindre à eux.

Il n'avait pas donné de noms. Ça ne se faisait pas. Personne ne donnait de noms. On émettait des hypothèses, c'était tout. Les fils, filles, nièces, neveux, les enfants des amis et des voisins. Le comité de sélection ne faisait qu'émettre des hypothèses. Des liens étaient établis. *Et c'était dans la poche!*

Ben et Peggy n'avaient pas d'enfants. C'était bien connu. Ben était tout ce qu'il y avait de plus hétéro – c'était bien connu. Ils n'allaient pas lui amener un nigaud de garçon. Ils allaient lui amener Allison. Puis Carol. Moira – un jour.

Les gamines étaient ce qui était le plus sûr de baiser en ville. Si on savait où elles étaient allées – si on savait ce qu'elles avaient fait, alors on était pratiquement à l'abri des risques. Si c'étaient vos gamines ou celles de votre frère, il y avait de fortes chances qu'elles soient saines. Il y avait longtemps, bien longtemps, on entendait une chanson qui parlait de la fleur de l'âge et de tendres baisers sur la place du village. Ben pensait que la chanson pourrait être mise au goût du jour. Elle parlerait de gamines sans âge à déflorer sous les flashes des caméras. Il commença, dans sa tête, à fredonner la chanson...

John parlait depuis si longtemps à présent. Ben voulait hurler, *merde alors! on se branle ou quoi!* Mais ç'aurait été très mal vu. Il fallait un certain décorum. De la patience. Du tact. De la discipline. Le port de certains vêtements était de rigueur. Tout le monde était en veston et cravate. Personne ne portait de préservatif. Pas avec vos propres gamins.

Finalement, John Dai se rendit à la porte de la chambre. Le moment était arrivé.

Ben ferma les yeux.

«Tu peux sortir, maintenant», entendit-il John Dai dire en minaudant. Ces mots furent suivis d'une inspiration unanime. Approuvé.

Ce doit être Allison...

Il ouvrit les yeux.

Ce n'était pas elle.

C'était la gamine Firstbrook.

Elle avait douze ans.

Une vraie planche à pain.

Il s'ennuya durant la séance de poses. Puisque la fille était là, on aurait au moins dû pouvoir la peloter. Mais non. Tout pour les yeux. Elle avait si peu d'expérience qu'elle ne pouvait même pas exécuter les gestes les plus rudimentaires de masturbation. Elle était bornée aussi. Une idiote complètement droguée. Elle ne cassait rien, c'était loin d'être une beauté. Sauf sa peau, peut-être. Mais si c'était défendu de toucher, qu'est-ce que ça pouvait bien foutre?

Le Club des Hommes était une vraie arnaque. Ben ne resta même pas pour ses épreuves des photos.

Au lieu de cela, il sortit dans la rue et conduisit autour du Track jusqu'à ce qu'il vît ce qu'il cherchait. Une fille de quinze ans en mini-jupe qui lui fit croire qu'elle allait lui régler son compte en deux temps trois mouvements. En haut, elle portait quelque chose de blanc et de transparent. Elle avait aussi des gants de cuir qui s'arrêtaient au poignet. Voilà qui était intéressant.

Elle resta dans la voiture avec lui trente minutes. Il lui paya ce qu'elle demandait. Pourquoi pas? Il entendit à peine ce qu'elle disait. Il rentra chez lui furibond. Elle avait menti sur son âge. C'était juste une grue qui se rajeunissait de vingt ans – pas du tout la gamine qu'il avait en vue.

537

À la maison, il alla tout droit à sa planque de cocaïne et se fit quelques lignes avant d'appeler Peggy.

Où est-ce qu'elle était passée, bon Dieu?

Partie.

Pour ne plus revenir.

Le ton de la note était sec.

Elle l'avait quitté.

Il était enfin seul.

8

En préconisant un scanner TEP pour Amy, Marlow s'était rallié à la façon de voir d'Eloise Wylie. Après la visite de Griffin avec l'oiseau de verre, et à la suite d'une autre semaine durant laquelle on avait encore essayé un nouveau médicament, Marlow en était venu à voir l'avantage de faire passer un scanner à Amy dans le cadre du traitement. Le scanner ne pouvait qu'avoir un effet positif à la longue, car, d'une façon ou d'une autre, il révélerait l'effet des médicaments sur le cerveau d'Amy. Marlow s'était rendu compte que ses inquiétudes envers cette procédure étaient plus orientées vers lui que vers sa patiente. La peur que le traitement suscitait était la sienne. Quelque chose lui disait depuis le début que le cas d'Amy était unique à plus d'un égard. Chaque schizophrène est unique – mais Amy l'était doublement (*expression intéressante,* pensa-t-il) parce qu'elle s'opposait énergiquement à ce qu'on la libère de ses démons. Elle les voulait. Et le fait est qu'elle les voulait plus qu'eux ne la voulaient.

Pour faire passer un scanner TEP, on commence par fabriquer un masque – une opération qui nécessite un certain temps. Elle peut se révéler difficile pour le patient, selon son degré de paranoïa et de claustrophobie. Dans le cas d'Amy, il n'existait aucun être vivant qui ne lui semblât être un ennemi potentiel, et toute forme de restriction était par là-même forcément traumatisante, parce qu'elle impliquait, du point de vue d'Amy, une éventuelle rupture de contact avec ses oiseaux. On lui administra donc un sédatif dans l'espoir de la calmer. Elle demanda aussi que Marlow, en qui elle avait plus ou moins confiance, soit présent durant toute l'opération.

Le masque a pour fonction de fournir des points d'attache pour permettre une meilleure immobilisation de la tête du patient durant la scanographie. Il existe des masques de plastique fabriqués en série, mais chacun doit être remodelé pour correspondre à la tête et au visage du patient. On accomplit cette opération à l'aide d'un assouplissant qui rend le plastique malléable et extensible. Le matériau est ensuite appliqué sur le visage et le modelage peut commencer.

La personne qui préparait le masque d'Amy était une Chinoise qui travaillait en fredonnant. Marlow tenait la main d'Amy pendant que le masque prenait la forme de ses traits sous le plastique. La technicienne chinoise avait de petites mains humides qu'elle faisait courir sur le visage d'Amy comme les doigts d'un potier glissent sur l'argile, caressant, lissant, donnant forme, tout cela à l'aide d'une légère pression qui variait selon le relief osseux et musculaire. Et durant tout ce temps-là, l'évocation d'une chanson, sans paroles, seulement une mélodie, une berceuse, apaisait les craintes d'Amy.

« Chaud », dit Amy à travers ses dents serrées. Chaud, mais pas inquiétant. Ses lèvres avaient été lubrifiées avec de la Vaseline et ses yeux ensevelis sous des rondelles de coton. Quand elle parlait, sa main serrait plus fort celle de Marlow.

Quand le masque fut enfin terminé, il s'était durci en une représentation raide, presque parcheminée, des traits humains fondamentaux – un peu comme un masque qu'aurait porté un acteur au théâtre. Il se bouclait derrière la tête et était pourvu d'attaches intégrées que l'on pouvait fixer au scanographe de façon à assurer l'immobilité de la tête.

Le lendemain, Tweedie emmena Amy au centre TEP, où Marlow attendait déjà en compagnie des techniciens et du radiologue chargés de la scanographie. Le radiologue, du nom de

Menges, parut bien jeune à Marlow pour être responsable d'un équipement si neuf et si coûteux. Mais il était plus que compétent et on voyait tout de suite qu'il savait s'y prendre à merveille avec les patients. Après avoir discuté avec Marlow de l'interprétation hallucinatoire qu'Amy se faisait du monde, Menges accueillit cette dernière en lui disant qu'on avait fait de la place pour ses oiseaux dans la salle de scanographie. Il n'en rajouta pas sur le sujet. Il le mentionna simplement et Marlow lui en fut reconnaissant. Amy ne dit rien.

Il y eut un moment difficile lorsque Tweedie et un des techniciens firent passer Amy dans le vestibule menant à la salle de préparation. Là se trouvait une fenêtre d'observation qui donnait sur le laboratoire des masques. Au moins vingt masques, alignés en rang sur des barreaux noirs, fixaient Amy comme un auditoire de crânes suspendus en l'air.

Amy cria : « Non ! » en jetant ses bras devant son visage.

Tweedie lui dit : *Tout va bien. Ils ne peuvent pas traverser la vitre*, et il éloigna Amy de la fenêtre pour la conduire dans la pièce où on allait la préparer pour le scanner. C'était là que l'attendait Marlow. Elle lui dit : *Est-ce que je vais mourir, Docteur ? Est-ce que c'est la mort ?* et il répondit : *Non*, et il lui dit qu'il espérait que ce serait une façon de lui redonner sa liberté. Elle dit que, dans ce cas, ce ne pouvait être la mort, puisque *la mort n'est pas la liberté, mais juste une autre forme d'emprisonnement*.

Marlow sourit. Il y avait quelque chose de merveilleusement obstiné dans son attitude ce matin-là – comme si elle était certaine qu'on allait lui accorder son congé. Quand on plaça le masque sur son visage et que ses yeux et sa bouche furent les seuls traits vivants qu'on pût y voir, elle regarda Marlow si intensément qu'il dut détourner les yeux. Si elle avait été une sorcière douée de pouvoirs magiques, Marlow était certain qu'Amy, en cet instant, se serait volatilisée – elle aurait claqué les doigts, aurait invoqué ses pouvoirs et disparu.

Le Dr Menges passa dans la salle à ce moment-là et dit : *Êtes-vous prêts ?* et Marlow répondit : *Oui, nous le sommes.*

Dans la salle de scanographie, Marlow s'écarta un moment pendant que Menges et le technicien discutaient de la façon de procéder. Menges rappela au technicien la présence des oiseaux d'Amy. Entre-temps, celle-ci recevait une injection de soluté légèrement radioactif qui allait permettre au scanner de lire si oui ou non le cerveau absorbait le médicament.

Jusqu'à ce jour, Marlow avait tenté de contrôler la maladie d'Amy à l'aide de différents neuroleptiques. Il n'avait prescrit aucune drogue à injecter, craignant qu'elles ne restent trop longtemps dans l'organisme. Il prescrivait uniquement des drogues à prendre par voie orale. Le mal d'Amy n'avait été soulagé par aucune d'entre elles. Le Mellaril (thioridazine), le Largactil (chlorpromazine), l'Orap (pimozide) et, plus récemment, la plus puissante de toutes, le Haldol (halopéridol). Selon l'usage, parce que le Haldol avait des effets secondaires sérieux, rappelant le syndrome parkinsonien, Marlow avait aussi donné à Amy une drogue appelée Cogentin (benzatropine).

Le soluté radioactif qu'Amy recevait était préparé avec le cyclotron même du centre TEP. Le scanner, sensible aux rayons émis par la solution injectée, pourrait localiser l'endroit et la nature de l'activité chimique dans le cerveau. Cette opération indiquerait en conséquence comment les cellules du cerveau réagissaient au médicament.

Une fois masquée, Amy fut emmenée dans la salle de scanographie. En voyant le scanner, elle eut une réaction d'horreur. Il lui sembla être une énorme cible, avec un centre creux. Elle allait être la flèche.

«Je ne veux pas», dit-elle quand elle vit où elle devait se placer la tête.

Marlow s'approcha.

«Je vais vous montrer», et il se pencha en mettant en partie la tête au centre de l'appareil.

«Vous voyez? dit-il. Tout va bien.»

On convainquit Amy, couchée sur un lit à roulettes, de se laisser manœuvrer en position et on lui plaça la tête entre des barres de retenue. Elle se croisa les bras sur la poitrine et Marlow pensa d'un coup aux gisants du Moyen Âge.

« Mes oiseaux, dit Amy.

– Tout va bien », répéta Marlow. Menges se retira dans la salle de commande derrière la fenêtre d'observation. Le technicien déclara que Marlow devait aussi sortir avant que ne commence la scanographie. Mais Marlow dit qu'il avait promis à Amy de rester avec elle jusqu'à la fin de la séance. Menges dit à l'interphone qu'on le lui permettait pour autant qu'il se tienne suffisamment à l'écart.

En un instant, le scanner s'anima. La tête d'Amy était maintenue immobile par le masque, maintenant bien fixé, et son corps était raidi par ses propres muscles. Soudain, sa voix émergea de l'orifice pratiqué pour le nez et la bouche. « Charlie, dit-elle. J'apprends à voler. »

Marlow ferma les yeux. Non parce qu'elle l'avait appelé *Charlie*, comme seule de toutes ses patientes Emma l'avait fait jusqu'à présent. Mais parce que l'image d'Amy en train de voler lui rappelait de façon trop réaliste celle d'Icare, son cousin. Tous deux à présent montaient dans sa tête et l'un d'eux allait tomber. Il se demanda pourquoi elle accompagnait Icare et si, comme lui, elle avait peur.

D'un coup, Marlow fut submergé par la certitude qu'elle allait lui échapper. Il ouvrit les yeux pour confirmer sa présence.

Elle avait levé les bras et les abaissait maintenant.

Elle ne tombait pas. Elle volait.

C'est la vie.

9

Emma faisait de plus en plus penser à une somnambule. Quand elle quittait la maison, ce qu'elle faisait chaque soir, elle parlait rarement. Elle ne disait jamais combien de temps elle serait partie, et ne disait pas non plus *au revoir*. Paradoxalement, elle était de plus en plus belle – à la manière des personnes émaciées par la maladie. Réduite à l'essentiel, elle ressemblait à une estampe japonaise, deux yeux sombres, une bouche vermeille encadrés de cheveux noirs. Rien de plus. Le visage d'une pâleur mortelle, comme celui d'un mime, dessiné d'un trait d'encre. Une geisha occidentale.

Orley l'attendait au bas de l'escalier pour l'aider à trouver la sortie. Emma répondait par un signe d'adieu au moment où elle se dirigeait vers la limousine. Mais pas un mot n'était échangé.

Barbara avait renoncé à observer. A présent, elle mangeait pratiquement toujours seule, assise à mi-chemin entre les chaises vides de son père et de sa mère. Leur couvert toujours mis, d'argent et de cristal, avec le cendrier bleu émaillé d'Emma placé à gauche de sa serviette, la serviette blanche amidonnée reposant dans son rond. Des bouteilles de vin, des chandelles et un vase Waterford avec des fleurs complétaient l'arrangement. Orley allait et venait, apportant les divers plats dans de la vaisselle d'argent, tantôt avec des couvercles tantôt sans. Barbara buvait à présent plus d'un demi-litre de vin pendant ces repas solitaires – un verre de blanc, deux de rouge. Orley tenait à ce que le verre ne soit jamais rempli jusqu'au bord. *Si tu dois boire de ce machin-là,* disait-elle, *tu vas le faire comme il faut. On ne doit jamais remplir un verre à plus des deux tiers...*

Barbara fumait aussi une cigarette au milieu du repas, et deux quand elle avait fini de manger – les cigarettes lui étaient fournies par son amie, Cynthia Stern. Elle avait réquisitionné une soucoupe de tasse à moka Crown Derby comme cendrier et était très fière d'avoir appris à faire tomber les cendres en roulant sa cigarette plutôt qu'en lui donnant une chiquenaude. Emma donnait une chiquenaude et la moitié des cendres atterrissaient sur l'acajou.

Un soir vers la fin de juin, Barbara eut un choc en découvrant que son père se joindrait à elle pour le dîner. Elle était en partie transportée de joie – et en partie furieuse. Cela signifiait qu'elle devrait oublier et le vin et les cigarettes. C'était le côté négatif. Mais le côté positif était qu'elle aurait l'occasion d'entendre la voix de Maynard et de voir ses belles mains.

«Qu'est-ce que tu lis maintenant? lui dit-il.

– *Les Hauts de Hurlevent.*

– Je croyais que tu l'avais fini?

– Non. J'avais arrêté pour lire *Frankie Adams.*

– Pourquoi?

– Parce que ça parle d'une fille qui a douze ans – et que je suis une fille de douze ans.

– Je vois. Et maintenant tu reprends *Les Hauts de Hurlevent.*

– Oui.

– Est-ce qu'elle est déjà morte?

– Qui?

– Catherine c'est quoi son nom?

– Earnshaw.

– C'est ça. Est-ce qu'elle est déjà morte?

– Merci, papa, pour saboter toute l'histoire. Je savais pas qu'elle mourait.

– Mais si tu le savais.

– Non. C'est vrai que je le savais pas.

– Alors tu aurais dû le deviner.

– Pourquoi?

– Les personnages comme Catherine Earnshaw n'existent que pour mourir. Comme Heathcliff.

– Oh papa! Merde alors!

– Pardon?

– Maintenant, tu me dis qu'il meurt, lui aussi.

– Tu n'avais pas deviné ça non plus?

– Non.» Elle s'en était cependant doutée. Mais elle ne voulait pas le savoir avant d'en être arrivée à ce point de l'histoire.

«D'autres vivent, dit Maynard, agitant son couteau. C'est la nature de la tragédie. Les gens meurent, mais la mort n'est jamais gagnante. À la fin de toute bonne tragédie, la vie continue. Catherine Earnshaw a une fille – Cathy, je crois – et Cathy vit.

– C'est du déjà vu.
– Tiens? Comment ça?»
Barbara dit : «Maman.»
Maynard posa ses couverts. Il se versa un verre de vin. Barbara remarqua qu'il était rempli exactement aux deux tiers. Elle remarqua aussi que les mains de son père tremblaient.
«Pourquoi est-ce que tu ne parles jamais d'elle?» demanda Barbara.
Maynard réfléchit un instant puis répondit : «Parce que je ne sais pas quoi dire.» Il regarda Barbara sans tourner la tête et lui fit un pauvre sourire.
Comme il est pâle, pensa-t-elle.
Maynard dit : «Il n'y a rien que je puisse faire pour l'aider, Barbara. Rien. S'il te plaît, ne va pas croire que je n'ai pas essayé.
– Est-ce que tu l'aimes?
– Je l'aimais. Oui. Beaucoup.» Maynard repoussa son assiette et but une gorgée de son verre.
«Est-ce que maman t'aimait?
– Je ne peux pas te répondre.
– Pourquoi pas?
– Parce que. Je ne répondrais jamais à une question comme celle-là à la place de quelqu'un d'autre. Il n'y a que ta mère qui puisse répondre. Mais...», il souleva son verre, «ce que je peux te dire, c'est qu'on t'aimait tous les deux.
– Aimait? Au passé?
– Tu sais bien que ce n'est pas ce que je voulais dire, Barbara. Je voulais dire qu'on t'aimait quand tu es née. On te voulait. Tous les deux.»
Barbara jetait des regards furtifs. Elle mourait d'envie de boire du vin et de fumer une cigarette.
«Tu voulais maman aussi, dit-elle. Mais tu la voulais pas comme elle était.
– Qu'est-ce que ça veut dire?
– Sa figure, papa. Tu lui as changé sa figure.
– Uniquement parce qu'on a pensé qu'elle serait malheu-

545

reuse comme elle était. Elle avait eu un accident. Elle n'était pas obligée de vivre avec ce visage-là. Après tout, c'est mon métier de régler ce genre de problème.

– Ça n'était pas un problème.

– Enfin...» Maynard haussa les épaules.

«C'était un problème pour toi – mais pas un problème pour maman.

– Tu n'as pas le droit de dire ça.

– Si, j'ai le droit. Il y a des photos d'elle avant l'accident. Elle n'était pas belle. Elle n'avait jamais été belle. Elle était seulement jolie. Jolie – et *elle-même*. Après l'accident, tu l'as rendue complètement différente. *Complètement*.

– Je ne comprends pas pourquoi ça te met si en colère, Barbara. Elle était mieux après, pas seulement différente. Je l'avais améliorée.»

Barbara le regardait. Elle ne croyait pas un mot de ce qu'il disait. Maynard regardait ailleurs – mais elle ne lâchait pas.

«Tu as effacé qui elle était en vrai quand tout ce que tu avais à faire, c'était de la guérir. Mais tu en as fait quelqu'un d'autre, à la place. Quelqu'un que tu pouvais regarder.»

Maynard dit : «Ce n'est pas comme si j'avais voulu lui faire du mal.

– Est-ce que tu changerais Orley pour qu'elle soit blanche.

– Mon Dieu, Barbara. Ne sois pas ridicule.» Il commençait à se fâcher.

«Eh bien, dit Barbara. Ne sois pas ridicule au sujet de la figure de maman.»

Maynard secoua la tête. D'où avait bien pu venir tout cela ? Elle n'avait que douze ans. Elle lui faisait peur. À une époque, elle courait se jeter dans ses bras. Et maintenant, elle le détestait.

Barbara dit : «Est-ce que tu aurais essayé de sauver Catherine Earnshaw ? Je veux dire – si tu avais été là ?

– Si j'avais été là, dit-il, et que je l'avais sauvée, il n'y aurait pas d'histoire.»

Barbara plia sa serviette.

« C'est ce que je pensais, dit-elle. Si ça fait une bonne histoire, peu importe ce qui arrive aux gens.

– Tu n'as pas le droit de dire ça, Barbara. Aucun droit. Ça n'est pas vrai.

– C'est pour ça que tu sauves les gens, hein ? C'est bien pour ça que tu les sauves ? Pour avoir une bonne histoire ? »

Barbara prit sa fourchette comme si elle allait manger, puis la reposa. « Maman faisait une bonne histoire, dit-elle. Jusqu'à ce qu'elle commence à s'en faire une elle-même – pour se venger de toi. »

Il y eut un silence de mort. Et Barbara dit : « Je vais prendre un verre de vin. »

Elle descendit de sa chaise et se rendit là où Emma aurait dû être assise. Elle s'empara de la bouteille et remplit le verre d'Emma aux deux tiers. Puis elle s'assit. À la place d'Emma.

« Qu'est-ce que tu fais ? » demanda Maynard. Il était affolé à présent.

Barbara rajusta ses lunettes – les remontant sur son nez contre son visage de sorte que ses yeux apparurent soudain énormes. Elle le fixa et dit : « Je voulais juste te voir de ce bout de la table, papa. C'est tout. »

Puis elle but du vin. Et alluma une cigarette.

10

Kurtz, prêt à aller se coucher, était dans le solarium vêtu d'un pyjama blanc quand le téléphone sonna.

Un homme du nom de Cawthra, qui se disait agent de la sûreté, appelait du centre psychiatrique de Queen Street.

Kurtz l'avisa immédiatement, sur un ton assez irrité, qu'il n'avait aucun patient à cet endroit et qu'il n'était pas la personne à contacter pour ce genre de problème. « Vous devez parler au Dr Farrell », dit-il.

Cawthra le contredit poliment et déclara qu'étant donné les circonstances, il avait bien appelé la personne qu'il fallait.

En écoutant ce qu'on lui disait, Kurtz pâlit. Au moment où il raccrochait, le téléphone lui échappa des mains et vint fracasser un vase de cyclamens sur le sol.

« Bon sang ! » dit-il. Mais, intérieurement, il n'avait retenu que la première partie de l'expression.

Bon.

Puis il alla remettre son costume. Vingt minutes plus tard, il descendait en voiture vers University Avenue.

Les cyclamens étaient rouges. Ça n'aurait pas pu mieux tomber.

CHAPITRE X

La brousse sauvage l'avait trouvé de bonne heure et tiré de lui une terrible vengeance... Elle lui avait murmuré des choses sur lui-même qu'il ne savait pas, des choses dont il n'avait pas idée tant qu'il n'eût pas pris conseil de cette immense solitude – et le murmure s'était montré d'une fascination irrésistible. Il avait éveillé des échos sonores en lui parce qu'il était creux à l'intérieur...

JOSEPH CONRAD
Au cœur des ténèbres

1

Arrivé à Queen Street, Kurtz conduisit sa voiture vers les urgences et la laissa sur le sationnement réservé au personnel.

Durant tout le trajet, il avait été conscient du ciel jaunâtre qui recouvrait la ville – un ciel chaud, houleux, chargé de nuages opaques. C'était en partie dû à la fumée des feux chimiques allumés par les Escadrons M. Un grand nettoyage d'oiseaux avait lieu quelque part au sud-ouest et le ciel ne connaissait pratiquement pas la nuit. Après être descendu de sa voiture et avoir verrouillé la portière, Kurtz marqua un temps d'arrêt suffisant pour voir que le ciel était maintenant orangé. Puis il hâta le pas vers l'entrée des urgences. Trois voitures de police y étaient garées. Et un fourgon mortuaire.

D'un coup, la pluie se mit à tomber.

À l'intérieur, un homme de haute stature, au visage inexpressif et à la moustache tombante s'avança vers Kurtz en disant : « Si vous êtes le Dr Kurtz, je suis l'inspecteur Cawthra.»

Une réponse idiote vint à l'esprit de Kurtz : «Et si je ne suis pas le Dr Kurtz – alors qui êtes-vous?» Mais elle ne franchit pas ses lèvres. Rien ne les franchit. Il se contenta de faire un signe de tête affirmatif.

«Veuillez me suivre», dit Cawthra, et il conduisit Kurtz dans un long couloir familier menant aux ascenseurs. Deux policiers en uniforme se trouvaient dans le couloir. Personne ne parlait. Il y avait des clés officielles à tourner, mais Cawthra avait réussi à mettre la main dessus, et il fit s'ouvrir les portes, appuya sur le bouton désiré et mit l'ascenseur en marche sans mot dire.

Il détourna les yeux de Kurtz et sembla s'adresser aux murs de métal devant lui :

«Ça ne va pas être agréable, je le crains.

– Je suis prêt», répondit Kurtz. Il commençait à s'armer de courage. Il y aurait du sang, il le devinait – mais il avait déjà eu affaire à ça.

L'ascenseur s'immobilisa et les portes s'ouvrirent. Ils étaient au troisième étage et le couloir n'était que faiblement éclairé. Des fenêtres leur faisaient face, couvertes d'un épais grillage cloué autour du cadre. Le ciel orange vacillait dans la pluie.

« C'est par là », dit Cawthra – il passa devant Kurtz en se dirigeant vers la droite.

Kurtz était heureux d'avoir appris à garder son sang-froid. Ça ne lui aurait pas nui, supposa-t-il, de montrer quelques signes du malaise qu'il ressentait – mais il préférait avancer au pas. Raide comme la justice. Chapeau en main. Cravate impeccable. Pas une goutte de sueur.

Les chaussures de Cawthra craquaient. Sa démarche d'adolescent qui le faisait avancer par bonds avait quelque chose d'animal. On aurait cru qu'il traversait une forêt ou une jungle. Sa tête était relativement petite par rapport au reste de son corps – d'énormes mains noueuses et des pieds de géant. Il s'était fait couper les cheveux le jour même et la lisière de la coupe était soulignée par la peau tendre, blanche comme la craie. Son teint, par ailleurs, était rougeaud – comme une conséquence de son mutisme, de tant se retenir. Kurtz aurait pu lui donner des leçons sur la manière de présenter la même façade sans faire monter sa tension.

Ils se dirigeaient vers une porte pourvue d'une fenêtre, derrière laquelle, à travers d'autres grilles, on apercevait une profusion de lumière et de gens.

« Nous y voilà », dit Cawthra – et il appuya sur la sonnette qui se trouvait sur un côté de la porte. Kurtz n'avait pas la moindre idée de l'endroit où ils se trouvaient.

Une fois à l'intérieur, la porte bien fermée à clé derrière eux, Kurtz commença, malgré lui, à se sentir mal. Il ne pouvait rien y faire. Il y avait là des gens couverts de sang – l'un d'eux complètement nu – d'autres les vêtements en lambeaux. C'étaient des patients – tous jeunes. Tous, garçons et filles, avaient le visage blême et la tête rasée. Tous gardaient le même silence inquiétant. Kurtz avait déjà vu plusieurs de ces patients, mais il ne pouvait mettre de noms sur les visages. Il les avait amputés de sa mémoire. Les noms. Quatre ou cinq infirmiers, des hommes pour la plupart, se déplaçaient parmi les patients, les calmant, les lavant, les maîtrisant. Il y avait aussi un ou deux garçons de salle et plusieurs policiers des deux sexes, ainsi que deux médecins dont Kurtz ne se rappelait pas le nom, mais qu'il reconnaissait pour les avoir vus au cours de ses visites précédentes à Queen Street.

Cawthra passa tout droit devant cette scène – s'attendant à ce que Kurtz lui emboîte le pas – un pas qui n'admettait pas d'écart. Kurtz ne voyait pas les blessures, mais seulement le sang sur les malades – dont aucun ne tournait la tête dans sa direction – tous étaient apparemment aveugles.

Ils arrivèrent enfin devant une autre porte. Derrière la fenêtre, les lumières avaient été baissées et Kurtz sut d'instinct que c'était là que devait se trouver le corps. Vu la faible intensité de l'éclairage, il savait aussi que ce qu'il allait voir serait horrible.

Ça l'était.

Eleanor Farjeon gisait sur le sol.

Quelqu'un lui avait arraché la tête.

2

Marlow n'apprit la nouvelle que le lendemain. À la lumière de ce qu'il avait lu dans les dossiers et à la lumière du suicide d'Austin, la mort d'Eleanor fut pour lui un double choc.

Un accident était arrivé, lut-il. Il y avait un entrefilet à la une du *Globe and Mail,* où le nom d'Eleanor n'était même pas mentionné. On disait juste : *UNE PSYCHIATRE DÉCAPITÉE* et où c'était arrivé et quand. Puis on ajoutait : *Voir page 8.*

À la page 8, il y avait une photo où l'on pouvait voir qu'Eleanor avait été jeune et exubérante autrefois. *Comme elle débordait de vie,* se dit Marlow. Puis il lut ce qui était écrit.

UNE PSYCHIATRE TUÉE DANS UN CURIEUX ACCIDENT

La nuit dernière, on a trouvé le corps d'une psychiatre bien connue au centre psychiatrique situé dans Queen Street West à Toronto. Le Dr Eleanor Farjeon avait travaillé tard avec un groupe de patients au troisième étage. Selon un porte-parole de l'hôpital, le Dr Farjeon, apparemment épuisée et quelque peu désorientée, s'est trouvée coincée dans les portes d'un ascenseur. «On suppose que personne n'a entendu ses appels au secours et c'est ainsi qu'elle aurait trouvé la mort», déclare une de ses collègues, le Dr Leona McGreevey. «C'est une tragédie pour nous tous. Le Dr Farjeon faisait un travail de pionnier en ce qui concerne le traitement des enfants traumatisés et autistiques.»

Le centre psychiatrique de Queen Street n'était pas le lieu de travail habituel du Dr Farjeon. Durant quelques années, elle avait fait partie du personnel de l'institut Parkin de recherche psychiatrique et ne travaillait à Queen Street que depuis les six derniers mois sur un projet spécial.

Son décès fait actuellement l'objet d'une enquête.

On n'en disait pas plus. Et absolument rien sur le fait qu'elle avait été décapitée. Pourtant, le titre en première page annonçait bien UNE PSYCHIATRE DÉCAPITÉE. Pourquoi?

L'avis de décès n'était pas plus informatif – ou véridique. Il déclarait simplement qu'Eleanor Farjeon était décédée *des suites d'un accident.*

Elle n'avait pas de survivants, apprit-il en lisant l'avis, ses enfants l'ayant précédé. Eux aussi avaient été victimes d'un accident, l'accident de voiture dans lequel le mari d'Eleanor, Alastair Farjeon, avait également péri cinq ans auparavant. C'était là la tragédie dont elle ne parlait jamais. *Alors maintenant,* pensa-t-il, *la page est tournée pour eux tous.*

Marlow se maudit de ne pas lui avoir accordé plus d'attention. À titre de collègue, il aurait pu profiter de sa compagnie et de ses idées. Elle avait toujours été si calme et pleine d'assurance. Jamais arrogante. Simplement présente. Ne faisant jamais passer en avant son intérêt personnel. Celui de ses malades, oui –

mais pas le sien. Jamais suffisante. Si elle défendait ardemment sa couvée, elle ne perdait jamais pied. Et maintenant? Maintenant? La mort par décapitation? Sans aucun doute une mort accidentelle. *Qu'est-ce que ça voulait dire?*

En retournant chez lui ce soir-là, Marlow vit la lueur orange des Escadrons M et fut pris dans le brouillard de leur pulvérisation. Un de leurs camions-citernes remontait pesamment Avenue Road, prenant le virage qui l'éloignait de Marlow, en direction des lumières. S'ils avaient fait venir plus d'un camion-citerne, c'était très probablement qu'ils pulvérisaient dans un ravin – quelque part où il y avait beaucoup d'arbres.

Marlow se sentait malade à présent quand il voyait du jaune. Cette couleur intensifiait son sentiment de paranoïa. *Je veux mon lit,* pensa-t-il comme un enfant en quête de sécurité. Il pensa à sa mère. *Que c'est ridicule. Je suis adulte.*

Mais l'image d'Edwina Marlow, les bras tendus vers lui, était irrésistible. Elle avait incarné le lieu le plus sûr au monde. La maison pouvait s'écrouler qu'Edwina serait debout à soutenir le toit. *Comment est-ce qu'on peut perdre ça? Quand est-ce qu'on le perd? Ce sentiment que les autres sont la sécurité personnifiée. Nos parents. Nos amants. Nos amis.*

Le fait que les gens aient cessé d'être les dépositaires de la sécurité n'avait plus guère d'importance. C'était l'illusion qui comptait. *La sécurité n'est qu'un concept,* pensa-t-il. *Il n'existe aucun endroit tout à fait sans danger. Il n'en a jamais existé.*

Eleanor avait voulu parler à Austin. Austin avait été sa sécurité – mais il s'était détourné d'elle.

À présent, elle était morte.

3

Marlow avait demandé à avoir un entretien avec Olivia Price. Cet entretien eut lieu un jeudi matin, deux jours après le scanner TEP d'Amy – et après le décès d'Eleanor. Les patients de Marlow accaparaient son attention et l'empêchaient de penser constamment à la façon dont Eleanor était morte et à la raison de sa mort. Le choc persistait, mais Marlow se barricadait. Il faisait taire la voix lorsqu'elle voulait se faire entendre.

À son arrivée, Olivia portait autour du cou un foulard Liberty qui, avoua-t-elle, était son *masque anti-M*. Dans la rue, elle se le remontait sur le nez et la bouche pour ne pas respirer les produits chimiques qui proliféraient dans l'air. «Ils pulvérisent peut-être pour tuer les oiseaux, dit-elle, mais ils font tout leur possible pour nous tuer tous en même temps.»

Marlow avait voulu voir Olivia pour lui dire qu'il en était venu à la conclusion que sa sœur Amy devait sortir du Parkin.

«J'ai vu les résultats du scanner TEP et j'en ai discuté avec le Dr Menges, qui a supervisé l'examen.»

Olivia ne dit rien. Quand Marlow lui montra les scanographies où le cerveau d'Amy était représenté en couleurs vives, elle les regarda, muette. Tout ce à quoi elle pouvait penser au début, c'était *Bébés en conserve – Bébés en conserve, allez-vous-en...*

Marlow dit : «On peut voir ici, d'après la concentration des couleurs, que le médicament que prend votre sœur n'est pas absorbé par le cerveau, Mme Price. Certainement pas par la zone qui serait susceptible d'en bénéficier.»

Olivia tenait la carte à deux mains et la tournait de côté et à l'envers, puis enfin de nouveau dans le bon sens. Elle suivait la configuration des couleurs avec son doigt. «Ça ressemble à un test de Rorschach, dit-elle.

– C'est vrai.»

Olivia tendit la carte à Marlow.

«Est-ce que vous voyez ce que je vois, Docteur?»

Marlow jeta un coup d'œil. «Mon Dieu! fit-il.

– C'est merveilleux, n'est-ce pas?» dit Olivia, en reprenant la scanographie. Et elle sourit en la regardant. «Ça ressemble à un oiseau en vol.»

C'était vrai.

Finalement, Olivia dit : « Est-ce que vous pouvez lui changer ses médicaments ? »

Marlow haussa les épaules en signe d'impuissance. « On pourrait essayer – mais ce que je continue de préconiser, c'est que Mlle Wylie rentre chez elle. »

Olivia, qui avait été fidèle dans ses visites et qui était venue voir Amy deux fois par semaine, dit : « Mais elle n'est pas guérie.

– Elle ne sera jamais guérie, Mme Price, fut la réponse de Marlow. Jamais. Deux avenues s'offrent donc à nous. Nous pouvons opter pour une Amy ou pour une autre.

– Une Amy ou une autre ?

– L'une d'elles – en supposant qu'on réussisse à ajuster ses médicaments – passerait le restant de sa vie en en prenant constamment, ce qui équivaudrait en fait pour elle à être sous calmants. Cette Amy n'aurait pas de poèmes, pas d'oiseaux, pas de Wormwood, pas d'autre monde que le monde terne de maintenant – et elle serait incapable d'y réagir. Ce ne serait qu'un paysage dans lequel elle évoluerait – auquel, les sens morts, elle resterait indifférente, d'où elle serait absente.

– Et l'autre Amy ?

– L'autre Amy prendrait un minimum de médicaments. Juste assez pour diminuer l'intensité de son angoisse. Elle serait une version un peu moins tendue de l'Amy que nous avons actuellement. »

Olivia regarda par la fenêtre. « Qu'est-ce qu'elle deviendrait ? dit-elle.

– Elle pourrait rentrer chez elle – et vivre avec ses oiseaux.

– Mais, mon Dieu. Est-ce que la liberté ne la met pas en danger ?

– Selon moi, non, dit Marlow. Elle lui redonnerait la seule vie dans laquelle elle peut fonctionner, dans laquelle elle est heureuse.

– Est-ce qu'elle écrirait ?

– Il y a de fortes chances qu'Amy continuerait à écrire des poèmes. Après tout, l'Amy qui écrivait autrefois était très proche de l'Amy que nous avons maintenant. »

Olivia réfléchit un moment.

Puis d'un coup, elle éclata de rire.

« Il y a quelque chose qui vous amuse, Mme Price ?

– Enfin – oui, dit Olivia. C'est le mot *liberté*. » Elle se cala dans son fauteuil et regarda Marlow. « Je pense que vous connaissez ma sœur Peggy ? Mme Benedict Webster ?

– En fait non. Mais vous avez parlé d'elle et je crois qu'elle est venue rendre visite à Amy avec votre mère, mais je n'étais pas là. »

Olivia dit : « Elle a quitté son mari.

– Je suis navré de l'apprendre.

– Oh, il ne faut pas, Docteur », dit Olivia, toujours prise d'une envie de rire. « C'est la meilleure chose qui lui soit jamais arrivée et la plus courageuse qu'elle ait jamais faite. Elle s'est montrée un soir à ma porte, en disant simplement : *Me voilà*. Elle n'a pas eu besoin d'ajouter autre chose.

– Qu'est-ce qui vous a fait rire, à l'instant ? Est-ce que c'était ça ?

– D'une certaine façon, oui. C'est que – ma mère a dit une fois que ma sœur Peggy était *née morte*. Elle voulait dire, bien sûr, qu'elle était incapable de provoquer les événements. Peggy était peureuse, Dr Marlow, se bornant toujours à faire *ce qu'il faut*. Maintenant, elle est libre, voyez-vous. *Née vivante*, enfin. Et à présent, vous voulez libérer ma sœur Amy...

– Je souhaiterais que cela vous fasse plaisir, Mme Price.

– Mais c'est bien le cas », dit Olivia. Elle avait cependant l'air triste en disant cela. Elle n'expliqua pas pourquoi, des trois filles Wylie, elle était la seule à se sentir encore prisonnière.

Toi, encore prisonnière ! Et moi alors ?

Oui. Et toi aussi.

Marlow dit : « J'ai besoin de votre autorisation pour poursuivre les formalités de la sortie d'Amy, Mme Price. La vôtre – ou celle de votre mère.

– Vous l'avez.

– Merci. »

Olivia ?

Oui.

J'ai aussi besoin de ton autorisation. Pour continuer...

À cela, Olivia ne répondit pas.

4

J'arrivai sur lui et s'il ne m'avait entendu venir, je lui serais
même tombé dessus mais il se releva à temps...

Lilah lisait la page 182 d'*Au cœur des ténèbres*. Elle était assise
à la table de sa cuisine, tôt – très tôt – le matin, après une nuit
blanche, sans drogues. Elle portait sa longue chemise de nuit de
coton blanc, son peignoir de coton bleu et ses pantoufles. Une
théière, vide, reposait sur un dessous-de-plat. Une tasse près de
son coude. Les chaussures de Pierre Lapin étaient posées à sa
portée, sur leur emballage de papier de soie – les doigts de Lilah
qui cherchaient à en happer la magie les effleuraient de temps à
autre.

Page cent quatre-vingt-deux. Ô page cent quatre-vingt-deux,
scandait-elle. *Nous livreras-tu Kurtz à Marlow et à moi...*

Rien.

Rien, rien que le monde inerte et bleu de sa cuisine à l'aube et
les souris mugissant dans le mur. La mère de Grendel, dans la
ruelle derrière le portail, poussa un long soupir délirant pour son
fils blessé... Sarah Tudball s'assit le dos tourné à Lilah sur la seule
autre chaise de cuisine libre. Elle portait toujours le grand feutre
brun et le manteau qu'elle avait quand elle était morte. À son cou
étaient noués ses innombrables foulards – chacun d'une couleur
qu'elle aimait bien – cramoisi, violet, bourgogne, rose, magenta.
Sarah était venue durant la nuit et ne voulait pas partir. Et si par
hasard M. Hyde l'avait poursuivie jusqu'ici – en remontant du
ravin de Rosedale où ils avaient lutté il y avait si longtemps ? C'est
vrai qu'il y avait dans la cuisine une mystérieuse odeur de feuilles

humides et que quelqu'un avait laissé par terre l'empreinte de bottes crottées...

Page cent quatre-vingt-deux. Ô page cent quatre-vingt-deux, nous livreras-tu Kurtz à Marlow et à moi...

Rien.

Lilah lisait :

Il se dressa, flageolant, long, pâle, indistinct, comme une vapeur exhalée par la terre, et il oscilla légèrement, embrumé et muet devant moi...

Le soleil se levait sur le monde au-delà des fenêtres. Sa lumière se déployait tout en haut des arbres – embrassant antennes et cheminées – laissant courir ses doigts sur les fils électriques – chantant.

Lilah se mit les mains sur les oreilles.

Le soleil ne chante pas. Il n'a pas de voix.

Lilah s'obligea à fixer de nouveau la page.

... dans mon dos les feux se profilaient entre les arbres, et le murmure de multiples voix sortait de la forêt...

Quelqu'un murmurait.

Lilah regarda le dos de sa mère, mais Sarah était silencieuse et immobile.

Le murmure était quelque part dans le livre.

Lilah, de ses doigts, toucha les pages. Elle barbotait dedans, comme si elle voulait y pêcher quelque chose, feuilletait le livre.

Parle.

Rien.

Puis un soupir.

L'index droit de Lilah ne parvenait pas à endiguer ce qui semblait être une marée de mots – un mur de mots liquides –, faisant rejaillir les lettres sur sa main à mesure qu'elle poussait plus avant dans les pages. Elle entendait, outre le murmure, l'eau et le papier qui éclaboussaient, qui se déchiraient... *arrête.*

Là.

... la brousse sauvage l'avait trouvé et avait tiré de lui une terrible vengeance...

Lilah ferma les yeux.

Elle leva la main, forma un poing qu'elle fit retomber sur la page.

Montre-toi!

Puis, à voix haute :

« MONTRE-TOI! »

Marlow la trouva une demi-heure plus tard, couchée par terre, profondément endormie.

Un sourire aux lèvres.

5

Les premiers signes de la maladie de Kurtz se manifestèrent de façon assez surprenante – plusieurs jours après le décès d'Eleanor Farjeon. Une des personnes à être témoin de la scène fut Bella Orenstein, qui se rendait alors au Souterrain n° 2. Elle était dans l'entrée, en haut de l'escalier, quand elle aperçut Kurtz.

Il traversait le hall en venant de la rue pour se rendre à une réunion du conseil d'administration. Il s'arrêta net devant le triptyque de Slade, ôta son chapeau qu'il tint au bout de son bras. Les yeux fixés sur *La Chambre dorée des chiens blancs,* il commença à se frapper lentement la jambe avec son feutre. Les coups, violents – que Bella décrivit à Oona comme des « coups de raquette » –, se firent de plus en plus forts au point qu'il sembla qu'il allait se faire des bleus. Le geste faisait penser à quelqu'un battant la mesure au rythme de la musique, au moment où celle-ci – peut-être *Le Sacre du printemps* – se déchaîne.

Deux ou trois personnes qui avaient eu l'intention de traverser le hall pour sortir de l'édifice avouèrent plus tard qu'elles avaient été si impressionnées par la nervosité de Kurtz qu'elles avaient fait marche arrière et choisi une autre voie.

Le tableau émettait son éclat singulier – l'or venait illuminer le visage et les épaules de Kurtz, les chiens blancs luisaient, d'une lueur presque phosphorescente. Kurtz fit passer le feutre dans sa main gauche et, de sa main droite, défit les boutons de son pardessus d'été en tissu léger jusqu'à ce qu'il fût ouvert. Il fit cela comme en extase – ne quittant jamais des yeux les silhouettes suspendues au-dessus de lui, ne faisant aucune pause entre les boutons, exécutant le tout comme habité par le rythme de la musique.

Ouvrant son manteau, il mit sa main dans une poche intérieure dont il sortit un mouchoir. Un des mouchoirs de son père – naturellement, il était le seul à le savoir.

Très lentement, il le déplia en le secouant d'un mouvement du poignet et le porta à son visage, où il s'en servit comme d'un coton absorbant, s'épongeant le menton, les joues, le front, la nuque.

De la teinture ruisselait sur un côté de sa figure, un peu comme si une maquilleuse invisible y avait dessiné une patte. Kurtz essuya la teinture sans regarder. Il ne s'était pas rendu compte que la couleur déteignait – seulement qu'il transpirait – et la sueur perlait à présent si abondamment qu'il donnait l'impression de fondre.

Le feutre tomba par terre.

Kurtz ne le récupéra pas. Le tableau l'avait envoûté.

La tension diminua enfin – ou donna du moins l'impression de diminuer. Les épaules de Kurtz s'affaissèrent légèrement. Il laissa le mouchoir reposer sous son menton, comme un bavoir, et ses lèvres se mirent à remuer.

Aucun des témoins de la scène ne pouvait entendre ce qu'il disait, si en fait il disait quelque chose. Mais ils saisirent un bruit qui semblait être produit par une voix – une sorte de musique émise par la bouche, un peu comme une mélopée, mais à peine perceptible.

Après quoi, Kurtz s'éloigna; il le fit sans se préoccuper nullement de son chapeau. Ce dernier n'existait pas; il ne lui appartenait plus. Disparu de sa vue, il n'était plus là. En empruntant le couloir pour entrer dans le corps du bâtiment, Kurtz faillit tomber – une perte de contrôle que Bella décrivit comme effrayante. Les gens peuvent tomber – mais pas Kurtz.

Il se redressa et pénétra dans les ténèbres – son chapeau était resté sur le marbre, abandonné.

Juste après, une patiente qui n'avait pas assisté à la scène arriva dans le hall. Elle portait un long peignoir rose et sa présence ici semblait tout à fait incongrue. Elle avait la tête rasée et badigeonnée d'antiseptique jaune.

« Hé, un chapeau ! » dit la femme, et elle le ramassa. Puis : « Quelqu'un a perdu un chapeau ? » Mais aucun de ceux qui regardaient ne répondit. La crainte qu'inspirait Kurtz avait augmenté en vertu de sa perte manifeste de contrôle.

« Vous voulez un chapeau, ma petite dame ? » dit la patiente à la tête jaune, tendant le feutre après l'avoir brossé d'un coup de manche rose.

« Non, merci, fit Bella. J'ai déjà un chapeau. » Et elle continua de descendre l'escalier.

La femme haussa alors les épaules et se dirigea, le chapeau à la main, vers une table à dessus de marbre où se trouvait un gros bouquet de fleurs.

« Un chapeau », fit-elle – et elle posa le feutre à l'ombre des lis. « Un chapeau – sans tête. »

Puis elle prit un lis du vase et, tout en le croquant, s'en alla dans les mêmes ténèbres où Kurtz était parti. La femme, au crâne jaune – Kurtz, la tête dégoulinante de teinture et pris par la première des fièvres qui allaient le terrasser.

6

Amy Wylie était debout sur la pelouse du parc Queen, au nord du Parlement. Il y avait des bancs, des arbres et des sentiers. Des étudiants en cours d'été, par groupes de deux ou trois – des tas de déchets. Des pivoines à moitié fanées. Edouard VII sur son cheval. Un vendeur de ballons. Un autre avec un chariot de popcorn. Mais pas d'enfants. Absolument aucun.

Une bande de pigeons déferla dans le ciel. Il n'y en avait presque plus à présent. Peut-être que ceux-là étaient des pigeons voyageurs. Il était illégal de les garder ces dernières années – mais des gens en avaient tout de même quelques-uns. Très peu. Cachés – sauf quand ils étaient dans le ciel.

Amy portait un sac à provisions en toile. À l'instar des pigeons, elle revenait chez elle. Marlow lui avait dit qu'elle le pouvait. *Si je retrouve le chemin.*

Elle imaginait sa maison – sa porte bleue avec les moulures vertes et son petit toit pointu, et les tombes d'oiseaux sous l'arcade des lis et des cœurs-de-Marie – rouge et blanc.

Amy s'assit.

Ses mollets la piquaient.

On vous faisait porter ces horribles chaussettes. Elle les descendit. Ce geste lui rappela quand elle était enfant et qu'elle roulait ses chaussettes en sortant du Conservatoire royal. Elle se mettait à courir, jupe remontée. On avait voulu lui faire jouer du Schumann. Elle ne pouvait pas. Elle avait voulu un autre genre de musique.

Un écureuil était sorti au soleil. Seul de son espèce. Les animaux se faisaient rares. Emportés, vivants ou morts. Fourmis, souris, pucerons, vers... Écureuils.

Ohé!

Amy regardait.

L'écureuil était assis, attentifs aux dangers alentour. C'était une femelle, qui semblait très vieille. Son pelage gris était usé et miteux, et dans ses yeux se lisaient l'âge et la lassitude. Ses oreilles étaient déchiquetées comme celles d'un chat qui s'est trop battu. Il avait les pattes écorchées à force de creuser.

Amy fouilla dans son sac.

En sortant, elle s'était débrouillée pour chaparder un pain et quatre boîtes de velouté de tomates Campbell.

Tu veux de ça?

Elle tendit du pain.

L'écureuil leva le nez en flairant l'air. Il regardait Amy d'un air sévère.

C'est moi, dit Amy en détournant les yeux, la tête baissée, le menton sur la poitrine, émiettant le pain avec sa main. *Ce n'est que moi.*

L'écureuil s'approcha.

Amy était complètement immobile.

L'écureuil mangeait.

Amy se grattait la jambe.

L'écureuil se grattait les joues. Par solidarité. Puis il disparut dans un arbre. En lieu sûr. En un lieu qui avait toujours été sûr. Mais c'était du passé.

Au revoir, dit Amy. *Au revoir.*

Le vendeur de pop-corn donna un coup de sifflet. Mais il n'y avait toujours pas d'enfants dans les environs. Amy s'en alla.

Une heure plus tard, dans Boswell Avenue, tout le quartier était en émoi au moment où Amy revenait – comme le faisaient les pigeons voyageurs – chez elle, dans la maison à la porte bleue et verte. Elle leur avait manqué, et la distraction qu'elle procurait – c'est-à-dire sa folie – n'était pas la moindre raison.

Amy poussa la porte.

Elle s'ouvrit sur un décor composé de tables et de chaises accueillantes. Et d'un vieux canapé. Et d'un nouveau visiteur.

«Bienvenue, dit Marlow. J'ai eu le message que vous étiez en route et je suis venu ouvrir les fenêtres.»

Dans la cuisine, il y avait les sacs de graines de tournesol et de millet laissés par Peggy. Il y avait aussi, apportés par Marlow, quatre bouteilles de vin rouge, un bol d'oranges et six boîtes de nourriture pour chat.

Amy est revenue, dit-elle à l'évier.

«Merci, Dr Marlow», dit-elle à voix haute. La voix, qui n'était plus sous l'effet des médicaments, était de nouveau hachée. La moitié de chaque mot seulement sortait de sa bouche. Le reste était avalé. «Regardez», dit-elle, et elle conduisit Marlow à la porte arrière, déjà ouverte, avec sa moustiquaire. «Mes amis.»

Amy avait souri – et Marlow fit de même. À présent le visage d'Amy s'assombrissait.

«Arbre, dit-elle. Oh! parti.

– Oui, dit Marlow. Je suis désolé, mais il fallait le faire couper. Il ne faut leur donner aucune raison de venir pulvériser ici.

– Enfin, dit-elle. Il y a toujours les clôtures pour se poser dessus. Et tous les fils électriques.

– J'imagine que oui.»

Et maintenant, allez là-haut, dit-elle, en faisant un grand geste avec ses bras.

Les oiseaux s'envolèrent. Sauf la grue cendrée. Sauf les cormorans. Ils restaient en bas sur ce qui subsistait d'herbe.

«Vous les voyez, tous?» dit Amy à Marlow.

Il regarda.

Bien sûr, il n'y avait rien devant lui.

Mais c'était sans importance. Les oiseaux étaient partout dans sa tête. Elle les avait sauvés.

Une demi-heure plus tard, après s'être assuré qu'Amy se rappelait où tout se trouvait et après que Wormwood eut fait son apparition, Marlow prit congé et rentra chez lui par les ruelles. C'était le trajet qu'Amy avait emprunté quand elle avait cherché Wormwood qui s'était perdu. Il la regarda une dernière fois et la vit en train de disperser sur l'herbe les graines défendues. *Enfin!* se dit-il. *Elle est vivante.*

Quelques mètres plus loin, il entendit arriver une volée d'étourneaux. Leur jacassement italianisant était semblable à celui qu'il entendait autrefois dans l'allée des Philosophes. Il se

566

retourna et vit, à sa grande surprise, qu'il n'y avait aucun oiseau. Mais il les entendait.

Il sourit.

Amy Wylie était de nouveau à l'œuvre.

7

Le lendemain, Kurtz n'alla pas au bureau. Il téléphona pour annuler ses rendez-vous en expliquant qu'il se sentait *légèrement fiévreux, rien de grave.* Il resta dans son appartement et se doucha trois fois. Quand il se frotta la tête avec la serviette devant le miroir, il eut la surprise de découvrir qu'une partie de son cuir chevelu était à nu. Il se coiffa soigneusement vers l'avant – en utilisant les grosses dents du peigne. Plusieurs mèches se détachèrent à chaque passage.

Cela lui porta un coup. Bien qu'il se teignît les cheveux depuis longtemps déjà, il n'en avait jamais perdu, dans le passé, plus que ce qu'un homme perd normalement avec le temps.

Sa première réaction fut *Je suis en train de mourir.* Puis il sourit à la pensée que lui, Kurtz, puisse faire ce rapprochement ridicule entre quelques mèches de cheveux perdus et sa mort imminente.

Le seul rendez-vous qu'il regrettât d'annuler était le déjeuner avec Maynard Berry chez Arlequino – qui restait le seul restaurant où il se sentît à l'aise. L'éclairage y était secourable – ni trop faible ni trop éblouissant – et la clientèle, selon son expression, toujours *sûre.* Fabiana y emmenait fréquemment ses artistes pour les présenter à des acheteurs éventuels et c'était toujours un des grands plaisirs esthétiques de Kurtz que de s'asseoir dans la salle en face d'elle et de poser de temps en temps les yeux sur son exceptionnelle beauté.

Cela faisait à peine plus d'un mois à présent que Fabiana était devenue sa cliente et ils ne s'étaient vus que deux fois dans ce cadre professionnel. Il avait espacé les séances tous les quinze jours afin de faire durer le traitement le plus longtemps possible. Connaissant la tendance de Fabiana à tout remettre au lendemain quand il s'agissait de réfléchir sur elle-même, il ne voulait pas qu'elle se sentît placée dans une situation où elle aurait à se faire face à elle-même trop en profondeur...

Est-ce que c'était ça?

Non.

La vérité, c'est qu'il voulait l'acculer dans tous les coins qu'il pourrait trouver. La vérité, c'est qu'il voulait qu'elle devienne si absorbée par elle-même qu'elle ne pourrait éviter de se retrouver face à lui, quel que soit l'endroit où elle l'avait gardé enfoui. La vérité, c'est qu'il voulait qu'elle franchisse cet instant critique où elle tomberait à ses pieds. Mais rien de cela ne pouvait être dit – rien ne pouvait être forcé.

Cela faisait si longtemps que Kurtz était resté sans aimer qu'il ne savait plus être amoureux. Sa façon d'exprimer l'amour, sa façon de le voir, reposait entièrement sur le fait d'être aimé – et non d'aimer. Il fallait que Fabiana découvre qu'elle l'aimait, laisse voir qu'elle l'aimait, s'affole à l'idée de le perdre. S'affole comme elle avait chancelé devant l'absence soudaine de Jimmy Holbach. Peu importait ce qui avait été écrit sur elle à ce moment-là – même si elle le niait – c'était vrai. Elle avait perdu son centre. Le cœur de sa vie avait été abattu, emporté, anéanti par la désertion de Jimmy.

Mais rien de cela n'avait servi les intérêts de Kurtz. Pas encore, en tout cas. Fabiana lui résistait toujours. Les séances n'avaient rien donné.

Kurtz l'avait aimée avec tant d'intensité, autrefois. Mais l'arrivée de Jimmy Holbach dans sa vie avait marqué la déroute de Kurtz.

Non. Ce n'était pas vrai. Il s'était détourné d'elle pour se venger.

Quand Jimmy était parti en Amazonie et avait disparu, la

réaction initiale de Kurtz avait été de décrocher le téléphone et de consoler Fabiana. Mais quand il l'avait vue assister à tous les cocktails et les vernissages, elle lui avait paru si distante dans son chagrin qu'il n'avait pu se résoudre à lui parler. Cela faisait six ans à présent qu'ils jouaient à grimper en haut de l'échelle et à redescendre – chacun pour soi – chacun guettant l'autre pour voir ce qu'il allait faire. Kurtz s'était retrouvé coincé. Bloqué. Le fait était que Fabiana avait un potentiel de développement plus grand que le sien.

Elle lui avait dit l'autre jour que, au cours des années qui s'étaient écoulées depuis qu'il lui avait manifesté de l'intérêt pour la première fois – et qu'elle l'avait *rejeté avec tant de froideur* (elle avait souri en disant cela) –, elle en était venue à voir en lui plus qu'un homme simplement ambitieux. *J'ai ouvert les yeux sur tes autres qualités, Rupert,* avait-elle dit. *Ton dévouement, ton intérêt pour l'art et les artistes, ton ardeur à explorer les limites de la créativité…* Ça s'arrêtait là.

Ce que Fabiana ne lui avait pas encore dit, c'est qu'elle discernait aussi sa solitude – et percevait, au contraire de lui, le siège de cette solitude, qui se trouvait dans une peur fondamentale du contact humain. Avec le temps, sa réserve s'était durcie. Il s'y était ancré – et tandis que Fabiana s'attendrissait, Kurtz se figeait dans son attitude, tel un paralysé. Fabiana savait que, sur le plan émotionnel, Kurtz avait cessé de grandir. Il était aussi muré dans sa réserve que dans sa détermination à gouverner du haut du Parkin.

Il avait les yeux fixés sur le téléphone, désirant ardemment qu'il sonne – mais rien ne bougeait. Il voulait quelqu'un. Quelqu'un. N'importe qui. Ne pas être seul. D'un autre côté…

Il ne lui fallait pas n'importe qui. Les gens sont pénibles. Ils transportent leurs bagages partout où ils vont. Pas tous – mais la plupart. Maynard, par exemple, n'avait pas de bagages. On pouvait s'asseoir avec Maynard Berry et on était sûr qu'on s'en tiendrait au thème de la réunion – rien de plus. Rien d'Emma. Rien de Barbara. Rien de sa vie de chirurgien. Les affaires, plus une réflexion hâtive signalant que le reste du monde était toujours là, voilà ce à quoi on pouvait s'attendre. Le temps qu'il faisait – les potins sans conséquence – les oiseaux morts...

Les oiseaux morts.

La sturnucémie.

Non.

Si. Pour quelle autre raison aurait-il de la fièvre ? Perdrait-il ses cheveux ? Et le sang aux toilettes...

Non.

LA STURNUCÉMIE TUE! VOUS ÊTES-VOUS FAIT VACCINER ?

Tout ce qu'on nous a dit sur la sturnucémie est un mensonge... Kurtz le tenait du fonctionnaire paranoïaque. Il le savait déjà quand Smith Jones s'était montré pour la première fois.

Où que l'on regardât, on était assailli de messages – sur les panneaux d'affichage et les autobus, à la télévision et dans les journaux. Rien n'allait arrêter ça. La vaccination était un canular – le gouvernement offrant de faux espoirs, prétendant qu'il faisait quelque chose – *LA CHANCE VA TOURNER, MAIS SEULEMENT SI VOUS AGISSEZ!* Des images montrant des enfants le corps ponctué de taches, tenant des oiseaux morts dans leurs mains – *DÉFENSE DE TOUCHER!* Et peut-être la plus sinistre de toutes, l'affiche montrant un arbre nu, les branches couvertes d'étourneaux, et la légende : *SI VOUS VOYEZ CECI, CONTACTEZ IMMÉDIATEMENT UN ESCADRON M!*

Et au-dessous : *OISEAUX DE PROIE.*

Kurtz avait recommencé à transpirer. Il jeta un coup d'œil dans le miroir, effrayé à l'idée de ce qu'il pourrait y voir. Mais il n'y avait toujours pas de taches. Rien que de la sueur.

Il décida d'appeler Maynard Berry. Il ne se voyait pas en train de déjeuner avec quelqu'un aujourd'hui. Ils pouvaient remettre leur rencontre à plus tard. Demain peut-être – ou le jour suivant, quand Kurtz se sentirait mieux.

Il voulait à tout prix parler à Maynard de son projet, le mettre au courant des tout derniers résultats du Dr Shelley, voir si

Maynard était intéressé. Bien sûr qu'il le serait. Après ça, une rencontre avec Shelley pour lui faire part de la bonne nouvelle – *Maynard Berry veut s'associer. On peut aller plus loin encore...* Il décrocha le téléphone et composa le numéro. C'était la façon de survivre. C'était la façon de tenir la sturnucémie en échec – rester actif – se concentrer sur autre chose. Rester debout – ne pas se coucher. Ne pas se laisser attirer par son reflet dans le miroir. Se battre pour ce qu'on voulait accomplir. Amener Maynard à s'engager. Lui faire dire oui. Car la vérité était que Maynard Berry n'était pas encore gagné à la cause. Son alliance avec Kurtz n'existait que dans l'esprit de ce dernier. Qui refusait de l'admettre.

8

Orley Hawkins était assise à la table de cuisine des Berry et buvait une bière. C'était l'heure tranquille de la journée, tandis qu'Emma dormait et que Barbara était à son cours de dessin. *Deux heures de l'après-midi et tout va pour le mieux...* Derrière la fenêtre, le ciel était d'un bleu pâle et tendre – pas un nuage en vue et, tout là-haut, il y avait des mouettes, ou quelque chose de blanc, se laissant porter sur les courants ascendants, les ailes immobiles, dans une spirale infinie, de plus en plus haut.

Orley feuilletait un magazine. *Life.* Elle aimait le mélange de texte et de reportages photographiques : des choses sur les politiciens, des choses sur les vedettes de cinéma, des choses sur des endroits où elle n'était jamais allée, des choses sur des endroits où elle avait vécu, mais dont elle ne se souvenait pas comme on les montrait. Des choses sur des choses – des gadgets, des inventions, de nouveaux aliments, de nouvelles sortes de collants à porter. Bizarre tout de même, pensa-t-elle, comme tous les Noirs dans les publicités ressemblent à des Blancs trempés dans du chocolat au lait, portant des machins qui viennent de chez Bloomingdales. Rien qui vienne des soldes, pour sûr. La plupart des mannequins avec le nez mince, blanc et les lèvres pincées, pâles... Et Barbara disant : *Orley, tu veux être blanche ?* Je ne pense pas, que je lui ai dit.

Là, dans *Life*, il y avait une série de photos, toutes sur Baltimore. La ville où Orley Hawkins était née sous le nom de Johnson. Et avait grandi avec tous ses frères jusqu'à ce qu'elle ait dix-neuf ans. Puis s'était sauvée à Washington. Baltimore était blanche comme neige, enfin presque, et d'après ce qu'on pouvait voir sur ces photos, l'était toujours. Presque une ville du Sud – mais pas tout à fait – où toutes les maisons prétentieuses avaient une cuisinière et un chauffeur noirs. Toutes ces rues qu'on ne voyait jamais sauf si on faisait partie des domestiques. Des rues avec des maisons de brique et des chênes dont les feuilles retombaient sur les trottoirs. Toute cette ombre. Des nounous noires en train de promener des enfants blancs – en train de pousser des voitures d'enfants blancs – en train de faire faire le rot à des bébés blancs – en train de soigner des malades blancs – en train de creuser des tombes de Blancs. Voilà Baltimore, comme elle était vraiment. Et comme elle est toujours.

Et Toronto, aussi, quand on y pense. Sauf qu'il n'y a presque pas de Noirs américains ici. La plupart sont des Caraïbes – Trinidad, Sainte-Lucie, Jamaïque, Barbade. Des femmes de chambre, des bonnes, des cuisinières, des garde-malades. Des chauffeurs, des laveurs de voitures, des ouvriers. Non que la classe moyenne noire n'existât pas. Mais...

Et me voilà. Cuisinière et bonne d'enfants.

Dire que j'avais mon magasin à moi dans le temps. Presque la classe moyenne.

Une bonne éducation. J'ai fini mon secondaire.

Et je reste assise dans une cuisine de Rosedale, à Toronto.

Exactement comme ces bonnes dans les films. Même Whoopi Goldberg a joué la bonne.

Whoopi Goldberg. Ça c'était distingué – rien à voir avec

572

le rang social. C'était une femme qui avait de la classe. Point final.

Et Toni Morrison. Alice Walker.

Des héroïnes.

Pourquoi?

Parce qu'elles étaient elles-mêmes. Entièrement.

C'était ça. Être soi-même – entièrement.

Comme si je ne l'étais pas.

Mais tu l'es.

Orley but une gorgée de sa bière et tourna plusieurs pages. Il y avait un article intitulé *Monuments de poussière.* Le texte était écrit par un gars qui s'appelait Lemmly. Carl Lemmly. Un Blanc. Les photos étaient d'un gars qui s'appelait Aaron Tait. Un Noir. On le savait parce qu'on les voyait debout côte à côte dans une rue en été – tous les deux l'air poussiéreux, comme si, à cause du titre de leur article, quelqu'un les avait roulés dans la poussière. Un Noir et un Blanc dans une photo en noir et blanc. Tout poussiéreux.

Les monuments en question se trouvaient tous à Washington. L'autre ville d'Orley. Celle où elle avait rencontré Bobby Hawkins – la ville d'où ils s'étaient enfuis pendant la guerre du Viêt-nam.

Orley lisait en suivant le texte avec ses doigts – une habitude qu'elle avait prise quand elle faisait les comptes au Mac's Milk. C'était comme si elle ne pouvait pas se concentrer si ses doigts n'étaient pas là pour la guider.

Il lui semblait que Carl Lemmly et Aaron Tait étaient tristes et fâchés. En gros, Lemmly disait dans son texte que tous les monuments nationaux de Washington avaient perdu leur signification. Par exemple, tandis que les Américains venaient chaque année se faire photographier par millions aux pieds de Lincoln, il ne restait rien de ce dernier dans la culture américaine. Cette constatation peinait doublement Orley.

D'une part, elle la rendait inévitablement nostalgique – d'autre part, Orley se disait qu'elle était vraie. Comment ne pas

573

être d'accord avec ce que disait ce gars, Lemmly ? Comment ne pas voir que le rêve était absent de tous ces visages montrés dans les photos d'Aaron Tait.

Orley regardait fixement le Lincoln Memorial. Elle en avait encore le souffle coupé. Il s'y était passé tant de choses.

La vue d'Abraham Lincoln lui-même, si sérieux dans son fauteuil, donna à Orley le mal du pays. Quelle bonne idée ça avait été, ce Lincoln, avec son corps triste, épuisé et son visage lugubre. Mais il était juste un autre mensonge. Transformé en mensonge par la mort et le temps.

Elle se rappela être allée là-bas avec Bobby. Jeunes. Ils étaient si jeunes. Elle se rappela avoir grimpé les innombrables séries d'escaliers – chaque volée se faisant plus raide – et M. Lincoln qui les surplombait.

Fana des nègres.

C'est ce que quelqu'un avait dit quand ils étaient là. Quelqu'un juste à côté d'eux, qui levait la tête vers Abraham Lincoln et disait tout haut : *Fana des nègres...*

Le souvenir de cette remarque lui ôta le mal du pays. Mais de savoir que c'était chez elle lui donna envie d'y être de nouveau. Se retourner encore pour contempler les eaux tranquilles du monument de Washington – être debout, là, avec d'autres gens et se dire : *Ça m'appartient.* Ou ça m'appartenait.

Là, à cet endroit exact – pensa Orley, baissant les yeux et pointant le doigt sur la photo –, se tenait Martin Luther King. Et moi, j'étais là – elle déplaça son doigt – juste là. Et Bobby à côté de moi. Quelle chaleur il faisait ce jour-là. Et pas un nuage. Une véritable étuve – et ces milliers de gens. Il n'avait fallu que deux secondes, peut-être, pensa-elle, pour que tous ces monuments se transforment en poussière.

Toutes ces marches. Et tous ces morts.

Et ces mots qui résonnaient encore.

Et puis, les coups de feu.

Comme si le fait d'être debout aux pieds de M. Lincoln était s'attirer le même sort que lui. Le révérend King était tombé sous les balles – le révérend King – M. Lincoln – Bobby Hawkins...

Bobby Hawkins, fauché à la fleur de l'âge, mort si jeune. La guerre battait alors son plein – de plus en plus – comme ce jour où le révérend King avait fait son discours. Mais la marche sur Washington n'avait rien été en comparaison de la marche contre la guerre du Viêt-nam.

Orley se leva pour aller se chercher une autre bière.

Ces marches, pensait-elle, celles qui grimpent vers M. Lincoln, ils se sont servis de ces marches pour nous réduire de nouveau en esclavage. Même malgré le fameux *rêve* du révérend King – même malgré ce fameux discours de Lincoln gravé sur son monument – même malgré tout ça, il nous ont fait reculer de nouveau dans le cercle et ils nous ont descendus.

Orley retourna s'asseoir et ouvrit sa cannette de bière. Elle se concentra de nouveau sur la photo.

Et maintenant, tu es là, aux pieds de M. Lincoln et tu regardes là-bas tous les morts du Viêt-nam. Tous les morts américains.

Mais pas Bobby Hawkins. Il n'est pas là. Il était venu au Canada – exprès pour ne pas être là. Bobby a reçu sa balle là où il était allé chercher refuge. Drôle de refuge.

Orley tourna la page et contempla le monument de la guerre du Viêt-nam – tout ce marbre noir, démenti depuis par la Tempête du désert – tout comme Lincoln avait été démenti dans le théâtre Ford.

Tous ces noms. Des milliers de noms.

Orley se pencha pour voir de plus près un cliché montrant un seul panneau.

Panel W 30, lut-elle.

Theodore C. Hall – William E. L. Hart – Clarence M. Holland – Robert Jackson, Jr – Daniel M. Noeldner

D'autres encore.

Ça n'avait apparemment pas de fin.

Elle pensa : Bobby aurait aussi bien pu les rejoindre sur ce mur, pour ce qu'il a gagné.

Tout au bas de la page, Carl Lemmly avait écrit : *Où sont les monuments à Watts et à Birmingham, à Selma, à Wounded Knee ? Ils sont enterrés ici dans la poussière de ces autres monuments... ceux de Lincoln, de Washington, de Jefferson, du Viêt-nam. De l'Amérique.*

Orley leva la tête. Elle pensa à Bobby Hawkins. Elle était son monument. Il était enterré dans son cœur, où personne d'autre qu'elle ne pouvait le voir. D'une manière ou d'une autre, elle l'avait gardé mort – plutôt que de lui donner la vie éternelle. Est-ce comme ça qu'on disait ? Les morts ne peuvent revivre que si les vivants le leur permettent. Si les vivants leur demandent de se montrer.

Elle se cala sur sa chaise et but sa bière.

Me voilà assise dans la cuisine de Blancs, pensa-t-elle, en train de jouer à la domestique noire. Exactement comme je le ferais dans des livres écrits par des Blancs.

Qui c'était, celle qui était dans le livre que lisait Barbara la semaine avant ? Dans *Frankie Adams*. Berenice. *Berenice était la cuisinière depuis aussi longtemps que Frankie se rappelait. Elle était très noire et large d'épaules...*

Et cette Dilsey de Faulkner. La domestique des domestiques. La cuisinière des cuisinières. La nounou noire des nounous noires. Couleur d'ébène. La nègre des nègres. La Noire des Noires.

Mais écrite en blanc.

Noire – avec une main blanche planant au-dessus de la page. Toutes les pages de sa vie écrite par la main d'un Blanc. Dilsey. Elles duraient.

Tu parles qu'elles duraient !

Mais rien que par l'imagination d'un Blanc.

Je vais m'arranger pour durer moi aussi. Mais j'en ai rien à foutre de vos histoires.

Orley feuilleta les pages jusqu'à ce que le magazine se referme et que la quatrième de couverture la fixe dans le blanc des yeux. *United Colors of Benetton*, disait-elle. Et elle montrait plein d'enfants noirs. D'Afrique. De quelque part.

Sauf que l'un d'eux était albinos. Blanc.

À partir d'aujourd'hui, décida Orley, *c'est moi qui vais écrire mon histoire.*

9

Eleanor Farjeon ne pouvait être enterrée tout de suite. Il fallait faire une autopsie et cela demandait du temps. L'enquête se poursuivait, avec trop de questions qui restaient sans réponses.

L'inspecteur Cawthra, qui cherchait toujours à démêler les circonstances qui avaient mené à la mort de Queen Street, rendit visite à Marlow.

C'est ainsi que ce dernier apprit comment Eleanor était morte. Il resta figé d'horreur.

Durant leur conversation, Marlow se souvint de quelque chose qu'Eleanor lui avait dit. C'était à propos du garçon qui avait voulu s'émasculer. Et qui avait presque réussi. Les fous ont parfois une force prodigieuse. Dans ce cas-là, quand on est poussé à la violence, on n'a pratiquement pas besoin d'outils meurtriers. Ce qui vous possède transforme vos mains en instrument. Vos pieds, vos dents.

Mais il ne fut pas question de cela dans la conversation.

Quand Cawthra lui demanda comment Eleanor lui avait semblé au cours des semaines précédant sa mort, il éprouva de la difficulté à répondre, mais il dit la vérité : « Je ne sais pas.

– Est-ce qu'elle paraissait troublée ?

– Tendue, peut-être. Mais elle se maîtrisait toujours.

– Est-ce que vous saviez ce que faisait le Dr Farjeon à Queen Street ?

– Bien sûr. On le savait tous. Ou presque. » C'était un mensonge.

« Ses patients étaient tous des jeunes, dit Cawthra.

– De quinze à dix-neuf ans. Oui. C'est la raison pour laquelle

elle avait dû recevoir une autorisation spéciale pour être à Queen Street. Normalement, aucun mineur n'y est admis. Il existe d'autres endroits pour eux.

– Pourquoi donc voulait-elle qu'ils soient là-bas?

– Les installations. Plus d'équipement – plus de place. Et aussi pour les séparer des autres enfants. Je ne sais pas pourquoi. Mais c'était un point important.

– Selon vous, Dr Marlow, qui l'aurait tuée?»

Marlow avait bien son idée là-dessus – mais il ne voulait pas encore l'exprimer à voix haute.

«Je n'en sais rien du tout, dit-il.

– Quelle est la nature du problème que ces enfants ont en commun? Est-ce que vous le savez?

– En partie, Inspecteur. Ils ont tous subi un traumatisme comparable. C'est ce qu'essayait de découvrir le Dr Farjeon – pourquoi ils avaient tant de caractéristiques et de symptômes en commun – pourquoi ils semblaient tous se reconnaître.» Il continua à être très très prudent. Quels que fussent ses soupçons sur la nature du traumatisme que les enfants partageaient, il n'allait pas le dire à Cawthra. Surtout parce qu'il n'était pas satisfait de ses propres hypothèses. Il voulait laisser une ouverture qui lui permettrait d'aller jusqu'aux réponses – et il savait trop bien d'après son expérience passée comment une enquête policière peut clore les portes sur-le-champ, au lieu de les ouvrir.

Marlow voulait savoir – et ne voulait pas savoir – ce qui avait conduit à la mort d'Eleanor. C'était une mort misérable, affreuse. Comme si Eleanor était le personnage d'un mauvais roman. Mais c'est là la nature de toute violence. Elle surgit là où on s'y attend le moins et frappe ceux qui l'ont le moins cherchée.

«Est-ce que ce sont les enfants qui l'ont tuée, Docteur?» demanda Cawthra.

Marlow fit un geste d'impuissance. «Elle avait confiance en eux», fut tout ce qu'il dit.

«Mais ils avaient des problèmes.

– De gros problèmes.

– Ce qu'il y a, dit Cawthra, c'est qu'on ne peut en amener aucun à parler. »

Marlow eut envie de mentionner à Cawthra le garçon qui avait voulu se mutiler, mais il se ravisa. Ce serait, pensa-t-il, insupportable si c'était la couvée qui l'avait tuée. Et il se contenta de dire : « Elle les aimait. C'est tout ce que je puis vous dire. »

10

Dis-lui qu'elle se le mette dans la bouche.
Mets-le-lui dans la bouche.
La soirée tirait à sa fin. On jouait le finale sur le dessus du piano.

Chacun des hommes avait choisi, comme à l'accoutumée, un tabouret, un fauteuil ou un endroit où s'appuyer contre le mur pour avoir la meilleure vue possible. Les pères – en l'occurrence Shapiro et Bentley – étaient assis côte à côte sur le précieux sofa victorien de John Dai Bowen.

La fille de Bentley et le fils de Shapiro étaient bien assortis. Le fils Shapiro n'était pas grand, mais il était solide et trapu. Fort. La fille Bentley avait la même taille et pas mal de poitrine pour son âge. Elle gisait étalée sur le Steinway, la tête renversée en arrière. Aucun des enfants ne parlait – ou n'émettait de sons. Ils s'exécutaient comme machinalement, les yeux grands ouverts, l'expression de la fille perdue entre les cuisses du garçon, ce dernier le visage inerte.

Subitement, Shapiro se leva. Un bruit s'étrangla dans sa gorge. Puis il se dirigea vers le piano.

Non, dit John Dai.

Mais *si,* murmura quelqu'un.

Si, chuchota un autre.

Si, entendit-on nettement.

Aucune de ces voix n'avait de visage – seulement un masque.

Et puis, la voix de Robert Ireland.

Si!

John Dai regarda, impuissant, Shapiro qui arrivait à hauteur du piano. John Dai avait peur. Ça ne devait pas recommencer comme l'autre fois – la séance après la fermeture, avec juste eux quatre : John Dai, Robert Ireland, David Shapiro. Et le fils cadet de Shapiro. George. Les membres ne devaient jamais savoir ce qui s'était passé cette nuit-là. Ça devait rester un secret – très bien gardé. Mais comment serait-ce possible si la chose se reproduisait ?

Shapiro était à présent arrivé devant les jambes écartées de la fille. Il se glissa sur le piano, par-dessus le clavier – en faisant retentir un accord discordant.

Les observateurs étaient électrisés. Pour eux, il ne s'était jamais rien passé de tel auparavant. C'était une insurrection.

Shapiro regarda les autres par-dessus la fille de Tom Bentley. *Alors?* dit-il. Sa figure était écarlate. Congestionnée.

Il y eut une pause d'à peine quelques secondes.

John Dai ferma les yeux. L'image de la photo du jeune George Shapiro – mutilé, en train d'agoniser, puis mort – refit surface.

Puis vint la réponse.

Ce fut un cri.

Oui.

11

Marlow se réveilla.

Son pyjama était tout entortillé autour de lui.

Quelqu'un avait crié. Un nom.

Il jeta ses jambes hors du lit. Il ne trouvait pas ses pantoufles. Grendel était couché dessus. Marlow alla dans le couloir, pieds nus, en allumant les lumières à mesure qu'il avançait.

Le carton était ouvert, avec le ruban adhésif qui pendait.

Qui avait fait ça?

Peut-être que c'était lui. Il devenait négligent. Il était surmené. Au bas de l'escalier, quelqu'un se promenait. Grendel? Non. Grendel était dans la chambre; Marlow venait de l'y laisser il y avait quelques secondes à peine. Lilah, alors. Mais pourquoi? C'était en plein milieu de la nuit et Lilah... Peut-être qu'elle était de nouveau somnambule. Ce ne serait pas la première fois. Marlow l'avait déjà trouvée assise dans sa cuisine à lui, les yeux perdus dans le vague. À minuit. En regardant dehors, il l'avait aussi vue dans la cour, à la lueur de la lune. Mais jamais à l'étage, jamais dans son cabinet de travail. Et pourtant, quelqu'un avait bel et bien crié. *Crié un nom.* Celui de Lilah?

Il alluma la lampe qui était à sa portée et ouvrit les rabats de la boîte.

David.

Dans le dossier de Frances Phalen, il y avait eu ces points d'exclamation après *David est de retour!!!* Mais est-ce que le nom de David n'était pas mentionné aussi ailleurs? Où donc?

Les doigts de Marlow faisaient défiler les chemises – et s'arrêtèrent quand il parvint au dossier anonyme. Patient de *A. P.,* marqué simplement *P. Oui.*

Quand on sait ce qu'on cherche, on le trouve.

C'était là. Austin l'avait dit : *David.*

Est-ce que c'est pour ça que vous avez essayé de faire monter cette fille dans votre voiture, David? Vous aviez un peu trop bu?

Il ne lui fallut que quelques secondes pour feuilleter les onglets affichant les noms sur le reste des dossiers – et pour trouver celui de David Shapiro. Mais le psychiatre chargé du cas n'était pas Austin Purvis. C'était Rupert Kurtz.

Marlow commença à lire. Le Club des Hommes et les photographies de John Dai Bowen – Marlow s'était déjà familiarisé et avec le Club et avec les photos en lisant le dossier de Robert Ireland. Et celui de George Shapiro. Soudain, le pauvre George mort – *au cours d'une séance après la fermeture, avec son père et*

Robert Ireland. Le jeune complètement drogué – les hommes hors de contrôle.

Kurtz avait su ? Tout le long, Kurtz avait su ce qui était arrivé à George et comment il était mort ? Shapiro lui avait donné les photos.

Brusquement, Marlow s'assit.

Il pria qu'il était toujours en train de rêver.

George était le fils de ce gars, Shapiro.

Nom de Dieu !

Les gens ne tuent pas leurs propres enfants.

Nom de Dieu !

Les gens ne font pas ça.

Marlow s'effondra. Sa tête bourdonnait.

Tu veux dire qu'ils ne tuent pas leurs propres enfants comme ils ne baisent pas leurs propres enfants ? Ou est-ce que tu avais autre chose en tête ?

Non.

Fais quelque chose, Charlie. Fais quelque chose. Sauve les enfants.

Quelqu'un avait crié. Tout au fond du subconscient de Marlow, le mot *David* s'était installé et avait attendu qu'il le rappelle. C'est Marlow qui avait crié. Un cri de re-connaissance. Le cerveau fait ça. Il le savait. Le cerveau met des choses de côté, jusqu'à ce qu'on soit prêt à les recevoir de nouveau. Des poèmes qu'on croit avoir oubliés, des mélodies, des noms d'étrangers.

David.

Marlow baissa la tête.

12

Olivia et Griffin Price parcouraient la galerie de l'Extrême-Orient au Musée royal de l'Ontario. C'était le 5 juillet. Le rendez-vous d'Olivia avec l'escalier était prévu pour le 6, au matin. Elle ne pouvait plus attendre.

Olivia portait un grand manteau d'été qui la protégeait des regards indiscrets. Coupé un peu comme une cape d'opéra mais en moins long, il était gris, avec une doublure de soie cerise et des soutaches. Olivia l'adorait – il lui rappelait les jours tièdes et pluvieux.

Le lendemain, Griffin s'envolerait pour Bucarest afin d'y discuter d'une nouvelle verrerie. Ou plutôt d'une vieille usine qu'il venait d'acheter et où il voulait lancer une ligne de cadeaux de style «oriental». C'était pour cela qu'ils visitaient la collection de l'Extrême-Orient. Griff voulait jeter un dernier regard sur ce qui l'avait inspiré. Il avait à présent deux installations de ce genre en œuvre – la verrerie de Prague, où l'on imitait l'art inuit, et une usine de plâtre à Varsovie, où l'on fabriquait des imitations aztèques et incas. Les deux faisaient des affaires d'or – et bientôt Griffin ferait démarrer les Roumains.

Olivia avait lutté contre la Voix toute la matinée – baissant le volume – se couvrant les oreilles. À présent, tout d'un coup, elle était revenue.

Pourquoi tu ne le dis pas à mon père? Avance-toi derrière lui sans faire de bruit et appelle-le Papa.

Il ne te veut pas. C'est pour ça.

Alors dis-moi un peu pourquoi tu m'as eu d'abord?

Parce que je te voulais.

À ce moment-là – mais pas maintenant? Plus maintenant?

Tu ne comprendrais pas.

Donne-moi une chance.

J'ai peur.

De moi?

Mais non, voyons. De ce qui va t'arriver. De ce monde effarant.

Tu y es bien. Qu'est-ce qu'il a de si particulier?

Quand je suis née, il n'était pas comme ça.

Vraiment?

Non

Je soupçonne que le monde a toujours été comme ça.

C'est bien là le problème.

Rien ne change?

Non. Tout devient pire.

That's life, hein!

Très drôle.

Olivia s'arrêta devant une vitrine de singes en ivoire. Certains n'étaient pas plus grands que les ongles de la main.

Maman?

Quoi?

Je veux naître.

Olivia leva la main et la posa contre la vitre. Un des singes lui faisait une grimace.

La rage au cœur.

« Olivia? »

Griffin se tenait de l'autre côté – et la regardait au travers de la vitrine.

« Ça va? dit-il.

– Oui. »

Est-ce qu'il avait entendu?

Maman?

« Est-ce qu'on peut partir, Griff. Je me sens... Je ne me sens pas bien. »

Elle n'était pas très sûre de ce que c'était. Pas un étourdissement. Pas des nausées. Pas du tout de la douleur. Mais une angoisse de quelque chose. Quelque chose d'artériel, comme quand on tire la corde d'une cloche – l'impression et le bruit d'une cloche qui sonne à travers le corps de haut en bas.

Maman?

584

«Olivia?»

Il devait bien y avoir un endroit où s'asseoir. Quelque part où se cacher. Quelque part où se réfugier. Quelque part où tomber. Elle ne savait pas ce que son corps voulait d'elle. Il continuait simplement de la tirer. De sonner.

Elle se mit à marcher.

Griffin la rattrapa.

Elle accéléra le pas.

Griffin accéléra le pas derrière elle.

Elle se mit à courir.

Maman?

De plus en vite.

«Olivia?»

Plusieurs personnes s'écartèrent. Est-ce qu'il y avait un incendie?

Un gardien vint lui barrer le passage, mais elle le repoussa de la main.

«Madame, s'il vous plaît. Il est défendu de courir...»

Olivia passa en trombe devant les vitrines. Des chaussures. Des poupées. Des chaises. Des tables. Des robes et des chapeaux mandarins. Des éventails. Des couteaux. Des armures japonaises. Des masques. Des bols. Et des parasols...

Son manteau s'ouvrit brusquement.

Maman?

Dehors.

Les marches.

La rampe.

Les portes.

De l'air.

Maman?

Il y avait un embouteillage. Toute la rue, de Bloor au parc Queen, était encombrée de voitures et de camions jaunes et de limousines. Une sirène hurla. Une douzaine de klaxons étaient bloqués. Deux hommes se bagarraient. Un autobus scolaire était en train de se vider. Une centaine d'enfants coururent soudain autour d'elle puis disparurent. Leur professeur les suivait, les bras en l'air, au désespoir. Une fanfare commença de jouer tout près du Parlement *The Maple Leaf for Ever*. Il devait y avoir quelqu'un qui arrivait ou qui partait – avec, dans sa serviette, des souhaits, un contrat, une cause perdue, une vieille revendication, ou une nouvelle.

Griffin dit : « Mais qu'est-ce qui te prend, Olivia. Pourquoi est-ce que tu te mets à courir ? »

Olivia ne fit pas attention. Elle regardait vers le ciel.

Tout là-haut, décrivant des cercles, un avion d'un ancien modèle, avec des ailes et une hélice, traînait un message dans ce que de vieux livres appelaient paradis :

SOLDES MONSTRES CHEZ K MART!

« Griff ? » Olivia le regarda, se couvrant les yeux.

« Que se passe-t-il ? » demanda-t-il.

Olivia souriait.

« Nous allons avoir un bébé. »

Oui.

13

Kurtz se rendait de moins en moins souvent au Parkin. Oona recevait des appels – des questions angoissées concernant l'état du projet Appleby. La nouvelle aile qui était projetée. *Est-ce qu'une lettre était arrivée ? Quelque chose des avocats d'Appleby ? Demandaient-ils d'autres renseignements ? Un chèque…?* La réponse à toutes ces questions était *Non*. Lord Appleby n'avait pas pris contact et d'après ce qu'Oona avait compris, il était retourné à Londres.

Il y avait aussi les appels au Dr Shelley.

Est-ce que la recherche sur le projet Amélion *avançait ? Des patients internes ? Des patients externes ? Est-ce qu'il y avait eu un progrès dans la docilité ?* La réponse à toutes ces questions était *Oui*.

586

Quand on s'informait de son état de santé, Kurtz était évasif. *Avait-il besoin de quelque chose? Voulait-il que quelqu'un vienne le voir? Est-ce qu'on pouvait compter sur son retour, bientôt?* La réponse à toutes ces questions était *Je rappellerai.*

Un jour, une étrange enveloppe atterrit sur le bureau d'Oona. Elle venait de la Grande Bibliothèque de Toronto, qui l'avait fait suivre.

Oona avait ouvert tout le courrier, comme elle le faisait d'ordinaire et en avait dépouillé la plupart. Elle gardait un dossier ouvert à part pour les lettres dont elle devait discuter avec Kurtz avant d'y répondre. C'était dans ce dossier qu'elle allait déposer l'étrange enveloppe et son contenu quand elle la retourna et vit le mot *Kurtz* imprimé tout seul en grosses lettres noires – un peu comme de l'ancien papier à lettres. Elle n'avait cependant jamais vu ce genre d'enveloppe. Peut-être était-ce un parent.

Elle l'ouvrit. Le mieux à faire était sans doute de téléphoner immédiatement à Kurtz – un décès dans la famille, un faire-part de naissance, une invitation à un mariage...

Non.

Les pages à l'intérieur étaient écrites de la main de Kurtz. *Une lettre qu'il s'adressait à lui-même?* Bizarre.

Sans se sentir nullement coupable – Oona, après tout, était la secrétaire de cet homme et lisait plus de quatre-vingt-dix pour cent de son courrier – elle sortit les pages sur son bureau, les aplatit, les compta, et se mit à les parcourir des yeux, une à une. Il y en avait dix-sept en tout.

Nous, psychiatres – lut-elle – *devons nécessairement apparaître aux malades mentaux comme des sortes de dieux. Nous les approchons avec des miracles en réserve. «Sauvez-nous!»* crient-ils – *et nous le faisons...*

Et : *... avec une simple pilule, nous pouvons exercer un pouvoir bénéfique pratiquement illimité...*

Ici, le mot *bénéfique* avait été supprimé d'un seul trait de plume, laissant la phrase dénuée de toute décence.

Oona pensa que c'était étrange – le fait de l'écrire, de laisser une telle enfilade de mots sinistres visibles sur la page. Et pourtant, la pensée qui y était renfermée allait bien avec le Kurtz qu'elle connaissait. L'idée d'exercer un genre de pouvoir *pratiquement illimité* correspondait à sa façon d'agir dans des domaines autres que celui de la science. Ce n'était certainement pas le moins du monde en contradiction avec sa façon de se percevoir en tant que directeur du Parkin – son porte-parole – son chef. Mais de là à le coucher sur le papier, c'était l'admettre tout haut – dire : *Je suis Dieu en personne.*

Puis elle lut, sur une autre page.

J'ai entrepris ce voyage alors que j'étais jeune. Durant toutes ces années, j'ai voulu remonter le courant – le courant de l'entreprise humaine. Un homme doit aller contre le courant jusqu'à ce qu'il atteigne ce point où le fleuve prend sa source – le point du pouvoir absolu. Ce n'est que lorsqu'on arrive à ce point qu'on peut commencer à replacer ses théories dans l'amalgame des choses et à les laisser descendre le fleuve jusqu'à son embouchure, là où d'autres ont été rassemblés pour exécuter les ordres – pour réaliser le rêve.

Oona lut cela une autre fois. *Pouvoir absolu ?*

Elle continua de lire jusqu'au bas de la page puis passa à la suivante.

Ce document montre la voie par laquelle je me suis hissé dans ma profession à mon poste actuel, qui me donne accès à ceux qui ont encore plus de pouvoir...

Oona cligna des yeux. Il y en avait plus encore, ici, sur le thème de l'accès.

L'accès aux obsessions privées de l'élite équivaut à l'accès aux poches de l'élite.

Et puis :

... la psychiatrie est mon mode d'expression, la recherche psychiatrique mon système d'intervention...

Suivi de la phrase :

Donnez-leur n'importe quoi qui satisfasse leurs besoins.

Les mots *satisfasse leurs besoin*s barré. Les mots *qui assouvisse leurs désir*s écrits au-dessus. Toute la phrase soulignée.

Et :

Sous ma direction, ils deviendront vite et de leur plein gré drogués de désir.

Oona posa le document. Elle ne pouvait en lire plus. Elle se cala sur sa chaise et plia les pages pour les remettre dans l'enveloppe. Elle repoussa celle-ci le plus loin possible sur son bureau. Afin d'éviter tout contact.

En regardant l'enveloppe, elle décida qu'elle n'avait pas pu comprendre ce qu'elle avait lu. Si elle l'avait compris, c'est que Kurtz avait remonté le *courant de l'entreprise humaine* beaucoup plus loin qu'il ne le pensait lui-même – et qu'il était perdu tout au fond de cette brousse sauvage. Cela, Oona ne pouvait encore se résoudre à l'admettre.

Elle n'allait pas lui donner l'enveloppe. Si peu éthique que pût être sa décision, Oona ne pouvait se faire à l'idée que Kurtz allait amplifier le contenu de ces pages. Elles étaient perdues pour lui. Qu'elles le restent. Il était malade. Il ne savait plus ce qu'il disait. Il était suffisamment pris par son obsession comme c'était là. Il était...

Le mot *dangereux* lui vint à l'esprit.

Ou bien est-ce qu'elle voulait dire *en danger*?

Elle se leva et alla dans le couloir. Elle prit la lettre avec elle.

Elle allait la montrer à Bella Orenstein. Elle verrait ce que Bella en pensait. Peut-être que sa réaction était exagérée. Elle l'espérait. Elle voulait que ce soit le cas. Peut-être que c'était juste des rêvasseries *gribouillées sur du papier.* Ça devait être ça. Kurtz se livrait à un jeu d'esprit. Tout le monde le fait. Les mots : *Et si...?* *Et si j'avais un million de dollars? Et si j'étais une vedette de cinéma? Et si je gouvernais le monde...?* Rien de plus.

Elle prit l'ascenseur pour descendre les deux étages et marcha sur le marbre en se sentant déjà mieux. Bien sûr qu'elle se trompait. Bella allait le lui prouver.

Mais ce n'est pas ce qui arriva.

Une fois que Bella eut pris connaissance du document en entier – ce qui lui prit la matinée –, elle retrouva Oona au bar-grill Motley dans Spadina Avenue et lui dit : « Est-ce que tu as lu la partie sur la compagnie pharmaceutique qui lui offre l'accès à de nouvelles drogues avant que la période d'expérimentation et d'essais ne soit finie ? »

Oona secoua la tête. *Mon Dieu.*

« Des trucs qu'il passait au Dr Shelley ? Les patients de celle-ci, en d'autres mots, devenant sans le savoir les récipiendaires de... ?

– Ne me le dis pas. Non. Je ne veux pas le savoir.

– Le Dr Purvis ne n'est pas tué pour rien, Oona. »

Oona détourna les yeux et se ferma à ce qu'elle entendait.

Bella dit : « Il y a autre chose dans ces notes que tu dois vérifier, Oona. »

Oona regarda de nouveau en face d'elle. « Bon, dit-elle. Qu'est-ce que c'est ?

– Il parle de quelqu'un là-dedans – un homme du nom de Smith Jones – qui affirme que la sturnucémie est un canular. Est-ce que le Dr Kurtz a soigné cet homme ? »

Oona poussa un soupir. À la demande de Kurtz, elle avait tapé la transcription elle-même, au lieu de l'envoyer au *Souterrain n° 4* comme elle le faisait d'habitude.

« Oui, dit-elle. Sauf que Smith Jones ne disait pas que la sturnucémie était un canular. Il disait que ce qu'on nous avait dit à son sujet était un canular.

– Qu'est-ce qu'il est devenu ?

– Le Dr Kurtz l'a fait interner.

– Où ?

– À Penetanguishene.

– Mais c'est pour les fous qui ont commis des crimes », dit Bella.

Oona fit un signe d'impuissance. « C'est là qu'il est, dit-elle. C'est tout ce que je peux te dire. »

Elles burent leurs martinis.

« Qu'est-ce qu'on va faire ? » finit par demander Oona – repoussant l'enveloppe qui se trouvait entre elles deux.

« Laisse-moi faire, dit Bella. Je vais y réfléchir. »

De retour du bar-grill Motley, Bella accrocha son manteau d'été dans sa cachette, le placard, par ailleurs vide, et posa son sac sur son bureau. Elle portait, comme toujours, sa cloche de paille et, de nouveau, ses gants blancs. Son petit visage rond était serein – non seulement en raison d'un double martini supplémentaire, mais parce qu'elle avait pris sa décision. Elle se sentait comme un kamikaze devait se sentir quand, drogué de fanatisme, il fonçait en piqué sur l'ennemi – ou comme un assassin – quand il sort son arme pour tirer à bout portant sur la tyrannie. *Je vais le faire calmement*, se dit-elle. *Je ne vais même pas hausser la voix.*

Non qu'elle élevât souvent la voix – mais elle en avait eu de plus en plus envie tandis que, en tournant les pages une à une, elle lisait tout ce que Kurtz avait en vue pour lui et le Parkin.

Elle se dirigea d'abord vers le bureau vide d'Austin Purvis. La porte, comme toujours à présent, était ouverte. Aucun nouvel occupant n'y avait été assigné – et tout ce qui était vivant dans cet immense vide, c'étaient trois de ses violettes et le souvenir d'Austin Purvis. *Je vais faire ça pour toi*, se jura Bella. Puis elle alla à son bureau prendre son sac à main. Le tenant par l'anse, bien serré contre son cœur, elle se dirigea vers la porte de Marlow et frappa.

« Entrez. »

Il était avec un patient dont Bella avait oublié qu'il avait rendez-vous aujourd'hui. Elle en fut déconcertée – mais pas longtemps.

« Je peux attendre, dit-elle. Excusez-moi. »

Le patient s'appelait O'Hare. Et c'était bien un pauvre hère, pâle et tout en longueur, qui avait tué sa mère à l'âge de dix ans et venait de sortir de prison. Âgé de quarante-deux ans, il se confondait en excuses – chaque geste tendant à l'effacer : tout en courbettes et en yeux baissés, la voix à peine audible.

« M. O'Hare est sur le point de partir, Mme Orenstein. »

Bella s'écarta pour le laisser passer. Il le fit en se tournant de côté pour s'aplatir de façon à ne pas la frôler ne serait-ce que d'un courant d'air. Elle l'entendit marmotter *Bonjour madame*, et,

591

quand il fut parti, elle s'avança d'un pas assuré et referma la porte derrière elle.

« Dr Marlow, fit-elle. Je suis tombée sur un document que, selon moi, vous devriez lire. Je crois qu'il dévoile une situation extrêmement grave... »

Marlow la regardait, amusé.

« Mme Orenstein, lui dit-il, vous êtes radieuse. »

C'était vrai. Elle dégageait une aura de détermination – et on aurait pu croire qu'elle était ressuscitée des morts.

« Dites-moi ce que vous avez là », dit Marlow.

Bella ouvrit son sac à main et en sortit le document dans son enveloppe. « Voici », dit-elle – et elle la donna à Marlow qui avait tendu le bras. Puis elle s'assit et le regarda lire.

Quand Marlow eut fini, il tourna la dernière page et ferma les yeux.

Finalement, la tension se dissipa.

« Vous croyez à ces choses ? dit-il.

– Oui, Docteur. J'y crois. »

Marlow dit : « Oui. Moi aussi. »

Bella, à peine consciente de ce qu'elle faisait, baissa la tête et pleura.

Comme Marlow passait près d'elle en se dirigeant vers la porte du couloir, il s'arrêta juste assez longtemps pour lui dire : « Vous devez prendre le reste de l'après-midi, Mme Orenstein. Demain matin, nous reparlerons. Entre-temps, je vous remercie pour ce que vous avez fait. Vous êtes très courageuse. »

Elle l'entendit sortir. Elle l'entendit même qui s'éloignait dans le couloir. *Oh*, pensa-t-elle. *C'est presque fini.*

Elle s'essuya les yeux et regarda dehors par la fenêtre. Elle se sentit, d'un coup, soulagée, comme une fourmi peut l'être dans l'ombre du pied qui s'éloigne. Le monde pouvait trembler – mais il ne s'écroulerait pas.

Puis elle se leva et alla dans le bureau d'Austin, où elle arrosa les violettes et ferma la porte.

14

Marlow quitta le Parkin pour se rendre en voiture à La Citadelle, dans Avenue Road. Cela lui donna une bonne excuse pour dominer sa rage. En général, il avait peur de conduire, et il lui fallait être calme pour prendre le volant. Il mit sa voiture dans le garage du sous-sol et prit l'ascenseur jusqu'à l'étage de Kurtz. Il fut stupéfait de ce qu'il trouva.

Stupéfait parce que c'était là le palais de Kurtz, cet univers si méticuleux, si ordonné, où Kurtz avait pu contempler son reflet dans l'éclat de toutes les surfaces – toutes les vitrines illuminées par une source invisible, la célèbre collection d'ivoire, les tableaux, l'élégance sobre des murs gris, la somptuosité du cuir noir. À présent, tout cela n'était plus qu'un chaos où la poussière se mêlait aux objets. Kurtz avait démantelé son univers et il gisait dans les décombres. Papiers, carnets, photos, revues scientifiques, assiettes intactes, verres de vin, tasses de thé et de café, bols de soupe et cuillères en argent jonchaient le sol et couvraient toutes les tables.

« Est-ce bien vous, Marlow ? » demanda Kurtz du sofa où il était couché, adossé à des oreillers, le teint blême. Il était devenu complètement chauve et ne s'était pas rasé de plusieurs jours. Des taches étaient visibles sur le dos de ses mains et sur son front. Peut-être s'étaient-elles étendues à la poitrine, mais Marlow ne pouvait le dire. Kurtz gardait le col montant de son peignoir bien serré, ce qui lui donnait l'air d'un ecclésiastique – d'un prêtre assimilé aux indigènes dans un avant-poste colonial du XIXe siècle. Il était en outre fiévreux, avait mauvaise haleine et dégageait une odeur de médicaments. Le docteur tapi en Marlow refit immédiatement surface.

« Qu'est-ce que vous faites ici au lieu d'aller à l'hôpital ? dit-il. Ça fait combien de temps que ça dure ?

– Je n'ai aucune idée, dit Kurtz. Et ça m'est égal maintenant. Je suis en train de mourir. C'est ça qui m'arrive. »

Marlow traversa la pièce et posa sa main sur le front de Kurtz. La chaleur pouvait se sentir à distance.

Il se rendit à la cuisine et revint avec un verre d'eau.

« Je ne veux pas d'eau. Je ne veux rien. Je veux parler.

– Vous êtes déshydraté, lui dit Marlow. Il faut boire. »

À contrecœur, Kurtz laissa Marlow porter le verre à ses lèvres. Marlow, mains nues, souleva de l'oreiller la tête du moribond.

« Voilà », fit-il. Ses doigts le picotaient – la peau qu'ils touchaient était brûlante. Il n'avait pas encore touché une victime de l'épidémie et il fut pris d'une étrange euphorie, comme s'il tentait le diable en caressant un tigre endormi. Qu'est-ce que le Guide Jaune disait ? De ne pas toucher sans gants de caoutchouc. On avait également dit ça à propos du sida – et on s'était trompé. *Défense de toucher. Défense de bouger. Défense de respirer.* On aurait aussi bien pu dire : *Mourez et qu'on en finisse.*

Eh bien, se dit Marlow en s'éloignant. *Je suis au cœur de la réalité maintenant.* Kurtz était là en chair et en os, et le long combat contre les rumeurs se terminait. Cet homme agonisait. C'était la fin. Mais le mal qu'il avait fait n'allait pas mourir avec lui.

Marlow parla : « Je suis venu vous dire que je suis au courant de vos agissements.

– Il faut me laisser expliquer, dit Kurtz.

– Vous ne pourrez jamais me l'expliquer, dit Marlow. Je ne le comprendrais pas. Qu'est-ce qu'ils étaient pour vous, ces enfants entraînés dans le Club des Hommes ? Des sujets de laboratoire ?

– Ce n'étaient pas les enfants qui m'intéressaient, dit Kurtz. Ce n'est pas moi qui en était responsable.

– Qui est-ce qui en était responsable alors ?

– Eux-mêmes, Marlow, dit Kurtz. Ils savaient ce qu'ils faisaient.

– Ils ne savaient pas ce que vous faisiez, *vous* ! » dit Marlow, explosant. « Vous vous foutez de moi – vous ne leur donniez même pas la chance de dire *Non.* » Il détourna les yeux. Quelle que fût la folie qui s'était emparée de Kurtz, Marlow ne pouvait lui trouver aucun nom scientifique. L'amoralité. L'absence de conscience. La *mégalomanie* – c'était ce qui s'en rapprochait le plus dans le vocabulaire psychiatrique. Mais la mégalomanie seule pouvait à peine rendre compte de l'ensemble de la personnalité de Kurtz. Il y avait autre chose qui n'avait pas encore été cerné. «On n'a forcé aucun de ces enfants», dit Kurtz, les yeux au plafond. «C'était ça qu'il y avait de beau, Marlow. Tous, un à un, se sont abandonnés d'eux-mêmes.

– Sous l'emprise des drogues, à n'en pas douter.

– Sous l'emprise de la cupidité, Marlow. Si les drogues ont fait partie du scénario, c'est qu'ils les voulaient à tout prix. Mais les drogues n'ont pas joué le plus grand rôle. Ils voulaient leurs pères aussi. Ils voulaient leur attention – leur approbation. Je l'ai vu de mes propres yeux.

– Vous étiez témoin?», dit Marlow. Rien dans les dossiers ne l'avait informé de cela.

«Une fois, j'ai regardé. Oui. Une seule fois. Autrement, je voyais les photos. Elles n'avaient pas d'intérêt pour moi. L'activité en elle-même était puérile. La seule chose qui m'intéressait, c'était de réunir deux partis qui se désiraient. Je les ai fondus. Je les ai faits un.»

Il aurait aussi bien pu dire que l'épidémie et ses victimes s'étaient cherchées.

«Comment est-ce que ça a pu arriver? Dites-le-moi, fit Marlow. Dites la vérité. Cessez donc de mentir. Dites-le-moi.

– La docilité», dit Kurtz. Il souriait. «Ce qu'on ne peut appâter, ce qu'on ne peut forcer, Marlow, est retenu derrière un barrage de volonté. Vous le savez. Parfois, on peut acheter la volonté – avec de l'argent. Parfois on peut la faire plier, de force. Mais quand tout a échoué, il faut la briser. Et les drogues vont le faire.» Kurtz respira péniblement. «Avant de ne plus se soucier de ce qui arrive au corps, il faut ne plus se soucier de ce qui arrive à la raison, à l'esprit, à l'être. Et j'ai découvert – Shelley a découvert – nous avons tous deux découvert que ces résistances peuvent être abolies grâce aux drogues. Une fois qu'on en est arrivé là, le corps suit...»

Marlow dit : «Ces drogues – qu'est-ce que c'était ? Rien de ce que je connais ne peut donner ce genre de zombi, sauf si c'est quelque chose qui a foiré. Mais rien qui ait été fabriqué exprès.» C'était lui qui menait la conversation à présent. Il voulait que Kurtz donne les renseignements de lui-même. Il voulait que Kurtz parle sans y être obligé. «C'était quelle sorte de drogue ? D'où est-ce qu'elle venait ?

– Je l'ai eue par hasard, dit Kurtz. C'est le hasard qui me l'a mise entre les mains...» Il donna le nom de la société pharmaceutique que Marlow avait déjà lu dans le document. Il raconta comment, au cours d'une conversation avec un de leurs biochimistes, il avait entendu parler d'une expérience portant sur la *malléabilité* – un mot suffisamment proche de *docilité* pour retenir son attention. Et puis comment, quelques mois plus tard, le biochimiste était venu le voir pour lui offrir la drogue, qui n'avait pas encore été testée sur les êtres humains. L'expérience, selon les termes du biochimiste, était *sujette à controverse – problématique...* Kurtz avait parlé à Shelley. Shelley avait dit *Oui*. La phase un, la phase deux, la phase trois avaient été exécutées sous sa direction. Et puis...

Il y avait le Club des Hommes – et leurs désirs.

À mesure que Marlow écoutait, la colère montait en lui au point qu'il eut peur de faire du mal à Kurtz s'il en entendait plus. Mais il devait écouter. Il devait savoir. Il ne pourrait se pardonner de n'avoir pas écouté.

Et c'est ainsi qu'il s'éloigna en gardant le dos tourné pour ne pas voir Kurtz lui raconter le reste. La première expérience d'utilisation de la drogue, qui avait à présent un *nom d'étude – un nom provisoire,* comme l'expliquait Kurtz. On l'appelait *Obédion –* un nom si grossièrement évocateur que Marlow eut presque envie de rire en l'entendant. L'*Obédion –* une petite pilule jaune. *Jaune.* À quelle autre couleur pouvait-on s'attendre, en cette époque où tout était jaune : Escadrons M, pulvérisations M, camions-citernes ? *Obédion 1. Obédion 2. Obédion 3.* Depuis *Voulez-vous me prendre en photo* jusqu'à *Voulez-vous me tuer ?*

« George ? George Shapiro ?
– Il est mort. » La voix de Kurtz semblait à présent partir à la dérive.
« Non. Il n'est pas mort comme on meurt normalement. Il a été abattu comme une bête – sacrifié. Espèce de salaud, dit Marlow.
– Cessez de vous en prendre à moi. Prenez-vous-en à Robert Ireland. À Shapiro. C'est leur désir de George qui l'a tué.
– Mais vous les avez déchaînés. »
Kurtz gardait le silence.
Et puis, comme s'il n'avait pas été question de George, comme s'il n'avait pas été question du meurtre, Kurtz dit : « J'avais des plans immenses. J'étais au seuil de grandes choses… »
Marlow intervint : « Est-ce que les enfants d'Eleanor Farjeon, sa couvée, est-ce qu'ils étaient l'aboutissement de ce complot – ce programme Obédion ?
– Les enfants d'Eleanor Farjeon », dit Kurtz d'une manière distraite, la voix à peine audible, « ont été tués dans un accident avec leur père… »
Marlow se retourna pour le regarder droit dans les yeux.
Comme Kurtz s'arrangeait bien pour parler de la couvée. Et la congédier d'un geste de sa main ponctuée de taches, même si elle était indubitablement issue de l'expérimentation de drogues qu'il avait dirigée avec le Dr Shelley. Des drogues fournies par une société pharmaceutique parjure, trop pressée de conquérir le marché. La couvée avait servi son but – et à présent elle n'existait plus.
La voix de Kurtz poursuivit ses murmures – la voix elle-même tel un explorateur perdu dans la brousse sauvage où l'avait conduite son maître, disant : *Parle d'ici.* De là-bas, au-delà du seuil des aspirations permises. *Dis-le d'ici.* Kurtz s'était coupé de la réalité, des limites qu'elle imposait. *C'est là*, pensa Marlow, *que l'exercice absolu du pouvoir absolu vous mène.* Pas au-delà de la réalité elle-même, mais au-delà de la conscience qu'on a de la réalité. Tout en sachant que ce ne devait pas être ainsi, Kurtz avait

597

prêté la main au gouvernement dans le scandale de la sturnucémie. Ayant débarrassé le monde de Smith Jones, il avait joué
toutes ses cartes et s'en était tiré. Commencer par faire taire – et
finir par faire taire. Même si on y laissait sa peau.

À présent, tout en écoutant Kurtz qui continuait de parler,
Marlow s'égarait vers les fenêtres d'où il voyait la ville étalée à ses
pieds dans la lumière jaunâtre. À quoi servirait, arrivé à ce point,
la colère – la rage? Le mot *désolation* l'envahit. Ce que Kurtz
disait – son *apologie* de la noirceur dont il était responsable – ne
pouvait se justifier dans les limites de la raison. Où s'en était allée
la raison – et la race humaine – et l'humanité? Tout ce que ressentait Marlow, c'était du désespoir, intensifié par la vue qui s'offrait
à ses yeux – un véritable décor de cauchemar. Une dizaine de
feux ou plus avaient été allumés dans les parcs à la tombée de la
nuit, et la fumée qui s'en élevait assombrissait les derniers rayons
vacillants du couchant. Les oiseaux morts flambaient en d'é-
normes tas de déchets tombés du ciel, comme on brûlait jadis les
feuilles mortes. Disparaissez, retournez à la nature où vous étiez.

Toute vie, pensa Marlow, *s'achève à présent par le feu.*

Si on peut appeler vie ce qu'on a là.

Kurtz parlait : « Je vais me rétablir. Il y a moyen de surmonter
ça... » Il allait guérir. Il retournerait à ses travaux. Il redonnerait le
futur au présent ; ce serait son cadeau à la société.

« J'avais d'autres idées, dit-il. D'autres projets. D'autres plans.
Le D\u2071 Shelley en était déjà arrivée à mi-chemin avec l'un d'eux.
Mon *Projet sur le sommeil*. De nouveaux individus issus des
anciens, Marlow. On y était presque ! » Kurtz essayait à présent de
se soulever. « Mais il faut de l'argent pour ça. Il faut de l'argent... »
Il voulut faire un grand geste. « C'est une affaire qui se négocie,
Marlow, dit-il. Le futur est une affaire qui se négocie... »

Marlow s'éloigna et regarda par terre.

Une affaire qui se négocie.

« Je leur ai donné ce qu'ils voulaient, dit Kurtz. Je leur ai
donné la permission. »

La permission.

«C'était de là que venait mon pouvoir, voyez-vous. Je les approchais pour de l'argent. Ils m'approchaient pour la permission. Nous faisions un pacte - un échange honnête. Le Parkin a eu sa nouvelle aile, j'ai eu mes fonds de recherche, et ils ont eu...

– Leurs enfants.

– Ils ont eu ce qu'ils voulaient, Marlow. Ils ont eu ce qu'il leur fallait.»

Ça continua. Il se leva. Il alla du sofa au fauteuil. Il parla du présent comme d'une *civilisation morte depuis longtemps* – quelque chose d'immatériel sur lequel se penchent les archéologues. *Tout est changé maintenant,* disait-il. *Il va y avoir un nouveau contrat social. Tous ces feux derrière les fenêtres... Il n'y a rien là en bas pour nous, Marlow. Plus maintenant. Il faut sortir et allumer d'autres feux. Si tout le monde faisait cela, on aurait le matériau d'un nouveau monde prêt à se construire...*

Des cendres.

Oui. Il croyait aux cendres. Il était d'avis qu'il fallait mettre le feu à l'esprit et à la mémoire - les réduire en cendres. *Des miracles jailliront des cendres,* dit-il. Il parla de Maynard Berry et des brûlés qu'il avait reconstruits. Il rappela à Marlow qu'il n'existait pas d'être humain restauré - *ni mentalement, ni physiquement - il n'y a pas de restauration, seulement de la rénovation. Seulement quelque chose de neuf.*

Marlow ne pouvait en entendre plus - mais il savait également qu'il aurait été vain de vouloir montrer à cet homme ce qu'il avait fait. À présent, Kurtz ne pouvait plus qu'en voir les manifestations - les mots qui le décrivaient, mais pas la chose elle-même. Depuis le début, semblait-il, il s'était tenu devant son triptyque adoré, à regarder l'horreur de Slade s'accomplir dans un ordre parfait - la barbarie des hommes, la curée des chiens blancs, les têtes sur les poteaux.

«Pourquoi ? demanda enfin Marlow. Dites-moi pourquoi.»

Kurtz était allé se placer dans l'embrasure de la porte de son solarium. Il était en nage, en train de se liquéfier, semblait-il. Il regarda le revers de ses mains couvert de taches.

« Quand j'étais jeune, dit-il, à l'école… »

La phrase se perdit dans le silence.

Marlow attendit.

Kurtz continua : « Je voulais… »

Silence.

Et puis : « … Je voulais être quelqu'un d'autre. »

Marlow pencha la tête.

« N'importe qui d'autre que moi, dit Kurtz. Je voulais être… »

Suivit une autre pause, puis : « … mon père. »

Il ajouta en se tournant pour regarder les pièces qui se dissipaient dans le noir : « … et ma promise, qu'est-elle devenue ? »

Silence.

Le mot *Fabiana* plana dans l'air et se dissipa.

Il commençait à faire sombre.

Marlow dit : « Je vais vous aider à vous étendre. »

Il entraîna Kurtz jusqu'au sofa et l'aida à se coucher sur les oreillers. Il lui remonta le drap jusqu'au menton ; Kurtz était parcouru de frissons ; il avait peur de fermer les yeux. Il fixait intensément le plafond. Marlow attendait, le regardant.

« Ne m'accusez pas, Marlow, dit Kurtz. Je suis un savant. Comme vous. Nous ne devons pas nous accuser l'un l'autre. Nous ne devons pas nous méprendre sur nos visions respectives. Je voulais quelque chose. C'était à ma portée. Jusqu'à ce qu'Austin tire sur la gâchette, et que tout commence à se dégrader. Ne m'accusez pas, Marlow. Ne m'interprétez pas dans le mauvais sens… Non. Je ne suis pas un mauvais homme. Seulement perdu. »

Qu'il fût perdu ou retrouvé, Marlow se demanda comment il était possible de se tromper sur Kurtz.

« Au revoir », dit-il.

Kurtz ne répondit pas.

« Voulez-vous que j'allume quelques lampes avant de partir ?

– Non. Merci. Non… »

Kurtz était immobile. Marlow le distinguait à peine dans la lueur tremblotante des feux jaunâtres au-delà des fenêtres.

«Ne fermez pas la porte à clé, dit Kurtz. Je ne veux pas qu'ils l'enfoncent quand ils viendront le matin.»

Après un moment, il dit : «Êtes-vous là, Charlie?»

Non. Marlow avait passé la porte et se dirigeait vers les ascenseurs.

Au matin, un Escadron M viendrait et le trouverait. Marlow les aurait prévenus. Kurtz serait réclamé par le feu. C'était toujours comme cela que ça finissait à présent.

15

La galerie Fabiana était fermée. On y installait une exposition. Lillianne Tanaka était assise à son bureau avec plusieurs affiches et dépliants roulés et empilés derrière elle. Elle venait de passer deux jours au téléphone, à inciter les acheteurs à venir, et à cajoler la presse afin qu'elle s'intéresse à l'exposition et en parle.

Fabiana portait un pantalon noir avec une chemise en soie de la même couleur; elle avait enroulé autour de ses épaules un châle également noir. Elle n'était pas maquillée et avait le teint bleu de fatigue. «C'est ma façon de porter le deuil, Charlie, dit-elle. Ma façon de dire qu'il était ici.»

Marlow l'accompagna dans les salles, qui étaient toutes vides. C'était l'après-midi de la mort de Kurtz – le jour où on avait trouvé son corps dans son appartement. Les lattes du parquet de chêne craquaient sous leurs pas, Fabiana refusant de s'immobiliser pour porter sa croix.

«Tu l'aimais?

– Oui.»

Cette réponse était si simple, si directe – elle semblait incongrue.

Quelqu'un l'avait donc aimé.

Ne demande pas pourquoi.

«Une fois, il m'a offert toute sa vie», dit Fabiana, tandis qu'ils s'avançaient vers les trois hautes fenêtres en saillie sur la rue. En face se trouvaient les maisons victoriennes, dans la splendeur de leurs auvents de toile qui leur servaient d'œillères. Aucun rayon de soleil n'atteignait leurs profondeurs. Et pourtant la lumière inondait le sol aux pieds de Fabiana. Pas d'auvents pour elle, ni de stores, ni de rideaux. Pas, en tout cas, dans l'univers où son corps évoluait. Marlow pensa que la vérité devait être autre pour son esprit, pour son âme. Quelque chose y était caché, voilé dans l'ombre de Kurtz, protégé – qui n'avait pas droit à la lumière du jour.

« Quand est-ce que c'était ? demanda Marlow. Quand il t'a offert sa vie ?

– Avant que j'épouse Jimmy Holbach. » Fabiana s'arrêta pour faire courir son doigt sur le panneau droit de la fenêtre en triptyque. « Quand on était jeunes.

– Je dois dire, fit Marlow, qu'il m'est difficile d'imaginer que Kurtz ait jamais été jeune. »

Fabiana alla vers la fenêtre du centre. Elle laissa retomber sa main de la vitre. « D'une certaine façon, dit-elle, tu as raison. Il n'a jamais vraiment été enfant, il n'a jamais ressemblé à un jeune homme. Il cherchait toujours à être différent de ce qu'il était : plus grand, plus élancé, plus sombre. Plus âgé. » Elle sourit. « Il portait déjà des costumes quand il allait à l'université. Toujours pareils, toujours gris... »

Une grosse voiture de couleur sombre passa dans la rue, tourna au bout, près du parc, et retourna vers Avenue Road.

« Jamais personne ne croit que c'est un cul-de-sac, dit Fabiana. Les panneaux le disent tous – mais personne ne veut le croire. »

Elle se rendit à la dernière vitre. Les fenêtres étaient si hautes qu'elles touchaient presque le plafond, et le plafond était à près de quatre mètres du sol.

« C'était un bordel autrefois, dit Fabiana. Un lupanar de grand standing. Qu'est-ce que tu en penses, Charlie ?

– Je pense qu'il a trouvé une meilleure fonction. Vibrante, toujours – mais moins avilissante. »

Fabiana s'immobilisa enfin. Regardant la fenêtre, loin de Marlow, elle dit : « Tu étais avec lui quand il est mort ?

– Non. Il est mort durant la nuit. Je l'ai quitté dans la soirée.

– Ah bon. » Puis, comme si elle se parlait à elle-même : « Il est mort durant la nuit, ça lui correspond bien.

– C'est possible.

– Pourquoi est-ce qu'il est allé là-bas, Charlie ? S'enfoncer dans la nuit. Qu'est-ce qu'il y faisait ? »

Marlow s'abstint de lui dire toute la vérité. Cela aurait été trop brutal. Il se contenta de dire : « Je crois qu'il était perdu.

– Tu aurais dû le connaître avant tout ça – avant les dix dernières années de sa vie, poursuivit Fabiana. Je me souviens d'un homme complètement absorbé par l'aspect scientifique de ce qu'il faisait – la grande aventure de la science. Je me souviens d'un homme enthousiaste. D'un homme vivant.

– Mais tu l'as repoussé.

– Oui. Pour Jimmy Holbach. Qui a aussi disparu dans la nuit. Je dois être une sorte de phare pour ces individus, Charlie. Je veux dire, dans un sens négatif. Une source de reflet – pas de lumière.

– J'en doute beaucoup.

– Rupert était devenu profondément malheureux. À la longue. Est-ce que tu connaissais son père ?

– Non.

– Son père le regardait de loin. De très loin, d'un univers de demandes impossibles. C'est ça, je crois, qui a fait faire fausse route à Rupert. Il voulait plaire à son père – pas à lui-même. Il voulait réaliser le rêve de son père, pas le sien à lui. Il voulait surpasser un homme qu'on ne pouvait surpasser. Ce n'est pas que Kurtz, le père, fût meilleur, mais il ne supportait pas que son fils réussisse. Personne n'allait réussir mieux que lui. *Plus, encore plus,* disait-il toujours. *Je veux voir plus. Cours jusqu'à ce que tu tombes. Cours jusqu'à ce que tu meures. Tu ne feras pas mieux que moi.* Son critère, bien sûr, était l'argent – pas les réalisations. À la fin, il se riait simplement des efforts de Rupert. Il s'en est ri jusque

603

sur son lit de mort. Il le ridiculisait. Plusieurs fois millionnaire, il a bien sûr tout laissé à une maîtresse. Pas un sou à son fils. »

Marlow se demanda comment quelqu'un pouvait aimer un tel père. D'une certaine façon, ce fut Fabiana qui lui donna la réponse.

« Tu sais, dit-elle, mon père ne voulait rien de moi. Rien *de* moi et rien *pour* moi. Il s'est simplement écarté et m'a laissée passer. J'enviais à Rupert son père – son père vigilant, exigeant. C'est vrai que je le lui enviais.

– Oui.

– On peut faire un tour dehors, dit Fabiana. J'ai besoin de respirer de l'air frais.

– Certainement. »

Ils quittèrent la galerie et descendirent les marches pour se rendre au parc. Ils allèrent jusqu'à la clôture en fer forgé et passèrent le portail. Ils marchaient sur le sentier sous les chênes. Ils ne dirent rien pendant un quart d'heure.

Marlow remarqua les géants en train de succomber aux pulvérisations massives, qui déployaient toujours leurs branches au-dessus de l'herbe et des bancs. C'était un parc si petit, presque miniature, parfait en son genre. Un véritable havre de paix et de tranquillité.

Sur l'herbe, où il aurait dû y avoir des oiseaux, un Luniste avait laissé tomber son gant argenté, que Marlow récupéra.

Fabiana s'assit sur un des bancs. Elle leva les yeux pour contempler le ciel au-delà des branches clairsemées. « *Tout finit par mourir*, dit-elle. Jusqu'au ciel. »

Marlow s'assit à côté d'elle et regarda le gant, qu'il posa en travers de ses genoux. « Nous sommes toujours ici », dit-il.

Fabiana se tourna vers lui.

« Est-ce que j'ai eu tort de l'aimer, Charlie ? »

Marlow ferma les yeux et tourna la tête. C'était insupportable.

« On n'a jamais tort d'aimer », dit-il. *Pour autant qu'on sache ce que c'est que l'amour*, ajouta-t-il pour lui-même.

« Est-ce qu'il a parlé de moi, Charlie ? »

Marlow regarda le gant. Argenté – la main gauche. Mauvais augure.

« Oui, dit-il. Il voulait que je te dise qu'il demandait pardon.

– Merci. »

C'est ainsi, pensa-t-il, qu'on écrit mutuellement nos vies – au moyen de mensonges. Des mesonges qui nous soutiennent. Des mensonges qui nous transportent. C'est ainsi qu'on se guide les uns les autres vers la survie. C'est ainsi qu'on montre du doigt le chemin des ténèbres – en disant : Viens avec moi dans la lumière.

Marlow enfila le gant argenté sur sa main gauche.

On pourrait tous être des Lunistes, pensa-t-il. *Ma main dans ce gant – qui me va comme un gant. Kurtz aussi, en chacun de nous. Chacun de nous en Kurtz.*

Il retira le gant. *Pas le mien. Celui de quelqu'un d'autre...* Il le mit dans sa poche. *Il était mieux là.*

Fabiana se leva, et se dirigea vers le portail. Marlow la suivit.

« Je vois souvent Emma ces temps-ci », dit Fabiana. Elle prit le bras de Marlow. « Tu devrais faire pareil. »

Et d'un.

« Est-ce que tu vas venir me voir, Charlie ? Souvent ?

– Oui. »

Et de deux.

Ils passèrent le portail et le refermèrent derrière eux.

Fabiana inspira profondément – puis expira. Marlow voyait la couleur lui revenir aux joues.

« Est-ce que tu veux entrer de nouveau ? » dit-elle, quand ils arrivèrent à l'escalier.

Marlow dit : *Non.* Il la remercia et se dirigea vers sa voiture.

Ils avaient du travail : pour Fabiana, dévoiler le talent d'un prodige – pour Marlow, trouver le Dr Shelley et l'affronter elle, et puis, chacun à son tour, les membres du Club des Hommes.

Et de trois.

Les nombres n'étaient peut-être pas infinis. Ils avaient cependant un avantage, décida-t-il, c'est qu'ils se succédaient en ordre – et qu'ils finissaient quelque part ailleurs que dans les ténèbres.

16

Fagan avait écrit. Lilah posa la lettre sur son cœur avant de l'ouvrir.

Debout près de la commode de sa mère, elle regardait dans le miroir. Elle était là, avec sa figure toute blanche comme une aile de papillon – et il y avait les initiales de Fagan et les siennes gravées dans la glace.

Chère Mademoiselle Kemp, disait-il. J'ai pensé que vous aimeriez avoir ce document ci-joint pour votre exemplaire du livre de M. Conrad, me rappelant que vous y aviez collé mes pensées antérieures entre les pages de garde. Quel immense plaisir ce fut de vous revoir et de jouir, ne fut-ce que brièvement, de votre attention affectueuse. J'espère que ce mot vous trouvera florissante de santé et sortie de vos moments difficiles.

Avec mes affectueuses pensées.

Nicholas Fagan

Soigneusement plié à l'intérieur de la lettre se trouvait un extrait, découpé dans la revue *Granta*, d'un essai intitulé *Conrad, Kurtz et Marlow : voyageurs des ténèbres.*

Lilah se rendit à la cuisine de Marlow et se tint dans la lumière du soleil. Marlow était assis à la table, épuisé, buvant un Ricard.

Lilah lui dit : «Kurtz est mort.»

Marlow répondit : «Oui. Je sais.»

Pendant un moment, ils restèrent tous deux silencieux, l'un assis, l'autre debout. Il n'y avait rien d'autre à dire.

Lilah retourna à sa cuisine et prit *Au cœur des ténèbres* sur l'étagère.

Elle regarda à la page 181, puis à la page 182 – et sourit.

Kurtz y était de retour.

Elle relut les mots et vit Marlow qui retrouvait Kurtz.

Il se dressa, flageolant, long, pâle, indistinct, comme une vapeur exhalée par la terre...

Elle était enfin prête à refermer le livre. Mais avant de le faire, elle regarda ce que lui avait envoyé Fagan.

Voici ce que disait la coupure – et que Lilah entendit comme si c'était Fagan lui-même qui parlait :

Chaque Kurtz doit avoir son Marlow – et Marlow revient toujours pour ramener Kurtz chez lui. C'est un signe de notre respect envers ceux qui nous ont conduits dans les ténèbres que nous les ramenions pour les inhumer, régler leurs dettes et consoler ceux qu'ils aimaient par des mensonges. Ce phénomène se reproduit sans cesse – et à chaque remontée du fleuve, on découvre que Kurtz a pénétré encore un peu plus loin que ses homologues avant lui. Pauvre Marlow ! Chaque fois qu'il remonte le courant, il doit faire un plus long voyage et traverser des ténèbres encore plus mystérieuses. Enfin, on peut se demander pourquoi il est toujours d'accord pour y aller ? Pour ma part, je pense qu'il se sent redevable à Kurtz de lui avoir offert, après les ténèbres, un chemin pour retrouver la lumière.

Là-bas, dans le corridor, Grendel aboyait devant la porte de la cave. La bête qui s'y trouvait commençait à acquérir son identité – se tournant et s'élevant en direction de Lilah. Celle-ci tenait les chaussures de Pierre Lapin bien serrées dans sa main. Plus tard, elle les envelopperait soigneusement dans leur papier de soie. *Merci.*

Elle lança un regard torve à ses flacons de pilules. L'Infratil. *Il est temps d'y revenir. Et au Modecate aussi.*

Elle s'assit sur son lit avec *Au cœur des ténèbres* à côté d'elle. *Qui allait croire ça ?*

Personne.

Pas même Marlow, là-bas dans sa cuisine.

Ce n'est qu'un livre, diraient-ils. *C'est tout ce que c'est. Une histoire, tout simplement.*